Nina Blazon

Das Wörterbuch des Windes

NINA BLAZON

DAS WÖRTERBUCH DES WINDES

ROMAN

Ullstein

Besuchen Sie uns im Internet:
www.ullstein.de

MIX
Papier
FSC® C083411

Originalausgabe im Ullstein Paperback
1. Auflage Oktober 2020

Umschlaggestaltung: Cornelia Niere, Büro für Gestaltung, München
Titelabbildung: Landschaft: plainpicture / elektrons 08,
Schiff: shutterstock / ShadowBird
Gesetzt aus der Quadraat Pro powered by pepyrus.com
Druck und Bindearbeiten: CPI books GmbH, Leck
ISBN 978-3-86493-147-5

Swea

Es gehörte nicht zum Plan für unseren Hochzeitstag, Henrik auf einem isländischen Lavahügel zurückzulassen. Der Plan war, mit dieser Reise auf eine magische Insel den Neuanfang unserer Ehe zu besiegeln. Aber die Wahrheit ist: Nichts an diesem kahlen Land ist magisch. Und fünfzig Prozent meiner Ehe verschwinden gerade im Rückspiegel.

Henrik hat sich von den ersten Sekunden Fassungslosigkeit erholt und rennt dem Wagen hinterher. Obwohl seine offene Jeans an den Hüften rutscht, holt er schnell auf, während ich mit der Kupplung kämpfe. Sogar durch die geschlossenen Fenster höre ich ihn rufen, dass ich stehen bleiben soll. Im Seitenspiegel sehe ich sein empörtes Gesicht. Aufgerissener Mund mit weiß gebleichten Zähnen. Dieser aufgebrachte Henrik hat nichts mehr gemein mit den Zeitungsporträts, auf denen er seine sensibelste Künstlermiene zur Schau trägt, einen Zug von Weltschmerz um den Mund und dazu diesen intensiven Blick, den eine Journalistin einmal als *Wolfsblick des Savants, des gnadenlos Wissenden* umschrieben hat.

Tja, aber ein ›gnadenlos Wissender‹ wüsste, wann man sein Smartphone besser ausschaltet, denke ich. Vulkanschotter spritzt, als ich endlich den zweiten Gang finde und das Gaspedal durchtrete. Der Mietwagen röhrt in dem Moment auf, als Henrik versucht, die Fahrertür aufzureißen. Er springt zurück und reißt den Arm vor das Gesicht. Für einen Moment erschrecke ich vor mir selbst. *Was mache ich hier?* Doch als Henrik mit der flachen Hand hinten aufs Wagendach schlägt und mit zornrotem Kopf losbrüllt, erwacht in mir ein kleiner, beängstigend fremder Teil, der große Lust hätte, ihm gleich noch eine Schotterdusche zu verpassen. Stattdessen beschleunige ich nur, obwohl das Tempo für den steilen Pfad zwischen den Hügeln schon jetzt zu hoch ist. Noch bis zur Kurve am Fuß des nächsten Lavabuckels kann ich Henrik »Swea, verdammt!« brüllen hören. Und dazu einige Worte, die den Elfen in diesen Hügeln sicher zu denken geben werden. Ich bin also eine »eifersüchtige Irre« und »total krank im Kopf«?

In der Kurve kommt der Toyota ins Schlingern. Als ich ihn nach einer Ewigkeit wieder auf Kurs habe, zittere ich, während ich das Lenkrad umklammere. Das Beben setzt sich fort bis in den Rücken, die Beine. Ich muss die Zähne zusammenbeißen, um nicht loszuheulen.

Aber egal, wie krampfhaft ich schlucke, das Bild verschwindet nicht: das Foto einer apfelrunden Frauenbrust, mehr enthüllt als verborgen durch glattes, rotbraunes Haar und eine junge Hand mit metallicblau lackierten Nägeln. Am Daumen steckt ein Silberring in Form einer Schlange, und zwischen Mittel- und Zeigefinger drückt sich eine mädchenhaft rosige Brustwarze hervor.

Unter dem Sicherheitsgurt sticht es – dort, wo sich der Häkchenverschluss meines offenen BHs unter der Bluse in eine Rippe drückt. Ich glaube, Henriks Hand wieder auf der Haut zu spüren, seine Zunge an meinen Lippen und den Atemstoß seiner Worte. »Ach komm schon, *Sexy*! Niemand sieht uns hier. Und wie lange ist es her, dass wir mal im Auto gevögelt haben?« Die sachlich richtige Antwort würde lauten: Noch nie. Was auch für diese neue, aufgesetzte Art von Sextalk gilt. Aber für Henrik sind Erinnerungen und Fantasien oft nur fließende Konzepte. Wie unser Neuanfang offenbar auch.

Plötzlich schäme ich mich – dafür, diesem Kuss doch noch nachgegeben zu haben, und noch mehr dafür, dass ich Henrik überhaupt zugehört habe, nachdem er mir das Smartphone aus der Hand gerissen hatte. Pech für ihn, dass es in irgendeiner Kurve halb aus seiner Skizzenmappe gerutscht war. Über seine Schulter hinweg konnte ich es auf dem Rücksitz liegen sehen, während seine Hände unter meiner Bluse den BH aufhakten. *Warum ist sein Handy in der Mappe?* Das schoss mir durch den Kopf. Und hätte ich die Angewohnheit, beim Küssen die Augen zu schließen, das lautlose Leuchtsignal der Nachricht wäre mir entgangen. Aber so hatte ich freie Sicht auf fremde Brüste, während Henrik mich küsste.

Ich war so schnell von ihm runter, dass ich mit dem Knie schmerzhaft gegen die Kupplung stieß. Mit dem anderen Knie landete ich aus Versehen punktgenau in Henriks Schritt. Er keuchte überrascht auf und krümmte sich. Doch als ich sein Smartphone vom Rücksitz schnappte und es ihm vor die Nase hielt, fiel seine schmerzverzerrte Grimasse wie eine Maske. Was blieb, war nackte Ehe, so, wie wir sind – oder besser gesagt: wie wir nie sein wollten.

»Wer ist das, Henrik?«, brachte ich mit zitternder Stimme hervor. »Diese ... neue Studentin, die im Atelier jobbt? Mia heißt sie doch?« Ich wünschte, ich hätte nicht so sehr wie die Parodie einer typischen Ehefrau aus einer Drama-Vorabendserie geklungen.

»Was?« Henrik nahm das Phone an sich. »Keine Ahnung, wer das ist. Herrgott, denkst du im Ernst, ich würde mit Mia ...« Er schüttelte so verärgert den Kopf, als könnte diese Idee nur der Fantasie einer Wahnsinnigen entspringen. Die wäre dann wohl wieder mal ich.

»Das ist *Arbeit*, Swea! Ich sammle seit einem Jahr Originaltexte für meine Installation. Jeder meiner Mitarbeiter schickt mir gerade solches Zeug, wenn er es im Internet findet, das ist *Fundus*.«

Für einen Moment stellte ich mir vor, wie mein Abteilungsleiter Herr Schöttle seiner altehrwürdigen Gattin erklärt, dass die Nackte auf seinem Smartphone *Fundus* ist. Aber das ist das Verrückte an der Ehe mit einem Künstler: Manchmal bedeuten fremde, nackte Körper tatsächlich nichts. Sie können Material, Fragment und Projektionsfläche sein. Oder der Grund, warum ich vor einem Jahr meinen Ehering in einem Gulli in Hamburg-Altona versenkt habe.

Wie Gegner, die einander einschätzten, starrten wir einander nun an. Es war, als würden in unserem Schweigen alle Wahrheiten und Worte hallen, Sätze wie Wunden, die längst schon verheilt sein sollten. Zumindest hatte ich mir das eingeredet.

Henriks Augen haben immer noch dieses seltene, kristalline Blau, in dem ich mich vor achtzehn Jahren sofort verloren hatte. Die Farbe ist Teil seines Markenzeichens, sie schafft die Aura von Henriks hypnotischem, luzidem Blick, der früher zwischen rabenschwarz gefärbten Haarsträhnen hervorblitzte. *Auf Porträts wirken starke Kontraste aggressiv, aber auch attraktiv*, das war meine erste Lektion im Kunststudium gewesen. Doch erst als ich Henrik begegnete, verstand ich dieses Prinzip ganz. Inzwischen mischt sich in seinem Haar erstes Grau in zahmes Dunkelbraun. Und wenn Henrik sich unbeobachtet glaubt, erlischt sein Blick und wird wasserblass und hart. Ja, Henriks Leuchten verblasst, auch wenn er immer noch genug Sternenstaub aus dem Ärmel schütteln kann, um seine Gegner zu blenden.

»Du versteckst dein Smartphone also neuerdings in der Skizzenmappe, damit ich deine *Arbeit* nicht sehe?«, brach ich schließlich das Schweigen.

Henrik seufzte. »Meine Güte, ich wollte einfach nicht, dass du sauer bist, weil ich auch im Urlaub Arbeitsmails bekomme.« Er zog den linken Mundwinkel nach oben. »Tja, das hat ja toll funktioniert.«

Ich wünschte mir, ihm glauben zu können. Aber wir kennen uns lange genug, um zu wissen, dass die Wahrheit manchmal beschämend banal ist. Seit jeher gibt es ein ehernes Vertrauensgesetz zwischen uns. Niemals würde ich einen Blick in seine Mappe werfen. Unfertige Kunstwerke sind heilig und verletzlich. Das versteht niemand besser als ich.

Ein kurzes Aufleuchten am unteren Rand meines Blickwinkels gab mir einen kleinen heißen Stich. *Noch eine Nachricht.* Ich zwang mich dazu, nicht nach unten zu schauen, gab vor, nichts zu bemerken, wie ein Kind, das glaubt, etwas, das man nicht sieht, existiere nicht. Doch während Henrik meinem Blick standhielt, veränderte sich der Ausdruck seiner Augen. Ein Aufflackern von Angst. Und während er mir gewinnend zulächelte, drehte er beiläufig das Display nach unten. Mein Herz raste los, als hätte es einen Zeitsprung in die Vergangenheit gemacht. Und auch alles andere war wieder da: der Geschmack von Galle im Mund, das leere Stolpern zwischen Kehle und Bauch, als würde mein Herz in Erwartung des endlosen Falls schon jetzt den Takt verlieren.

»Swea, hör zu«, begann er mit dieser geduldigen Sanftheit, die mich noch jetzt zur Weißglut bringt. »Du verstehst das völlig falsch. Es gibt keinen Grund, wieder hysterisch zu werden. Du kennst doch das Konzept der Ausstellung.« Er strich mir mit den Knöcheln zärtlich über die Wange. »Hey, du bist mein *Venus girl*! Wir haben den ganzen Mist hinter uns gelassen. Sonst wären wir jetzt doch kaum auf unserer zweiten Hochzeitsreise, oder?« Er klang genau in der richtigen Dosis gekränkt, dass ich mir normalerweise wie ein Idiot vorgekommen wäre. *Normalerweise.* Als er sich vorbeugte, um mich zu küssen, erwischte ich sein rechtes Handgelenk, bevor er das Smartphone unauffällig ins Off schicken konnte. *Bingo.* Das Selfie war nur Teil eins der Nachricht gewesen. »Lügner!«, hörte ich mich sagen. Und ab da zerfällt meine Erinnerung in ein fließendes Konzept von Swea.

Einar

In den Märchen, die meine Tochter als Kind so liebte, war die Sieben eine magische Zahl. Sieben Brüder verwandelten sich in sieben Raben, sieben Zwerge halfen Schneewittchen, sieben isländische Riesinnen erstarrten bei Sonnenaufgang zu Stein. Und sieben Jahre ist es her, seit ich zum letzten Mal an dieser Straße am Walfjord stand. Es ist keine offizielle Haltestelle, nur eine Ausbuchtung neben der Fahrbahn, dort, wo das spärliche Gras von Rädern ausradiert wurde. Am Horizont verschwindet der Bus, der mich hier ausgespuckt hat, in Richtung Borgarnes. Seit ich vor zwei Stunden aus dem Flieger stieg, versuche ich zu begreifen, was aus meiner Insel geworden ist. Noch nie habe ich so viel Verkehr erlebt und am Busbahnhof in Reykjavík den Lärm so vieler Rollkoffer gehört. Schon nach der Landung in Keflavík kam es mir vor, als wäre ich in einem ganz anderen Island angekommen. Wo früher nur ein verschlafener Flughafen am Ende der Welt war, dehnt sich heute eine Baustelle aus. Offenbar strömen die Touristen neuerdings schneller ins Land, als man bauen kann. Noch jetzt klingt mir das aggressive Summen von Stimmen im Ohr, Japanisch, Norwegisch, Englisch und immer wieder Deutsch. Ich wurde mitgezogen von dieser Lawine aus Körpern und Koffern, die sich durch die Gänge über die Treppen wälzte und in den Hallen staute, wo es im Gegenstrom der Abreisenden längst kein

Durchkommen mehr gab. Rufe, Ratlosigkeit, hektische Suche nach Gate-Nummern und Check-in-Schaltern. Die Flughafenangestellten schrien auf Englisch gegen den Lärm an, stoisch bemüht, das Chaos zu ordnen. Ich habe keine Ahnung, wie ich zum Bus kam, auch die Anzahl der Flughafenshuttles hat sich verzehnfacht. Bus um Bus verließ diesen berstenden Bienenstock und streut nun Fremde in mein Land. *Mein Land.*

Vergeblich suche ich nach dem Gefühl, nach Hause zu kommen, aber noch finde ich es nicht. Vielleicht ist es ja wirklich so, wie meine Tochter Kim sagt: dass die Seele nur zu Fuß gehen kann und deshalb in der heutigen Zeit stets langsamer reist als der Körper. Aber ich kann hier nicht auf meine Seele warten, also rücke ich die Brille zurecht, schultere den abgewetzten Reisesack und gehe ihr voraus. Dieses Stück neben der Straße fällt zum Hügelweg hin steil ab, der Graben ist gefüllt mit flechtenbewachsenen Felsen. Kindern erzählt man, dass in solchen Findlingen das Huldufólk lebt, mit dem man es sich besser nicht verscherzt. Ich kürze den Weg trotzdem ab und gehe querfeldein direkt über diese Elfenwohnstätten. Hinter dem Felsgürtel stoße ich auf die Zufahrt zu den höher gelegenen Häusern, ein schwarzer Ascheweg voller Reifenspuren, der bergauf zwischen die Hügel führt. Von hier aus kann ich in der Ferne schon das Tor sehen: zwei Einfassungen aus aufgestapelten Natursteinen und dazwischen ein verwittertes Gatter, breit genug für einen Geländewagen. Auf dem Weg versuche ich mich an dem federnden Schritt meines sieben Jahre jüngeren Ichs, aber längst bin ich atemlos und verfalle bald wieder in die müde Gangart meiner Gegenwart. Hinter mir gellen die Schreie der Küstenseeschwalben, durchsetzt von langgezogenen Schnarrlauten, die immer auch etwas Spöttisches haben. Heute höre ich nur eine Warnung. »Wirwissen, wirwissen«, scheinen sie mir nachzurufen. Ich vergrabe die Linke in meiner Manteltasche und umklammere die Haustürschlüssel so fest, dass es schmerzt.

Einige Radfahrer sind aus dem Nichts aufgetaucht und überholen mich. Ein Mädchen mit einer Mähne aus roten Korkenzieherlocken stellt sich in den Pedalen auf und kämpft mit dem Gegenwind, der vom Hügelkamm herunterfegt. Ich dagegen bleibe stehen und wende mich zum Fjord um. Am Horizont ballen sich schon die ersten schwarzen Wolken. Als der Wind abrupt dreht, schließe ich die Augen, schwanke wie das Gras im Lavakies, lasse mich beugen von diesem vertrauten Atem der Insel. Als wollte er mich daran erinnern, wer ich bin, faucht er mir den kalten Duft des Nordatlantiks ins Gesicht, das Knistern von schwarzem Sand, das Aroma von Salz und Stein und Tang. Ich halte dem Himmel mein Gesicht hin, gebe der Wucht einer kalten Bö willig nach, lasse mich von ihr ein paar taumelnde Schritte rückwärts schieben – und erschrecke, als mich jemand an der Schulter packt. Im ersten Moment sehe ich nur tanzendes Mähnenhaar, dann fängt das Mädchen ihre verwehten Locken mit der Faust und sieht mich besorgt an. »You're okay?«

Ihre Freunde haben angehalten und warten mit den Fahrrädern ein Stück bergauf. Sie mustern mich neugierig, und für einen Moment sehe ich mich selbst mit ihren Augen: ein schütterhaariger, dünner Greis mit einer altmodischen Brille. Mit geschlossenen Augen steht er auf dem Weg und schwankt vor Schwäche, kurz davor, mitsamt seinem Reisesack umgeweht zu werden. Die Hand des Mädchens krallt sich immer noch in meine Schulter, als müsste sie verhindern, dass ich umkippe. Ich weiß nicht, wer irritierter ist: ich, weil sie mich auf Englisch angesprochen hat. Oder sie, weil ich auf Isländisch antworte. »Slepptu mér«, sage ich in meinem klarsten Lehrerton. *Lass mich los.*

Zu meiner Überraschung versteht sie offenbar kein Wort. Und

dann wird mir klar, dass sie mich gar nicht mit einem Touristen verwechselt hat.

»Komm, lass ihn, Lara!«, ruft einer der Jungs auf Deutsch.

Doch die Rothaarige winkt ab. »Du siehst doch, dass er es mit dem schweren Gepäck nicht alleine den Berg hochschafft.« Sie wendet sich wieder an mich und deutet auf ihren Fahrrad-Gepäckträger. »Let me help you with your luggage«, erklärt sie betont langsam und deutlich. Und bevor ich ablehnen kann, packt sie einfach meinen Schulterriemen und will mir den Reisesack vom Rücken ziehen.

»Moment mal, Mädchen«, weise ich sie nun auf Deutsch zurecht. »Habe ich dir erlaubt, mein Gepäck zu nehmen?«

Sie zieht die Hand so erschrocken zurück, als hätte sie sich am Riemen verbrannt. »'tschuldigung«, stottert sie. »Ich wusste ja nicht, dass Sie ... ich dachte ... ich wollte nur helfen.«

»Das mag ja freundlich gemeint sein, aber ich habe nicht um Hilfe gebeten.«

Sie wird flammend rot, dann nimmt sie mit einem gekränkten Schulterzucken ihr Fahrrad und holt zu den anderen auf.

»Blöder Idiot«, höre ich einen ihrer Freunde sagen. *Tja, das ist wohl die Wahl jenseits der siebzig*, denke ich mir. *Tatteriger Greis oder blöder Idiot*. Ich ziehe Letzteres vor.

Die Gruppe trollt sich, verbissen versuchen sie den Wind zu schneiden, was nur dazu führt, dass die Räder ins Schlingern kommen und kippen.

Lerne den Wind zu lesen, Lara, denke ich. *Lerne zu schwanken und nachzugeben, sonst macht der Sturm mit dir, was er will.* Ich wundere mich, was diese Truppe ausgerechnet auf Fahrrädern hier draußen verloren hat, und das auch noch ohne Wetterkleidung so kurz vor dem Gewitter. Die jungen Leute kämpfen sich an der Weggabelung nach links, genau in die Richtung von Ingibjörgs Haus, das bergauf ein ganzes Stück hinter der Kuppe liegt. Hoffentlich hat Lara für heute genug davon, Samariter für die Siechen zu spielen. Vielleicht hätte ich sie warnen sollen. Das letzte Mal, als ich Ingibjörg sah, reinigte sie auf der Schwelle ihres Hauses hockend ihre Schrotflinte und fluchte auf die Küstenseeschwalben.

Von hier oben kann ich die Vögel am Fjord erkennen: weiße Pfeile, die auf der Jagd nach Fischen senkrecht ins Meer stürzen.

Mein Weg führt nach rechts durch das Tor, hinter eine Linie zerklüfteter Hügel, die sich wie ein steinerner Windschutz aufreihen. Und dahinter überrascht mich violettes Feuer. Alaska-Lupinen haben einen Teil des Hangs überwuchert, ein Feld von lila Flammen, in das eine Fallbö nun wüste Muster malt, ohne auch nur einen Halm knicken zu können. *Ja, wir Einwanderer sind zäh*, denke ich. Ich spreize die Finger und lasse im Gehen die Blüten dazwischen hervorzüngeln. Und dann bin ich endlich angekommen. Hinter dem Lupinenfeld liegt das Haus. *Mein Haus!*

Das Verrückte ist, dass es stets größer aussieht als in meiner Erinnerung. Als würde es sich nach jedem Abschied an meinem Heimweh mästen, dieser fast körperlichen Sehnsucht, die auch nach über vierzig Jahren noch aufblüht, zu den unmöglichsten Gelegenheiten und gleichgültig, in welchem Teil der Welt ich bin.

Das Haus ist eines der wenigen soliden Steingebäude in der Gegend, dunkelgrau vom Dach bis zur Schwelle. Aus der Ferne betrachtet, ist es vor dem dunklen Lavaberg so gut getarnt wie ein Polarfuchs im Schnee. Der anthrazitgraue Waschputz an der Fassade hält jeder Witterung stand, das Holzschild über der Tür hat in den vergangenen Jahren mehr abbekommen. *Sumarhús* ist darauf nur noch undeutlich zu lesen. *Sommerhaus*. Ein Stück links davon steht das Nebengebäude mit der Wellblechfassade, das heute nur noch als Lager und Garage dient. Mein alter grüner Pickup, den ich meinem Mieter damals mit dem Haus zusammen zur Nutzung überlassen habe, parkt schräg davor. »Hallo?«, rufe ich. »Jemand da?« Nichts rührt sich, aber er muss zu Hause sein, sonst stünde das Auto nicht da. Es gibt hier nichts, was sich zu Fuß erreichen lässt, und kein Isländer mit Verstand geht spazieren, wenn ein Sturm aufzieht.

Inzwischen fallen schon die ersten Regentropfen. Aus reiner Neugier zücke ich den Autoschlüssel, der nach wie vor an meinem Schlüsselbund hängt, und trete zum Wagen. »Jæja, karlinn minn«, murmle ich. »*Na, alter Knabe?*« Ich muss lächeln, während ich über den Kotflügel streiche, so fehl am Platz ist diese Geste aus den Tagen, als kein Autolack, sondern warmes Fell unter meinen Fingern entlangglitt. Der Mieter behandelt den Pickup gut, sogar die Rostflecken sind verschwunden; die Sitze und auch die offene Ladefläche sind blitzsauber. Auf dem Fahrersitz liegt eine braune Wetterjacke, isländische Marke, *66 Grad Nord*. Komisch, dass ich mich an diesen Markennamen erinnere, während der Name meines Mieters immer noch wie ausradiert ist. Ich kann nicht einmal im Handy nachsehen. Zum ersten Mal bereue ich, es nicht mitgenommen zu haben. Also bleibt mir nichts anderes übrig, als in meinen Erinnerungen zu kramen. Das Einzige, was mir von der hastigen Schlüsselübergabe vor sieben Jahren noch in Erinnerung geblieben ist: sein zu junges, glatt rasiertes Gesicht und ein mürrischer Blick unter dem Rand einer Wollmütze. Ach ja, und diese krumme Haltung, die ihn trotz seiner Größe weich und rückgratlos wirken ließ, so, als versuchte er, sich vor seinem Leben wegzuducken.

Inzwischen müsste er weit über dreißig sein, also immer noch jung, wenn man es von meiner Seite der Skala aus betrachtet.

Während ich zum Sumarhús hinübergehe, versuche ich zumindest zu rekonstruieren, wessen Cousin eines Schwagers oder Sohn eines angeheirateten Neffen er ist und welchem seiner Verwandten ich damals einen Gefallen tat, indem ich dem Jungen eine Bleibe gab. Im Ausland heißt es oft, wir Isländer seien alle miteinander verwandt und deshalb einander so eng verpflichtet. Aber Blut ist es nicht, was uns zusammenhält. Es ist das Inseldasein, die Natur, die uns zu Geschwistern macht, weil sie die Macht hat, uns jederzeit zu zermalmen und uns von einem Tag auf den anderen alles zu nehmen, was wir haben. Seit Jahrhunderten müssen wir uns zusammenrotten und aneinanderklammern – einfach, um nicht vom Sturm davongerissen zu werden, über die Klippen ins Meer, in den Strom reißender Flüsse oder den Schlund von Vulkanen.

Vor der Aufgangstreppe des schwarzgrauen Hauses stutze ich. Aus Treppenritzen und der Bodenfuge direkt vor der Türschwelle wuchern Gras und Lupinen. *Wie kommt der Mieter ins Haus? Steigt er jedes Mal über die Pflanzen?* Ich balanciere im wackligen Slalom die Treppe hoch, mache einen Storchenschritt über die Schwellenhecke und stehe fast Nase an Tür. Mein Reisesack rutscht von der Schulter und pendelt mich aus dem Gleichgewicht. Der Schlüsselkamm beißt in meine Handfläche, als ich reflexartig die Klinke ergreife. Mit der anderen Hand fange ich gerade noch den Sack und reiße ihn wieder hoch. Auf der Stelle wünsche ich, ich hätte nicht so fest zugepackt. Das Rascheln darin weckt den Schmerz. Wie ein Papierschnitt mitten durch mein Herz.

Vatersname Árnason, schießt es mir durch den Kopf. Und endlich fächert sich der Stammbaum meines damaligen Gefallens vor mir auf: Árni ist der Neffe meines ehemaligen Nachbarn Gunnar, der inzwischen einen kleinen Hof ein paar Kilometer landeinwärts besitzt. Mein Mieter ist Árnis Sohn und somit Gunnars Großneffe. Und dieser Großneffe heißt …

»Jón?«, rufe ich. Die Klingel funktioniert nicht, also klopfe ich an, bevor ich aufschließe. »Jón! Einar Pálsson ist hier. Ich komme jetzt rein.«

Die Tür schwingt so schnell und mühelos auf, als hätte mich jemand erwartet. Aber vor mir erstreckt sich nur der leere Flur. Vielleicht steht im Wohnzimmer ein Fenster offen und sorgt für Durchzug? Die Schiebetür am Ende des Flurs ist jedenfalls geöffnet und enthüllt den Blick auf meine Schränke und Bücherregale im Wohnzimmer. »Jón? Ich bin's, Einar!«

Doch der Ruf verhallt in gespenstischer Leere. Es gibt keine Schuhe, die sich bei der Garderobe aufreihen, keine Jacken und Mäntel an den Haken. Der Eingangsflur sieht genauso aus, wie ich ihn vor Jahren hinterlassen habe: kahle Wände, von denen ich alle privaten Bilder abgenommen hatte. Nur die Nägel ragen noch heraus. Dafür bedeckt dort, wo die Schiebetür den Weg ins Wohnzimmer freigibt, eine Staubschicht den Parkettboden. Im ersten Moment kommt mir der bizarre Gedanke, dass ich wirklich auf einer anderen Insel gelandet bin, in einem Land, in dem niemand mehr Isländisch spricht und die Einheimischen auf rätselhafte Weise aus ihren Häusern verschwunden sind. Denn Jón Árnason hat das Wohnzimmer sicher schon seit Wochen nicht mehr betreten. *Ist er ausgezogen?* Aber das wäre ebenso absurd, die Miete geht nach wie vor auf Kims Konto ein.

Vorsichtig stelle ich mein Gepäck ab und schiebe es in den Flur. Dann blicke ich ratlos zurück. Kein Zweifel, der Pickup ist heute bewegt worden, ein paar abgeknickte Lupinen zieren die Reifenspuren. Erst jetzt wundere ich mich, warum der Wagen nicht in der Garage steht. Das Tor des Nebengebäudes ist verschlossen. Erst als mein Blick nach oben schweift, ahne ich endlich, was hier vor sich geht. Über der Garage befindet sich das Dachgeschoss mit zwei kleinen Räumen, die heute nur noch als Rumpelkammern dienen. In früheren Zeiten waren es die Ferienzimmer für die »Sommerkinder«, die aus Reykjavík hergeschickt wurden, um die hellen Monate bei ihren Verwandten fernab der Stadt zu verbringen. Eines der Dachfenster ist blickdicht mit schwarzer Folie abgeklebt, was bedeutet, dass jemand dort oben die hellen Sommernächte aussperren muss. *Jón hat sich dort oben also ein Schlafzimmer eingerichtet.* Jetzt kann ich nur noch den Kopf schütteln. Kein Isländer, der etwas auf sich hält, wohnt länger als nötig in einem Mietverhältnis, statt sich um etwas Eigenes zu bemühen. So gesehen ist Jón Árnason bereits ein Mann, der den Anschluss verloren hat. Aber welcher normale Mensch haust dann auch noch freiwillig im Nebengebäude, während er für das Haupthaus Miete zahlt?

Andererseits: Es geht mich nichts an. Jeder hat sein eigenes Gepäck zu tragen, und meines ist schwer genug.

»Dann muss ich wenigstens nicht im Wohnzimmer übernachten«, sage ich laut zum Sumarhús. Auf eine Art bin ich sogar erleichtert. *Wird Zeit, dass ich endlich nach Hause komme.* Ein allerletztes Mal schaue ich zurück, auf alles, was hinter mir liegt und was ich zurücklassen will. Dann drehe ich mich um, will über die Schwelle treten – und sehe gerade noch die Tür, die auf mich zurast. Im letzten Moment reiße ich den Arm hoch. Schmerz zuckt durch meinen Ellenbogen. Ich bin völlig perplex von der Wucht des Schlags. Ehe ich mich versehe, taumle ich wieder nach vorn, als die Tür zurück nach innen schwingt und donnernd gegen die Treppe rechts vom Eingang schlägt. Dann ist es ruhig, kein Zugwind und keine Regung mehr, doch die Stille kommt mir wie Dröhnen vor. Eine Weile stehe ich an den Türrahmen gestützt nur gekrümmt da und lausche meinem Atem. Ich müsste Staub am Mantel haben, aber die Schicht auf dem Boden ist seltsamerweise völlig unberührt von Wind. Und als ich endlich verstehe, stellen sich in meinem Nacken alle Haare auf.

Es gab keinen Wind.

Es fühlt sich an, als würde sich an der Wirbelsäule entlang die Haut plötzlich zusammenziehen und zu eng werden. *Das Haus ist nicht leer.* Denn jetzt spüre ich eine unsichtbare Gegenwart, so deutlich wie fremden Atem.

Als ich ein kleiner Junge war, erzählte mein Vater oft von den kalten Fingern der Toten, die gleichzeitig mit ihm in den Beutel mit Schnupftabak griffen. Mich weckten später, Jahre nach seinem Ableben, in manchen Winternächten seine schlurfenden Schritte. Und Kim schwört noch heute, als Kind im Sumarhús Klopfen gehört zu haben.

Doch das, was hinter dieser Schwelle auf mich wartet, ist etwas völlig anderes als die Gespenster, die mit uns Isländern seit jeher ganz selbstverständlich die Häuser teilen. Ich nehme kaum wahr, wie ich die Tür mit aller Kraft wieder zuziehe. Meine Fingerknöchel sind weiß, so fest umklammere ich den Türgriff. Ich starre meinen Handrücken an und fühle mich, als hätte es nie eine überstürzte Abreise gegeben, als stünde ich immer noch an einem ganz anderen Ort der Welt, den Blick wie in Trance auf dieselbe Hand gerichtet, die ein schmales Handgelenk umklammert. Jetzt bricht mir schlagartig der Schweiß aus, für einen schrecklichen Moment bilde ich mir sogar ein, wieder die Blutsprenkel auf meinem Handrücken zu sehen. Mit einem Keuchen lasse ich den Türknauf los und stolpere von der Tür weg und die Treppe hinunter, ohne Rücksicht darauf, dass ich nun die Lupinen zertrete.

Sieben Jahre wanderten Helden, bis sie ihre Bestimmung fanden oder erlöst wurden. Aber ich erkenne nun, dass es für mich keine Erlösung geben wird. Denn was Kim nicht weiß und hoffentlich nie erfahren muss: Die Schuld reist schneller als die Seele. Und diesmal war sie sogar schneller als der Wind, um mich dort zu erwarten, wo ich Narr mich bereits in Sicherheit wähnte.

Mein Leben im Rückspiegel

Ein Fingernagel ist tief eingerissen und blutet. Das muss beim Handgemenge mit Henrik passiert sein, als er mich daran hindern wollte wegzufahren. Ich ersticke fast an der Aschewolke in meiner Brust, Lava glüht auf meinen Wangen; mein Seidenhalstuch fühlt sich an wie eine Schlinge, ich kann meinen Puls dort pochen fühlen, wo der eng geknüpfte Seitknoten sitzt. *Betrüger!* Ich hätte gute Lust, es laut herauszuschreien. Der Fahrersitz ist noch auf Henriks lange Beine eingestellt, ich liege halb, während das Auto Kilometer verschlingt, drei, vier auf dem holperigen Schotterpfad, bis endlich die Straße wieder in Sicht kommt und auch mein Zittern aufhört. Mit dem Heulen dauert es länger. Der Blick auf meinen neuen Ehering verschwimmt, ich blinzle Träne um Träne weg und gebe noch mehr Gas.

Links rasen Trümmerhügel vorbei, halb verschüttet von dunkelgrauem Lavasand. Blutleeres, fast weißes Gras duckt sich unter den jähen Windböen. Zusammen mit dem ausgewaschenen Regenhimmel und dem bleiernen Band der Straße wirkt das Draußen wie ein monochromes Gemälde. *Horizonte der Hoffnungslosigkeit*, denke ich. *Das wäre ein passender Titel.* Rechts erstreckt sich Wasser, eine Einöde aus Grau, gesäumt von kahlen Bergen. Das Einzige, was Wirklichkeit und Leben zu haben scheint, ist dieser verfluchte Wind. Er wirft sich von der Meerseite gegen den Wagen, als wollte er mich von der Straße drängen, während ich wie ein angeschossener Vogel schräg in diesem Sitz hänge.

Hinter mir hupt es, als ich scharf bremse und ohne Blinken rechts ranfahre. Ich hatte den Kleinwagen nicht gesehen, der Rückspiegel zeigt noch Henriks Horizont. Das Auto zieht vorbei, Gesichter wenden sich mir zu. Ein Jugendlicher starrt mich aus dem Rückfenster an. Bestimmt sehe ich aus wie eine verheulte Wetterhexe. Hastig stelle ich den Sitz ein und kippe den Rückspiegel. Fast schrecke ich vor mir selbst zurück. Ich schaue in ein kühles, perfekt geschminktes Gesicht, dank diverser Beauty-Behandlungen zu glatt für eine Frau von zweiundvierzig. Nicht einmal meine Frisur ist zerzaust, der rundgeföhnte dunkle Langbob sitzt; die wasserfeste Wimpertusche und der Long Lasting Lippenstift sind unberührt von Tränen und Küssen. Herzförmiger, akkurater Mund, der überhaupt nichts preisgibt. Und das ist vielleicht das Erschreckendste von allem.

Ich muss Anna anrufen, schießt es mir durch den Kopf. Doch als ich mein Smartphone aus der Handtasche vom Rücksitz hangle, spüre ich Luft an blanker Haut. Jetzt weiß ich, was es für den Teenager zu sehen gab. Die obersten zwei Knöpfe meiner Bluse sind abgerissen. Mein Push-up-BH sitzt völlig verrutscht auf halb acht und beult sich aus dem Marineblau des Kragens. Der BH leuchtet im exakt selben Rot wie mein Lippenstift und das seitlich gebundene Halstuch.

Sexy Hostessen-Look, den Henrik liebt. Doch halsabwärts sehe ich nun aus wie ein Experiment von Picasso – völlig defragmentiert. Eine gepolsterte Schale sitzt über meiner linken Brust, die ohne diese Stütze bis zum unteren Rippenbogen hängt. Es wirkt, als hätte ich drei Brüste, und Nummer drei ist ein höhnisches Zitat des Selfie-Bildes. *Nur in Alt.*

Wieder steigen mir die Tränen in die Augen, aber ich beiße

die Zähne zusammen und setze mich wieder zu einer Frau zusammen, zupfe und hake, streiche den Rock glatt und ziehe auch meinen taillierten Blazer wieder an. Sobald ich den letzten Knopf geschlossen habe, bekomme ich zum ersten Mal wieder Luft. Das enge Kostüm ist eine schützende Hülle, die mich zusammenhält – zumindest äußerlich. Doch als mein Handy klingelt, hätte ich es vor Schreck fast weggeschleudert. *Henrik?*

Aber es ist nur meine Mutter.

»Swea, na endlich!« Auf der Stelle bereue ich es, rangegangen zu sein. Ihre Stimme klingt zu hoch und aufgesetzt munter. Was bedeutet, sie hat sich wieder wegen irgendetwas aufgeregt und kämpft gegen die Tränen.

»Hallo Mama. Was gibt's?« Ich will nicht so kühl klingen. Und prompt höre ich, wie sie auf der anderen Seite des Meeres gekränkt nach Luft ringt.

»Störe ich etwa? Ich wollte doch nur wissen, wie es euch geht. Ihr meldet euch ja seit zwei Tagen nicht!«

Aus dieser Nummer komme ich jetzt nur auf eine Art wieder raus. Ich atme sehr tief durch und ziehe die Mundwinkel hoch. Lektion eins im Bank-Business: Man hört am Telefon, wenn der Berater lächelt. »Lieb, dass du anrufst, Mama. Es geht uns gut. Danke. Und bei euch auch alles in Ordnung?«

Fehler, Swea. Fragen sind Gesprächsangebote.

»Machst du Witze?«, startet prompt das Lamento. »Ich habe mich den ganzen Tag in der Küche abgerackert. Wir haben nämlich die Kleine zum Abendessen da. Papa will mit ihr die Bewerbung für ihren Praktiumsplatz durchsprechen. Und Insa sollte schon seit einer Stunde hier sein. Man sollte doch meinen, dass deine Schwester es schafft, wenigstens einmal im Leben pünktlich zu sein! Bestimmt macht sie das mit Absicht, nur um mich zu quälen und mir den Abend zu verderben. Sie geht nicht einmal an ihr Handy. So geht das nicht mehr weiter, ich werde hier noch krank! Du musst mit Insa reden. Auf mich hört sie ja nicht!«

Ich schließe die Augen. Als wäre meine jüngere Schwester jemals pünktlich gewesen! Und was meine siebzehnjährige Nichte davon hält, von Oma als *Kleine* bezeichnet zu werden, kann ich mir denken.

»Ist gut, Mama. Ich kümmere mich darum. Aber jetzt atme mal tief durch und beruhige d …«

»Wo seid ihr gerade?«

»Auf der Ringstraße hinter Borgarnes. Siebzig Kilometer vor Reykjavík.«

Vermutlich wollte sie keine Koordinaten hören, aber die Alternative, *Ich habe deinen vergötterten Schwiegersohn im Nirgendwo aus dem Auto geworfen*, klingt auch nicht viel besser. »Auf dem … Rückweg von den Lava-Wasserfällen«, setze ich hastig hinzu. »Wir haben eine Tagestour gemacht.« Immerhin ist das die Wahrheit.

»Ihr wart bei den Hraunfossar-Wasserfällen?« Tja, im Gegensatz zu mir hat meine Mutter die Reiseführer natürlich auswendig gelernt. Warum habe ich nur wieder dieses komische Gefühl, dass es eigentlich ihre Reise ist? »Du musst endlich Fotos schicken, hörst du?«, sagt sie vorwurfsvoll. »Und was macht ihr denn heute Abend zur Feier eures großen Tages?«

Die Scheidung einreichen? »Wissen wir noch nicht, Mama.«

Seltsamerweise scheint das eine gute Nachricht zu sein. »Ach, Gott sei Dank! Ich habe Papa nämlich gesagt, er muss euch erst fragen, ob ihr schon feste Pläne habt, aber er macht ja immer, was er will. Jedenfalls: In Reykjavík gibt es doch dieses schöne Konzerthaus am Hafen, und Papa hat heute für euch Karten reservieren lassen, Jazz, das hört Henrik doch so gerne. Die Karten warten an der Rezeption im Hotel auf euch. Das ist unser kleines Bonus-Geschenk zum Hochzeitstag. Na, was sagst du?«

Plötzlich wirkt der Himmel wie Blei, und ich spüre sein ganzes Gewicht auf meinem Nacken. »Danke, das ist ... wirklich nett von euch.«

Sie lacht, und ihre Stimme bekommt diesen aufgekratzten, euphorischen Singsang, der nur die Kehrseite ihres Kummers ist. »Ach, ich beneide euch! Island ist so ... besonders. Und dann diese weißen Sommernächte! Scheint bei euch wirklich noch um Mitternacht die Sonne?«

Wenn es hier Sonne gäbe. »Mhm«, antworte ich vage. Mein Lächeln ist längst erstarrt. Der Wind tobt, als wollte er mich packen und aus dem Auto zerren. Die ersten Tropfen zerplatzen auf der staubigen Windschutzscheibe.

»Gefällt euch das Hotel?«, sprudelt meine Mutter weiter. »Wir haben bei der Buchung extra darauf geachtet, dass es fünf Sterne hat, aber in Island sind die Hotels ja alle fast unbezahlbar, und man weiß ja nie, ob fünf Sterne im Ausland auch unseren Standards entsprechen. Ich hoffe, Henrik ist zufrieden damit?«

Es bricht mir fast das Herz, so hoffnungsvoll und zugleich ängstlich klingt sie. Und in der nun folgenden, erwartungsvollen Pause schwingt ihre eigentliche Frage mit: *Ist die Welt für mich wieder ein sicherer Ort?*

Die Wahrheit wäre, dass Henrik das Zimmer in seiner ironischen Art nur »Klaustrophobia Lounge« nennt, dass die Armaturen im Bad mit gelblichen Ablagerungen verkrustet sind und ich es kaum ertragen kann, wie stechend das Duschwasser nach Schwefel riecht.

Wenn ich ehrlich wäre, würde ich meiner Mutter außerdem sagen, dass diese Insel nicht die romantische Bühne aus Feuer und Eis ist, die sich Henrik für die Inszenierung unseres Neuanfangs vorgestellt hat. Ich würde ihr sagen, dass ich alleine im Auto sitze und heule, dass der Sommer hier windig und kalt ist und grellweiße Nächte nur noch deutlicher die Risse in den Fassaden zeigen.

Aber das könnte ich meiner Mutter niemals antun. Das vergangene Jahr war für sie vermutlich härter als für mich; die Wahrheit wäre der reinste Todesstoß. Und wie maßlos enttäuscht mein Vater wäre, will ich mir überhaupt nicht vorstellen. Schließlich hat er uns diese Reise geschenkt, inklusive der teuren Flüge in der *Saga Class* von Iceland Air. Ja, Papa Löwe sorgt für seinen Clan. Meine Familie setzt wirklich alles daran, dass unsere Ehe funktioniert, damit alle endlich wieder zur Ruhe kommen und weiterleben können. Und aus irgendeinem Grund fühle ich mich plötzlich so schuldig, als wäre ich diejenige, die es gerade vermasselt. Meine Mundwinkel zittern und verziehen sich nach unten, ohne dass ich etwas dagegen tun kann, und jetzt hilft auch kein Lippenbeißen mehr gegen das aufsteigende Schluchzen. *Verdammt.*

»Swea, hallo? Kind, bist du noch dran?«

Ich überlege, ob ich auflegen und später behaupten soll, die Verbindung sei abgebrochen, aber dann rettet mich mein Vater. »Herrgott noch mal, Gisela!«, höre ich ihn schimpfen. »Dachte ich es mir doch, dass du gar nicht mit Insa telefonierst. Lass doch die jungen Leute in Ruhe. Wenigstens im Urlaub.«

Selten war ich so dankbar, seine Stimme zu hören. Und auch heute berührt es mich, dass Henrik und ich für ihn immer noch *die jungen Leute* sind, obwohl Insa sich schon seit Jahren gnadenlos darüber lustig macht. »Jung im Verhältnis zu wem?«, ätzt sie dann. »Der Freiheitsstatue?«

Es raschelt, als meine Mutter das Telefon verteidigt, dumpf höre ich Protest und hitzige Streitworte, dann habe ich meinen Vater am Ohr. »Na, mein Mädchen? Sag nur ganz schnell: Hotel okay?«

»Ja«, bringe ich heraus.

Sein dröhnendes Lachen übertönt den Wind. »Freut mich. Gib mir mal den Joker!«

So nennt er Henrik, ein liebevoll brüsker Spitzname für den Sohn, den er nie hatte. »Henrik ist ... gerade nicht da.«

»Wo ist er?«

Bei den Elfen verschollen. Vom Winde verweht. »Er ... sieht sich die Gegend an.«

Zum Glück ist mein Vater völlig taub für Zwischentöne. »Na dann wünsch ihm von mir einen schönen Hochzeitstag. Macht endlich die Handys aus. Wir sehen uns nächste Woche, wenn ihr wieder da seid. Und Gruß auch von Bekka.«

»Lass es krachen, Tante Hätti!«, schreit meine Nichte im Hintergrund. Keine Ahnung, warum sie mich schon seit ihrer Kindheit so nennt. Noch bevor mein Vater auflegt, höre ich meine Mutter zetern, dass sie mich noch einmal sprechen will. Doch dann knackt es, und ich bin endlich erlöst. Erst jetzt fällt mir auf, dass der Motor im Leerlauf immer noch vor sich hin surrt. Ich bin wirklich völlig durch den Wind. Verständnislos starre ich auf das Profilbild von Anna auf meinem Smartphone. *Ach ja,* fällt mir ein. *Ich wollte sie gerade anrufen.* Anna, meine Zuflucht, mein Rettungsanker, mein sicherer Ort. Der einzige Mensch auf der Welt, bei dem ich mich nie verstellen muss und mich nicht wie eine Verliererin fühle, nicht einmal mit einer Wahrheit wie dieser. Doch plötzlich habe ich Angst. Denn wenn das vergangene Jahr mich eines gelehrt hat, dann das: Eine Wahrheit laut auszusprechen heißt auch immer, ihr Wirklichkeit zu geben, einen Ort, von dem sie sich nie wieder vertreiben lässt.

Ich schalte das Phone aus und lege den Gang ein. Der Scheibenwischer zieht einen rostbraunen Regenbogen über das Straßenpanorama. *Du musst sofort zurückfahren,* mahnt meine vernünftige Stimme. *Es wird gleich in Strömen regnen, du kannst Henrik nicht mitten im Gewitter in der Kälte stehen lassen.* Aber diesmal schaffe ich es nicht, das einzig Logische und Richtige zu tun. Vielleicht ist es das, was mich am meisten überrascht: dass Swea Schwarzenberg diesmal nicht vernünftig sein kann. »Siebzig Kilometer bis Reykjavík«, flüstere ich. Und fahre los.

Work & Travel

Ich hoffe, mein Mieter entdeckt den Zettel mit der Erklärung, warum der Pickup verschwunden ist. Noch immer sitzt mir der Schreck in den Knochen. Ich hatte gehofft, es würde besser, sobald ich auf der Ringstraße bin, aber die schemenhaften Gesichter der anderen Autofahrer hinter gewitternassen Scheiben wirken nur wie andere Gespenster. Ich muss ein vertrautes Gesicht sehen. Irgendeines.

Kurzerhand biege ich scharf in eine schmale Abfahrt ein und folge einem vollgestopften Kleinbus bergauf. Ich frage mich, was so viele Menschen in den Hügeln wollen, ganz oben am Ende der felsigen Straße steht doch nur Gunnars einsames Gehöft. Der Bus beschleunigt und verschwindet an der Biegung aus meinem Blick. Donner grollt, als ich nun auch Gas gebe und den Pickup die Kuppe hochjage. Ich kann mich nicht erinnern, dass die Strecke so kurvig war. Und ist der Weg zum Teil neu verlegt worden? In einer Kurve hätte ich um ein Haar einen Weidezaun gestreift. Windschief ist er hier im Boden abgesteckt, ein Konstrukt aus Stangen und grellen Plastikbändern. Auch das ist neu. *Hält Gunnar auf seine alten Tage wieder Pferde?* Aber weit und breit kein lebendes Wesen, nur Wegmarken-Figuren aus aufgestapelten Steinen schauen mir im Rückspiegel nach.

Am Ende der Zufahrtsstrecke hatte ich den kleinen Einsiedlerhof erwartet, umso überraschter bin ich, stattdessen zwei längliche Containerbauten mit einem Zwischenstück zu sehen, ein klotziges U, das jemand vor eine Anhöhe gesetzt hat, umgeben von gut befestigten Koppeln. Zäune aus Metallstangen unterteilen das Terrain. Der Kleinbus ist auf dem Parkplatz vor dem Gebäude zum Stehen gekommen. Eine junge Frau in Wetterkleidung springt heraus und entlässt eine bunt zusammengewürfelte Truppe von Menschen in den Regen. Unter Kapuzen und Mützen schielen sie besorgt zum Himmel. »Beeilen Sie sich!« Die Frau winkt mich ungeduldig zu der Truppe. Ihr Englisch hat einen harten Akzent. Regen fängt sich auf meiner Brille, als ich aussteige, nur verschwommen sehe ich im Vorbeigehen das Schild am Tor des rechten Gebäudes. *The Icelandic Experience – Riding tours to remember.*

Aus einem Torspalt rauscht mir wie Brandung weiches Schnauben und Scharren entgegen. Ich kann nicht anders als stehen zu bleiben. »Nein, nicht in den Stall«, weist mich die Wetterfrau harsch zurecht. »Gehen Sie mit den anderen in den Aufenthaltsraum und warten Sie dort auf Martina.«

Bevor ich etwas sagen kann, dirigiert sie mich sanft, aber resolut ins Mittelgebäude. Und dann fühle ich mich in den Flughafen zurückversetzt. Alle reden in fünf Sprachen durcheinander und drängeln beim Versuch, in einem schlauchartigen Umkleideraum genug Platz zu ergattern. Wie abgestreifte Häute eines anderen Lebens hängen Reihen grüner Regenjacken mit passenden Gummihosen auf Garderobenstangen. Auf Bänken sitzend ziehen sich ein paar Touristinnen bereits die Montur über die Kleidung.

»Wir warten besser noch zehn Minuten, bis das Gewitter ganz vorbeigezogen ist«, ruft die Wetterfrau in die Runde. »Nehmen Sie sich so lange vorne in der Küche Kaffee und Tee.«

In dem Nebenraum, zu dem sie zeigt, drängelt sich eine

Gruppe von Kindern, die offenbar schon länger hier festsitzt. »... looking for Fabian?«, dringt es an mein Ohr. Ein burschikoses Mädchen um die zwanzig steht vor mir. Auf ihrem Namensschild am Kragen lese ich das Wort GUIDE und darunter: *Hello, I'm Martina*. Erst jetzt merke ich, dass sie mich schon zum zweiten Mal etwas fragt. »Are you Fabian's Grandpa?«

»No, I'm not«, rufe ich gegen das Stimmengewirr an. »Ich will zu Gunnar.«

Sie sieht mich an, als hätte ich nach den Weihnachtskerlen gefragt.

»Gunnar Svensson!«, schreie ich noch lauter. »Wo ist Gunnar Svensson?«

»Mister Svensson?« Sie schüttelt den Kopf und erklärt etwas, aber im Hintergrund lachen ein paar Damen kreischend laut los, und ein Kind fängt an zu heulen. Also trete ich fluchtartig den Rückzug an. Fast hätte ich einen untersetzten Mann umgerannt, der mich nun freundlich angrinst. Typ jovialer Verkäufer. »Du willst zu Gunnar, ja? Bist du ein Freund von ihm?«

Unglaublich, wie froh ich bin, dass endlich jemand mit mir in meiner Sprache spricht. Ich versuche, sein rotes, glattes Gesicht einzuordnen, aber ich habe ihn noch nie gesehen.

»Ich bin Gunnars ehemaliger Nachbar«, bringe ich heraus.

Er lacht und schlägt mir auf die Schulter. »Sieht man gleich, dass du nicht zum Reiten hier bist. Ich bin Kári. Und dich nennt man ...?«

»Einar Pálsson.«

»So förmlich, was?« Er grinst noch breiter. »Kannst sicher einen Kaffee vertragen, ja?«

Er holt eine Thermoskanne aus der Küche und bedeutet mir, ihm zu folgen. Es tut gut, die Gruppe hinter mir zu lassen. Auf dem Blechdach trommelt der Regen mit dem davonziehenden

Donner um die Wette. Mit einem Tritt stößt Kári die Tür zu einem Nebenzimmer auf, eine Art Büro. Das Größte darin ist der Bildschirm, die Wand ist mit Kalendern und Karten tapeziert.

Kári schiebt mir einen Stuhl hin und kramt Tassen aus einem Schrank. »Sollte man nicht glauben, dass sich bei dem Wetter heute so viele Touristen hierher verirren, was?« Ich starre nur auf eine Liste mit Arbeitsplänen und den Namen der vier Guides. Daneben prangt eine Weltkarte mit Pins und Fähnchen: Martina kommt offenbar aus der Schweiz, eine Helen aus Kanada, dann gibt es noch Steffi aus Paderborn und Naomi aus England.

»Seit wann steht denn hier ein Reiterhof, Kári?«

Er zuckt mit den Schultern und schenkt schwungvoll ein, eine irgendwie tänzerische Geste, ähnlich wie seine Art zu gehen. »Erst seit einem Jahr. Aber es läuft gut an. Nächstes Jahr werden wir noch zehn Pferde dazunehmen.« Er drückt mir die Tasse in die Hand und lässt sich in einen Bürostuhl fallen. Für einige Sekunden kehrt wunderbare Stille ein. Der erste Schluck Kaffee macht mich schwindelig. Zum ersten Mal spüre ich, wie müde ich bin.

Gemeinsam lauschen wir dem Regen und Martinas Stimme. »Don't worry«, ruft sie draußen den Touristen fröhlich zu. »Der Regen hört sicher bald auf. Bei den Isländern gibt es ein Sprichwort: Wenn dir das Wetter nicht passt, warte fünf Minuten.«

»Wir hätten die Nachmittagstour wohl doch besser abgesagt«, murmelt Kári beim Blick aus dem Fenster. »Na ja, notfalls bekommen die Leute das Geld zurück oder Gutscheine für morgen.«

»Was ist aus Gunnars Haus geworden?«

»Was soll daraus geworden sein? Du hättest nur am Hof vorbei und noch ein Stück weiterfahren müssen, Einar. Die direkte Zufahrt wurde vor drei Jahren für die Baufahrzeuge umgeleitet. Wir haben auch neue Reitwege aufschütten lassen.« Er deutet mit dem Daumen zur Wand. *Elfentour*, lese ich auf einer comicbunt gezeichneten Landkarte. *Vulkantour, Panorama-Tour*. »Du warst wirklich lange nicht mehr hier, was?«

»Offenbar zu lange«, murmle ich.

Kári kneift die Augen zusammen. »Du kommst nicht aus unserer Gegend, oder?«

»Nein, meine Familie stammt aus der Nähe von Sauðárkrókur.«

»So, aus dem Norden. Und was führt dich her? Besuch bei Freunden? Wo wohnst du?«

»Unten in Gunnars alter Siedlung, das dunkelgraue Steinhaus am Hang.« Und nur, um das Wort auszusprechen, füge ich noch hinzu: »Sumarhús.«

Zu meiner Verblüffung hellt sich Káris Miene auf, als hätte sich ein Puzzle zu einem Bild gefügt. »Ach, das Haus des Deutschen! Dann besuchst du also Jón?«

Für einen Moment hatte ich tatsächlich vergessen, dass Island die Insel der Augen ist. Jeder beobachtet jeden, auch in losen Nachbarschaften wie diesen. *Das Haus des Deutschen.* Insgeheim seufze ich auf. Ich bin in Island geboren und aufgewachsen, aber Gunnar hat schon immer den Scherz mit dem Deutschenhaus gemacht – so lange, bis er die Runde machte und zum geflügelten Wort wurde. Doch da mein Name keinerlei Echo bei Kári hervorruft, ist mein Mieter offenbar nicht sehr gesprächig.

»Ja, ich ... wohne bei Jón.«

»Habe ihn lange nicht gesehen. Geht's ihm gut?«

Ich nicke nur vage.

Kári holt tief Luft. »Hatte ja wirklich kein Glück mehr, seit er wegen der *Kreppa* mit seiner Firma bankrott gegangen ist und ... na ja, nach dieser ganzen Sache. Ist schon tragisch, wie jemand so viel Pech im Leben haben kann.«

Beim Wort *Kreppa* kehrt meine Erinnerung zurück. Richtig,

auch das war ein Grund, dass Gunnar damals für seinen jungen Verwandten so dringend eine Unterkunft brauchte.

»Na ja, aber einiges hat er sich ja auch selber eingebrockt«, fährt Kári fort. »War schon eine ziemlich krude Geschichte damals, nicht wahr?« Er sieht mich erwartungsvoll an.

»Er war nicht der Einzige, den die Finanzkrise arm gemacht hat«, erwidere ich nur. »Und du, Kári? Gehörst du zu Gunnars Familie?«

»Oh nein, ich bin eine Art Geschäftspartner und kümmere mich um alles, Gunnar wohnt ja nicht mehr hier. Eigentlich bin ich die Woche über im großen Reiterhof bei Selfoss, da habe ich über den Sommer vierzig Tiere und zehn Guides. Hier habe ich nur fünfzehn Pferde, und es reicht, wenn ich zweimal die Woche nach dem Rechten sehe. Die Mädchen kommen alleine klar ...«

»Gunnar ist weggezogen? Hat er das Haus verkauft?«

»Nein. In der Reitsaison wohnen darin die Guides, und im Winter vermietet er es an Touristen. Er lässt mich auf seinem Gut hier schuften und hat sich eine schöne Wohnung in Reykjavík gekauft. Mitten im Botschaftsviertel.«

Jetzt hätte ich mich fast am Kaffee verschluckt. »Na, das Geschäft mit den Touristen scheint sich ja zu lohnen.«

Kári ist wohl völlig taub für Sarkasmus. »Der Hof ist für uns beide eine Goldgrube. Und die Mädels reißen sich um die Arbeit.«

»Die Mädels«, murmle ich.

»Ja, es sind fast nur Mädchen, die sich bewerben«, plaudert Kári völlig unbekümmert weiter. »Viele sind Studentinnen. Sie reisen auf eigene Kosten an und arbeiten ein paar Monate gegen Kost und Logis. Work & Travel – hast du sicher schon mal gehört. Ist ein gutes Konzept: Sie machen die Touren mit den Gästen, kümmern sich um die Pferde und den Hof. Und dafür dürfen sie kostenlos in Gunnars Haus wohnen und bekommen sogar ein Taschengeld.«

Während ihr die fetten Gewinne einstreicht. »Ist ja wie in den guten alten Zeiten«, bemerke ich trocken. »Junge Frauen aus dem Ausland anwerben, damit sie für wenig Geld die schwere Arbeit auf den Höfen machen.«

Kári versteht die Anspielung nicht. Vielleicht ist er einfach zu jung dafür, ich schätze ihn auf höchstens vierzig. »Was ist verkehrt daran?«, fragt er völlig arglos. »Für die Mädchen ist es Abenteuerurlaub. Und wir brauchen sie. Ohne Arbeitskräfte von außerhalb wäre der Tourismusboom doch längst nicht mehr zu bewältigen.« Er grinst über das ganze Gesicht und springt auf. »Na also! Der Regen hat aufgehört.«

Draußen hat sich schon Stimmengewirr erhoben, Dutzende von Gummistiefeln trampeln nach draußen, dann hört man das erste Klappern von Hufen. »Hey-ho, Wikinger!«, sagt ein Mann und lacht.

»Schau mal, Moni«, ruft eine deutsche Dame entzückt aus. »Die Pferde sind ja wirklich so klein!«

In dem Begeisterungschaos gibt Martina stoisch Anweisungen für den Ausritt. »Nie die Zügel loslassen. Keine Fotos während des Reitens, dafür machen wir extra Pausen an Panorama-Plätzen ...«

Ohne es zu wollen, knalle ich die leere Tasse so hart auf den Tisch, dass ich im ersten Moment fürchte, sie wird zerbrechen. Ich weiß nicht, warum ich plötzlich so zornig bin. Aber auf eine seltsame Art fühle ich mich betrogen.

Kári bemerkt nichts, er kritzelt Zahlen auf einen Zettel. »Hier, Gunnars Adresse und Telefonnummer. Ich lasse dich am besten hinten bei den Koppeln raus.«

Ich bin tatsächlich dankbar, den Reitern im Innenhof ausweichen zu können. Doch bis zur Rückseite der Ställe dringen Hufgeklapper und das erwartungsvolle Lachen der Reiter.

Zum Abschied schlägt mir Kári freundschaftlich auf die Schulter. »Immer an den Koppeln entlang, vorne rechts kommst du zum Parkplatz zurück. Und grüß Gunnar von mir!«

Den Teufel werde ich tun. »Danke für den Kaffee, Kári.«

Ich spüre seinen Blick im Nacken, während ich am Metallzaun entlanggehe, und frage mich, was er wohl denkt. Vermutlich ist er einfach froh, den mürrischen Sonderling los zu sein. Ganz am Ende des Gebäudes schiebt ein blondes Mädchen eine Schubkarre vorbei. Auf den ersten Blick hätte ich das Mädchen auf vierzehn geschätzt, aber das liegt nur daran, dass sie sehr zierlich ist und das Haar zu abstehenden Kinderzöpfchen zusammengebunden hat.

Ein schrilles Wiehern lässt mich innehalten. Im Schatten eines Unterstands mitten auf der Koppel regt sich wolkiges Dunkel. Ich kneife die Augen zusammen, horche auf das Schnauben und Scharren. Und als Schatten und Fell sich trennen und das Pferd zur Seite ins Licht weicht, zieht sich mein Herz so jäh zusammen, dass mir der Atem wegbleibt. Für einen Moment glaube ich, in die Vergangenheit zu sehen. Sobald ich blinzle, wird das Trugbild verschwunden sein. Aber als ich die Augen wieder öffne, steht die Stute immer noch dort. Sie ist zierlich und schmal, ungewöhnlich langbeinig für einen Isländer. Und sie hat die schönste Färbung von allen, das Siegel der Insel: sturmwolkengraues, fast schwarzes Fell und eine falbhelle, fast weiße Mähne mit einem Silberschimmer. *Windfarben.*

Sie scharrt und wiehert ihren gesattelten Artgenossen nach, versucht einen ungelenken Satz, obwohl sie im Unterstand viel zu kurz angebunden ist. Ihr Kopf ruckt zur Seite, ihr Hals verdreht sich auf eine Art, die schon beim Hinsehen wehtut. Und als ich den Riemen sehe, der sich tief in ihre Kehle drückt, laufe ich einfach los.

»Hey!«, gellt der Ruf der Blonden über die Koppel. »You're not allowed to go there!«

Aber längst habe ich das Tor geöffnet.

»He, hello Mister! Hier ist der Zutritt für Gäste verboten.«

»Soll ich dir sagen, was verboten ist, Pippi Langstrumpf?«, murmle ich. »Pferde zu schinden.«

Mit wehendem Mantel erreiche ich den Unterstand und hätte am liebsten laut geflucht. Aus der Nähe sieht das Ganze noch erbärmlicher aus, die windfarbene Mähne ist zerrauft von viel zu fest gezurrten Halfterriemen. Der Kehlriemen schneidet ein, dazu ist noch ein weiteres Seil um den Nacken der Stute geknotet. Warnend legt sie die Ohren an und weicht vor mir in den Schatten zurück. Vom Seil gebremst schnaubt sie und schlägt mit dem Vorderbein. Und als sie den Kopf wegdreht, so weit es geht, und die Augen misstrauisch in meine Richtung verdreht, bis das Weiße sichtbar wird, flutet eine heiße Welle mein Herz.

Ganz von selbst tragen mich meine Beine zur Seite, ein vorsichtiger Tanz, dessen Schritte ich immer noch beherrsche. Ich nähere mich der Stute fast beiläufig, so, dass sie mich immer im Blick hat und ich sie trotzdem nicht bedränge. »Svona-Svona«, murmle ich dabei den Zauberspruch aller isländischen Pferdefänger, »So-So«. Es ist das erste Versprechen, das ein wildes Pferd von einem Menschen erhält, eine Beruhigung, dass ihm nichts Böses geschehen wird. »Svona-Svona«, locke ich weiter in dem sanften Singsang, der sie schließlich innehalten und reglos verharren lässt. Am Ende des straff gespannten Strickes äugt sie schräg zu mir hoch und duldet es, dass ich ihr nun sanft durch die Mähne fahre und den Kehlriemen lockere. Und als meine Hand sich auf das Beben eines Herzschlags dicht unter dem Fell legt, schnürt es mir die Kehle zu. Mein Blick verschwimmt, ein Laut stockt in meiner Brust. Aber alte Männer weinen nicht, also beiße ich die Zähne zusammen. Und dennoch bricht etwas in mir, altes Eis, das mein Herz umschließt – und alles beginnt zu fließen. Zeit zerrinnt, Jahre strömen davon und reißen mich mit sich. Der einzige Halt ist der Herzschlag unter meinen Fingerspitzen und eine Kinderhand, die sich in einer windfarbenen Mähne festkrallt. Es ist meine Hand. Und das Herz, das in meiner Brust schlägt, zittert in einem Taumel aus Furcht und besinnungslosem Glück.

Ich sitze vor dem Sattel auf dem Widerrist, und ich kann nicht fallen, obwohl das Land unter mir so schnell dahinrast und meine im Pferdetakt schlackernden Beine so kurz sind, dass sie nicht einmal bis zur Hälfte des Sattelblattes reichen. Doch der Arm meiner Mutter liegt um meine Brust, sie hält mich sicher und fest an sich gedrückt.

Ich rieche den herben Duft von Leder und Pferdeschweiß. Über mir höre ich die Stimme meiner Mutter, die sich mit dem Schnauben des Pferdes und dem Blöken der Schafe vermischt, ich spüre ihre Wärme an meinem Rücken und ihren Kuss auf meinem Scheitel. Ich schmiege mich an sie, und vor mir öffnet sich die ganze Welt, gefährlich und viel zu groß, lockend, beängstigend und wunderbar zugleich.

»It's okay, Naomi, I know the guy! Thanks!«

Hastig wische ich mir über die Wangen und drehe mich um. Die Blonde steht am Koppeltor. Erst als Kári ihr im Gehen einen Wink gibt, nickt sie erleichtert und geht.

»Na, Einar? Willst du dir ein Pferd stehlen?«, ruft Kári und lacht.

»Zeigt ihr den Guides nicht, wie man ein Halfter richtig anlegt?«, blaffe ich ihn an. »Schau dir diesen Galgenstrick an! Und warum bindet ihr das Pferd überhaupt an, statt es auf der Koppel laufen zu lassen?«

Kári hört auf zu grinsen. Langsam reicht es ihm wohl mit mir.

»Sie soll nicht laufen. Hast du ihr rechtes Vorderbein nicht gesehen?«

Es ist nicht leicht, einen Blick auf das Bein zu erhaschen, die Stute drückt sich dicht gegen die Seitenwand, als wollte sie mir den Blick verwehren. Ich beuge mich nach unten und zucke zurück. »Wie ist das passiert?«

»Pech beim Pferdekauf.« Kári stößt genervt die Luft aus. »Ich habe sie erst seit Saisonbeginn. Anfangs ist sie einwandfrei gelaufen, war eine unserer Ruhigsten. Aber als eine Gruppe beim Fotostopp am Felsen abstieg, fing sie plötzlich an zu zicken. Der Reiter hat vor Schreck die Zügel losgelassen, und sie ist zur Seite ausgebrochen. Dabei ist sie mit dem Bein im Zügel hängen geblieben und am Fels gestürzt. Hat sich das Knie aufgeschlagen und das ganze Bein bis runter zum Huf aufgerissen, siehst du?«

Ich schaue kein zweites Mal hin. Die Wunde ist zwar gut angeheilt, aber die gezackte Narbe anzusehen tut fast körperlich weh.

»Seitdem lässt sie sich kaum noch anfassen, ist biestig und stur und tritt mit dem lädierten Bein aus, warum auch immer. Eines der Mädchen hat sie sogar gebissen. Und wenn wir sie nicht anbinden, rennt sie wie gestört herum und wird nur noch lahmer dabei. Schöner Mist, was?« Kári spuckt aus und vergräbt die Fäuste tief in den Taschen. »Verlustgeschäft«, sagt er missmutig zu seinen Stiefelspitzen. »Aber ich bin selbst schuld. Warum lasse ich mir auch ein Pferd andrehen, das Frekja heißt?«

Trotz allem hätte ich nun beinahe gelächelt. Frekja bedeutet *die Freche, die Unverschämte*. »Was macht ihr jetzt mit ihr?«

Kári hebt die Schultern und schweigt. Und natürlich kenne ich die Antwort selbst: Nur ein arbeitswilliges, braves Pferd ist ein gutes Pferd. Niemand in Island braucht ein schwieriges Reittier, das auch noch lahmt. Da sind wir nicht zimperlich. Pferdefleisch gibt es in der Tiefkühltruhe jedes Supermarkts. In gewisser Weise ist es auch der Lauf der Natur, früher war es eine logische Auslese zugunsten des menschlichen Überlebens. Ein gutes Pferd zu haben konnte draußen in der Natur über Leben und Tod des Reiters entscheiden. Aber heute kann ich die Gesetze der Insel zum ersten Mal nicht einfach so hinnehmen.

»Wie viel willst du für sie?«

Ich dachte, der abgebrühte Kári ist nicht leicht zu verblüffen, aber jetzt klappt ihm der Mund auf. »Du möchtest die Krücke *kaufen*? Was willst du denn mit einem lahmenden Pferd?«

»Das … lass meine Sorge sein.« Ich weiche Káris verständnislosem Blick aus und greife der Stute in die Mähne, als könnte ich sie davor bewahren, in einen Abgrund zu stürzen. Und als die drahtigen Haare in meine Finger schneiden, ist es wieder, als würde ich auf die blühende Hochlandheide meiner Kindheit schauen, auf den Himmel und die Schafe – Wolken auf Beinen, die das Schnauben des Pferdes vor uns herweht.

»Nichts für ungut, aber das kann ich nicht machen«, sagt Kári. »Mit der würdest du keinen Spaß haben. Und außerdem haben wir gerade auch keinen Transportanhänger vor Ort …«

»Ich bin mit meinem Pickup da. Und ich gebe dir den vollen Preis. Wie viel hast du für sie bezahlt?«

Das ist die Sprache, die Geschäftemacher Kári versteht. Seine Augen leuchten auf, er leckt sich die Lippen. Aber dann wird mir klar, dass ich ihn wohl falsch eingeschätzt habe. »Wir wissen beide, dass sie nicht einmal mehr ihr Futter wert ist. Ihr Bein wird nie wieder belastbar sein, die kannst du dir höchstens noch als Dekoration in den Vorgarten stellen. Aber weißt du was? Ich mache dir einen Nachbarschaftspreis: Fünfundzwanzigtausend Kronen, und ich gebe dir noch einen Heusack dazu. Nur sag später nicht, ich hätte dich nicht gewarnt. Deal?«

»Machst du dich über mich lustig?« Der Preis ist kein Deal, es ist ein Almosen, rund zweihundert Euro. Vielleicht tue ich Kári einfach nur leid. Mir ist nicht entgangen, wie er meinen alten Mantel und die abgetretenen Reiseschuhe gemustert hat. Oder vielleicht nutzt er einfach die günstige Gelegenheit, zwei Schwierige auf einen Schlag loszuwerden.

»Nimm es oder lass es, Einar. Zeit ist Geld. Und wie du schon sagtest: Wenn ich dir den Gaul gebe, spare ich mir Zeit und Ärger. Und auf Ärger kannst du dich bei diesem Mistvieh gefasst machen.«

Doch während er das sagt, kämmt er der Stute mit den Fingern beiläufig die Stirnlocke zur Seite und streicht ihr über die Kinnlinie. Vermutlich ist er sich selbst gar nicht dessen bewusst, wie freundlich und sanft diese Geste ist. Das und die Tatsache, dass die Stute sich seine Berührung ohne Misstrauen gern gefallen lässt und sogar die Ohren spitzt, versöhnt mich schlagartig mit ihm. Zum ersten Mal an diesem Tag fühle ich mich, als würde ich nach Hause kommen, als hätte meine Seele mich endlich eingeholt. »Mit Ärger kann ich umgehen, Kári.«

Er sieht aus, als würde er sich ein Grinsen verkneifen. Aber er nickt und streckt mir die Rechte zum Handschlag hin. »Wie du meinst, Einar. Wir verladen sie auf dein Auto. Sobald sie vom Hof ist, ist alles Weitere dein Problem. Kein Rückgaberecht, klar?«

»Deal, Kári«, antworte ich und schlage ein.

Seiltänzer

Langsam komme ich wieder zu mir, ernüchtert und kopfwund wie nach einer Nacht mit zu viel Alkohol. Seit Kilometer einundvierzig frage ich mich, warum Henrik mich immer noch nicht angerufen hat, und sei es nur, um mich wutentbrannt anzuschreien. Diese lange Funkstille passt nicht zu ihm. Ich versuche mir nicht vorzustellen, dass er gerade mit Mia telefoniert – wer sonst sollte eine SMS mit dem Kürzel MI unterschreiben? Ein Anflug von Panik steigt wieder in mir auf, aber ich dränge ihn mit aller Gewalt zurück und mache mir stattdessen Sorgen, dass Henrik etwas zugestoßen ist. Das Gewitter ist längst vorbei, die Sonne ist ein blutleerer gleißender Fleck am Grauschleierhimmel, doch im Geiste sehe ich meinen Mann im tosenden Gewitter verletzt und ohnmächtig am Fuß des Vulkans liegen – vom Blitz getroffen, böse gestürzt. Oder beides. *Hör auf!*, befehle ich mir. *Das ist nur Island, nicht der Mount Everest im Schneesturm.* Henrik hat sein Smartphone dabei und immer genug Notfallgeld für ein Taxi in der Hosentasche. Aber es würde zu ihm passen, melodramatisch durch den Regen zur Ringstraße zu laufen. Die Gelegenheit, mir in triefnassen Klamotten zu demonstrieren, was ich ihm angetan habe, wird er sich nicht entgehen lassen. Vielleicht ist sein Schweigen Teil der Bestrafung. Wir kennen einander wirklich zu gut.

Wieder spüre ich dieses bleierne Gewicht auf meinem Nacken, so müde bin ich von diesen Spielen unserer Ehe. Am liebsten würde ich den Kopf auf das Lenkrad sinken lassen und die Augen schließen in der Gewissheit, dass der Wagen mich einfach weiterträgt – irgendwohin, wo es dunkel ist.

Doch stattdessen muss ich so heftig abbremsen, dass es mich in die Gurte wirft. Vor mir ist wie aus dem Nichts ein grüner Pickup auf die Straße abgebogen. Auf der Ladefläche steht ein Pferd quer zwischen Fahrerhaus und einem eingezogenen Holzbrett. Es hält den Kopf gesenkt, nur ein Stück dunkler Rückenlinie und der Ansatz einer weißen Mähne ragen über die Trennwand – ein Schwarzweißpferd, das wie ein Foto-Negativ wirkt.

Mir bleibt nichts anderes übrig, als dem Pickup im Schneckentempo hinterherzukriechen. Sobald ich nach einer Ewigkeit die Gegenfahrbahn wieder überblicken kann, will ich überholen – und muss gleich noch einmal in die Eisen steigen. Nur das Pferd hält mich davon ab, den Fahrer zusammenzuhupen, weil er ohne zu blinken abbiegt und direkt vor mir die Straße quert. Am Steuer des Pickups hätte ich einen bulligen Kerl mit Bartschatten und Schiebermütze erwartet. Doch es ist ein alter Mann mit feinen Zügen, der sehr aufrecht zu dicht am Lenkrad sitzt. Mit dem braunen Tweedmantel wirkt er wie ein zerstreuter Professor aus einem englischen Film. Irritiert schaut er nach links und macht eine vage Entschuldigungsgeste, ohne mich wirklich wahrzunehmen. Seine Brille à la Herbert Wehner ist sicher ein Original aus den Fünfzigern und würde meiner Hipster-Nichte Begeisterungsschreie entlocken. Der obere Rand und die Bügel bilden eine durchgehende dunkle Hornlinie und geben dem Gesicht etwas Strenges. Der Mann hat die Schultern hochgezogen und ist nun völlig auf den Rückspiegel fixiert, die Stirn gerunzelt und den Mund zu einem Strich fest zusammengekniffen. *Als hätten alle seine Sorgen die Gestalt des Pferdes in seinem Nacken angenommen.*

Ich schere mit dem Toyota aus und ziehe langsam, um das Pferd nicht zu erschrecken, rechts hinter dem Pickup vorbei. In meinem Rückspiegel schaue ich zu, wie das kuriose Gespann nun einen Schotterpfad in Richtung Hügelkuppe hinaufrumpelt. Der Pickup wendet mir seine Breitseite zu – und ich erhasche einen Blick auf ein schmales Pferdemaul und eine buschige Mähne. Das Schwarzweißpferd versucht auf dem holprigen Weg das Gleichgewicht zu halten, es balanciert wie ein unsicherer Seiltänzer, doch plötzlich knickt es mit einem Vorderbein ein. Unwillkürlich gehe ich vom Gas. Aber dann sehe ich, dass das Tier gar nicht fallen kann, es ist gefesselt und eingepfercht, nicht fähig, sich von der Stelle zu rühren. Sogar der Kopf ist mit einem Seil fixiert. Wie eine Marionette sackt es nur schwer gegen die Trennwand.

Plötzlich flackert mein Sichtfeld, ohne Vorwarnung ist mir schwindelig, und ich bekomme keine Luft mehr. Schotter knirscht unter den Rädern, als ich von der Straße abfahre und zum Stehen komme. Ich schalte den Motor aus, ziehe sogar die Handbremse an. Doch dann kann ich nur noch panisch nach Luft ringen, während sich kaltes Eisen in meinen Magen bohrt und die Lungen zusammendrückt. Angst kriecht in mir hoch: Angst, einen schrecklichen Fehler gemacht zu haben. Angst, dass ich Henrik längst schon verloren habe – an Mia oder irgendeine andere.

Angst, dass meine Ehe vorbei ist.

• • •

Kári und die Blonde haben ganze Arbeit geleistet. Ich scheuere mir alle Knöchel auf, als ich die Seile löse. Endlich kann ich auch die letzten Karabinerhaken entsichern. Inzwischen schwitze ich und bin völlig außer Atem.

Ungelenk humpelt die Stute am langen Strick vom Pickup,

ihre Schritte sind donnernde Schläge auf der schweren Trennwand, die ich mit viel Mühe heruntergezogen und zu einer provisorischen Rampe umfunktioniert habe. Den letzten Meter schlittert sie und landet mit einem holprigen Satz in den Lupinen. Das Seil ruckt schmerzhaft durch meine Faust und reißt mich nach vorn. Fast wäre ich gestürzt. Im Geiste höre ich Kári spöttisch lachen. *Gut gemacht, alter Mann. Und jetzt? Zeigst du ihr das hübsche Gästezimmer im Haus?*

Mein Mut sinkt, und vielleicht spürt es die Stute, sie beginnt wieder mit ihrem nervösen Tick, schlägt mit dem vernarbten Vorderbein wie ein Zirkuspferd, das einen Zähltrick aufführt. Jetzt bin ich froh, dass mein Mieter noch nicht da ist, wie sollte ich ihm erklären, warum ich ein verrücktes Pferd gekauft habe? Von dieser Seite des Hügels aus betrachtet ist es nur noch eine dumme, sentimentale Kurzschlussreaktion. Abgesehen davon, dass ich schon jetzt am Ende meiner Kräfte bin, weiß ich ja nicht einmal, wie lange ich hierbleiben werde. Es gibt hier keinen Unterstand, keine Weide, keinen Stall. *Wie soll ich das nur schaffen?*

Bizarrerweise kommt mir ausgerechnet jetzt der Kinderwitz in den Sinn, den Kim in ihren Grundschulzeiten immer wieder mit einem Zahnlückengrinsen präsentierte: »Wie isst man am besten Elefanten, Pabbi?« Es gehörte zu unserem Spiel, dass ich mich ratlos gab, damit sie triumphierend herausplatzen konnte: »Na, Stück für Stück!«

Seltsamerweise bringt mir diese Antwort etwas Zuversicht zurück. »Eins nach dem anderen«, sage ich laut zu mir.

Ich binde die Stute am Tor an und lockere nun endlich auch das Lederhalfter. Unter den Riemen ist das Fell bis auf die Haut abgescheuert. Hinter den Ohren klafft sogar eine Lücke in der Mähne, genau dort, wo das Genickstück anliegt. »*Und immer daran denken: Lieber zu straff als zu locker anbinden!*«, erinnere ich mich an

Káris mahnende Worte zum Abschied. *Schinder*, denke ich mir nun.

Es tut gut zu sehen, wie sie sich streckt und den Kopf schüttelt. »Svona, Frekja«, rede ich ihr gut zu, und sie schnaubt mir zufrieden in die Hand. Hinter ihr ragt das Sumarhús auf. Fell und Fassade verschwimmen im selben Dunkelgrau, als versuchte das Haus, sogar mein Pferd an sich zu ziehen. An meinem Rückgrat meldet sich das unheilvolle Ziehen, die Ahnung, im Haus immer noch erwartet zu werden. Und bilde ich es mir ein, oder hat einer der Vorhänge seit meiner Flucht vorhin fast unmerklich seine Lage verändert?

Nun, ein Gutes hat die Gegenwart eines Pferdes, um das man sich kümmern muss: Ich muss das Haus nicht betreten. Zumindest noch nicht.

Irgendwo in der Garage muss noch ein provisorischer Bauzaun verstaut sein. Bevor ich mich auf die Suche mache, vergewissere ich mich noch einmal, dass es der Stute gut geht. Mir wird warm ums Herz, so friedlich steht sie nun am lang durchhängenden Seil da. Sie hebt die Nase in den Wind, spitzt die Ohren und äugt hinüber zum Fjord.

• • •

Noch nie in meinem Leben hatte ich eine Panikattacke, aber das, was ich eben erlebt habe, gleicht erschreckend den Schüben meiner Mutter. Langsam kann ich wieder atmen, aber die Eisenfaust im Magen ist geblieben.

Anna geht erst beim zwanzigsten Klingeln ans Telefon, vielleicht musste sie sich in ihrem Atelier noch die Farbe von den Händen wischen. Oder sie ist nackt aus den Armen ihres Liebhabers gesprungen und hat nach ihrem Kimono gesucht, weil das

Telefon immer auf dem Fensterbrett des Schaufensters zwischen ihren Skulpturen liegt. Ihre Stimme verrät nicht, ob ich sie von Kunst oder Liebe fortgelockt habe, sie klingt wie immer rauchig und warm, auch heute muss ich an schwarzen Samt und träge Katzen denken. »Swea, hey! Na, wie ist der Midsommer-Sex bei den Wikingern?«

Sogar über den ganzen Nordatlantik hinweg trifft Anna blind und punktgenau.

»Henrik betrügt mich«, würge ich hervor. »Er hat eine Affäre, Anna! Schon wieder.«

In der folgenden Stille höre ich sogar die Autos, die an ihrem Atelier an der Hauptstraße vorbeibrausen. Kein Wunder, dass es Anna die Sprache verschlägt. Sie kennt unsere ganze Geschichte von Anfang an, sie kennt Henrik und mich in guten und in schlechten Zeiten. Und einen Teil seiner schlechten Zeiten hat Henrik der Tatsache zu verdanken, dass Anna mit Leuten, die ihren Freundinnen wehtun, nicht zimperlich umgeht. »Was?«, fragt sie nach einer Ewigkeit. »Aber ... wie kommst du denn darauf ...«

Ich lasse sie nicht ausreden, aus mir bricht alles heraus und noch viel mehr, was ich eigentlich gar nicht erzählen wollte. Für meine Mutter wäre es der Horrorfilm-Gegenentwurf zu ihrem heiß ersehnten Happy End. *Handy Massaker*. Ich beschreibe sogar Mias blau lackierte Fingernägel und ihren Schlangenring. Bevor ich auch noch Nachricht zwei wörtlich zitieren kann, ruft Anna mir »Swea, stopp mal!« ins Ohr.

Es passt gut, ich muss ohnehin Luft holen.

»Jetzt mal langsam«, sagt Anna. »Henrik bekommt irgendeine alberne Porno-SMS, und du rastest gleich dermaßen aus, dass du ihn den Eisbären zum Fraß vorwirfst und abhaust?«

Ich sollte ihr erklären, dass wir hier nicht am Nordpol sind. Aber dafür bin ich viel zu irritiert. *Irgendeine alberne Porno-SMS?* Mir schießt das Blut in die Wangen. Warum fühle ich mich wieder so, als wäre ich diejenige, die etwas falsch gemacht hat?

»Hast du überhaupt zugehört, Anna? Henrik vögelt diese Studentin, die in der Kunstfabrik arbeitet. Diese ... Mia!«

In der nächsten langen Pause höre ich ein Feuerzeug schnappen. Anna steckt sich tatsächlich in aller Ruhe eine Zigarette an. »Swea, jetzt komm mal wieder runter. Erstens: Ich habe Mia mal gesehen, als ich meine Leinwände aus der Kunstfabrik geholt habe. Sie ist blond und ...«

»Haare kann man färben. Das weißt du doch am allerbesten!«

»Jetzt atme mal tief durch und denk logisch: Henrik sammelt solche Nachrichten für seine Installation. Wie du weißt, heißt sie *Sexting Beat*. Klingelt etwas bei dir? *Sexting*! Die Definition, was das ist, hast du doch selbst für Henriks Kreditantrag bei der Bank ausformuliert. *Dirty Talk* per *Mobile Messaging* ... die Art, sich im Zeitalter von Social Media erotisch zuzutexten ...«

»Aber nicht mit Nachrichten, in denen eine Frau unter das Foto ihrer Brustwarze schreibt: ›Leck sie, Sexy! Your turn, Henrik‹. Und unterschrieben ist das Ganze mit ›MI‹.«

Ich will nicht so bitter klingen, aber ich kann nichts dagegen tun, dass sich wieder das Bild vor meine Augen schiebt: Henrik, der sich über eine nackte Brust beugt und genau das tut, wozu ihn die zweite Nachricht auffordert.

Ein paar Sekunden ist Stille, dann lacht Anna zu meinem Entsetzen einfach los.

»Der Absender ist *MI*? Ich sage es dir wirklich nicht gerne, aber du bist auf einen kleinen, pickeligen Praktikanten eifersüchtig.«

Jetzt verstehe ich überhaupt nichts mehr.

»Die SMS hat Mika Fennen geschrieben«, erklärt Anna. »Du weißt doch, dieser kleine Irre, der nur wegen seines Idols Henrik

Kunst studiert. Über seinen Uni-Prof hat er es geschafft, sich an Henrik ranzuwanzen, und darf jetzt ein bisschen an der Vorbereitung der Installation mitarbeiten. Das heißt: Er zieht erotische Nachrichten von weißgottwelchen Servern und Plattformen und postet selbst welche. *Archiv generieren* nennt man das. Dein Busenwunder stammt sicher von irgendeiner Dating-Seite.«

Der Name Fennen sagt mir etwas. Und vage erinnere ich mich daran, dass ein Kunststudent Henrik wochenlang mit schrägen Bewerbungsaktionen genervt hat.

»Aber ... warum sollte er solche Nachrichten im Urlaub an Henrik schicken?«, frage ich mit schwacher Stimme.

»Weil er ein Idiot ist?« Anna lacht. »Nein, wahrscheinlich ist er nur ein Streber. Henrik hat neuerdings diese Idee, das Publikum an den Computern im Ausstellungsraum mit vermeintlich echten Nutzern live chatten zu lassen. Mika und zwei andere Studenten sollen als Chatpartner fungieren. Mika hat dafür so ziemlich überall Fake-Profile angelegt. Bis zum Ausstellungsstart soll jeder in der Kunstfabrik sich so oft wie möglich einloggen und posten. Henrik macht auch mit – er wollte sogar mich einspannen, irgendwelche Schlampensprüche abzusetzen.« Ihr spöttischer Tonfall sagt deutlich, was sie davon hält.

Mein Mund ist zu trocken, um zu schlucken. »Aber ... warum hat er mir nichts davon erzählt?«

Die lange Pause eines tiefen Raucherzugs lässt nichts Gutes ahnen. Und im Grunde weiß ich die Antwort schon. »Warum wohl, Swea?«, sagt Anna schließlich sanft. »Nach dem letzten Jahr hat er wohl befürchtet, dass du auf das Thema nicht gut zu sprechen bist.«

Ich schließe die Augen und sinke in den Sitz, so tief es geht. Aber leider kann ich nicht ganz verschwinden. Und Anna wäre nicht Anna, wenn sie jetzt nicht auch noch unbarmherzig nachtreten würde. »Du weißt, was ich von Henrik halte. Er kann ein echtes Arschloch sein, und glaube mir, ich hätte liebend gerne einen Grund, ihm wieder mal so richtig in den Hintern zu treten, aber diesmal gibt es wirklich keinen Anlass. Du kennst ihn doch: Wenn er für ein Konzept brennt, dann verbeißt er sich Tag und Nacht in die Arbeit. Besessene haben nun mal keinen Urlaub. So war er schon immer.«

»Ich weiß«, sage ich leise. Bei anderen mag es ein abgedroschenes Klischee sein, aber Henrik lebt tatsächlich mit Haut und Haaren für seine Kunst. Sogar ich bin ein Teil davon. Das ist Teil der Faszination, ihn zu lieben.

»In einer Hinsicht liegst du allerdings schon richtig«, setzt Anna süffisant hinzu. »Mika ist ’ne richtige, kleine Kunsthure. Und ich bin ziemlich sicher, dass er alles dafür tun würde, um im Lotterbett seines Meisters zu landen. Aber ich tippe trotzdem darauf, dass du dir bei Henrik nicht allzu große Sorgen machen musst.«

Sie schafft es tatsächlich, mich zum Lächeln zu bringen. *Aber warum fühle ich mich trotzdem, als müsste ich jeden Augenblick verrückt werden?*

»Swea? Alles in Ordnung?«

Ich muss mich räuspern, und trotzdem klinge ich heiser. »Natürlich.«

»Ja klar, das hört man«, sagt Anna ironisch. Es rumpelt, als sie den Sessel zum Fenster zieht. Rattan knarrt. Wenn ich die Augen schließe, sehe ich sie vor mir: lässig in den zerfransten Sessel geschmiegt, der schon zu Studienzeiten in ihrer WG stand, die bloßen Füße auf das Fensterbrett gelegt und sich keinen Deut darum scherend, dass Passanten, die am Atelier vorbeigehen, sich über ihre mit Farbe befleckten nackten Sohlen wundern. Wahrscheinlich ist ihr Kimono ein Stück über die Schulter gerutscht und gibt den Blick frei auf das Tattoo, das sie sich als Einsatz einer Wette hat stechen lassen. Bestimmt ist ihre schwarz gefärbte Mähne angezaust und die stets zu dramatische Schminke um die Augen verwischt. »Kurtisane für Arme«, hat Henrik sie einmal genannt. Und das war noch einer seiner freundlichen Titel für sie. Normalerweise lässt er sich darüber aus, dass sie keine Künstlerin sein kann, wenn sie ihr Atelier hauptsächlich mit Malkursen für Kinder und Hausfrauen finanziert. Schon zu Studienzeiten waren Annas und Henriks Diskussionen über Kunst und Kommerz wie epische Schlachten: blutig, laut und legendär.

Aber für mich war Anna immer Künstlerin und Muse zugleich, wunderschön und nachlässig, jenseits aller Konzepte von fester Form und Konvention. Sie fließt genau wie ihre Farben und erfindet sich immer wieder neu. Fast kann ich die Ölfarben und das Terpentin riechen – vermischt mit dem Aroma von Rotwein, den wir in unseren »Revival-Nächten« trinken, bis wir wieder Mitte zwanzig sind. Im Moment würde ich meine Seele dafür geben, mit ihr im Atelier zu sein. Ich will bis drei Uhr nachts malen und unsere alten Songs mitsingen und mich einen Teufel darum scheren, dass mir die Farbe aufs T-Shirt tropft.

Aber als ich die Augen öffne, ist da wieder nur mein blasses Tagleben.

»Ich weiß genau, was dir jetzt durch den Kopf geht«, sagt Anna ernst. »Er hat dich letztes Jahr tief verletzt – mit Worten fast noch mehr als mit dieser billigen Sexgeschichte. Aber im Hormonwahnsinn sagen Kerle die miesesten Sachen. Du musst ihm endlich verzeihen, Swea, hörst du?«

Ich beiße mir auf die Unterlippe. Anna hat leicht reden. Für sie ist Sex so etwas wie Farbe und Leinwand – Material zum Experimentieren. Ich kann nicht mehr zählen, wie viele Liebhaber sie hatte, seit ich sie kenne. Nein, Anna würde nie auf der Couch einer Paartherapeutin landen, wo ihr Mann ihr nach so vielen Ehejahren die Bankrotterklärung ihrer Qualitäten als Liebhaberin vorlegt.

Ich schlucke schwer und starre auf meinen neuen Ehering. Henrik hat ihn mir gestern geschenkt. Es ist eine Einzelanfertigung nach Henriks Entwurf, teuerste isländische Goldschmiedekunst, ein extravagantes Kunstobjekt in Form von geschmiedeten Zweigen.

»Henrik liebt dich wirklich«, sagt Anna eindringlich. »Und du liebst ihn auch, obwohl ich schon damals keine Ahnung hatte, welcher Wahnsinn dich dazu treibt. Also fahr zu ihm zurück und bring das in Ordnung. Heute Abend feiert ihr euren Hochzeitstag mit einer rauschenden Liebesnacht und seid glücklich bis in alle Ewigkeit, okay?«

»Okay«, sage ich leise. Und plötzlich glaube ich selbst, dass es möglich ist.

»Gut, dann los!«, befiehlt Anna. »Mach ihn fertig, Süße, ich lieb' dich!«

Jetzt muss ich wieder lächeln. »Danke. Ich lieb' dich auch.«

»Na klar tust du das!« Sie schickt einen Kuss durchs Telefon und legt auf.

Und ich bleibe zurück im Grau, doch so erleichtert, dass mir schwindelig wird und ich die Augen schließen muss. Aber warum fühle ich mich dann immer noch so, als müsste ich verrückt werden? Oder bin ich es vielleicht schon?

Nach zehn Minuten habe ich genug Mut gesammelt, um Henrik anzurufen. Ich könnte ihm nicht verdenken, wenn er mich wegdrücken würde. Stattdessen lasse ich vor Schreck zum zweiten Mal an diesem Tag fast mein eigenes Smartphone fallen. Im Fußraum des Beifahrersitzes blinkt rhythmisches Leuchten auf. Als ich mich vorbeuge, entdecke ich Henriks immer noch auf stumm gestelltes Smartphone. Es muss ihm heruntergefallen und unter den Beifahrersitz gerutscht sein. Meine Vollbremsung hat es nach vorne befördert. Das Bild auf seinem Display zeigt den Anrufer: mein Gesicht, kühl und glatt, die Lippen leicht spöttisch gekräuselt. Es erlischt, sobald ich bei meinem Smartphone auflege.

Mir schießt das Blut in die Wangen, als ich begreife, was ich angerichtet habe. Ich habe Henrik ohne Smartphone zurückgelassen, irgendwo in der Einöde. Ich sollte sofort Gas geben, aber als ich das Smartphone aufhebe, kann irgendein kleinlicher, eifersüchtiger Teil von mir einfach nicht widerstehen. *Herzlichen Glückwunsch, Swea! Damit begrüßen wir Sie nun endlich auch ganz offiziell im Club der eifersüchtigen Irren.* Denn Anna hat recht, wie immer. MI hat so einige SMS und Mails geschickt. Und alle Mails tragen als Betreff das Wort »Archiv«.

Das Gewicht der Worte

Mein Zweitschlüssel dreht sich mühelos im Schloss der Seitentür am Nebengebäude. Für den Fall, dass es gleich wieder regnet, wuchte ich den Heusack ins Innere – und stutze. In dem Raum, der eigentlich nur Lager und Garage sein sollte, türmen sich Getränkekisten, Pullover liegen achtlos hingeworfen auf Plastikstühlen. Leere Bierdosen auf einem Gartentisch erzählen von einer langen Nacht. Auf einer umgedrehten Holzkiste thront ein riesiger Flachbildschirm. Ich kann es nicht fassen, aber Jón Árnason haust wohl hier. Meine sorgfältig geordneten Sachen hat er einfach an der Wand und innen am Garagentor zu einem Gerümpelhaufen zusammengeschoben. »Das war nicht abgemacht, Jón!«, sage ich laut.

Wütend beginne ich zu suchen. Ein voller Aschenbecher fällt mir von einem Kistenturm entgegen und zerschellt am Boden. Vielleicht ist das der Grund, warum Jón in der Garage fernsieht: Wir haben keinen Mietvertrag, aber es war vereinbart, dass er im Haus nicht raucht.

Immerhin ist meine Werkzeugkiste noch da, ebenso das Absperrband aus Plastik, das sich zu einem Zaun aufspannen lässt. Aber die Pflockstangen aus Metall sind verschwunden. Schwitzend und fluchend gebe ich auf. *Selbst schuld, Jón*, denke ich grimmig. *Dann wirst du den Garagenraum eben mit einem Pferd teilen müssen, bis der Zaun steht.*

• • •

So schnell habe ich noch nie gewendet und Gas gegeben. Zurück in Richtung Vulkanberge und Henrik. Die schnurgerade Straße ist so verlassen, als wäre ich allein auf der Welt. *Die einzige Irre der Insel.* Ich zucke zusammen, als sich Henriks Smartphone auf dem Beifahrersitz wieder mit einem Blinken meldet. Im Fahren schiele ich auf das Display. Kein Displaybild, nur eine fremde Nummer. Offenbar hat Henrik sich das Handy eines anderen Touristen geliehen und versucht mich gerade zu erreichen. *Aber warum ruft er nicht auf meinem Handy an?*, schießt es mir noch durch den Kopf. Und dann denke ich nichts mehr.

Meine Reflexe reagieren, bevor mein Verstand die Bewegung mitten auf der Straße bewusst wahrnimmt, ich reiße das Steuer herum, mein Fuß stemmt sich gegen die Bremse, und auch die Zeit bremst jäh ab, verlangsamt sich zu einer albtraumhaften Sequenz von wehendem Hell und struppigem Schwarz, ein Auge, in dem das Weiße zu sehen ist, starrt mich an. Dann rast die Zeit umso schneller weiter. Es wirft mich so hart gegen die Seitenscheibe, dass mir der Atem wegbleibt. Der Fjord wird seitlich aus meinem Blickfeld gezogen. Der Toyota schlittert über Schotter und bockt über Steintrümmer. Und alles, was bleibt, ist das Bild eines fliehenden Pferdes im Rückspiegel.

• • •

In dem Bereich, wo sich Kartons bis zur Decke stapeln, ist es mir gelungen, einen Unterstand freizuräumen und aus den Kisten eine improvisierte Wand aufzubauen, die Jóns Fernsehecke davon trennt. Es ist nur eine Notlösung für zwei oder drei Stunden, aber fürs Erste wird es gehen. In der Ferne kracht Donner.

Das Gatter am Hoftor steht halb offen. Und ich frage mich einen eisigen Herzschlag lang, ob ich mir nur eingebildet habe, ein lahmes Pferd zu kaufen. Doch als ich zum Tor haste, verheddere ich mich in dem Strick, der neben dem leeren Halfter liegt. Und als ich nach unten zur Straße blicke, wünsche ich mir nichts so sehr, als aus diesem Albtraum aufzuwachen. Das, was ich eben gehört habe, war kein Donner. Am Fuß des Hügels, zwischen Elfensteinen und Gestrüpp, liegt ein gestrandetes Auto. Und vor der schwarzen Straße bauscht sich hell wie Meerschaum die Mähne meines Pferdes. Es scheint unverletzt zu sein. Gerade erreicht es den kleinen Lavapfad auf der anderen Straßenseite und humpelt in Richtung Ufer davon.

Als ich mit dem Pickup unten ankomme, ist die Gegend immer noch wie ausgestorben. Die Fahrertür des Toyotas steht weit offen, ein schlaffer Airbag atmet noch aus, sogar der Autoschlüssel steckt noch. Meine Stimme wird vom Windbrausen fast verschluckt, ich rufe auf Englisch, weil es ein Mietwagen ist. Zum zweiten Mal an diesem Tag klettere ich ächzend und mit steifen Gelenken über moosgepolsterte Felsen, diesmal in der Befürchtung, irgendwo zwischen ihnen einen leblosen Körper zu finden. Aber es ist nicht diese Art von Unfall gewesen. Dem Schaden nach zu urteilen, ist der Fahrer bei einer Vollbremsung lediglich von der Straße abgekommen und ohne viel Tempo frontal am Felsen gelandet. Und endlich kann ich aufatmen. Unversehrt und sehr aufrecht sitzt eine Stewardess auf einem großen Stein. Es ist ein Bild wie aus einem surrealen Film. Ihr marineblauer Blazer ist vorbildlich bis oben zugeknöpft, der enge Rock reicht ihr knapp über die Knie. Das glatte dunkle Haar, das wie ein Helm um ihren

Kopf liegt, bleibt vom Wind unberührt, als sei sie eine Statue. Nur das seitlich gebundene rote Halstuch flackert wie eine Flamme. Auf dem Schoß hat sie eine teuer aussehende Ledertasche in der Farbe ihrer Kleidung. Sie reagiert nicht, als ich herantrete, sondern starrt nur konzentriert auf ein Smartphone. Dass ihre Hand dabei kein bisschen zittert, kann ein gutes oder ein schlechtes Zeichen sein.

»Guten Tag, mein Name ist Einar Pálsson«, spreche ich sie auf Englisch an. »Sie hatten einen Unfall. Wissen Sie, wo Sie sind?«

»Sechsundsechzig Grad nördlicher Breite«, antwortet sie in gestochenem Englisch. »Ringstraße, achtunddreißig Kilometer vor Reykjavík.«

Ich stutze. »Das ähm ... ist korrekt. Alles in Ordnung mit Ihnen?«

Jetzt erst schaut sie zu mir auf, und ich blicke in übertrieben geschminkte Augen, die sich bei meinem Anblick weiten, als würde sie mich wiedererkennen. »Ich hätte fast das Pferd umgefahren«, sagt sie. Eben noch hatte ich gedacht, das Rot an ihrem Mund sei verschmierter Lippenstift, aber es ist Blut.

»Keine Sorge. Dem Tier ist nichts passiert. Sind Sie verletzt? Sie ... bluten am Mund.«

Ihre Hand zuckt zurück, als sie prüfend ihre Unterlippe berührt. »Ich habe mir nur auf die Lippe gebissen.«

Sie scheint tatsächlich klar im Kopf zu sein. Doch ihre kühle, sachliche Art zu reden irritiert mich. Ich deute auf das Smartphone. »Soll ich für Sie den Autovermieter anrufen?«

»Nein! Danke.« Sie wendet sich resolut halb von mir ab und streicht sich sorgfältig und sehr korrekt das Haar hinter das rechte Ohr, bevor sie eine Nummer wählt. Ich schaue zum Meer, aber die Stute ist nirgendwo zu sehen.

Verstohlen mustere ich dann die Fremde. Ihre linke Hand ist

um die Tasche gekrampft, es muss wehtun, ein Fingernagel ist bis aufs Blut eingerissen, aber sie scheint es gar nicht zu spüren. Und dann fällt mir auf, dass sie am Telefon noch kein einziges Wort gesagt hat. Sie hat sich nicht einmal mit Namen gemeldet, aber sogar durch das Windheulen hindurch höre ich, dass jemand am anderen Ende der Leitung viel zu sagen hat. Sie dagegen sitzt nur stumm da, das Smartphone gegen das Ohr gepresst, und lauscht mit angehaltenem Atem der aufgebrachten Stimme. Im Halbprofil wirkt ihr Gesicht wie eine Maske, die nun mit einem Mal Risse bekommt. Innerhalb von Sekunden weichen jede Spannung und Farbe daraus und lassen den Mund noch mehr wie eine Wunde wirken.

»Ich ... ich bin nicht Henrik«, höre ich sie plötzlich auf Deutsch sagen. Dann lässt sie wie in Trance die Hand sinken und starrt in die Ferne. Regen setzt ein, aber sie blinzelt nicht einmal dann, als sich die ersten Tropfen in ihren Wimpern verfangen. Sie nimmt auch nicht wahr, wie ihr die offene Tasche vom Schoß rutscht und sich eine Flut von Münzen, Kugelschreibern und sonstigem Kram zwischen die Felsen ergießt.

»Ist wirklich alles in Ordnung?«, spreche ich sie auf Deutsch an. Sie zuckt zusammen, als würde meine Stimme sie aus ihrer Trance aufschrecken. Dann holt sie krampfhaft Luft und beginnt von einer Sekunde auf die andere am ganzen Körper zu zittern. Bevor ich etwas sagen kann, schleudert sie das Smartphone weg, als hätte sie sich daran verbrannt. Sie schlägt die Hand vor den Mund, taumelt ein paar Schritte von mir weg – und übergibt sich hinter den nächsten Elfenhügel.

• • •

Sturmregen peitscht auf das Lupinenfeld, als ich vor dem Sumarhús bremse. Beim Aussteigen fällt die Fremde mir in den Arm wie eine Marionette mit losen Fäden. Der Regen ist ein Tränenstrom auf ihrem Gesicht, aber kein Schluchzen ist zu spüren, als ich sie zur Tür führe. Sie scheint immer noch im Schock zu sein, und ich bete, dass es nur eine leichte Gehirnerschütterung ist. *Und schuld ist das verfluchte Pferd.*

Diesmal nehme ich keine Rücksicht auf die Lupinen auf der Treppe. Der Schlüssel findet ins Schloss; eine Sturmbö drückt die Tür auf. Sofort hebe ich die Hand, aber diesmal schlägt das Haus nicht zurück. Trotzdem umfasse ich die Schultern der Fremden fester, als wäre sie mein Schild gegen das, was auf meine Rückkehr wartet. Der Donner kracht wie eine Faust auf uns nieder. Geduckt und eng aneinandergedrängt stolpern wir über die Schwelle meines Vaterhauses.

Um ein Haar wären wir über meinen Reisesack gefallen, der quer im Flur liegt. Hinter uns schlägt die Tür so laut zu, dass die Scheiben zittern. Dann stehen wir in einer Insel aus Staub und Atem. Die Stewardess entzieht sich mir und schaut benommen an sich herunter, betrachtet die Ledertasche, die der Regen ruiniert hat, wischt sich mit dem Ärmel die Nässe von der Stirn. »Wo ist das Bad?«, fragt sie heiser.

»Im ersten Stock. Aber Sie sollten sich erst einmal setzen …«

»Nein!« Sie schüttelt so heftig den Kopf, dass das Wasser aus ihrem Haar an die Wand spritzt. »Es geht mir gut.«

Nun, das bezweifle ich. Sie schwankt, und es scheint ihr nicht einmal aufzufallen, dass sie mit einem Isländer ganz selbstverständlich auf Deutsch redet.

»Ich hole Ihnen ein Handtuch. Und sobald das Gewitter vorbeigezogen ist, kümmere ich mich gerne auch um den Anruf bei der Autovermietung …«

»Hören Sie auf, mir zu sagen, was ich zu tun habe!«, herrscht sie mich plötzlich an. »Und kein Anruf – weder bei der Vermietung noch bei der Polizei. Das hier ist allein meine Sache!«

Es ist, als hätte ich zwei Frauen in einer Gestalt vor mir. Die eine herrisch und kühl, die andere beginnt jetzt wieder zu zittern, als hätte sie mit ihrem Ausbruch all ihre Kraft verbraucht. Sie schwankt nun so sehr, dass sie sich am Treppengeländer festhalten muss.

»Ganz wie Sie wollen«, antworte ich ebenso resolut. »Aber solange Sie in meinem Haus sind, gehen Sie keine Treppe hoch, bevor ich nicht sicher bin, dass Sie keine Gehirnerschütterung haben.«

Sie presst die Tasche an sich, sucht nach Worten, die sie nicht findet.

»Setzen Sie sich und atmen Sie erst einmal durch«, sage ich freundlicher. »Ich hole nur etwas, dann begleite ich Sie nach oben.«

Sie schluckt, aber dann lässt sie sich auf die Treppe sinken. Ich bin froh, einen Abstand zwischen uns bringen zu können. Denn die Wahrheit ist, ihr flackernder Blick macht mir Angst. Etwas stimmt ganz und gar nicht mit ihr. Vielleicht liegt es an dem seltsamen Kontrast zwischen dem maskenhaft reglosen Gesicht und diesen brennenden Augen. Nichts passt zusammen an ihrer ganzen Erscheinung. Und langsam habe ich den Verdacht, dass der Autounfall nicht das Einzige ist, was ihr an diesem Tag zugestoßen ist.

Auch im Wohnzimmer hat der Mieter keine Spuren hinterlassen. Es ist immer noch mein Raum mit dem wuchtigen Bücherschrank und den alten Holzregalen, bis zur Decke vollgestopft mit Kunstdrucken und Büchern. Der zierliche Sekretär, den ich von meinem ersten Lehrergehalt gekauft hatte, ist aufgeklappt, denn alles, was den Mieter nichts angeht, lagert gut weggeschlossen im ersten Stock. Doch auf den Gemälden scheinen die Islandpferde durch matte Schleier aus Staub nach mir zu äugen, als würden sie mich wiedererkennen. Auf dem abgewetzten blauen Sofa liegt sogar meine nebelfarbene Wolldecke, als hätte ich sie dort eben erst von den Schultern gestreift, als wäre das hier ein ganz anderer Sommer. Ich würde alles dafür geben, in diese Vergangenheit sinken zu dürfen. Aber es hilft nichts. Kaltes Nass läuft mir aus den Haaren in den Kragen. Draußen geht gerade die Welt unter, und drinnen lässt die nächste Katastrophe auch nicht lange auf sich warten: Das Festnetz-Telefon ist tot, vermutlich ist der Akku des Handteils leer.

»Andskotinn!«, entfährt es mir. *Verdammt.* Offenbar hat mein Mieter sich auch darum nicht gekümmert. Jetzt könnte ich mich dafür ohrfeigen, dass ich mein Handy nicht mitgenommen habe. Das Smartphone der Stewardess liegt irgendwo draußen im Gestrüpp.

Ich versuche abzurufen, was ich früher als Lehrer getan hätte, wenn ein Schüler gestürzt wäre – was in den Fächern Englisch und Geschichte natürlich nie vorkam. *Ruhigstellen und Pupillenreflexe testen.*

Doch als ich mit einer Taschenlampe zur Treppe zurückhaste, habe ich zum zweiten Mal an diesem Tag das Gefühl, aus Zeit und Realität gefallen zu sein.

Die Frau ist fort, für einige bange Augenblicke sehe ich sie in Sturm und Regen desorientiert an der Straße herumirren, ein menschlicher Zwilling des verrückten Pferdes. Doch dann höre ich oben im Badezimmer das Rauschen von Wasser.

Jetzt bin ich es, der sich auf die Treppe setzen muss. *Hoffentlich wird sie im Bad nicht ohnmächtig und stürzt,* bete ich insgeheim. *Und hoffentlich passiert dem Pferd nichts.* »Auf Ärger kannst du dich bei diesem Mistvieh gefasst machen.« Káris Worte dröhnen mir in den

Ohren. *Irgendjemand wird die Stute entdecken und einfangen*, rede ich mir gut zu. Auf dieser Insel gibt es keine Geheimnisse, die Nachbarn sind wachsam, nicht umsonst liegt auf jedem Fensterbrett ein Fernglas. Ich überlege, zu Ingibjörgs Haus zu laufen und von dort aus zu telefonieren, aber das hieße, die Fremde hier allein zu lassen.

Allein? Wirklich, Einar?

Angespannt lausche ich in die Leere, doch diesmal umweben mich nur die gewöhnlichen Klagelaute eines Hauses, das dem Wind trotzt. Dennoch weiß ich genau, dass ich den Reisesack nicht quer vor die Tür gelegt hatte, als ich heute Vormittag von der Schwelle weg flüchtete. Vorsichtig ziehe ich ihn zur Treppe und lege die Arme darum, drücke ihn an mich, bis ich an meinem Ohr das Knistern von Papier wie Flüstern hören kann. Denn was die junge Touristin auf dem Fahrrad nicht wusste: Mein Gepäck ist sehr viel leichter, als es aussieht. Wer auf der Flucht ist, nimmt nur das Nötigste mit. Und Worte wiegen nicht viel.

Monsoon Point

Das Hämmern an der Tür hallt bis ins Wohnzimmer, wo ich für die Stewardess gerade ein Lager auf dem Sofa herrichte. Ich weiß nicht, ob ich hoffen oder fürchten soll, dass draußen die Polizei steht. Aber es sind nur zwei Leute, die ich nicht kenne. Eine ältere Frau mit einer dicken Brille und ein schlanker Mann mit eisblauen Augen. Ich schätze ihn auf vierzig, aber das kann täuschen. Der Schreck macht jedes Gesicht jünger, und dieser Mann hier wirkt so verstört, als hätte gerade der Blitz direkt neben ihm eingeschlagen.

»Hæ!«, begrüßt mich die Isländerin und deutet auf den Dunkelhaarigen. »Der da sucht seine Frau.«

Der Mann nickt, als hätte er jedes Wort verstanden, aber dann beginnt er auf Englisch auf mich einzureden. Ich muss mich darauf konzentrieren, ihm zuzuhören, so sehr nehmen mich seine ungewöhnliche Art und Erscheinung gefangen. Noch ein Mensch, der an einem völlig verkehrten Schauplatz gelandet ist. Dieser hier sollte an einem Filmset stehen und einen gut aussehenden charismatischen Agenten spielen. Noch nie habe ich so weiße, perfekte Zähne gesehen.

Er spricht wie jemand, der es gewohnt ist, im Mittelpunkt zu stehen, und unterstreicht seine Schilderung mit weiträumigen Gesten. Er stellt sich als Henrik Schwarzenberg vor und erzählt eine wirre Geschichte von einem Ausflug zu den Wasserfällen und einem Missverständnis, das zur Folge hatte, dass seine Frau aus Versehen ohne ihn weitergefahren ist. Offenbar hat er dabei auch sein Handy verloren.

»Diese Dame hat mich mitgenommen. Und als wir hier vorbeifahren, sehe ich den Mietwagen im Graben liegen. Meine Frau hat darin gesessen ...« Er schluckt und wird noch blasser, und endlich wirkt er nicht mehr wie ein Schauspieler, sondern einfach nur wie ein gewöhnlicher Mensch, der Angst um jemanden hat.

»Ich habe ihm gesagt, dass ihr sicher nichts passiert ist«, mischt sich die Isländerin ruhig ein. »Das Auto hat kaum einen Kratzer, es springt sogar noch an ...«

»Ist meine Frau vielleicht bei Ihnen?«, unterbricht Herr Schwarzenberg sie auf Englisch. »Ihr Haus liegt ja am nächsten bei der Straße.«

Oben im Badezimmer rauscht kein Wasser mehr. »Ach ja, richtig, der Unfall ...«, sage ich.

Henrik Schwarzenberg zuckt zusammen, als oben eine Tür klappt.

»Ist sie hier?«, stößt er hervor. »Swea?«, ruft er an mir vorbei ins Haus. Sofort lege ich die Hand an den Türrahmen, dem Kerl traue ich zu, dass er einfach an mir vorbeistürmt.

Und als ich beiläufig zur Treppe schaue, muss ich mir Mühe geben, keine Miene zu verziehen. Die Stewardess sitzt barfuß auf einer Stufe, dicht an die Wand gekauert, die Arme um die Knie geschlungen wie ein kleines Mädchen, das sich versteckt. Ihre Augen sind waidwund und riesengroß. Ihre Hand zittert, als sie den Zeigefinger hebt und ihn bittend über die Lippen legt. Sie schüttelt den Kopf. Sie trägt ihren Blazer nicht mehr, und beim Anblick der zerrissenen Bluse wird mir klar, wo das perfekte Bild seine Brüche hat. Sie hat Angst vor ihrem eigenen Mann. Mir hätte sofort auffallen müssen, dass das Blut an ihrem abgerissenen Fingernagel schon länger eingetrocknet ist. Möglicherweise gehört sie zu den Frauen, die sich aus gutem Grund so stark schminken.

»Ihre Frau ist nicht hier, Herr Schwarzenberg«, sage ich laut.

Er fährt sich verzweifelt durchs Haar und murmelt auf Deutsch: »Scheiße!«

»Mein Handy ist leer«, meldet sich die Isländerin wieder zu Wort. »Aber sicher kann er ja bei dir telefonieren?«

»Bedaure. Mein Telefon ist kaputt. Aber du kannst ihm ausrichten, dass ich seine Frau vorhin an der Straße gesehen habe. Sie hat ihre Tasche aus dem Wagen geholt und telefoniert. Dann ist sie in ein Auto eingestiegen, das unten an der Straße angehalten hatte, und wurde mitgenommen.« Was die Wahrheit ist.

Die Isländerin nickt. »Hab ich mir schon gedacht. Die Touristen unterschätzen, dass die Vulkanasche auf der Straße im Regen schmierig wie Seife werden kann. Aber dann ist die Frau sicher längst schon wieder im Hotel.«

Ich nicke eine vage Zustimmung und schließe einfach die Tür. Durch das Flurfenster beobachte ich, wie die beiden zum Auto zurückgehen. Der Schönling schaut noch einmal ratlos zum Sumarhús zurück. Doch endlich steigt er ein.

»Danke«, kommt es leise von der Treppe.

Beide lauschen wir, bis das Motorengeräusch sich im Rauschen des Regens verliert.

»Sie sind also Frau Schwarzenberg«, breche ich schließlich das unbehagliche Schweigen.

»Ja«, antwortet sie. »Ich bin's wirklich! Die berühmte *Schwarzenberg-Venus*.«

Sie stößt ein heiseres Lachen aus, das mir einen Schauer über den Rücken jagt. Und sie lacht weiter, bis das Lachen kippt und zu einem krampfhaften Schluchzen wird. Zu meinem Entsetzen löst sie ihr teures Seidenhalstuch und putzt sich damit einfach die Nase. *Du liebe Güte.* Kein Stück ihrer Maske ist noch heil, und ich bereue es mehr denn je, das Pferd gekauft zu haben.

»'tschuldigung«, murmelt sie und schnäuzt sich gleich noch einmal. Ich müsste fragen, trösten, handeln, stattdessen ergreife ich wieder einmal die Flucht.

»Das Wohnzimmer ist am Ende des Flurs«, sage ich förmlich. »Ich mache Ihnen eine Tasse Tee. Kommen Sie herunter, sobald Sie ... sich danach fühlen.«

• • •

Ich hätte gut darauf verzichten können, Jón Árnasons Spuren ausgerechnet in der Küche zu finden. Ein alter, abgeschabter Laptop steht aufgeklappt auf dem Tisch, eingetrocknete Kaffeefilter türmen sich in Töpfen und auf verkrusteten Tellern. Auf der Suche nach einer sauberen Tasse bringe ich einen Stapel Papiere ins Rutschen. Briefe und Ausdrucke flattern zu Boden. Rechnungen, Mahnungen, Werbung, einiges noch vom letzten Jahr.

Beim Aufsammeln fällt mir das Anschreiben eines Busunternehmens namens *Óðin Express* in die Hände. Vermutlich sollte ich es als gutes Zeichen werten, dass Jón dort eine Personalnummer hat.

Endlich stöbere ich Teebeutel und zumindest eine saubere Kindertasse von Kim auf. Ein Weihnachtstroll prangt darauf: Pottasleikir, der »Topfauslecker«. Der vertraute Geruch von Schwefelwasser steigt mir in die Nase, neunzig Grad heiß schießt es aus dem Hahn. Aufgestützt an der Spüle tauche ich in den Nebeldampf ein und schließe die Augen, lausche.

Nun, etwas Gutes scheint die Anwesenheit der Touristin doch

zu haben: Die Gegenwart hat sich in irgendeinen Winkel zurückgezogen und lässt mich in Ruhe, zumindest im Moment.

Ich atme auf und öffne die Augen – und sehe durch das Fenster die Stute. Im strömenden Regen steht sie ein ganzes Stück hangaufwärts und knabbert an dem hellen Gras, das aus der Vulkanasche wächst. Elegant wie eine Ballerina setzt sie das vernarbte Vorderbein nur mit dem Hufrand auf und scheint das Sumarhús zu beobachten. Ich beiße die Zähne zusammen. »Na warte«, murmle ich.

Im selben Moment höre ich, wie draußen im Flur die Haustür geöffnet wird. »Frau Schwarzenberg!« Mit der Tasse in der Hand stürze ich los. »Bleiben Sie bitte hier ...«

Und dann wäre mir fast die Tasse aus der Hand gefallen. Im Flur steht ein bärtiger Riese, die Hände zu Fäusten geballt. Hinter ihm fällt die offene Tür zeitgleich mit dem Wolkendonner zu. Im Geiste spielen sich hundert Szenarien ab, die alle damit enden, dass ich am Boden liege. *Aber doch nicht hier,* hallt es in meinem Kopf. *Nicht auf meiner friedlichen Insel.* Im selben Moment fällt mir auf, dass der Fremde eine blaue Dienstjacke mit dem Flügel-Emblem des Busunternehmens trägt.

»Einar?«, sagt er mit rauer Stimme.

Niemals hätte ich meinen Mieter wiedererkannt. In den vergangenen sieben Jahren hat er sich in einen Wilden verwandelt. Er trägt einen Bart, was ja heute wieder modern ist. Nur dass seiner nicht gepflegt aussieht und sein Haar zu wirr und zu lang ist und sich um seine Ohren kräuselt. Und er ist kräftig geworden – die Jacke spannt an seiner Brust und seinen Oberarmen. »Was zum Teufel machst du denn hier?«, stößt er hervor.

»Darf ich in meinem eigenen Haus nicht mehr nach dem Rechten sehen? Ich habe dir einen Zettel an die Garagentür geklemmt.«

»Da war kein Zettel.« Höflichkeit klingt anders.

»Und würde das Telefon funktionieren, hätte ich dir Bescheid gegeben«, setze ich hinzu. Das ist nicht wahr, aber irgendwie habe ich das Gefühl, das Heft in der Hand behalten zu müssen. Es gibt Menschen, vor denen weicht man unwillkürlich einen Schritt zurück, weil sie wie Naturgewalten sind, aber nicht die von der guten Sorte. Jón erinnert mich an einen Berg, der dem Druck von kochender Lava kaum noch standhält. Und mir wird bewusst, dass er wirklich ein völlig Fremder ist.

In der Küche läuft immer noch das heiße Wasser. Inzwischen sieht es hier aus wie im tropischen Regenwald; am heißen Hahn verbrenne ich mir fast die Finger. Die Stute ist verschwunden, als hätte der Dampf sie verschluckt.

»Hast du ein Handy dabei, Jón?«, rufe ich über die Schulter. »Ich muss telefonieren.«

Ich hätte nicht so laut sein müssen, er ist mir erstaunlich lautlos gefolgt und steht mit finsterem Blick an der Küchentür. Er wirkt, als müsste er sich unter dem Türstock ducken, um nicht anzustoßen, aber das liegt wohl nur daran, dass er die Schultern hochzieht wie jemand, der auf der Hut ist. Ich rieche Zigarettenrauch und könnte schwören, auch einen anderen Hauch wahrzunehmen. Nicht in seinem Atem, nein, so dumm wird er nicht sein, während der Arbeit zu trinken. Aber auf eine Art ist der Alkohol wie eine Aura um ihn präsent. Jón reißt die Faust hoch und deutet mit dem Daumen hinter sich.

»Ich komme heim, und die Garage ist völlig umgeräumt. Mittendrin steht 'ne Kartonwand, und der Rest ist Chaos. Was soll das?«

»Ich habe die Zaunstangen gesucht.«

»Wozu brauchst du den Zaun?«

»Ich habe ein Pferd gekauft.«

»Du hast *was?*«

»Kein Grund, so laut zu werden, Junge«, gebe ich scharf zurück. Endlich scheint ihm bewusst zu werden, wem er gegenübersteht. Er reißt sich sichtlich zusammen. Ich rücke meine Brille zurecht und versuche so zu klingen, als folgte all das hier irgendeiner Logik. »Ich wollte den Bauzaun aufstellen, aber du hast ihn verräumt. Deshalb wollte ich das Pferd fürs Erste in der Garage unterstellen.«

Er schaut mich an, als würde er überlegen, ob ich mich über ihn lustig mache. »Wieso kaufst du ein Pferd? Und wo ist es?« Er wischt sich mit dem Handrücken über das Kinn. »Das heißt jedenfalls, du ... bleibst länger.«

»Möglicherweise.«

Er verzieht den Mund. »Und mich wirfst du raus. Ohne Vorwarnung.«

Ich könnte ihm erklären, dass ich derzeit leider nicht in der Position bin, mir meine Gesellschaft aussuchen zu können. Aber dass er mit Gunnar verwandt ist, heißt, er hat ganze Sommer im Sattel verbracht und im Herbst die Pferdeherden von den Hochlandweiden heruntergetrieben.

»Ich brauche nur das obere Zimmer, in dem du ja offenbar ohnehin nicht schläfst. Und allein schaffe ich es nicht, eine Koppel abzuteilen und die Stute einzufangen. Sie ist weggelaufen. Ich wäre dir also für deine Hilfe wirklich dankbar, Jón.«

Seine Schulterlinie entspannt sich. Er sieht nicht mehr aus wie ein Felstroll, nur noch wie ein junger Kerl mit zu vielen Problemen. Und so erkenne ich ihn endlich wieder.

»Die Stute dürfte nicht weit gekommen sein«, fahre ich fort. »Es ist eine schwarze Windfarbene. Sie lahmt auf dem rechten Vorderbein. Und natürlich bezahle ich dich für die Hilfe. Oder ich erlasse dir diesen Monat einen Teil der Miete, such es dir aus.«

Sofort verfinstert sich seine Miene wieder. »Seh ich aus, als ob ich Almosen brauche?«

Nun, ich habe den Betrag auf seinem Gehaltszettel gesehen. Und wenn man sein Leben in Alkohol ertränken will, ist Island der denkbar teuerste Ort dafür. »Deine Entscheidung, ob deine Arbeit etwas wert ist, Jón.«

Das hat gesessen. Er weicht meinem Blick aus und schluckt. Dann kramt er schweigend sein Handy aus der Jackentasche, knallt es auf den Tisch und geht.

• • •

Káris Reitertruppe dürfte heute nicht weit gekommen sein. Der Wind hat gedreht und wirft das Wasser nun wie aus Eimern gegen die Scheiben, als würde ein indischer Monsun meine Insel heimsuchen. Ohrenbetäubend laut prasselt der Regen auf das Dach. Erst jetzt merke ich, wie erschöpft ich bin. Jóns Handy liegt noch auf dem Tisch, aber für den Augenblick habe ich genug Leute gehört und gesehen. Meine Hand zittert, während ich für die Touristin endlich den Tee zubereite.

»Oben liegt eine Frau in meinem Bett!«

Ich fahre erschrocken herum. Wäre Jón draußen gewesen, müsste er nun vor Nässe triefen, aber offenbar hat er das Haus überhaupt nicht verlassen.

»Dein Bett?«, sage ich. »Du schläfst doch in der Garage.«

Er schnaubt. »Mein Reitzeug ist oben im Zimmer, auch die Seile! Sie ist mir fast ins Gesicht gesprungen und hat irgendwas auf Deutsch oder Holländisch gekeift. Verdammt, kannst du mir nicht sagen, dass du jemanden mitgebracht hast?«

»Ich habe niemanden mitgebracht. Sie ist eine Touristin, die unten am Hang mit dem Auto liegen geblieben ist.«

Jón sieht aus, als müsste er sich diesmal wirklich beherrschen, die Fäuste in der Tasche zu lassen. »Die Karre, die unten im Graben liegt? Ist das Pferd deshalb verletzt? Hat die Hexe das arme Tier etwa angefahren?«

»Nein. Die Stute war schon lahm, als ich sie gekauft habe.«

Jón schaut mich an, als hätte ich den Verstand verloren, dann flucht er etwas Unverständliches in seinen Bart, stürmt hinaus und schlägt die Haustür so heftig hinter sich zu, dass ich das Beben bis in die Fußsohlen spüre.

•••

Die Touristin hat sich auf dem Bett zusammengerollt, als würde sie frieren. Ja, wenn der scharfe Nordatlantik-Wind vom Meer heranpfeift, scheint es, als würde er mitten durch dieses Haus hindurchgehen wie die Geister, für die es keine Schwellen und Mauern gibt. Es liegt natürlich nur an den alten undichten Fenstern, dass sich sogar der Vorhang leicht im Zug bewegt. Aber mir kommt es so vor, als hätte mir der Wind die Fremde absichtlich ins Haus geweht. Jóns Reitstiefel stehen neben der Tür, dazu sein halb ausgepackter Rucksack. Wintersachen türmen sich am Fußende des Bettes, und es gibt auch zwei Umzugskartons, die er nicht einmal ausgepackt hat. Eine alte Wolldecke liegt darauf.

»War das Ihr Sohn?«, fragt die Fremde.

Unter anderen Umständen hätte ich gelacht. »Nein. Das ist nur der Mieter, der normalerweise hier wohnt. Ich habe Ihnen Tee gemacht.«

Sie setzt sich nicht auf, sondern zieht sich fröstelnd nur noch mehr zusammen. Ich hole die Decke und breite sie behutsam über die Frau. Stumm und ohne eine Regung lässt sie es geschehen, mit diesem Gesicht, das immer noch leer und unbewegt ist, obwohl sie geweint hat. Ihre Unterlippe ist inzwischen an einer Seite angeschwollen, was die Klarheit ihrer Züge bricht, als wäre sie ein Spiegelbild auf einer welligen Fläche.

»Ich kann nicht zurück ins Hotel.«

»Das müssen Sie auch nicht. Wenn Sie möchten, fahre ich Sie später zur Polizei ...«

»Die habe ich bereits verständigt, falls mein Mann eine Vermisstenanzeige aufgibt. Er wird im Hotel eine Mail von mir vorfinden. Es ist also alles geregelt.«

»Aber ... Sie haben vorhin Ihr Telefon weggeworfen.«

»Das war nicht meins. Es war seines. Mein Smartphone ist in meiner Tasche.« Jetzt entdecke ich die Lederhandtasche und einige Gegenstände neben ihrem Kopfkissen. Wie mit dem Lineal gezogen reihen sich dort Handy, Ladekabel, Stifte und Visitenkarten auf. Am Ende der Reihe liegt ein abgegriffenes, ledernes Notizbuch von der Sorte, wie es auch meine älteren Schüler hatten. Ein nachlässig verknotetes Lederband verschließt es. Wieder habe ich das Gefühl, zwei völlig verschiedene Frauen vor mir zu haben. Die Korrekte hat alles unter Kontrolle. Die Verwundete vergräbt sich nun wieder ins Kissen. Mit einer Stimme, die aus einem Traum zu kommen scheint, fragt sie: »Kann ich noch ein wenig hierbleiben?«

»Natürlich.«

»Danke.« Sie blinzelt gequält. »Ist es hier niemals dunkel?«

»Nicht im Juni.«

Sie zieht sich die Decke über das Gesicht, genau wie Kim früher. Als Kind konnte sie die Helligkeit der Weißnächte ebenfalls nicht ertragen. Also gehe ich zum Fenster und beginne das Licht zu vertreiben. Die alten Jalousien knarren, aber sie funktionieren noch. Draußen holt der Regen nur kurz Atem, die Sonne blinzelt zwischen den Wolken hervor und lässt das reingewaschene Land glänzen. Und seltsamerweise fällt mir ein, was Kim einmal zu mir sagte: »In Indien nennt man solche Zeiten im Leben Monsoon Point. Du stehst im Nichts, die Regenflut hat alles Vertraute und alle Sicherheiten mit sich gerissen und zerstört. Alles Alte ist weggebrochen, und das Neue ist noch nicht aufgebaut.«

Und da sind wir nun, denke ich, *versammelt in meinem Haus am Ende der Welt*. Ein alter Mann, dessen Vergangenheit nur eine Lüge war, eine Touristin auf der Flucht, ein lahmendes Pferd und ein heimatloser Verlierer, der seine Zukunft in Alkohol ertränkt. Ich weiß genau, was meine Tochter jetzt mit einem ironischen Lachen sagen würde: »Damit ist der Monsoon-Club wohl komplett.«

Nach dem Regen

Ein Nachbar aus der Siedlung am Meeresufer hatte die Stute entdeckt und Jón und mir den Weg gewiesen. Zu dritt haben wir sie eingefangen. Der Sturm tobte noch die ganze Nacht, seitdem herrscht Windstille. Auch im Sumarhús ist es ruhig geworden. Jón und ich reden kaum miteinander, als würden wir nicht sehen müssen, was wir nicht benennen. Einander nicht. Und auch nicht die heruntergezogenen Jalousien im ersten Stock. Ich habe mein Lager im Wohnzimmer aufgeschlagen. Denn im Schlafzimmer verkriecht sich schon seit zwei Tagen die Touristin. Tagsüber setzt sie keinen Fuß vor die Tür. Nur nachts, wenn ich hellwach in meiner Arbeitsnische im Wohnzimmer liege und die Mitternachtssonne die goldene Schrift auf den Rücken meiner Bücher zum Glühen bringt, höre ich im Badezimmer Wasser rauschen. Allerdings duscht und wäscht sie sich nicht. Sie trägt sogar noch den Rock und die zerrissene Bluse, obwohl ich ihr einige von Kims Sachen herausgesucht habe. Und auch die belegten Brote, die ich ihr mit Tee und Saft ans Bett stelle, rührt sie nicht an.

»Wie lange bleibt sie denn noch?«, fragt mich Jón an diesem Abend. Er sitzt wieder einmal mit hängenden Beinen auf der Ladefläche des Pickups, die Ellenbogen auf die Knie gestützt. So raucht er, den Blick auf das Meer gerichtet, während ich die Treppe von Lupinen und Unkraut befreie. Es ist erstaunlich, wie viel man voneinander erfahren kann, ohne sich zu unterhalten. Ich weiß inzwischen, dass Jón die Nächte vor dem Fernseher verbringt, Bier zur Rechten, den Aschenbecher zur Linken. Ich weiß, dass er oft die Frühschicht fährt. Schon um vier Uhr sammelt er mit einem Shuttle-Bus von *Óðin* Express in Reykjavík Touristen ein und bringt sie zum Flughafen. Ich weiß, dass er zwei Packungen Zigaretten am Tag raucht und oft mit einer Frau am Telefon streitet, ihre Anrufe aber noch öfter wegdrückt.

Ich will nicht wissen, was er über mich zu wissen glaubt.

»Einar! Zieht sie jetzt hier ein oder was?«

»Natürlich nicht«, murmle ich. »Ein Mieter reicht mir.«

»Warum schickst du sie dann nicht endlich in ihr Hotel zurück?«

Wenn ich ihm ehrlich antworten würde, müsste ich ihm sagen, dass ich das nicht will. Denn seit sie da ist, sind die einzigen Schritte im Haus, die mich aufhorchen lassen, ihre. »Ist nicht deine Sache, wem ich ein Gästebett überlasse, Jón.«

Er schnaubt, was wohl ein missbilligendes Lachen sein soll. Dann ist nur noch der unregelmäßige Hufschlag der Stute zu hören. Seit der Zaun steht, wandert sie rastlos herum, immer am Plastikband entlang, von der Garage zu den Felsen, hinter dem Lupinenfeld zum Tor und wieder zurück. Mit dem abgeschabten Fell am Hals und der Lücke in der Mähne wirkt sie wie ein räudiger Hund. Das Halfter habe ich ihr nur locker angelegt. Ich weiß, dass sie nicht viel laufen soll, bis die Verletzung ganz abgeheilt ist, aber ich bringe es nicht fertig, sie auch noch anzubinden.

»Ich verstehe immer noch nicht, was du mit dem Pferd vorhast«, murmelt Jón.

»Sie soll sich einfach erholen. Vielleicht kann sie dann im nächsten Jahr wieder auf die Sommerweiden.«

»In wessen Herde? Du wirst noch dafür bezahlen müssen,

dass dir jemand das Lahmbein abnimmt. Aber offenbar hast du ja eine Schwäche für verkrachte Existenzen.«

Mit einem Kinnrucken deutet Jón zu der geschlossenen Jalousie. »Wer ist die da oben überhaupt?«

»*Die da oben* heißt Swea Schwarzenberg und kommt aus Deutschland.«

»Und weiter? Ist sie allein unterwegs, oder warum holt niemand sie hier ab?«

»Herrgott, Jón, ich habe nicht die Angewohnheit, meine Gäste auszuhorchen.«

Mein Mieter nimmt einen tiefen Zug und atmet den Rauch in einem langen, genervten Atemzug aus. Dann holt er sein Handy hervor. In seiner Pranke sieht es aus wie ein zerbrechliches Artefakt. »Schwarzenberg mit dem Deutschen-S, ja?«

»Spionierst du sie etwa im Internet aus?«

»Spionieren?« Sein heiseres Lachen geht in ein ungutes Husten über. »In welcher Zeit lebst du? Hier, ist alles auf Deutsch.«

Er hält mir das Handy hin, und ich nehme es zögernd. Die Touristin ist keine Stewardess. Auf dem typischen Mitarbeiterfoto einer Filialbank lächelt sie mich glatt und kühl an. Ich muss daran denken, was sie sagte, als ich nach ihrem Namen fragte. *Ich bin's wirklich. Die berühmte Schwarzenberg-Venus.* »Hier steht, sie ist eine Bankangestellte«, murmle ich.

Jón springt vom Anhänger und nimmt mir das Handy aus der Hand. »Schmeiß sie raus!«, sagt er mit einer Stimme, die rau vor Verachtung ist. »Von diesen Blutsaugern haben wir auf der Insel doch weiß Gott genug gesehen.«

• • •

In der Küche steht der Laptop, auf dem Jón die Abflugzeiten abruft. Als ich ihn aufklappe, erwacht er aus dem Ruhemodus und zeigt die Homepage des Flughafens. Normalerweise ist es nicht meine Art, im Internet in fremden Leben zu wühlen, aber heute gebe ich einen Suchbegriff ein. Unter »Schwarzenberg-Venus« erscheint eine ganze Reihe von Fotos. Auf allen ist eine abstrakte Skulptur zu sehen, die aussieht, als hätte Dalí sie aus Baustellenschutt zusammengesetzt. Grob zusammengeschmiedete Eisenstangen, Stücke von rostigen Gittern und willkürlich angeschweißte Metallstücke. Erst auf den zweiten Blick erkenne ich es als Frauenfigur. Als Andeutung eines Gesichts dient ein Oval aus geschwärztem Metall. Die Arme hat sie in die Hüften gestemmt und streckt provokant zu Eisenbrüsten stilisierte Ausbuchtungen und ihr Becken nach vorn, die Beine sind durchgestreckt und leicht gespreizt. Ihr Geschlecht ist ein geschmiedeter Wulst, übergroß und aus blank poliertem Kupfer. Das ganze Machwerk ist roh, auf eine exhibitionistische Art aufdringlich. Innerlich gehe ich auf Abstand, aber vermutlich ist dieser Effekt gewollt. *Bundeskunsthalle Bonn*, lese ich. Dort ist es erstmals im Jahr 2005 ausgestellt worden, Sammler bieten immer noch Rekordpreise dafür, aber der Künstler hat es niemals verkauft. Als Dauerleihgabe steht es in der Frankfurter Schirn. Auf einem Foto aus dem Entstehungsjahr ist ein deutlich jüngerer Herr Schwarzenberg mit einem Kurator zu sehen. Im Artikel steht: *Inspiration für die Skulptur der Venus war die Ehefrau des Künstlers.*

Als ich nur ihren Namen in die Suchmaske eingebe, taucht ein Artikel aus einer Frankfurter Tageszeitung von vor drei Jahren auf. Henrik Schwarzenberg ist ganz in Schwarz gekleidet und überstrahlt dennoch alle Leute, die in Abendgarderobe mit Sektgläsern in den Händen neben ihm stehen. Auch seine Frau ist neben ihm fast unsichtbar, obwohl sie diesmal ein hautenges Kleid mit Jackson-Pollock-Druck trägt und wie ein Hollywoodstar geschminkt ist. Den Text überfliege ich nur. *Stadt verkauft historische Tuchfabrik für symbolischen Preis an Henrik Schwarzenberg ... Umbau ... Eröffnung der »Kunstfabrik« geplant ... Gäste ... Ehefrau des Künstlers ... Tochter von Helmut Eisner, dem ehemaligen Vorstand von ...*

Beim Versuch, wieder zur Flughafenseite zurückzuschalten, lande ich aus Versehen auf einer neuen Seite mit Suchergebnissen. Die meisten beziehen sich nur auf Henrik Schwarzenberg. Aber mir fällt ein altes, grobkörniges Schwarzweißbild auf. Es stammt aus einer Berliner Tageszeitung vom Januar 2000.

Schwarzenberg ist darauf höchstens Mitte zwanzig, hat längeres, wild zerzaustes Haar und ist viel schmaler im Gesicht, ein junger Wilder, wie man in meiner Generation sagen würde. Er ist umringt von vier identisch aussehenden jungen Frauen. Lässig hat er den Arm um eines dieser Mädchen gelegt, das einzige, das aus vollem Herzen in die Kamera lacht. Wie die anderen trägt auch sie Künstlerschwarz, und vermutlich haben alle Mädchen schwarze Perücken, so gleich wirkt der strenge Pony. *Künstlergruppe ArtKom läutet mit Ausstellung* Blackout *das Millennium ein*, lautet die Überschrift. Doch im Artikel geht es nur um Henrik Schwarzenberg. *Neuer Shootingstar am Kunsthimmel ... schon jetzt als Ausnahmekünstler gilt ... auf dem Kunstmarkt bereits hoch gehandelt ...* Erst ganz am Ende werden die anderen Mitglieder zumindest namentlich erwähnt. *Anna Mayer, Valentina Kasparov, Filiz Aslan* und ... *Swea Eisner.* Tatsächlich, die Kunststudentin, um die Henrik seinen Arm gelegt hat, ist ... war ... Frau Schwarzenberg. Auf diesem Foto sieht sie so glücklich aus, dass es mir das Herz zuschnürt. Hastig klappe ich den Laptop zu, ertappt und auch beschämt über den viel zu nahen Blick. Ja, Ehen sind Dschungel, sie können zu Labyrinthen und finsteren Orten werden, zu Spiegelkabinetten, in denen man nicht mehr unterscheiden kann, was Wirklichkeit und was Zerrbild ist. Aber was muss passieren, dass aus einem strahlenden Mädchen eine Frau wird, die nicht einmal mehr die Sonne erträgt?

• • •

Frau Schwarzenberg blinzelt ins Streiflicht, das aus dem Flur auf das Bett fällt. Ihre dunkle Augenschminke ist so verschmiert, dass ihre Augen in gespenstisch tiefen Höhlen zu liegen scheinen. »Wie spät ist es?«

»Schon acht Uhr abends. Sie müssen endlich etwas essen.« Ich stelle das Tablett ans Bett. »Und, wenn ich mir diese Worte erlauben darf: Auf Dauer löst es keine Probleme, sich im Dunkeln zu verkriechen.«

»Ich verkrieche mich nicht«, sagt sie leise. »Ich denke nach.«

Sie zieht die Wolldecke bis ans Kinn und lässt sich in den Schatten zurücksinken. Nur ihre rechte Hand, an der sie einen extravaganten Goldring trägt, fängt noch einen Lichtstreif. »Es tut mir leid, Herr Pálsson. Ich falle Ihnen schon viel zu lange zur Last.« Sie hat sich tatsächlich meinen Vatersnamen gemerkt. Und ich weiß nicht, warum, aber plötzlich wallt in mir eine jähe Zuneigung für sie auf. Sie gilt nicht nur dem unbeschwerten Mädchen, das sie einmal war, nein, ich mag diese Fremde hier – nicht nur deshalb, weil sie meine Schatten von mir fernhält. Vielleicht spielt es auch eine Rolle, dass Kim und sie etwa im gleichen Alter sind, vielleicht kann ich das Beschützen auch nach so vielen Jahren einfach nicht ablegen. »Sie fallen niemandem zur Last. Ich sagte schon, Sie können bleiben, solange Sie wollen. Wann geht denn Ihr Rückflug?«

»Freitag, fünfzehn Uhr vierzig«, sagt sie tonlos.

»Morgen also. Dann sind Sie schon länger in Island?«

»Nein, es sollte nur eine Fünftagestour werden. Mein Mann

und ich haben beide … beruflich viel zu tun.« Ihre Stimme wird bei diesen Worten brüchig.

»Ich werde Sie zum Flughafen fahren. Allerdings wäre ich Ihnen dankbar, wenn Sie bis dahin etwas essen würden. Ich sehe meine Gäste nicht gerne verhungern.«

Die Stille dehnt sich, und ich frage mich schon, ob ich ihr zu nahe getreten bin, ob sie überlegt, wie sie den aufdringlichen alten Mann höflich genug zurückweisen kann.

Doch bevor ich etwas sagen kann, fragt sie: »Warum … sind Sie so nett zu mir?«

»Wenn meine Tochter so weit weg von zu Hause in Schwierigkeiten wäre, wäre ich dankbar, wenn ihr jemand zur Seite stünde.«

Ihre Hände entspannen sich. »Sie … sprechen perfekt Deutsch.«

»Ich habe in Hamburg studiert und war dort Lehrer. Übrigens habe ich Ihnen einige Sachen meiner Tochter herausgelegt. Ein Pullover ist auch dabei, Sie haben ja schon bemerkt, dass es hier kühl werden kann. Einer unserer Schriftsteller, Hallgrímur Helgason, hat es ziemlich treffend beschrieben. Er vergleicht den isländischen Sommer mit einem Kühlschrank, der sechs Wochen offen steht: Die ganze Zeit über brennt das Licht und das Gefrierfach taut, aber richtig warm wird es nie.«

Ich erahne ihr zaghaftes Lächeln im Schatten. »Danke, Herr Pálsson.«

Mein eigenes Lächeln scheint eingerostet zu sein, so lange habe ich es wohl nicht mehr gezeigt.

»Wie heißt Ihre Tochter?«, will sie wissen.

»Cosima. Aber sie nennt sich seit der Kindheit Kim.«

Sie leckt sich vorsichtig über die Lippen. »Ihr … geht es wohl gerade auch nicht so gut?«

»Wie kommen Sie darauf?«

»Ich habe sie heute Nacht weinen gehört.«

Mein Atem stockt. Unwillkürlich trete ich in den Schatten zurück. »Wie bitte?«

»Ja, eine Frau hat nebenan geweint, glaube ich jedenfalls. Ich war noch im Halbschlaf. Als ich wach wurde, war alles wieder ruhig. Sie wohnen doch mit Ihrer Tochter hier?«

»Nein. Ich lebe schon lange nicht mehr in Island. Und Kim ... war schon seit Jahren nicht mehr hier. Sie haben nur geträumt. Im Haus ist niemand außer uns. Wie auch immer ... Ich habe Ihnen frische Handtücher ins Bad gelegt. Fühlen Sie sich wie zu Hause.«

Mein Herz rast noch, als ich auf dem Flur stehe und auf die verschlossene Tür am Ende des Gangs starre. So behutsam, dass keine Diele knarrt, trete ich heran und suche nach dem Schlüssel. Er lässt sich sogar blind ertasten, der Schlüsselgriff hat die Form eines Kleeblattes.

Ich weiß nicht, was mein feiges Herz erwartet hat. Im Zimmer ist alles so, wie ich es verlassen hatte, nur das Fensterglas ist fleckig und hat im Lauf der Jahre einen Kälteriss bekommen. Doch es riecht vertraut, nach Erinnerungen, nach gefangenem Atem und Worten, die schon längst keine Wirklichkeit mehr haben. Sogar das alte Holzpferd steht auf dem Fensterbrett, genau dort, wo ich es zurückgelassen hatte. Und der verspielte, weiß und golden lackierte Schrank wirkt immer noch wie ein Fremdkörper in diesem Haus, in dem es nur klare Linien, Einbauschränke mit Schiebetüren gibt.

Ansonsten: nichts.

»Und niemand!«, sage ich laut. Am Fenster hake ich den Sperrbügel los und reiße es auf. Meeresluft weht ins Zimmer, und mein Herz bläht sich wie ein Segel, das endlich genug Wind bekommt. In meiner Hand spüre ich den glatten Holzlack des Spielzeugpferdes. Für Kim hatte ich die kleine Figur vor vielen Jahren abgeschliffen und rot lackiert. Doch als das Holzpferd noch mir gehörte, in einer anderen Zeit, war es kantig und roh, gezimmert aus knochenbleichem Treibholz, das mein Vater am Meeresufer gefunden hatte. »Das ist ein *Nykur.*« Mit diesen mürrischen Worten hatte er es mir in die Hand gedrückt. »Ein Wassergeist in Gestalt eines Pferdes. Hat es genau auf solche Wolkenköpfe wie dich abgesehen. Also pass auf, dass er dich nicht ins Meer zieht.« *Mein Vater.* Ich bilde mir ein, ihn da draußen stehen zu sehen, ein grober Kerl mit breiten Schultern. Er hat die Hände zu Fäusten geballt und drückt sie in die Achselhöhlen, als müsste er sich beherrschen, den Jungen, den er beobachtet, nicht am Genick zu packen, zu schütteln und wieder ins Haus zu zerren. Der magere Neunjährige hat ihn noch nicht entdeckt. Er kauert im Schneidersitz auf einer Holzbank neben dem Stallgebäude, das heute die Garage ist. Obwohl es kühl ist, trägt er nur sein Schlafhemd und ist barfuß. Die Bettdecke, unter der er zu dieser Zeit liegen und schlafen sollte, hat er sich um die Schultern gewickelt. Das Buch auf seinen Knien wirkt zu groß für ihn. Völlig in sich versunken, liest und liest er im goldenen Licht der Sommernacht. Nur ab und zu hebt er den Kopf und sucht die Pferde, die draußen auf der Anhöhe stehen und dösen. *Aska, Birna, Leiftur,* rufe ich ihre Namen wieder herbei. Die tiefstehende Mittsommersonne verwandelt ihre Schatten in stelzbeinige Zerrbilder. Der Junge starrt die Pferde so konzentriert an, als müsste er sich vergewissern, dass sie Wirklichkeit sind. Dann versinkt er beruhigt wieder in der Welt aus Tinte und Papier. Und der grobschlächtige, dröhnende Riese, dieses Ungeheuer mit Schultern wie Bergen und haarigen Fäusten, mein Vater, dreht sich um und schleicht ins Haus zurück.

Mein Herz wird ganz eng und warm. Ich habe ihm nie erzählt, dass ich ihn damals bemerkt und ihm ängstlich nachgeschaut hatte, zu jung, um zu verstehen, dass Liebe manchmal auf Zehenspitzen geht. Wie seltsam ist es, dass wir erst dann in das Herz unserer Väter sehen können, wenn wir ihnen schon näher sind als uns selbst. Ja, inzwischen ist mein neunjähriges Ich mir fremder als meine Ahnen, die schon längst auf der anderen Seite sind. Aber einige Dinge ändern sich wohl nie, einiges retten wir aus der Kindheit, und sei es nur eine Gewohnheit, mit der man sich versichert, dass die Welt ein sicherer Ort ist.

Und so lasse ich meinen Blick über die Koppel schweifen wie damals als Junge und suche nach der Windfarbenen. Sie ist nirgendwo zu sehen. Offenbar ist sie hinter der Garage zur Ruhe gekommen. *Das ist gut.* Ich hatte schon befürchtet, dass ich sie doch noch anbinden muss. Beruhigt schließe ich das Fenster und will die hellen Vorhänge zuziehen, als ein Plastikband, das lose zwischen den Lupinen hängt, im Wind hochzüngelt. Der Eisenpflock, der zwischen Steinen verankert war und den Zaun aufrecht halten sollte, liegt am Boden, als hätte ihn jemand zur Seite gedrückt.

Fels in der Brandung

Henrik und Anna. Ich weiß nicht, wie oft ich es ins Kissen geflüstert habe, bis ich aus meinem Dämmerschlaf hochschreckte – nur um von einem Albtraum in den anderen zu gleiten. Der andere, der dummerweise die Wirklichkeit ist. *Henrik und Anna.* Vermutlich habe ich im Halbschlaf mein eigenes Weinen gehört.

Draußen bebt die Treppe unter Herrn Pálssons Schritten. Vierzehn Stufen sind es, die siebte knarrt. Ich lege das Brot auf das Tablett zurück. Mir ist zu übel, um zu essen. Und außerdem habe ich wieder das Gefühl, keine Luft zu bekommen.

Ich reiße die Jalousien hoch und mache das Fenster auf. Im ersten Moment bin ich blind von der grellen Sonne. Zum ersten Mal, seit ich in dieser grauen Einöde gestrandet bin, ist der Himmel wolkenlos blau, und der Sommer schreit mir direkt ins Gesicht.

Im Untergeschoss fällt die Haustür donnernd ins Schloss, und ich sehe Herrn Pálsson quer über den Hof gehen. Im Laufen zieht er sich den braunen Mantel an. Seine Bewegungen wirken so steif, als würden ihm alle Knochen wehtun. Wie alt ist er? Mitte siebzig? Älter? Dafür ist er noch rüstig, aber sein Gehen gleicht seiner Art zu sprechen, genau abgezirkelt und zurückhaltend, als würde er sich in jeder Hinsicht nur auf Zehenspitzen durch das

Leben bewegen. Irgendwie mag ich das an ihm. Das und die Art, wie weich sein Blick wurde, als er über seine Tochter sprach.

Ächzend beugt er sich zu der Eisenstange hinunter, an der ein gelbes Absperrband aus Plastik hängt. Wäre es rotweiß, könnte es eine Tatortmarkierung sein.

Herr Pálsson richtet die umgekippte Stange nicht auf, sondern hebt etwas hoch, was ich erst beim zweiten Hinsehen erkenne: ein leeres Halfter, das sich an einem Haken der Stange verfangen hat. Und dann überrascht dieser sanfte alte Herr mich. Zornig stapft er zum gelben Nebengebäude und hämmert mit der Faust gegen die Tür. »Jón!«, ruft er.

Es dauert eine Weile, bis der Bärtige erscheint. Seine ganze Haltung ist gesträubtes Nackenfell. Und man muss kein Isländisch können, um den Sinn seiner Worte zu verstehen. *Geht's noch? Was soll der Krach?*

Dieser Barbar ist also der Mieter. Während Herr Pálsson auf ihn einredet, schaut der Bärtige kurz zu meinem Fenster hoch. Ich weiche zurück, obwohl er mich natürlich gesehen hat. Bei meinem Anblick hat sich seine Miene noch mehr verfinstert. Vage erinnere ich mich daran, ihn angeherrscht zu haben, dass er verschwinden solle. Zumindest hoffe ich, dass ich nur das gesagt habe. Beim Blick auf das Bett schäme ich mich noch mehr. Die Sonne zeigt das Chaos in grellem Licht. Berge zerknüllter Tempotaschentücher, die Spuren von heruntergeheulter Schminke auf dem Kissen. Alles garniert mit dem Geruch von Muff und Schweiß. Am Rand der Matratze liegt mein Notizbuch mit meiner neuesten Liste.

Flug umbuchen, steht da.

Henriks Krempel aus der Wohnung schaffen und vor Annas Tür stellen.

Beratungstermin beim Scheidungsanwalt vereinbaren.

Ja, ich hatte weiß Gott genug Zeit, nachzudenken.

• • •

Die Badewanne ist mit gelblichen rauen Ablagerungen verkrustet. Es kostet Überwindung, mich zum Duschen hineinzustellen. Immerhin finde ich Seife und ein Männershampoo. Doch sogar durch das Wasserrauschen hindurch hallt Annas Tirade in meinem Kopf: »Scheißkerl! Ich wusste doch, du betrügst mich mit dieser MI, ich wusste es von Anfang an! Und wenn dir diese kleine Hure den Verstand noch nicht völlig rausgevögelt hat, sorgst du dafür, dass du wenigstens Swea nicht verlierst. Denn zwischen uns ist es aus, und diesmal endgültig, Henrik, es ist aus ...«

Sie hat am Telefon noch mehr gesagt, aber am deutlichsten höre ich auch jetzt noch diese nackte, glasscharfe Wut einer Betrogenen. *Wie lange geht das zwischen den beiden schon? Warum habe ich nichts bemerkt?* Schon beim Gedanken daran, dass Anna und Henrik sicher einen Fremdgängercode für unverfänglich klingende Mails und SMS-Nachrichten haben, wird mir wieder übel. Ich erinnere mich, wie Henrik mit großer Geste erklärt hat, er werde sein Handy nicht mehr mit Passwort versehen. Das sollte ein Beweis sein, dass wir neu anfangen, ohne Geheimnisse. Offen und ehrlich.

Immer noch kann ich es nicht fassen, wie beherrscht Anna mir am Telefon gut zugeredet hat, wie beiläufig sie die Lüge improvisierte, den Praktikanten Mika Fennen vorschob, um seine Affäre mit einer MI zu vertuschen, wer auch immer sie ist. *Und wann haben Henrik und Anna sich getroffen?* Vermutlich, wenn ich Überstunden in der Bank gemacht habe. An den vielen Abenden, an denen sie scheinbar nur widerwillig und genervt in die Kunstfabrik fuhr, weil ich sie darum gebeten hatte, ihm bei den Vorbereitungen für seine Ausstellung zu helfen, während ich noch sein Konzept für den Kreditantrag tippte oder seine Korrespondenz abarbeitete. Es ist fast zum Lachen, dass ich mich am sichersten wähnte, wenn Anna bei Henrik war. Das Voodoo der Betrogenen: *Solange meine beste Freundin auf ihn aufpasst, steigt er nicht bei fremden Mädchen ins Auto.*

Als ich mir die Haare trockengerubbelt habe, starrt mich aus dem Spiegel eine Zombie-Barbiepuppe mit tiefen Augenringen an. Der Longlasting-Lippenstift haftet so gut, dass mein Mund auch nach zwei Tagen auf bizarre Weise immer noch leicht eingefärbt wirkt. Wie lange ist es her, dass Anna mich von diesem Rot überzeugt hat, und außerdem von der dunklen Haartönung und diesem erotischen Uniformlook? Ein Jahr? Ja, nach dieser denkwürdigen Sitzung bei unserer neuesten Paartherapeutin, in der ich erfahren habe, was Henrik erotisch wirklich von mir hielt. »Süße, nimm's mir nicht übel, aber ein bisschen Wahrheit ist schon dran«, höre ich Anna sagen. »Männer ticken eben so, das ist nicht mal besonders persönlich gemeint. Und klar ist es nach so vielen Ehejahren nicht einfach, begehrenswert zu bleiben. Aber sieh dich an, heiß und sexy ist wirklich was anderes. Manchmal muss man sich als Frau neu erfinden, damit es im Bett wieder läuft. Du brauchst ein Makeover, glaub's mir einfach.« Ich habe auf sie gehört, wie ich immer auf sie hörte, die Frau, die tausend Liebhaber und Lösungen hatte. Das Makeover hieß: Tantra-Workshop nur für Frauen, ein Zwischending zwischen Finde-deine-Sinnlichkeit-Bootcamp und Wellnesswoche mit Aromatherapie. Zehn Kilo verlieren. Botox gegen meine Stirnfalten, die Henrik wie ein Spiegelbild zu sehr daran erinnern, dass auch er älter wird. Neue Kleidung, neuer Typ, neue Frisur, neue Haarfarbe. Denn Begehren und Leidenschaft leben nur in gefühlter Fremdheit auf, und Henrik mag schlanke Frauen mit Kaffeebohnen-Bob. Schönes dunkles Haar, im glatten Bogen von Scheitel bis unter das Kinn rundgeföhnt. Tja, aber offenbar liebt er auch altvertraute Schwarzhaarige mit Raucheratem, Wohlfühlpfunden und kehligem Lachen. Frauen mit Tattoos auf der Schneewittchenhaut, Frauen, die ihn viel schlechter behandeln als ich. *Vielleicht war ja genau das mein Fehler.*

Wieder habe ich das Gefühl, körperlos zu sein. Ich traue mir selbst nicht mehr, nicht meiner Wahrnehmung, nicht meinen Gefühlen und meinem Körper, nicht einmal meinem Schmerz. Denn ein Teil von mir schreit danach, Anna anzurufen und mich bei ihr auszuweinen, mich trösten und aufrichten zu lassen. Anna, meine Zuflucht.

Ich stütze mich auf das Waschbecken und versuche nicht wieder loszuheulen. »Reiß dich endlich zusammen, du Schwächling!«, zische ich meinem Spiegelbild zu. Dann mache ich mich daran, die Reste der Schminke herunterzuschrubben.

• • •

Auch nach dem achten Mal Haarewaschen läuft noch dunkle Brühe ins Waschbecken, aber mit jedem neuen Anlauf wird das Wasser ein wenig heller. Nach zwölf Runden ist die Shampooflasche leer, und ich bin unendlich erleichtert, die Brünette aus dem Spiegel gejagt zu haben, zusammen mit dem überschminkten Fickpuppenmund, du liebe Güte, *wer war das*? Die Tönung ist nicht ganz raus, aber immerhin ist mein Haar heller. Mehr die Swea, die ich kenne. *Aber kenne ich sie noch?*

Sie sieht ausgewaschen und durchgewrungen aus, die Augen sind verschwollen und matt, die Haut fahlfleckig. Diese Frau wirkt älter als meine Mutter, und sie schaut mich so anklagend an, als wollte sie sagen: *Ach, jahrelang bist du fort und jetzt plötzlich schaust du wieder bei mir vorbei?*

»Hallo Swea«, sage ich leise. »Wie geht's?«

Ihr Lächeln ist ein bitteres, ironisches: *Siehst du doch: fantastisch!* Aber gerade in dieser Grimasse glimmt auch ein Funke von Wiedererkennen. Der Widerstand, das Trotz-allem und das Erstrecht. So war ich mal früher. Aber wer bin ich heute? Tja, mal sehen:

Swea ist eine Frau, die Träume hatte und vor hundert Jahren zweieinhalb Semester lang Kunst studiert hat. Swea tut immer das Richtige, deshalb fuhr sie nach Hause, als ihre Familie sie brauchte. Swea ist verantwortungsvoll, deshalb brach sie das Studium ab und fing wieder in der Bank an, bei der sie ihre Ausbildung und die ersten Berufsjahre absolviert hatte. Die sachlich abgehakte Pro-Liste sprach dafür, denn in einer Familie ist nun mal kein Platz für zwei Problemfälle. Außerdem heiratete Swea einen Künstler, und in so einer Ehe muss zumindest einer das sichere Geld verdienen. Swea ist der Fels in der Brandung, sie hält die Familie zusammen, sie kümmert sich um ihre labile Mutter und um ihre Nichte, als wäre sie ihre eigene Tochter. Wenn du nicht weiterkommst, frag Swea Schwarzenberg, geborene Eisner. Sie hat immer einen Plan B, C und D. Swea jongliert tagsüber mit Finanzen, schafft Ordnung mit Listen oder rechnet im Kopf mühelos Primzahlen im Quadrat hoch. Aber wie Clark Kent hat sie auch eine andere Seite. In manchen Nächten verwandelt sie sich in ihr wahres Ich. Dann trägt sie keine maßgeschneiderten Kostüme mehr, sondern T-Shirts, die nach Farbe und Terpentin riechen. Sie malt die Nächte durch in dem Atelier, das sie zusammen mit ihrer besten Freundin gepachtet hat und …

Ich drücke die Fingerknöchel so fest gegen die Augen, bis hinter meinen Lidern nur noch Dunkel pulsiert. *Henrik und Anna.* Wie in einem verrückten Labyrinth führt mich jeder Gedanke in dieselbe Sackgasse.

• • •

Kims Jeans ist zu eng, die Bluse lässt sich nicht einmal schließen, also betrete ich die Küche in hässlichen Graffiti-Leggings, Schlabber-T-Shirt und einem schwarzweißen Island-Wollpullover. Das säuerliche Wachsaroma von sehr altem Holz schlägt mir entgegen. Die Küche ist ein Original aus den Fünfzigern, eierschalengelb und hellblau lackierte Schiebetüren und Schubladen in schlichtem Design, für das mancher Hipster morden würde. Irgendwie passt die Küche zu Herrn Pálsson, als wären beide Relikte aus einer Zeit, als Männer noch Tweedmäntel und Hüte trugen und Frauen die Türen aufhielten. Sogar die elegante Schrift auf dem Notizzettel, der auf dem Tisch liegt, wirkt wie aus der Zeit gefallen.

Liebe Frau Schwarzenberg,

mein Mieter und ich sind unterwegs, um die Stute einzufangen, die leider wieder entlaufen ist. Bitte bedienen Sie sich in der Küche. Kaffeepulver finden Sie im Schrank oben links. Falls Sie das Internet benötigen, steht Ihnen der Laptop zur Verfügung.
Einar

PS: In der Plastiktüte auf dem Tisch finden Sie Gegenstände, die ich an der Unfallstelle aufgesammelt habe.

In der Tüte finde ich meinen Füller, ein Ladekabel und Henriks Smartphone. Das Display zeigt ein Netz von Sprüngen, das meine Nichte als »Spider-App« bezeichnen würde, aber wie durch ein Wunder hat das Gerät den Regen überstanden, vielleicht in einer wassergeschützten Felsspalte. Ladestand 3 Prozent, 126 verpasste Anrufe. Hastig wickle ich die Tüte wieder darum. Ich will Henriks Nachrichten nicht sehen. Und irgendwo auf der anderen Seite des Meeres morst Anna sicher immer noch abwechselnd Bitten an mich und Verwünschungen an Henrik. Ich dachte, ich hätte das Heulen hinter mir, aber jetzt verschwimmt der Blick auf die Küchenuhr.

Flug buchen!, befiehlt mir meine vernünftige Stimme. Das steht als dringlichster Punkt auf meiner Liste. Ich brauche mindestens zehn Stunden Vorsprung. *Henriks Porträts aus dem Schlafzimmer schaffen und in den Schuttcontainer auf der Baustelle werfen*, habe ich als Punkt 4 notiert.

Punkt 5: Türschloss unserer Wohnung austauschen lassen.
Punkt 6: Catering und Technik für den Presseempfang stornieren.
Punkt 7: Alle Termine mit der Presse absagen.

Doch als ich nun meine Notizen betrachte, komme ich mir lächerlich vor. Das ist kein Plan, das sind Rachefantasien. Die Kunstfabrik wird in genau vierundzwanzig Tagen mit einer Pressekonferenz und einer ersten Vorschau auf »Sexting Beat« eröffnet, zwei Jahre Arbeit stecken in der begleitenden Retrospektive und der neuen Ausstellung mit der Installation, die ab Herbst laufen wird. Das Team schiebt seit Monaten Nachtschichten, die PR läuft, Lokalfernsehen und Presse werden zu dieser doppelten Premiere kommen. Meine Schwiegermutter reist extra aus Bochum an, ich habe meinen ganzen restlichen Jahresurlaub genommen und bei meiner Bank noch drei unbezahlte Sabbatical-Monate durchgeboxt und drangehängt. Es ist wichtig, dass ich bis zum großen Paukenschlag, dem Start von »Sexting Beat« im Oktober, ständig vor Ort bin. Und ab November mache ich nur noch mit fünfzig Prozent in der Bank weiter, um die Miete und den Kredit abzudecken, ansonsten werde ich mich ganz auf die Kunstfabrik konzentrieren. Es ist alles geregelt und unterschrieben, ein

Zurück gibt es nicht. Henrik und ich setzen alles auf eine Karte, um endlich den Durchbruch zu schaffen. Finanziell wird es zwar ein Balanceakt, aber Henrik ist an einem Punkt seiner Karriere, in dem es um alles geht. Auch mein Vater hat Herzblut und Beratungsarbeit in die Kunstfabrik investiert. Wir sind ein durchorganisiertes, verwobenes Konstrukt. *Eisner & Schwarzenberg AG*, wie mein Vater uns manchmal scherzhaft nennt. Allein die Vorstellung, wie meine Mutter nervlich zusammenbricht, gibt mir den Rest. Selbst in der Light-Version würde die Welt für sie untergehen. Aber was wäre die Light-Version von: *Ich trenne mich von deinem geliebten Schwiegersohn, weil er mit meiner besten Freundin schläft?*

Punkt 8: *Mit Vater reden.* Ich räuspere mich, aber der Panikdruck in meiner Kehle löst sich nicht. Immerhin, bis Montag habe ich eine Gnadenfrist, vorher erwarten meine Eltern keinen Anruf. Vorausgesetzt, Henrik vermasselt es bis dahin nicht. *Kein Wort zu ihnen, bis wir alles unter uns geregelt haben.* Das habe ich vorgestern in der Mail an ihn geschrieben. Das und Dinge wie: *Ich will dich nie wieder sehen.*

Draußen knarrt die siebte Treppenstufe. »Herr Pálsson?« Ich horche auf seine Schritte, aber da ist nur eine Stille, die das Ticken der Wanduhr umso lauter erscheinen lässt. »Hallo?«, rufe ich lauter. Doch offenbar höre ich schon Gespenster – beziehungsweise das alte Holz, das nach den Regenfällen arbeitet und knackt.

Punkt 1, ermahne ich mich. Auch wenn ich Henrik nicht aus der Wohnung werfen kann, brauche ich morgen den frühesten Flug. Zeit für mich allein in unserer Wohnung, um einen besseren Plan zu machen. Oder besser gesagt: überhaupt einen Plan.

Der Bildschirm schnappt aus dem Ruhemodus, ein Bild springt mich ohne Vorwarnung an. Es fühlt sich fast so gut an wie ein Tritt in den Magen. Mein junges Ich strahlt mich an, und plötzlich bin ich wieder Mitte zwanzig und fühle zum ersten Mal

Henriks Arm um meine Schulter. Ich rieche Ölfarben, Terpentin und Zigarettenrauch und sehe das abgeschabte Atelier, in dem wir die Millenniums-Aktion machten, meine allerersten eigenen Bilder. Damals wagte ich mich noch nicht an gegenständliche Ölmalerei, deshalb entwarf ich optische Täuschungen aus gemalten Binärcodes, endlose Reihen von Einsen und Nullen, die zu Chaos explodierten. Ich spüre mein eigenes tanzendes Chaos in mir, Henriks Nähe, der Duft seiner Haut vermischt mit dem Geruch des Plastikhaars meiner Perücke. Filiz und Valentina trugen das gleiche Modell. Nur Anna hatte damals tatsächlich diesen Betty-Page-Pony.

Anna.

Ich schlage den Laptop zu und schiebe ihn so heftig weg, dass er um ein Haar vom Tisch gerutscht wäre. Und diesmal warte ich nicht, bis die Panik mich packt, ich laufe ihr davon.

Die Haustür steht sperrangelweit offen, obwohl ich schwören könnte, dass sie vorhin donnernd zugefallen ist. Ich stürze nach draußen, die Steintreppe hinunter. Diesmal habe ich Glück, die Panikattacke erwischt mich nicht. Trotzdem dauert es eine ganze Weile, bis mein Herz wieder seinen Rhythmus gefunden hat. Und seltsamerweise bin ich nur wütend auf Herrn Pálsson. Ein Luftzug am Nacken lässt mich frösteln, doch als ich begreife, woher der Zug kommt, ist es zu spät. Im selben Augenblick, als ich zur Tür zurückhechte, fällt sie mir vor der Nase zu.

Diesmal funktioniert das Schloss seltsamerweise einwandfrei. Jetzt kann ich nur hoffen, dass Herr Pálsson bald zurückkommt. Zumindest habe ich mich nicht barfuß ausgesperrt, und mit dem Pullover ist der kühle Wind zu ertragen. Ich erkenne überhaupt nichts wieder. Natürlich hat es gestürmt, als ich hier ankam, aber ich bin sicher, dass ich diese wildromantische Mauer aus Natursteinen noch nie gesehen habe. Erst als ich beim Tor ankomme, habe ich die Koordinaten wieder einigermaßen zusammen. Von hier aus hat man die beste Sicht auf den Fjord, die Ringstraße und den Felsengraben, in dem ich gestrandet bin. Der Toyota ist fort. Ich will gar nicht wissen, was für eine Erklärung Henrik der Mietwagenfirma aufgetischt hat. Und als ich mich umdrehe und zur Treppe zurückgehen will, findet mich ein Déja-vù. Jenseits der Mauer, ganz oben an einem Felskamm, taucht wie eine Fata Morgana das Schwarzweißpferd auf und verschwindet humpelnd hinter den nächsten Felsen.

• • •

Es ist nicht einfach, in den halbhohen Stiefeletten bergauf zu rennen. Mit Seitenstechen erreiche ich endlich den Lavaweg, der sich in Serpentinen am Berg hochschlängelt. Dort entdecke ich das kleine Pferd wieder. Beharrlich arbeitet es sich hinkend bergauf. Erst an der nächsten Serpentine kann ich ihm den Weg abschneiden. Es bleibt ruckartig stehen und legt die Ohren an. Und da stehe ich nun, in der Hand ein Stück Plastik-Absperrband, und habe keine Ahnung, was ich tun soll. Ich war nie ein Reitschulmädchen wie Insa. Mein einziger Ausflug in die Pferdewelt war ein Management-Workshop vor zehn Jahren, zu dem mein Vater mich gedrängt hatte. Ich versuche mich zu erinnern, was der Trainer damals quer durch die Halle rief, während ich mich bemühte, ein Monster von Kaltblüter mit Hufen wie Eimer dazu zu bekommen, sich vom Fleck zu rühren. *Körpersprache, Frau Schwarzenberg! Sie müssen absolute Klarheit zeigen! Nur dann folgt Ihnen auch das Pferd.*

Mir sinkt der Mut. *Absolute Klarheit, natürlich.*

Die zierliche Stute scheint zu spüren, dass ich kein würdiger Gegner bin, sie entspannt sich, und als ich mich halb von ihr abwende, beginnt sie an ein paar Disteln zu zupfen. Das vernarbte

Bein zittert, und ich frage mich, ob das Tier Schmerzen hat. »Hey Ausreißer«, sage ich. »Tut mir leid, dass ich dich fast umgefahren hätte. Aber jetzt musst du zurück nach Hause.« Ich warte und rede ihr zu, warte wieder, nähere mich in Zeitlupe in einem weiten Bogen. Und bin überrascht, dass das Pferd mich herankommen lässt und es sogar duldet, dass ich es vorsichtig an der Mähne berühre. Im Zeitlupentempo ziehe ich das Plastikband um den Hals des Tiers, schiebe ihm eine zweite Schlaufe über die Nase und greife das Ganze wie ein provisorisches Halfter.

Zwei Sekunden später stolpere ich keuchend vor Schmerz ins Gestrüpp neben dem Weg. Das Pferd ist blitzschnell zur Seite gesprungen und hat mich fast umgerissen. Mein Fußknöchel tut höllisch weh, und mein Ohr dröhnt, so hart ist der Pferdekopf dagegen gedonnert. Zitternd vor Schreck stehe ich da, die Hand um das straff gespannte Band gekrampft. Die Nasenschlaufe ist heruntergerutscht, aber die Halsschlinge liegt nun festgezurrt um den Nacken der Stute. Sie reckt die Nase hoch in die Luft, äugt auf mich herunter und legt die Ohren an. Und mir wird klar, dass sie den Teufel tun und bei diesem Tauziehen nachgeben wird, selbst wenn ich sie dabei erwürge. Also gebe ich nach. Die Spannung löst sich, und da stehen wir, durch das Band nur noch locker verbunden. »Verdammt«, flüstere ich und reibe mein Schienbein. Der Huf ist nur daran entlanggeschrappt, die Schürfwunde blutet nicht einmal, aber trotzdem zittere ich. Die Stute schüttelt die Mähne, prustet und reibt den Kopf unwillig am linken Vorderbein.

»Du magst das Band nicht«, sage ich. »Okay. Aber ich kann dich nicht einfach laufen lassen. Der nächste Autofahrer weicht vielleicht nicht in den Graben aus.«

Vorsichtig strecke ich die Hand aus, aber sofort reißt das Pferd warnend den Kopf hoch. Ich brauche eine ganze Weile, um wieder Mut zu fassen. Erst als ich mich von der Seite in einem respektvollen Bogen der Schulter des Tieres nähere, passiert etwas. Die Stute läuft am lockeren Band los, als hätte sie beschlossen, dass es unentschieden ist, solange wir Seite an Seite gehen. Und dann laufe ich bergauf, mit allen Sinnen darauf konzentriert, den nächsten Schritt zu setzen. Es tut gut, sich einfach führen zu lassen. Die Stute hält inne, wenn ich stolpere, und wartet, bis ich wieder auf Kurs bin. Sie strebt weiter, schnaufend, mit wippendem Kopf, klettert schließlich so steil bergauf, dass ich ohne nachzudenken in die Mähne fasse und mich mitziehen lasse. Auf der Anhöhe bleiben wir stehen. Ich hebe den Blick. Und dann spielt es keine Rolle mehr, ob ich das Pferd jemals dazu bekomme, zum Haus zurückzulaufen.

• • •

Ich habe die Schuhe von den Füßen gestreift und kauere auf einem Felsen. Der Boden kühlt meine geschundenen Füße, scharfkantige Lava drückt sich in die Sohlen. Aber vor mir öffnet sich die Welt. Die Abendsonne steht tiefer und ist goldener als am Tag. Vereinzelte Wolkenschatten ziehen über Lavagrau und Grün, und die Felsen werfen lange, spitze Schatten. Kobaltblau glüht das Meer. Herrn Pálssons Haus hebt sich kaum vom Gestein ab, dafür strahlt das Nebengebäude im Kontrast zu dem überbordenden Lila der Lupinen in einem so intensiven Gelb, als wäre ich in einem Gemälde von Monet gelandet. Vor hundert Jahren hätte ich meinen Skizzenblock hervorgezogen und die Farben mit Kohlestift am Rand notiert. *Van-Dyck-Braun, Mauve, Titanweiß, Chromoxidgrün …*

Der Wind jagt heran und bringt das Plastikband zwischen mir und der Stute zum Flattern. Dann wirft er sich auf mich, wühlt sich unter meinen Pullover und verwirbelt mein Haar, als wollte er mich an das erinnern, was ich seit siebzehn Jahren sorgfältig vergesse.

Swea hat irgendwann einmal davon geträumt, mit offenem Haar und einem im Wind flatternden Brautkleid über eine Düne zu laufen, barfuß und Hand in Hand mit Henrik. Nur wir zwei, ein paar Freunde und das Meer. »Way of the Wind-Performance« hatte Anna es ironisch genannt.

Die Realität war dann das Standesamt in Bochum, weil Henriks Familie dort lebt. Das Brautkleid war zu einem lichtgrauen Designer-Etuikleid geworden, edel und praktisch zugleich, weil es sich mit farblich kontrastierenden Accessoires und Business-Blazern auch in den Alltag mitnehmen ließ. Knielanger Bleistiftrock und mörderische elf Zentimeter Absätze. Mein Haar hochgesteckt und mit Festiger betoniert.

Im Standesamt spiegelte sich die Hochzeitsgesellschaft in dem riesigen Wandbild hinter Glas, vor dem der Standesbeamte saß. Ein Heer von Gespenstern hinter uns. Geblümte Blusen und pralle Hemden über teigigen Bäuchen. Kein Wind an diesem Tag, nur eine Glocke aus schwüler Sommerluft und ein bleigrauer Regenhimmel. Der Hochzeitsfotograf war ein Freund von Anna und hatte einen asiatisch klingenden Künstlernamen, Nyagi oder so ähnlich. Er hatte eine junge Praktikantin dabei, die Fotos machen durfte. Ihren Namen habe ich vergessen, aber an ihr Gesicht erinnere ich mich genau. Sie hatte wache unruhige Augen und eine seltsame Art, mich anzuschauen, so, als würde sie hinter all dem Make-up und dem strahlenden Lächeln die echte Swea sehen.

Die echte Swea.

Der eingerissene Nagel tut wieder scheußlich weh, so fest balle ich die Hände zu Fäusten. Sie zu öffnen schmerzt. Blass und zerbrechlich wirken die Finger, mit diesen langen lackierten Nägeln, die Henrik laut Anna so sexy findet.

Henrik, Anna und ich.

Es waren immer wir drei. Drei für die Kunst und gegen die

Welt. Aber ohne den Weichzeichner der Impressionisten sieht die Realität ganz anders aus.

Ich sehe zwei Künstler und eine Bankangestellte, die Kredite für das nächste Projekt ihres Mannes beschafft oder mit dem Architekten die Umbaupläne für die Kunstfabrik bespricht. Die sich über Budgetrechnungen beugt oder mit dem Handy am Ohr organisiert, koordiniert, finanziert. Ich höre Henrik und mich über seine Kunst und seine Konzepte diskutieren. Und wenn ich mich nicht mit Henriks Karriere beschäftige, dann geht es um Annas Kunst, Annas nächste Ausstellung, Annas Durchbruch auf dem Kunstmarkt, der irgendwann kommen wird. Ich sehe mich, wie ich mit ihr zusammen Ausstellungen besuche, wie ich Kuratoren und Journalisten zum Essen einlade und Bilder kaufe für die Altbauwohnung in Frankfurt, die eines Künstlerpaares würdig sein soll. Und manchmal, nachts, stehe ich in Annas Atelier, ich trinke zu viel Wein, lache überdreht und verteile Farbe auf Leinwänden. *Künstlerin spielen*, so nannte es meine Schwester einmal. Aber vielleicht hatte Insa in ihrer gehässigen Art ja genau den Punkt getroffen?

Denn drei minus zwei ergibt schon lange nicht mehr eins.

Sondern null.

Ich atme, atme oder versuche es jedenfalls, beide Hände gegen den Fels gepresst, als könnte ich verhindern, dass die Welt mich wie ein bockiges Pferd abwirft. Aber es hilft nichts. Die Panik löscht die Farben aus, denn hier, im Wind, begreife ich zum allerersten Mal, dass mein Leben vorbei ist.

Alles, was ich je sein wollte, meine Vergangenheit, mein wirkliches, mein wahres Ich, existiert nicht ohne Anna – und auch nicht ohne Henrik.

Ich weiß nicht, wie lange ich mich in den Fels kralle, unfähig, die Augen zu öffnen. Aber dann pustet etwas Warmes gegen meinen Hals. Und wieder fasse ich einfach in die Mähne und halte mich fest.

Ich wollte nie wie meine lamentierende Mutter klingen, die über das Opfer ihrer *besten Jahre* klagt. Aber jetzt kommen tatsächlich diese bitteren Sätze in mir hoch. *Wann habe ich mich für Henrik aufgegeben? Für seine Kunst, für diese Ehe? Wo habe ich mich verloren? Und was bleibt mir jetzt noch?*

Die Sonne blendet mich, als ich die Augen öffne. Das Licht ist noch klarer geworden, die Farben und Konturen sind scharf wie Bruchkanten von Glas. Mir kommt es so vor, als hätte ich sie seit Jahren nicht mehr wahrgenommen. Und endlich spüre ich noch etwas anderes als Panik und Enttäuschung. Genau genommen sind es zwei Dinge:

A. Ein sachliches, glashartes: Nein!
B. Die Klarheit, wie mein neuer Plan aussieht.

Frischer Wind

Wir dachten, die Stute würde in Richtung Pferdehof laufen, aber seit einer Stunde ist sie wie vom Fjord verschluckt, was Kári nur ein lakonisches Schulterzucken entlockt hat. »Sag nicht, ich hätte dich nicht gewarnt, Einar«, bemerkte er, als ich in sein Büro trat. »Ich rufe dich an, falls sie hier auftauchen sollte.«

»Fahren wir noch hoch zu Ingibjörg«, sage ich nun zu Jón. »Vielleicht hat sie etwas gesehen.«

Jón schüttelt den Kopf und gibt auf dem steilen Weg, der zum Sumarhús führt, mehr Gas. »Ingibjörg wohnt nicht mehr hier.«

»Was?«

»Sie ist zu ihrer Tochter in die Stadt gezogen. Die Tochter vermietet das Haus seitdem über *Airbnb* an Touristen. Gerade wohnt irgendeine Youtuber-Gruppe aus Deutschland darin. Die haben sicher anderes zu tun, als mit Ingibjörgs Fernglas am Küchenfenster zu sitzen.«

Ich erinnere mich an die jungen Leute mit den Fahrrädern, an das rothaarige Mädchen, das mir den Reisesack abnehmen wollte. Vermutlich findet diese Lara es nostalgisch, ihren Morgenkaffee Auge in Auge mit Ingibjörgs selbst geschossenem, ausgestopftem Fuchs zu trinken.

»Ja, hier hat sich viel verändert«, spricht Jón meine Gedanken aus. »Und du? Bist du hergekommen, um dein Haus ebenfalls zu Geld zu machen? Du wirst es verkaufen, oder?«

Ich nehme die Brille ab, um Zeit zu gewinnen. Was soll ich Jón sagen? Dass es weiß Gott nicht mehr in meiner Hand liegt, was aus mir oder dem Sumarhús werden wird?

»Ich will dich nicht anlügen, Jón. Es ist im Moment nicht der Plan, aber möglicherweise muss ich tatsächlich bald die Entscheidung treffen ...«

»Es ist nie der Plan«, murmelt Jon. Dann bremst er so abrupt, dass mir das Fernglas vom Schoß rutscht. Ein Stück vor uns quert eine Frau den Weg und hält auf das Tor zum Sumarhús zu. Eine Hand hat sie in der Mähne der Stute vergraben, in der anderen hält sie ein Stück Plastikband, das vom Hals des Pferdes hängt. Erst denke ich, es ist eine Fremde, die aus unerfindlichen Gründen Kims Kleidung trägt. Dann erkenne ich sie. Ich greife mir das Halfter und steige aus. Als ich Frau Schwarzenberg einhole, ist sie schon fast bei der Koppel.

»Hallo Herr Pálsson. Ich habe das Pferd oben am Berg gefunden!«

»Das sehe ich.«

Die Stute hört den Unterton besser als Frau Schwarzenberg, sie zuckt in Habachtstellung. Aber sie hält brav still, als ich ihr das Halfter anlege. Diesmal ziehe ich die Riemen so straff, dass sie es nicht mehr über die Ohren streifen kann. Und prompt fängt sie wieder mit diesem nervösen Tick an, mit dem Vorderbein zu schlagen. »Es mag kein Halfter«, sagt Frau Schwarzenberg.

»Nun, für heute wird es sich damit abfinden müssen. Danke fürs Einfangen.«

»Gern geschehen. Wie heißt das Pferd eigentlich?«

»Harry Houdini«, murmle ich.

Sie lacht, als wäre das ernst gemeint. »Houdini«, wiederholt sie. »Das passt!«

»Was machen Sie überhaupt hier draußen?«

»Ihr Haus hat mich ausgesperrt. Irgendetwas stimmt wohl mit dem Schließmechanismus nicht. Die Tür ist von selbst aufgegangen und dann wieder zugeschnappt.«

Ich könnte ihr viel darüber erzählen, was mit dieser Tür nicht stimmt. Hinter uns röhrt ein Motor auf. Mein Mieter hat den Rückwärtsgang eingelegt, wendet schwungvoll und braust in einer Wolke von Lavastaub in Richtung Ringstraße davon.

Frau Schwarzenberg schaut ihm verwundert nach und hält sich im Wind die Haare aus dem Gesicht. Ihr Haar ist seltsamerweise heller geworden und glüht in der Nachtsonne nun goldbraun. Ungeschminkt hat sie keine Porzellanhaut mehr, sondern bronzefarbene Flecken an den Wangen, schattige Inseln von Sommersprossen oder vielleicht schon Pigmentflecken, und Augen, die alles Katzenhafte verloren haben. Ihre Lippen sind rau und haben ohne die rote Farbe eine völlig andere Form. Schmaler, breiter, anders geschwungen. Es ist eine andere Art von Schönheit als die symmetrische Perfektion ihrer Maske. Der deutlichste Unterschied ist aber die Art, wie ihre Augen leuchten. Überwach, fiebrig. Ich würde sie gerne fragen, ob es ihr wirklich gut geht.

»Herr Pálsson? Ich fliege morgen nicht zurück, sondern werde mir ein Hotelzimmer suchen.«

Sie lacht auf eine euphorische Art, die ich nicht einschätzen kann. Und ich frage mich, ob sie in ihrer Handtasche nicht auch Tabletten hatte. Es gibt viele Arten, Mut zu finden für Wahrheiten, die sich nicht mehr leugnen lassen. Mein Blick schweift zum Haus. Sogar jetzt scheint es uns zu beobachten, lauernd wie ein Schachgegner, der meinen nächsten Zug abwartet.

»Warum bleiben Sie nicht einfach hier?«, höre ich mich sagen.

»Das Zimmer haben Sie ohnehin schon bezogen. Und außerdem sind Sie hier sicher.«

»*Sicher?*« Sie blinzelt irritiert. »Wovor?«

»Vor Ihrem Mann.« Ich deute auf die gleiche Stelle an meiner Unterlippe, an der an ihrem Mund immer noch die Schwellung zu erahnen ist. »In einem Hotel könnte er Sie leicht ausfindig machen. Hier dagegen ...«

»Sie dachten im Ernst, Henrik hätte mich geschlagen?« Sie lacht laut auf und schüttelt den Kopf. »Nein! Niemals.«

Offenbar verlässt mich neuerdings mein Gespür für Menschen. *Oder du hattest es nie, Einar.* Dennoch bin ich erleichtert, mich in diesem Fall geirrt zu haben. Irgendwie mochte ich das Bild der beiden aus ihren Jugendtagen.

Sie wird wieder ernst. »Wir werden uns trennen. Das heißt: Ich trenne mich von ihm. Tja. Manchmal sind Ehen nicht das, wofür man sie jahrelang gehalten hat.«

Vor wenigen Tagen hätte ich ihr einen Mantel aus warmen Worten und Erfahrungen umgelegt. Aber die Zeit meiner eigenen Gewissheiten scheint ein ganzes Leben her zu sein. »Das tut mir leid«, sage ich nur förmlich.

Sie zwinkert ein paarmal zu oft. »Ja, mir auch. Jedenfalls ... Danke für das Angebot, aber ich möchte Sie nicht aus dem Zimmer vertreiben. Sie oder Ihren Mieter. Es sind doch seine Sachen im Zimmer?«

»Jón nutzt es nur als Abstellraum. Und ich schlafe ohnehin lieber auf der Liege im Wohnzimmer. Außerdem muss ich in den kommenden Wochen ... Unterlagen sichten und Dokumente sortieren, da ist es mir sehr recht, wenn mein Bett neben dem Schreibtisch steht.«

»Danke. Aber natürlich bezahle ich für das Zimmer.«

»Auf keinen Fall. Von Gästen nimmt man niemals Geld an.«

Es ist erstaunlich, wie sehr diese Selbstverständlichkeit sie zu überraschen scheint. »Sie wissen schon, dass Sie kein guter Geschäftsmann sind, Herr Pálsson?«

Fast hätte ich gelächelt. »Mein Vater würde nun sagen: Hunde sind keine Füchse. Und Gastgeber niemals Geschäftsleute.«

• • •

Kims alte Zweitschlüssel liegen im einzigen Fach des schmalen Arbeitstisches, dort, wo ich auch meine Tagebücher verstaut habe. Den Reisesack habe ich fast ganz ausgeräumt. Nun ist er nur noch ein schlaffer, grauer Kokon hinter der seitlichen Schiebetür. Hier, im »Skriptorium«, wie ich meine abgeteilte Arbeitsnische im Wohnzimmer nenne, gibt es nur die Liege unter dem Fenster, einen Stuhl und einen Tisch, der viel roher und schlichter ist als der Sekretär neben den Bücherregalen. *Papas Klosterzelle*, nannte es Kim immer. Im Wohnzimmerbereich flutet die Sonne herein. Licht ist immer gut. Licht und die Augen der Pferde, die mich von den Ölgemälden anblicken. Swea Schwarzenberg steht vor den Buchregalen und blättert in einer deutschen Übersetzung. »Sie besitzen eine beeindruckende Bibliothek.«

»Nun, ich lese gerne, schon seit meiner Kindheit. Und ich kann Bücher nicht weggeben.«

Unbemerkt hake ich den Schlüssel mit dem Kleeblattkopf los und lasse ihn beiläufig in meine Tasche gleiten. »Fühlen Sie sich wie zu Hause. Das Wohnzimmer steht Ihnen natürlich immer offen. Ich brauche nur den Arbeitsraum hinter der Schiebetür. Als … Privatbereich.«

»Selbstverständlich.« Ihr Blick streift zum Skriptorium und bleibt dabei an den deutschen Zeitungsseiten hängen, die noch auf dem Wohnzimmertisch liegen, zusammen mit der Schere und der Sammelmappe. Die Kreise, die ich mit Rotstift um eine Anzeige gezogen habe, wirken wie Korrekturen auf einer Klassenarbeit.

»Darf ich trotzdem fragen, woran Sie gerade arbeiten?«

Ich winke ab. »Familienangelegenheiten. Ich muss in Ruhe ein paar Dinge regeln. Hier.« Ich reiche ihr den Schlüsselbund. »Willkommen im Sumarhús!«

Augenblicklich ist zu spüren, wie sich um uns etwas zusammenzieht. Die Luft scheint dichter zu werden, dunkler. *Zorniger*. Vielleicht bemerkt es Frau Schwarzenberg auch. Sie fröstelt sichtlich, als sie den Schlüsselbund an sich nimmt, und sieht sich unbehaglich um. »Ihr Haus hat einen Namen?«

»Einen literarischen sogar, aus einem Buch unseres Nationaldichters.« Ich deute auf das Buch in ihrer Hand. »Halldór Laxness. Eine seiner Figuren tauft ihren kargen, ärmlichen Einöd-Hof etwas hochtrabend *Sumarhús* – Sommerhaus. Laxness' Charaktere sind oft Außenseiter, die sich in der rauen Natur und in ihrem Schicksal behaupten müssen. Unsere ganze Geschichte spiegelt sich in diesen Romanen. Es ist, als würde man eine Familienchronik aller Isländer lesen.«

»Sie sind mit Herz und Seele Isländer geblieben. Und all die Gemälde von Pferden im Wohnzimmer ... Sammeln Sie solche Bilder?«

»Nein, mein Vater hat diese Pferdeporträts in den Sechzigerjahren nach Fotografien malen lassen. In gewisser Weise gehören die Pferde nämlich zur Familie. Sehen Sie den weißen Hengst auf dem Bild dort? Das war Fannar. Mein Großvater hatte ihm mehrmals sein Leben zu verdanken. Er war Postreiter. Einmal musste er den großen Gletscherstrom Héraðsvötn überqueren. Das Eis brach, aber Fannar stemmte sich immer wieder mit den Vorderbeinen aus dem Eisloch. Jedes Mal brach die Kante unter seinem Gewicht, und jedes Mal wuchtete er sich aus dem reißenden Strom des Gletscherwassers wieder auf das Eis, während mein Großvater sich neben ihm auf der Abbruchkante hielt. Fannar arbeitete sich auf diese Weise unglaubliche dreihundert Meter quer durch den vereisten Fluss, bis sie beide das rettende Ufer erreichten. Solange er lebte, hat Fannar meinen Großvater in jedem Gelände und in jedem Sturm sicher nach Hause gebracht.«

»Das ist eine schöne Geschichte.« Swea Schwarzenberg hält Schlüssel und Buch in den Händen, als würde sie prüfen, ob Worte mehr wiegen können als das, was sicher und greifbar ist. *Sie wiegen mehr*, denke ich. *Viel mehr, als ich jemals ahnte*. Denn als mein Gast lächelt, geschieht etwas Erstaunliches: Es ist, als würden meine Ahnen erwachen und zu mir treten, sich so dicht um mich scharen, dass ich fast den Kautabak und nebelfeuchten Filz riechen kann. Und gleichzeitig spüre ich, wie der Schatten, der seit meiner Ankunft über dem Haus liegt, fadenscheiniger und blasser wird.

»Was hat Sie damals eigentlich zum Studium nach Deutschland verschlagen, Herr Pálsson?«

»Nun, nach dem großen Wirtschaftsboom der Dreißiger und Vierziger drängten viele junge Leute meiner Generation ins Ausland. Und nach dem Lehramtsstudium bin ich geblieben.«

»Der Liebe wegen?«

Ein Stück Zeitung gleitet von einem Luftzug erfasst auf dem Wohnzimmertisch näher zu uns. Ich fange die Seite auf, bevor sie zu Boden flattern kann, und falte sie hastig zusammen. Doch Swea Schwarzenberg hat den rot markierten Namen sicher gelesen. Und als ihr Blick dann auch noch auf meine rechte Hand fällt, wirkt sie mit einem Mal völlig bestürzt. »Oh. Ich wusste ja nicht ... Sie sind in Trauer?«

»Nicht!«, entfährt es mir schärfer, als ich will. Ich hebe abwehrend die Hand und bete, bete, dass sie nicht weiterredet. Aber zu meiner Erleichterung stellt sie nur vorsichtig das Buch zurück ins Regal.

»Es tut mir leid. Ich wollte nicht neugierig sein.«

»Schon gut. Es ist nur ... ich möchte nicht darüber sprechen. Und was die Schlüssel betrifft ...« Ich rede und flüchte mich in die Rolle des Gastgebers, in Worte, die nicht brechen können wie dünnes Eis. »... und da Sie jetzt Isländerin auf Zeit sind, sollten Sie noch wissen, dass man bei uns kein *Sie* kennt. Pálsson ist kein Nachname, sondern der Verweis auf meine Abstammung. Mein Vater hieß Pál – und ich bin Páls Sohn, Pálsson. Hätte ich eine Schwester, würde ihr Vatersname Pálsdóttir lauten – Páls Tochter. Hier in Island sprechen wir einander aber grundsätzlich mit dem Vornamen an. Das ist keine Vertraulichkeit, sondern normaler Sprachgebrauch. Sogar das Telefonbuch ist nach Vornamen sortiert. Natürlich nenne ich Sie auch weiterhin Frau Schwarzenberg, wenn es Ihnen lieber ist. Aber bei mir genügt einfach nur Einar.«

»Einar.« Sichtlich erleichtert streckt sie mir sofort die Hand hin. Als ich einschlage, ist ihr Griff so fest, dass meine Gelenke knacken. Ich unterschätze sie wohl, in so mancher Hinsicht. Doch als würde ihr Lächeln das, was sich hier eine eigene Wirklichkeit schaffen will, für den Moment vertreiben, saugt der Wind die Gardine ans Fenster, und es wird leer und still um uns.

Endlich still.

»Mein Vorname ist Swea«, sagt sie, ohne meine Hand loszulassen. »Aber das wissen Sie ... weißt du ja längst. Schließlich hast du ja schon im Internet recherchiert.« Sie scheint sich ein Lächeln zu verkneifen. »Offenbar bin ich nicht die Einzige, die manchmal zu neugierig ist.«

Ich lausche ihren Schritten nach und reibe mir den Nacken.

War es ein Fehler, sie einzuladen? Ich weiß es nicht. Als ich meine Hand herunternehme, ist sie schweißnass. Lautlos trete ich zum ältesten Regal, wo sich meine Schätze reihen, isländische Originalausgaben aus den Dreißiger- und Vierzigerjahren. Ihre Titel klingen wie die Namen von Freunden. *Íslandsklukkan – Die Islandglocke, Paradísarheimt – Das wiedergefundene Paradies* und die vergilbte Bibel meiner Jugend: *Sjálfstætt fólk, Hetjusaga – Sein eigener Herr, eine Heldengeschichte*. Ich hole den Kleeblattschlüssel aus der Manteltasche und lasse ihn hinter dieses Buch fallen.

»Einar?« Ich fahre ertappt herum.

Swea steht wieder an der Tür. »Ist es in Ordnung, wenn ich die Möbel im Zimmer umstelle? Ich brauche Platz am Fenster.«

Ich straffe die Schultern. »Natürlich.«

»Gut! Und weißt du, wo ich in Reykjavík Farben kaufen kann? Ich meine Künstlerbedarf: Leinwände, Ölfarben, Skizzenpapier, vielleicht eine Staffelei ...«

»Du ... willst hier malen?«

Ihr Mund bekommt einen härteren, grimmigen Zug. »Nicht einfach nur malen, Einar. Ich hole mir mein Leben zurück.«

Heartbreak Beat

Bei jedem hochgewachsenen dunkelhaarigen Mann, der mir entgegenkommt, fängt mein Herz an zu rasen, obwohl es natürlich nicht Henrik sein kann. In einer Stunde geht sein Flieger, er muss also schon mittags in den Shuttle-Bus zum Flughafen gestiegen sein. Und vermutlich müsste ich mir gar keine Sorgen machen, erkannt zu werden. In Kims übergroßem Schlabberpulli, ihrer alten ausgeleierten Hippie-Fransentasche und mit den helleren Haaren, die wellig und zerzaust die Sonnenbrille umspielen, würde Henrik mich auf der Straße glatt übersehen. Trotzdem fühle ich mich wie auf der Flucht.

Die Post ist nicht weit vom Hafen entfernt, an der Restaurantmeile, auf der Horden von Touristen entlangflanieren. An der Straße reiht sich eine Mischung aus verglasten Klotzbauten und alten Häusern, die um 1900 herum entstanden sind. Schwärme von Staren umschwirren die Mülleimer vor den Fast-Food-Ständen, und über mir hallen Möwenschreie. Ich schlüpfe in das Café-Restaurant, das der Post genau gegenüberliegt: *Apoték*. Dezente Lounge-Musik und der Duft von Holz erfüllen die Räume. Man sieht auf den ersten Blick, dass es früher eine echte Apotheke war. An den Griffen der verglasten Art-Deco-Flügeltüren winden sich Messingschlangen hoch, aber auch der Tresen und antike Schubladenschränke erinnern an die Vorgeschichte des Lokals. Sogar der Zucker auf den Tischen ist in alten Braunglas-Apothekerflaschen abgefüllt. Der Raum an der Fensterseite ist rundum mit dunklem Holz vertäfelt, altehrwürdig, elegant, mit Art-Noveau-Reliefs verziert. In diesem Dunkel leuchten Retro-Sessel in hellem Moosgrün und Topasblau. Ich lasse mich in der hintersten Fensternische nieder, dort, wo man in den ehemaligen Schaufenstern auf dem überbreiten Fensterbrett sitzen kann.

»Hvað get ég gert fyrir þig?« Ich schrecke zusammen. Die Frau, die sich lautlos angeschlichen hat, ist von Kopf bis Fuß in Rot gekleidet, ein verspieltes Kleid über ebenfalls roten Leggings. Sogar ihre Riemchensandalen passen dazu. Nur das Haar, im Pixie-Style sehr kurz geschnitten und schlimm gefärbt, beißt sich mit dem Farbkonzept. Sieht nach einem Blondierunfall aus, oder vielleicht will sie ja mit Absicht blassrosa Strähnen haben. Umso komischer kommt es mir vor, dass die Frau völlig ungeschminkt ist. Obwohl sie fast schon mager ist, hat sie ein rundes, hübsches Gesicht, eine leicht aufgestülpte Nase und sehr volle, schöne Lippen. Und als sie jetzt über meine Schreckreaktion lächelt, sehe ich, dass sie gar kein Mädchen ist, wie ihr schriller Tinkerbell-Look vermuten lässt. Ich schätze sie auf Mitte dreißig. *»Oh! Fyrirgefðu«*, sagt sie und berührt mit den Fingerspitzen in einer freundlichen Entschuldigungsgeste meine Schulter. Dann redet sie wie ein Wasserfall weiter.

Endlich dämmert mir, dass es die Bedienung ist, die mich in meinem Zottellook für eine Einheimische hält. Offenbar entspricht Kims Kleiderstil irgendeinem hiesigen Dresscode. Vermutlich dem der Wikinger-Althippies.

»Ich verstehe leider kein Isländisch«, sage ich auf Englisch.

»Kein Problem.« Sie switcht übergangslos in die Sprache der Touristen. »Wo kommst du denn her?«

Sie steht da und wippt zur Lounge-Musik leicht mit dem Kinn, hellwach und strahlend. Und irgendwie geht mir das auf die Nerven, so sehr erinnert es mich an die Studentinnen, die in der Kunstfabrik herumstreifen. Gesamtkunstwerke in Farbe mit betont lässigem Auftreten.

»Deutschland«, erwidere ich knapp.

Ihre blassgrauen Augen scheinen aufzuleuchten. »Meine Urgroßmutter stammte aus der Nähe von Dorsten. Nach dem Krieg hat sie ihre Heimat für immer hinter sich zurückgelassen und ist nach Island ausgewandert, mit achtzehn. Alles, was sie noch besaß, hatte sie in den Taschen ihres Mantels – kaum mehr als ihre Papiere und ein paar alte Fotos. Kann man sich heute gar nicht mehr vorstellen, was? Du kommst nicht zufällig auch aus ihrer Gegend? Oder vielleicht«, ihre Augen strahlen noch mehr, »aus Ingolstadt?«

Ingolstadt?

»Weder noch. Ich hätte gerne einen Rotwein.«

»Wir haben auch Menüs im Angebot. Fischsandwich, Lachsfilet, Lamm ...« Während sie gestikuliert, klimpert das filigrane Silberarmband voller Anhänger an ihrem Handgelenk. »Und zum Nachtisch gibt es hier die besten Macarons der Stadt«, schließt sie. »Die sind wirklich göttlich, wenn ich es mir leisten könnte, würde ich die jeden Tag stapelweise essen ...«

Ich bestelle und bin froh, als sie davonrauscht, mit der Musik mitsummend, ganz erfüllt von dieser vibrierenden Fröhlichkeit, im wahrsten Sinne ein rotes Tuch. Aber Tinkerbell kann ja nichts für meine Stimmung, sie ist einfach nur freundlich, interessiert und gut gelaunt. Hinter dem Tresen sehe ich sie mit dem bärtigen Hipster-Barmann herumalbern. Sie hat sogar ein nettes Lachen – herzlich und klingend. Und als der Barkeeper sie an sich zieht und ihr einen Kuss stiehlt, wird mir klar, warum sie auf dem Weltumarmungstrip ist. *Frisch verliebt. Na wunderbar.*

Ich dagegen türme die Trümmer meiner Ehe auf dem ringfleckigen Holztisch auf. Henriks Smartphone, mein eigenes Phone und meine To-do-Liste, schön säuberlich notiert in meinem Notizbuch. 1. *Mail an Henrik*, 2. *Vesna anrufen*, 3. *Post*, 4. *Einkauf*, 5. *Familie*. Dann krame ich noch Stift und Papier aus Kims Tasche und den schon leicht vergilbten Luftpolsterumschlag, den Einar aus seinem Schreibtisch geholt hat. Trotz allem muss ich lächeln, als ich an meinen Gastgeber denke. Wie besorgt er war, als ich an der Ringstraße in den Bus stieg, ganz so, als sei Reykjavík eine Millionenmetropole, in der man sich verlieren oder in die falschen Ecken geraten kann. Dabei erinnert die Altstadt eher an Legoland, bunte kleine Häuschen mit Metallverschalung und farblich abgestimmten Dächern in Grün, Blau und Rot, kaum eines davon höher als zwei Stockwerke. Nur ein paar Hochhäuser am Meer gehen als Zitat einer Skyline durch. Und die Haupteinkaufsmeile *Laugavegur* wäre in Frankfurt eine verkehrsberuhigte Seitenstraße. Einar hat darauf bestanden, mich mit dem Auto abzuholen, damit ich meine Einkäufe nicht von der Bushaltestelle zum Sumarhús tragen muss. »Punkt sechs Uhr, oben an der Kirche, vor dem Eriksson-Denkmal. Du kannst es nicht verfehlen.« Nein, sicher nicht. Die Hallgrimskirche aus Beton und gletscherhellem Basalt ragt über der Stadt auf, der Turm ist von fast jedem Punkt aus zu sehen. Aber ich mag Einars fürsorgliche Art und auch die verlegene Geste, mit der er seine Brille zurechtrückt. Auch das gefällt mir an diesem schmalen, stillen Mann mit den feinen Gesichtszügen: Er hat etwas Geheimnisvolles an sich, aber ich habe noch nie jemanden getroffen, der seine Gefühle so wenig verbergen kann. Sein Schmerz und seine Trauer waren gestern fast körperlich zu spüren, verdichtet in dieser abwehrenden Geste seiner Hand. Ja, solange man Tatsachen nicht ausspricht, treten sie nicht in die Wirklichkeit.

Ich kippe den ganzen Wein auf einmal herunter und bestelle den nächsten. Als ich mein Smartphone anmache, trudeln sofort Nachrichten ein. Die neueste SMS stammt von Anna.

Swea, bitte, lass uns reden ...

Ich klicke sie hastig weg und rufe meine Mails ab. Keine Nachricht von meinen Eltern, zum Glück, dafür sechsunddreißig Mails von Henrik und noch einmal dreiundzwanzig von Anna, alles Variationen von: *Süße, ruf bitte zurück, das ist ein Missverständnis!*

Unter anderen Umständen hätte ich jetzt wohl gelacht. Henrik hat seine Botschaften wohlweislich nur in die Betreffzeilen gepackt. Ja, in einer langen Ehe lernt man einander wirklich gut kennen.

Verdammt, was soll das?
Wieso rufst du bei der Polizei an und nicht bei mir?
Swea, ich mache mir Sorgen!
Ruf mich SOFORT im Hotel an!

Vermutlich hat es nicht lange gedauert, bis Anna ihn per Mail oder direkt im Hotel erreichte. Danach gibt es jedenfalls eine Sendepause, gefolgt von Nachrichten in der typischen Henrik'schen Art, der Vernünftige von uns beiden zu sein.

Bitte rede mit mir.
Es ist nicht so, wie du denkst.

Ja sicher, Henrik. Meine Finger zittern, als ich meine Nachricht aus dem Notizbuch in eine Mail abtippe. So, wie ich ihn kenne, hat er sich ein neues Smartphone besorgt und ist online.

Henrik, ich fliege heute nicht mit dir zurück, sondern bleibe bis zum Ende meines Urlaubs hier. Ich brauche eine Auszeit, um in Ruhe nachzudenken. Aber dir dürfte auch klar sein, dass das, was zwischen Anna und dir läuft (wie lange schon?), nicht einfach nur eine Affäre ist. Es ändert alles. Was mich angeht, ist unsere Ehe damit vorbei. Ich weiß noch nicht, wie wir im Detail damit umgehen werden, juristisch und finanziell, gerade im Hinblick auf die Kunstfabrik und die Kredite, aber das, was passiert ist, lässt sich nie wieder kitten. Ich muss zu mir kommen, bitte respektiere, dass ich in dieser Zeit nichts von dir und Anna hören will. Bis auf Weiteres lautet die Version für meine Eltern, dass ich noch ein paar Tage Museums- und Kultur-Urlaub dranhänge, und ich zähle darauf, dass du an die Gesundheit meiner Mutter denkst und die Pferde nicht scheu machst. Ich melde mich bei dir. Bis dahin versuche nicht mich anzurufen. Swea.

Ich zögere, auf Senden zu drücken. Denn trotz allem fühle ich mich, als würde ich ihn verraten. In einer Viertelstunde beginnt das Boarding. Ich stelle mir vor, wie Henrik gerade vor dem Gate auf und ab tigert. Er ist übernächtigt, totenblass und am Ende seiner Nerven, sein Herz rast, sobald er das Stakkato hoher Absätze hinter sich hört. Immer wieder dreht er sich um und hält Ausschau nach der Dunkelhaarigen mit dem seitlich gebundenen Halstuch und der glatten Frisur. Wie lange würde es dauern, bis er in der Fremden in dem ausgeleierten Pulli mich erkennen würde?

»Du warst mal ganz anders, Swea«, hallen mir die Worte im Ohr, die er bei der Paartherapeutin gesagt hat. »Damals auf der Erstsemesterfete hatte ich mich in ein Mädchen verliebt, das cool und kreativ war, das die ganze Party aufmischte sich nicht darum scherte, was andere über sie denken, die einfach ihr Ding machte. Aber jetzt bist du nur noch eine Bürokratin.«

Und ja, natürlich erinnere ich mich an unsere erste Begegnung. Allerdings sieht meine Geschichte dazu etwas anders aus. Ich brauche den Rest des Weins, um mich zu der Studentin zurückzutasten, die ich vor meinem Ehefrau-Dornröschenschlaf war. Ich war alles andere als cool und kreativ. Ich fühlte mich wie ein Fisch in der Wüste und war so allein wie noch nie in meinem Leben.

Die Party findet im Studentenkeller statt, eine Kneipe in einem Gewölbekeller. Die allererste Studentenparty meines Lebens. Ich hatte erwartet, wie ein Puzzlestück endlich an die richtige Stelle zu klicken. Und stelle nun fest, dass ich offenbar in einem völlig anderen Puzzle gelandet bin. Man denkt immer, es spielt keine Rolle, ob man neunzehn oder vierundzwanzig ist, aber wenn man eine abgeschlossene Banklehre und drei Jahre Berufserfahrung hat, dann ist es ein Unterschied, mit Schulabgängern im Hörsaal und in den Werkateliers zu sitzen. Ich passe nicht zu den anderen Erstsemestlern, ich bin strukturiert, vorsichtig, ich beobachte und versuche herauszufinden, was uns so sehr unterscheidet. Aber ich scheine bereits den Anschluss verloren zu haben, ohne zu wissen, warum.

So stehe ich am Rand der Party neben einem zerschlissenen blauen Sofa und halte mich an meinem Plastikbecher mit »Red-Red« fest. Ich mag weder Red Bull noch roten Wodka, aber noch schlimmer schmecken Bananenweizen und der Wodka Smirnoff, der hier in Strömen fließt. Trance-Bässe wummern im Hintergrund, ein paar Jungs aus meinem Basis-Zeichenkurs geben die DJs. In meiner Ecke halten sich außer mir nur noch die braven Mädchen auf, die Kunst auf Lehramt studieren, aber nicht einmal die fühlen sich so fehl am Platz wie ich. Sie machen Insider-Witze, die ich nicht parieren kann. Ich bin nicht schlagfertig. Alles, was ich habe, ist der Traum von Farben und Freiheit. Und mein frisch poliertes neues Leben, mit meinem neuen Pullover und der lässigen Out-of-Bed-Frisur, für die ich eine Ewigkeit gebraucht habe. Es sind die Neunziger, Models und Psychologie-Studentinnen tragen Grunge-Klamotten und Heroin-Chic zur Schau, aber es gibt auch die Welt der schillernden Kreativen, nach der ich mich seit Jahren so sehr sehne, dass es schmerzt. Auf Sperrmüllsesseln fläzen ein paar ältere Studentinnen und rauchen. Sie sind barfuß und haben graue Sohlen von dem dreckigen Boden, aber es scheint ihnen völlig egal zu sein, ungeniert strecken sie die Beine über die Lehnen wie Katzen, die sich rekeln. Nackte Haut blitzt aus geschlitzten Ärmeln und unter bauchfreien Tops hervor. Ich würde alles dafür geben, so zu sein wie sie. Ich sammle Mut, zu ihnen hinüberzugehen, aber bisher schaffe ich es nicht. Es gibt ein Riesenhallo an der Tür, Lachen, Rufe, High-Five-Klatschen, dann bricht eine Horde von Neuankömmlingen in den Raum. Die Jungs sehen aus wie eine durchgeknallte Boyband mit dem Namen Exploding Yellow. Sie tragen Sonnenbrillen mit gelben Farbspritzern und sind lebende Leinwände. T-Shirts, Arme und sogar die Haare sind voller Flecken, als hätten sie sich im Werkraum über dem Kneipenkeller gerade eine Farbenschlacht geliefert. Und vermutlich ist es genau das: »Pollock rules!«, schreit einer. Sie stürmen die Tanzfläche, und plötzlich kocht die Stimmung. Alles kommt in Bewegung und flüchtet vor den farbtriefenden Jungs, die alles dafür tun, möglichst auf jeden im Raum abzufärben. Als Letzter kommt Henrik herein, lässig, ohne Eile, ohne die trunkene Euphorie seiner Truppe. Natürlich habe ich ihn auf dem Campus schon verstohlen beobachtet, ich habe herausgefunden, dass er bereits im Fachstudium ist (Bildhauerei) und bei jeder Aktion der Performance-Studenten mitmischt, Hauptsache, sie geht über irgendeine Grenze. Mehr als einmal hat die Polizei ihn bei solchen Aktionen einkassiert. Ich weiß, dass er sich mit Professoren duzt und einige von ihnen unter den Tisch getrunken hat. Er ist der Bad Guy und das Genie der Uni, und ich kann nicht aufhören, ihn mit klopfendem Herzen anzustarren. An ihm klebt nicht nur Gelb, sondern auch Kupferbronze und Sprenkel von Citramarinblau. In dem Stroboskoplicht, das wie ein Gewitter den Beat untermalt, ist er eine Lichtgestalt aus Blau und Gold und Kupfer. Über seine linke Wange und quer über den Mund hat er sich wie eine Kriegsbemalung goldene Fingerstreifen gezogen. Mit schlaksiger Eleganz beugt er sich über die Sofalehne, eine halb volle Tequilaflasche in der Hand. Er legt den Arm um eine Lehramtsstudentin und küsst sie auf den Hals, und als sie ihn mit einem Aufschrei wegstößt, hat sie Gold an Kinn und Kragen. Der Song ist zu Ende, harte Techno-Musik setzt ein, alle johlen und springen auf, natürlich kennen sie alle das Stück, das ich noch nie gehört habe. Fünf Sekunden später ist der Raum eine Tanzfläche, und niemand schert sich mehr darum, ob er nasses Gelb abbekommt. Dort, wo Henrik eben noch saß, prangt ein Farbfleck auf dem zerschlissenen, blauen Samt der Lehne. Ich stelle mir meine Mutter vor, wenn es ihr Sofa wäre. Und ich weiß nicht, was mich reitet – vielleicht Red-Red –, aber ich krame ein Tempotaschentuch hervor, setze mich aufs Sofa und versuche die Farbe abzutupfen. Zu spät frage ich mich im Wodkanebel, was zur Hölle ich da eigentlich mache.

»Hey!« Ich schaue blinzelnd hoch. Ich habe wohl schon ziemlich Schlagseite, vor meinen Augen scheint der Tequila-Schriftzug zu tanzen. Und von oben grinst Henrik auf mich herunter. »Du bist die Bankerin, ja?«

Das ist wie ein Schlag in den Magen. Und alles, was mir einfällt, ist ein rotziges: »Was dagegen?«

»Nein«, sagt er und grinst. »Man merkt es nur.«

»Ja, immer schön die Flecken wegmachen«, ruft einer aus seiner Boyband und lacht dreckig. Henrik deutet mit einem Kinnrucken auf meinen Pullover. »Nett. Hat deine Mama ihn dir extra für die wilde Party gekauft?«

Er nimmt einen Schluck aus der Flasche, und ich hasse ihn in diesem Moment. Denn auf gewisse Art hat er mitten ins Schwarze getroffen. Den abgetragenen Pullover hatte ich extra für mein Studium auf dem Flohmarkt erstanden. Second Hand, Zottellook und schrill neonbunt gefärbt, genau das Gegenteil von allem, was ich sonst getragen habe. In meiner Vorstellung war es der Dresscode einer jungen Kunststudentin, die gegen alle Konventionen endlich ihrem Traum folgt. Aber die anderen starren mich nun an wie ein angeschossenes Karibu, das ins Löwenreservat taumelt. Ein paar Studentinnen, die schon Farbe abbekommen haben, lachen. Der Kerl, dessen T-Shirt vor Gelb trieft, tanzt auf mich zu und amüsiert sich, als ich »Hau ab!« fauche und vom Sofa zur Seite springe.

»Lass sie in Ruhe!« Henrik schiebt ihn grob weg und tritt zu mir. In seiner Sonnenbrille kann ich mich gespiegelt sehen, meine aufgerissenen Augen, ungewohnt dunkel geschminkt. Es sollten Smokey Eyes sein. Ich rieche Tequila und Terpentin, den stechenden Geruch der Goldfarbe, aber auch etwas anderes. Henriks Haut. Und als Henrik die Sonnenbrille abnimmt, schaue ich in Augen, wie ich sie noch nie gesehen habe, und habe das Gefühl, endlos zu fallen. »Sorry, Schönheit ...«, sagt er mit Samtstimme und einem Lächeln, das mir den Atem stocken lässt. Im Wodkanebel denke ich, er entschuldigt sich für seinen Freund. Ich begreife wirklich überhaupt nicht, was hier läuft – bis Henrik »... aber da musst du durch« hinzufügt und mich an sich reißt. Alle fangen zu johlen und zu klatschen an. »Pol-lock! Pol-lock!«, hallt es im grölenden Chor. Ich merke kaum, wie ich den Becher fallen lasse, ich spüre nur farbgetränkten T-Shirt-Stoff an meinen Lippen und bekomme keine Luft mehr. Keine Ahnung, wie ich aus Henriks Umklammerung komme. Im nächsten Moment stolpert er einen Schritt zurück, an seiner Wange den verschmierten Abdruck meiner Hand. Meine Handfläche ist goldgefärbt. Mir ist schwindelig, und an meiner Schläfe pocht kalte, nasse Farbe. Ich bin so erschrocken, dass ich wie erstarrt nur dastehe. Auf eine Art habe ich mich wohl doch neu erfunden. Noch nie, nie zuvor in meinem Leben habe ich jemanden geschlagen. »Wurde ja auch mal Zeit, dass dir mal 'ne Frau eine verpasst, du Arsch!«, höre ich eine Frauenstimme sagen. »Hey, alles gut, Bambi?« Vielleicht liegt es am Wodka, aber ich könnte schwören, vor mir steht Nina Hagen. Dabei ist es nur eine martialisch geschminkte Studentin mit auftoupiertem schwarzem Haar und schwarzroten Lippen. Sie gehört zu der Gruppe der Katzenmädchen, und sicher hat es etwas zu bedeuten, dass sie als Einzige keine Farbe abbekommen hat.

»Alles okay«, bringe ich heraus.

Anna betrachtet meinen ruinierten Pulli. »Den kannst du wegwerfen. So ein Idiot. Denkt, er wäre was Besonderes.«

Ich würde gerne etwas Lässiges antworten, aber in diesem Moment fängt Henrik meinen Blick. Er steht am Rand der Tanzfläche, umringt von seinen

Groupies, aber er schaut nur mich an, als würde er mich zum allerersten Mal sehen.

»Hey! Alles in Ordnung?« Tinkerbell starrt mir besorgt ins Gesicht. »Soll ich dir ein Glas Wasser bringen?«

Ich schüttle den Kopf und wische mir brüsk die Tränen von der Wange. »Nein danke. Aber ich hätte gerne noch einen Wein.«

»Sicher?« Sie zieht zweifelnd die Brauen hoch. Ich nicke und beuge mich wieder über mein Smartphone. Das ist das Gute an Plänen: Wenn man über dem Abgrund hängt, hangelt man sich an ihnen einfach weiter wie an den Sprossen einer Rettungsleiter. Und als ich bei der Mail an Henrik auf *Senden* drücke, habe ich das Gefühl, wieder Boden unter die Füße zu bekommen.

In Deutschland ist es dank Zeitverschiebung schon kurz vor fünf, genau die Zeit, in der unsere Nachbarin, die gerade unsere Blumen gießt, von der Arbeit nach Hause kommt. »Swea, hallo, so eine Überraschung. Wie ist es in Island?«

»Alles wunderbar. Vesna, kann ich dich bitten, etwas für mich zur Post zu bringen? Es ist wirklich dringend.« Nach einem kurzen Gespräch diktiere ich ihr die Adresse des Hotels, in dem Henrik und ich waren, und beschreibe, wo der abgeschabte Aktenkoffer vor sich hin staubt. Falls Vesna sich wundert, lässt sie sich nichts anmerken. Sie sagt nur: »Ich schicke es gleich morgen los.«

Punkt drei ist einfach. Ich packe Henriks Smartphone ein, während Tinkerbell um mich herum die Tische abwischt und die Zuckerbehälter zurechtrückt. Ich kann spüren, wie sie mich verstohlen beobachtet. Eine heulende Touristin, die ein demoliertes Smartphone einpackt, lässt sicher Raum für Vermutungen. Mein Ring klickt empfindlich laut gegen das Weinglas. Ich hätte gute Lust, ihn auch noch in den Umschlag zu packen, aber sogar ich bin vernünftig genug, Wertsachen nicht auf gut Glück über den Ozean zu schicken. Einen Seitenhieb kann ich mir dennoch nicht verkneifen. *Dein »Archiv« brauchst du ja sicher für deine Arbeit*, steht auf dem Zettel, den ich zu Henriks Smartphone lege. Es ist kindisch, aber nachdem ich den Umschlag zugeklebt habe, geht es mir besser.

»Kann ich abkassieren?« Tinkerbell scheint ein Gen für lautloses Anschleichen zu haben. »Schichtwechsel«, sagt sie entschuldigend und deutet auf die Uhr über dem Tresen.

Meine Mutter sagt immer, ein Unglück kommt niemals allein. Und in diesem Fall hat sie recht. Meine Kreditkarte funktioniert nicht, also hole ich das Bargeld hervor. Henrik hatte mich ausgelacht, als ich darauf bestand, Geld zu wechseln. »In Island bezahlt man sogar eine Packung Kaugummi mit Plastik«, hatte er mir erklärt. Aber ich liebe es, ganz altmodisch Scheine in der Hand zu halten, die Glätte des Baumwollpapiers unter den Fingerspitzen zu fühlen, die haptische Struktur von Prägungen und Linien. Nur hilft das jetzt auch nicht weiter. Mir fehlen umgerechnet sieben Euro.

»Ich kann online überweisen«, beeile ich mich zu sagen. Aber die Bedienung steckt mein Geldbündel ein und zerknüllt den Rechnungszettel. »Ist schon gut. Den Kaffee gebe ich dir aus.«

»Nein, das ist nicht nötig! Ich brauche nur die Kontonummer und ...«

»Zu kompliziert, das kann ich nicht buchen.«

»Dann gehe ich zur Bank und bringe das Geld nachher vorbei.«

»No way«, sagt sie. »Aber wenn du unbedingt etwas zurückgeben willst ...« Sie kramt ein Visitenkärtchen hervor und deutet auf meinen Ring. »Du hast ein Auge für schönen Schmuck. Vielleicht willst du deiner Tochter ja ein Geschenk mitbringen.«

Ich frage mich, was sie meint, bis mir auffällt, dass ich mein Portemonnaie aufgeklappt in der Hand halte. Henriks Bild habe ich vor zwei Tagen herausgenommen. Unter der Folie ist nun meine Nichte Bekka aufgerückt. Sie lacht ins Bild, siebzehn und wunderschön mit ihren glatten schwarzen Haaren. Das ist das Einzige, was sie von ihrem unbekannten Vater geerbt hat. Ansonsten ist sie ein typisches Eisner-Mädchen. Die Familienähnlichkeit lässt uns wohl wirklich wie Tochter und Mutter wirken.

»Wenn du willst, kauf ihr doch was Schönes in dem Laden«, sagt die Isländerin. »Wir haben auch Lavaanhänger für sieben Euro. Aber komm nicht auf die Idee, mir Geld zu hinterlegen, klar?«

Ich nicke und bringe ein »Danke« hervor. Ich würde mir wünschen, dass ich dabei nicht so schwer schlucken müsste. Freundlichkeit macht mir gerade zu schaffen, keine Ahnung, warum. *Silfur & Hraun*, lese ich auf der Visitenkarte. Seit dem Besuch in dem Juwelierladen, wo Henrik mir den neuen Ehering kaufte, weiß ich, dass *Gull* Gold und *Silfur* Silber bedeutet. Und *Hraun* heißt einfach nur Lava, das hat meine Mutter mir schon zu Hause eingehämmert, als sie wochenlang mit dem Reiseführer herumlief und immer wieder sagte: »Ihr müsst *unbedingt* die Hraunfossar-Wasserfälle besuchen.«

»Bei uns bekommst du echtes isländisches Kunsthandwerk«, fährt die Bedienung fort. »Wir verarbeiten nur Lava aus der Gegend, nicht das importierte Gestein aus Asien, das hier normalerweise für den Touristenschmuck verwendet wird.«

»Okay«, sage ich tonlos und starre auf die Karte. Unter dem Namen und der Adresse des Schmuckladens prangt mit Kuli geschrieben ein Name: *Líf Dagsdóttir*. So heißt die Bedienung also. *Líf, Tochter von Dag.*

»Death or heartbreak?«, fragt sie plötzlich. Die Direktheit dieser Frage bringt mich endgültig aus dem Konzept. Wenn ich darauf antworte, kippt meine Stimme, also tippe ich nur auf mein

Herz. Líf lächelt mitfühlend. »Three months. So lange dauert es, bis das Schlimmste vorbei ist – genau wie bei einem Entzug. Liebeskummer ist reine Hirnchemie, weißt du?«

»Verliebtheit auch«, murmle ich.

»Stimmt.« Sie schaut zum Barkeeper und bekommt wieder diese Leuchtaugen. Ich fürchte schon, sie wird gleich etwas ganz Schreckliches sagen wie: »Das wird bestimmt wieder mit euch« oder »Andere Mütter haben auch schöne Söhne«, aber sie überrascht mich, indem sie sich mir gegenüber in den Sessel fallen lässt und mich anstrahlt. »I love a good heartbreak!«, sagt sie wirklich aus vollem Herzen. Sie beugt sich vor, als wollte sie mir ein Geheimnis anvertrauen. »Dein Herz *bricht* buchstäblich, verstehst du?«

Bei ihr klingt das, als wäre das etwas Gutes.

»Ja. Soweit ich weiß, ist es das Prinzip des Ganzen.«

Sie nickt, ohne meinen Sarkasmus zu verstehen. Oder vielleicht ignoriert sie ihn auch nur.

»Ein gebrochenes Herz muss man auskosten«, fährt sie fort. »Stürz dich richtig rein, mit allem, was du hast!«

Verarschst du mich? Das würde Bekka jetzt fragen. Und nein, ich denke nicht daran, im Meer des Kummers zu versinken. Das habe ich seit gestern hinter mir.

Sie schnappt sich meinen Stift und ihre Visitenkarte und kritzelt etwas auf die Rückseite. »Hier! Das ist guter *heartbreak beat.*« Sie schiebt mir das Kärtchen zu und schwebt in Richtung Küche davon. Neben einem lateinisch klingenden Albumtitel entziffere ich den Namen der Interpretin. Es ist ein skurriler Moment. Eine Isländerin auf Wolke sieben gibt mir einen Kaffee aus und empfiehlt mir Musik von – ja, meine Damen und Herren – Björk.

Bargeld

Die Kreditkarte ist wirklich defekt, auch am Bankautomaten funktioniert sie nicht. In Deutschland ist es halb sechs, ich habe noch die Chance, meine Kollegin Andrea zu erwischen, die immer als Letzte geht. Aber es wird ein paar Tage dauern, mir eine neue Karte nach Island schicken zu lassen, für heute muss ich am Schalter Bargeld abheben. Seltsamerweise fühlt es sich nach Raubzug an. Aber dann rufe ich mir ins Gedächtnis, dass ich es bin, die unser Haushaltskonto und den Baukredit füttert, während Henriks Einnahmen aus den Verkäufen und Ausstellungen direkt auf das Kunstfabrik-Firmenkonto fließen. Und ich muss mich nur daran erinnern, wie viel Geld zusätzlich von unserem gemeinsamen Tagesgeldkonto monatlich für Arbeitsmaterialien von Henrik abgebucht wird, um das schlechte Gewissen zu vertreiben. Im Kopf überschlage ich meinen Einkaufszettel, angefangen bei Lebensmitteln, Unterwäsche, Kleidung und Schuhen. Die isländischen Preise liegen rund vierundvierzig Prozent über dem deutschen Preisniveau. Was sicher auch für Ölfarben gilt.

• • •

Die neuen, flachen Halbschuhe fühlen sich ungewohnt an, und die Einkaufstaschen sind so schwer, dass ich alle paar Meter bergauf eine Verschnaufpause einlege. Ich war sogar in dem kleinen Silberschmuckladen. Líf war nicht da, aber ich habe für Bekka eine hübsche Kette gekauft und für Líf als Dankeschön eine Schachtel mit Macarons zum Preis eines Kleinwagens hinterlassen. Schnaufend erreiche ich den Kirchplatz. Er liegt auf der Kuppe eines Stadthügels namens Skolavördurhaed. Mehrere Straßen kreuzen sich hier zu einem Asphaltstern, dessen Zentrum die weiße Hallgrimskirche ist. Der Kirchplatz ist in gleißendes, nordisches Licht getaucht, die Stimmen der Touristen haben einen besonders klaren Hall. Eine Gruppe japanischer Paare hat sich vor dem Denkmal des Wikingers Leif Eriksson zu einem Gruppenfoto aufgereiht. Wenn sie später die Urlaubsfotos betrachten, werden sie sich vielleicht über die Frau im Hintergrund wundern, die wie ein Weihnachtsbaum mit Tüten und Taschen behangen ist. Ich schleppe mich an der Kirche vorbei, zum Museum von Islands erstem und berühmtestem Bildhauer. *Einar Jónsson*. Erst jetzt fällt mir auf, dass er denselben Vornamen trägt wie mein Gastgeber.

Der wuchtige Museumsbau ist ein künstlerisch stilisiertes Camelot im Stil der Zwanzigerjahre. Der kleine Skulpturengarten am Museum ist noch geöffnet. Vor wenigen Tagen haben Henrik und ich die Kunstwerke studiert, die hier auf eckigen Steinsockeln zwischen Birken und Ebereschen unter freiem Himmel stehen. Eine der Skulpturen mit dem Titel »*Vor*« – »Frühling« – zieht mich sofort wieder in ihren Bann. Und als ich die Taschen vor dem Sockel abstelle, fühle ich mich in jeder Hinsicht sehr viel leichter. Auch diesmal berührt mich das mystische Bildnis eines androgynen Engels, der seitlich auf dem Boden sitzt, umrahmt vom asymmetrischen, steilen Bogen seiner Flügel. Mit seinem zarten Gesicht und dem kurzen Haar erinnert er mich heute ein wenig an Líf. Vor ihm steht ein vertikal gespaltener Totenschädel, aus dem ein junges Paar heraustritt, mit ausgestreckten Armen die ganze Welt umarmend. Aber am schönsten ist die Geste des Engels, der mit seinen Händen den Totenkopf öffnet, Platz für Blüten und neues Leben schafft, während er mit seinen Flügeln den schützenden Rahmen hält. *Den Rahmen halten.*

Das holt mich aus der Leichtigkeit in die Schwere zurück. Ich habe noch eine Viertelstunde, bis Einar mich abholt. Und keinen Grund mehr, das Telefonat aufzuschieben.

Wie immer dauert es eine Ewigkeit, bis mein Vater rangeht. Im Geiste sehe ich, wie er im Wohnzimmer aufsteht, als sein Handy vibriert, und in sein Arbeitszimmer geht, wo er die Tür schließt, damit meine Mutter nichts hört. Irgendwie ist es skurril, dass Henrik und ich nicht die Einzigen sind, die in gewisser Weise ein Geheimleben führen. »Swea. Was gibt's?« Sogar seine Stimme klingt, als hätte er die Ärmel hochgekrempelt.

Ich setze mein bestes Beraterlächeln auf. »Nichts Dramatisches. Ich wollte euch nur Bescheid sagen, dass ich noch ein paar Tage bleibe.«

»Ach, ihr wollt verlängern?«

»Nur ich. Henrik ist heute allein zurückgeflogen.«

Es ist kein gutes Zeichen, dass mein Vater alarmiert Luft holt. Atemlos hört er dann zu, während ich meine vorbereitete Geschichte erzähle. Doch sogar über den Atlantik hinweg kann ich die immer höher schlagenden Wellen seiner Missbilligung spüren.

»Du kannst doch jetzt keinen Urlaub machen!«, wettert er prompt los. »Die Eröffnung der Kunstfabrik steht vor der Tür. Nur deshalb habt ihr doch eure Reise auf eine Woche verkürzt.«

»Das stimmt, aber bis zur Eröffnung sind es noch drei Wochen, und ich nehme mir ein paar Tage Auszeit.«

»Aber du hast doch noch nie alleine Urlaub gemacht!«

»Dann ist es ja wohl höchste Zeit.«

Natürlich hatte ich nicht damit gerechnet, dass mein Vater begeistert sein würde, aber seine heftige Reaktion überrascht mich nun doch. »Bist du wahnsinnig geworden? Herrgott, Swea, so war das nicht geplant! Du kannst doch Henrik nicht mit der ganzen Arbeit alleine lassen!«

»Das tue ich nicht, ich …«

»Oh doch! Und abgesehen davon: Wie stellst du dir das überhaupt vor? Deine Mutter ist jetzt schon fertig mit den Nerven, weil du so weit weg bist. Sie kann nachts kaum noch schlafen.«

Frag mich mal, Papa. »Das tut mir leid, aber Mama wird auch einmal ohne mich auskommen. Insa ist schließlich auch noch da.«

»Insa.« Mein Vater schnaubt. Darin schwingt alles mit, was er niemals laut sagt. Ich halte auch nicht viel von der Verlässlichkeit meiner Schwester, aber es trifft mich jedes Mal, wenn er in diesem Tonfall von ihr spricht. Als wäre Insa ein Fehler in der Matrix.

Ich bemühe mich um einen leichten, freundlichen Ton. »Hör zu, Papa. Tut mir leid, wenn dich das so aus der Fassung bringt. Aber es ist alles vorgeplant und geregelt. Henriks Assistenten haben alles im Griff, er kommt gut ohne mich zurecht …« *Wenn du wüsstest, wie gut.* »… zum Presseempfang bin ich längst wieder da. Und bei euch wird schon nicht die Welt untergehen, wenn ich mich zur Abwechslung ein paar Tage um meine eigenen Kunstprojekte kümmere …«

»Was denn für *Kunstprojekte?*«, unterbricht mich mein Vater scharf. »Hier geht's jetzt doch nicht um dich, sondern um Henrik.«

Ich weiß, dass Henriks Arbeit für meinen Vater über allem steht, aber trotzdem fühlt es sich an wie ein Hieb in den Magen.

»Ob es dir gefällt oder nicht, Papa, für mich ist es wichtig genug. Und in der Nationalgalerie habe ich ein paar interessante Künstler entdeckt, deren Werke ich studieren will.«

»Interessante Künstler? Aus Island? Machst du Witze? Dort hat vor hundert Jahren noch keiner einen Pinsel in der Hand gehalten, und was seitdem dort produziert wird, ist für den internationalen Markt völlig irrelevant. Dein Platz ist hier und nicht auf irgendeiner Selbstfindungstour durch die Folkloremuseen einer Fischerinsel ... «

»Moment mal, Papa!« Ich will es nicht, aber jetzt kocht mir das Blut hoch. »Ich werde das jetzt nicht mit dir diskutieren.« Aber dann bleibt mir wirklich die Luft weg.

»Schluss jetzt, Swea!«, sagt Papa Löwe in seinem herrischsten Chef-Tonfall. »Du fährst jetzt zum Flughafen, nimmst den nächsten Flieger und kommst sofort nach Hause, hast du mich verstanden?«

Mir klappt der Mund auf. Für einen Moment frage ich mich, ob Henrik meinen Vater angerufen hat. Aber was sollte er ihm erzählen? »Helmut, ich betrüge deine Tochter, also rede mit ihr und bring sie zur Vernunft«?

»Bei aller Liebe, Papa, aber das geht jetzt zu weit. Ich muss ganz sicher nicht mit dir absprechen, ob ich Urlaub nehmen darf, wann ich will. Und im Übrigen geht es ohnehin nur Henrik und mich etwas an ...«

»Es geht mich nichts an, wenn in meiner Familie etwas schiefläuft?« Seine Stimme überschlägt sich. »Swea, du sagst mir jetzt, was los ist! Ich dachte, zwischen euch beiden ist endlich wieder alles in Ordnung!«

»Jetzt beruhige dich bitte, keiner hat gesagt, dass etwas schiefläuft ...«

»Und warum benimmst du dich dann plötzlich so seltsam? Ich kenne dich, irgendetwas stimmt nicht.« Ich schließe die Augen.

Papanoia. So nennt Insa es, wenn unser Vater Probleme wittert und sofort überreagiert. Genau das wollte ich vermeiden. »Hast du dich wieder mit Henrik gestritten?«, legt er prompt nach.

Ich. Na klar.

»Bin ich hier beim Familiengericht?«, platzt es aus mir heraus. »Herrgott, ich wandere nicht nach Grönland aus – und welcher Teil von ›ein paar Tage für mich‹ ist so schwer zu verstehen? Und jetzt hör bitte auf, aus einer Mücke einen Elefanten zu machen.«

»Eine Mücke?« Im Geiste sehe ich, wie er vor Zorn rot anläuft. »Die Kunstfabrik ist das wichtigste Projekt eures Lebens! Du machst einen Riesenfehler, Swea!«

»Tut mir leid, dass du es so siehst«, erwidere ich betont sachlich. »Aber ich bleibe. Ich rufe Mama heute Abend an und bringe es ihr schonend bei. Und wir sehen uns dann bei der Eröffnung.«

In der Pause, die folgt, höre ich nur sein mühsames, zornbebendes Atmen.

»Ruf Mama nicht an«, sagt er nach einer ganzen Weile. »Ich rede mit ihr. Hoffen wir, dass sie nicht wieder zusammenbricht ... na ja, aber ihre Gesundheit ist ja nicht dein Problem. Dann wünsche ich dir noch einen schönen Urlaub.«

Und da ist sie wieder. Die emotionale Daumenschraube. Als ich auflege, merke ich, dass mir unter dem schwarzen Shirt der Schweiß den Rücken herunterläuft. Ich weiß nicht, was zu Hause gerade los ist, aber selbst für meinen cholerischen Vater war das ein erstaunlicher Ausbruch. *Wie wird das erst, wenn ich wieder zurück bin und die eigentliche Katastrophe lostrete?*

»Sei bloß froh, dass du nicht zum Clan gehörst«, sage ich zu dem Engel. Doch fürs Erste bin ich frei. Zwanzig Tage Gnadenfrist vor dem großen Knall, immerhin. Der Countdown läuft.

• • •

Einar kommt nicht um sechs und auch nicht um halb sieben. Um zehn nach halb mache ich mir Sorgen, Unpünktlichkeit passt sicher nicht zu ihm. Ich hätte ihn längst angerufen, aber dieser Zeitreisende aus den Fünfzigern hat natürlich kein Handy. Als ich schon überlege, zum Busbahnhof zu laufen, braust ein dunkelblauer Kleinbus heran und bremst so scharf, dass ich vom Bürgersteig zurückweiche. Die Beifahrertür wird aufgestoßen, und ich schaue in das Gesicht des Mieters. »Einsteigen«, sagt er knapp auf Englisch.

»Einar wollte mich abholen. Es ist doch hoffentlich nichts passiert?«

»Er bringt nur das Pferd nach Hause. Hat mich von unterwegs aus angerufen, also steig ein.«

Es klingt, als hätte Einar ihn zu diesem Auftrag verdonnert. Im Rückspiegel beobachtet er missmutig, wie ich mich damit abmühe, die Einkäufe auf die hinteren Sitze zu wuchten. Das Gefährt ist ein Flughafenshuttle einer Firma namens *Óðin Express*. Der Mieter arbeitet also als Busfahrer. Verstohlen mustere ich ihn von der Seite, während er auf die Straße einfädelt. Er riecht nach Zigaretten und ist so groß, dass er sich zusammenziehen muss, um zwischen Autodach und Lenkrad seinen Platz zu finden. Ein bisschen wie die Zirkusbären, die noch in meiner Kindheit in Miniaturautos durch die Manege fuhren. *Oder wie Leif Eriksson, der vom Denkmal gestiegen ist und sich in das Auto gezwängt hat.* Mit seinem zu langen Haar und der grimmigen Miene erinnert er tatsächlich an Islands berühmtesten Wikinger. Schweigend und unbehaglich sitzen wir da, nicht einmal das Radio läuft. Doch ich habe bemerkt, wie der Wikinger vorher kurz meine neue Kleidung musterte. Ich habe mich für das Einfachste entschieden, Jeans, Shirt, Windjacke. Schwarz auf Schwarz. Aber in Reykjavíks Altstadt kostet auch das Einfachste ein halbes Vermögen.

Wir fahren an dem Hotel vorbei, das Henrik heute verlassen hat, vielleicht in genau diesem Bus. Inzwischen dürfte er schon im Anflug auf Frankfurt sein, zweitausend Kilometer von mir entfernt. Ich wünschte, es würde sich nicht so sehr nach Verlust anfühlen. Während wir auf die Schnellstraße einbiegen, checke ich mein Smartphone. Vielleicht hatte ich insgeheim doch erwartet, dass Henrik sich meldet.

»Du heißt Jón, ja?«, breche ich dann das Schweigen. Zumindest auf Englisch erübrigt sich die Frage nach Du oder Sie. Aber trotzdem ist es seltsam, diesen Fremden mit Vornamen anzusprechen. Er nickt.

»Ich bin Swea.«

»Weiß ich.«

Sehr charmant. Aber auf gewisse Weise kann ich ihn verstehen. »Es tut mir leid, dass ich dich neulich so angefahren habe. Ich ... mir ging es an dem Tag nicht besonders gut.«

»Hat man gemerkt. Wann reist du wieder ab?«

»Ähm ... in zwanzig Tagen.«

Er atmet sehr tief durch. »Okay.« Es klingt, als würde er in Gedanken einen Countdown-Kalender aufhängen, von dem er jeden Morgen ein Blatt abreißen wird.

»Hast du irgendein Problem damit?«, frage ich.

Er schaut mir kurz ins Gesicht. Anna hätte gesagt, Jón hat Drachenaugen. Scharf geschnittene klare Linien, leicht schräg angesetzt, was ein wenig grönländisch wirkt. Auch die Farbe: klar. Gleichmäßiges Braun ohne Sprenkel und Tiefe. Dazu markante Wangenknochen, die durch den wüsten Bart allerdings unvorteilhaft betont werden. »Nein«, murmelt er und konzentriert sich wieder auf die Straße. »Einars Haus, Einars Gäste.«

»Aber es ist dein Zimmer. Wieso wohnst du nicht im Haus?«

Irgendwo in seinem Bart zuckt ein Mundwinkel. Es könnte

ein Lächeln sein, aber wenn, dann ist es keines, das von Humor zeugt. »Wirst du vielleicht noch merken. Aber vermutlich eher nicht.«

Großartig. Ich fahre mit dem Orakel von Delphi durch Island.

Auf dem Smartphone suche ich nach Björk und merke, dass ich vergessen habe, wie ihr Album heißt. Ich krame Lífs Visitenkarte hervor. Der Wikinger wirft einen Seitenblick auf das Bündel Bargeld, das meinen Geldbeutel fast zum Platzen bringt. Wenn missbilligendes Atmen eine Kommunikationsform wäre, hätte Jón einen beeindruckenden Wortschatz.

»Ja, Island ist ziemlich teuer«, bemerke ich.

Statt einer Antwort langt er zum Radio und dreht die Musik auf. Ein isländischer Schlager plärrt überlaut durch den Wagen. An jedem anderen Tag wäre ich höflich gewesen. Aber für heute habe ich endgültig genug von schwierigen Männern. Ich drehe die Musik leiser. »Ist es zu viel verlangt, wenigstens so zu tun, als wäre Smalltalk okay?«

Jón starrt nur geradeaus auf die Straße, mit Fäusten, die so weiß sind, als würde er gerade das Lenkrad erwürgen.

»Kennst du Einar schon lange?«, versuche ich es noch einmal.

»Ich kenne ihn eigentlich gar nicht. Ist nur ein Bekannter meines Großonkels.«

»Aber du wohnst schon länger bei ihm?«

»'ne Weile.«

»Es muss schön sein, direkt am Fjord zu leben. Das Haus steht in einer traumhaften Gegend.«

»Ja. Würde sich bestimmt lohnen, es zu kaufen, oder?«

Ich bin etwas irritiert. »Kommt darauf an, ob man vorhat, es als Investitionsobjekt zu nutzen. Aber ja: Gute Verkehrsanbindung, idyllische Natur ... Wenn man es an Touristen vermieten würde, könnte man sicher einen guten Gewinn erzielen. Wenn man dagegen ausschließlich selbst darin wohnen will, wäre es eine Verbindlichkeit, die Geld kostet und ...« Ich beiße mir auf die Unterlippe. Ganz automatisch bin ich in die Sprache meines Peter-Parker-Ichs verfallen. »Ich finde das Haus jedenfalls wirklich schön«, setze ich leise hinzu.

Aber offenbar sind Jóns Smalltalk-Kapazitäten erschöpft. Er gibt Gas, und wir rasen eine Ewigkeit über die Ringstraße, vorbei an Vororten mit klotzigen Hochhäusern, die zu flachen Siedlungen auslaufen und schließlich in einzelne Gehöfte zerfallen, weit versprengt über das matt begrünte Lavaland. Ich dachte immer, dass es die finnischen Männer sind, die das vielsagende Schweigen erfunden haben. Aber Wikinger geben sich da wohl nichts.

»Houdini ist also wieder weggelaufen?«, frage ich in das Röhren des Motors hinein.

»Wer?«

»Na, dein Pferd.«

Er schaut mich seltsam von der Seite an. Sein Blick bleibt kurz an meiner Schulter hängen, dann starrt wieder auf die Straße. »Wie kommst du darauf, dass es meines ist?«

»Im Zimmer stehen deine Reitsachen.«

»Es ist Einars Pferd. Er hat die Stute erst vor ein paar Tagen gekauft.«

»Oh. Und ich dachte, er bleibt nur, bis er die Angelegenheiten seiner verstorbenen Frau geregelt hat ...«

Jón geht vom Gas und sieht mich ehrlich überrascht an. »Seine Frau ist tot?«

Mir wird klar, dass ich hier vielleicht etwas ausplaudere, was nicht für seine Ohren bestimmt ist. Aber bevor ich antworten kann, klingelt sein Handy. Ich erhasche einen Blick auf den Namen Sara im Display und das Profilbild einer hellblonden, sehr jungen Frau mit einem Baby auf dem Arm. Ich tue so, als würde ich konzentriert Mails checken, während ich der Diskussion lausche, von der ich nur die Untertöne erahnen kann. Es klingt nicht, als würde er nur mit seiner Schwester oder einer Freundin sprechen. Dazu kenne ich den Tonfall der blanken Messer zu gut. Vermutlich ist das sein Kind. Und wenn er gerade eine Beziehungskrise hat, ist das Mietverhältnis bei Einar möglicherweise nur eine Übergangslösung, weil er zu Hause ausgezogen ist. *Was nicht nur seine Gewitterlaune erklären würde.*

Jón legt auf und atmet tief durch. »Wann hat Einar dir das mit seiner Frau erzählt?«

»Das hat er gar nicht.«

»Woher weißt du es dann?«

»Auf dem Tisch lag eine deutsche Zeitung von vorletzter Woche. Einar hat eine Anzeige ausgeschnitten. Ich konnte sie auf die Entfernung nicht ganz lesen, aber es war eine Todesanzeige mit einem Frauennamen. Er sagte zu mir, er sei hier, um Familienangelegenheiten zu regeln. Und dann ist mir sein Ringfinger aufgefallen. Man sieht, dass er seinen Ehering sehr lange getragen und ihn erst kürzlich abgenommen hat. Der Ring hat im Lauf vieler Jahre eine glatte Rille in seine Haut gegraben.«

»Deshalb also«, murmelt Jón.

Es hört sich an, als würde er zu sich selbst sprechen, und ich würde ihn gerne fragen, was er meint. Aber Jóns Gegenwart hat etwas von einem elektrischen Feld, so aufgeladen, dass in jedem Moment die Funken fliegen können. Und ich weiß beim besten Willen nicht, was für ein Störfeld das zwischen uns ist.

»Du hast dich ja wirklich ganz genau bei Einar umgeschaut«, bemerkt er nicht sehr freundlich.

»Ich nehme Dinge einfach nur genauer wahr als viele andere. Gehört zu meinem ... Beruf.« Ich ärgere mich, dass ich bei diesen Worten rot werde, als wäre ich eine Hochstaplerin. Doch ich wage es immer noch nicht, das Wort *Künstlerin* auszusprechen, nicht einmal in Gedanken.

»Jón? Einar will noch nicht über den Tod seiner Frau reden. Es wäre also nett von dir …«

»… wenn ich so tue, als wüsste ich von nichts, bis er selbst etwas sagt?«

»Ja.«

Ich atme auf, als er mit einem knappen Nicken zustimmt.

»Danke.« Ich bin wirklich erleichtert. Jón versinkt nur in finsteres Brüten.

»Dann plant er vielleicht doch, in Island zu bleiben«, überlege ich. »Man kauft sich kein Pferd, wenn man nach wenigen Wochen wieder zurück nach Deutschland will, oder? Und man lädt keine Gäste ein. Ach übrigens: Ich habe Einar angeboten, dass ich die Miete für dein Zimmer übernehme. Er will zwar kein Geld annehmen, aber ich kann es dir auch direkt überweisen.«

»Was soll das?«

»Ich wollte nur höflich sein. Wenn ich dein Zimmer in Beschlag nehme, ist es nur fair, wenn du das Geld bekommst. Und wenn ich richtig gesehen habe, hast du familiäre finanzielle Verpflichtungen …«

Ich klammere mich reflexartig an den Sicherheitsgurt, so jäh lenkt Jón den Wagen an den Straßenrand und bringt ihn mit laufendem Motor zum Stehen.

»Damit wir eines gleich klären«, sagt er sehr ruhig. »Dass du dich bei Einar eingenistet hast, heißt nicht, dass wir beide etwas miteinander zu tun haben. Du bleibst, du gehst wieder, Ende der Geschichte. Und bis dahin geht dich meine Familie überhaupt nichts an.«

»Ob du es glaubst oder nicht: Ich habe gerade genug mit meinem eigenen Leben zu tun«, erwidere ich scharf. »Was hast du eigentlich gegen mich?«

»Um dich geht es hier nicht. Aber ich mag Einar wirklich. Er ist ein anständiger Kerl. Hat ein gutes Herz.«

»Das ist mir auch schon aufgefallen. Was hat das mit unserem Gespräch zu tun?«

»Sag du es mir, *Shopping Queen*.« Ich folge seinem Blick zu meiner Schulter und bemerke das Preisschild, das peinlicherweise noch am langen Plastikfaden an der Jacke hängt und den Preis zeigt: 28.980 Isländische Kronen. Hastig reiße ich es ab. »Ich habe mir eine überteuerte Jacke gekauft. Na und?«

»Und du bist zufällig zum genau richtigen Zeitpunkt bei Einar reingestolpert. Falls es Zufall war. Das Haus hast du jedenfalls schon gut taxiert.«

Ich war selten so perplex wie in diesem Augenblick. »Du unterstellst mir, dass ich mich an einen trauernden Witwer heranpirsche, um ihm sein Haus billig abzuluchsen?«

»Ich sage nur, dass Leute wie du sich ein gutes Geschäft sicher nicht entgehen lassen, wenn es ihnen vor die Nase fällt.«

»*Leute wie ich*?«

»*Banker*«, sagt Jón abfällig. »Deine Provision wäre doch sicher ein gutes Urlaubsgeld.«

Offenbar ist Einar nicht der Einzige, der im Internet nach mir geforscht hat. Und dann kann ich mir den Sarkasmus nicht mehr verkneifen. »Ja, kennst du einen von uns, kennst du alle. Wir Bankkaufleute sind schon ein Gaunervölkchen.«

»Das war kein Witz«, braust Jón auf. »Jeder reiche Idiot aus dem Ausland nimmt sich auf unserer Insel, was er kriegen kann. Das fing nach der Krise bei Bankrott-Immobilien an und geht weiter bis zur Ausbeutung und Zerstörung unserer Ressourcen und unserer Natur für Schwermetallindustrie und Aluminiumherstellung. Inzwischen siedeln sich hier sogar schon irgendwelche Containerklitschen an, weil sie Strom für Serverfarmen brauchen, um online Kryptowährungen zu schürfen … Aber für Geld bekommt ihr ja alles.«

Das ist der Moment, in dem ich mit den Schultern zucken und das Gespräch beenden sollte. Aber ich weiß nicht, was mich bei diesem Holzklotz so antickt, dass ich seine Art nicht unter »einfach in Ruhe lassen« abhaken kann.

»Erstens: Soweit ich weiß, haben weder Gier noch Dummheit eine spezielle Nationalität. Und zweitens waren es damals nicht *Leute wie ich*, die eure Insel in den Bankrott geritten haben. Das haben eure isländischen Investment-Zocker ganz gut alleine geschafft. Aber nur weil du offenbar einen Hass auf jeden hast, der die Adresse einer Bank auf der Visitenkarte stehen hat …«

»Ich sage nur, ich werde nicht zusehen, wie jemand Einar über den Tisch zieht.«

Okay, jetzt reicht es sogar mir.

»Na schön, du hast mich enttarnt! Ich bin mit einer Aktenmappe voller Todesanzeigen undercover für meine korrupten ausländischen Bosse unterwegs, um mir erst das Sumarhús und dann eure ganze Insel unter den Nagel zu reißen. Ja, glaub mir, Jón, diese Jacke war erst der Anfang.«

Er langt an mir vorbei und stößt die Beifahrertür auf. »Out!«

Ich kann nicht anders, als zu lachen. »Du wirfst mich aus dem Auto. Weil ich Bankerin bin.«

»Mein Bus, meine Regeln. Raus.«

Er meint es wirklich ernst. Und jetzt habe ich auch genug. »Idiot«, zische ich und steige aus. Ich hätte gute Lust, die Beifahrertür zuzuknallen, aber Jón fährt mit offener Tür einfach los, bevor ich auch nur Schwung holen kann.

• • •

Mein Zorn ist schon nach dem ersten Kilometer verraucht, und auch sonst fühle ich mich, als hätte ich zum ersten Mal seit Stunde null wieder Boden unter den Füßen. Die Jacke schützt mich vor dem scharfen Wind, und die Luft riecht nach Meer und Aufbruch. Immerhin hat Jón meine Sachen nicht am Straßenrand aus dem Auto geworfen. *Und ich dachte, mein Vater rastet leicht aus.* Aber offenbar bin auch ich gerade viel zu leicht aus der Fassung zu bringen. Mit etwas Abstand betrachtet, ist unser Zusammenstoß nun fast zum Lachen. Und in gewisser Weise verstehe ich Jóns Paranoia sogar. Sicher befürchtet er, dass er auf der Straße steht, wenn Einar das Haus verkauft. Wenn er wirklich von seiner Frau getrennt lebt, ist es gerade der einzige Ort, der ihm bleibt. *Willkommen im Club, Jón.*

In der Ferne kann ich bereits die ersten Häuschen am Saum des Fjords sehen. Und den grünen Pickup, der mir entgegenbraust, erkenne ich schon von Weitem. Noch bevor Einar auf meiner Höhe bremst und wendet, sehe ich sein bekümmertes Gesicht.

»Swea!«, ruft er, kaum dass ich die Beifahrertür aufgerissen habe. »Jón hat mir gesagt, du gehst lieber zu Fuß? Was ist denn passiert?«

»Nur eine unsachliche Diskussion über den Bankencrash«, sage ich und klettere auf den Sitz. »Hat sich auf beiden Seiten hochgespielt. Daraufhin hat Jón beschlossen, allein weiterzufahren, was vermutlich auch besser war.«

»Du meine Güte.« Einar ist so betroffen, als wäre er persönlich für Jóns Ausbruch verantwortlich. »Es tut mir leid. Er wird sich bei dir entschuldigen.«

Fast hätte ich gelächelt. *Als wäre Jón sein ungehorsamer Sohn, dem er Manieren beibringen will.* »Lass ihn, Einar. Zu einem Streit gehören immer zwei. Ich habe ihn auf dem falschen Fuß erwischt. Dabei sollte gerade ich am besten wissen, dass man Choleriker nicht auch noch mit Ironie reizen sollte.«

Einar schaut mich über den Rand seiner Goldbrille besorgt an.

»Mein Vater ist auch sehr jähzornig. Und meine kleine Schwester hat einiges von ihm geerbt.«

»Oh«, murmelt Einar betroffen. Ich warte schon darauf, dass er wieder so etwas wie *Es tut mir so leid* murmelt, aber er muss sich offenbar zu sehr auf die Straße konzentrieren. Verstohlen betrachte ich von der Seite, wie er sich viel zu dicht über das Lenkrad beugt und trotz der Brille die Augen zusammenkneift. Irgendwie passt es zu ihm, dass er sich um ein verletztes Pferd kümmert. *Vielleicht weil er sich gerade einsam und ähnlich verwundet fühlt?*

»Ist Houdini wieder zu Hause?«

»Houdini?«, murmelt Einar. »Ach, die Stute! Ja. Ein Autofahrer hat angehalten und mir geholfen, sie auf den Wagen zu laden. Doch dann war es so spät, dass ich es unmöglich rechtzeitig in die Stadt geschafft hätte.«

»Das nächste Mal schick mir wenigstens eine Mail, damit ich den Bus nehmen kann. *Jón Hulk-Sohn* ist auf Banker wirklich nicht gut zu sprechen.«

Immerhin ringt sich Einar ein Lächeln ab. »Es ist keine Entschuldigung, Swea, aber er hat in der *Kreppa* – der Finanzkrise, alles verloren.«

Auch seine Familie? Ich weiß sehr gut, was eine Schuldenspirale mit sich in den Abgrund reißen kann. Aber da schwingt noch etwas anderes in Einars Worten mit. Als wüsste er mehr von Jón als Jón von ihm.

• • •

Der Hitzkopf hat Sweas Einkäufe nach unserem knappen Wortwechsel vorhin auf der Treppe abgestellt. Sein Bus blockiert den Pickup-Parkplatz. Swea springt schon am Tor aus dem Wagen und holt im Gehen den Schlüssel aus der Jackentasche. Der Wind lässt ihr Haar flackern. In ihren neuen schwarzen Sachen wirkt sie wie eine Zeitreisende aus meiner Studentenzeit, damals, als wir uns darin gefielen, uns wie französische Existenzialisten zu kleiden. »Ich mache das schon!«, ruft sie mir zu und wuchtet zwei Tüten voller Lebensmittel hoch. Es ist mir ein Rätsel, wie Swea diesen Berg von Einkäufen allein durch die Stadt tragen konnte. Und es irritiert mich, mit welcher Zielstrebigkeit sie die Tür aufschließt, das Haus in Besitz nimmt, als wäre sie schon immer hier gewesen.

Ich bleibe zurück im Pfeifen des Windes. An Tagen wie heute, wenn er besonders flach und stark weht, verwandelt er die scharfkantigen Felsen in Windharfen. *Trollgesang*, so nannte mein Vater die unheimlichen Töne.

Jón scheint darauf gewartet zu haben, dass ich an die Tür hämmere. Er öffnet sofort, eine Zigarette in der Hand. Der Dunst von Rauch und schalem Bier steigt mir in die Nase. Über seine Schulter hinweg sehe ich leere Flaschen auf dem Tisch.

»Hallo Einar«, sagt er so ruhig, als wäre er vorhin nicht völlig aufgebracht an mir vorbeigestürmt.

Diesmal halte ich mich nicht mit Höflichkeiten auf. »Bist du von allen guten Geistern verlassen, Swea aus dem Auto zu werfen?«

Immerhin senkt er den Blick. »Reg dich nicht auf. Ich werde mich entschuldigen.«

»Darum geht es nicht! Sondern darum, dass man so mit Gästen nicht umspringt. Und wenn du das nicht weißt, packst du besser noch heute deine Sachen.«

Das ist hart, aber es gibt eine Grenze. Ich hätte erwartet, dass er bestürzt ist, aber er nimmt nur einen tiefen Zug und atmet den Zigarettenrauch unerträglich langsam aus. Er hat Glück, dass er nicht meinem Vater gegenübersteht, spätestens jetzt hätte Pál ihn mit seinen Eisenfäusten am Kragen gepackt, nach draußen gezerrt und zu Boden geworfen. Die Stute kommt zum Zaun, macht einen langen Hals und schnobert in Jóns Richtung. Er lässt mich auf der Schwelle stehen und streicht ihr über die Stirn, zupft ihr ein Stück Mähne unter einem Lederriemen hervor.

»Was?«, fragt er, ohne den Blick vom Pferd zu wenden. Erst jetzt merke ich, dass ich ihn anstarre, diesen jungen und schon so alten Mann, der so bitter ist, dass es mich wütend macht. Natürlich meint er nicht mich, er meint sein Leben. Und dennoch: Wenn ich eines nicht mag, dann sind es Menschen, die sich in ihrem eigenen Scheitern wie in einem Mausoleum einrichten.

»Wie lange willst du so weitermachen?«, herrsche ich ihn an. »Damals, als Gunnar für dich eine Bleibe suchte, haben dir alle die Tür vor der Nase zugeschlagen. Aber ich dachte, gib dem Jungen eine Chance. Jeder kann Fehler machen. Ich hatte den Eindruck, du wolltest wieder auf die Beine kommen nach … dieser ganzen Sache. Aber sieh dich nur an.« Ich umfasse mit meiner Geste die Garage, die Bierflaschen und auch ihn selbst. Natürlich habe ich kein Recht, ihm etwas über sein Leben zu erzählen. Aber langsam habe ich genug von ihm. »Von mir aus erstick an deinem Selbstmitleid und deinem Groll, aber lass es gefälligst nicht an Swea aus. Sie hat schon genug Kummer.«

Ich kann sehen, dass ihm meine Worte etwas ausmachen. Er schluckt schwer und beißt die Zähne zusammen. Aber er sagt nur verächtlich: »Ach! Sie hat Kummer?«

»Bist du blind?«, fahre ich ihn so barsch an, dass die Stute den Kopf hochwirft. »Warum sperrt sich jemand tagelang ein und weint sich die Augen aus? Sweas Ehe ist zerbrochen, nur deshalb ist sie hier. Ja, da draußen gibt es Menschen, Jón. Auch wenn du sie nicht mehr siehst, weil du dir darin gefällst, nur im Spiegelkabinett deines eigenen Elends zu leben.« Immer noch versucht er, unantastbar zu wirken, aber als er die Zigarette zum Mund führt, sehe ich das leichte Zittern seiner Hand. »Glaubst du, du bist etwas Besonderes?«, setze ich unbarmherzig nach. »Wir haben alle Herzen, die brechen, Jón. Wir leiden alle an unseren Verlusten, an falschen Entscheidungen und unserer eigenen Dummheit, und oft genug auch an unserem Stolz.« Ich räuspere mich, denn meine Stimme wird rau. »Man kann fallen, aber man darf nicht liegen bleiben.«

Endlich wendet er sich mir zu. Der Rauch weht von seinen Lippen wie ein Strom ungesagter Worte. Zum ersten Mal, so scheint es mir, schaut er mir in die Augen, als würde er mich wirklich sehen. Und dann überrascht er mich. »Es tut mir leid, Einar.« Es klingt völlig aufrichtig.

Einen Augenblick lang weiß ich nicht, was er genau damit meint. Aber auf seltsame Art fühle ich mich ertappt. Ich lecke mir über die Lippen, die klamm vom Wind sind. »Schön. Dann reiß dich ab jetzt zusammen.«

Doch als ich mich schon abwende, fragt er: »Wie geht's dir?«

Hastig vergrabe ich meine Fäuste tief in den Manteltaschen, als könnte Jón auf meiner Haut verräterische Spuren entdecken.

»Alles in Ordnung?«, fügt er hinzu. »Zu Hause alle gesund?«

»Alles wie immer«, antworte ich. Aber wieder bilde ich mir ein, auf meiner Rechten das nasse warme Rot zu spüren und auch den Ring, den ich hoch über dem Nordatlantik vom Finger gestreift habe.

»Okay«, sagt Jón so gedehnt, dass es wie eine Frage klingt.

Im Haus rumpeln Schiebetüren. Ich bin froh um den Vorwand, Jóns forschendem Blick auszuweichen. Hinter dem halb offenen Küchenfenster zeichnet sich Sweas Umriss ab. Sie räumt Lebensmittel in die Schränke, reißt mit Schwung den Kühlschrank auf. Und als sie sich wieder aufrichtet und mit einer gespenstisch vertrauten Geste ihr Haar im Nacken zusammennestelt, erinnert sie mich eine entsetzliche Sekunde lang an jemand anderen. Wieder habe ich das Gefühl, dass mir alles entgleitet, dass ich auf Geröll stehe, das unter mir zu rutschen beginnt.

»Ist sie nur hier, weil du da drin nicht alleine sein willst?«, höre ich Jón sagen.

»Warum sollte ich Angst davor haben, in meinem eigenen Haus alleine zu sein?«

»War nur so ein Gedanke.« Jón drückt die Zigarette aus und geht mit großen Schritten zum Pickup.

»Wo fährst du hin?«, rufe ich ihm verärgert hinterher.

»Zum Baumarkt.« Er reißt die Fahrertür auf. »Einen richtigen Zaun besorgen.«

Breaking the frame

Jón duscht nicht mehr im Haus, sondern nutzt nun das winzige Bad bei den Sommerzimmern im Nebengebäude. Doch jeden Morgen gegen vier weckt mich das Gurgeln der Kaffeemaschine in der Küche. Oben im ersten Stock ist es still, Swea wird erst gegen neun Uhr aufwachen. Es ist mir ein Rätsel, wie sie direkt neben der Staffelei schlafen kann. Vor einigen Tagen hat sie das Bett an die Wand geschoben, um am Fenster malen zu können. Seitdem füllt sich das Haus mit dem Geruch von Terpentin und Ölfarben, die Wochen brauchen werden, um zu trocknen. Viel länger, als Swea bleiben wird. Ich weiß nicht, ob ihr dieser Widerspruch bewusst ist.

Wenn es nicht regnet, verbringt sie Stunden am Tor zur Einfahrt, wo sie im Schneidersitz auf der Mauer kauert, den Kragen ihrer Windjacke hochgeschlagen, den Skizzenblock auf den Knien und ihre Rötel- und Kohlestifte unter Steine geklemmt, damit der Wind sie ihr nicht stiehlt. Keine Frau, die jemals mein Sumarhús betreten hat, mochte den Wind. Swea dagegen scheint ihn zu suchen. Erst abends zieht sie sich zu ihren Ölfarben zurück. Oft höre ich die Dielen über mir bis nach Mitternacht unter ihren Schritten knarren. Das ist die einzige Zeit, in der ich auf meiner Liege im Skriptorium wirklich schlafen kann, traumlos und tief, als wäre Swea mein guter Geist, der Wache hält.

»Morg'n«, murmelt Jón, als ich nun in die Küche trete. Seit unserem Gespräch bemüht er sich tatsächlich um ein gutes Miteinander. Einmal sah ich ihn draußen am Zaun mit Swea reden. Förmlich gaben sie einander die Hand, als würden sie einen Waffenstillstand schließen. Morgens wartet stets eine gefüllte Kaffeetasse auf mich. Auch heute trägt Jón schon seine Jacke, in einer halben Stunde wird er zur Arbeit aufbrechen. Bis dahin trinken wir schweigend und schauen aus dem Fenster, wo der neue Metallzaun in der Sonne glänzt. Stundenlang hatte mein Mieter geflucht und geschwitzt, bis endlich alle Stangen zu einem ausbruchssicheren Konstrukt verschraubt waren. Hinter Metall treibt nun die Windfarbene wie eine Sturmwolke in einem Käfig.

Neuerdings stehen Jón und ich manchmal auch mit den Tassen in den Händen im Flur und betrachten Sweas Farbproben und Entwürfe, die sie zum Trocknen an die verwaisten Nägel hängt. Es ist eine gespenstische Galerie, halbfertige Menschen ohne Gesichter. Manche sind nur angedeutete Linien, körperlos wie Erinnerungen.

»Das ist 'ne isländische Tracht.« Jón zeigt mit seiner Tasse auf das neueste Bild.

Swea muss lange daran gesessen haben, die Details der Festtracht sind akkurat ausgeführt, und auch wenn der Faltenwurf zu verwaschen und flächig ist, erkennt man doch Sweas geschulte Hand. Das lange schwarze Kleid zieren goldfarbene Stickereien von Blumen und Ranken. Der Gliedergürtel in Gold fängt Lichtreflexe aus noch nasser Farbe. Über die Schultern der Frau ergießt sich gletscherweiß der bestickte Schleier. Doch die nach vorne gebogene weiße Trachtenhaube mit dem Goldreif schmückt kein Haar. Das Gesicht ist ein leeres Oval, bloße Aussparung. Auch die Hände, die etwas Unsichtbares halten: nicht vorhanden.

»Wieso malt sie so was?«, sagt Jón. »Oder noch bessere Frage: Warum malt sie überhaupt?«

»Sie hat früher Kunst studiert und will nun wieder daran anknüpfen. Und sie liest viel über isländische Geschichte und unsere Volkskultur.« Das stimmt. Inzwischen gehört auch das zu unserem zerbrechlichen Alltag im Sumarhús: Am Gezeitensaum zwischen Nachmittag und Abend finden Swea und ich einander wie Treibgut, das von verschiedenen Strömungen an denselben Strand gespült wurde. Dann sitzt sie in der Küche, einen nervös wippenden Fuß auf dem Nebenstuhl aufgestützt, und blättert in meinen Island-Bildbänden, während ich koche – für zwei Menschen mehr, als ich bewirten will, so, wie ich es von meinem Vater gelernt habe. Der Kühlschrank ist immer zum Bersten gefüllt, Swea lässt es sich nicht nehmen, bei ihren Fahrten in die Stadt einzukaufen, als müssten wir eingeschneit einen langen Winter überleben. Es ist ihre Art, sich zu bedanken. Und mir tut es gut, für sie zu sorgen. Es bringt mich zurück in eine Zeit, die glücklich war. Ich schildere ihr das harte Leben auf den Einsiedler-Höfen, erzähle von der Landnahme der Wikinger, von Fischern und Hungersnöten vergangener Jahrhunderte. So umschließen das Neue und das Alte meine Gegenwart wie Sedimentschichten und halten alles von uns fern, was nicht sein darf.

»Das Bild soll die *Fjallkonan* darstellen«, sage ich zu Jón. »Ich habe Swea von unserem isländischen Symbol der ›Bergfrau‹ erzählt. Die Vorlage für ihre Studie ist ein historisches Foto aus einem meiner Bücher. Dort hat die Fjallkonan allerdings ein Lamm im Arm.«

»So eines?« Jón ruckt mit dem Kinn in Richtung einer grundierten Malpappe, die dort hängt, wo früher der Garderobenspiegel war. Darauf prangt das gleiche Motiv wie auf der Leinwand, nur als Skizze. Lediglich das Wesen, das die Herrin der Berge in den Armen wiegt, ist in Ölfarbe gemalt. Aber es ist kein Lamm wie auf dem historischen Foto. Sondern ein grelles, gelbäugiges Scheusal, roh, hässlich, mit weit aufgerissenem Maul. Es windet sich aus einem Chaos pastöser Pinselstriche. Doch die Fänge und Krallen des Trolls verlaufen zu Terpentinschlieren, als würde er sich im eigenen Gift zersetzen.

»Das ist vermutlich eine Art ... expressionistisches Experiment«, sage ich.

»Das ist ein Albtraum«, gibt Jón trocken zurück.

• • •

Im Traum laufe ich allein durch eine leere Kunstfabrik, die aussieht wie das Museum Kjarvalsstaðir in Reykjavík. »Henrik?«, murmle ich. Dann brennt sich das Sonnenlicht wieder in mein Bewusstsein, und ich schäme mich dafür, dass Henrik mir so entsetzlich fehlt.

Die Jalousien sind nicht heruntergezogen. Heute Nacht bin ich einfach in meinen Malersachen auf dem Bett eingenickt. Seit Neuestem trage ich wieder Kims Leggings und ein ausgemustertes Herrenhemd von Einar, das nun voller Farbflecken ist. In meinem Ohr hallt Björks Stimme im Dauerloop. Ich taste nach dem Funk-Kopfhörer, den ich mir erst gestern gekauft habe, und streife die Musik ab. Vermutlich liegt es an der Dauerhelligkeit, aber mein Gehirn fühlt sich fiebrig und überhitzt an, aufgedreht wie nach einer durchtanzten Nacht.

Ganz von selbst gleitet das Smartphone in meine Hand. Es sollte mich nicht so nervös machen, dass Henrik sich an meine Forderung nach Abstand hält. Aber seltsamerweise spüre ich schon wieder das Flattern der Panik im Bauch. Die letzte Nachricht meiner Eltern ist immer noch fünf Tage alt. Darin bedankte sich meine Mutter sehr förmlich für die Fotos, die ich im Museum Kjarvalsstaðir für sie gemacht hatte. An dunkelgrau gestrichenen Wänden leuchten dort die Werke des Malers Jóhannes Sveinsson Kjarval wie Fenster in eine andere Zeit und Welt: Kaleidoskope aus erd- und nebelfarbenen Tupfen, die sich zu bestechend plastischen Landschaften fügen. Ich dachte, sie würden meiner Mutter gefallen, aber sie schrieb nur etwas spitz, dass sie »hübsch« seien.

»Du kennst doch Mama, wenn sie eingeschnappt ist«, sagte meine Schwester nur, als ich mit ihr telefonierte. »Danke übrigens, dass du mich ohne Vorwarnung hier mit ihnen allein lässt!«

In den Mails finde ich eine Nachricht vom Hotel, dass noch eine zweite Postsendung aus Deutschland für mich hinterlegt wurde. *Vesnas Päckchen!* Und meine neue Kreditkarte, die gestern ankam, muss ich auch noch abholen. Während ich eine Antwort tippe, trudelt eine zweite Mail ein. Meine Bankkollegin Andrea sitzt mal wieder frühmorgens allein im Büro. »Das ist sicher eine Privatnachricht an dich. Falls nicht, lösch sie einfach. Sorry fürs späte Weiterleiten, ich war bis gestern krank und komme jetzt erst dazu, Mails zu sichten. Schönes Sabbatical noch. Ich beneide dich! «

Die weitergeleitete Nachricht trägt den Betreff »Sweets for my Sweet« Mein Herz macht einen Satz, als ich den Namen des Absenders lese. *Líf? Auf meiner Geschäftsmail?* Offenbar hat sie sich im Café meinen Namen auf dem Briefumschlag gemerkt und ist im Internet bei meiner Bank fündig geworden. Plötzlich ist der Morgen noch viel heller, aber diesmal auf eine gute Art. »Takk fyrir«, schreibt Líf. »Danke für die sündhaft teuren Macarons. Du siehst ganz anders aus auf der Bank-Page, hätte dich fast nicht erkannt. Grüß mir Ingolstadt und alles Gute!« Auf dem Foto unter der Nachricht beißen Líf und ein Teenagermädchen mit wilden rotbraunen Locken lachend in das bunte Gebäck, das ich im

Schmuckladen hinterlassen hatte. Es muss schon weit mit mir gekommen sein, dass ich mich so sehr über die Nachricht einer Zufallsbekanntschaft freue.

»Danke für die Rettung im Café«, maile ich zurück. »Björks CD ist zwar nicht mein Heartbreak-Beat, aber interessante Musik. Und was hast du eigentlich mit Ingolstadt?«

Líf ist online, ihre Antwort kommt sofort. »Das weißt du nicht??? Mary Shelley! Viktor FRANKENSTEIN! Ingolstadt ist doch der Geburtsort der ›Kreatur‹!« Nun, das wusste ich wirklich nicht. »Was macht dein Herz?«, schreibt sie weiter.

Ich halte den Atem an. Mein Finger schwebt über dem Tastenfeld. Was antwortet man einer völlig Fremden? Die Wahrheit? Einfach so?

»Nicht gut«, antworte ich schließlich. Doch es kostet Mut, wirklich auf Senden zu drücken.

»Kennst du Apokalyptika?«, schreibt sie zurück. »Finnischer Cello-Metal-Rock. Vielleicht besser als Björk?« Der angehängte Link führt zu einem Album, auf dem ein Cello mit Totenkopf und Flügeln prangt. Bei Líf sollte man sich offenbar über nichts wundern.

»Ich werde reinhören. Und du? Immer noch so verliebt?«

Líf antwortet mit einer Lawine von Emoji-Herzen. »Waren gestern auf einem Konzert, jetzt fährt er mich gleich nach Reykjavík zurück. Ich werde trotzdem zu spät zur Arbeit kommen. Halte durch. Alles wird gut!« Auf dem Selfie, das ein paar Sekunden alt ist, strahlt Líf wie ein Nordlicht. Sie trägt eine Bikerjacke und schmiegt sich auf einem Motorrad sitzend an einen Mann, der noch mit seinem Helm beschäftigt ist. Und entweder hat ihr Hipster-Barkeeper sich den Bart abrasiert, oder es ist anderer Mann als neulich. Ich muss plötzlich lachen, als hätte Lífs Leichtigkeit mich sogar aus der Ferne berührt.

»Viel Spaß, Easy Rider«, simse ich zurück.

Dann bin ich wieder allein mit dem neuesten Bild auf meiner Staffelei, eine Studie in Blau im Stil von Kjarvals Werken. Seit zwei Tagen versuche ich, die nebelweichen Formen seiner »Bergfrau« nachzuempfinden. Um diese Stimmung noch besser nachzufühlen, hatte ich mir beim Malen den Kopfhörer aufgesetzt. Björks experimenteller Gesang passt zu Kjarvals Landschaften: Akkorde, die an tektonisches Brechen und Biegen erinnern, so, als hätte die isländische Natur die Form von Klängen angenommen.

Auch Kjarvals Gemälde leben, sie sind voller versteinerter Riesen, Elfen und Trolle. Manchmal weiß man nicht, was Haut und was verwittertes Gestein ist. Doch meine Bergfrau ist nur Leinwand plus Farbe, ohne eigenen Herzschlag. Und schlimmer noch: Bei jedem Skizzenstrich wird mir bewusst, wie oft Anna mir den Pinsel aus der Hand nahm und eine Proportion, einen Farbverlauf korrigierte, so beiläufig, dass ich mir bis jetzt eingeredet habe, meine Bilder seien allein mein Werk. *Nur noch zehn Tage,* denke ich. Und alles, was ich habe, sind fünf angefangene Gemälde, siebenundachtzig Skizzen und drei verworfene Bilder. *Beziehungsweise vier.* Ich tauche den Pinsel in Terpentin, um auch die Bergfrau mit ein paar Strichen zu zerstören.

Doch plötzlich habe ich das Gefühl, dass jemand direkt hinter mir ist. Als würde jemand darauf achten, so leise zu atmen, dass ich es nicht hören kann. Aber ich spüre es so deutlich, dass mein Nacken kribbelt. »Einar?« Ich fahre herum. Die Zimmertür ist geschlossen, niemand ist hier. Entweder ich werde verrückt. *Oder spüre ich beim Malen Annas fehlende Gegenwart schon wie einen Phantomschmerz?*

Als ich aus dem Zimmer trete, sehe ich am Ende des Flurs nur die geschlossene Tür des Nebenzimmers. Doch da drin knarrt etwas. Und ist da nicht ein Klappern, als wäre etwas Kleines, Hölzernes irgendwo heruntergefallen? »Einar?« Ich klopfe an. »*Góðan daginn!* Soll ich Frühstück machen?« Als keine Antwort kommt, rufe ich lauter. »Einar!«

»Was ist?«

Ich zucke zurück. Einars Stimme kommt aus dem Erdgeschoss. »Schon so früh wach, Swea?«

»Ja«, ist alles, was ich herausbringe.

»Dann komm herunter«, höre ich Einar unten rufen. »Ich koche gerade Kaffee.« Besteck klappert, als er eine Schublade aufzieht. Und ich stehe immer noch wie erstarrt an der Tür. Sacht lege ich die Hand auf Metall und lausche am Holz, bevor ich die Klinke hinunterdrücke. Die Tür ist verschlossen.

Viel ist durch das Schlüsselloch nicht zu erkennen – ein verstaubtes Stück Fensterbrett, altmodische Blümchentapete und etwas Holzboden, auf dem ein gestrandetes rotes Spielzeugpferd auf der Seite liegt. Dennoch könnte ich schwören, dass jemand auf der anderen Seite der Tür steht und ebenso atemlos horcht wie ich.

• • •

Einar begrüßt mich mit dem warmen Lächeln, das jeden Morgen mein Anker im Chaos ist. »Wie immer Skyr mit Marmelade?«, fragt er und holt Becher und Gläser aus dem Kühlschrank.

»Ja. Einar, kann ich kurz deinen Schlüsselbund haben?«

»Du hast doch einen eigenen.«

»An meinem fehlt der Schlüssel zum Nebenzimmer.«

»Was willst du dort?«

»Nur etwas nachschauen. Halte mich nicht für verrückt, aber ich habe da drin etwas gehört.«

»So?« Einar wendet sich dem Kühlschrank zu. »Was denn?«

»Es klang, als würde jemand im Zimmer herumgehen. Ich dachte, das wärst du. Und es hat geklappert, als wäre ein kleiner Gegenstand auf den Boden gefallen.«

Eine Pause entsteht. Einar wendet mir immer noch den Rücken zu und sucht konzentriert irgendetwas im Schrank. Erst nach einer ganzen Weile antwortet er mir.

»Ich würde dir den Schlüssel geben, aber leider habe ich meinen schon vor Jahren verloren. Und den zweiten Schlüssel hat Kim, doch der liegt in Tübingen.«

»Aber du musst doch irgendwie in den Raum kommen?«

»Wozu? Da oben stehen nur Kims Privatsachen.«

»Aber ... Warst du nicht neulich in dem Zimmer?«

Einar reißt eine Schublade auf und kramt darin, als würde er den heiligen Gral suchen. Für einen Moment bilde ich mir ein, dass er Zeit schindet. Aber dann antwortet er so geistesabwesend, als hätte er die Frage einfach nur fast überhört. »Ich habe Kims Zimmer schon seit Jahren nicht mehr betreten.«

Mit einem Lächeln reicht er mir das Besteck über den Tisch. »Als Kim noch klein war, hat sie im Haus auch manchmal Geräusche gehört. Zum Glück war sie nie ein ängstliches Kind. Und heute würde sie dir erklären, dass es nur akustische Phänomene sind. Reine Physik. Es ist ein altes Haus direkt am Meer. Die Dielen knarren, wenn das Wetter von kalt zu warm und feucht zu trocken wechselt. Der Schall überträgt sich über die Hohlräume unter dem Parkett. Mir ist vorhin die Salzmühle heruntergefallen. Und ich schätze, du hast auch meine Schritte gehört, als stünde ich oben neben dir. Das passiert hier öfters.«

Ich würde viel lieber der Physik glauben als dem Frösteln, das mir nun über den Rücken weht. *Es ist nur kühle Zugluft*, rede ich mir ein. Einar scheint nichts davon wahrzunehmen, er kramt wieder in den Schränken.

»Du gehörst also zu den neunundfünfzig Prozent«, stelle ich fest.

»Neunundfünfzig Prozent von was?«

»Laut Statistik glauben einundvierzig Prozent aller Isländer an Elfen – und an Geister. Und das sind nur die, die es öffentlich zugeben. Inoffiziell geht man von über sechzig Prozent aus.«

Einar nimmt die Brille ab und schaut mich endlich direkt an. »Was wärst du nur ohne deine Zahlen, Swea?« Er hebt vielsagend die Brauen und holt die Kanne.

»Hast du hier noch nie etwas Ungewöhnliches wahrgenommen, Einar? Niemals?«

»Nein. Niemals.« Umständlich wischt er noch ein paar Tropfen von der Anrichte, bevor er mir einschenkt. Dann lässt er zwei Löffel Zucker in meinen Kaffee rieseln und schiebt mir die Tasse zu. »Wie du ihn gerne magst: statistisch genaue sechsunddreißig Gramm Zucker.«

Als er mir zuzwinkert, wirkt er wieder jung, und ich versuche mir vorzustellen, in wen sich seine Frau verliebt hatte – einen Studenten mit dem geheimnisvollen Charme eines Inselbewohners und einem feinen, leisen Humor, der mehr verbirgt, als er enthüllt.

»Wie kommst du mit deinen Bildern voran, Swea?«

»Gut.« Falls er die Lüge in diesem Wort hört, lässt er es sich nicht anmerken.

»Das freut mich. Du hast wirklich Talent.«

Jetzt bin ich es, die seinem Blick ausweicht. Ich könnte ihm sagen, dass Talent leider nicht genügt. Ob es um Sport oder Kunst geht – um eine Disziplin meisterhaft zu beherrschen, muss man statistisch gesehen zehntausend Übungsstunden investieren.

Zehn Jahre täglich rund drei Stunden. *Und wie viele Stunden machen den Unterschied zwischen einer echten Malerin und mir?* Das ist das Schlimme und das Gute an den Zahlen: Sie machen das Leben zu einem sicheren, einschätzbaren Ort. Leider in jeder Hinsicht.

Einar deutet meine Miene wohl falsch. »Weißt du, ich will gar nicht leugnen, dass es vielleicht Dinge gibt, die wir nicht erklären können. Es heißt ja, manche Menschen seien *skyggn* – das bedeutet hellsichtig – und somit sensibel für ... Phänomene. Und ich könnte mir vorstellen, dass Künstler wie du ebenfalls ein Gespür dafür haben. Aber in diesem Haus gibt es nichts, wovor du Angst haben müsstest. Gar nichts!«

Bei diesen Worten berührt er mit den Fingerspitzen meinen Ärmel. Ich mag diese beruhigende Geste, aber heute wäre ich fast zurückgezuckt. *Langsam drehst du wirklich durch, Swea.* Ich weiß ja, dass Einar mit roter Tinte schreibt, als wäre er immer noch Lehrer. Der altmodische Kolbenfüller leckt und hat Flecken an seinem Zeige- und Mittelfinger hinterlassen. Aber einen Herzschlag lang habe ich mir tatsächlich eingebildet, es sei Blut.

• • •

Draußen weht heute ein kalter Nordwind, der nach Regen riecht. Houdini steht wie eingerahmt mitten auf der Koppel, reglos, mit gespitzten Ohren, übergossen von der frühen Sonne. Sie nimmt keine Notiz von mir, sondern starrt auf etwas, das sich hinter dem Haus des Wikingers befindet. Ich pfeife leise durch die Zähne. Normalerweise kommt sie dann sofort her, aber jetzt zuckt sie nur mit dem Ohr und läuft in die Richtung, in die sie schon die ganze Zeit schaut. Als ich mich durch den Zaun hindurchhangle, wäre mir fast der Skizzenblock aus der Hand gerutscht. *Das Gespenst!* Keine Ahnung, warum es mir völlig logisch erscheint, dass es eine

Frau sein muss. Aber die Gestalt in Weiß, die den entblößten Arm ausstreckt und Houdini am Hals krault, gleicht eher einer Elfe. Nicht nur, weil sie mädchenhaft hübsch ist, langes, schwarzes Haar und ein zartes Gesicht hat. Unter der weißen Wolldecke, die sie sich nur lose um den Körper geschlungen hat, ist sie nackt. Der Wind versucht ihr die Decke zu stehlen, entblößt ihren Bauch, die rasierte Scham und ihre Schenkel, ohne dass es sie kümmert. Sie scheint die Kälte gar nicht zu spüren. Barfuß steht sie auf dem moosigen Grund und redet in dieser Sprache der Elfen und Wikinger auf Houdini ein. Dann entdeckt sie mich. Ein Lippenpiercing blitzt auf, als sie mir zulächelt.

»Hæ«, begrüßt sie mich so lässig, als wäre sie schon immer hier gewesen.

»Góðan daginn«, antworte ich deutlich förmlicher. Ohne Hast schreitet sie zum Zaun, rafft die Decke an den Beinen hoch und schlängelt sich anmutig zwischen den Metallstangen hindurch. Leichtfüßig verschwindet die Schöne in Jóns Haus. Erst mit dem Zuschlagen der Tür verpufft der schräge Zauber, und alles rückt wieder an den richtigen Platz. Jón hat also Übernachtungsbesuch. *One-Night-Stand? Affäre? Scheidungsgrund?* Jetzt entdecke ich auch ihr Auto, das draußen vor dem Tor am Lavapfad parkt und mir den Ausblick auf den Fjord verbaut. Also setze ich mich zum Zeichnen auf die Ladefläche des Pickups.

Houdini hat ihre Wanderung wieder aufgenommen. Ihre Schritte sind wie ein Metronomtakt meiner eigenen Unruhe. Und wieder wünsche ich mir nichts so sehr, als ihre Käfigtür zu öffnen und sie laufen zu lassen. Die Zeichenkohle scharrt über raues Papier. Erst ein Türklappen reißt mich aus der Konzentration.

Es ist mir ein Rätsel, warum sich Houdini jedes Mal freut, den Wikinger zu sehen. Auch heute läuft sie im Hinketrab zu ihm. Er trägt tatsächlich einen dieser Island-Pullover mit dem typischen

Rundhals-Strickmuster. Als er sich zwischen den Zaunstangen bückt, rutscht der braunweiße Pullover hoch und entblößt nackten Rücken. Ich weiß immer noch nicht, ob ich den groben Klotz leiden kann, aber zumindest mit dem Pferd geht er freundlich um. Vor einigen Tagen hat er sogar eine Tierärztin hergebracht. Vom Küchenfenster aus beobachtete ich, wie sie Houdinis Bein in alle Richtungen bog, bevor sie sehr entschieden und bedauernd den Kopf schüttelte. Aber Jón bezahlte stoisch eine Narbensalbe, holte zwei Heusäcke von der Ladefläche und fuhr die Ärztin zurück. Und jetzt faltet er sich neben dem zierlichen Pferd zusammen und begutachtet das Bein, während Houdini an seiner Wange schnobert. Ich kann nicht anders, als die Szene mit ein paar Strichen einzufangen.

Zu meiner Überraschung geht Jón dann nicht in sein Haus zurück, sondern kommt zu mir herüber. Rasch blättere ich um. Die Ladefläche bekommt leicht Schlagseite, als er sich neben mich setzt. Er kramt seine Zigarettenpackung aus der Jeans. Der Geruch von Zigarettenrauch und ungeduschter Haut vermischt sich mit dem Medizinduft der Salbe, der noch an seinen Händen haftet. Ein seltsam intimer Moment. So nahe wollte ich ihm nicht kommen.

»So früh schon auf?«, murmelt er.

»So spät noch hier?«

»Freier Vormittag. Wie geht's dem alten Mann?«

Es ist unser stillschweigender Deal: Jón sorgt für das Pferd, ich habe ein Auge auf den Besitzer. Es ist bemerkenswert, wie gut es zwischen uns funktioniert, seit Einar das Auge unseres Sturms ist.

»Einar schreibt eine Art Generationenchronik für seine Tochter. Es scheint ihm gutzutun, sich mit seiner Familiengeschichte zu beschäftigen. Vielleicht lenkt ihn das von seiner Trauer ab.«

»Wem's hilft.« Jón schlägt eine Zigarette aus der Packung und bietet sie mir an.

»Ich rauche nicht, Jón.«

»War ja klar.«

»Weil Banker generell nicht rauchen? Oder weil wir nur Zigaretten akzeptieren, die aus Dollarscheinen gedreht sind?« Das kann ich mir einfach nicht verkneifen.

»Isländische Kronen zu verbrennen ist dir wohl nicht mehr gut genug?«, kontert Jón und zückt ein abgeschabtes Sturmfeuerzeug. Ich hätte nicht gedacht, dass er tatsächlich Humor hat. Ein bisschen wirkt es, als würde ein Bär plötzlich Geige spielen.

»Kalt heute«, murrt er. »Warum malst du nicht im Haus?«

»Zu gruselig«, rutscht es mir heraus. *Fehler, Swea.* Aber der Wikinger lacht nicht.

»Sieh mal an«, sagt er nur in seiner trockenen Art. »Du merkst ja doch was.«

Sofort sitze ich kerzengerade. »Dann hörst du es also auch? Die ... Schritte?«

Ein Schulterzucken. »Jedenfalls knarrt es da drin wie die Hölle.«

Alles hätte ich erwartet, aber nicht das. »Glaubst du, im Sumarhús spukt es?«, frage ich vorsichtig.

»Möglicherweise Einars Frau«, gibt er zurück. »Vielleicht will sie dich aus dem Haus haben?«

Danke, dieses Bild ist genau das, was ich jetzt noch brauche.

Ich weiß immer noch nicht, ob er mich nur auf den Arm nimmt.

»Bist du wegen der Geräusche ins Nebenhaus gezogen?«, frage ich dennoch.

Er schüttelt den Kopf und hebt vielsagend die Zigarette. »Raucherbann im Haupthaus. Außerdem ist der Internetempfang für den Fernseher im Nebenhaus besser.«

Was sonst?, denke ich. Und dann sitzen wir einfach da, und er raucht, als würde keine nackte Elfe auf ihn warten. Das wäre der Moment, in dem ich mich verabschieden und wieder ins Haus gehen sollte. Aber heute zögere ich, mich in mein Revier zurückzuziehen. »Auf die Gefahr hin, dass du mich diesmal von der Ladefläche stößt: Die Frau in deinem Bett ist nicht Sara.«

Jón zeigt genau die Art von selbstzufriedenem Jäger-Halblächeln, das Anna gefallen würde. »Nein. Ist spät geworden gestern.«

»Tja. Roadkill of the Night.« Ich will nicht sarkastisch klingen. Aber irgendetwas an Jóns Art öffnet Türen in mir, durch die ich nie gehen wollte.

»Meine Ex-Frau ist blond«, fügt er hinzu. »Du hast das Foto ja gesehen.«

»Ex? Ihr seid geschieden?«

Er wird ernst und nickt. »Schon seit Jahren.«

Das verblüfft mich. Dem Tonfall des Streitgesprächs von neulich nach hätte ich vermutet, Sara und er steckten noch mitten in der Trennung. »Dann ist das auf dem Foto also gar nicht dein Kind.«

»Doch.« Jón stößt den Rauch durch die Zähne aus. »Bjarni. Er ist acht. Und Sara hat vor sechs Jahren wieder geheiratet. Noch Fragen oder moralische Einwände?«

»Nein. Tut mir leid ... das mit dir und Sara, meine ich.«

Er zuckt wieder mit den Schultern und holt einen Dosenaschenbecher aus der Jeans. Offenbar wirft man in Island die Giftmüll-Kippen nicht einfach in die Natur. Er drückt die Zigarette aus und verstaut den Aschenbecher wieder. »Und du? Einar sagte, deine Ehe ist am Ende.«

Ich zucke zusammen. Es klingt unwirklich. Als ginge es nicht um mich. »Sieht ganz so aus«, antworte ich kaum hörbar.

»Keine Chance, dass es sich wieder einrenkt?«

Ich schüttle den Kopf.

»'ne Jüngere?«

Fast hätte ich mit den Augen gerollt. *Warum ist das immer die erste Frage?* Aber rein technisch gesehen ist es sogar korrekt. Jón wertet mein Schweigen wohl als Ja.

»Dann zieh dich mal warm an.«

»Willst du mir Angst machen?«

»Ich sage nur, wie es ist. Man hat keine Ahnung, mit wem man verheiratet ist. Bis es hart auf hart kommt.«

Ich schlucke. »Danke für die Warnung. Aber ich habe alles im Griff.«

Jón schnaubt nur spöttisch. »Du wirst dich noch wundern.«

»Wartet in deinem Schlafzimmer nicht gerade eine Jüngere auf dich?«

Jón mustert mich kurz. »Stimmt«, sagt er und springt von der Ladefläche. Und da sind wir wieder. Sobald wir uns von Einar entfernen, lädt sich früher oder später die Luft zwischen uns auf. Ich verbeiße mir eine Antwort und beuge mich wieder tief über den Skizzenblock. Aber aus dem Augenwinkel nehme ich wahr, dass Jón stehen bleibt.

»Diese Bilder im Flur ... Die Fjallkonan mit dem Monster. Was soll das eigentlich bedeuten?«

Ich blicke überrascht auf. Er sieht mich aufmerksam an, ohne ein Blinzeln, mit diesen Drachenaugen, die scharf und klar wirken. Und er wartet wirklich auf eine Antwort. Keine Ahnung, warum mich das nervös macht.

»Das Bild ... ist Teil meines Kunstprojekts. Es heißt *Breaking the frame*. Es soll eine ganze Serie von Porträts von Frauen im Stil früherer Epochen werden. Und auf jedem Bild ist ein Element, das diesen konventionellen Rahmen bricht, das Innere nach außen kehrt. Also ... gewissermaßen zeigt es, was hinter der gesellschaftlich konformen Fassade steckt.«

»Gelbe Trolle?« Jón runzelt die Stirn.

So viel zum Thema *Wikinger versus Modern Art*. Ich ärgere mich, dass ich trotzdem rot werde, als hätte ich mich blamiert. »Du verstehst es offenbar nicht.«

»Nei«, sagt er auf Isländisch. »Aber nur, weil man es nicht versteht, ist es noch lange keine Kunst. Das Malen macht dir ja nicht einmal Spaß.«

»Woher willst du das wissen?«

»Sieht man doch, wenn du zeichnest. Du quälst dich.«

»Glaubst du wirklich, du kannst das beurteilen?«

»Vermutlich nicht. Aber wenn du einen vernünftigen Rat vertragen kannst: Fahr nach Hause und mach das, was alle Sitzengelassenen so machen: Heul dich bei deinen Freundinnen aus oder rette, was zu retten ist. Hier wartet nichts auf dich.«

»Auch das geht dich nichts an.«

Jón zuckt mit den Schultern. »Sicher. Aber glaubst du wirklich, man kann alles auf null setzen und noch mal neu anfangen?« Er schüttelt spöttisch den Kopf.

»Wenigstens versuche ich es«, schnappe ich. »Kannst du dasselbe von dir sagen?«

Aber Jón ist heute so kugelsicher, wie nur ein Mann sein kann, der eine Elfe abgeschleppt hat. Er stößt sich mit betont lässigem Schwung von der Ladefläche ab und geht. Nach ein paar Schritten dreht er sich noch einmal um. »Wem von euch beiden gehört die Villa?«

»Es gibt keine Villa. Nur eine ... Art Firma.«

Jón pfeift leise durch die Zähne. Es klingt nicht einmal spöttisch. Eher mitleidig. »Also in deiner Haut will ich wirklich nicht stecken«, sagt er und geht zum Sumarhús.

...

Das Schlimme ist, dass Jóns Worte mich tatsächlich getroffen haben. Die Panik hat lange stillgehalten, aber jetzt schwelt sie wieder im Hintergrund. Um mich abzulenken, lade ich mir Lífs Musiktipp auf die Playlist auf dem Smartphone. Apokalyptika. Wie passend. Eine Weile versuche ich, meiner Paranoia zu widerstehen, aber dann checke ich zur Sicherheit doch das Haushaltskonto ... und stutze. *Fünfzig Euro?* Ich starre die Zahl an, als müsste sie losklickern wie bei einem Automaten-Jackpot, sich wieder hochschrauben zu der Zahl, die es sein müsste. Aber nichts bewegt sich. Stattdessen finde ich den Betrag, der vor einer halben Stunde online per Sofortüberweisung abgebucht wurde. Schlagartig wird mir schlecht. *Kreditkartenbetrug*, ist mein erster Gedanke. Aber dann entdecke ich die geänderten Daueraufträge. Mit fliegenden Fingern wechsle ich zum Tagesgeldkonto bei Bank Nummer zwei und stelle fest, dass es ebenfalls abgeräumt wurde. Es sieht aus wie ein perfekt getimter Coup aus einem Heist-Movie. *Henrik's Eleven.* Aber das kann nicht sein. Das würde Henrik nie tun. Oder doch?

Ich springe vom Pickup. Meine Hand zittert, als ich mich bei der dritten Bank einlogge. Zugang verweigert. Henrik hat mir die Vollmacht für sein Kunstfabrik-Konto entzogen.

Sein Smartphone ist ausgeschaltet, in der Kunstfabrik und auch in unserer Wohnung springt nur der Anrufbeantworter an. Aber inzwischen habe ich Übung darin, im Gehen die erste Panikwelle niederzuatmen.

Diesmal geht mein Vater so schnell ans Telefon, als hätte er nur darauf gewartet. »Swea. Ich wollte dich auch gerade anrufen. Wie geht es dir?«

»Gut. Papa, kannst du mir einen Gefallen tun?« Ich muss mich beherrschen, ruhig zu sprechen. »Ich erreiche Henrik gerade nicht. Irgendetwas stimmt mit meinem Bankzugang nicht. Loggst du dich bitte kurz ins Konto der Kunstfabrik ein?«

Die lange Pause sollte mich eigentlich stutzig machen. Dann sagt mein Vater so langsam, als hätte er jedes Wort sorgfältig vorbereitet: »Das wollte ich dir gerade mitteilen. Henrik hat euer Geld vorübergehend in Sicherheit gebracht.«

Ich starre Houdini und die sonnenbeschienene Mauer an, und es ist so surreal, als würde ich träumen. »In ... Sicherheit gebracht?«

Mein Vater räuspert sich unbehaglich. »Henrik hat mir gestern endlich alles erzählt. Wir machen uns große Sorgen um dich.«

Ich muss mich auf die Treppe vor dem Sumarhús setzen. »*Was* hat er dir erzählt?«

»Dass du nach einem Streit einen Nervenzusammenbruch hattest und weggelaufen bist. Henrik ist am Boden zerstört, Swea. Er hat in allen Hotels nachgefragt, aber du bist untergetaucht und weigerst dich, mit ihm zu sprechen ...«

»Nervenzusammenbruch? Du glaubst doch diesen Unsinn nicht.«

»Unsinn? Herrje, Swea! Wir wissen nicht, wo du gerade bist, was du tust, wofür du ständig so viel Geld abhebst. Und auch noch in bar, als wolltest du vor Henrik verbergen, was du damit bezahlst ...«

»Das ist ja wohl meine Sache! Und außerdem hat es nichts mit Henrik zu tun, meine Kreditkarte war kaputt ...«

»... zu Hause hat Henrik auch noch zufällig erfahren, dass du beim Anwalt nach einem Beratungstermin für eine Scheidung angefragt hast. Du willst dich *scheiden* lassen, Swea?«

Wenn ich nicht schon sitzen würde, jetzt würden mir die Beine wegsacken.

»Hat Henrik dir auch erzählt, dass es einen Grund dafür gibt?«

Mein Vater atmet sehr tief durch. »Du hast dich in die Idee verrannt, dass er dich betrügt, aber glaube mir, das stimmt nicht ...«

Ich höre nur noch mit halbem Ohr zu, während mein Blut so laut in meinem Kopf rauscht, dass es wie eine atmosphärische Störung ist. Langsam fügen sich die Puzzlestücke zu einem Bild. Und ich sehe alles wie auf einem Schachbrett vor mir. Henrik muss wirklich in Panik sein und fürchten, dass ich im Affekt kurz vor der Ausstellungseröffnung den Rosenkrieg eröffne. Also hat er die Flucht nach vorn angetreten und ist zu meinem Vater gegangen, bevor Papa Löwe sich auf meine Seite schlagen kann. Und wie ein Puzzlestück passt mein Verhalten exakt zu Henriks Version. Die irrationale Betrogene, die sich nach einem einzigen Fehltritt vor eineinhalb Jahren nun in etwas hineinsteigert und überreagiert. Aber noch etwas dämmert mir: In den Mails beteuern Anna und Henrik unisono, dass alles ein Missverständnis ist. *Als hätten sie sich abgesprochen, während ich noch oben heulend auf Einars Gästebett lag*. Und ich Idiot habe auch noch das einzige Beweismittel mit Annas Nachrichten per Post an Henrik zurückgeschickt.

»Papa, hör zu. Ja, ich habe einen Beratungstermin angefragt. Ich habe meine Gründe dafür, und ich brauche Zeit zum Nachdenken. Aber das, was Henrik behauptet, ist lächerlich. Ich bin nicht durchgedreht, ich habe einfach nur ein Gästezimmer in der Nähe von Reykjavík bezogen, Museen besucht und Geld für Ölfarben ausgegeben. Ich habe Mama Fotos aus den Galerien geschickt, schon vergessen? Henrik hätte mich jederzeit per Mail erreichen können, so wie ihr auch. Du hast die Kontovollmacht, also logge dich jetzt bitte sofort ins Konto der Kunstfabrik ein und hol das Geld zurück. Ich sitze hier sonst völlig auf dem Trockenen!«

Ich kann nicht fassen, dass mein Vater tatsächlich erst darüber nachdenken muss.

»Warte einen Moment«, murmelt er nach einer Ewigkeit. Ich atme auf, als ich das Klicken der Tastatur höre. Aber dann bin ich endgültig im falschen Film. »Ich habe dir gerade ein Flugticket gebucht, es müsste schon in deinem Mailpostfach sein. Komm heim und lass uns in Ruhe reden.«

»Nein! Hast du nicht zugehört?«

»Swea, was auch immer Henrik und du klären müsst, es ist keine Lösung, sich in Island zu verkriechen.«

»Und es ist nicht deine Sache, dich einzumischen und Entscheidungen für mich zu treffen.«

Natürlich stoße ich bei ihm auf taube Ohren. »Du brauchst dir keine Sorgen um euer Geld zu machen. Du weißt, ich habe ein Auge darauf.«

Na, vielen Dank. »Hol mir sofort Mama ans Telefon.«

»Sie ist heute nicht da. Und abgesehen davon – glaubst du, ich habe deiner Mutter von euren Problemen erzählt? Sie ist auch so schon genug durch den Wind und völlig fertig wegen dir. Ich werde ihr lediglich sagen, dass du früher als geplant zurückkommst. Dein Flug geht heute Nacht um ein Uhr fünfzig. Ich hole dich morgen früh am Frankfurter Flughafen ab.«

Damit ist die Frist gesetzt. Wie oft hat mein Vater mir diese Verhandlungstaktik erklärt. *Du setzt das Ultimatum. Nicht der Gegner. Damit schaffst du Zugzwang auf der Gegenseite. Wer in Zugzwang ist, gerät unter Stress. Und wer unter Stress ist, kann nicht rational genug denken und hat keine Zeit, alle Entscheidungen abzuwägen. Mach das zu deinem Vorteil.* Nur dachte ich bisher, dass Maßnahmen wie diese nur für Teenager gelten, die mit dem Familienschmuck durchbrennen und in schlechte Gesellschaft geraten.

»Dir ist schon klar, dass die Art, mich finanziell schachmatt zu setzen und mir eine Deadline zu verpassen, einfach nur miese Erpressung ist?«, bringe ich mühsam heraus.

Mein Vater schweigt nur. Und ich lege auf.

»Ich bin gerade entmündigt und ins Jahr 1900 katapultiert worden«, sage ich zu Houdini. Aber sie schüttelt nur gelangweilt die Mähne und gähnt. Ich warte auf die Panik, aber diesmal ist da nichts als betäubte Ungläubigkeit.

Hinter mir geht die Tür auf. Jón balanciert an mir vorbei, in den Händen randvolle Kaffeetassen für sich und die Elfe. Auf der untersten Treppenstufe bleibt er kurz stehen. »Alles okay?«

»I'm broke«, antworte ich. »Henrik hat unsere Konten abgeräumt.«

Es klingt immer noch wie ein Witz.

Und ich kann es nicht fassen, dass Jón einfach nur grinst. »Und es beginnt!«, sagt er im feierlichen Ton eines Prolog-Sprechers.

»Fuck you!«, entfährt es mir. Aber verrückterweise ist es die Wut auf ihn, die mich aus der Erstarrung rettet.

Brennivín

Reykjavík wirkt vom Nieselregen wie reingewaschen. Whale-Watching-Boote verlassen den Hafen, an Bord Trauben von Touristen in roten Overalls. Möwen gleiten wie helle Pinsel über das bleigraue Wasser des Hafenbeckens und ziehen bei der Landung einen Streifen von schäumendem Weiß auf diese Leinwand. Aus der Ferne betrachtet, wirkt die »Harpa«, das Konzerthaus am Wasser, fast schwarz, eine futuristische asymmetrische Würfelstruktur mit einer Haut aus Glaswaben. Aus der Nähe betrachtet, fängt die Fassade heute die Farben des Himmels ein. Spiegelungen von Wolken fangen sich im Glas. An jedem anderen Tag würde mich mein Weg nun ins Café in der Harpa führen, dorthin, wo man durch das Farbenspiel der Prismenwände auf das Meer schauen kann. Aber in Anbetracht dessen, dass sich in meinem Portemonnaie nur noch eine Handvoll Isländische Kronen befindet, mache ich mich sofort auf den Weg zum Hotel. Im Vorbeigehen werfe ich einen Blick ins Apoték, aber heute bedient Líf dort nicht.

Als ich nach der Post frage, mustert die Dame an der Hotelrezeption mich kritisch von oben bis unten. Nichts an mir erinnert mehr an die gestylte Frau im Hostessen-Look. Sie kontrolliert ewig meinen Personalausweis, bevor sie mir endlich Vesnas Päckchen und einen Brief aushändigt. Noch im Gehen reiße ich den Umschlag auf. Meine Kollegin Andrea hat wirklich alles in Bewegung gesetzt, meine neue Kreditkarte steckt darin, in Rekordzeit angefordert und mit Express schon vor einer Woche verschickt. Henrik hat gedacht, er gräbt mir das Wasser ab, aber wie ich ihn kenne, hat er vergessen, dass ich per Kreditkarte noch das Dispo ausschöpfen kann.

Zehn Minuten später stehe ich an einem Bankautomaten – und starre ungläubig auf den Monitor. *Karte ungültig.*

Es dauert eine Weile, bis ich Andrea am Telefon habe. »Oh Mann, du hast ja wirklich Pech in diesem Urlaub«, sagt sie, bevor ich lange ausholen kann. »Erst die kaputte Karte – und Herr Schöttle hat gerade erzählt, dass jetzt auch noch die Tasche mit deiner neuen Karte gestohlen wurde. Tut mir echt leid.«

Bitte, was? »Hat Henrik meine neue Karte gesperrt?«, bringe ich mit belegter Stimme heraus. »Warum hast du mich nicht angerufen?«

Jenseits des Atlantiks stutzt Andrea hörbar. »Wieso sollte ich dich anrufen?«

Sie hat recht. Unser Privatkonto läuft auf Henrik und mich gemeinsam, inklusive aller Befugnisse, die jedem von uns beiden volle Verfügungsgewalt geben.

Ich schlucke. »Kannst du kurz nachschauen, wann er die Karte gesperrt hat?«

»Warte.« Im Hintergrund höre ich die vertrauten Geräusche meines Alltagslebens, gedämpfte Stimmen, Telefonmelodien, das Klicken von Tastaturen. Büro-Beat. Dann meldet sich Andrea wieder zu Wort. »Swea? Herr Schöttle sagt, Henrik hatte nur angerufen, und dein Vater war gestern mit seiner Vollmacht persönlich hier, um die Sache für euch zu regeln. Sicherheitshalber hat er auch noch den Dispo auf null gesetzt. Hat Henrik dir das gar nicht gesagt? Swea? Hallo?«

»Ich bin noch dran.«

»Alles okay?«

»Ja ... ähm ... natürlich. Henrik ist nur gerade auf einer Tour und hat kein Handynetz. Und ich musste aus versicherungstechnischen Gründen das Datum sofort abgleichen. Wegen der Anzeige bei der hiesigen Polizei. Danke dir.« Ja, wenn es um die Wahrung der Fassade geht, habe ich mein Handwerk gelernt. Aber sobald ich aufgelegt habe, fällt alles in sich zusammen. Es wäre ein passender Augenblick für eine Panikattacke, aber seltsamerweise stehe ich nur ganz ruhig im Strom der Fußgänger und starre in ein Schaufenster voller ausgestopfter Papageientaucher. Die gedrungenen Vögel mit ihren schwarzweißen Clownsgesichtern scheinen zu feixen. *Selbst schuld*, lese ich in ihren Mienen. Und sie haben recht. Ich habe alle Vollmachten absolut freiwillig unterschrieben. Mein Vater hat Zugriff auf unsere Konten. Für den Fall, dass Henrik und ich mit dem Flugzeug abstürzen, für den Fall, dass schnell umgeschichtet werden muss, Vorauszahlungen abgepuffert werden müssen, für den Fall ... für so viele Fälle.

Natürlich geht mein Vater nicht mehr ans Telefon. Und auch zu Hause und in der Kunstfabrik antwortet mir nur meine eigene Stimme vom Band. Ultimatum läuft. Und zum ersten Mal in meinem Leben habe ich tatsächlich keinen Plan B. Genauer gesagt: Das ist ein Moment, in dem früher Anna mein Plan B gewesen wäre. Aber heute wähle ich wohl oder übel die Nummer meiner Schwester.

»Swea, hi.« Wie immer klingt Insa reserviert, fast schon schnippisch, aber immerhin geht sie ran. Das ist nicht selbstverständlich bei ihr, wenn sie auf dem Display eine Nummer der Familie sieht. Ich sehe sie vor mir, eine schmale Frau mit mausbraunem glattem Haar, die mit hochgezogenem Knie auf dem Stuhl in ihrer abgeschabten Küche sitzt. Zu stolz, um von der Familie Geld anzunehmen für eine bessere Wohnung in einem besseren Viertel von Mannheim. »Was gibt's?«

Ich hole tief Luft und versuche in zehn Sätzen zu erklären, was ich von ihr will. Es ist die Light-Version. Ein Streit mit Henrik wegen der Kunstfabrik, eine kaputte Kreditkarte und eine Kurzschlussreaktion unseres Vaters, der will, dass ich sofort nach Hause komme. Eigentlich hätte ich erwartet, dass Insa es auskostet, mich heute in der Position der Loserin zu sehen. Aber sie sagt nur trocken: »Fühlt sich scheiße an, wenn der Pate einen schachmatt setzt, was? Jetzt weißt du, wie es mir damals ging.«

Ich schließe die Augen. *Hört es nie auf?* »Das lässt sich wohl kaum vergleichen, Insa. Du warst fünfzehn. Papa musste Himmel und Hölle in Bewegung setzen, um dich in dieser Junkie-WG in Rom aufzuspüren.« Die frostige Pause bringt uns nicht weiter. Ich würde mir lieber die Zunge abbeißen, aber im Moment habe ich tatsächlich keine Wahl. »Tut mir leid, Insa, war nicht so gemeint. Hör zu, kannst du mir per Sofortüberweisung etwas Geld schicken? Bitte. Nur für ein paar Tage.«

»Ist Anna pleite?«

Tja, da ist es wieder. Mein Leben, in dem alle Wege zu Henrik und Anna führen.

»Anna ist … keine Option.«

Lange Pause.

»Heißt …?«, fragt Insa dann.

»Heißt, sie ist selbst in den Miesen und kann mir deshalb nichts leihen.«

Ich weiß nicht, ob Insa mir glaubt. Und für einen Augenblick stelle ich mir vor, wie es wäre, wenn ich ihr tatsächlich alles erzählen würde.

»Ruf doch Mama an«, sagt Insa.

»Nein, das würde sie nur aufregen.«

»Mehr als eure Ausstellung?« Insa lacht auf. »Keine Sorge, Mama geht's prima. Gestern hat Bekka sie in Frankfurt getroffen. Sie hängt schon seit einer Woche in der Kunstfabrik herum und *hilft dort aus.*«

»Mama ... ist in Frankfurt?«

Manchmal muss man wohl zurücktreten, um das ganze Muster zu sehen. Was aus der Nähe wie einzelne Farbtupfer auf einer Leinwand wirkt, fügt sich nun zu einem Bild. Die knappen Mailantworten meiner Mutter, die Tatsache, dass mein Vater sie vor mir abschottet ...

»Ach komm schon!« Insa schnaubt genervt. »Sei doch nicht so überrascht. Du weißt doch, wie es in der *Famiglia* läuft. Schließlich hast du ›deinen Mann im Stich gelassen‹.«

Bei Insa kann man die Anführungszeichen in der Luft immer sehen. Und ja, ich weiß genau, wie meine Mutter über meine Auszeit denkt.

Irgendwo in Insas Kosmos schrillt eine Türklingel. »Ich muss los, Swea. Und sorry, ich kann dir kein Geld leihen, echt nicht. Die Waschmaschine geht kaputt ... und überhaupt. Nimm einfach den Flieger, okay?«

Nein. Nicht okay. Aber Insa hat recht, ich dürfte nicht so ernüchtert sein, als ich nun auflege. Ich kann mir vorstellen, dass meine Mutter für Henrik gerade zur Hochform aufläuft. Natürlich wohnt sie bei uns. Das Gästezimmer ist schließlich immer für die Familie da, für Bekka, für meine Eltern, wenn sie nach Frankfurt kommen. Aber die Vorstellung, wie meine Mutter und Henrik morgens einträchtig Kaffee trinken, macht mich völlig fertig. Es kostet mich viel, zu Hause anzurufen mit dem Wissen, dass vielleicht meine Mutter den Anrufbeantworter abhören wird. »Damit kommst du nicht durch, Henrik«, spreche ich mit fester Stimme darauf.

Doch sobald ich auflege, fühle ich schon die erste Welle von Angst auf mich zurollen. Ich achte nicht darauf, dass ich Leute anremple, während ich die Straße entlangrenne, dorthin, wo es genug Himmel und Luft gibt. Nach wenigen Minuten bin ich schon hinter dem Highway, der jenseits der Altstadt zwischen Hochhäusern und Meer entlangführt. Hier, genau an der Grenze zwischen Moderne und Natur schwebt am Meeresufer eine Skulptur aus Edelstahl, das Skelett eines stilisierten Wikingerschiffes, in seiner Schlichtheit an ein Runenzeichen erinnernd. *Sólfar* – Sonnenfahrt heißt das Kunstwerk. Auf der anderen Seite der Meeresbucht erhebt sich der Berg Esja, wie gemalt mit einer Krone von dramatischen Barockwolken. *Nordischblau, Indigo, Bleiweiß.* Ich kauere mich auf die Stufe am Rand der kreisrunden Plattform, das Brüllen der Autos im Rücken, aber vor mir endlich das Meer, und atme, so tief ich kann. Es ist verrückt, dass ich genau jetzt an unsere ersten Male denken muss. Unser erstes Treffen an der Kunstakademie. Henriks erster Kuss. Und auch unsere erste gemeinsame Nacht. *Dezember,* erinnere ich mich. *Kurz vor Weihnachten in meinem Wohnheim, das Anna nur das »Nonnenkloster« nannte, weil die Vermieterin im Haus keinen Herrenbesuch duldete. Ich sehe Henrik, der mitten in der Nacht seinen Parka in die Ligusterhecke vor dem Haus wirft und im T-Shirt am vereisten Spalier hochklettert wie ein Dieb, der gekommen ist, um mein Herz zu stehlen. Am Fenster rutscht er fast ab, sein T-Shirt reißt an der Naht, als ich ihn erschrocken packe und ins Zimmer ziehe, wo wir beide auf den Teppich fallen. Die Zeit der Umwege ist vorbei. Seine Hand unter meinem Nachthemd ist eisig, ich bekomme eine Gänsehaut, als er sie auf meine Brust legt, aber seine Lippen werden so schnell warm, als würde unser Kuss sich zwischen uns entzünden. »Spinnst du?«, flüstere ich zwischen zwei Küssen. »Du wärst fast abgestürzt.«*

Aber Henrik lacht nur und sagt: »Willst du nicht zu mir kommen, komme ich zu dir.«

Es war ein Versprechen, das Henrik stets hielt, selbst dann noch, als rund ein Jahr später die Sache mit Insa passierte. Als ich heulend zusammen mit Anna in unserer noch neuen WG-Wohnung saß und mein Leben wie einen Countdown abzählen konnte: *Zwanzigste Woche. Geburtstermin 14. Mai.* Ich höre, wie Anna immer wieder sagt: »Aber es ist doch nicht dein Kind. Und niemand kann von dir verlangen, dass du wegen deiner Schwester das Studium abbrichst.«

Nein, verlangen mussten sie es nicht. So läuft es im Eisner-Clan nicht. Man wird informiert, nicht gefragt. Denn Familie hält immer zusammen.

Ich starre auf meine Hand, die so fest zur Faust geballt ist, dass der pompöse Ehering wie ein goldener Bogen absteht. *Oder wie eine Brücke. Henriks Versprechen, das er mir damals gab: dass es immer einen Weg zurück in unser Künstlerleben gibt.* Und aus heutiger Sicht klingt auch seine Antwort auf Woche zwanzig nun wie Ironie: »Deine Familie ist auch meine Familie.«

Ich kämpfe gegen den Impuls, den Ring einfach ins Meer zu werfen. Aber dann habe ich eine bessere Idee.

• • •

Doch das ist leider das Tückische an besseren Ideen: Sie halten selten, was sie versprechen. Es ist früher Nachmittag, als ich vom Regen völlig durchnässt und mit knurrendem Magen unter dem Vordach eines Cafés stehe und mein letztes Geld fürs Busticket zähle. Inzwischen ist der Wind so kalt, dass auch die Wetterjacke nicht mehr hilft. Der Ring steckt immer noch am Finger. Erst als mir Lífs Visitenkarte zwischen die Finger gerät, leuchtet eine letzte Möglichkeit auf. Auf dem Weg zum Silberschmuckladen bricht der Himmel endgültig wie ein morsches Fass. Diesmal hilft es nicht, sich unter Vorsprünge zu flüchten, ein kalter Wind kippt die Perspektive und fegt den Regen fast waagerecht gegen die Hauswände. In wenigen Sekunden kriecht die Nässe mir bis auf die Haut.

Lífs Laden liegt hinter dem *Bonus*-Supermarkt an der Einkaufsmeile Laugavegur. Es ist ein einstöckiges schmales Haus, das zwischen Läden mit Touristennippes eingezwängt ist. Sogar der Schriftzug »Silfur & Hraun« wirkt so gedrängt, als wäre er schon zu lang für das schwarz gestrichene Gebäude. Für ein richtiges Schaufenster reicht es nicht, lediglich in der verglasten Tür hängen Ketten mit Lavaanhängern. Den Laden zu betreten ist ein bisschen so, als würde man in einen Elfenhügel steigen: Helle Glöckchen klimpern, dann stehe ich von Kopf bis Fuß tropfend in einem schlauchartigen Raum, der rundum schwarz gestrichen ist. Nur einige gemalte Silbertupfen an den Wänden lockern die düstere Optik auf. In Vitrinen glänzt Kunsthandwerk aus Silber – hauptsächlich Runen und sonstige Wikingerzeichen. Und hinter der Verkaufstheke leuchtet Líf ganz in Rot wie eine Mohnblüte im Lavafeld. »Swea!« Sie erkennt mich sofort und beginnt zu strahlen. »Alles klar? Außer dem Regen meine ich.«

Ich bin so froh, sie zu sehen, dass es fast schon erbärmlich ist. »Hallo«, bringe ich mühsam hervor. »Die Konzerttour gut überstanden?«

Líf winkt ab. »Ich bin so müde, dass ich gerade nicht sicher bin, ob du nur ein Traum bist. Du solltest doch schon längst wieder in Deutschland sein?«

»Ich bleibe noch ein paar Tage.«

»Schön! Warte, ich hole dir ein Handtuch.«

Sie verschwindet im Raum hinter der Theke und reicht mir einen grauen Lappen, mit dem ich zumindest Gesicht und Hände abtrocknen kann.

»Suchst du Silber, oder bist du nur vor dem Regen geflüchtet?«

»Nein ... ich wollte fragen, ob ihr hier im Laden gebrauchten Schmuck ankauft.« Ich strecke ihr die Hand hin. »Der Ring hat dir im Café gefallen. Er ist eine Einzelanfertigung einer Design-Juwelierwerkstatt. Leider nehmen sie solchen Auftragsschmuck nicht zurück. Aber vielleicht hast du ja Interesse? Oder einen Tipp für mich, wo ich ihn sonst verkaufen kann?«

»Das schöne Stück willst du loswerden? Warum?«

»Passt nicht mehr zu mir«, gebe ich knapp zurück.

»Zeig mal her.« Über den Tresen hinweg nimmt sie meine Hand. Die Berührung ist ungewohnt, und mir wird klar, wie lange es her ist, dass jemand meine Hand in seiner gehalten hat. Bevor sie sich dem Ring widmet, streicht Líf zart über meine Finger. Sie sind rau vom Terpentin, die Nägel unlackiert und kurz geschnitten, Spuren von Ölfarbe hängen zwischen Nägeln und Haut. Farbige Umrandungen aus Zinnoberrot und Malachitgrün. Komplementärfarben. *Oder zwei Seiten desselben Dilemmas.* »Ist das Ölfarbe?«, fragt Líf. »Bist du Künstlerin?«

Sie scheint vergessen zu haben, dass sie meine Mailadresse auf der Mitarbeiterseite einer Bank gefunden hat. Und ich weiß, was Jón auf ihre Frage antworten würde. Aber in diesem Schutzraum ist das Wort wie ein Trost. »Ja, ich bin ... Malerin. Ich arbeite gerade an einem neuen Projekt.«

»Hier in Island? Cool.« Lífs Augen leuchten auf. »Und Künstler brauchen wohl immer Geld. Darf ich?«

Damit zieht sie mir vorsichtig den Ring vom Finger. Ich dachte, ich hätte alles im Griff, aber noch nie hat sich meine Hand so nackt angefühlt. Nicht einmal, als ich Ehering Nummer eins abgestreift hatte, fühlte ich mich so verloren ohne diese Brücke aus Gold. »Der Ring ist ja graviert«, höre ich Líf sagen. »Das Datum von vorletzter Woche und ein Name – oh!« Sie blickt überrascht auf. »Das ist ja ein Ehering. Was war das? Eine Zweiwochen-Ehe?«

Ich starre auf den nackten Ringfinger. *Nicht heulen!*, befehle ich mir. Aber dann muss ich die Hand gegen den Mund pressen, um nicht laut aufzuschluchzen. Trotzdem kommen Laute aus meiner Kehle, die ich selbst nicht an mir kenne. Und mit dem erstickten Ringen nach Beherrschung springt mich die Panik an.

Ich habe keine Ahnung, wann ich zusammengeklappt bin. Jetzt kauere ich jedenfalls mit dem Rücken an die Theke gepresst in Bodennähe und kralle mich an meiner Tasche fest. Und trotzdem stürze ich, während die Faust um meinen Brustkorb immer fester zudrückt. Wie herbeigeschnippt erscheint Líf neben mir, legt den Arm fest um mich und zieht mich auf die Beine. Irgendwie bugsiert sie mich um die Verkaufstheke herum. Gleich darauf sitze ich am ganzen Körper zitternd auf einem Bürostuhl und klammere mich an den Lehnen fest. Mir ist so schwindelig, dass ich die Augen schließen muss. Aber Lífs Hände liegen auf meinen Schultern und geben mir Orientierung und Halt.

»Konzentrier dich aufs Atmen«, befiehlt sie. »Du stirbst nicht, auch wenn es sich so anfühlt. Ist nur ein kleiner Meltdown. Mach schon, hol tief Luft!«

Ich gehorche, so gut ich kann, sauge mühsam und stockend Luft ein, drücke sie an meinem hämmernden Herzen vorbei wieder nach draußen. Und endlich ebbt die schlimmste Welle ab, und ich nehme wahr, wo ich bin. Hinter dem Verkaufsraum befindet sich eine schmale, schlauchartige Werkstatt mit Lagerregalen voller Silberspulen und Kisten. Auf Arbeitstischen aus Holz liegen Zangen und Feinwaagen, Schalen mit Lavaperlen und Silberdraht. Líf hat mein Päckchen auf einem Werktisch abgestellt. Es ist vom Regen so durchweicht, dass der Karton die Form verliert.

»Geht's wieder?«

»Ja«, bringe ich heiser hervor. »Tut mir leid ...«

»Kein Grund, sich zu entschuldigen.« Sie dreht sich um und schreit so laut, dass ich zusammenzucke: »Elín!«

Irgendwo trampelt es auf einer Treppe. Ein Teenager kommt aus dem ersten Stock heruntergerannt. Es ist das Mädchen von dem Foto, das Líf mir per SMS geschickt hatte. Sie ist höchstens achtzehn, aber sehr groß, dazu schlaksig und dünn, mit rotbraunem, wildem Lockenhaar und einem spitzen Kinn, das ihr etwas Fuchsähnliches verleiht. Verwundert mustert sie mein verheultes Gesicht, dann trollt sie sich auf Lífs Wink kommentarlos in den Verkaufsraum. Líf schließt die Verbindungstür, huscht zu einem Schrank und kommt mit einer Flasche und einem Glas wieder. *Brennivín*, steht auf dem Etikett. *Der schwarze Tod*, der legendäre Kümmelschnaps. Sein Dunst vermischt sich mit dem metallischen Geruch der Werkstatt. »Alkohol ist keine gute Idee bei Panikattacken«, flüstere ich.

»Panikattacken sind keine gute Idee. Runter damit.« Und ich gehorche einfach, würge das Zeug herunter, bis mir noch mehr Tränen in die Augen schießen. Draußen geht inzwischen ein Gewitter nieder, Donner kracht über der Stadt. Im Verkaufsraum klingelt die Glocke, Stimmengewirr dringt durch die Tür, aber Élin hat wohl alles im Griff. Líf reicht mir ein Küchentuch und wartet, bis ich mir die Tränen abgewischt habe.

»Hast du diese Panikanfälle schon länger?«

»Erst seit ein paar Tagen. Eigentlich erst, seitdem ich weiß, dass mein Mann mich mit meiner besten Freundin betrügt.« Es ist mir einfach herausgerutscht. Aber Líf ist wohl nicht die Frau für die große Empörung, nur ihre Brauen zucken kurz hoch. »Krise oder Trennung?«, fragt sie ruhig.

»Scheidung.« Zum ersten Mal spreche ich es selbst aus, und dazu noch vor einer völlig Fremden. Und zum ersten Mal seit dem

Gewittertag mit Henrik habe ich das Gefühl, als hätte ich keine Tränen mehr.

Líf verzieht den Mund zu einem mitfühlenden Lächeln. »Nimm noch einen.« Sie greift zur Flasche. Aber ich schüttle den Kopf und springe auf, ordne hastig meine Kleidung, streiche das nasse Haar glatt und hinter die Ohren. Struktur hilft, sogar jetzt.

»Danke für deine Hilfe. Und entschuldige diesen Überfall. Ich mache mich wieder auf den Weg. Du hast Arbeit.«

Wie als Bestätigung klirrt draußen gleich mehrfach die Glocke, noch mehr Touristen flüchten sich vor dem Regen in den Laden. Man hört gebrochenes Englisch und als überraschenden Kontrast Élins perfekt formulierte Antwort. Líf kümmert sich nicht um den Andrang draußen, sie mustert konzentriert meine Haare und die triefende Jeans, und ich schäme mich noch mehr. »Ist Elín deine Tochter?«, breche ich die schwebende, unbehagliche Stille.

Líf stutzt, dann lacht sie auf. »Nein, ich habe keine Kinder. Sie ist Björgs Tochter. Björg gehört der Laden. Ich arbeite nur zwei Tage in der Woche hier. Du hast aber nicht wirklich erst vorletzte Woche geheiratet, oder?«

»Nein, vor siebzehn Jahren. Aber meinen ersten Ehering habe ich in die Kanalisation geworfen.«

Líf sieht mich an, als würde sie überlegen, ob sie mir Nummer zwei wirklich zurückgeben soll. Aber dann streckt sie mir die Hand hin. Der Goldring glänzt auf ihrer Handfläche. Er fühlt sich fremd an, und statt ihn wieder anzustecken, nestle ich mein Portemonnaie hervor und lasse ihn zwischen meine letzten Münzen ins Kleingeldfach gleiten. Ich wünschte, meine Hände würden dabei nicht so zittern. Líf betrachtet das fast leere Geldscheinfach. *Herzlichen Glückwünsch*, denke ich. *So sieht der Bankrott einer Ehe aus.* Ich frage mich, wen Líf wohl gerade vor sich sieht.

Vermutlich ein bemitleidenswertes, psychisch zerrüttetes Wrack um die vierzig, das notorisch pleite ist. Technisch gesehen stimmt das sogar. Zu allem Überfluss knurrt mein Magen so laut, dass Líf die Stirn runzelt. »Weißt du, ich glaube nicht, dass es etwas nützt, auch den zweiten Ring loszuwerden«, sagt sie. »Was aber immer hilft, ist ein Mittagessen.«

Manifest

Der abgeschabte Regenmantel, der Björg gehört, riecht nach Pferd, aber er hält Wasser und Wind ab. Trotzdem klappern mir die Zähne, als wir in der Stadtmitte ankommen. Das Haus, in dem Líf wohnt, liegt in der Nähe der Hallgrimskirche und ist keines der malerischen bunten Altstadthäuschen, sondern ein dreistöckiger Bau mit großen Fensterfronten. Die Fassade wirkt modern, doch als ich Líf in ihre Wohnung im zweiten Stock folge, schlägt mir der muffige Geruch von altem Parkett entgegen. Inzwischen habe ich gelernt, dass man in Island seine Schuhe auszieht, bevor man die Wohnung betritt. Doch mitten im Flur stolpere ich über herumliegende Stiefel und bringe einen hüfthohen, randvollen Stoffsack zum Kippen. Reflexartig versuche ich ihn noch abzufangen – und finde mich in einer Lawine aus leeren Tetra-Packs wieder, die sich im ganzen Flur verteilen.

»Entschuldige.« Líf springt herbei. »Ich kam nicht zum Aufräumen.«

Sie schaufelt alles in den Sack zurück und schiebt ihn zur Seite – zusammen mit dem Schuhhaufen, in den ich gestolpert bin. Vor mir liegen schwarze Plateau-Stiefeletten mit silbernen Stachelnieten, die sich über den Stöckel bis zur Ferse ziehen. Líf sammelt auch noch erdverkrustete Stiefel vom Boden auf und wirft sie in eine Garderobenkammer im Flur. Dann sucht sie ein

Handtuch und ein paar Kleidungsstücke zusammen und deutet zur Tür am Ende des Flurs. »Geh schon vor ins Wohnzimmer und zieh dir etwas Trockenes an. Ich komme gleich.«

Im ersten Moment denke ich, ich bin in einer Geisterbahn gelandet. Nur, dass die normalerweise nicht rot gestrichen sind. Und diese Wandfarbe ist kein dezentes Toskanarot, sondern das helle, frische Blutrot einer arteriellen Wunde. Passt allerdings gut zu den Postern von Dracula und Horrorfilm-Mumien neben dem Fernseher. Mir fällt ein, dass im alten Ägypten Rot das Symbol für Böses und Zerstörerisches war. »Rot machen« bedeutete töten. In kalten Ländern, wo man sich nach Wärme sehnt, hat Rot dagegen eine positive Bedeutung – sicher auch in Island. Alle Möbel sind aus den Fünfzigern übrig geblieben, doch die altmodischen gezimmerten Buchregale sind vollgestapelt mit Mangas, Comics und Horror-Sammlerfiguren. Es sieht aus, als hätte sich Einars biedere Einrichtung in den Fiebertraum eines Horror-Gothik-Marvel-Fans verirrt. Ein Schild in englischer Sprache auf einem Regal beginnt mit »Dear Guests« und gibt den Hinweis, dass in der Wohnung Rauch- und Partyverbot besteht. Neben dem Sofa steht noch ein Billy-Regal voller Musik-CDs, und auf dem Couchtisch türmt sich ein Chaos aus Zetteln und Rechnungen. Ein Notizblock ist randvoll mit Zahlen bekritzelt, die Gewinn-/Verlustrechnungen darstellen könnten, vielleicht eine Art Finanzplan. Unter dem Fenster stapeln sich Kartons und … alte Waschmaschinentrommeln. Es sieht aus, als würde Líf in einer Mischung aus Mangamuseum, Musiksammlung und Ersatzteillager leben.

Vorsichtig schäle ich die nassen Sachen vom Körper, schlüpfe in eine schwarze Jogginghose und einen ebenso schwarzen Sweater. Und während ich das Haar trocken rubble, betrachte ich die Fotos, die über dem Sofa hängen. Es sind alte Bilder von Familienfesten und auch eine kleine weißblonde Líf mit Zahnlücken. Auf einem aktuelleren Bild trägt sie eine Pelzmütze voller Schneeflocken und strahlt in der Umarmung eines langhaarigen blonden Mannes, Typ Metal-Musiker, eindeutig verliebt in die Kamera. Es ist nicht der Barkeeper von neulich – und auch nicht der Motorradfahrer. Neben dem Bild der beiden ist das Foto einer Elfe aufgehängt. Es wirkt wie ein Szenenbild aus einem Fantasyfilm. Erst auf den zweiten Blick erkenne ich, dass die Elfe Líf ist. Dramatisch ausgeleuchtet steht sie in einem wehenden goldenen Kleid vor einem Wasserfall. Ihr Haar – eine mehr als hüftlange kupferrote Perückenmähne – flattert im Wind und enthüllt spitze Elfenohren.

»Schönes Kleid, nicht wahr?«

Ich zucke ertappt zurück, aber Líf lächelt nur und schiebt mit dem Tablett voller Teetassen eine Bugwelle von Rechnungen und Zetteln über den Couchtisch.

»Das war ein Statistenjob bei einer Filmproduktion. Aber die Szene wurde leider rausgeschnitten.«

»Du arbeitest auch beim Film?«

»Nein, ich bin damals für eine Freundin eingesprungen. Die haben mich überredet, dass sie mir extra für den Dreh meine Haare rot tönen durften. Angeblich sollte die Farbe auswaschbar sein, aber der Karottenstich ließ sich monatelang nicht ausspülen.«

»Das war also keine Perücke?«

»Nein, ich hatte früher wirklich so langes Haar. Nur für die Latexohren saß ich zwei Stunden in der Maske. Dabei ist es ein Klischee, dass Elfen Spitzohren haben. Die meisten sehen wie ganz normale Menschen aus.«

Dazu fällt mir nichts mehr ein. »Warum hast du dir denn diese Wahnsinnshaare abgeschnitten?«, frage ich nur.

Líf nimmt meine nassen Sachen und drapiert sie vor der Heizung über die Waschmaschinentrommeln. »Du weißt ja, was man über uns Frauen so sagt. Ändert sich das Leben, brauchen wir erst einmal eine neue Frisur.«

Unwillkürlich streiche ich mir über die nassen Strähnen.

»Denk nicht mal dran!«, sagt Líf. »Du würdest viel zu streng aussehen.« Líf scheint Gedanken lesen zu können. Für einen Moment hatte ich mir tatsächlich vorgestellt, wie ich morgen früh mit GI-Jane-Schnitt in Deutschland ankomme und nicht einmal mein Vater mich mehr erkennt. Nun sinkt mir doch der Mut. Denn mir wird klar, dass ich in Gedanken bereits auf dem Weg zum Flughafen bin. Was, objektiv betrachtet, das einzig Logische und Vernünftige ist.

»Es muss ja eine ziemlich große Veränderung in deinem Leben gewesen sein, wenn du dir fast einen Meter Haar abschneidest«, murmle ich.

»War es«, erwidert Líf leichthin. »Aber als ich die Mähne wieder wachsen ließ, stellte ich fest, dass ich mir mit dem Pixie auch gefalle.« Sie fährt sich durch die rosa verfärbten Strähnen. Langsam habe ich den Verdacht, dass es kein Blondierunfall war. Und auch sonst kann ich mir immer weniger einen Reim darauf machen, wer diese Frau, die gestrandete Psycho-Touristinnen mit nach Hause nimmt, eigentlich ist.

»Du … sammelst also Horrorfiguren.« *Was zumindest die Begeisterung für Frankensteins Ingolstadt erklärt.*

»Eigentlich sammle ich alles – von Horror, Steampunk und Fantasy bis hin zu Elfenkram. Siehst du den Stein auf dem Fensterbrett? Den hat mein Bruder mir geschenkt. Er war Teil einer echten Elfenburg. Stammt von einem Bauplatz.«

»Du glaubst aber nicht wirklich daran, dass es Elfen gibt, oder?«

»Natürlich gibt es sie. Eine von ihnen hast du heute doch kennengelernt.«

»Du meinst … Élin?«

»Klar. So viel, wie dieses dünne Mädchen essen kann, muss sie doch einfach ein gefräßiges Elfen-Wechselbalg sein, oder?«

Líf zwinkert mir zu, und mir wird bewusst, dass sie mich nur aufzieht. Und damit hat sie mich zum ersten Mal an diesem Tag zum Lächeln gebracht.

»Ich hole dir einen Föhn.« Sie springt auf. »Schinken oder Vegetarisch?«

»Was?«

»Ich mache uns Pizza, welche von beiden magst du lieber?«

Meine Antwort hört sie wohl nicht mehr, so schnell ist sie wieder nach draußen verschwunden. Ich höre das energische Klappen von Schranktüren und Radiomusik. Líf summt mit und klirrt mit Besteck. Ich lasse mich tiefer ins Sofa sinken. Mein Päckchen ist im Regen so aufgeweicht, dass ich den Karton wie eine zerfallende Haut einfach abschälen kann. Die alte Ledertasche riecht nach Keller, das Zahlenschloss ist angerostet, aber mit einem wehleidigen Knirschen gibt es nach. Während meiner Banklehre war es meine Aktentasche fürs Büro gewesen. Ich wollte sie wegwerfen, aber Anna fand, es wäre ein perfektes ironisches Statement, mit diesem Symbol des bürgerlichen Kapitalismus in den Kunstkursen aufzutauchen.

Farbflecken haben sich ins Leder gesogen und ein farbiger Fingerabdruck, der vielleicht sogar von Anna stammt. Zumindest kann ich mich nicht erinnern, jemals mit Neongelb gemalt zu haben. Vorsichtig klappe ich die Aktentasche auf. Zum Vorschein kommen uralte Rötelstifte, Zeichenpapier und in Lasurtechnik colorierte Akte auf DIN-A5-Malpappen. *Ende erstes Semester*, erinnere ich mich. Die Zeit, in der ich vor allem mit Rot und Blau experimentierte.

»Hast du das gemalt?« Líf steht in der Tür. »Wow, lass mal sehen.«

Mein erster Impuls ist, die Tasche zuzuklappen, aber dann hole ich einige der Skizzen heraus. Und da liegen meine Kellerkinder nun zwischen Líf und mir auf der Couch – Studien zur Proportion von Gesichtern und Gliedmaßen, garniert mit Formeln, die ich zu Annas Erheiterung unten an den Papierrand geschrieben hatte. *Beinlänge = Gesichtslänge mal 7. Handlänge = Gesichtsspanne Kinn bis Haaransatz.*

Ich grabe weiter und finde auf dem Grund der Tasche endlich mein halb geschriebenes, halb gezeichnetes Tagebuch. *Breaking the frame*, hatte ich auf den Deckel dieser Kladde geschrieben. Die Brücke zu meinem alten Ich, mein Fundus an Skizzen und Ideen für meine Frauenporträtserie, und immer wieder: Formeln, Formeln, Formeln. Mischungsverhältnisse von Farben, Proportionen, Abmessungen. Für mich war Kunst stets eine Art von Mathematik. Oder vielleicht flüchtete ich mich in die Formeln, weil ich mich dort am sichersten fühle?

»Die Zeichnungen sind ja richtig gut!« Líf angelt sich einen Rückenakt aus dem Stapel und hält ihn ins Licht.

»Das waren nur Übungen aus meiner Studienzeit.«

»*Übungen*? Dann musst du heute ein Genie sein.« Sie betrachtet die Skizze so bewundernd, dass ich einen Stich verspüre. Denn ich bin selbst überrascht, wie gut ich als Studentin zeichnen konnte. Natürlich bin ich technisch inzwischen weitaus besser, aber etwas Wesentliches fehlt meinen heutigen Werken: ein Funke, ein Schimmern, eine Energie, die sich damals zwischen die Pinselstriche stahl.

Líf zupft ein weiteres Artefakt aus dem Stapel, diesmal ein Notizblatt, das in geschwungener, ungeduldiger Schrift beschrieben ist. *Art Vital* prangt als Titel darüber. »Was bedeutet das?«

»Das war das Manifest von Marina Abramović und Ulay. Zwei Performance-Künstler.«

Líf runzelt die Stirn. »Abramović? Den Namen kenne ich irgendwoher ... Ist das nicht die Frau, die irgendeine Aktion mit Lady Gaga gemacht hat?«

»Lady Gaga ist auch ein Fan von ihr, ja. *The Artist is present* – diese Performance hat Abramović in New York durchgeführt. Sie dauerte insgesamt eintausendsiebenhundertsechzehn Stunden. Marina saß den Leuten im Museum of Modern Art jeden Tag gegenüber und hat ihnen in die Augen gesehen.«

Jetzt scheint Líf ein Licht aufzugehen. »Stimmt, das ging auch auf Facebook rum. War der totale Hype.«

»Ja, aber Marina Abramović hat schon in den Siebzigern radikale Aktionen gemacht. Sie ist eine Ikone der Performancekunst.«

»Mit Performance kann ich nicht viel anfangen«, bemerkt Líf mit einem Schulterzucken. »Aber kennst du Ragnar Kjartansson? Im Kunstmuseum zeigen sie gerade einige Aktionen von ihm. Zum Beispiel steht da eine Frau auf einem Podest und schlägt auf einer E-Gitarre immer denselben Akkord an. Ist mörderisch laut und hallt durch die ganze Galerie. Aber ich frage mich immer: Was wäre, wenn kein Publikum da wäre? Ist es dann immer noch eine Performance?«

Ich blicke überrascht auf, denn Líf hat die Frage gestellt, über die sich schon Generationen von Künstlern und Kritikern streiten. Anna sagt bis heute: Ja. Henrik: Nein. *Und ich?*

»Ein richtiger Künstler versteht seine Arbeit als Lebensform«, sage ich. »Der taiwanesische Künstler Tehchieng Sieh hat in seiner *One Year Performance* ein Jahr lang jede Stunde eine Stechuhr betätigt – Tag und Nacht. Und Marina und Ulay haben sogar ihre

Liebesbeziehung als Performance gelebt. Es gab keine Trennung zwischen Privatem und Kunst.« Ich tippe auf das Manifest, das Anna damals abgeschrieben und an unseren WG-Kühlschrank gepinnt hatte. »Ihr *Art Vital*-Manifest schrieb unter anderem vor, dass sie keinen festen Wohnsitz haben, ständig in Bewegung sein mussten und Risiken eingehen sollten. Jahrelang haben sie in einem alten Polizeibus gehaust und sind von Aktion zu Aktion gereist.«

Und was für Aktionen das waren! Das Blut, das bei ihren Performances floss, war echt. Ich denke an das Poster, das Anna sich damals direkt über dem Bett an die Decke gepinnt hatte: Marina und Ulay stehen einander gegenüber, beide weit zurückgelehnt in einer fragilen Balance, zwischen sich nur einen gespannten Bogen. Ulay hält die Sehne und den Pfeil in der Schwebe, Marina den Bogen, während die Pfeilspitze auf ihr Herz gerichtet ist. *Könnte auch das Bild einer zu langen Ehe sein*, denke ich nun.

Ich erinnere mich, dass ich nie lange hinsehen konnte. Und dennoch faszinierte mich diese verstörende, von Extremen getriebene Kunst. Vielleicht, weil ich mich insgeheim nach genau dieser Intensität sehnte: mit Henrik zusammen ein Paar zu sein, das Kunst lebt und atmet, sich einander ausliefernd bis auf den Grund ihrer Seelen.

Aber Líf scheint wenig beeindruckt zu sein. »Und wenn sie nicht berühmt geworden wären, dann wären sie einfach nur das verschrobene obdachlose Paar, das sich ein Manifest an die Windschutzscheibe gepinnt hat, und der Ein-Jahres-Mann ein Typ mit selbstverursachten Schlafstörungen.«

Offenbar gehört Líf zu der Fraktion derer, die auch abstrakte Malerei mit »Das kann mein kleiner Neffe auch« kommentieren.

»Warum hast du das Manifest damals eigentlich abgeschrieben?«, will sie wissen.

»Das war nicht ich, sondern meine … Freundin.« Ich muss mich räuspern und blinzle wohl zu oft, denn Líf wird sofort ernst.

»Aber nicht *die* Freundin, mit der dein Mann jetzt …?«

»Oh doch.«

Als ich meine Kladde zu heftig zuklappe, rutscht ein eng beschriebener Fetzen zwischen den Seiten heraus und segelt unter den Couchtisch, wo ein Korb mit Strickzeug steht. Líf angelt den Zettel hervor. Diesmal ist es meine regelmäßige, steile Schrift. Verblasste Rotweinflecken haben den Rand des karierten Blattes gewellt, die schwarze Tinte ist stellenweise verlaufen. Sätze und einzelne Wörter sind säuberlich mit Lineal durchgestrichen und daneben korrekt neu formuliert. Aber dort, wo meine Hand auf dem Papier aufgelegen hat, findet sich eine verwischte Spur von Gold. Mir wird schlagartig heiß. Komisch, dass ich von Anna noch jedes Detail weiß, aber das hier bis eben völlig vergessen hatte.

»Das ist aber nicht die Schrift deiner Freundin«, stellt Líf fest.

»Nein, das hatte ich nach einer Erstsemesterfeier verfasst. Ich hatte an dem Abend einen Studenten geschlagen, das Gold stammt von seiner Wange, meine ganze Hand war damit eingefärbt.«

Líf sieht mich an, als würde sie überlegen, ob es wirklich eine gute Idee war, mich mit nach Hause zu nehmen.

»Es war ein Versehen. Mehr oder minder«, beeile ich mich zu sagen. »Und er war nicht irgendein Student, sondern Henrik, mein … heutiger Mann. Wir hatten einen chaotischen Start. Und im Morgengrauen hatte ich das hier aufgeschrieben, um wieder einen klaren Kopf zu bekommen.«

»Du hast wohl eine Schwäche für To-do-Listen?«, bemerkt Líf.

Es ist ohnehin zu spät, die Kurve zum Unverfänglichen zu bekommen. »Ich dachte damals, jeder Künstler braucht ein eigenes

Manifest. Schon in der Schule hatte ich mir das von Joseph Beuys auf mein Matheheft geschrieben. Du kennst den Text sicher, er steht heute in jeder Zitatesammlung: *Pflanze unmögliche Gärten. Lade jemanden Gefährlichen zum Tee ein …*«

»Check!« Líf grinst und deutet auf meine Tasse.

»Du denkst, ich bin gefährlich?«

Zu meiner Überraschung lacht sie auf. Und jetzt blitzen ihre hellen Augen. »Vermutlich bist du eher ein Freak. Allerdings ein netter Freak.«

Ich zucke zusammen. Aber aus dem Mund einer Frau, die Horrorfiguren sammelt, ist das vermutlich sogar ein Kompliment. Sie rückt näher heran. »Übersetzt du mir dein eigenes Manifest?«

Ich überfliege die Zeilen. Und die Swea von damals ist mir so fremd, als würde ich einen Nachlass sichten. »Punkt 1: Freiheit der Form«, beginne ich. »Ich werde keine Fesseln dulden, keinen Rahmen, keine Vorgaben. Ich werde nie wieder Marineblau tragen. Eine Künstlerin trägt keine Blusen, keine Blazer. Keine bürgerlichen Uniformen, keine Konventionen! Punkt 2: Freiheit der Worte: Keine Lügen, kein Smalltalk, kein feiges Schweigen, keine Konjunktive. Punkt 3: Freiheit zu sein: Keine Grenzen, kein Stillstand …«

»Dafür, dass so viele Weinflecken auf dem Papier sind, konntest du aber noch ziemlich klar denken«, sagt Líf.

Ich könnte ihr erzählen, dass Henrik mich in Studentenzeiten als *Cheap date* bezeichnet hatte, weil ich mich den ganzen Abend nur an einem Glas Wodka festhalten konnte. Aber ja: Wenn es um Listen und Pläne geht, funktioniere ich sogar noch mit eins Komma zwei Promille.

»Punkt 4 …«, fahre ich fort. Aber dann stocke ich und muss durchatmen. »Freiheit der Sinne«, übersetze ich leise weiter. »Ich werde mich nicht verlieben, sondern Freiheit leben in jeder Form. Keine Versprechen, keine Verpflichtungen, keine Konvention, kein Vielleicht. Ich werde drei Liebhaber haben, für jede Farbe einen …«

Lífs Lachen unterbricht mich. »Das hört sich endlich nach einem guten Plan an. War das Mister Blue?« Sie zückt den Rückenakt eines muskulösen Mannes.

Ich weiche Lífs Blick aus und ordne die Malpappen. Die Wahrheit ist, die Studenten, die ich gezeichnet hatte, waren nur Kommilitonen aus dem Aktzeichenkurs. Ich hatte keinen Liebhaber, schon gar nicht drei. Wie eine Motte bin ich im ersten Semester in Henriks Licht geflattert, und das war es dann. »Keine Ahnung. Lange her«, murmle ich nur und nehme Líf die Skizze aus der Hand. Eine zweite Pappe haftet daran. Sie löst sich und fällt in meinen Schoß. Die Skizze anzusehen fühlt sich an wie ein Boxhieb. Es ist eine meiner Studien in Kobaltblau. Halbnackt in Shorts sitzt Anna im Rattan-Sessel, der heute in ihrem Atelier steht. Auf der Skizze hatte ich ihre punkige Nina-Hagen-Frisur comicartig überzeichnet, ihre Beine sind noch so schlank, dass sie fast jungenhaft mager wirken, aber sie rekelt sich mit der Sinnlichkeit einer satten Katze auf dem Sessel, die Ellenbogen auf den Knien aufgestützt. Die Zigarette in ihrer Hand hatte ich mit einem flüchtigen Strich nur angedeutet. Anna blickt mich wissend und ein wenig spöttisch an, und es gibt mir einen Stich, mich wieder einmal zu fragen, wie lange das Ganze schon läuft.

»Das ist sie, nicht wahr?« Líf kann offenbar Gesichter lesen.

Sofort steigen mir wieder die Tränen in die Augen. »Entschuldige«, flüstere ich. Aber Líf schüttelt den Kopf und legt mir die Hand auf den Unterarm. »Für jede weitere Entschuldigung trinkst du einen Brennivín. Entscheide selbst, ob du ein Trinkspiel daraus machen möchtest.«

Ich wische mir über die Augen und lege Annas Porträt zurück zu den Akten. »Tja, so ist das mit Manifesten. Hochfliegende Pläne und nichts dahinter. Nichts von dem, was ich mir damals vorgenommen hatte, habe ich umgesetzt. Gar nichts.«

»Wie kannst du so etwas sagen? Du bist Künstlerin geworden.«

Beinahe hätte ich gelacht. Das Schlimme ist, dass sich mein Idealismus von damals jetzt noch mehr wie eine Bankrotterklärung liest. Nie wieder Marineblau? Nie wieder Blazer, Blusen und Uniformen? *Bravo, Swea, hat ja toll funktioniert.*

»Vielleicht schöpfst du aus dieser Zeit jetzt sogar neue Kreativität«, fährt Líf fort. »Wütend zu sein setzt viel Energie frei. Und es hört sich jetzt vielleicht blöd an, aber du bist jetzt frei – und genau darum geht es doch in deinem Manifest.«

Ich senke den Blick auf die Spuren von Farbe an meinen Händen. »So einfach ist es nicht, Líf.«

»Wer sagt, dass es einfach sein muss? Nichts im Leben ist einfach.«

»Das weiß ich. Aber ich habe einfach zu viel Zeit verschwendet.«

»Bullshit!«, sagt Líf. »Man kann immer wieder neu anfangen. Ich hatte dir doch von meiner Urgroßmutter Erna erzählt?« Ja, ich erinnere mich vage daran, dass sie erwähnte, Vorfahren aus Deutschland zu haben. »Sie hatte in ihrer Heimat alles verloren«, fährt Líf fort. »Und hat sich in Island ein komplett neues Leben aufgebaut.«

»Ja, aber wenn ich mich richtig erinnere, war sie noch jung, als sie auswanderte. Gerade mal achtzehn, oder?«

»Was spielt das für eine Rolle?«, gibt Líf ungeduldig zurück. »Man ist nie zu alt und es ist nie zu spät, merk dir das. Und keine Stunde deines Lebens war verschwendet, auch wenn es dir jetzt so vorkommt. Alles hat gute Seiten, auch deine Ehe. Ihr habt eine tolle Tochter …«

»Bekka ist meine Nichte. Henrik und ich haben keine Kinder.«

»Dann hast du eben eine tolle Nichte und somit auch mindestens eine Schwester oder einen Bruder. Du bist also nicht allein.«

Wenn du wüsstest.

Aber Líf scheint die Sorte Mensch zu sein, die mit aller Gewalt aus jedem Elend noch etwas Gutes herausleiern will. Das heisere Schrillen eines Küchenweckers rettet mich vor einer Antwort, die nicht ganz so idealistisch geklungen hätte. Líf eilt hinaus. Und ich stopfe auch den Rest meiner Frühwerke wieder in die Aktentasche und lasse das Schloss so heftig einschnappen, als würde ich versuchen, Pandoras Büchse zu schließen. Nur, dass sich diese Geister nicht so leicht bannen lassen.

Ein Künstler sollte sich niemals in einen Künstler verlieben.

Das stammt ebenfalls aus einem Künstlermanifest. Marina Abramović hatte es nur für sich allein geschrieben, nachdem Ulay und sie sich getrennt hatten, natürlich ebenfalls in Form einer künstlerischen Aktion. Drei Monate lang wanderten sie auf der Chinesischen Mauer von verschiedenen Seiten aufeinander zu und trafen sich in der Mitte. Dieser Endpunkt der Performance war der offizielle, öffentliche Endpunkt ihrer Beziehung. Im Moment beneide ich Marina um ihre Klarheit und Kompromisslosigkeit.

»Was hast du heute noch vor?«, ruft Líf aus der Küche.

Scherben sammeln und Busgeld zählen. Und dann brav zu Kreuze kriechen und nach Hause fliegen. Es macht es nicht besser, dass ich an Jóns Worte denken muss: *Fahr nach Hause und mach das, was alle Sitzengelassenen so machen: Heul dich bei deinen Freundinnen aus.*

»Nichts«, lüge ich. Dabei werde ich gleich Einar anrufen und ihn bitten, mich zum Flughafen zu fahren. Ich sollte nicht so traurig sein, mich von ihm zu verabschieden. Und als ich auch noch an Houdini denke, könnte ich weinen.

»Hast du Lust, mit mir ins Nordische Haus zu gehen?«, schallt es aus der Küche. »Ein Freund von mir stellt dort seine Fotografien aus. Es wird keine große Aktion, aber es gibt Live-Musik und wird sicher lustig.«

»Das ist nett, aber ich will dir nicht ...«

»... zur Last fallen? Tust du nicht.« In einem Schwall von Pizzaduft kommt Líf ins Wohnzimmer, in jeder Hand einen Teller. Ohne Umschweife lässt sie sich neben mich aufs Sofa fallen und knallt meinen Teller einfach auf die Aktentasche auf meinem Schoß.

»Tust du wirklich nicht«, sagt sie mit schon vollem Mund kauend. »Ólafur hat mich ohnehin gebeten, noch ein paar Besucher von der Straße zusammenzutreiben. Heute ist in der Stadt nämlich schon ab nachmittags viel los. Erstens ist es Freitagabend, und dann auch noch Sonnenwendnacht – und da steigt in Reykjavík immer das *Solstice*, das *Midnight Sun Music Festival*.«

»Ich ... habe keine Zeit.«

»Eben sagtest du noch, du hast heute nichts mehr vor. Komm schon! Wenigstens eine Stunde. Um acht muss ich ohnehin wieder zu meiner Abendschicht im Restaurant.«

»Aber mein Geld reicht gerade noch für den Bus.«

»Ich leihe dir ein paar Kronen und auch etwas zum Anziehen. Dein Zeug braucht ohnehin noch ein paar Stunden, um zu trocknen. Also?«

Mein Herz rast, während ich zähe Pizza kaue und fieberhaft Gründe für ein Nein suche. Doch dann wird mir klar, dass ich die Zeit, bis ich zum Flughafen muss, auf exakt zwei Arten verbringen kann:

A. In Einars Haus in mein Kissen heulen und mir leidtun.
Oder
B. zumindest für eine Stunde die Frau sein, die ich als Studentin werden wollte.

Drei Farben

Lífs Schlafzimmer ist in dezentem Hellgrau gestrichen. Aber auch hier ist alles vollgestopft. Auf einer Kommode sitzt eine gehäkelte Zombiepuppe neben einem weiteren Strickkorb mit Wolle, und auf dem Fensterbrett fletscht ein ausgestopfter weißer Polarfuchs die Zähne. Was nicht ganz so bedrohlich wirkt, da er einen Kranz aus pinkbunten Stoffblumen um den Hals trägt. »Den hat mein Onkel selbst geschossen«, erklärt Líf. »Er heißt Ingvar – also der Fuchs, nicht mein Onkel ...«

Das Schrillen einer Türglocke schreckt uns beide auf. »Such dir einfach was aus«, sagt Líf und reißt im Hinauseilen den Kleiderschrank auf. Ich dachte, nur ihr Wohnzimmer wäre exzentrisch, aber nun werde ich eines Besseren belehrt. Akkurat nach Farben getrennt finden sich in den Fächern nur drei Arten von Kleidungsstücken: Hosen und Pullover in Schwarz, viele Kleider und Röcke in Rot, der Rest – vor allem Unterwäsche – ist weiß.

Vorsichtig berühre ich eines der längeren Kleider. Es leuchtet in dem intensiven Mohnrot, das Líf offenbar besonders liebt. Es gibt statistische Untersuchungen, wie diese Signalfarbe wirkt: Verlockung und Gefahr, Sexualität und Aggression. Aber was als Lippenstift und Halstuch-Akzent erotisch wirkt, funktioniert bei jemandem wie mir nicht als Gesamtkonzept. Anna würde außerdem sagen, es ist eine männliche Farbe und passt zu Eroberer-

Frauen, die sich nach Lust und Laune Liebhaber nehmen, ohne dafür das eigene Herz aus dem Weg treten zu müssen. Kurzum: Nichts für Swea. Niemals hätte Anna gebilligt, dass ich diese Art von Rot von Kopf bis Knie trage.

Und vielleicht ist es der Zorn auf sie, der mich nun zu genau diesem Kleid greifen lässt.

Draußen redet Líf wohl mit einer Nachbarin, sie lachen. Und ich streife das Schwarz ab und schlüpfe in eine neue Haut. Líf ist dünner und schmaler als ich, an meinen Brüsten und den Hüften ist das Kleid eng wie Schlangenhaut, aber der elastische Stoff passt sich an. Der asymmetrische Ausschnitt lässt eine Schulter frei. Hauteng bis über die Hüften weitet das Kleid sich zu einem Wasserfall aus rotem Schleierstoff und Seidenwellen, die über die Knie reichen.

Es gibt keinen Spiegel im Zimmer, also drehe ich mich vor der Fensterscheibe. Im Glas gespiegelt tanzt das Gespenst einer Frau, die mir fremd und zugleich nah ist. Die Seide flüstert und rauscht um meine Beine, ein Streicheln, das mich frösteln lässt und daran erinnert, immer noch eine Haut zu haben und unter der Uniform meiner Rollen immer noch einen Körper.

»Frábært!«

Líf hat sich wieder angeschlichen. Sie grinst, als ich ertappt herumfahre, und mustert mich von Kopf bis Fuß. »Das sieht toll aus. Ich muss mich in dem Kleid immer sehr gerade halten, damit der Ausschnitt mir nicht um den Busen schlottert, aber bei dir sitzt es perfekt. Darin hast du richtige Kurven. Aber das Wichtigste fehlt noch. Setz dich aufs Bett.«

Eines habe ich inzwischen über Líf gelernt: Wenn sie so aufdreht wie jetzt, tritt man besser zur Seite und lässt sie machen. Sie sprintet los und kommt mit dem Föhn, einer Bürste und Klammern zurück. Sie trocknet das Haar nur an und kämmt dann energisch die noch feuchten Wellen durch. Dann angelt sie den Kranz vom Polarfuchs herunter.

»Ich kann doch keinen Blumenkranz tragen, Líf.«

»Warum nicht? Heute ist Mittsommer. Und außerdem ist es bei diesem starken Wind nervig, das Haar offen zu tragen.«

»Ich dachte, Mittsommerkränze wären ein schwedischer Brauch.«

»Ist doch egal. Du wirst toll aussehen.«

»Ja, wie eine Ikea-Werbung.«

»Halt endlich still.«

Widerstand ist zwecklos, wenn ich nicht will, dass sie mich mit den Haarnadeln ersticht. Líf beginnt damit, Strähnen abzuteilen. Ich beobachte sie aus dem Augenwinkel, während sie geschickt arbeitet, den Mund gespickt mit Haarklammern und einem konzentrierten Ausdruck, der sie grimmig wirken lässt. *Eine andere Art von Elfe*, denke ich. *Mit dieser hier ist nicht zu spaßen.* Doch dann entspanne ich mich und genieße die Berührungen, das Streifen ihrer Finger und sogar den straffen Zug, als sie mir den Reif an Schläfen und Hinterkopf fest einflicht.

»Warum trägst du eigentlich nur Schwarz, Weiß und Rot, Líf?«

»Ich mag die Farben, und es spart Zeit. Ich muss nie darüber nachdenken, was ich anziehe, es passt alles zusammen.«

»Ich hatte im Studium eine Phase, in der ich nur mit drei Farben malte. Rot gehörte dazu.«

»Eine deiner Liebhaber-Farben?« Lífs eigentliche Frage schwingt als Unterton mit, und ich lasse sie dort einfach hängen.

»Und wie passt deine Sammlung von Waschtrommeln zu deinem Minimalismuskonzept?«, frage ich stattdessen.

»Ach, das ist nur ein Experiment. Ein paar Freunde und ich wollen zusammen einen Shop aufziehen und isländische Craft-

Produkte verkaufen. Wir starten mit Schwarzbrot. Man braucht nur ein gutes Rezept, Blechdosen oder einfach leere Milchtüten.«

»Die Tetrapacks, die du im Flur hortest?«

»Ja. Aufgeschnitten kann man sie als Backformen verwenden. Und die Waschtrommeln geben perfekte Backöfen ab. Man gräbt sie in heißen Lavasand ein und stellt den Teig im Tetrapack hochkant hinein.«

Die Bürokratin in mir denkt sofort an deutsche Hygienevorschriften und Lebensmittelverordnungen. Aber vielleicht sieht man in Island das Backen mit gebrauchten Verpackungen weniger eng.

»Dann hast du also insgesamt drei Jobs.«

»Manchmal auch vier«, antwortet Líf mit einem Schulterzucken. »Zeig mir jemanden, dem eine einzige Arbeit zum Leben reicht. Es gibt nicht viele Jobs, die richtig gut bezahlt sind. Am liebsten bin ich immer noch bei Björg, manchmal im Verkauf, aber auch hinten in der Werkstatt. Ich bin gelernte Silberschmiedin, aber die Tage im Laden allein genügen nicht, und ich brauche gerade jede Krone. Ich habe die Wohnung übernommen, mit allen Crash-Schulden. Wenn es ganz eng wird, vermiete ich die Wohnung an Touristen und wohne während dieser Zeit bei meinem Bruder.«

Jetzt ergibt das Schild, das an Gäste gerichtet ist, einen Sinn. Und auch der chaotische Finanzplan, der auf dem Sofatisch liegt. Die Bankerin in mir will schon den Finger heben, aber ich beherrsche mich und lasse mich von Líf zur Seite drehen, damit sie den Kranz auch auf der rechten Seite fixieren kann.

Direkt vor mir, über dem Bett, hängen weitere Familienfotos. Auf einem davon ist wieder der blonde Mann zu sehen, diesmal jedoch mit Skimütze und einem scharf gestutzten kurzen Bart. Er kniet im Schnee, auf dem Arm ein vermummtes Kleinkind, das dem Fotografen zuwinkt. »Ist das dein Bruder?«, frage ich.

»Nein, das ist Pettur. Und die Kleine ist Anouk, mein Patenkind. Und auf dem Bild, das auf dem Nachttisch steht, siehst du meine Amma Erna aus Deutschland. Eigentlich sollte ich Langamma sagen – Urgroßmutter. Aber ich nenne sie immer nur Amma – Oma. Das klingt irgendwie näher.«

Das Schwarz-Weiß-Foto ist vergilbt. Es zeigt eine Art Frauenmannschaft aus den Vierzigern. Allerdings sind die Frauen sehr verschieden. Manche haben ergrautes Haar, andere sind fast noch Mädchen. Aber alle tragen grobe Hosen und taillierte Uniformjacken und sehen ernst, aber auch sehr entschlossen aus. Líf tippt mit dem Zeigefinger auf die Jüngste der Gruppe. Sie hat kurze Locken und wirkt zwischen den anderen wie ein Kind. »Das ist meine Amma Erna«, erklärt Líf. »Im Krieg war sie Helferin beim Feuerlöschdienst.«

»Das heißt, das ist ein Gruppenfoto von einer Frauenfeuerwehrmannschaft?«

»Genau, die Männer waren ja fort, also wurden in vielen Städten Frauen und sogar Jugendliche für den Löschdienst ausgebildet. Erna war eines der jüngsten Mitglieder, auf dem Foto ist sie gerade mal fünfzehn. Und wenige Jahre später ist sie an Bord der *Esja* gegangen und nach Island gekommen. Über dreihundert deutsche Frauen wurden damals als Landarbeiterinnen angeworben. Die Verträge galten nur für ein Jahr, aber die meisten sind geblieben und haben hier geheiratet. Was von isländischer Seite wohl der eigentliche Plan bei der Aktion war.« Líf lacht leise auf. »Bei euch fehlten Männer, bei uns dagegen herrschte Frauenmangel. Und die Isländer haben sich ganz schön ins Zeug gelegt. Erna erzählte, auf den Höfen wurde viel getanzt – und sicher nicht nur getanzt. Sie war jedenfalls nach einem Jahr verheiratet und schwanger.«

Ich betrachte das Mädchen mit der entschlossenen Miene und fühle mich seltsamerweise besser. In Ernas Gesicht leuchtet etwas, das über Horizonte und Meere hinwegstrahlt. *Pionierin*, denke ich.

»Stört es dich nicht, wenn deine Übernachtungstouristen deine Privatfotos sehen?«

»Nein, warum sollte es?« Líf tritt vor mich und nickt anerkennend. »Wow! Sam wird eine Sonnenbrille brauchen.«

»Sam? Ist das dein Freund?«

Lífs Lächeln erstarrt. »Mein … Freund?«

»Du meinst doch den Barkeeper aus dem Apoték? Ihr habt euch neulich im Café geküsst. Und da dachte ich, ihr seid zusammen …«

Líf kämmt sich mit den Fingern durch das Haar, als wäre es immer noch lang und sie würde es hinter die Ohren streichen, eine Verlegenheitsgeste. Aber sie runzelt verärgert die Stirn. Mir wird heiß, als ich zum Foto des Blonden schaue. »Ich wollte nichts Falsches sagen. Dein Freund ist sicher Pettur und … es geht mich auch gar nichts an.«

Líf sieht mich noch konsternierter an, dann schüttelt sie den Kopf. »Pettur und ich sind seit sechs Jahren getrennt. Er ist längst verheiratet mit der Frau, für die er mich verlassen hat.«

So punktgenau habe ich selten den Fettnapf getroffen. Zumindest kann ich mir nun denken, warum die langen Haare dran glauben mussten. *Bist du Jóns Schwester?*, denke ich. Oder ist es hier einfach üblich, so sehr an vergangenen Lieben festzuhalten, dass man nicht einmal das Foto über dem Bett abhängt?

»Tut mir leid.«

»Muss es nicht. Es ist gut, wie es heute ist. Auch wenn es am Anfang schlimm war. Aber das kennst du ja zur Genüge.«

Ich hoffe, ein vages Nicken reicht als Antwort. Trotzdem kann ich mir die Frage nicht verkneifen.

»Warum lässt du die Fotos von deinem Ex immer noch hängen?«

»Na, weil ich ihn liebe«, sagt Líf leichthin. »Weil Pettur lange Teil meines Lebens war und immer noch ist. Seine Tochter ist mein Patenkind. Und bevor du fragst: Ja, Anouk ist das Kind aus seiner neuen Beziehung.«

Nun fehlen mir doch die Worte. »Ich habe noch nie gehört, dass jemand sagt, dass er *für* jemand anderen verlassen wurde«, sage ich dann vorsichtig. »Und nicht *wegen*.«

»*Wegen* klingt nach Flucht. *Für* ist eine Entscheidung. Wenn man sich neu verliebt, entscheidet man sich für etwas Neues, das man bisher an sich selbst vermisst hat und nun leben will.«

Dazu könnte ich einiges sagen. Aber ich bin nicht hier, um Lífs euphemistische Art der Schmerzbewältigung infrage zu stellen.

»Und du und Sam ... das ist also nichts Festes?«

Líf wird nun tatsächlich rot. »Also wirklich. So etwas fragt man doch nicht, Swea! Komm, schau dich im Spiegel an.«

Seide umrauscht meine Beine, als ich Líf barfuß in den Flur folge. Und als sie mich zum Garderobenspiegel dreht, vergesse ich alle Fragen. Aus dem Spiegel sieht mich eine Fremde an. Sie ist hellwach und klar, und trotz ihrer ernsten Miene wirkt sie um einiges jünger als die Hostessen-Ehefrau. Mohnblüten und Rosen aus Stoff zieren ihre Stirn, locker fallen einige wellige goldbraune Strähnen ins Gesicht. Auf den ersten Blick erinnert sie an die sinnlichen Wassernymphen des englischen Malers John William Waterhouse. Nur die Farben sind anders. Das Pink, Rosa und Gelb des Kranzes beißt sich mit dem Rot des Kleides, dennoch passt alles auf schräge Art zusammen. Und Líf hat recht, der Schnitt des Kleides zeichnet Kurven, die ich gar nicht habe. Es ist, als würde ich mich selbst durch die Augen eines expressionistischen Künstlers betrachten. Einer, der keine zarten Nymphen, sondern nur waschechte Sirenen malt.

»Und?«, fragt Líf.

Die Fremde bewegt den Mund. »Okay«, höre ich mich atemlos sagen.

»Nur *okay?*«, spottet Líf. »Dann warte mal ab, bis du die Schuhe trägst.«

Sie wählt die schwarzen Stiefeletten mit den Stachelnieten am Absatz. Auf den ersten Blick sind sie in jeder Hinsicht eine Nummer zu groß für mich. Aber als ich die Reißverschlüsse hochziehe und mich vorsichtig aufrichte, umschließen sie meine Zehen und Knöchel so fest, als wären sie für mich gemacht.

Die Frau im Spiegel sieht mich an und hebt die Mundwinkel zu einem vorsichtigen Lächeln. *Wie wär's mit uns?*, fragt es. Und das ist der Moment, in dem ich Henriks Hostess endgültig zurücklasse.

In fremden Schuhen

Es hat etwas Gutes, inkognito auf dieser Insel gestrandet zu sein. Keiner wird tuscheln, weil die seriöse Frau Schwarzenberg aus der Bank als schrille Schwedenbraut durch das Viertel stöckelt. Und keiner kennt mich hier als *die Ehefrau von*. Ich laufe weit abseits von Henriks Schatten im Licht der Sommerwende und versuche im Gehen zu telefonieren, ohne zu stolpern. Vor ein paar Tagen hat Jón für Einar ein altes gebrauchtes Handy organisiert, aber es klingelt ins Leere, bis sich die Mailbox meldet. Ich bin nicht sicher, ob Einar weiß, wie man sie abhört, also bleibe ich stehen und schicke ihm auch noch eine Mail und schreibe, dass ich gegen neun zurückkomme und dann sofort meine Sachen packen muss. Und nun, in dieser Niemandszeit von wenigen Stunden, bin ich tatsächlich so frei, wie ich es immer sein wollte.

»Was ist so lustig?«, will Líf wissen.

»Nichts«, sage ich und folge ihr über die Straße. Die Nieten klacken gegeneinander wie Sporen, wenn die Stachelschuhe sich beim Laufen berühren, aber mit jedem Schritt werde ich sicherer. Der Bus hat uns ein ganzes Stück hinter dem Stadtsee Tjörnin ausgesetzt, dort, wo eine Brücke über die Stadtautobahn führt und ein ewig langer Weg zwischen Parkplätzen und Rasenflächen am Uni-Campus entlangführt. Das isländische Wechselwetter zeigt wieder seine trockene Seite, eine nordischkalte Sonne blendet uns auf der vor Nässe gleißenden Straße. Gemähtes Grün in der Größe eines Fußballstadions fasst das Universitätsgebäude zu unserer Rechten ein, einen strengen, sachlichen Monumentalbau in Grau. Auf dem Gras weiden Wildgänse. Eine ganze Schar von ihnen läuft vor uns auf die Straße und beäugt konsterniert die Zweibeiner in Rotschwarz, die auf sie zukommen.

Líf trägt unter ihrem Mantel ein Stretchkleid zu schwarzen Jeans, bequeme Kleidung für die Abendschicht im Café. Aber die Schlichtheit macht sie mit einem Kilo Silberschmuck wieder wett. An meiner Seite klimpert sie bei jedem Schritt wie ein Elfenschlitten. Das harte Stakkato meiner Schritte irritiert die Gänse und zieht die Blicke der Leute auf uns, die in den Parkplatzbuchten aus den Autos steigen.

Das Norræna húsið – das Nordische Haus – ist ein flacher, langgezogener Bau mit einer keilförmigen Dachstruktur aus Kacheln in Dunkelblau. Wie ein Reiseführer-Mantra hat meine Mutter mir immer wieder vorgebetet, dass das Gebäude von dem finnischen Designer Alvar Aalto ganz im Stil des Organischen Bauens entworfen wurde.

Sonnenlicht spiegelt sich in einem neueren, gläsernen Veranstaltungspavillon ein Stück links davon. Er wirkt wie ein Gewächshaus und liegt direkt am Feuchtgebiet vor dem Kulturhaus. Líf schlägt den Weg ein, der an einer Reihe von großen Teichen entlangführt. Über dunklem Wasser segeln die Küstenseeschwalben, die ich am Fjord so oft beobachte. Trotz des Windes jagt eine von ihnen nach Fischen, stürzt sich kopfüber ins Nass, taucht wieder hoch, geht erneut auf die Suche nach Beute. Schilf und Gräser biegen sich unter atlantischen Böen, die trotz Juni so kalt sind wie im Spätherbst. Längst zittere ich trotz Björgs winddichtem Reitmantel. Auch am Gewässer und direkt vor dem Haus grasen Wildgänse. Sorgfältig müssen wir um ihre Hinterlassenschaften herumbalancieren, während wir die flachen Stufen hinaufgehen.

»Wir haben Glück mit dem Wetter«, sagt Líf gut gelaunt. »Vor ein paar Jahren hatten wir im Juni sogar Schneeregen.« Und dann eilt sie davon zu einer Gruppe von Leuten, die mit Sektgläsern und Zigaretten am Eingang stehen und sie mit großem Hallo begrüßen. Als ich aufhole, hat sie die Arme bereits innig um einen schwarzhaarigen Mann mit einem Brauenpiercing geschlungen. Der Barkeeper ist es nicht, sondern der Biker, mit dem Líf gestern auf Konzerttour war.

»Swea, das ist Sam«, sagt Líf auf Englisch. »Er kommt aus Australien. Er ist Geologe und arbeitet für das Gletschermuseum im Perlan. Sam, das ist meine Freundin Swea, eine Künstlerin aus Deutschland.«

»Hi, Swea.«

Sam schenkt mir ein joviales Down-under-Lächeln. Wir wechseln ein paar Floskeln, und dann bin ich mittendrin und tausche meinen Namen gegen andere, die ich mir nicht merken kann. Es ist eine bunte Truppe, die sich wenig später im Vorraum bei den Garderoben drängt. Eine auffallend schöne Frau um die vierzig kommt aus Portugal. Sie heißt Lori und betreut irgendein Gletscher-Forschungsprojekt an der Uni. Milchiges Licht fällt durch runde Oberlichter und gibt Aaltos wohlgesetzten Holztönen in dem Raum eine Aura von Wärme. Im Eingangsbereich vor dem Bistro Aalto riecht es nach regenfeuchter Wolle und Parfüm. Die Frauen haben sich sorgfältig zurechtgemacht. Isländerinnen scheinen weit mehr Wert auf gutes Aussehen zu legen als die meisten Männer hier. Einige tragen das Haar in einem raffinierten Wikingerlook geflochten und dazu edlen Strick, kombiniert mit eleganten Schuhen. Eine hat sogar wie ich einen Blütenreif im Haar.

Wind fegt durch die Tür, junge Leute mit Gitarren kommen herein und nehmen Kurs auf den Caféraum. »Das sind Ólafurs Studenten«, erklärt Líf. »Er ist nämlich auch Dozent an der Uni, Fachbereich Wirtschaft. Hey, Ólafur!«

Wir arbeiten uns durch das Gedränge zu einem untersetzten Mann mit Wetterhaut und grauen Schläfen durch. Er trägt Outdoor-Kleidung, aber eine stylische Werberbrille in Apfelgrün. Als er Líf umarmt, versinkt sie in seinen Armen und in seinem Bass-Lachen. Sie reden auf Isländisch, mein Name fällt, dann wendet sie sich mir wieder zu. »Das ist der Star der Vernissage: Ólafur Hilmarsson, der Fotograf.«

»Velkomin, Swea«, sagt er. »Schön, dass du hier bist. Líf sagte gerade, du bist Künstlerin?« Er pflückt ein Sektglas von einem Stehtisch und drückt es mir in die Hand. »Du musst mir nachher erzählen, was du genau machst.«

»Wenn ich du wäre, wäre ich vorsichtig, ihr zu viel Alkohol zu geben«, bemerkt Líf mit einem hinterhältigen Lächeln. Aber Ólafur ruft nur »Skál!« und kippt seinen Sekt auf Ex herunter, als wäre es Brennivín. Auch ich trinke mein Glas in einem Zug aus. Denn die Wahrheit ist, ich fühle mich wie damals auf meiner ersten Studentenfete. Ähnlich losgelöst, noch nicht angekommen in einer Künstlerwelt, nach der ich mich so sehne.

Die nächste Begrüßungsrunde drängt uns ab, Líf driftet zu einer Gruppe von Bekannten. Um nicht ganz verloren zu wirken, halte ich mich an Kims Fransentasche fest und betrachte die Fotografien, die sich in diesem Vorraum und den Gängen an den Wänden reihen. Ólafur hat Menschen in der isländischen Natur porträtiert. Beziehungsweise *als* isländische Natur. Sie sind eins mit Basaltgestein, Lavafels und Schnee. Eine alte Frau sitzt, nur von etwas Gestrüpp verhüllt und mit einem vertrockneten Kranz brauner Zweige auf dem Kopf, auf einem Hügel. Die bloße Haut ihrer Brüste leuchtet durch das Zweigwerk.

Ein Hüne mit Bart und tätowierten Armen scheint aus Lavafelsen zu wachsen wie ein Riese aus einer isländischen Saga-Dichtung.

Und dann stehe ich völlig unvermittelt vor *meinem* Motiv. Es ist natürlich keine Fjallkonan mit einem Monster in den Armen, sondern ein alter, schmaler Mann, der nackt bis zur Hüfte im Eiswasser des Jökulsárlón steht. Diese Gletscherlagune kenne ich nur aus Reiseführern, aber das türkisfarbene Treibeis auf dem Spiegelwasser und das Panorama der Schneeberge im Hintergrund sind ikonisch. So zärtlich, als hielte er ein Kind, birgt der Mann einen gebleichten Pferdeschädel in den Armen. Mir schnürt es die Kehle zu, so sehr berührt mich das Bildnis. Vielleicht auch, weil dieser Mann, der den Tod und die Vergangenheit umarmt, mich an Einar erinnert.

»Wenn man das Foto anschaut, fängt man an zu frieren, nicht wahr?« Die junge Männerstimme reißt mich aus dem Bild. Auf den ersten Blick denke ich, neben mir steht einer von Ólafurs Studenten. Sein krauslockiges blondes Haar wehrt sich gegen das Styling, wie ein ironisches Statement trägt er ein blaues Retro-Cordjackett mit Lederflecken an den Ellenbogen und darunter ein T-Shirt mit dem Emblem einer Metal-Band. Doch wenn er noch studiert, ist er spät dran, ich schätze ihn auf dreißig. Seine Augen sind nicht so blau wie die von Henrik, und dennoch erinnert mich die Art, wie er mich nun mustert, an eine andere Zeit und ein anderes Fest. Und als er den linken Mundwinkel zu einem Lächeln hochzieht, richte ich mich unwillkürlich noch etwas gerader auf, wappne mich gegen das, was Henrik damals gesagt hätte. Aber der Blonde deutet nur mit seiner Bierflasche auf das Gletschersee-

Bild. »Das Fotomodell war Ólafurs Großonkel. Er ist fast neunzig.«

»Wäre es mein Onkel, würde ich mir Sorgen machen, dass er sich bei diesem Shooting den Tod holt.«

Es ist die kühle, vernünftige Swea, die auf Englisch antwortet. Dann wird mir bewusst, dass mein Gegenüber Deutsch spricht. Er stutzt kurz, dann schwenkt er auch ins Englische um. »Ich hatte Ólafur auch gefragt, ob er es darauf anlegt, seinen Onkel bald zu beerben. Aber er meinte nur, sein Onkel sei sogar härter im Nehmen als er. Und das will etwas heißen. Ich bin übrigens Finn ... beziehungsweise Finnur. So nennen sie mich hier.«

»Swea. Hi.«

Als wäre ich in der Kunstfabrik und würde Kontakte für Henrik knüpfen, strecke ich ihm allen Ernstes die Hand hin. Er stutzt wieder, aber dann geht er auf die förmliche Begrüßung ein. Nach dem Händeschütteln entsteht eine ratlose Pause. Und es ist Finn, der irritierter zu sein scheint als ich, jedenfalls schwenkt er nervös sein Bier in der Flasche und mustert mich, als würde er ein Foto studieren, aus dem er nicht schlau wird.

»Ólafur sagte, du kommst aus Deutschland«, bricht er dann das Schweigen.

»Das ist korrekt«, antworte ich nun in der richtigen Sprache. »Ich lebe in Frankfurt. Sorry, ich habe mir das Englische hier angewöhnt.« *Einen Brennivín für jede Entschuldigung,* höre ich Líf im Geiste sagen.

»Ich komme aus Kiel«, sagt Finn. »Aber seit zwei Jahren arbeite ich hier an der Uni.«

»Auch im Fachbereich Wirtschaft wie Ólafur?«

»Nein, ich bin Lektor, hauptsächlich gebe ich Deutsch-Sprachkurse für die ersten und zweiten Semester. Aber im September endet meine Zeit in Island – leider. Ólafur sagt, du bist Künstlerin? Wie lange bleibst du hier?«

»Kommt ... darauf an, wie lange ich für mein aktuelles Projekt brauche.«

»Bist du Fotografin?«

»Nein, ich ... male in Öl. Aber Ólafur und ich haben offenbar ähnliche Themen.«

»Nordische Mythen?« Jetzt scheint Finn Feuer gefangen zu haben. »Hast du Terry Gunnell schon kennengelernt? Er ist hier auch irgendwo.«

»Wer ist Terry Gunnell?«

»Das ist jetzt nicht dein Ernst, oder?« Er sagt es im selben fassungslosen Tonfall, in dem Líf von Ingolstadt spricht, wenn man die Anspielung nicht versteht. »Terry ist so was wie Gandalf persönlich!«, ruft Finn. »Der Myth-Master, Herr der Elfen, *der* Spezialist für dein Thema. Professor für Isländische Folklore.«

Wieder muss ich lächeln. Finn lebt in seiner Uni-Blase – und unversehens habe ich nun wohl auch eine Eintrittskarte in diesen Elfenhügel bekommen.

»Und Ólafurs See-Foto stellt einen Nykur dar«, fährt Finn völlig ernsthaft fort. »Kommt der auch in deinem Projekt vor?«

Ich zögere kurz, aber wenn ich in der Kunstszene eines gelernt habe, dann ist es Bluffen. »In meiner Version ist der Nykur eine Fjallkonan.«

Das scheint zumindest das richtige Stichwort zu sein. Finns Augen leuchten auf. Er nestelt sein Smartphone hervor. »Zeigst du mir deine Bilder? Du bist sicher bei Instagram. Oder sag mir einfach deinen ganzen Namen.«

Mir wird siedend heiß. Das fehlt noch, dass er googelt und mein Peter-Parker-Ich findet.

»Heute bin ich einfach nur Swea. Und ansonsten hast du die Wahl: Entweder dein Smartphone oder ich.«

Es klingt viel zu kühl. Ich beiße mir schon auf die Zunge, aber Finn sieht mich mit einem faszinierten Respekt an und steckt sein Handy wieder ein. »Okay«, sagt er. Und als er mir diesmal zulächelt, mit diesem intensiven Blick, der mich an Henriks früheres Ich erinnert, begreife ich endlich auch, was hier wirklich los ist. Der Bann des roten Kleides. Für Finn bin ich keine verkleidete Touristin. Vor ihm steht die geheimnisvolle Fremde mit Sommerblumen im Haar. Sie ist nicht einzuschätzen, und sie glüht, als wäre sie selbst einem Kunstwerk entstiegen – aus einer Zeit, in der man ahnte, statt zu googeln. Und als würde sein Blick in mir etwas entzünden, fließe ich noch mehr in die Form meiner neuen Haut. Ich nicke ihm zu, als hätten wir tatsächlich eine Abmachung geschlossen, und hebe mein leeres Sektglas. Er versteht den Wink und macht sich sofort auf den Weg zur Theke.

Die Band hat sich im Bistro neben der Theke aufgebaut. Hinter den Musikern geben die Fenster den Blick auf das ganze Panorama der Seen frei. Und vielleicht sind auch die isländischen Geister hier zu Gast, denn langsam schleicht sich die Magie ein. Sonnenstrahlen brechen sich in den Regentropfen am Fensterglas und werfen Reflexe auf die Gesichter. Ein Mikro pfeift, dann tritt Ólafur vor seine Gäste und begrüßt sie auf Isländisch. Ich nutze die Gelegenheit, um Líf zu suchen. »Was ist ein Nykur?«, flüstere ich ihr zu.

»Ah, du hast mein Lieblingsfoto entdeckt. Der Nykur ist eine Art Wassergeist der nordischen Länder, auch in Island kennt man ihn. In Gestalt eines Pferdes taucht er an Land auf und verführt dich dazu, auf seinen Rücken zu steigen. Dann galoppiert er ins Meer, wo er dich ertränkt.« Sie deutet zu Ólafurs Großonkel. »Das stellt einen Mann dar, der ins Gletscherwasser gelockt wurde. Der

Nykur zeigt ihm hier sein wahres Gesicht: den Tod. Das ist natürlich auch Ólafurs Statement zum Abschmelzen der Gletscher durch den Klimawandel. Sag mal, wo hast du eigentlich den College-Boy gelassen?«

»Er holt noch etwas zu trinken.«

Líf grinst vielsagend. »Versuche, ihn nicht zu schlagen, ja?«

Meine Antwort hört sie nicht mehr. Sam zieht sie zu sich und küsst sie, und ich denke mir, dass ich hier tatsächlich die Frau mit den vielen Liebhabern vor mir habe. Aber etwas von Lífs Leichtigkeit hat mich wohl angesteckt. Als die Band zu spielen beginnt, lasse ich mich von der Musik mitnehmen. Und als Ólafur zum Mikro greift und höchstpersönlich einen Song zum Besten gibt – wenn auch viel zu rau und dröhnend –, applaudiere ich genauso begeistert wie die anderen. Finn taucht neben mir auf, wir stoßen an, und er übersetzt mir das Lied, das von einem unsichtbaren Geisterkater handelt, der in Ólafurs Wohnung für Chaos sorgt. Bei dem Lärmpegel muss Finn sich weit zu mir beugen, sein Atem streift meine Wange, und wieder überlagern sich Bilder. Ich fühle genau dasselbe Flirren im Zwerchfell wie damals, als Anna mich zu einer der spontan organisierten Sessions in irgendeiner Berliner Lagerhalle mitnahm. Als ich jetzt die Augen schließe, spüre ich wieder das Gedränge, rieche den Dunst von Zigarettenatem und Bier, die Verheißung einer langen Nacht voller Freiheit und neuer Gesichter.

Hinter Anna und ihren zwei Freundinnen balanciere ich an der Tanzfläche entlang zur Theke. Immer noch im Windschatten, aber bereits als Teil der Gruppe. Filiz und Valentina haben mich aufgenommen, weil Anna mich mag. Und dankbar und aufgeregt bin ich hineingesunken in diesen Zirkel, der mich seit Wochen völlig absorbiert. Ich bin trunken von dieser neuen Welt und der Freiheit, die ich zum ersten Mal koste. Mein knochengroßes Nokia-Handy liegt in meinem Studentenzimmer, die zahllosen besorgten Nach-

richten meiner Mutter auf dem Anrufbeantworter habe ich seit einer Woche nicht einmal abgehört. Anna hat mein Haar toupiert und hochgesteckt, Valentina hat mich geschminkt. Alle vier tragen wir dunklen Nagellack, bauchfreie Tops und Korsagengürtel über den Leggins. Ich versuche nicht ständig verstohlen den Saum meines schwarzen Tops nach unten zu zupfen, sondern das ungewohnte Gefühl von Nachtluft an meinen Rippen zu genießen. Anna hat mich ausgelacht, weil ich unter dem Top einen BH trage, aber selbst damit fühle ich mich nackter als eine Tempeltänzerin aus einem B-Movie.

Ich erreiche die Theke wie ein Schwimmer sicheres Land. Sie ist nicht mehr als ein Wall aus Transportpaletten und Orangenkisten, Splitter und Nägel stehen heraus, und auch sonst ist alles improvisiert, die Getränke selbstgemixt, die Anlage zusammengestückelt, die Techno-Bässe völlig übersteuert. Und als ich mich umsehe, bin ich froh, mich scheinbar lässig abstützen zu können, so weich werden meine Knie.

Natürlich wusste ich, dass ich Henrik früher oder später wiederbegegnen würde. Seit der Erstsemesterfete haben wir einander nur noch aus der Ferne auf dem Campus gesehen. Beziehungsweise: Wir sehen uns demonstrativ nicht, scheinbar gleichgültig streifen unsere Blicke weiter, als würde uns rein gar nichts verbinden. Aber dennoch suchen und finden wir einander. Auch heute nehme ich wahr, wie Henrik mich mustert – auf seine typische Art, etwas hoch konzentriert ins Visier zu nehmen. Mein Herz setzt einen Schlag aus, als er direkt auf uns zusteuert.

»Keine Panik, Bambi«, sagt Anna neben mir. »Lass ihn einfach ablaufen.« Valentina lacht mit Purpurschminke an den Zähnen, und ich drehe mich zur Theke, während mein ganzer Rücken kribbelt, als würde Henriks Blick darauf brennen.

»Na so was, hey!«, sagt neben mir eine freundliche Stimme. Ich muss zweimal hinsehen, um ihn im bekleideten Zustand wiederzuerkennen. Er gehört nicht zur Kunst-Uni, sondern studiert Sport auf Lehramt. Aber er jobbt ab und zu als Aktmodell in meinem Anfängerkurs. Ich kenne seine Schulterlinie und jeden Muskel seines Rückens, den ich auf Papier gebannt habe. In seinem weiten T-Shirt wirkt er wie ein Bulldozer. Aber er hat ein gut geschnittenes Gesicht mit Grübchen im Kinn und ein erstaunlich sanftes Lächeln.

»Hi«, murmle ich nur.

»Hätte dich ja fast nicht erkannt, steht dir gut, Swea.« Er nickt meinem Top anerkennend zu. Ich wundere mich, dass er meinen Namen kennt. Seinen kenne ich nicht, wir nennen ihn nur Schwarzenegger.

»Hast du hier was verloren?«, höre ich Anna nicht sehr freundlich sagen. Mein Herz rast los, denn ich weiß, dass sie nicht Schwarzenegger meint. Und jetzt spüre ich die Gegenwart so deutlich, als würde Henrik direkt hinter mir stehen.

»Ganz bestimmt nicht dich.« Henriks Antwort klingt lässig, fast gelangweilt, aber der Tonfall schwingt in mir. Ich nehme mich zusammen und drehe mich um. Aber Henrik ignoriert mich. Als wäre ich unsichtbar, tritt er direkt neben mir an die Bar, sodass ich zur Seite weichen muss, wenn ich nicht will, dass er mich streift. »Caro, gib mir noch einen«, ruft er dem Mädchen hinter der Theke zu. Er würdigt mich immer noch keines Blickes, aber zwischen uns flirrt ein magnetisches Feld, das Anziehung und Abstoßung zugleich ist.

»Sorry«, sagt er, als er sich von der Theke abwendet und sein Ellenbogen mich scheinbar zufällig streift. »Oder willst du mir dafür wieder eine verpassen?«

Es ist eine Herausforderung. Und auch diesmal trifft er damit wieder punktgenau. Ich schäme mich immer noch abgrundtief für meinen Ausfall. Aber das Schwarz der Katzenmädchen ist wie ein Schutz, es gibt mir Stärke und auch etwas von Annas Rotzigkeit. »Leg es besser nicht drauf an«, antworte ich kühl.

Valentina und Filiz lachen überrascht los. »Knockout, Henrik«, sagt Anna spöttisch.

Aber Henrik schnappt sich nur sein Glas und trinkt es aus. Erst Jahre später wird er mir gestehen, dass er sich damals Mut angetrunken hatte, so fremd und unberechenbar erschien ich ihm. Und so faszinierend.

»Lust zu tanzen?«, fragt er dann. Die Frage riecht betäubend nach Ba-

cardi. Und so, wie Henrik auf mich herunterschaut, den Kopf arrogant zurückgelegt, ohne ein Lächeln, brauche ich keinen Alkohol, um wütend zu werden. Das ist keine Aufforderung zum Tanz, nur die Pose des Shootingstars, der dem hässlichen Entlein gnädig die Hand reicht.

»Klar will ich tanzen«, antworte ich. Ich drehe mich zu Schwarzenegger um und nehme dessen Hand. Sie ist groß wie eine Pranke. Aber ich bin überrascht, wie sanft dieser Bär meine Rechte umschließt, als ich ihn an Henrik vorbei auf die Tanzfläche ziehe.

Ein anderer Sänger hat das Mikro übernommen, alle Isländer singen den Refrain mit. »Willst du noch etwas trinken?« Finns Worte streifen wieder mein Ohr, und ich schüttle den Kopf.

»Nein«, rufe ich gegen die Bassgitarre an. »Ich möchte tanzen.«

Hautwanderer

Ich kann mich nicht erinnern, wann ich überhaupt das letzte Mal eine Tanzfläche betreten habe. Noch fühle ich mich unsicher, aber in diesem Kleid ist es nicht möglich, unauffällig in der Menge zu verschwinden. Also atme ich tief durch und tanze tapfer trotz der Blicke, die mir folgen. Die Fransen von Kims Tasche schwingen bei jeder Bewegung. Wie mein Spiegelbild blitzt irgendwo im Getümmel das Rot von Lífs Kleid auf. Die Sektflaschen sind längst leer, stattdessen haben die Studenten Bier aus Rucksäcken geholt. Kaum jemand betrachtet noch die Bilder, die Vernissage ist zu einer Jam-Session geworden. Ständig gehen Leute und neue kommen herein, manche von ihnen schon deutlich angeheitert, als kämen sie gerade von einer anderen Party. Die meisten ziehen nicht einmal die Mäntel aus, als wäre das Nordische Haus nur eine Station auf einer langen Feiermeile. Die Gewitterwolken sind davongezogen, nun gleißt die Sonne durch ein Netz aus Diamanttropfen aus Regenwasser an den Scheiben. Ein irisierendes Licht, das alle Farben im Raum entzündet. Und ich sauge jede davon auf und vergesse schließlich sogar die Zeit.

Irgendwann taucht Líf neben mir auf und zieht mich aus der Menge. Bei den Garderoben angekommen, tippt sie an ihr Handgelenk an eine imaginäre Uhr. »Ich muss los zum Apoték«, ruft sie gegen den Lärm an.

Das ernüchtert mich schlagartig. »Ist es schon so spät?«

»Spät?« Líf lacht auf. »Die haben noch nicht einmal angefangen.« Sie deutet zu dem Tisch, an dem sich Ólafurs Runde versammelt hat. Alle leeren mit fast schon grimmiger Entschlossenheit Glas um Glas, nur die Geologin Lori hält sich eisern an ihrem Orangensaft fest.

»Midsommer-Queen!«, ruft Ólafur mir dröhnend und schon mit leichtem Lallen über den halben Raum zu. Lori schickt mir ein vielsagendes Augenrollen.

»Weißt du, wie du zur Bushaltestelle kommst?«, fragt Líf. »Falls nicht, frag Sam oder Lori, sie bleiben noch hier. Und falls du es dir doch überlegst …« Sie drückt mir einen Schlüssel in die Hand. »Du kannst gerne bei mir übernachten, Bettzeug ist in der Kommode im Schlafzimmer, und das Sofa lässt sich ausziehen. Und wenn du nur deine Sachen holen willst, bevor du zum Bus gehst, wirf den Hausschlüssel einfach in den Briefkasten.«

Lífs Vertrauen in die Menschheit und ihre großzügige Art machen mich wieder einmal sprachlos. »Danke. Im Ernst, Líf: vielen Dank!«

»Schon gut. Und hier …« Sie nestelt eine Handvoll Geldscheine aus ihrer Manteltasche.

»Das ist wirklich nicht nötig«, wehre ich ab. »Ich habe noch genug Busgeld.«

»Ja, und zur Not zahlst du mit purem Ringgold, wie die Zwerge«, gibt Líf spöttisch zurück. »Wir haben doch ausgemacht, dass ich dir etwas leihe. Man weiß nie, was kommt. Melde dich, wenn du wieder in der Stadt bist, ja?« Sie umarmt mich zum Abschied und eilt nach draußen. Ich bleibe sprachlos zurück, in den Händen Kronen im Wert von dreißig Euro.

Finn habe ich in der Menge aus den Augen verloren. Aber vielleicht ist es auch besser, wie Aschenbrödel zu verschwinden, in meiner Rolle der Geheimnisvollen, ohne Fragen und Abschiede. Schweren Herzens ziehe ich den Reitmantel über und stehle mich vor die Tür. Der Wind zerrt an meinem Blütenkranz und lässt Björgs Mantel aufklappen, als wollte er mir die unscheinbare Hülle abstreifen. Der vertraute Duft von Pferdefell, der am Kragen haftet, steigt mir in die Nase, und ich atme ihn tief ein und blicke über die Moorseen hinweg in die Ferne – dorthin, wo der weiße Turm der Hallgrimskirche über der Stadt aufragt.

Auf der Anrufliste finde ich drei verpasste Anrufe von Einar und dreimal die Nummer meines Vaters. Sobald ich meine Mails öffne, poppt ganz oben Einars Antwort an mich auf:

Liebe Swea, mit Sorge und Bestürzung habe ich in deiner Nachricht gelesen, dass du noch heute Nacht nach Deutschland zurückkehren willst. Ich hatte mehrfach versucht, dich zu erreichen, aber du scheinst das Telefon nicht zu hören. Ich hoffe sehr, es geht dir gut und es ist nichts Schlimmes vorgefallen. Bitte scheue dich nicht, mich jederzeit anzurufen, ich hole dich in der Stadt ab, gleichgültig, wie spät es wird. Und selbstverständlich bringe ich dich zum Flughafen, sollte es deine Entscheidung sein, wirklich so überstürzt abzureisen. Doch was auch immer der Grund dafür ist, ich hoffe, du weißt, du kannst mit mir darüber sprechen. Es gibt immer eine Lösung, und ich werde mich bemühen, dir zu helfen. Mit freundlichen Grüßen, Einar.

Mir wird warm ums Herz. Es passt zu Einar, dass er sich um mich sorgt. Noch bevor ich die Mails meines Vaters öffne, weiß ich bereits, dass darin ein ganz anderer Tonfall herrscht.

Ich hoffe, du hast dich abgeregt, Swea. Und auch wenn du dich weigerst, ans Telefon zu gehen, verlasse ich mich darauf, dass du zur Vernunft kommst. Ich bin wie vereinbart morgen früh am Flughafen, dann besprechen wir alles Weitere. Bis dann, Papa.

Bisher hatte ich gedacht, dass ich den Verrat weggesteckt habe, aber jetzt kocht der Zorn so jäh in mir hoch, dass mir die Luft wegbleibt.

»Jetzt sag mir nicht, dass du dich einfach so davonschleichen wolltest?« Finn ist atemlos neben mir aufgetaucht, unter dem Arm einen Parka, als würde er ebenfalls aufbrechen wollen. Und als hätte er mich bei etwas Verbotenem ertappt, stecke ich hastig das Smartphone weg.

»Gehst du mit deiner Freundin zum Festival?«, will er wissen.

»Nein, Líf ist schon weg, sie muss zur Arbeit. Ihr Freund ist noch da …«

»Ihr *Freund?*« Finn hebt verdutzt die Brauen.

»Na ja, wahrscheinlich eher ihr Date«, setze ich hinzu.

Finn lacht auf, als hätte ich einen Witz gemacht, und zieht sich umständlich seinen Parka über, ohne sein Getränk zu verschütten. »Isländerinnen gehen nicht auf Dates«, erklärt er dann. »Das, was Mitteleuropäer unter Flirten verstehen, kennt man hier nicht. Hier gibt es nur eine knallharte Hookup Culture. Den Beziehungsstatus *It's complicated* hat Facebook extra für Isländer erfunden, damit sich keiner festlegen muss.«

»Hört sich ja an, als hättest du dich eingehend damit beschäftigt.«

Finn lächelt, als hätte ich ihm ein Kompliment gemacht. »Feldstudien«, sagt er und zuckt betont lässig mit den Schultern. »Kulturelle Anthropologie war schon an der Uni mein Lieblings-Wahlfach.«

Ich weiß nicht, ob es ein Scherz ist. Aber ich habe den Verdacht, dass er mit dieser aufgesetzt coolen Art versucht, die Fremde in Rot zu beeindrucken. Von Henriks Assistenten weiß ich, dass sie sich für Frauen interessieren, die älter sind als sie. Manchmal sogar genau aus diesem Grund. *Die Jagd nach sexuell erfahrenen Trophäen, die aus der Nestbauphase raus sind,* so hatte Anna es einmal lakonisch kommentiert.

»Nein, im Ernst«, fügt Finn hinzu. »Bei den Trollmanieren der

Männer hier kommt es bei manchen Mädchen ganz gut an, wenn man auch reden kann. Und außerdem können die Frauen sich bei uns Ausländern die App sparen.«

»Was meinst du? Tinder?«

Er lacht auf diese Art, die ihn noch jünger wirken lässt, als er ohnehin ist. »Du bist echt noch nicht lange hier. Ich meine *ÍslendingaApp*. Manche nennen sie auch einfach Inzest-App. Ist von ein paar Studenten entwickelt worden. Mit der App checkt man per Stammbaum-Datenbank gleich beim Erstkontakt, ob man zu nah verwandt ist. Dann kann man es nämlich gleich lassen. Bei dreihundertdreißigtausend Isländern, die von einer Handvoll Wikinger abstammen, ist ja irgendwie jeder mit jedem verwandt.« Er nimmt nervös einen Schluck und studiert ein paar Pferdehaare an meinem Ärmel, als würde er immer noch versuchen, das Rätsel der Frau in Rot zu lösen. Dabei wippt er auf den Fersen und dreht unsicher seine Wodkadose in den Händen, ohne sich dessen bewusst zu sein.

»Das erklärt zumindest, warum Líf so seltsam reagiert hat, als ich wissen wollte, ob Sam ihre feste Beziehung ist«, breche ich das angespannte Schweigen.

»Das hast du sie wirklich gefragt?«, ruft Finn. »Genauso gut hättest du fragen können, ob sie ein Vorstrafenregister hat.«

»Aber warum ist ein Beziehungsstatus hier so ein Tabu?«

»Keine Ahnung. Oder ... vielleicht, weil hier grundsätzlich alles in der falschen Reihenfolge läuft. Was bei Beziehungen heißt: Erst der Sex, dann eine Verabredung zum Kino, ein gemeinsames Kind, danach zieht man nach einer Weile zusammen, was aber nicht heißt, dass man offiziell verkündet, ein Paar zu sein. Und irgendwann heiratet man vielleicht. Oder man trennt sich, und das Ganze geht mit dem Nächsten von vorne los.«

»Klingt romantisch.«

»Pragmatisch – wie alles hier.« Finn hebt vielsagend seine Dose. »Und für den ersten Kompatibilitätstest gibt es das Wochenende. Man trifft sich im Dunkel irgendwelcher Musikkeller, jeder ist hackedicht, keiner geht alleine nach Hause. Und wenn man morgens feststellt, dass es mit dem One-Night-Stand nichts war: Speicher löschen und vergessen. Was mit Promille passiert, zählt nämlich nicht. Hier kannst du samstags sturzbetrunken um drei Uhr morgens auf allen vieren über den Zebrastreifen kriechen, am Montag wird es keiner mehr wissen, selbst dein Chef nicht, auch wenn er dabei war. Ist eine Art Sozialcode.«

»Klingt eher nach Alkoholproblem.«

»Ist beides. Skál!« Er trinkt demonstrativ den Rest seines Wodkas aus.

Ich muss lachen. »Dann ist es jedenfalls ein Wunder, dass die Leute hier sich überhaupt verlieben.«

»Als eine von der romantischen Sorte hätte ich dich gar nicht eingeschätzt.«

In meiner Manteltasche summt das Smartphone. Finn schüttelt empört den Kopf, als ich es hervorhole. »Ich dachte, wir hätten einen Deal: keine Handys heute Abend.«

»Mein Deal, meine Regeln.«

Wieder lässt meine Antwort etwas in Finns Augen funkeln. Er schluckt und sieht mich an, als wäre ich das letzte Wasserglas in der Wüste. Ich werde wohl nie verstehen, was Männer an diesem Domina-Tonfall finden, aber langsam beginnt er mir Spaß zu machen.

Es ist keine neue Nachricht von Einar, wie ich dachte, sondern eine SMS, ausgerechnet von Anna. *Träum weiter*, denke ich und lösche sie ungelesen.

»Ärger?«, fragt Finn. »Du siehst aus, als hättest du eine schlechte Nachricht bekommen.«

»Gibt es gerade auch gute?«, rutscht es mir heraus.

»Okay«, sagt Finn gedehnt. »Wie wär's mit Ablenkung in der Stadt?«

»Ich kann nicht, Finn, ich muss meinen Bus erwischen.«

»Weil du sonst … Ärger mit deinem Freund bekommst?« Er deutet zu meinem Smartphone. Die Frage schwebt zwischen uns und mit ihr Möglichkeiten und Ungesagtes. »Wäre wirklich schade, wenn du ins Hotel fährst und mich hier allein lässt«, setzt Finn hinzu. Und zum ersten Mal fällt mir auf, dass er mir tatsächlich gefällt, obwohl er mit seiner unsteten Wildwasser-Art zu jung und dem blonden Kraushaar nicht mein Typ ist. *Aber heute Abend bin ja nicht einmal ich selbst mein Typ.*

»Ich wohne nicht im Hotel«, erwidere ich. »Sondern etwas außerhalb, im Haus von … Freunden, Richtung Walfjord.«

»Dann feierst du heute dort?«

Ja, große Party im Sumarhús. Jón mit der Kippe im Mundwinkel stumm auf dem Pickup hockend, Einar im Skriptorium in seinen Memoiren vergraben. Und zwischendrin ein humpelndes Pferd, das durch die Lupinen irrt.

»Warum lachst du?«, fragt Finn.

»Schwer zu erklären. Was hast du heute für Pläne?«

Finn winkt ab. »Pläne sind etwas für Anfänger. Island-Regel Nummer eins: Lass dich aufs Chaos ein. Wäre auch langweilig, wenn man am Anfang des Abends schon weiß, wo er enden wird.«

Auf allen vieren kriechend betrunken auf dem Zebrastreifen?, denke ich. »Dann gehst du nicht aufs Musikfestival?«

Finn schnaubt nur gelangweilt. »Da gehen alle hin. Aber ich könnte dir zeigen, wie man ohne Einladung eine isländische Hausparty crasht. Oder musst du erst deinen eifersüchtigen Freund fragen, ob du mit einem Fremden auf die Meile darfst?« Sein Blick ist Angebot und Frage. Und mit einem Mal begreife ich, dass er gar nicht nervös ist. Nein, Finn ist einfach ein Spieler. Heute ist der Einsatz die Fremde im roten Kleid. Alles oder nichts. Und sein Lächeln ist wie ein Funke, der nun irgendeinen tief vergrabenen Teil in mir Feuer fangen lässt. »Im Ernst«, fügt er hinzu. »Wartet zu Hause am Fjord jemand auf dich?«

Zu Hause am Fjord. Es hört sich schön an, und auch ein wenig nach Chaos. Und in diesem Augenblick weiß ich, dass ich nicht zurückfliegen werde. Weder heute noch morgen. Ohne Finn zu antworten, zücke ich mein Smartphone und tippe erst eine Mail an Einar und dann ein paar sehr viel knappere Zeilen an meinen Vater. Dann lösche ich den Link zu den Online-Tickets von *Iceland Air*. Sobald ich das Smartphone ausgeschaltet habe, atme ich auf.

»Niemand wartet auf mich«, sage ich zu Finn. »Ich bin frei.«

Und das Seltsame ist, dass mir erst in diesem Augenblick klar wird, dass das stimmt. Nichts hält mich, nichts gehört mir, nicht einmal die Kleidung am Leib. Selten habe ich mich leichter und euphorischer gefühlt. »Künstler müssen Hautwanderer sein.« Das hatte Anna einmal gesagt. *Zumindest dürfen sie sich ihrer Haut nicht zu sicher sein*, denke ich nun. Damals schälte Anna mir die grelle Buntheit meiner Flohmarkt-Künstlerverkleidung vom Körper und verwandelte mich in eines ihrer schwarzgekleideten Katzenmädchen. Als Teil ihrer Plejaden war es tatsächlich schön, mit geschminkten Lippen und schwarzem Nagellack durch die Nächte zu ziehen.

Aber heute Abend werde ich wohl eher wie Líf sein: sorglos, mutwillig, in irgendwen verliebt?

»Keine Versprechen«, sage ich mehr zu mir selbst. »Keine Verpflichtungen.« Es fühlt sich gut an, die Worte aus meinem alten Manifest auszusprechen.

»Það hjolmar vér«, antwortet Finn. »Klingt gut.«

Es ist dieser Moment, als ich anfange, ihn Finnur zu nennen.

Er räuspert sich und wirkt jetzt doch wieder nervös. »Dann … ziehen wir los?«

»Fråbært«, antwortet die Frau in Rot so lässig, als wäre sie tatsächlich Líf.

Elfennacht

Die kleinen Bäume am Laugavegur sind noch vom Nationalfeiertag vor ein paar Tagen mit Wimpeln und Bändern geschmückt, Girlanden spannen sich über die Straße, und aus den Kneipen dröhnt Musik. Dafür, dass es erst kurz nach neun ist, ist in der Stadt schon viel los. Menschenströme schieben sich durch die Einkaufsstraße, und wenn der Wind dreht, hört man auch die Bassdrums vom Festival, das auf einer Grünfläche irgendwo mitten in der Stadt stattfindet. »Das hier sind fast nur Ausländer«, erklärt mir Finnur. »Die Einheimischen, die von außerhalb kommen, sind auf dem Festival. Und für die Loungegänger geht es erst gegen Mitternacht richtig los, vorher trifft man sich zum Kochen und Vorglühen zu Hause.«

Auf dem Weg durch die Seitengassen ist mir schon aufgefallen, dass in den meisten Vorgärten in Familienrunden gegrillt wird. »Und wir gehen zu einer Hausparty?«, frage ich.

»Und zwar am besten Aussichtsplatz der Stadt. Aber dafür brauchen wir noch einen flüssigen Türöffner.«

Ich bin froh, dass ich an das Laufen in Stöckelschuhen gewöhnt bin. Finnur führt uns durch die ganze Partymeile und biegt in die Austurstræti ab. Dann stehen wir vor dem staatlichen Alkoholladen Vínbúðin, der heute wohl Sonderöffnungszeiten hat. Hier wabert jetzt schon hitzige Endzeitstimmung, das Brennivín-

Regal ist fast schon ausgeräumt. »Such etwas aus«, sagt Finnur mit großer Geste. »Ich zahle.«

Das ist ein großes Wort bei den Alkoholpreisen. Selbst inklusive Busgeld käme ich hier nicht weit. »Wie wäre es mit einem Weißwein?«, frage ich und bringe Finnur damit zum Lachen.

»Willst du dich gleich outen? Wein ist etwas für Touristen. Es muss schon richtig Strom drin sein.«

Meine Wahl fällt auf finnischen Birkenwodka. Keine Ahnung, was die Birke darin zu suchen hat, aber die filigrane Zeichnung des Baumes auf dem Etikett gefällt mir. Finnur packt noch einen sündhaft teuren Tequila dazu, ein paar Tüten Süßigkeiten – Nammi – und außerdem noch Bitafiskur. Einar isst diese Trockenfisch-Chips mit Butter bestrichen. Mir hat ein Versuch gereicht, aber auf dieser Fischerinsel ist diese Art von Fisch-Butterbrot als Snack nicht wegzudenken.

Unser nächster Weg führt zum Meer – dorthin, wo die Sonnenschiff-Skulptur in der Nachtsonne gleißt. Rechts und links von uns erheben sich die Hochhäuser, schwarz und weiß vor einem Himmel voller Tiepolo-Barockwolken. Über dem Meer sehe ich ein kleineres Flugzeug in den Sinkflug gehen. Viel zu nah an der Stadt gleitet es scheinbar direkt über dem Konzerthaus in Richtung Stadtflughafen. Der Wind faucht mir ins Genick, schiebt mich weiter, als wollte er mich in Richtung Meer dirigieren. Aber Finnur hält auf die große Tankstelle am Highway zu und steuert dann das größte der schwarzen Hochhäuser an. Ich weiß nicht, was er in die Gegensprechanlage ruft, aber wir werden reingelassen. Erst in der betäubenden Windstille im Aufzug merke ich, wie sehr mich der kühle Wind ernüchtert hat. »Wir stürmen nicht wirklich eine fremde Party, oder? Du kennst doch wenigstens irgendjemanden?«

»Nei«, antwortet Finnur und drückt auf fünfzehnte Etage.

Im Gegensatz zu ihm habe ich Lampenfieber, als wir kurz darauf vor einer Tür stehen. Dumpf wie Unterwasserstimmen dringen Murmeln und Musik nach draußen. Als Finnur Sturm klingelt und die Tür aufgeht, flutet Stimmengewirr das Treppenhaus. Ein Mann mit gepflegtem Bart und einem teuren Hemd unter einem Strickpullunder schaut uns fragend an. Ich versuche mich an einem gewinnenden Lächeln, Finnur dagegen mutiert zu einer Art Ólafur. Ich bin beeindruckt, wie mühelos und fließend er Isländisch spricht. Sogar seine Körpersprache verändert sich, verliert das Unruhige und Hektische und wird sparsamer, direkter. Irgendwie erinnert er mich sogar ein wenig an Jón.

Nach ratlosem Stirnrunzeln und Über-die-Schulter-in-den-Raum-Fragen und einigen Nei-Antworten fällt mehrmals der Name Ragnar. Dann bezieht sich Finnur auf mich und erklärt etwas, was auf den Bärtigen sichtlich Eindruck macht. Und als Finnur auch noch auf den Birkenwodka deutet, den ich wie mein Fjallkonan-Monster in den Armen halte, scheint das Eis gebrochen zu sein. Der Mann winkt uns freundlich herein, und plötzlich stehen wir im Flur eines Edelbüros, vielleicht eine Kanzlei. »Was hast du erzählt?«, flüstere ich Finnur zu.

»Dass du eine ausländische Promi-Künstlerin bist und ich dir heute die Stadt zeigen will.«

»Komm schon, Finnur. Selbst in Island lassen die Leute keine Wildfremden ins Haus.«

Doch noch während ich es ausspreche, bin ich mir da gar nicht mehr so sicher. In meiner Tasche klappert Einars Hausschlüssel mit dem von Líf um die Wette. Finnur grinst und streift die Jacke ab. »Wildfremd ist hier ein Fremdwort. Es reicht, jemanden zu kennen, der um fünfzehn Ecken jemanden kennt. Der Gastgeber ist der Steueranwalt vom Vater eines Bekannten ...«

»... der Ragnar heißt?«

Finnur nickt und lacht wie ein Dieb. »Ragnar feiert heute auch – allerdings außerhalb. Er hat mich eingeladen und mir nebenbei auch von dem Fest hier erzählt. Der Steuermensch hat erst kürzlich diese Kanzlei hier übernommen, und heute findet hier so etwas wie Einstand und Sonnenwendstart in einem statt. Ragnars Vater war eingeladen, hatte aber keine Zeit. Und leider, leider habe ich da wohl etwas verwechselt. Aber wenn ich schon mit einem Geschenk und einem Gast aus dem Ausland vor der falschen Tür stehe, wäre es ja unhöflich, uns nicht wenigstens hereinzubitten. Ich hoffe, es ist kein Dealbreaker, wenn ich nachher mit Ragnar telefoniere?«

Er steckt sein Handy in die Innentasche des Jacketts. Finnur ist nicht nur ein Spieler, er ist Henriks jüngeres Alter Ego. Und in mir erwacht das Mädchen, das ich nie war, in keiner Farbe und keiner Verkleidung. Ganz selbstverständlich betrete ich fremde Räume wie eine Bühne. Finnur hat nicht zu viel versprochen. Das Vorglühen findet im Konferenzraum der Kanzlei statt. Das Frontfenster reicht fast bis zum Boden und nimmt die ganze Raumbreite ein, ein Logenplatz mit freier Sicht auf den Stadtfjord und den Berg Esja. Heute leuchtet er wie eine Verheißung. *Oder vielleicht sehe ich nur mit anderen Augen,* denke ich. Meine Wangen glühen nicht nur vom Alkohol, und ich bin leicht und losgelöst, wie ich es von mir nicht kenne. Alles wirkt schärfer, farbiger, und ich spüre meinen Herzschlag bis in die Fingerspitzen.

»Schöne Aussicht, nicht wahr?« Der Gastgeber tritt zu mir und reicht mir ein Glas. »Ich bin Gunnar, wie lange bleibst du in Reykjavík?«

Ich weiß immer noch nicht, was genau an diesem Wodka nach Birke schmeckt, aber nach dem ersten Anstoßen bin ich Teil der Party. Gunnar hat seine Familie, Kunden, Geschäftspartner und sogar Nachbarn aus dem Haus eingeladen, Kinder balgen sich auf einem teuren Designsofa neben der Tür und verstreuen Chipskrümel auf dem Boden. Niemand weist sie zurecht, ganz so, als hätten sie Narrenfreiheit. Im Hintergrund läuft Radio, es gibt ein Büfett mit viel traditionellem Lachs auf süßlichem Roggenbrot und außerdem Pizza vom Lieferservice. Irgendwann gehen die Ersten und nehmen die Kinder mit, und die Strukturen verschwimmen, als wäre der Alkohol das Terpentin auf der Leinwand dieser Nacht. Jetzt weiß ich, warum ich keinen Wein mitbringen sollte. Sogar die wenigen Flaschen, die hier bereitstehen, werden zügig heruntergetrunken, ohne sich Zeit zu lassen und ihn zu genießen. Es scheint darum zu gehen, den Pegel möglichst schnell nach oben zu bekommen. Finnur macht erstaunlich routiniert mit, ich dagegen mogle mich mit vier Schlucken durch den Abend.

Aber die gute Laune steckt mich an. Mühelos verschmelze ich mit der Künstlerin, die ich gerne wäre, werde zur Persona einer Malerin, die in Lífs Schuhen geht und Annas Künstlerbiografie stiehlt. Ich erzähle Gunnars Frau von meiner Arbeit, meinem Atelier und meiner nächsten Ausstellung, und die Spuren von Ölfarbe an meinen Fingern geben dem Ganzen Wirklichkeit.

Mit jeder Minute ziehe ich Finnur mehr in meinen Bann. Ich bade in seinem faszinierten Blick und den Farben des Himmels. Die Sonne, die an diesem längsten Tag nicht ganz untergehen wird, steht im Moment so tief, dass sie nicht mehr zu sehen ist, dafür glüht der Himmel über dem Esja-Berg und dem Meer in einem so intensiven Rosa, dass es etwas Unwirkliches hat. Meine Spiegelung in der Scheibe wirkt, als würde über dem Berg eine andere Frau mit Blumen im Haar schweben, ein Gespenst, das zu mir herüberspäht.

»Wohin jetzt?«, frage ich Finnur, als wir kurz vor Mitternacht wieder vor dem Haus stehen. Finnur hebt die Schultern, ohne die Hände aus den Hosentaschen zu nehmen.

»Du hast die Wahl: Ragnars Party, noch zum Festival, Kneipentour durch die Stadt mit einem traditionellen Hotdog am Hafen oder …« Er senkt die Stimme. »… wir besuchen die Elfen.«

»Elfen«, antworte ich, ohne zu zögern.

Der Laugavegur ist noch voller geworden, Schlangen stehen sogar vor einigen Läden, in denen tagsüber Souvenirs verkauft werden. Wie dumpfer fiebriger Pulsschlag wummern aus den Tiefen der Räume Bässe bis auf die Straße. Und ich lerne, dass nicht nur Cafés, sondern auch die meisten Verkaufsläden ein Tages- und ein Nachtgesicht haben. Sie werden nachts zu kleinen Konzerträumen und Tanzbars. Zu manchen Locations gelangt man nur, indem man die Postkartenständer zur Seite rückt und sich an Verkaufstheken vorbei in Hinterzimmer und Keller schiebt.

»Wartest du kurz hier? Ich hole nur jemanden«, schreit Finnur gegen das Volksfestgetöse an. Ich bleibe vor einem Café zurück, mitten im Strom der Partygänger. Eine Männergruppe torkelt grölend an mir vorbei. Die wenigsten hier entsprechen dem Klischee von großen blonden Wikingern, zumindest diese Meute besteht ausnahmslos aus kleinen, dunkelhaarigen und untersetzten Exemplaren. Und mit dezentem Flirten hat man es hier wohl tatsächlich nicht. Die ersten Paare dieser Nacht haben sich bereits gefunden. Ich sehe trunkene Küsse und Hände, die sich unter Jacken schieben. Zwei jugendliche Raver tanzen auf der Straße zwischen den Scherben von zerbrochenen Bierflaschen herum. Und mitten im Chaos ich, halb lachend, halb fassungslos, völlig aus der Zeit gefallen. Als mich jemand an der Schulter berührt, fahre ich herum. Finnur ist in Begleitung eines schlaksigen Hoodieträgers, der einen erstaunlich nüchternen Eindruck macht. »Swea – Tom, Tom – Swea«, stellt Finnur uns knapp vor.

»Hæ-Hæ.« Tom hebt die Hand und kramt dann einen Schlüsselbund aus seiner Jeans.

»Mein Mitbewohner«, erklärt Finnur. »Er trinkt nicht – und wir teilen uns mein Auto. Er fährt uns.«

»Wohin?«

»Nach Mosfellsbær«, ruft Finnur und reckt die Fäuste in der Luft. »Die nächste Runde geht aaaan … Halldor Laxness!«

• • •

Die Swea, die ich vor zwölf Stunden war, hätte das Smartphone gezückt und Fakten über den Schriftsteller Laxness recherchiert, um sich bei einem Smalltalk nicht zu blamieren. Aber jetzt lehne ich mich nur zurück und lasse die Vororte wie in Trance vorbeiziehen. Finnurs Auto ist ein alter Fiesta, den er per Fähre mit nach Island gebracht hat. Im Kofferraum stapeln sich Kisten mit dem Dünnbier, das man auch im normalen Supermarkt bekommt. In einem Karton klappert Technikkram, den Tom und Finnur aus einer Garage geschleppt haben. Unterwegs haben wir noch zwei junge Frauen aufgepickt. Sie haben auf dem Festival vorgefeiert, kichern und schnattern ununterbrochen auf Dänisch. Im Auto mischt sich der Dunst von Bieratem, Kirsch-Lipgloss und einer Knoblauchpaste, die eines der Mädchen im Rucksack mitschleppt. »Vorsicht, dein schöner Kranz!«, ruft sie in Englisch. Aber ich kurble trotzdem das Fenster herunter und lehne mich hinaus.

Wir sind auf der Ringstraße, die auch meine Busstrecke ist. Es tut gut, die Meerluft einzuatmen. Als ich den Arm ausstrecke, öffnet der Gegenwind meine Hand. Und dann spüre ich es – das Glühen von Glück in meiner Brust. Die Mädchen schauen mich befremdet an, als ich in den Wind hinausrufe, ein Kría-Schrei, der sicher die Elfen aufhorchen lässt – dann machen die Mädchen mit, und auch Finnur fällt mit ein, während Tom nur genervt schnaubt und mehr Gas gibt.

Die Straße führt vom Meer weg durch eine Siedlung und dann durch flache Talebenen voller Heidesträucher und kümmerlicher Bäume. Als ich auf einem Schild »Horsefarm« lese, vermute ich schon, dass Finnur verrückt genug ist, einen Mitternachtsritt zu den Elfenhügeln zu organisieren. Zutrauen würde ich es ihm. Aber kurz darauf halten wir auf einem Schotterparkplatz voller Autos. Hinter einem Spalier aus Pappeln stoßen wir auf ein großes Holzhaus mit Flachdach und verglasten Fensterfronten, das sich mitten in die hügelige Landschaft schmiegt.

Finnur holt zehn Kilo Kabel aus dem Kofferraum, und wir treten aus der Rauheit des wettergegerbten Landes in die Parallelwelt von Kerzen-Tischdeko und silbernen Servierplatten, auf denen noch Reste eines Edelbüfetts liegen. Eine junge Frau schiebt mit einem Tortenheber die Überbleibsel von Kaviar und Shrimps zu kleinen Bergen zusammen. Tom hat die Bierkiste aus dem Auto gewuchtet und drängt sich zur Terrassentür, die dänischen Mädchen folgen ihm mit ihren Rucksäcken. Trotz der Catering-Ausstattung und der teuren Deko scheint es eine Privatparty zu sein, denn die Büfettplatten werden nun mit dem Inhalt von Tupperdosen und hausgemachten Salaten neu bestückt. Um mich herum höre ich Englisch, Dänisch und sogar Spanisch.

»Was für eine Party ist das?«

»Das jährliche Mittsommer-Camp der Uni«, antwortet Finnur. »Ist ein Geheimtipp für alle, die noch keinen Freundeskreis hier haben – oder Heimweh. Hier feiern Lektoren, Austauschstudenten, Doktoranden und auch ein paar der hiesigen Tutoren. Die meisten werden im Freien zelten. Aber es gibt auch genug Leute, die wieder nach Hause fahren.«

»Und Laxness feiert mit?«

»Nein, er spendiert uns nur die Hütte hier und das Büfett – beziehungsweise die Reste davon. Das Laxness-Museum ist ein Stück die Straße runter, heute Nachmittag fand dort ein Empfang für die Halldor-Laxness-Gesellschaft statt. Und diese Villa hier gehört dem Prof, der im Vorstand ist. Fünfzig Meter hinter der Veranda stehen übrigens ein paar Elfensteine. Er hat sie beim Bau des Hauses versetzen lassen, damit das verborgene Volk ihm keine Probleme macht.« Finnurs Augen blitzen. »In Island ist es Tradition, um die Sonnenwende herum im Freien bei den Naturgeistern zu feiern. Vor allem in der Johannisnacht in ein paar Tagen, aber die Naturgeister nehmen es mit dem Datum nicht sklavisch genau. Und wer sich nachts nackt ins taufeuchte Gras legt, so sagt man, findet die Liebe.«

Im Geiste sehe ich fünfzig betrunkene Lektoren, die sich nackt zwischen Elfensteinen wälzen und am Montag kollektive Amnesie vortäuschen. »Netter Versuch, Finnur. Aber: nein.«

Finnur lacht. »Dann merk dir wenigstens, was du heute Nacht träumst. Diese Träume werden nämlich wahr und ...« Er fällt gegen mich, als ihn jemand von hinten mit einer Kiste rammt. Ich stolpere rückwärts – und werde aufgefangen.

»Mann, pass doch auf!«, höre ich Finnur schimpfen, aber ich starre nur den Mann an, der mich aufgefangen hat und immer noch hält. Ich bin vom Fleck weg fasziniert und weiß nicht, warum. Er ist alles andere als schön, dazu kräftig und untersetzt wie ein Ringer. Sein graues Hemd spannt bedenklich an Armen und Schultern, er hat ein kantiges, irgendwie rohes Gesicht, aber dunkle, intensive Augen. Früher hatte er sicher auffallend rotes Haar, jetzt ist es von Silberfäden durchzogen. Ich schätze, er geht auf die fünfzig zu. Und wenn ich in dieser Sommernacht glühe, dann ist er mein männlicher Gegenpart. Eine Aura von vibrierender Energie strahlt von ihm ab, und obwohl er etwas Rohes hat, fühle ich mich von ihm angezogen. Ohne etwas zu sagen, sieht er mir direkt in die Augen, und wir rücken nicht voneinander ab, obwohl wir einander immer noch berühren.

»Oh, hallo, Swea!« Ich weiche zurück, als hätte Lori mich bei etwas ertappt. »Na so was, bist du schon lange hier?«, ruft sie. »Das ist übrigens Martina.«

Eine junge, sportliche Frau mit jungenhaftem Haarschnitt streckt mir die Hand hin. »Gehörst du zum Reiterhof gegenüber?«, fragt sie mit Blick auf meinen Mantel.

Ich schüttle den Kopf. »Die Jacke ist nur geliehen.«

»Martina jobbt den Sommer über nämlich als Guide für Reittouren«, erklärt Lori.

»Na ja, jobben, ist zu viel gesagt.« Martina seufzt. »Viel Geld verdient man mit Work & Travel nicht, und mein Chef ist ein richtiger Ausbeuter ...«

Ich höre nur mit halbem Ohr hin. Und als ich mich umsehe, ist der Fremde fort.

• • •

Wenn ich es nicht besser wüsste, könnte ich mir einreden, dass es hier wirklich nicht mit rechten Dingen zugeht. Ich finde den Fremden nicht wieder. Líf würde wahrscheinlich behaupten, dass er aus dem Elfenvolk stammt und sich einfach unsichtbar gemacht hat. Doch als ich Lori frage, ob sie einen rothaarigen Mann in grauem Hemd gesehen hat, nickt sie. »Er ist draußen bei den Zelten und hilft beim Aufbau.« Lori seufzt genervt. »Ich wünschte, die würden heute alle hier übernachten. Die Antialkoholiker-Fraktion endet nämlich immer als Fahrdienst. Wahrscheinlich können wir uns deshalb vor Einladungen kaum retten.« Sie prostet mir ironisch mit ihrer Colaflasche zu. Und ich nicke und bin plötzlich so nervös, dass ich mir einen Tequila hole.

Das Fest hat sich schnell ins Freie verlagert. Die Elfensteine sind zwei unscheinbare kniehohe Felsen zwischen den Bonsaibirken ein Stück hinter dem Haus. Ich weiß nicht, was die Elfen davon halten, dass in ihrer Nähe nun ein protziger amerikanischer Gasgrill steht. Der Duft von gebratenem Fleisch zieht über Steine und Hügel in Richtung Zeltlager. Stühle wurden nach draußen getragen, aber die meisten sitzen auf Isomatten, Dosen mit Viking-Bier in den Händen. Die Silberplatten des Büfetts stehen auf dem nackten Boden. Terrassentüren und Fenster sind weit offen, Tom hat im Haus ein DJ-Pult zusammengestöpselt, das Wohnzimmer des großzügigen Profs wird zum Tanzraum. Indie-Rock schallt in die Nacht, und ich schwebe in einer fiebrigen Euphorie, die ich von mir nicht kenne.

Als der Fremde tatsächlich wieder zurückkommt – im Schlepptau zwei Frauen, die Schlafsäcke von der Veranda holen –, bin ich wie elektrisiert. Ich weiß immer noch nicht, was mich an ihm so fasziniert. Niemand könnte weniger mein Typ sein als ein Kerl, der aussieht wie einer der wettergegerbten Fischer auf Einars historischen Fotografien. Aber die Frau in Rot ist offenbar ganz anderer Meinung.

»Ich hole Bier, willst du auch eines?«, fragt Finnur.

»Nein, für mich noch einen Tequila.«

Der Rothaarige trinkt keinen Tropfen Alkohol und unterhält dennoch die halbe Party – temperamentvoll und mit einem tiefen Lachen, das direkt aus seiner Brust kommt. Und als sich eine seiner Begleiterinnen aus Toms Playlist einen verjazzten Tango herauspickt, eilt er zu ihr ins Haus und ergreift ihre Hand. Er tanzt sehr körperlich, in einer kantigen Eleganz, die ich dem Mann nicht zugetraut hätte. Ich kann nicht anders, als ihn anzustarren, und natürlich spürt er es. Als er seine Partnerin in einer Schlusspose dicht an sich zieht, schweift sein Blick durch die offene Verandatür zu mir. Er sieht mir einen Hauch zu lange in die Augen, ohne zu lächeln, und fordert dann eine junge Frau mit rotbraunen Korkenzieherlocken auf. »Lara, go!«, rufen ihre Freunde und klatschen, als würde sie einen Catwalk betreten. Einer von ihnen filmt mit dem Smartphone, wie der Tänzer sie in die Schritte führt, während sie kichert und in Richtung der Kamera eine Show daraus macht, auf möglichst mädchenhaft-attraktive Art unbeholfen zu tun.

Finnur kommt mit den Getränken zurück und setzt sich Schulter an Schulter zu mir. Längst schwingt mehr zwischen uns, und ich lasse es einfach zu. Und irgendwann höre ich auf zu zählen, wie viele Gläser ich schon intus habe. Die Zeit fließt, der Himmel wird zu einem Gemälde in impressionistischem Pink, und alle Formeln lösen sich auf. Ich spreche isländische Sätze nach, die Finnur mir ins Ohr flüstert. Ich lache über seine Uni-Anekdoten und lehne mich an ihn. »Ist das okay für dich?«, fragt er, und erst als ich nicke, legt er die Arme ganz um mich. Ich spüre dieser fremden Nähe nach und streiche ihm die Locken hinter das Ohr. Er wendet den Kopf und streift kurz mein Handgelenk mit seinen Lippen, aber es gehört zum Spiel, dass weder er noch ich den Kuss suchen. Stattdessen steht er nach einer Weile auf und nickt mir herausfordernd zu.

Und dann macht er es tatsächlich: Er geht zum Hügel und zieht sich dabei im Gehen aus. Parka, Jackett und Shirt landen auf dem Boden. Oberhalb des Abhangs bleibt Finnur stehen und streift auch noch den Rest seiner Kleidung ab. Nackt dreht er sich zu uns um. Vom Mittsommerlicht übergossen, steht er da wie ein Aktmodell – hellhäutig und hochgewachsen. Er hat lange Beine und die schmale, schlanke Statur eines Läufers. Die Mädchen um mich herum fangen an zu johlen und zu pfeifen. Und als ein paar Jungs seinem Beispiel folgen und die ganze Gruppe dann splitternackt den flachen Abhang hinunter durch feuchtes Gras rollt, rufe und lache ich mit, als hätte ich nun auch den Rest meiner Jahre einfach verloren.

Tom dreht die Musik lauter, eine sphärische Rock-Hymne dröhnt nach draußen. Schwebende Rhythmen und Geigenbeat. Und ich werfe Björgs Mantel ab, ziehe die martialischen Schuhe aus und laufe über kaltes Gras zu der freien Stelle bei den Elfensteinen. Mir ist schwindelig vom Alkohol, und ich taumle, während ich mich um mich selbst drehe. So habe ich noch nie in meinem Leben getanzt: losgelöst von dem Gedanken, wie ich auf andere wirke. Ich hebe die Arme, bis der Wind mir die Hände füllt. *Genau das ist Freiheit*, denke ich. *Zwei Hände voll Wind.* Seide flattert um meine Beine, und ich fröstle so sehr, dass ich Gänsehaut bekomme. Nur am Rande nehme ich wahr, dass die anderen zu mir herüberstarren, aber es ist völlig gleichgültig. Ich tanze, bis mir der Atem wegbleibt und ich das Gleichgewicht verliere. Und schon ist Finnur bei mir und fasst mich um die Taille. »Vorsicht, fall nicht in den Elfenhügel.« Er ist barfuß und trägt nur seine Jeans. Halme und Erdspuren haften an seiner bloßen Brust, und als er mich an sich zieht, spüre ich, dass er vor Kälte zittert. »Tom übernachtet hier und braucht morgen das Auto«, raunt er mir zu. »Aber in Loris Wagen sind noch Plätze frei. Kommst du ... noch mit zu mir?«

Der Himmel schwankt, und alles in mir will Finnur küssen. Ich weiß, er wartet darauf. Aber ich weiß auch, dann werde ich tatsächlich mit ihm nach Reykjávik zurückfahren. Und das wäre das Gegenteil von Freiheit. Es wäre ein Déja-vù. *Was, wenn ich damals nicht Henrik, sondern Schwarzenegger geküsst hätte?*, denke ich.

»Ich fahre nach Hause«, höre ich mich sagen. Und muss lächeln, als mir klar wird, dass ich mit zu Hause das Sumarhús meine.

Finnur ist sichtlich enttäuscht, aber er nimmt es mit Fassung. »Klar«, sagt er dann mit einer Selbstverständlichkeit, die ihn nur noch anziehender macht. »Ich sage Lori Bescheid, dass wir einen Umweg machen.« Er reicht mir meinen Mantel und läuft zum Hügel zurück, wo er seine Kleidung einsammelt. Und während er sich auf die Suche nach Lori macht, drehe ich mich langsam um.

Ich wusste, dass er mich beobachtet. Die Hände in den Hosentaschen vergraben, steht er am Rand der Veranda, genau dort, wo ich vorbeimuss, wenn ich zum Parkplatz will. Im Gegenlicht einer Lampe, die trotz der weißen Nacht brennt, hat sein Haar eine sichelfeine Aura von Rot, ein Glutrand, der sein Gesicht einfasst. *Elfenmann*, denke ich. *Gefahr und Verlockung*. Und ich weiß nicht, was mich reitet, aber ich laufe mit großen Schritten zielstrebig los. Zumindest versuche ich es, obwohl der Tequila noch lange nicht mit mir fertig ist.

Er zieht nur leicht die Brauen zusammen, als ich an ihn herantrete – so nah, dass ich sein zu herbes After Shave rieche. Ich fasse ihn am Hemdkragen und ziehe ihn zu mir. Er muss sich nicht herunterbeugen, wir sind fast gleich groß. Und ich küsse ihn – einfach so. Vor Überraschung zieht er scharf die Luft ein, aber er zuckt nicht zurück. Seine Lippen sind kalt vom Wind und haben nichts Weiches und Lockendes. Es ist tatsächlich ein Elfenmund, rau und nicht einschätzbar wie die Natur selbst. *Chaos*, denke ich fasziniert und weiche zurück. Und obwohl ich mich nicht umsehe, während ich mit rasendem Herzen und immer noch barfuß zum Parkplatz laufe, spüre ich, dass er mir nachschaut.

• • •

Meine Knie knicken fast ein, als ich in den Wagen steige. Ich bin endgültig betrunken, und die Euphorie des gestohlenen Kusses flirrt in mir. Loris Wagen ist ein wuchtiger Van, auf dessen Beifahrersitz sich Kartons mit Fachbüchern und Ordnern stapeln. Drei Studentinnen, die alle verdächtig nach süßlichem Rauch riechen, räumen um und zwängen sich mit ihren Rucksäcken ins Auto. Finnur klettert zu mir auf den Rücksitz und legt Lífs Nietenschuhe in den Fußraum. Die hätte ich tatsächlich hier vergessen. *Genau wie meine Prinzipien und Gewissheiten.* Es ist Mittsommer, ich habe einen fremden Elfenmann geküsst, und jetzt rücke ich an Finnur heran und lehne den Kopf an seine Schulter.

»Wenn es jemandem schlecht wird, sagt ihr Bescheid, klar?«, mahnt Lori, dann rumpelt der Van der Straße entgegen.

»Was war das für ein Song, Finnur?«, frage ich leise. »Kennst du die Band?«

»Árstíðir«, murmelt das bekiffte Mädchen neben mir. Dann rutscht sie so weit im Sitz herunter, bis sich ihr der Rock hochschiebt und Oberschenkel in Leoprint-Strümpfen enthüllt. Finnur zieht zum ersten Mal an diesem Abend sein Smartphone hervor und sucht nach der Band. Und dann hallt ein weiterer Song dieser Gruppe im Auto wider, und die Mädchen neben uns summen trunken und mit geschlossenen Augen mit. Ich betrachte Finnurs Mund und stelle mir vor, wie es wäre.

»Danke für die Nacht«, sage ich.

»Og takk fyrir æðislegt kvöld – Danke für den wunderbaren Abend«, korrigiert er mich. »Die Nacht hat ja nicht mal richtig angefangen. Willst du nicht wenigstens wissen, was du verpasst? «

Sein betontes mehrmaliges Brauenheben bringt mich zum Lachen. *Immer ein Spieler.* Plötzlich erinnert er mich kein bisschen mehr an Henrik. Es ist, als würde ich wieder ins Heute treten. Und in diesem Heute hält mich nichts mehr fest.

»Keine Versprechen, keine Verpflichtungen«, erwidere ich.

Auch jetzt stutzt er kurz, als wäre er unsicher, ob das wirklich ein Ja ist. Immer noch kann er die Frau in Rot nicht einschätzen, und genau das lässt mich noch heller leuchten.

»Na dann …«, sagt er und holt tief Luft. Und mein Herz beginnt zu rasen. Das letzte Mal, als ich einem anderen Mann als Henrik auf diese Art nahe war, war ich Mitte zwanzig. Anders als ich schließt Finnur die Augen. Ich betrachte seine Wimpern, während er mich so vorsichtig küsst, als würde er beim kleinsten Zeichen von Nein sofort wieder aufhören. Aber sobald ich die Berührung zaghaft erwidere, zieht er mich an sich – und mir bleibt der Atem weg. Henrik küsst so, wie er seine Kunstwerke schafft: voller Energie, direkt und zielgerichtet. Die große Geste der Leidenschaft. Finnurs Art ist wie Wasser: weich und lockend, überraschend auf eine Art, die ich nicht kenne. Er dirigiert und führt nicht, es ist ein Wechselspiel und lässt mich jeden Halt verlieren, als würde ich von einer Strömung erfasst. Und als Finnurs Mund sich viel zu früh von mir löst, glühen meine Wangen, und ich bin atemlos.

»Sieh mal an«, bringe ich hervor. »Der Good-kisser-guy.«

Finnur grinst kein bisschen verlegen. Und als er mich ein zweites Mal an sich zieht, gebe ich nur zu gerne nach.

• • •

In Sichtweite des Steintors steigt Finnur mit mir aus und stützt mich, während ich neben dem Auto balancierend Lífs Schuhe wieder anziehe.

»Ich nehme an, du sagst mir deinen Insta-Namen immer noch nicht?«, fragt er. Ich schüttle den Kopf, und er holt einen Kuli aus seiner Jackentasche, schiebt meinen Ärmel ein Stück hoch und schreibt mir allen Ernstes seine Handynummer auf den Unterarm.

Dann laufe ich bergauf, euphorisch und hellwach, während die Welt um mich herum pulsiert wie ein Herzschlag. Mein Kleid fliegt in einer Bö, und ich höre das Rascheln der Stoffblumen an meinen Schläfen wie ein Flüstern. Ich habe gerade das Tor zum Hof des Sumarhús erreicht, als ein Hupen erklingt und Motorröhren mich herumfahren lässt. Lori schanzt den Berg hoch und bremst hart, als Finnur noch im Fahren die Tür aufreißt.

»Swea, warte!«

Er springt mit meinem Reitmantel aus dem Wagen und rennt zu mir. Die Vantür steht offen, Radiomusik schallt über Houdinis Koppel. Am Tor angelangt, drückt Finnur mir Björgs Mantel in die Hand. Und es ist uns beiden völlig egal, dass die anderen uns beobachten, während wir uns noch einmal küssen. Finnur lässt mich nicht gleich los, eng umschlungen schwanken wir lachend ein paar Gaukelschritte zur Musik herum, bis wir stolpern und ein ungeduldiges Hupen uns auseinanderfahren lässt.

»Sjáustum«, sagt Finnur. »Bis bald – hoffe ich jedenfalls.«

Ich winke ihm nach, dann strecke ich die Arme über den Kopf, dehne mich genüsslich im Wind und spüre dem Kuss und seinem Echo in meinem Körper nach. Langsam drehe ich mich um.

Und sehe Jón.

Mit der Kaffeetasse in der Hand und schon in seiner Bus-Montur lehnt er an der Pickup-Ladefläche und starrt mich an. Dann schweift sein Blick zu Finnur, der gerade in den Van einsteigt. Die Autotür knallt überlaut zu, der Motor heult auf, und Jóns Blick driftet zu mir und meinem Sirenen-Outfit zurück. Schon allein für seinen Gesichtsausdruck hat sich der ganze Abend gelohnt. Angelockt vom Lärm kommt nun auch Houdini hinter dem Haus hervorgehumpelt und streckt den Kopf über den Zaun.

»Hæ, Nykur!«, sage ich und hebe Björgs Mantel vom Boden auf. »Hi, Jón. Ausgerechnet heute wieder Frühschicht?«

Er antwortet nicht. Mit zusammengezogenen Brauen schaut er nur zu, wie ich versuche, möglichst geradeaus zum Haus zu laufen, aber ich verhake mich mit den Nietendornen an den Schuhen und komme ins Trudeln. Der Mantel rutscht mir aus der Hand, und ich lasse ihn einfach auf dem Lavaschotter zurück. Erst an der Treppe zum Sumarhús fange ich mich wieder und schaffe es, an den Pfeiler gelehnt in Kims Tasche nach dem Schlüssel zu kramen. Die Mühe hätte ich mir sparen können. Als ich aufblicke, steht Einar oben an der Treppe, eine Hand auf den steinernen Treppenlauf gepresst, als würde er sonst den Halt verlieren. Er ist aschgrau im Gesicht und starrt mich an, als würde er einen Geist sehen.

»Morg'n, Einar«, bringe ich hervor und klimme mich beidhändig an der steinernen Treppeneinfassung hoch. »Und góða nótt.«

Ich nutze den Schwung meines Treppensprints, um auf die offene Tür zu zielen. Doch ein starker Durchzug saugt sie so heftig zu, dass sie um ein Haar vor meiner Nase zugefallen wäre. Im letzten Moment erwische ich die Klinke. Ein, zwei Sekunden fühlt es sich an, als würde ich mit jemandem ringen, dann stemme ich die Tür mit einem heftigen Ruck auf und taumle ins Haus.

Das Wörterbuch des Windes

Es ist schon fünf Uhr nachmittags, als oben im Bad Wasser rauscht. Ich weiß nicht, wie oft ich schon in den ersten Stock gegangen bin und unruhig nach Zeichen von Sweas Anwesenheit gelauscht hatte. Immer noch kommt es mir wie eine Halluzination vor, dass sie an mir vorbeigestürmt ist – mit dem grellen Kranz im Haar, lodernd wie eine rote Flamme und mit einer Kraft, die den Widerstand des Hauses einfach brach.

Der Kaffee in der Glaskanne hat längst einen Sedimentrand gebildet, den ganzen Tag über habe ich mir keine einzige Tasse eingeschenkt. Ich sitze nur wartend im Skriptorium, vor mir Fotos und die Seiten meiner halb fertigen Familienchronik, den Füller in der Schwebe. Sorgenvoll betrachten meine Ahnen mich von den Fotos, und sogar das Funkeln der Pferdeaugen auf den Gemälden im Wohnzimmer wirkt alarmiert, fluchtbereit. *Genau wie ich.* Draußen hält der Wind still, sogar das Meer scheint heute den Atem anzuhalten. Aber noch traue ich diesem neuen Frieden nicht, ich lausche dem Wasser und dem Knarren des Bodens im ersten Stock und frage mich, ob es wirklich Swea ist, die dort oben auf bloßen Füßen herumgeht.

Im ersten Augenblick hatte ich sie tatsächlich nicht erkannt. Im Schock konnte ich nichts anderes tun, als meine Rechte schmerzhaft fest gegen eine scharfe Bruchkante am steinernen

Treppenaufgang zu pressen, so sehr erinnerte mich das Rot des Kleides an den warmen Samt, den ich unter meinen Händen spürte, während ich eine Taille umfasste und mich Schritten anpasste, die schleppend und leicht zugleich waren – immer noch ein Tanz nach einer Melodie, die ich nicht hörte. Und als die Tür hinter Swea mit einem Donnern zufiel, musste ich lange Mut sammeln, um ihr ins Haus zu folgen. *In mein Haus.* Aber ist man wirklich der Herr eines Hauses, wenn man es sich immer wieder sagen muss?

Mein Rücken schmerzt, als ich aufstehe und in die Küche schlurfe. Die schlaflose Nacht fordert ihren Tribut, hundert Jahre scheinen an meinen Knochen zu hängen, und mein Husten ist das eines sehr alten Mannes. In der Windstille höre ich sogar das Schaben meiner Finger auf meinem unrasierten Gesicht. Ich müsste endlich neuen Kaffee aufsetzen, aber vom Küchenfenster aus sehe ich die Windfarbene. Schlingernd wirft sie den Kopf hin und her, versucht sich an einem Bocksprung, bricht zur Seite aus und lässt die Mähne fliegen. Mein Vater hätte gesagt, dass sie einen Reiter vom verborgenen Volk abzuwerfen versucht. Wie oft betrachtete ich unsere Pferde, während sie über die Weiden jagten und die Hufe in die Luft warfen. Und obwohl sich alles in mir gegen die enge, vom Übernatürlichen durchwehte Welt meines Vaters verschloss, kniff ich dennoch die Augen zusammen, voller Unruhe, die Unsichtbaren auf den Pferderücken vielleicht doch wie Wolkenschatten zu erahnen.

Aber das hier ist kein Elfenritt, das verrückte Pferd versucht lediglich das Halfter loszuwerden, das Jón ihm angelegt hat. Die Salbe, mit der er die Narbe einreibt, scheint zu helfen. Zumindest gewöhnt es die Stute wieder an Berührungen. Sie zuckt nicht mehr sofort weg, sobald man sich ihr von rechts nähert. Nur ihr wirrer Kopf scheint nicht zu heilen. Jetzt geht sie ans Gatter und bearbeitet es so heftig mit dem Kopf, dass die Metallstangen beben und klappern. Der Nackenriemen verhakt sich, und mit einem Ruck reißt sie tatsächlich den Sperrbolzen aus der Torverriegelung. »Frekja!«, entfährt es mir.

Ich fange sie gerade noch ab, bevor sie sich durch das Steintor aufs freie Feld davonmachen kann. Sie bleibt zwar stehen, aber als ich das Halfter greife, schnappt sie nach mir und will mich in ein Kräftemessen ziehen. Ich vergesse meine müden Knochen und gebe dem Zug nach, lenke und folge, setze meine Geschicklichkeit und meine Stimme ein, richte ihre Kraft aus wie einen Papierdrachen im Wind. Als ich sie wenig später in die Umzäunung zurückgebracht habe, nehme ich ihr das Halfter ab und fixiere den Riegel des Gatters mit einem Karabinerhaken. »Du wirst bald wieder so weit laufen, wie deine Hufe dich tragen«, sage ich. »Aber nicht, solange du noch lahmst.«

An der Treppe bemerke ich, dass ich heute Nacht meine Tasse draußen vergessen habe. Noch halb gefüllt steht sie auf der untersten Stufe. Es ist mir ein Rätsel, warum Swea sie bei ihrem trunkenen Treppenlauf nicht umgestoßen hat. Ich lasse mich vor dem Haus nieder und nehme einen tiefen Schluck. Der Tanz mit dem Pferd hat mich belebt, und der kalte, bittere Kaffee bringt mich endgültig zu mir selbst zurück. Die Stute mustert mich eine Weile, dann schnaubt sie unwillig und wendet mir die Kruppe zu, legt die Ohren an und senkt die Nase fast bis zum Boden, genauso wie Pferde auf den Winterweiden sich mit dem Hinterteil gegen die Schneestürme stellen. So trotzen sie stoisch den Naturgewalten, auf dem Fell eine isolierende Schneekruste und die Mähne voller Eisklumpen. Sie harren aus, bis der Sturm, den sie ohnehin nicht besiegen können, über sie hinweggezogen ist. Der Gedanke, dass ich heute das Unwetter dieses Pferdes bin, bringt mich zum Lächeln. Und während ich sitze und trinke, kehrt ein

Hauch von Wind zurück, eine Brise, die mir sacht über das Haar streift wie die Berührung einer großen Hand. Als Junge habe ich mich vor dieser Liebkosung stets rechtzeitig weggeduckt, mich über mein Buch oder mein halb beschriebenes Papier gekrümmt, als müsste ich die Worte beschützen. »Was hast du da nur immer zu lesen, du Papier verschlingende Maus?« Das hatte mein Vater mich tausendmal gefragt, unwirsch, resigniert und oft genug auch zornig. »Und was schreibst du da ständig auf? Das Wörterbuch des Windes?« Es sollte ein Scherz sein, aber er verletzte mich und entfernte mich nur noch weiter von ihm. Erst heute sehe ich die Hilflosigkeit und raue Liebe in seinem Versuch, Worte in der Sprache des verstockten, verwaisten Jungen zu finden, der sich in eine eigene Welt flüchtete. Inzwischen weiß ich, dass mein Vater im Herzen ein Poet war. Denn der Wind hat tatsächlich eine eigene Sprache, eigene Worte. Er spricht zu uns mit den Stimmen der Toten. Und manchmal, so wie jetzt, leiht er seinen Atem einer Liebkosung, die Jahrzehnte vergeblich darauf wartete, angenommen und geschätzt zu werden.

• • •

Im Haus ist es gespenstisch still. Und Swea sitzt wie herbeigezwinkert am Küchentisch. Insgeheim atme ich auf. So erkenne ich sie wieder. Wie alle Verkaterten friert sie, sie hat sich Kims alten Lopapeysa-Pullover übergezogen – den mit dem schwarz-weißen Zapfenmuster, das Eis und Lava zitiert. Die Stirn auf beide Hände gestützt, studiert sie eine Liste in ihrem Notizbuch. Den grellen Stoffblumenkranz hat sie abgenommen und die Flechten gelöst, was ihr Haar zu einer erstaunlichen Mähne aufbauscht. Zum ersten Mal fällt mir auf, wie hell ihr Haar in den vergangenen

Wochen geworden ist, ein blasses Windbraun, das nur in der Sonne goldene Reflexe bekommt.

»Die Stute wäre vorhin fast wieder weggelaufen.«

Meine Stimme schreckt sie auf. Und als sie mich anblinzelt, sehe ich ein blasses Gesicht, in dem sogar die Sommersprossen auf den Wangenbögen grau wirken, und rotgeränderte, verschwollene Augen. Dennoch wirkt sie völlig klar und so verwandelt, als würde ein Licht in ihr leuchten. Kim würde sagen, hier ist eine ganz neue Energie im Raum. Und ich weiß nicht, ob das etwas Gutes ist.

»Guten Morgen, Einar.« Ihre Stimme ist rau von Alkohol, und der verkniffene Ausdruck um den Mund zeugt von Kopfschmerzen.

»Eher schon früher Abend«, antworte ich. »Ich habe gestern lange auf dich gewartet und mir Sorgen gemacht.«

»Ich hatte dir doch eine Mail geschickt, dass ich bei einer Bekannten in Reykjavík übernachte?«

»Es kam keine Nachricht an.«

»Was?« Swea greift nach ihrer Tasche und kramt umständlich ihr Telefon hervor. Sie scheint sich nicht zu wundern, dass die Tasche säuberlich über dem Regenmantel an ihrem Küchenstuhl hängt, obwohl sie beides achtlos vor dem Haus liegen gelassen hatte. Sobald sie das Handy einschaltet, geht ein Gewitter von Signaltönen los. Swea schaltet hastig das schrille Bingen auf stumm und seufzt. »*Einar* und *Eisner*«, murmelt sie. »Ich habe mich in der Eile verklickt. Die Mail an dich ging aus Versehen an meinen Vater. Tut mir leid, dass du dir Sorgen gemacht hast.«

»Dann hoffe ich wenigstens, dass es eine beruhigende Nachricht war.«

»Für dich schon. Für meinen Vater ... sicher weniger.« Sie überfliegt ihre Nachrichten und schiebt dabei nervös die Ärmel hoch. Mir fällt auf, dass sie ihren Ehering abgelegt hat. Dafür entdecke ich Zahlen auf ihrem Unterarm. Jemand hat ihr mit Kugelschreiber eine Telefonnummer aufgemalt – old school, wie man es zu meiner Zeit machte.

»Du hast deinen Flug verpasst«, bemerke ich.

»Ja. Schon wieder.« Sie lacht auf. Und als sie den Kopf hebt, wird mir klar, dass sie immer noch das Rot der Nacht trägt. Irgendetwas ist mit ihr geschehen. Ihr Blick ist fiebrig und hellwach und alles an ihr erfüllt von einer Entschlossenheit, die mich beunruhigt. Ich kenne diese Art von Blicken, und selten bringen sie etwas Gutes ins Haus.

»Können wir reden, Einar?«

»Natürlich. Aber soll ich nicht erst frischen Kaffee aufsetzen?«

»Das mache ich gleich. Setzt du dich zu mir? Bitte.«

An der Akribie, mit der sie nun Kugelschreiber und Notizbuch exakt parallel ausrichtet, erkenne ich die sachliche, korrekte Frau Schwarzenberg wieder. Gleich wird sie mir in genauen Daten und Zahlen darlegen, wann der nächste Flug geht.

Bevor ich Platz nehmen kann, blinkt eine neue Nachricht auf dem Smartphone auf, und Swea verändert sich völlig. Ein junges Lächeln flammt auf, doch sofort unterdrückt sie es und steckt hastig das Smartphone weg, fast wie eines meiner Schulmädchen, die schlecht darin waren, heimliches Glück zu verbergen. Gerade noch rechtzeitig kann ich mich beherrschen zu fragen. »Wem gehört der Reitmantel?«, sage ich stattdessen.

»Der Besitzerin eines Schmuckladens. Das ist … eine längere Geschichte.«

»Ich gebe mich auch mit der kurzen Version zufrieden. Wo warst du?«

Wieder glimmt das Geheimnis in ihrer Miene auf. »Tanzen. Und wenn das, was man an Mittsommer träumt, wirklich wahr wird, muss ich mich darauf gefasst machen, von einem roten Nykur ins Meer gelockt zu werden.«

Mir stockt der Atem. *War sie etwa oben im verschlossenen Zimmer?* Ich erinnere mich daran, das rote Holzpferd dort auf dem Fensterbrett zurückgelassen zu haben, aber natürlich kann Swea den abgeschlossenen Raum nicht betreten haben.

Langsam nehme ich Platz, stütze mich auf die Ellenbogen und verschränke die Hände vor mir auf dem Tisch, die beruhigende Lehrergeste eines festen, verlässlichen Rahmens. »Also, was gibt es zu besprechen?«

»Das Angebot, das du mir gemacht hattest. Dass ich auch länger bleiben kann. Gilt das noch?«

Schon immer ist es mir schwergefallen, Hoffnung hinter Sachlichkeit zu verbergen. Ich muss mich dazu zwingen, tief zu atmen. *Aber selbst wenn*, rufe ich mich zur Ordnung. *Vielleicht bedeutet es nicht mehr als wenige Tage Aufschub.* »Du solltest inzwischen wissen, dass ich immer zu meinem Wort stehe.«

»Aber hier geht es nicht um ein paar Tage. Sondern um Monate. Bis ... Ende Oktober.«

Ich hoffe, sie merkt mir meine jähe Erleichterung nicht an. Aber sie missversteht mein Atemholen.

»Ja, mir ist klar, es ist eine lange Zeit«, fährt sie hastig fort. »Und ich weiß, wie das für dich klingen muss – die enttäuschte Betrogene, die völlig pleite ist, alles hinwirft und sich kopflos in einen Selbstfindungstrip stürzt. Aber ich habe mir einen Plan gemacht ...« Während sie redet, blättert sie in ihrem Notizbuch, deutet auf Zahlen und Stichworte. »Natürlich werde ich dafür so schnell wie möglich ein wenig Isländisch lernen müssen. Und vielleicht könntest du mir zumindest bei der Aussprache helfen ...«

»Swea ...«

»Nein, lass mich ausreden! Als offizielle Mieterin werde ich mich auch finanziell beteiligen, darauf bestehe ich. Aber ich wäre dir dankbar, wenn du mir für den Start ein wenig Geld leihen könntest – nur so viel, dass ich den Bus und ein paar Unterlagen bezahlen kann, die ich brauchen werde, um ...«

»Swea?«

»... ich zahle dir alles zurück, sobald ich ...«

»Swea!«

Sie starrt mich an, als hätte ich sie mit einer Ohrfeige geweckt.

»Was ist geschehen?«, frage ich sehr ruhig. »Warum hast du kein Geld mehr? Warum willst du nicht mehr nach Hause fliegen? Du sagtest doch, du musst dich um die Ausstellung deines Mannes kümmern.«

»Muss ich das?« Ein Schatten huscht über ihre Miene. Sie beißt sich auf die Unterlippe, als hätte sie schon zu viel gesagt. Und ich war lange genug Lehrer, um die Stille für mich arbeiten zu lassen. Geduld war schon immer meine größte Stärke, im Guten wie im Schlechten. Swea zögert immer noch, aber alles um sie herum scheint sich zu ballen und zu verdichten. Und dann bricht aus dieser sonst so kühlen Frau eine solche Flut hervor, dass ich nur fassungslos lauschen kann. Es ist ein Segen, dass ich es niemals selbst erfahren musste, aber in Island gibt es ein Sprichwort: *Verwandte sind am schlimmsten zu Verwandten.*

»... natürlich wird es für meine Familie ein Drama sein«, schließt Swea nach einer ganzen Weile. »Und Henrik kann den Presseempfang und die Eröffnung der Retrospektive nicht mehr absagen. Aber ich habe alles so gut organisiert, dass es zur Not auch irgendwie ohne mich laufen wird. Und um seine neueste Ausstellung im Herbst wird er sich nun eben alleine kümmern müssen. Wie bald um alles andere auch.«

Sie hebt das Kinn, die Lippen sind geschürzt, als würde sie wie ein Bogenschütze fokussiert auf ein Ziel starren. Vermutlich kann Herr Schwarzenberg froh sein, dass er nicht an meiner Stelle sitzt. Sie befühlt ihren bloßen Ringfinger und lächelt auf eine Art, die mir Unbehagen einflößt. »Weißt du was, Einar?«, sagt sie dann. »Ich habe erst heute Nacht verstanden, dass ich niemandem etwas schuldig bin.«

Ich könnte ihr jetzt sagen, dass sie sich irrt. Wir können unser gelebtes Leben niemals ganz von dem abtrennen, was war, nicht nach den Jahren, in denen wir verwachsen sind wie Bäume, die sich aneinander wund rieben, bis sie Narben aus neuem Holz bildeten und dabei im Lauf der Zeit sogar ihre Jahresringe vereinten. Das Einzige, was uns noch selbst gehört, sind unsere Wurzeln. Aber ich schweige und starre diese glühende Fremde an.

»Ich würde so gerne im Sumarhús bleiben«, fährt sie sanfter fort. »Aber wenn es dir zu viel ist, verstehe ich es und werde mir ein Zimmer in Reykjavík suchen.«

Auf keinen Fall! Beinahe hätte ich es laut ausgesprochen.

»Einar? Habe ich etwas Falsches gesagt? Du bist ganz blass geworden.«

Ich schüttle den Kopf. »Swea, es tut mir sehr leid, dass du betrogen und sogar von deiner Familie enttäuscht wurdest.«

Was auch immer in ihr brodelt, es kommt zur Ruhe. Sie lächelt müde. »Die Familie geht meinem Vater nun mal über alles. Wenn er sie bedroht sieht, kämpft er mit harten Bandagen.«

»*Kämpfen?*«, murmle ich. »Man kann in einer Beziehung kämpfen oder gegen Konkurrenten in einer Firma. Aber doch nicht gegen seine Kinder. Man ist für sie da, wenn sie einen brauchen. Aber man mischt sich niemals in ihr Leben ein.«

Sie sieht mich so verwundert an, als würde ich in einer Fremdsprache reden. Dann blinzelt sie ein paarmal zu oft, und ich merke, dass ich zu weit gegangen bin.

»Entschuldige. Es steht mir nicht zu, über deine Familie zu urteilen.«

»Schon gut«, sagt Swea leise.

»Aber um zu deinem eigentlichen Anliegen zurückzukommen«, füge ich hinzu. »Es geht nicht darum, was deine Familie von dir erwartet oder was ich darüber denke. Sondern einzig und allein um die Frage: Willst *du* im Sumarhús bleiben?«

Die Haustür fällt so laut ins Schloss, dass Swea zusammenzuckt und sich an die Schläfen greift. Jón kommt herein, über der Schulter eine Tasche voller Schmutzwäsche, die er mit Schwung an der Tür abstellt. Altglasflaschen neben dem Mülleimer fallen scheppernd um. »Sorry«, sagt Jón gleichgültig in Sweas Richtung. »Hallo Einar.«

Mit energischen Schritten geht er zur Anrichte und sucht nach einer Tasse. Schiebetüren schleifen und knallen zu. Swea lässt sich auf dem Stuhl zurücksinken und atmet gequält durch. Besteck rasselt, als Jón mit betont viel Schwung die Schublade aufzieht. »Geht es noch lauter?«, fragt Swea auf Englisch. Aber Jón schenkt sich nur ein und rührt den Kaffee, den er schwarz trinkt, genüsslich mit viel Löffelklimpern um.

»Lange Nacht gehabt?«, fragt er.

Swea wirft ihm nur einen eisigen Blick zu. Und ich könnte schwören, irgendwo in seinem Bart den Anflug eines spöttischen Lächelns zu sehen. *Nimm dich bei dieser Frau in Acht mit solchen Spielen*, denke ich nur. Aber ich merke, dass Swea nicht die Einzige ist, mit der etwas geschehen ist. Jón wirkt, als hätte er schlagartig aufgehört, in einen Spiegel zu starren. Er betrachtet Swea, als würde er sie zum ersten Mal wirklich wahrnehmen. Dann nimmt er einen Schluck – und verzieht das Gesicht.

»Steht der etwa schon seit heute Morgen?«, sagt er auf Isländisch zu mir.

»Niemand hindert dich daran, neuen aufzusetzen.«

Jón schnaubt und schüttet seine Tasse mit Schwung in der Spüle aus. Wieder schleifen und knallen die Schranktüren. Swea stöhnt auf und drückt die Handballen gegen die Augen.

»Nú er nóg komið«, weise ich Jón zurecht. *Es reicht.*

Er grinst nur und füllt frisches Wasser in die Maschine. Doch bevor er die Küche verlässt, holt er aus dem Schrank eine Packung Aspirin, die er vor Swea auf den Tisch wirft. Dann schultert er seine Sachen und geht nach oben, wo die Waschmaschine steht.

Swea sackt noch etwas mehr in sich zusammen. Und ich stehe auf und hole mein Portemonnaie. »Wie viel brauchst du fürs Erste?«

Swea steht auf, kommt auf meine Seite des Tisches und umarmt mich einfach. »Danke«, sagt sie leise.

»Keine Ursache.« Ich will sie höflich wegschieben, doch sie lässt mich nicht los.

»Du bist wirklich ein guter Mensch, Einar.«

Es fühlt sich an wie ein Hieb. Und ebenso atemlos stehe ich jetzt da. *Wie sehr du dich täuschst, Swea,* denke ich. Doch als sie auch noch die Stirn an meine Schulter lehnt, streiche ich ihr dennoch behutsam über das Haar, so, wie ich es bei Kim machte, als sie noch ein Kind war und Trost brauchte. Und selbst dann noch, wenn sie als Erwachsene mit Liebeskummer und einer hastig gepackten Übernachtungstasche vor meiner Tür stand.

Ein paar Sekunden verharren wir in dieser fragilen Nähe, dann schiebe ich Swea vorsichtig von mir und fange an, Geldscheine auf den Tisch zu zählen.

»Ist das ein Kinderfoto deiner Tochter?« Swea deutet auf das Fotofach meines Geldbeutels.

»Nein, das ist meine Enkelin. Christiane ... Chrissa. Das war ihr achter Geburtstag.«

»Du hast nie erzählt, dass du Großvater bist!« Sie lächelt mir strahlend zu, und ich spüre die schmerzhafte Sehnsucht nach meinem Leben und die ganze Last des Schattens.

»Hast du auch ein Bild von Kim?«

Ich zögere, aber dann hole ich ein Foto hervor. Darauf ist Kim auf einer ihrer Reisen zu sehen, den viel zu großen Rucksack geschultert, die zierlichen Füße in klobigen Wanderschuhen, eine Eroberin, weich wie Wasser und hart wie die Berge, die sie bezwingt. Und wie immer, wenn ich sie ansehe, bin ich stolz und töricht gerührt.

»Kim ... ist sie deine Adoptivtochter?«, fragt Swea.

Ich vergesse jedes Mal, dass diese Frage kommen wird. Ich betrachte Kims schöne Augen und ihr Lächeln, das andere Eltern ihr geschenkt haben. »Sie ist meine *Tochter*«, sage ich mit Nachdruck. »Für mich hat Familie am allerwenigsten mit Genetik zu tun.«

»Das sagt ausgerechnet ein Isländer?« Swea lächelt. »Ist das im Hintergrund die Chinesische Mauer?«

»Ja. Damals suchte Kim in ihrem Herkunftsland nach ihrer leiblichen Familie.« Swea nickt nur, aber ich kann die Frage, die sie nicht ausspricht, dennoch hören. *Und dennoch bist du für sie ihr Vater?*

»Auf der Insel sagt man, es kommt darauf an, wer mit dir zusammen den Stürmen trotzt«, setze ich hinzu. »Und Kim und ich, wir waren immer im selben Wind.«

»Und Kim und ... ihre Mutter?«

Noch ein unerwarteter Hieb. Ich nehme umständlich meine Brille ab. »Im Herzen ja«, antworte ich nach einer Weile. »Aber manchmal ... sind Eltern und Kinder sehr verschieden.«

Swea nickt, als würde sie tatsächlich verstehen, was ich damit meine.

»Wie war sie?«, fragt sie dann vorsichtig. »Karin, meine ich. So hieß sie doch – die Frau, deren Namen du niemals nennst?«

Unwillkürlich schließe ich die Rechte fester um die Brille. »Woher hast du den Namen?«

»Ich habe nicht spioniert«, beeilt sich Swea zu sagen. »Ich habe den Namen nur zufällig auf der Todesanzeige gesehen, die du ausgeschnitten hattest. Vor ein paar Wochen, als ich hier ankam, lag die Anzeige auf dem Tisch.«

Die Pause dehnt sich, während der Puls in meiner Rechten pocht und der kantige Brillenbügel sich schmerzhaft fest gegen meinen Daumen drückt. Sie wartet immer noch auf eine Antwort. *Aber was hast du erwartet, Einar? Wer Menschen die Tür öffnet, lädt sie ein zu fragen.* Das ist das Vertrackte an Beziehungen. Wie Spinnenfäden, die der Wind durch den Spätsommer trägt, heften sie sich an deine Seele.

»Wir ... waren beide Lehrer. Ich unterrichtete an der Tafel, sie am Notenpult.«

»Deine Frau war Musiklehrerin?«

»Ja. Wir haben an derselben Schule gearbeitet, bis wir Kim bekamen. Dann gab sie ihre Stelle auf und wurde Hausfrau. Damals war das eine der Voraussetzungen, wenn man ein Kind adoptieren wollte.«

»Und *wie* war sie?«, beharrt Swea leise.

Ich starre meine Faust an und bedecke sie dann mit der Linken.

»Sie ... war alles, was ich nicht bin«, beginne ich. »Temperamentvoll, begabt, überbordend. Auch ehrgeizig – ja. Sie liebte die Musik über alles. Ohne sie hätte ich niemals getanzt. Sie hat geführt. Und ich bin ihr gefolgt wie Brucheis der Strömung eines Flusses. Immer.«

Die Leere in meiner Brust zieht sich zusammen, kapselt den Schmerz ein. Jóns Kaffee ist durchgelaufen, die Maschine gurgelt, ein viel zu lautes Geräusch in dem Schweigen.

»Und sicher wart ihr oft zusammen hier im Sumarhús?«, fragt Swea zaghaft.

Umständlich hole ich die restlichen Fotos aus der Brieftasche, lege sie wie Spielkarten in eine Reihe, gewinne Zeit. »Früher, ja, wir haben hier mit Kim die Sommerferien verbracht. Aber das letzte Mal, dass sie hier war, ist schon über zehn Jahre her. Gesundheitliche Gründe. Und mehr möchte ich dazu nicht sagen.«

Swea senkt den Blick auf die Fotos. Alle zeigen nur Kim und meine Enkelin, die anderen Bilder habe ich dorthin verbannt, wo auch mein Ring liegt. Swea beißt sich auf die Unterlippe, als würde es ihr leidtun, gefragt zu haben.

»Kim ist wohl gerne auf Reisen?«, wechselt sie das Thema.

»Allerdings. Hier – auf diesem Bild ist sie neunzehn. Direkt nach ihrem Schulabschluss trampte sie nach Kopenhagen und lebte dann lange in Christiania.«

»In der alternativen Hippie-Siedlung? Das hast du ihr nicht verbo ... Ich meine ... Hattest du nichts dagegen?«

»Sie war erwachsen, und es war ihre Entscheidung.«

Oben springt die Waschmaschine an, dann poltert mein Mieter die Treppe herunter. Ich nutze die Gelegenheit, mein Leben wieder dort zu verstauen, wo es hingehört: gut geordnet in einem Fach, das nicht für fremde Augen bestimmt ist.

»Langar þig í kaffi?«, höre ich Jón fragen.

»Ja, danke, ich nehme gerne eine Tasse«, antworte ich.

»Jón?«, sagt Swea. »Danke für das Aspirin.«

Jón stutzt kurz, aber nach einem Blick auf ihr fahles, verkatertes Gesicht erbarmt er sich und schenkt auch ihr eine Tasse Kaffee ein. Ich bin überrascht, dass er auch noch einen Löffel in den Zucker rammt und ihr die Dose hinstellt, als wüsste er, dass sie ihren Kaffee niemals schwarz trinkt. Swea schenkt ihm ein blasses Lächeln, nimmt eine Brausetablette aus der Packung und wirft sie einfach in den Kaffee. Jón und ich sehen fassungslos zu, wie braune Blasen zu schäumen beginnen. Dann schaufelt sie fünf Löffel Zucker in den Aspririnkaffee und würgt einen noch heißen Schluck herunter.

Ich warte darauf, dass Jón endlich wieder geht, aber er lehnt sich an die Anrichte und trinkt in aller Ruhe seinen Kaffee, während Swea an dem scheußlichen Gebräu nippt. Dann beginnt sie damit, die Geldscheine auf dem Tisch routiniert wie ein Croupier zu glätten und zu sortieren.

»Ich habe wohl einiges verpasst«, bemerkt Jón auf Englisch.

Ja, Jahre deines Lebens, denke ich bei mir.

Swea lächelt, von einer Erinnerung erfüllt, die nur ihr gehört. Und als sie sich Jón zuwendet, steht die Luft unter Spannung, als würde Sweas neues Strahlen die Atmosphäre im Raum zum Zittern bringen. »Jón, kannst du mir Bescheid sagen, wenn du das nächste Mal Heu für Houdini holst?«

Jón bekommt schmale Augen. »Wieso?«

»Weil ich gerne mitfahren würde. Ich kann aber auch den Pickup nehmen und das Heu in Zukunft allein holen. Das würde dir Arbeit sparen.«

»Du fährst den Pickup?«, bemerkt Jón mit kaum verhohlenem Sarkasmus.

Swea wird rot. »Ich habe schon Transporter gefahren, die größer waren.«

Mein Mieter sieht aus, als würde er gleich lachen. »Das letzte

Mal, als du an einem Steuer gesessen hast, hast du die Karre in den Graben gesetzt.«

»Ja, weil ich Houdini nicht überfahren wollte!«

Sie starren einander an, und diesmal ist es das Kräftemessen, das ich von den beiden kenne.

Swea strafft schon die Schultern für eine Erwiderung. Und Jón trinkt seinen Kaffee aus, ohne den scharfen Blick von ihr abzuwenden. *Als wäre sie für ihn bisher nur das Gespenst eines Gastes gewesen und nun plötzlich wirklich geworden.*

»Ich bleibe hier, Jón«, sagt Swea mit Nachdruck. »Ab jetzt gehöre ich dazu und übernehme im Haus und beim Pferd meinen Teil der Arbeit.«

Ich hätte mich nicht gewundert, wenn ihm die Tasse aus der Hand gefallen wäre. Sein Blick zuckt zu mir. *Schachmatt, mein Junge*, denke ich. Und seltsamerweise muss ich daran denken, dass wir drei das Standard-Figurenrepertoire eines Laxness-Romans sein könnten: der Barbar, der Intellektuelle und die Frau, um die es geht.

»Macht das unter euch aus«, sage ich und gehe mit meinem Kaffee ins Wohnzimmer.

Der Staub von Wochen hat sich in den Bücherregalen vor meine Laxness-Sammlung gelegt. Und als ich den Roman *Sjálfstætt fólk* herausziehe, bin ich beruhigt, dahinter den Kleeblattschlüssel zu finden, unberührt und genau so, wie ich ihn dort hinterlassen habe. Swea mag von roten Nykur-Pferden träumen, aber im verschlossenen Zimmer war sie nicht.

Sorgfältig stelle ich das Buch so zurück, dass die Staubschablone nicht verwischt, und setze mich ins Skriptorium. Aber selbst hier höre ich die beiden durch die geschlossene Wohnzimmertür hindurch reden. Jóns unwirscher Bass und Sweas sachlichere Sprachmelodie, gefolgt vom Klappen der Küchentür. *Ich bleibe hier*, hallen ihre Worte in mir wider. Aber das ist nicht der einzige Grund, warum ich lächle, während ich Sweas Schritten auf der Treppe lausche. Ich warte auf das Knarren der siebten Stufe, aber heute höre ich es nicht.

• • •

»Schätze, du würdest ihr sogar noch Geld zahlen, damit sie hierbleibt, nicht wahr?«

Jón steht an der Schiebetür des Skriptoriums. Ich habe ihn nicht kommen gehört. Viel zu sehr war ich darin versunken, auf einem Blatt Papier eine Zeitleiste zu zeichnen.

»Das Geld ist nur eine Leihgabe«, erwidere ich und beuge mich wieder über meine Arbeit.

»Ja, ich weiß, dass sie pleite ist«, sagt er ungeduldig. »Ihr Mann hat das Konto leergeräumt, schlimm genug. Aber hältst du es wirklich für eine gute Idee, dass sie sich hier verkriecht?«

»Du nutzt das Zimmer doch ohnehin nicht.«

Er holt tief Luft, als müsste er sich beherrschen, den starrsinnigen Alten nicht rüde anzufahren. »Um das Zimmer geht es nicht, Einar. Aber ich habe dich heute Nacht beobachtet. Du hast kein Auge zugemacht. Stunde um Stunde hast du draußen auf der Treppe gesessen und auf sie gewartet. Und zwar fast die ganze Nacht.«

»Na und?« Ich drehe mich auf dem Stuhl langsam zu ihm um. »Ich bin mein eigener Herr.«

»Bist du das?« Mein junger Mieter schnaubt. »Ich habe dein Gesicht gesehen, Einar. Ich hatte recht, von Anfang an. Du hast eine Scheißangst, nachts hier drin allein zu sein. Aber es nützt nichts, Fremde ins Haus zu holen, nur damit die Leere verschwindet. Es ändert nichts, gar nichts.«

Langsam dämmert mir, was Swea ihm über mich erzählt haben muss. Jón hat also Mitleid mit dem Mann, den er für einen einsamen, gebrochenen Witwer hält. Doch in einem entscheidenden Punkt irrt er sich: Niemand ist glücklicher als ich, endlich allein in diesem Haus zu sein.

»Danke für den wohlgemeinten Rat, Jón. Darf ich jetzt weiterarbeiten?«

Jón wirkt, als gäbe es noch jede Menge Dinge, die er sagen will. Sein Blick fällt auf meinen Schreibtisch. Ausgebleichte Farb- und Schwarz-Weiß-Fotos sind chronologisch aufgereiht, die Saga meiner Familie – mein Großvater reitet auf dem Rücken von Fannar im stolzen Tölt über einen Schotterweg. Daneben mein Vater als junger Vorarbeiter in einer der Fischfabriken im Osten. Er trug schon damals eine Schiebermütze und überragt alle anderen Männer um einen Kopf. Eine Momentaufnahme von Arbeiterinnen vor einer Reihe von Heringsfässern: Mein Vater übergibt einer von ihnen gerade den festgesetzten Lohn für die Tonne Heringe, die sie eingemacht hat. Es sieht aus, als würde er vor der Frau eine Verbeugung machen. Sie schürzt ihren Rock und hebt lachend ihren Fuß an, damit mein Vater ihr die Münze in den Stiefel stecken kann. Genau so, das hat er mir oft erzählt, war es damals der Brauch.

Aber die großen Heringsschwärme, die den großen Wirtschaftsboom begründeten, waren nur das Silber, das meinen Vater reich machte. Sein Gold waren immer sein Land und die Pferde. Die Fotos zeugen davon: Páls Pferde transportieren Heugarben in die Täler, sie ziehen Milchwagen, und auf manchen der vergilbten Fotos tragen sie auch eine zierliche Frau, die ein Kind vor sich auf dem Sattel hält.

»Was ist mit dem Pferd?« Jóns Stimme reißt mich zurück. Die Vergangenheit ist ein Fluss mit starker Strömung. Für einen Augenblick hatte ich tatsächlich vergessen, dass mein Mieter immer noch am Ufer steht.

»Ewig kannst du es nicht im Vorgarten halten«, setzt Jón ungeduldig hinzu. »Ich könnte mich umhören, ob jemand es gegen ein bisschen Heugeld in seiner Herde mitlaufen lässt. Jemand, der kein Reitpferd braucht.«

»Warum zerbrichst du dir den Kopf darüber?«

»Tu nicht so, als hättest du noch nie mit Pferden zu tun gehabt, Einar. Sie sind nicht dafür gemacht, alleine zu sein.«

»Das sind Menschen auch nicht, Jón«, entgegne ich scharf. »Denk mal darüber nach.«

Er presst die Lippen zusammen. In ihm brodelt das Magma seines Zorns. Aber längst schüchtert es mich nicht mehr ein.

»Komm endlich damit zurecht, Junge«, sage ich nur und ziehe mit einem entschiedenen Ruck die Schiebetür zwischen uns zu. Eine Weile steht Jón noch im Wohnzimmer, dann vernehme ich wütende Schritte und ein wenig später das donnernde Schlagen der Haustür.

Und hier, in dem Haus, das endlich wieder meines ist, erlaube ich mir, aufzuatmen. Wochen habe ich damit verbracht, zwischen den Wurzeln zweier Generationen Schutz zu suchen. Die Arbeit an dieser Chronik tat mir gut und hat meine Schatten in Schach gehalten. Erst heute Nacht, als ich wartete, wie ich so oft in meinem Leben auf Treppen und Schwellen gesessen und gewartet habe, kamen sie mir wieder nahe. Doch alles ist anders, seit Swea durch die Tür stürmte. Es ist, als wäre ein Ruck durch die Grundfesten meines Hauses gegangen. Ihre Absätze dröhnten auf der Treppe und vertrieben alles, was hier auf mich wartete.

Und so hole ich endlich das Album mit den vergilbten Zeitungsausschnitten und meine Tagebücher hervor. Damals hatte ich dafür noch die grauen Kladden verwendet, die man in den

Schulen als Klassenbücher führte, mit Datum und Uhrzeiten und Spalten für besondere Bemerkungen. Die Briefe befinden sich noch in meinem Reisesack. Es sind blau linierte Blätter, schlampig herausgerissen aus einem Schreibblock. Die Falzränder sind bereits pelzig und abgestoßen. Blatt für Blatt falte ich vorsichtig auseinander und streiche das Papier auf dem Tisch glatt. Lediglich den Brief mit den rostbraunen Flecken und Fingerabdrücken, die sich ins Papier gesogen haben, lasse ich zusammengefaltet.

Alle Blätter wurden mit Bleistift beschrieben. Die Schrift ist unregelmäßig und so zierlich, dass meine Brille nicht ausreicht und ich die alte Leselupe meines Vaters zu Hilfe nehmen muss.

Es ist vier Uhr morgens, lese ich. *Mein Mann schläft, während draußen der erste Schnee fällt. Ich sitze auf dem Fensterbrett und höre die Flocken flüstern. Manche wehen durch das offene Fenster herein und schmelzen auf meinem bloßen Bein. Ich spüre die kleinen, eisigen Küsse an meinem Oberschenkel, aber ich rühre mich nicht, ich betrachte nur sein Gesicht. Die Kälte weckt ihn nicht. Und wie so oft, seit ich zurück bin, frage ich mich, ob er jemals im Schlaf lächelt ...*

Die grauen Kladden schleifen überlaut, als ich sie zu mir heranziehe. Ich öffne die erste und greife zu meinem Füller. Ein letztes Mal schließe ich die Augen und horche. Aber ich habe mich nicht getäuscht. Seit Sweas Rückkehr ist das Haus leer wie ein verlassener Schmetterlingskokon.

Endlich kann ich beginnen.

Strandgut der Nacht

»Willst du im Sumarhús bleiben?«

Ich hatte schon Luft für ein »Ja!« geholt, als ich begriff, dass Einar gar keine Antwort von mir erwartete. Er hielt mir die Frage nur hin wie etwas, das ich in Ruhe betrachten konnte. Als ich ihn umarmte, kam er mir vor wie einer von Ólafurs Menschen, von denen man nicht weiß, ob sie Holz oder Fels sind. Dennoch war seine zaghafte Berührung wie ein tröstlicher Halt. Und obwohl er sich rasch wieder aus meiner Umarmung löste, fühle ich mich nicht, als hätte er mich losgelassen.

»Wer ist dieser Einar?« Das hatte mein Vater gestern Abend zurückgeschrieben. »Ist er der Grund, warum du dich so hysterisch benimmst?«

Natürlich, mein Vater sucht nun Gründe außerhalb des blinden Flecks, der unsere Familie ist. Und seit er auch noch die Mail gelesen hat, die gestern wirklich für ihn gedacht war, hämmert er Großbuchstaben in die Tasten. SWEA, BIST DU NOCH BEI SINNEN? DAS KANNST DU NICHT MACHEN! WILLST DU DEINE MUTTER UMBRINGEN?

Zwei verschiedene Arten von Vätern, denke ich.

»Auf mich wirkt es nicht so, als würde Mama meine Abwesenheit nicht überleben«, schreibe ich nun zurück. »Zumindest in unserem Gästezimmer und der Kunstfabrik scheint es ihr ja recht gut zu gehen.« Ich füge noch ein paar sachliche Informationen und Anweisungen für den Pressetermin hinzu und stelle zum allerersten Mal in meinem Leben die Nummern meiner Eltern auf lautlos. Und während ich noch ein paar Zeilen an Insa simse, ertappe ich mich dabei, wie ich dabei die Melodie vor mich hinsumme, zu der ich vor den Elfensteinen getanzt habe.

So einfach ist es?, denke ich verwundert. Denn sofort fällt alles von mir ab, und die Nacht ist wieder da. Es fühlt sich an wie Verliebtheit – aber nicht nur in Finnurs Kuss, sondern in einfach allem. Ich nehme den Geruch der Ölfarben so intensiv wahr, dass ich kaum atmen kann. Wie konnte ich nur in dieser vollgestopften Werkstatt leben, ohne darin zu ersticken? Es ist, als hätte ich die vergangenen Wochen in einer fühllosen Starre verbracht, bis Finnur mich wachgeküsst hat. Und nun spüre ich jeden Atemzug und die Wärme der Sonnenstrahlen, bin fast geblendet von dem Staub, der sich im Streiflicht in schwebendes Gold verwandelt. Jeder Zentimeter meiner Haut scheint zu pochen, und sobald ich an den Kuss denke, erinnert sich mein ganzer Körper.

Mit fiebriger Energie packe ich Farbtuben weg, wasche Pinsel aus und bringe die Leinwand mit der unvollendeten blauen Frau ins Erdgeschoss. Im Flur lasse ich nur das Bild mit der angefangenen Fjallkonan hängen, alles andere verfrachte ich nach draußen. Hinter dem Haus gibt es eine Art Verschlag. Einar erzählte mir, dass er früher als Räucherkammer diente. Immer noch scheint der balsamische Hauch von Rauchfleisch und verkohltem Holz in der Luft zu liegen. Nun befestige ich die Leinwand mit der blauen Frau zum Trocknen an den Räucherhaken. Plötzlich erinnert sie mich nur noch an meine Mutter – so konturlos und weich, dass sie wie Wasser in jede Form rinnt, die ihr das Außen bietet. Gestern war ich noch wütend auf sie, aber nun fühle ich mich, als läge alles schon lange hinter mir. Da ist nicht einmal eine Spur von

Schuldgefühl, gegen den Eisner-Schweigekodex verstoßen und Einar alles erzählt zu haben.

• • •

Jón ist mit dem Pickup weggefahren, und Einar verschanzt sich schon seit Stunden hinter der geschlossenen Schiebetür im Skriptorium. Houdini läuft heute nicht hin und her. Ich muss mehrmals nach ihr rufen, bis sie sich widerwillig aus ihrer Starre löst und zum Zaun kommt. Ich wusste nicht, dass auch Pferde wirklich schlecht gelaunt sein können, aber ich lerne es, als sie mich ohne Umschweife wüst in die Schulter zwickt. Im Reflex verpasse ich ihr einen Klaps gegen den Hals, und sie reißt die Nase so weit hoch, wie sie es sonst nur macht, um sich dem Halfter zu entziehen. »Versuche das kein zweites Mal«, sage ich warnend.

Sie weicht zurück und schaut wachsam zu, wie ich das Gatter entriegle. Seltsamerweise ist es zusätzlich mit einem Karabinerseil fixiert. Ich hake es los und lege das Seil zu einer Führschlinge zusammen, so, wie ich es bei Einar beobachtet habe. Ich trete zu ihr und ziehe ihr ohne Umschweife das Seil um den Hals. *Was, wenn sie sich losreißt? Gegen dreihundertdreißig Kilogramm Lebendgewicht kommst du nicht an.* Das hätte die Swea von gestern gesagt. Aber heute gehört mir wohl die Welt. Houdini schnappt nicht, sie schlägt nicht mit dem Bein, sie senkt nur den Kopf und lässt es widerwillig zu, dass ich das Ende des Seils zu einer Halfterschlinge forme. »Deine Chance heute«, sage ich und gebe ihr den Weg zum offenen Gatter frei.

Die Stute bleibt stehen, misstrauisch, ob alles nur ein Trick ist. Vermutlich wirke ich heute auf sie ähnlich irritierend wie auf die Männer im Haus. »Na los!«, sage ich, und tatsächlich setzt sie sich mit mir in Bewegung. Vielleicht stimmt es, was dieser Pferdetrainer aus dem Workshop gesagt hatte: Wenn man selbst weiß, wohin man will, folgt einem auch das Pferd.

Ich führe sie bergauf an dem kleinen malerischen Häuschen vorbei, das hinter der Kuppe liegt. Der umzäunte Vorgarten ist verwildert. Niemand erntet den Rhabarber, und in den Ritzen der Wegplatten wuchert gelber Wildmohn. Doch das Haus ist bewohnt, Fahrräder lehnen an der Hauswand, und aus den geöffneten Fenstern dröhnt Hip-Hop. Houdini spitzt die Ohren und lässt ein schrilles Wiehern in Richtung Küchenfenster los.

Je weiter der Weg ansteigt, desto langsamer gehe ich, passe mich an ihr Tempo an, bis wir in einen gemeinsamen Rhythmus finden. Unter uns leuchtet das Meer in einem tiefen, ruhigen Ultramarinblau. *Oltra marino*, erinnere ich mich. *Das orientalische Blau von »jenseits des Meeres«*. Heute fühle ich mich wieder wie damals als Studentin: im Aufbruch in einer Welt, in der die Gegenwart alle Farben hatte und meine Zukunft eine noch weiße Leinwand war.

Houdini schnauft, und ich überlasse ihr die Führung und passe mich dem Stocken ihrer Schritte an. Kopf an Kopf wandern wir in ungleichmäßigem Gleichtakt über die Anhöhe. Ich muss an Líf s Frage denken: »Ist es eine Performance, wenn niemand zuschaut?«

»Na, Strandgut der Nacht? Wo bist du abgeblieben?« Das hatte sie mir geschrieben, als ich mit Einar in der Küche saß. »Deine Sachen sind noch hier.«

Im Laufen hole ich das Smartphone hervor. Líf geht sofort ran. »Na endlich. Alles klar bei dir?«

»Es ging mir nie besser.«

Líf lacht, während sie mit Geschirr klappert. Im Geiste sehe sie in ihrer Küche stehen. Aber dann höre ich andere Stimmen und das helle Pling der Thekenklingel. Sie arbeitet also auch heute wieder. »Hast du bei dem Studenten übernachtet?«, ruft sie gegen das Schnorcheln der Espressomaschine an.

»Er ist Dozent. Und nein, ich habe ihn nur geküsst. Ihn und … noch einen anderen.« Es hört sich unwirklich an, und wieder habe ich unbändige Lust zu lachen.

»Wer ist der andere?«

»Keine Ahnung. Ich weiß nicht einmal, wie er heißt.«

»Ich hoffe, das ist deine einzige Gedächtnislücke von gestern Nacht. Wo bist du?«

»Zu Hause – also bei dem Haus am Fjord, nicht in Ingolstadt.«

Houdini stößt ein Zwischending zwischen einem Prusten und einem Wiehern aus. Das Geschirrgeklapper hört schlagartig auf. »War das etwa ein Pferd? Was zur Hölle machst du gerade?«

»Ich gehe mit Harry Houdini spazieren.«

»Ji-haaa«, sagt Líf. »Let your freak flag fly. Künstler!«

»Du weißt schon, dass ich keine richtige Künstlerin bin, oder? Du hast im Internet gesehen, dass ich in einer Bank arbeite.«

»Ja. Und? Der Sänger der Band *Dikta* ist Notarzt in Reykjavík. Der Modedesigner Rósberg Snædal ist Barkeeper. Und die erste Harfenistin beim isländischen Sinfonieorchester arbeitet im Sommer als Reiseleiterin.«

»Und« statt »oder«, denke ich. Vielleicht sollte ich langsam anfangen, mit isländischen Augen zu sehen.

»Líf, ich muss kommende Woche in die Stadt und bringe dir deine Sachen und den Schlüssel zurück. Wann bist du zu Hause?«

»Diese Woche kommen Übernachtungsgäste, deshalb kannst du nicht in die Wohnung. Die nächsten Tage bin ich unterwegs. Aber am Mittwoch auf einen Kaffee in der Stadt? Ich bringe dir deine Sachen mit. Kennst du die blaue Villa an der Njálsgata? Dort an der Ecke ist ein Café …«

»Die kleine Kaffeerösterei? In Ordnung, wann?«

»Kann ich dir sagen, sobald ich weiß, ob ich die Schicht im Apoték tauschen kann. Ich schicke dir eine Nachricht. Jetzt muss ich weitermachen. Bless bless!«

»Líf, warte. Hast du in deiner Musiksammlung auch ein Album von Árstíðir?«

»Klar. Warum? Ist das dein Heartbreak-Beat?«

»Nein, den Liebeskummer habe ich hinter mir.«

»Ha!«, spottet Líf. »Da spricht die Hybris. Bis dann! Ach – und schickst du mir ein paar Bilder von deinem aktuellen Projekt? Ólafur löchert mich, und ich konnte ihm überhaupt nichts darüber sagen. Und mach auch ein Foto von diesem Houdini, ja?«

In einem Gewitter aus mechanischem Küchenlärm legt sie auf, und ich falle zurück in die Stille. Houdini ist stehen geblieben und späht aufs Meer hinaus. Nur ihr Ohr zuckt einmal, als der Auslöser meiner Handykamera schnappt. Das Selfie von uns beiden wirkt nicht wie ein Schnappschuss. Und nicht einmal ich selbst würde mich auf Anhieb darauf erkennen. Auf der Profilaufnahme schauen wir Kopf an Kopf in die Ferne. Mein aufgebauschtes Haar wirkt in einem kühlen Lichtreflex fast aschblond und gleicht ihrer hellen Mähne, und das Schwarzgrau des Pullovermusters hat genau Houdinis aschdunkle Fellfarbe. Aus der Ferne betrachtet müssen wir wie ein schräges Performancepaar im Partnerlook wirken. Ich muss lächeln. Bevor Einar heute in die Küche kam, hatte ich im Internet nach Marina Abramovićs Künstlermanifest gesucht. In einem Abschnitt schreibt sie, dass ein Künstler seine Arbeit nicht nach Art eines Bankangestellten ausführen solle. Tja, leider verloren. Aber zumindest bei »Ein Künstler sollte weder sich noch andere belügen« bin ich seit heute Nacht mit im Boot. Die Zeit des Bluffens und Blendens ist vorbei. Und auch wenn ich keine Ahnung habe, wie es weitergeht, so weiß ich zumindest, wie meine neueste Liste aussieht:

1. Neue Mailadresse anlegen
2. Finnur küssen
3. Ein bis drei Jobs finden.

Fjallkonan rules

Eine neue Mailadresse habe ich, doch Punkt zwei und drei habe ich getauscht. Ja, ich bin feige. Aber vielleicht strahlt die Mittsommernacht noch von mir ab, Blicke bleiben an mir haften; einige Isländer flirten wohl doch. Und mit jedem Lächeln, das ich erwidere, strahle ich ein wenig heller. In Reykjavík ist an diesem Tag der Sommer ausgebrochen, nur mittelalte Touristen sind noch in ihrem Jack-Wolfskin-Partnerlock und Wanderschuhen unterwegs, alle anderen tragen leichte Sommerkleidung. Ich spiele mit straff aufgestecktem Haar die Seriöse und trage ausnahmsweise sogar meinen marineblauen Blazer und meine Bluse, an der Einar die beiden abgerissenen Knöpfe wieder angenäht hat.

Um in Island arbeiten zu dürfen, muss ich nämlich ganz amtlich eine Personen-Kennziffer beantragen. Jeder Isländer bekommt seine *Kennitala* schon bei seiner Geburt zugewiesen. Und sie ist nicht nur der Eintrittscode für die Arbeitswelt, man eröffnet mit dieser Identifikationsnummer auch Konten, unterschreibt Mietverträge und meldet sich damit sogar im Fitnessstudio an.

Das Zentrale Melderegisteramt Þjóðskrá liegt ein Stück von der Altstadt entfernt mitten in einer Betonklotz-Prärie. Mit einem tiefen Durchatmen sinke ich zurück in mein seriösestes Ich und trete ein. Aber den Blazer hätte ich mir sparen können, das hier ist nicht das Amtsgericht in Frankfurt, es gleicht eher dem Schalter einer kleineren Poststelle. Ich ziehe eine Nummer, und als ich fünf Minuten später mit meinen Unterlagen am Schalter stehe, erwartet mich dort eine lässige Sachbearbeiterin mit einem Piercing in der Braue. Ich habe Himmel und Hölle in Bewegung gesetzt, um aus Deutschland direkt von meinen Versicherungen Scans aller Bescheinigungen zu bekommen. Einar hat mir eine handschriftliche Vermieter-Bestätigung verfasst, und zur Sicherheit habe ich heute Morgen in der Stadt auch noch Kopien von meinem Personalausweis gemacht und meinen Lebenslauf ausgedruckt. Ich brauche fast nichts davon, und kurz darauf stehe ich schon wieder in der Sonne und kann nicht fassen, dass meine Kennitala in ein paar Tagen in den Sumarhús-Briefkasten flattern wird. Einfach so.

Viel zu früh bin ich beim Café Reykjavík Roasters und lasse mich in einem Sessel in der Nähe der türkis lackierten Rösttrommel nieder. Die Klänge einer isländischen Folk-Ballade mischen sich mit dem Klappern von Tassen. Das Café wirkt wie ein Retro-Wohnzimmer mit großen Ladenfenstern, gemütlich abgeschabt, mit Stuck an der Decke und hellen, holzvertäfelten Wänden. Altmodische Polstersessel stehen neben zusammengewürfelten Stühlen und Kommoden aus den Sechzigern. Auf einer der Fensterbänke haben es sich zwei Mädchen mit ihren Laptops gemütlich gemacht, und auf einem antiken Nähmaschinentisch wartet eine Sammlung von Vinyl-Platten auf ihren Einsatz. »Feel free to DJ«, steht auf einem handgeschriebenen Zettel über dem Plattenspieler. Ich hole mein Notizbuch heraus. Neben meiner To-do-Liste habe ich Vokabeln und Ausspracheregeln notiert.

»Arbeitest du jetzt bei der Landsbankinn, oder steht dein Dozent auf diesen Business-Look?« Líf lässt einen prall gefüllten Rucksack auf den Boden fallen und wirft sich in einen Sessel.

Heute wirkt sie ungewohnt farblos. Sie trägt ein schwarzes T-Shirt zu Jeans und Sneakers, ihr Haar ist glattgekämmt. Und von Silberschmuck keine Spur.

»Weder noch«, antworte ich. »Ich habe meine Kennitala beantragt. Ich suche nämlich wirklich einen Job.«

»So pleite?« Líf pfeift durch die Zähne. »Ich hole uns Kaffee, dann erzählst du mir alles.«

»Þetta er á minn kostnað«, sage ich meinen auswendig gelernten Spruch auf. *Den Kaffee gebe ich aus.* »Und heute geht alles auf meine Rechnung.«

Als ich die Tassen zurück zum Tisch balanciere, hat Líf bereits meine Sachen ausgepackt und die Musik-CD dazugelegt. Und als sie an ihrem Kaffee nippt, fällt mir auf, dass sie heute nicht sprüht. Sie ist müde und blass, mit tiefen Ringen unter den Augen.

»Alles in Ordnung?«

Líf gähnt. »Viel Arbeit, wenig Schlaf. Ich war zwei Tage in Hveragerði und habe dort in einem der großen Gewächshäuser gejobbt – am Fließband Tomaten abpacken. Und wegen meiner Übernachtungsgäste schlafe ich jetzt bei meinem Bruder, aber in seiner WG ist es höllenlaut. Na ja, ab Samstagmittag kann ich endlich wieder in meine Wohnung.«

»Hast du gerade einen Engpass, weil du sie vermieten musst?«

»*Gerade?*«, gibt Líf ironisch zurück. »Aber du wohl auch, wenn du einen Sommerjob suchst. Hast du dich schon umgeschaut?«

Ich nicke und hole die Zeitung heraus, die ich besorgt habe. »Einar hat mir gestern schon den Online-Stellenteil vom Wochenende übersetzt. Aber da war nichts dabei.«

»Einar?«

»Mein ... Vermieter.« Immer noch habe ich kein richtiges Wort für das, was er für mich ist.

»Der exzentrische Pferdebesitzer?«, hakt Líf nach.

»Wieso exzentrisch?«

»Na, keiner nennt in Island ein Pferd Houdini. Die Namen werden meist nach dem Aussehen oder dem Charakter des Pferdes gewählt. Pferde mit buschigen und langen Mähnen heißen Faxi, eine lavadunkle Stute kann man Aska nennen – Vulkanasche. Und eine Fuchsstute Brenna – das ist ein Begriff aus der Edda und bedeutet Freudenfeuer.«

Nach dem, was Einar mir über das Isländische vermittelt hat, weiß ich bereits, dass die Sprache sich seit der Zeit der Wikinger so wenig verändert hat, dass jeder Isländer noch heute ohne Probleme die alten mittelalterlichen Sagas der Edda-Sammlungen lesen kann. Aber die raue Poesie dieser Namen berührt mich jetzt so sehr, dass ich lächeln muss.

»Wenn es nach Eigenschaften geht, passt der Name Houdini trotzdem«, sage ich. »Sie ist eine Entfesselungskünstlerin, man weiß nie, wann sie wegläuft.«

»Dann sollte sie Rokka heißen. Das wäre ein Name für ein Pferd, das so unberechenbar und unbeständig ist wie die Bewegung des Windes. Aber deinem Foto nach zu urteilen würde ich sie Silfurtoppa nennen – Silberschopf. Ist wirklich eine hübsche Windfarbene. Lass mal die Zeitung sehen.«

Sie schnappt sich das Morgunblaðið und sucht die Seite mit den Stellenanzeigen.

»Bei den Stellengesuchen ist meine Anzeige abgedruckt«, erkläre ich. »Einar hat mir auch dabei geholfen.«

Líf starrt mich mit offenem Mund an. »Du hast eine höllenteure Print-Anzeige geschaltet? Wieso? Man fragt doch erst einmal im Freundeskreis herum. Und wozu gibt es die Online-Jobbörse? Warum hast du nicht erst bei mir angerufen?«

»Ich ... wollte dich nicht behelligen.«

»Du meine Güte, wozu sind Freunde denn sonst da? Bist du immer so eine Einzelkämpferin?«

Ja, das bin ich wohl wirklich. Und es hört sich befremdlich an, das Wort Freunde in Verbindung mit mir und Líf zu hören. Psychologen haben die Schallgrenze, ab wann man von echter Freundschaft sprechen kann, mit zweihundert Stunden gemeinsamer Zeit beziffert. Zeit, die man ohne ein übergeordnetes Ziel zu verfolgen miteinander verbringt, einfach nur, weil man gerne zusammen ist. *Vielleicht war das der Fehler bei Anna und mir*, denke ich nun. Diese Art von absichtsloser Leichtigkeit gab es nie. Über allem stand immer die Absicht, das gemeinsame Projekt, die Kunst. *Und was weiß ich überhaupt schon von Freundschaften?* Es ist ein Armutszeugnis, aber bei ehrlicher Betrachtung hatte ich außer Anna niemals wirklich enge Freunde. Alte Schulfreundinnen und Kolleginnen, auf deren Hochzeiten ich zu Gast war, ja. Aber ansonsten habe ich für Henrik, Kunst und Familie gelebt. Verstohlen betrachte ich Líf, während sie blättert. *Vielleicht gehen Isländer ja auch bei Freundschaften anders vor*, denke ich. *Vielleicht schließt man hier Freundschaften auf den ersten Blick, um das komplizierte Geflecht der Liebesbeziehungen auszugleichen?*

»Stimmt es eigentlich, dass hier kein richtiges Dating stattfindet?«, rutscht es mir heraus.

»Kommt darauf an, was du unter Daten verstehst«, antwortet Líf, ohne aufzublicken.

»Ich meine das Kennenlernen und langsame Verlieben. Mit Verabredungen zum Kaffee, Gesprächen, Spaziergängen …«

Líf schnaubt ein müdes Lachen in die Zeitung. »Natürlich lernen wir uns kennen, was denkst du denn? Aber romantische Verabredungen mit Händchenhalten im Café sind hier zumindest bei den Teenagern wirklich nicht so üblich.«

»Wieso?«

Líf runzelt die Stirn, als müsste sie selbst darüber nachdenken. »Schätze, weil es peinlich werden könnte. Nicht auszudenken, wenn man sich mit einem Jungen zum Date trifft und sich herausstellt, dass es vorne und hinten nicht passt. Dann musst du irgendwie zurückrudern, aber alle haben bereits mitbekommen, dass man miteinander aus war, und tuscheln und stellen Fragen. Mehr als ein großes Dorf ist Reykjavík in dieser Hinsicht nämlich nicht. Irgendwann kennt jeder jeden.«

»Dann hofft man hier also wirklich, die große Liebe zufällig und meist auch noch betrunken in einer Bar aus der Menge zu picken?«

»Ob es die große Liebe wird, weiß man nicht«, antwortet Líf leichthin. »Was passiert, passiert. Aber zum Flirten sind tatsächlich die Nächte und die Tanzcafés da. Wie man ja auch an dir und dem Blonden sieht.«

Ich ärgere mich, dass ich tatsächlich rot werde.

»Wirst du ihn wiedersehen?«, bohrt Líf weiter.

»Ich ... habe es vor, ja.«

»Wann?«

Dasselbe hatte Finnur mir als Antwort auf meine SMS geschrieben.

»Das weiß ich noch nicht.«

Líf hebt die Brauen. »Brauchst du erst ein Manifest dafür?«, spottet sie und vertieft sich wieder in die Zeitung. Und weil ich es einfach nicht lassen kann, frage ich sie dann doch.

»Hast du Pettur damals auch in einem Club kennengelernt?«

»Nein.« Líf gähnt. »In der Schule. Nicht alle Klischees stimmen.«

»Aber diese isländische Dating-App gibt es wirklich, oder?«

Lífs Augenrollen sagt alles. »Abgesehen von Elfen ist das immer das Erste, wonach Ausländer fragen. Es muss ja sehr spannend sein, wie wir Inzest-Freaks von der Insel es hinbekommen, uns genetisch verträglich zu paaren.«

»Entschuldige, so meinte ich das nicht.«

»Nein, schon gut, es stimmt ja, dass wir hier ein Genpool-Thema haben. Und das will man ja wirklich nicht erleben: Man kommt zusammen, man verliebt sich – und dann trifft man den Traummann Wochen später auf irgendeiner Familienfeier und stellt fest, dass er ein Cousin ist, den man bisher noch nicht kannte. Ist einer Freundin von mir passiert. War ein ziemliches Drama.«

Sie findet mein Gesuch und liest es stirnrunzelnd. »Englisch in Wort und Schrift …«, übersetzt sie, »… langjährige Erfahrung … Kunstmarketing und Veranstaltungsorganisation … Nimm es mir nicht übel, aber mit diesem Fachprofil kommst du nicht weit. Und um im Kulturbereich oder zum Beispiel in irgendeiner Galerie arbeiten zu können, müsstest du wirklich gut Isländisch können.« Líf zückt ihr Handy. »Die meisten Jobs gibt es im Service und in der Tourismusbranche. Deutsche sind beliebt bei den Arbeitgebern, weil sie als pünktlich und zuverlässig gelten. Aber auch dafür brauchst du die Sprache.«

»Daran arbeite ich schon. Aber es muss doch irgendetwas zu finden sein, was ich für den Übergang trotzdem machen kann.«

»Klar. In der Markthalle werden immer Leute gesucht, die Fische ausnehmen.«

Mir sinkt der Mut, während Líf meine Anzeige abfotografiert. »Ich schicke es mal im Freundeskreis herum«, sagt sie. »Vielleicht hat jemand einen Tipp. Man fragt nämlich immer erst im Netzwerk herum, bevor man in der Zeitung inseriert. Außerdem verlinke ich dich mit ein paar Leuten und dann …«, sie stutzt. »Ich finde dich gar nicht auf Facebook.«

»Nein, ich bin nicht in den sozialen Medien unterwegs.«

»Was?«

Die beiden Mädchen auf dem Fensterbrett schauen sich nach uns um, so laut ist Lífs Ausruf. »Dann bist du hier in Island völlig aufgeschmissen«, wettert Líf weiter. »Hast du wirklich gar nichts? Nicht einmal eine Künstler-Homepage?«

»Ich betreue nur die offizielle Internetpräsenz meines Mannes.« Und selbst da bin ich die Unsichtbare hinter Henriks großem Namen. Ich trete nicht in Erscheinung, schon gar nicht mit einem eigenen Account. *Ohne eigenes Profil*, denke ich. Aber was sollte ich auch posten? *»Hinter den Kulissen der Kunstwelt: Bekenntnisse einer Bankerin«?*

»Aber du bist doch Malerin«, beharrt Líf. »Und hier geht so gut wie alles nur über Social Media. Das Kulturleben sowieso, alle Ankündigungen, Werbung für Konzerte – und auch die Jobbörse.«

Ich starre auf meine hochseriöse Anzeige, unter der als Kontakt Einars Handynummer steht. Und mir wird klar, dass ich immer noch versuche, unter dem Radar zu fliegen, als müsste ich mich verstecken. *Vermutlich vor mir selbst.*

»Also gut.« Ich zücke mein Phone. »Wenn ich einen Account brauche, dann werde ich mir einen einrichten.«

Lífs Augen haben zu funkeln begonnen. Keine Spur mehr von Müdigkeit, jetzt ist sie hellwach. »Soll ich ein Profilfoto von dir machen?«

»Ich habe schon eines.«

Und es wird kein Foto sein, auf dem man mich auf den ersten Blick zufällig im Internet erkennen kann. Líf sieht zu, wie ich auch noch ein paar Zeichnungen aus meiner alten Aktentasche auspacke und abfotografiere. Dann holt sie einen Laptop aus ihrem Rucksack, loggt sich ins WLAN ein und beginnt zu suchen.

»Hast du schon mal in einem Café bedient?«, will sie wissen.

»Nein«, murmle ich, ohne aufzublicken. Ich habe Glück: Der Username ist bisher auf keiner der üblichen Social-Media-Plattformen vergeben. Foto um Foto lade ich hoch und füge Texte ein. Manche tippe ich einfach aus meiner alten Kladde ab – Gedankenfetzen von damals, kurze Tagebucheinträge zu neuen Ideen, die gut klingen und sich ins Gesamtbild fügen. Am Wochenende hatte ich für Líf zudem noch Detailfotos meiner neuen Arbeiten gemacht: Ausschnitte der isländischen Festtracht und die impressionistische blaue Frau, die im staubigen Streiflicht an den Räucherhaken hängt. Jetzt reihen sich die Bilder zu einer instagramtauglichen Fotogalerie. Kurz überlege ich noch, ob ich ein paar Zeilen meines alten Manifests einstellen soll. Jeder Künstler braucht eines, oder nicht? Abends im Bett hatte ich gestern noch versucht, meine damaligen Gedanken zu strukturieren:

Freiheit des Liebens: Drei Liebhaber, für jede meiner Farben einen.
Freiheit des Seins: Keine Grenzen, kein Rahmen.
Freiheit der Kunst: Keine Konvention, keine Wiederholung.

Punkt eins eignet sich nicht für einen öffentlichen Facebook-Account. Bei Punkt drei bin ich mir nicht mehr sicher, denn Wiederholung kann die Seele einer Performance sein. Aber Punkt zwei füge ich als Motto ein.

• • •

Líf verschluckt sich fast an ihrem dritten Kaffee, als sie eine Stunde später meine Facebook-Seite auf ihrem Laptop aufruft: das Profilbild zeigt Houdini und mich als Performance-Twins, das Hintergrundbanner ist das dramatische Panorama des Fjords, den ich heute Morgen auf dem Weg zum Bus fotografiert hatte.

»Fjallkonan?«, fragt Líf.

»Mein Künstlername für dieses Projekt.« Ich blitze Líf ein Lächeln zu. »Sobald der Account morgen freigeschaltet ist, kannst du mich damit vernetzen. Reicht das fürs Erste?«

Líf sieht mich mit einer faszinierten Scheu an. »Du machst wirklich keine halben Sachen.«

»Nein. Die Zeiten sind vorbei.« Und wieder fühle ich die Leichtigkeit, den Wind in meinen Händen. Kurz entschlossen packe ich die Bilder meiner Studienzeit auf den Tisch und schiebe Líf den Rückenakt zu, der ihr so gut gefallen hatte. »Hier, behalte ihn. Und wenn dir noch etwas anderes gefällt, nimm es dir einfach.«

Líf ist nicht leicht zu überraschen, aber jetzt klappt ihr der Mund auf.

»Cool, danke«, sagt sie dann. Sorgfältig verstaut sie die Aktzeichnung in ihrem Gepäck. »Du könntest vielleicht auch Zeichnungen verkaufen. Ólafur hat Kontakte zu den Kunstläden in der Altstadt, vielleicht nehmen sie Bilder in Kommission?«

In Wirklichkeit ist es Líf, die keine halben Sachen macht. Sie hat mir Ólafurs Nummer bereits weitergeleitet – und dazu noch ein paar andere Namen, die ich noch nicht kenne. »Zeigst du mir auch die ›offizielle Internetpräsenz‹ deines Mannes?«, bittet sie mich dann.

Es ist das erste Mal an diesem Tag, dass ich zögere. Seit einer Woche war ich nicht mehr auf der Seite der Kunstfabrik. *Aber was soll mir jetzt noch passieren?*

Dennoch kostet es mich allen Mut, die Page auf Lífs Laptop aufzurufen. Und als Henriks Bild erscheint, halte ich mit klopfendem Herzen den Atem an. Aber ich bin überrascht, wie wenig es mich berührt – als würden Finnurs Kuss und das Rot der Mittsommernacht mich einhüllen wie ein schützender Kokon.

»*Das* ist dein Mann?«, höre ich Líf fragen.

»Ja, das ist Henrik.« Das Bild habe ich ausgesucht, es ist Henriks Glanzporträt, abgetönt in Schwarzweiß. Nur seine Augen sind in ihrem natürlichen, hypnotischen Blau belassen und unterstreichen seinen Visionärblick.

»Wow«, sagt Líf. »Ehrlich gesagt hatte ich ihn mir ganz anders vorgestellt. Er sieht ja aus wie ein Filmstar. Hat etwas von diesem Superman-Darsteller ... Henry Cavill.«

»Ja, Superman«, murmle ich sarkastisch. Und wie eine Ehefrau, die nach Lippenstiftspuren am Kragen sucht, scanne ich mit kühlem Blick die Seite nach Veränderungen ab, klicke auf die verlinkten Facebook- und Mediaseiten. Aber weit und breit keine Anna, die im Hintergrund auf den neuen Fotos auftaucht. *Zumindest das*, denke ich mit grimmiger Genugtuung. Und mein Planungskonzept geht offenbar auf: Henriks Studententeam stellt täglich Live-Teaser ein, die vorproduzierte Kurzinterview-Serie läuft und ebenso der Tagescountdown verfremdeter Computerzahlen auf jeder Startseite. *Noch einundfünfzig Stunden und dreiundfünfzig Minuten bis zum Presseempfang*.

»Schöne Galerieräume«, sagt Líf ehrlich beeindruckt. »Und diese große Figur in der Mitte ... soll das eine Frau sein?«

Ich lächle nur müde. »Das ist Henriks berühmtestes Werk – die Schwarzenberg-Venus. Früher hat er ausschließlich Metallskulpturen gemacht. Inzwischen entwirft er nur noch kleinere Editionen.«

»Und ihr stellt alle seine Arbeiten selbst aus?«

»Nur für die Retrospektive, die übermorgen eröffnet wird. Die meisten Skulpturen, die du hier siehst, sind sonst als Leihgaben in Museen ausgestellt und werden nur für drei Monate in der Kunstfabrik stehen.«

»Kunstfabrik. Klingt wie die *Factory* von Andy Warhol.«

Das war die Idee dahinter. Ein Ort, der alles vereint – Henriks künstlerische Biografie und sein aktuelles Schaffen. Und gleichzeitig soll es ein Laufsteg für den Kunstmarktadel sein, für Kritiker, Journalisten und sonstige Medienvertreter, die sich in der Kunst auch selbst bespiegeln und damit auch den Verkauf befeuern. Aber mit einem Mal verspüre ich einen Widerwillen dagegen, mit Líf über die Kunstfabrik zu sprechen. Es ist, als würde Henriks Leben sogar hier das meine ausfüllen.

Ich schließe alle Fenster und die Homepage und greife nach meiner Tasche. »Ich habe dir deine Sachen wieder mitgebracht, Líf. Danke fürs Ausleihen.«

Wenn Líf sich über den abrupten Themenwechsel wundert, lässt sie es sich nicht anmerken. Sie verstaut die Nietenstiefel und den Blütenkranz im Rucksack, nur bei dem roten Kleid winkt sie ab. »Behalte es. Ich ziehe es ohnehin nie an.«

Líf muss mir ansehen, wie sehr ich mich darüber freue, denn insgeheim hatte ich bedauert, mich von der Frau in Rot zu verabschieden. »Danke.«

»Kein Ding. Sag Bescheid, wenn du wieder etwas zum Anziehen brauchst, wir können ja tauschen. Ich wollte schon immer einen Wallstreet-Blazer tragen.« Jetzt erkenne ich auch ihr verschmitztes Tinkerbell-Lächeln wieder. Doch nach einem Blick auf die Uhr wird sie ernst und trinkt den restlichen Kaffee in einem Zug aus. »Genug Pause gemacht, die Arbeit ruft.«

»Schon wieder? Hast du überhaupt einmal einen Tag frei?«

»Genau genommen ist heute mein freier Tag. Ich habe die Schicht im Apoték getauscht, damit ich heute zu meiner Strickgruppe kann.«

»Jetzt sag mir bitte nicht, dass dein vierter Job Stricken ist.«

»Doch. Willst du sehen?«

Sie zieht einen Stoffbeutel hervor und präsentiert mir stolz einen fast fertigen Pullover auf Rundstricknadeln in Braun und Weiß. Er ähnelt dem, den Jón oft trägt, das gleiche Rundhalsmuster mit eingestrickten Ornamenten, die an Kreuze oder vielleicht auch stilisierte Lilien erinnern. »Du bist ja ein Strickprofi, Líf.«

Líf wiegelt mit einem Schulterzucken ab. »Dieses Riddari-Muster ist das einzige, das ich kann, aber dafür kann ich es inzwischen ganz gut.« Sie packt ihr Werk wieder weg und steht auf. »Ich bringe Björg noch ihren Reitmantel zurück. Kommst du mit?«

»In den Silberladen?«

»Nein, zu Björg nach Hause. Es ist nicht weit.«

• • •

Nicht weit ist die Untertreibung des Jahres. Björg wohnt in der blauen Villa auf der anderen Straßenseite. Strahlend weiß heben sich das Blechdach und die Fensterläden von der mitternachtsblauen Fassade ab. Der Vorgarten wird von einem malerischen weißen Holzzaun eingerahmt, Ginsterbüsche blühen an der Treppe. Und als Líf klingelt, öffnet Schneewittchen die Tür. Beziehungsweise ist es ein milchhäutiges, schwarzhaariges Teenagermädchen, das zu strahlen beginnt und Líf mit einer Umarmung begrüßt.

»Das ist Sóley«, erklärt Líf. »Björgs zweite Tochter. Élin kennst du ja schon.«

Die beiden reden kurz, dann nimmt das Mädchen den Reitmantel an sich und verschwindet wieder im Haus.

»Ich habe noch nie zwei Schwestern gesehen, die sich weniger ähneln«, sage ich, als wir die Straße entlanggehen.

»Das liegt vielleicht daran, dass Élin und Sóley unterschiedliche Väter haben«, antwortet Líf. »Ein Klischee stimmt nämlich doch: Island ist das Land der Patchworkfamilien. Hier ist es ganz normal, früh Kinder zu bekommen. Und nicht alle Beziehungen halten wie bei meinen Eltern ewig. Willst du noch zum Stammtisch mitkommen?«

»Ich kann nicht stricken.«

»Du kannst es ja lernen. Mein Bruder kommt auch, und er ist ein richtiges Genie an den Nadeln. Er hat es mir beigebracht.«

»Ein Mann, der gerne strickt?«

»Was ist daran so ungewöhnlich? Die harten Seeleute haben früher ihre Pullover auch selbst gemacht. Mein Vater strickt gerne zur Entspannung vor dem Fernseher – und in meinem Stammtisch gibt es außer meinem Bruder noch zwei andere Männer.«

Nun bin ich tatsächlich neugierig. Es ist seltsam mit einem neuen Leben. Jeder Schritt ist einfach – gleichgültig, in welche Richtung er führt. Im Gehen antworte ich auf die letzte SMS von Finnur. Vorhin im Café hatte er ein Selfie geschickt. Darauf ist er mit seinem Mitbewohner Tom auf einem Balkon zu sehen. Die beiden haben Sonnenbrillen auf den Nasen und die bloßen Füße lässig auf das Balkongeländer gelegt. Finnur lächelt in die Kamera mit diesem weichen Mund, bei dem mein Herz sofort wieder zu flattern beginnt. »Ich fahre morgen zu einem Konzert nach Borgarnes und übernachte dort«, schreibt er. »Kommst du mit? Wir können danach eine Tour auf dem Golden Circle machen. Ich hole dich mit dem Auto ab.«

»Geht leider nicht, ich stecke mitten in meinem Projekt«, schreibe ich nun zurück.

Ja, ich bin feige, aber mein Lächeln fällt natürlich auch Líf auf. »Verabredung heute Abend?«, will sie wissen.

Ich schüttle den Kopf. »Und wen wirst du heute treffen? Sam oder den Barkeeper?«

Líf scheint tatsächlich kurz zu überlegen, wen ich mit Barkeeper meine. »Ach, Torger! Nein, das mit ihm ist vorbei, seit Sam dazwischenkam.«

»Ist das der Grund, warum du Schichten im Apoték tauschst? Damit du nicht mit dem Ex zusammenarbeiten musst?«

Líf grinst. »Ist gerade ein bisschen kompliziert, ja«, gibt sie zu. »Aber um auf deine Frage zurückzukommen: Sam ist heute nicht da. Das ist ganz gut, so bekomme ich den Lopapeysa endlich fertig.«

»Darf ich fragen, wie viel sich mit Pulloverstricken dazuverdienen lässt?«

»Kommt darauf an, wie viel ich schaffe. Im Durchschnitt komme ich auf ungefähr sechstausend Kronen im Monat.«

Also dreiundvierzig Euro siebzig, und das auf der Insel der horrend hohen Lebenskosten.

»Hilft die Summe dir weiter?«

Lífs abgrundtiefes Seufzen ist Antwort genug. »Ich will nicht jammern, aber seit mir die Bank damals die Kreditraten erhöht hat, komme ich manchmal einfach nicht vor die Welle.«

Manchmal?, denke ich bei mir.

»Dann lohnt sich das Stricken also gar nicht«, stelle ich fest.

»Wie meinst du das?«

»Ich meine als Nebenerwerb. Du könntest deine Zeit gewinnbringender nutzen, wenn du einen besser bezahlten …«

»Bei dir muss sich wohl alles in Zahlen rechnen und lohnen, oder?«, unterbricht mich Líf. »Aber beim Stricken geht es nicht ums Geld. Ich bin Mitglied bei der Kooperative, die durchsetzen will, dass in Island gestrickte Pullover auch ein eigenes Label bekommen. Der Großteil der Ware, die du hier bekommst, wird nämlich mit exportierter isländischer Wolle maschinell in China gefertigt. Aber seit der Kreppa sind wir schon abhängig genug von anderen Ländern, es ist gut, wenn wir autonomer werden.«

»Das ist ein gutes Projekt, Líf, aber hast du wirklich Zeit für ein Ehrenamt?«

Líf bleibt stehen und runzelt die Stirn. »Das ist kein Ehrenamt. Und es geht nicht, nur darauf zu schauen, was einem alleine nützt. Man muss auch etwas für die Insel tun, etwas, was für uns alle gut ist und jedem Einzelnen nützt, verstehst du?«

»Aber pleite gehst du im Zweifelsfall ganz allein«, gebe ich zu bedenken.

»Ich bin nicht allein«, erwidert Líf ungehalten. »Wir sind alle verbunden und Teil einer Gemeinschaft. Keiner schafft es allein. Und gerade wenn es einem selbst nicht gut geht, ist es hilfreich, nicht nur um sich selbst zu kreisen, sondern sich auf etwas außerhalb von einem selbst zu konzentrieren. Zu schauen, was man für andere tun kann. Vielleicht solltest du das auch mal ausprobieren, Einzelkämpferin?«

»Die Gemeinschaft hätte wenig davon, wenn ich versuchen würde, für sie zu stricken«, wende ich ein.

Líf blitzt mir von der Seite ein kurzes Lächeln zu.

»Aber vielleicht kann ich wenigstens in Finanzfragen nützlich sein«, füge ich vorsichtig hinzu. »Hast du schon mal überlegt, die Wohnung abzustoßen? Eine Immobilie, die dein ganzes Geld auffrisst ...«

»*Abstoßen?*« Líf schüttelt so empört den Kopf, als hätte ich ihr vorgeschlagen, ihre leiblichen Kinder im Wald auszusetzen. »Man verkauft doch nicht sein Zuhause und wohnt zur Miete!«

Emotionale Käuferin, denkt mein Banker-Ich. »Verstehe. Aber nur als Vorschlag: Wie wäre es, wenn ich mir deinen Finanzplan ansehe? Vielleicht kann man den Kreditvertrag neu verhandeln und umschichten, damit du finanziell mehr Luft hast.«

»Glaubst du etwa, ich kann nicht mit Geld umgehen?« Líf wirft mir einen verärgerten Blick zu.

»Ich wollte dir nur mein Wissen anbieten. Überlege es dir einfach in Ruhe und …«

»Da gibt es nichts zu überlegen.« Líf bleibt abrupt stehen und fährt zu mir herum. Auf ihren Wangen erscheinen rote Flecken, und ihre Augen haben ein hartes Funkeln, das ich an ihr nicht kenne. Mit einem Mal flirrt die Luft. »Ich brauche keine Hilfe«, setzt sie zornig hinzu. »Wenn ich in den vergangenen Jahren eines gelernt habe, dann ist es das: mit dem Taschenrechner umzugehen.«

Diesmal habe ich den Fettnapf verfehlt – um stattdessen mitten ins Wespennest zu treten. »Ich habe es wirklich nur freundlich gemeint«, lenke ich behutsam ein. »Schließlich hilfst du mir doch auch, eine Arbeit zu suchen.«

»Das ist etwas völlig anderes!«, schnappt Líf. »Danke für das Angebot. Aber ich muss von niemandem gerettet werden. Und ich brauche keine Almosen! Von keinem.«

Sie hat ihren Stolz, das lerne ich nun über sie. *Und die Einzelkämpferin hier ist sie.*

»Es wäre kein Almosen, Líf. Sondern ein Freundschaftsdienst.«

Lífs Augen werden schmal, sie holt tief Luft. Ich habe keine Ahnung, ob sie nicken wird oder ob es gleich eskaliert. Eine Rock-Fanfare plärrt in die aufgeladene Stille. Líf schnaubt genervt und kramt ihr Handy hervor. Doch als sie sich mir wieder zuwendet und ihr Gesicht sich plötzlich in ihrem vertrauten Lächeln aufhellt, bin ich unendlich erleichtert. »Für dich«, sagt sie und reicht mir das Phone.

• • •

Ich weiß nicht, von wo Ólafur angerufen hat, vermutlich vom

Gipfel eines aktiven Vulkans. Ich habe fast nur Windknattern gehört, gegen das Ólafur angeschrien hat. Ich habe den Verdacht, dass ich nicht einmal die Hälfte verstanden habe, aber die Frau, bei der er mich bereits telefonisch angekündigt hat, heißt Hildur und ist seine Cousine. Vor allem aber hat sie einen Leitungsposten in einer Museumsverwaltung und in exakt dreiundzwanzig Minuten Feierabend. Nun bin ich froh, dass ich meinen Bewerbungslook trage und im Café die Hochsteckfrisur nicht gelöst habe.

Möwengeschrei hallt mir entgegen, als ich völlig außer Atem am großen Parkplatz am alten Hafen ankomme, dort, wo sich das Museum für moderne Kunst befindet. Dieses Hafnarhús ist ein geometrischer Industriebau im Bauhaus-Design. Jetzt könnte ich zur Abwechslung das Reiseführerwissen meiner Mutter gebrauchen. Aber immerhin erinnere ich mich daran, dass das Gebäude noch bis in die Fünfziger als Hafenbüro und Lagerhalle diente und heute die Werksammlung eines der berühmtesten Pop-Art-Künstlers Islands beherbergt: Erró alias Guðmundur Guðmundsson. Henrik und ich hatten dieses Museum noch auf unserer Liste – als krönenden Abschluss unserer Reise. Und Henrik ist der Grund, warum ich bisher nur die Galerien mit der traditionelleren isländischen Malerei besucht habe. Auch jetzt fühle ich mich, als würde ich in Henriks Revier eindringen.

An diesem Tag ist das Wetter wohl zu gut für Museumsbesuche, nur eine kleine Touristengruppe steht im Eingangsbereich. Alle tragen dicke Jacken und Wanderschuhe und studieren Reiseführer, als wären sie durch ein Wurmloch direkt von einer Gletschertour hierhergebeamt worden und müssten erst herausfinden, wo sie gelandet sind. Die Dame an der Kasse nickt, als ich meinen Namen nenne, und greift zum Telefon. »Du sollst oben im Café warten«, sagt sie dann. »Es kommt gleich jemand zu dir.«

Auch im Inneren des Museums dominiert Fabrikdesign, graue Betonoptik und kantige Pfeiler. Meine Schritte übertönen den fernen Hall von akustischen Installationen. Irgendwo hallen Bässe und Musik, als würde ein Konzert stattfinden. Das Café liegt im ersten Stock. Schwarzes, sachliches Design mit dunklem Lack und Holz und dahinter eine Panoramawand aus Glas, die sich zum alten Hafen öffnet. Ich nutze die Zeit, um noch hastig meine Unterlagen zu sortieren. Aus Ólafurs Windgebrüll hatte ich nur herausgehört, dass im Museum eine Aushilfe gesucht wird. Auf meine Frage: »In welchem Bereich?«, hatte er nur mit dem isländischen Pendant eines lässigen Schulterzuckens geantwortet. »Weiß ich nicht, aber Þetta reddast – *das wird schon.*«

»Swea?« Vor mir steht eine imposante Erscheinung – eine große, füllige Frau um die fünfzig. Mit ihrem blauschwarz gefärbten, kunstvoll aufgesteckten Haar, dem blutroten Lippenstift und der Goldbrille an klobigem Goldkettchen wirkt sie wie eines der ikonischen »Society Portraits«, auf denen die Künstlerin Cindy Sherman sich in überzeichneten Selbstporträts als Verkörperung amerikanischer Upper-Class-Ladies inszeniert. Bevor ich mich richtig vorstellen kann, fängt Hildur an, sehr schnell und zackig isländische Fragen auf mich abzufeuern. Als ich auf Englisch erkläre, dass mein Isländisch nicht ausreicht, habe ich den Eindruck, dass sie innerlich genervt aufstöhnt. Vermutlich überlegt sie schon, was sie ihrem Cousin beim nächsten Treffen unter vier Augen sagen wird. »Ich hatte dich eben gefragt, ob Alma schon mit dir gesprochen hat«, wiederholt sie auf Englisch.

Als ich verneine, runzelt sie verärgert die Stirn und ruft der Bedienung hinter dem Tresen etwas zu. Das Mädchen eilt davon. Dreieinhalb Minuten später sitzt eine mollige Frau mit Igelfrisur atemlos und mit hektischen roten Flecken im Gesicht bei uns am Tisch. Offenbar rennt hier jeder, sobald Hildur die Augenbraue hebt. Jetzt bin ich wirklich nervös. Da hilft auch Almas offene, herzliche Art nicht weiter. Ich mag sie auf Anhieb und sie mich wohl auch. Aber offenbar bin hier völlig fehl am Platz. Alma ist die Chefin des Cafés, und der Aushilfsjob wäre eine Krankheitsvertretung am Tresen.

»Tut mir wirklich leid«, sagt Alma mit ehrlichem Bedauern. »Aber ohne Sprachkenntnisse hat das wenig Sinn. Vielleicht kommst du wieder, wenn du einen Kurs gemacht hast?«

An jedem anderen Tag hätte ich mich jetzt höflich für ihre Zeit bedankt und wäre gegangen, aber heute schiebe ich meinen Lebenslauf in die Mitte des Tisches. Eines habe ich bei meiner Bank gelernt: wie man unwillige Kunden dazu bringt, sich auf ein Beratungsgespräch einzulassen.

Hildur hört sich meine Argumente an, aber dann schüttelt sie dennoch den Kopf. »Es klingt schon nicht ganz uninteressant, was du bisher gemacht hast, Swea. Aber selbst wenn du Isländisch könntest, hätten wir keine passende Stelle frei.«

»Auch keinen Stundenjob?«, beharre ich. »Als Aufsicht vielleicht? Oder in der Warenverwaltung im Museumsshop? Ich würde wirklich alles machen.«

»Wie sieht es bei den Reinigungskräften aus, Hildur?«, schlägt Alma vor. »Lena ist nur noch bis Ende des Monats da.«

Ich kann nicht so tun, als müsste ich nicht schlucken. *Aber hey*, höre ich im Geiste Líf sagen. *Besser als Fische ausnehmen am Hafen.* Und ich erinnere mich auch an Finnurs Worte: *Island-Regel Nummer eins: Lass dich aufs Chaos ein.*

»Ich würde auch gerne als Reinigungskraft hier anfangen«, höre ich mich sagen.

Hildur wirkt alles andere als begeistert. Aber kurz darauf stehe ich ein zweites Mal an diesem Tag etwas überrumpelt in der grellen Sonne, auf dem Smartphone Almas Handynummer und in der Tasche einen Termin zum Probearbeiten am Sonntag.

Neue Räume

Ólafur ist wohl auf dem Berg verschollen, ich erreiche ihn nicht. Líf klärt mich auf, dass er ein paar Tage auf Tour ist und in der Wildnis keinen Empfang hat. Also bedanke ich mich online. Mein Profil beginnt bereits zu leben – ich habe Freundschaftsanfragen aus Lífs und Loris Bekanntenkreis. Sogar Alma hat sich durch meine Galerie geliked. Und auch Finnur folgt meinen Spuren. Offenbar entzündet die Künstlerin ihn noch mehr als die Frau in Rot. Er schickt mir Selfies vom Festival, und jedes Lächeln darauf bringt mir seinen Kuss zurück. Doch immer noch wage ich nicht, den letzten Schritt zu machen. Stattdessen stürze ich mich auf die Wörterbücher, die Einar aus den Zweit- oder Drittreihen seines Bücherschranks exhumiert hat. Vergeblich versuche ich mir Wörter wie ráðningarsamningur (Arbeitsvertrag) zu merken. Es ist fast unmöglich, sich Bedeutungen logisch zu erschließen. Natürlich gibt es Wörter wie tómatsósa oder appelsína. Aber für alles existiert auch eine isländische Variante. Orange nennt man »Glühfrucht«, Banane »Krummfrucht« und rabbarbari heißt auch tröllsúra: Trollampfer.

»Tom ist übers Wochenende weg«, schreibt Finnur. »Wie wär's, Elskan mín? Was muss ich machen, damit du dich endlich wieder herlocken lässt? Ich koche sogar für dich, wenn du willst – allerdings auf eigene Gefahr.«

Ich muss lächeln, als ich nachschaue, was Elskan mín bedeutet. Es ist eine Koseform, *meine Liebe* oder auch: *mein Schatz.* Bei Finnur ist es sicher mit einem ironischen Augenzwinkern gemeint. Ich antworte ihm mit einem Vielleicht und beschließe, dass ich im Sumarhús dringend Ordnung schaffen muss. In einem Schrank finde ich eine ausziehbare Leiter und einen antiken Staubsauger. Sein Brüllen lockt Einar aus seiner Kammer. Eine Weile schaut er mir stirnrunzelnd zu, mit verschränkten Armen an der Schwelle zwischen seinem Gestern und Heute. Bisher waren auf seinem Schreibtisch Fotos ausgebreitet, jetzt geht er wohl alte Briefe durch. Er hat einzelne Worte mit seiner roten Tinte unterstrichen und Notizen am Rand gemacht, als würde er die Klassenarbeiten seiner Ahnen korrigieren.

»Ist das wirklich notwendig?«, murrt er, sobald ich den Staubsauger ausmache.

»Ab Samstag hast du Ruhe vor mir«, erwidere ich. »Aber ... da ich jetzt länger hier wohnen werde, wäre es nicht sinnvoll, oben das zweite Zimmer für dich herzurichten?«

Einar runzelt die Stirn. »Wie kommst du darauf?«

»Die Liege im Skriptorium ist kein Bett. Ich habe ein schlechtes Gefühl dabei, wenn du wegen mir in dieser Nische haust. Wir können einen Schlüsseldienst holen, der das Schloss öffnet. Oder du bittest Kim, dir den Schlüssel mit der Post zu schicken ...«

»Nein.«

Die Antwort klingt so barsch, dass ich stutze. »Aber es ist doch Platzverschwendung, das Zimmer leer stehen zu ...«

»Es ist nicht leer«, unterbricht mich Einar. »Es ist vollgestellt mit Kisten und Privatsachen. Wenn es jemand ausräumt, dann nur Kim selbst. Und bis dahin bleibt alles, wie es ist.«

Er nimmt die Brille ab und reibt sehr konzentriert einen imaginären Fleck auf dem Glas weg. Aber es sind nicht nur sein harscher Tonfall und diese Geste, die mich irritieren. Irgendetwas stimmt nicht, aber ich kann nicht sagen, was.

»Wie du willst«, sage ich zögernd. »Kann ich kurz im Skriptorium durchsaugen? Dauert nur eine Minute.«

Man kann fast spüren, wie die Luft schlagartig abkühlt. Einar setzt sehr langsam die Brille wieder auf. Und jetzt ist sein Blick so frostig, dass sogar mir klar wird, wie sehr ich ihn verärgert habe. »Swea, ich sage es ungern ein zweites Mal, aber wir hatten bei deiner Ankunft vereinbart, dass das Skriptorium mein Privatbereich ist.«

»Schon gut, es war nur nett gemeint.«

Er nickt knapp. Die Schiebetür schleift und fällt mit einem Schnappen zu.

Etwas verstimmt stelle ich die Leiter an die Wand und steige neben den Buchregalen zu den Ölgemälden hoch. Der weiße Wunderhengst Fannar mustert mich wachsam, während ich ihn entstaube. Und da ich schon oben bin, wische ich auch auf dem Bücherschrank. Im obersten Regal stehen Prachtausgaben der isländischen Sagas. Hinten im Regal balgen sich Wollmäuse mit zerrissenen Spinnennetzen, also räume ich die Sagas aus. Ich bin erstaunt, hinter der ersten Buchreihe eine zweite mit deutschen Büchern in alter Frakturschrift zu entdecken. *Medizinische Fachsprache … verständlich gemacht* lautet ein Buchtitel. Als ich mich vorbeuge, verrutscht der Sagastapel auf dem Schrank. Mit dumpfem Knall landen drei Bücher auf dem Boden. Im Skriptorium kratzen Stuhlbeine über Dielen, dann zieht Einar die Schiebetür auf. »Was um Himmels willen …«

Fassungslos verstummt er, als er mich auf der Leiter sieht.

»Nichts passiert«, beruhige ich ihn. »Mir sind nur ein paar Bücher heruntergefallen …«

»Was hast du da oben zu suchen, Swea?«

»Ich entstaube die Buchregale und die Gemälde.«

Einar starrt mich an, als wäre mein Lappen ein Teppichmesser, mit dem ich mich gerade über einen van Gogh hermache. »Keine Sorge, Einar, ich weiß, wie man mit Ölbildern umgeht …«

»Komm da runter.« Es klingt gepresst und atemlos.

Und ich erschrecke, so grau im Gesicht ist er plötzlich. Ich bin kaum unten, als er schon die Bücher aufsammelt. Seine Finger sind weiß, so fest umklammert er sie, die unvermeidlichen Tintenflecken an seiner Rechten heben sich grellrot ab. Sie erinnern mich an die Blutfarbe von Lífs Wänden. »Hier hat alles seine Ordnung«, sagt er sehr deutlich. »*Meine* Ordnung. Im restlichen Haus kannst du machen, was du willst, aber hier möchte ich, dass alles so bleibt, wie es ist. Es ist ein *System*, verstehst du?«

Nun komme ich mir wirklich wie eine Schülerin vor. Eine, die dabei erwischt wurde, die Schublade am Lehrerpult zu durchwühlen. Und obwohl es etwas Schräges hat, fühle ich mich schuldig, als hätte er mich tatsächlich bei etwas Verbotenem ertappt. Doch langsam kriecht auch in mir der Ärger hoch. »Darf ich wenigstens die Fenster putzen, oder störe ich damit auch ein *System*?«

»Ich werde dich wohl kaum davon abhalten können«, erwidert Einar mürrisch. »Aber wenn du ein Buch benötigst, frage mich, dann suche ich es dir gerne heraus. Nur halte dich fern von meiner Bibliothek … bitte.«

Es ist keine Bitte, und wir wissen es beide.

»Warum steht da oben Medizin-Fachliteratur?«, breche ich das unangenehme Schweigen.

Er stutzt kurz, als hätte er diese Bücher längst vergessen. »Diese Bücher gehörten meiner Mutter.«

»Sie las auf Deutsch?«

»Es war ihre Muttersprache.«

Jetzt klappt mir doch die Kinnlade nach unten. »Das hast du mir nie erzählt.«

»Habe ich nicht?«

»Nein, du redest immer nur von deinem Vater und den Großeltern.«

»Nun«, sagt Einar gedehnt. »Vermutlich liegt das daran, dass ich sie kaum kannte. Sie starb sehr jung, als ich noch ein Kind war. Ich wuchs mit meinem Vater auf. Er hat nie wieder geheiratet.«

»Wo haben deine Eltern sich kennengelernt?«

»Oben im Norden, in der Nähe von Hegranes. Meine Mutter kam nach dem Krieg zum Arbeiten nach Island.«

»War sie etwa eine dieser Frauen, die als Landarbeiterinnen aus Deutschland angeworben wurden?«

Es überrascht ihn sichtlich, dass ich etwas darüber weiß. »Ja«, sagt er zögernd.

»Warum brachte sie Medizinbücher mit?«, bohre ich weiter.

»Weil sie studieren und Ärztin werden wollte. Aber zu der Zeit war das in Deutschland nicht gerade einfach. Die wenigen Studienplätze waren vor allem für Kriegsheimkehrer reserviert. Sie wollte ein Jahr in Island arbeiten und dann zurückkehren und sich neu bewerben.«

Aber stattdessen sie ist hiergeblieben, denke ich. *Genau wie Lífs Urgroßmutter.*

Einar wendet sich brüsk von mir ab und streicht den Staub vom Buchschnitt. »Geh ruhig«, murmelt er. »Ich räume die Bücher selbst wieder ein.«

Deutlicher kann ein Platzverweis nicht sein, also packe ich meine Lappen und Eimer ein. Als ich an der Tür zurückblicke, steigt Einar vorsichtig auf die Leiter und passt jedes Buch wieder so akribisch und millimetergenau in sein Archiv ein, als würde er die Wunden schließen, die ich seiner Privatsphäre gerissen habe.

• • •

Ich wollte die Fenster im Obergeschoss putzen, aber stattdessen stehe ich schon bald mit dem Lappen in der Hand vor der verschlossenen Tür am Ende des Ganges. Und wie immer, wenn ich hier lausche, habe ich das Gefühl, dass es im Haus besonders still wird. Sogar das röhrende Motorengeräusch des Pickups wirkt gedämpft. Ich knie mich vor das Schlüsselloch und spähe in das verbotene Zimmer. Genau wie vor einigen Wochen liegt das rote Holzpferd auf dem Boden. Vermutlich waren die hellen Vorhänge schon immer halb zugezogen, und es fällt mir heute nur auf, weil durch die Lücke ein schmaler Streifen Sonnenlicht auf die Dielen fällt. Und plötzlich weiß ich, was mich vorhin an Einars Worten so stutzig gemacht hat. Das Zimmer ist nicht voll, wie er behauptet. Es gibt keine Kisten, zumindest, soweit ich es durch das Schlüsselloch überblicken kann. *Aber warum sollte er mich anlügen?*

Unten hat Einar die Leiter im Flur abgestellt und die Tür zum Wohnzimmer geschlossen. Dezenter Hinweis an mich. Aber ich habe gar nicht vor, ein weiteres Mal in sein Revier einzudringen. Zumindest nicht in dieses.

Jón hat den Pickup geparkt und ist bereits in seinem Häuschen verschwunden. Aber Houdini beobachtet mit gespitzten Ohren, wie ich die Leiter um das Sumarhús herumtrage, um sie nicht direkt am Skriptorium-Fenster vorbeizuschleppen. Mit einem Blick durch das Wohnzimmerfenster vergewissere ich mich, ob Einar sich wieder in seiner Schreibkammer verschanzt hat, dann ziehe ich die Leiter in maximaler Länge aus. Aber selbst im steilen Winkel reicht sie nicht ganz bis zum ersten Stock. Auf dem letzten Meter muss ich mich auf den Sprossen seitlich verrenken, um mich an der Wand hochschieben zu können. Ich bekomme das Fensterbrett zu fassen und richte mich mit weichen Knien auf. Ich reiche gerade mal mit dem Kinn über den Fensterrahmen – aber es genügt, um durch den Vorhangspalt einen Blick auf weißen Lack und eine Goldverzierung zu erhaschen, vielleicht die Kante eines Schranks. Aber ansonsten: keine Kisten, nur kahle Wand neben der Tür.

Ich keuche auf, als die Leiter unter mir mit einem kleinen Ruck nach rechts schabt. Im Reflex balanciere ich sie mit meinem Gewicht wieder aus. *Was machst du hier?*, schießt es mir durch den Kopf. *Was geht dich das Zimmer an?* Und trotzdem – irgendetwas lässt mir keine Ruhe. Doch als ich mich wieder aufrichte, wäre ich vor Schreck tatsächlich fast von der Leiter gefallen. Sekunden später klammere ich mich ein paar Sprossen weiter unten an die Leiter und frage mich, ob ich jetzt verrückt werde. Ich könnte schwören, dass da oben ein Schatten war und der Vorhang sich bewegt hat, als hätte eine Hand ihn zur Seite gezupft. Mein ganzer Rücken kribbelt vor Unbehagen, als ich so schnell ich kann die Leiter herunterklettere. Und als ich auf den Boden springe, erschrecke ich ein zweites Mal fast zu Tode.

»Swea?« Einar hat das schmale Fenster des Skriptoriums geöffnet und beugt sich hinaus. Ich suche schon nach einer Erklärung, als sein Blick bereits zur Leiter schweift. Natürlich erfasst er mit einem Blick, warum sie dort steht. Vierzig Jahre als Lehrer gehen nicht spurlos an einem vorbei. Und als er mich anschaut, schießt mir das Blut in die Wangen.

»Herrje, sieh mich nicht so strafend an«, sage ich verärgert. »Was hast du nur mit diesem Zimmer? Versteckst du darin wie Blaubart die Leichen deiner ermordeten Bräute?«

Einar wird schlagartig aschfahl im Gesicht. Und mir wird siedend heiß. »Einar, entschuldige bitte! Das ist mir so herausgerutscht. Es war gedankenlos von mir.«

Er winkt langsam, wie in Trance, ab, als wäre es nicht der Rede wert. Aber er ist immer noch ein schlechter Lügner. Es schneidet mir ins Herz zu sehen, wie er sich das schüttere Haar aus der Stirn streicht und dabei nur verbergen will, wie sehr ich ihn aus der Fassung gebracht habe. Líf hat recht, ich bin wirklich ein Freak. Was habe ich mir dabei gedacht, sarkastische Witze über tote Frauen zu machen, während Einars Trauer noch so frisch ist, dass er es nicht einmal erträgt, Karins Namen auszusprechen?

»Einar, es tut mir aufrichtig leid«, sage ich aus vollem Herzen. »Das war taktlos von mir.«

Er räuspert sich. »Schon gut.«

Aber nichts ist gut. Vor meinen Augen hat er sich in einen steinalten Mann verwandelt, der sich schwer auf den Tisch am Fenster stützt. Und bevor ich noch etwas sagen kann, schließt er hastig das Fenster und zieht auch noch mit einem Ruck den Vorhang zwischen uns zu.

Ich bleibe zurück, immer noch zittrig und mit hämmerndem Herzen. Und als ich zum Fenster im ersten Stock hochblicke, komme ich mir noch lächerlicher vor. Nichts regt sich dort. Und selbst wenn sich wirklich etwas bewegt haben sollte, gibt es eine logische Erklärung: Zugluft. Die Fenster sind im ganzen Haus marode, der Wind streift durch die Ritzen unter den Türen hindurch in die unmöglichsten Winkel. Sogar von hier unten erkennt man, dass der Fensterrahmen verzogen und undicht ist. Die Scheibe hat sogar einen Spannungsriss. Und der Schatten, den ich als flüchtigen Umriss wahrgenommen habe, war sicher nur mein eigenes Gegenlicht-Spiegelbild im Glas.

Zu allem Überfluss habe ich meinen Schlüssel im Haus gelassen und mich ausgesperrt. Aber ich wage es nicht, Einar noch einmal zu stören. Also klopfe ich wohl oder übel bei Jón. Es dauert eine Weile, bis er aufmacht. Er trägt ein Shirt, das aussieht, als hätte er es irgendwo am Straßenrand aufgehoben, im Mundwinkel hängt die unvermeidliche Zigarette, und in der Hand hat er eine Flasche Viking-Bier.

»Was?«, fragt er mürrisch.

»Halló Jón. Ich ... habe mich ausgesperrt. Kannst du mir deinen Hausschlüssel leihen?«

»Ist der Herr des Hauses nicht da?«

»Doch, aber ich traue mich nicht zu klingeln. Ich habe gerade eben etwas Schreckliches zu ihm gesagt und ... Oh Mann, ich habe es richtig versemmelt.«

»Surprise«, sagt Jón trocken. Er fordert mich mit einer knappen Kopfbewegung auf, ihm zu folgen, und verschwindet nach drinnen. Hier braucht man die Schuhe nicht auszuziehen, es ist ölfleckiger Betonboden, auf dem sich Jón in einem improvisierten Wohnzimmer eingerichtet hat: alte Sessel, Gartenstühle, Tisch. Der Raum riecht nach Zigaretten und Reifengummi und sieht aus wie eine Installation zum Thema *Man/Garage/Life*. Sogar das amerikanische Rugby-Spiel, das gerade auf dem zu großen Flachbildfernseher läuft, passt dazu. An den Wänden stapeln sich Ersatzreifen für den Pickup, Kleiderhaufen auf Umzugskisten, und auf dem Tisch liegt ein Stapel Papiere, der mich an Lífs Chaos erinnert. Ein Brief ist adressiert an Jón Árnason.

Jón kramt den Schlüsselbund aus einer Jacke und wirft ihn mir quer durch den Raum zu. Natürlich bin ich zu fahrig, um ihn zu fangen. Jón sieht ruhig zu, wie ich den Schlüsselbund unter einem Gartenstuhl hervorangle. Aufmerksam studiert er dann mein blasses Gesicht. *Die Putzfrau vom Fjord*, denke ich. *Willkommen in meiner neuen Welt*. Mein Haar ist voller Spinnweben und nur nachlässig aus dem Gesicht gebunden, und Kims zu kurze Cargohosen und das ungebügelte Labbershirt voller Flecken machen es nicht besser. Ich rechne schon mit einer Bemerkung, aber Jón überrascht mich.

»Mach dir nicht zu viele Gedanken«, sagt er. »Einar ist nicht so zerbrechlich, wie er wirkt. Er kann einstecken.«

»Jón, ich habe einen blöden Witz über tote Ehefrauen gemacht.«

Líf wäre jetzt sicher theatralisch entsetzt, aber Jón pfeift nur leise durch die Zähne und hebt feierlich seine Flasche zu einem ironischen Toast. Er hat wirklich einen guten, trockenen Humor. Und plötzlich geht es mir ein wenig besser.

»Auch ein Bier?«, fragt er. »Du siehst echt fertig aus.«

»Danke für das Kompliment. Aber ... ja, ein Schluck Bier wäre jetzt wirklich gut.«

Er hangelt eine Flasche aus einem Kasten und öffnet sie mit einem präzisen Schlag an der Tischkante. Im Fernsehen prügeln sich zwei Spieler um den Ball, aber zwischen uns herrscht wohl gerade so etwas wie Waffenruhe. Wir stoßen an.

»War das ernst gemeint?«, fragt Jón dann. »Dass du bleibst?«

»Todernst«, sage ich mit Nachdruck. Diesmal zuckt ein Lächeln um seinen Mund. Aber sofort verschwindet es wieder.

»Was ist mit deinem Bankerjob?«

»Die feindliche Übernahme des Sumarhús im Auftrag meiner Bosse? Liegt zumindest bis Oktober auf Eis.«

»Und dein Mann?«

Jetzt klingst du wie meine Familie. »Wie du weißt, ist er mit seiner Jüngeren bestens versorgt.«

»... während du mit blonden Toyboys durchs Nachtleben ziehst?«

Here we go, denke ich. Und prompt setzt Jón auch noch hinzu: »Du stehst wohl genau wie dein Mann auf Jüngere.«

»Du doch auch«, kontere ich. »Und ich habe einfach keine Lust, das heulende, ausgemusterte Ehewrack zu sein, das du in mir siehst.«

Jón scheint überrumpelt zu sein. »So etwas habe ich nie über dich gesagt«, erwidert er völlig ernst. »Aber dir ist schon klar, dass du deinem Mann gerade das Spielfeld überlässt?«

»Vielleicht erobere ich mir mein Feld ja gerade zurück?«

Aber mit einem Mal schmeckt das Bier schal. Das ist das Vertrackte an Jón. Er sagt nicht viel, aber sobald er den Mund aufmacht, trifft er empfindlich genau. Ich schiele zur Uhr auf dem Fernseher. Die Stunde Zeitverschiebung mit eingerechnet, startet in exakt sechs Minuten der Presseempfang in der Kunstfabrik.

»Du hast doch am Samstag wieder Vormittagsschicht?«, wechsle ich das Thema.

»Ja, wieso?«

»Kannst du mich nach Reykjavík mitnehmen? Ich übernachte dort. Am Sonntagmorgen habe ich einen Termin zum Probearbeiten.«

»Du arbeitest? Wo?«

»Im Museum für moderne Kunst.« Es wäre verführerisch, es dabei zu belassen. Aber ich will nicht länger jemand sein, der sich und andere blendet. Also füge ich hinzu: »In ... der Putzkolonne.«

Das wäre jetzt Jóns Stichwort, aber er belässt es bei einem lakonischen: »Interessant.« Wieder studiert er mein Gesicht, als wäre es ein Buch in einer fremden Sprache.

»Ich fahre um acht Uhr los«, sagt er dann. »Aber am Sonntag abholen kann ich dich nicht. Ich bin über das ganze Wochenende weg.«

»Besuchst du deinen Sohn?«

Jóns Hand mit der Bierflasche friert mitten in der Bewegung ein. »Wie kommst du darauf?«

»Seit ich hier bin, habe ich noch nie mitbekommen, dass du Bjarni besucht hast. Und zu dir kommt er auch nicht. Wohnt er so weit weg?«

Jón trinkt den letzten Schluck aus. »In der Nähe von Hella«, sagt er knapp. »Und: Nein, ich besuche ihn nicht. Wenn du ausgetrunken hast, komm zum Pickup.« Damit stellt er seine Flasche mit einem Statement-Klack auf den Tisch und geht.

Als ich auf den Hof trete, ist der Sommer schlagartig verschwunden. Der Himmel ist grau und bewölkt, Sprühregen kühlt mein Gesicht. Jón wuchtet eine kleine Zink-Badewanne von der Ladefläche des Wagens. Das Ding rottet vermutlich schon seit Jahrzehnten im Freien vor sich. Früher sorgten Metallfüße dafür, dass die bauchige Form stehen konnte, aber diese Füße fehlen. »Das wird eine feste Tränke«, erklärt Jón. »Wir stellen sie hinter dem Haus auf. Wenn du helfen willst, hol die Eimer vom Wagen.«

Ich bekomme Blasen an den Händen, mir läuft der Schweiß den Rücken herunter und mein Haar ist vom Nieselregen durchweicht, aber es tut gut, körperlich zu arbeiten. Und solange ich rund ums Sumarhús große Steine sammle und in den Eimern auf die Weide schleppe, komme ich nicht in Versuchung, mich in der Kunstfabrik einzuloggen.

Aus den Steinen schichten wir die Einfassung auf, in der Jón die Wanne verkantet. Dann tragen wir Eimer für Eimer Wasser aus der Garage und füllen die Tränke randvoll auf. Heute ist wohl wirklich der Tag der unbekannten Räume, Jón zeigt mir, dass es im hinteren Teil des Nebengebäudes einen abgeteilten Verschlag gibt. Es duftet nach dem Heu, das sich in der Ecke türmt. In der anderen Ecke stehen ein Eimer und eine Schaufel. Theoretisch war mir klar, dass die Koppel sich nicht von selbst reinigt, aber erst jetzt wird mir wird bewusst, was Jón jeden Morgen macht, während ich noch schlafe. Hinter der Hofmauer hat er eine provisorische Grube angelegt, in die er den Mist kippt.

Als wir fertig sind, ist es fast schon zehn und ich habe zwei Stunden lang nicht an die Kunstfabrik gedacht. »Für ein Provisorium sieht die Tränke ja ganz ordentlich aus«, sagt Jón. *Ist in Island nicht alles ein Provisorium?* Ich sage es nicht laut, aber irgendwie erinnert mich die Tränke an Lífs Projekt, aus verschrotteten Waschmaschinentrommeln Öfen zu bauen. *Und trotzdem funktioniert es.*

»Sieht wirklich gut aus«, antworte ich und meine es völlig ernst.

Seite an Seite gehen wir um das gelbe Haus herum. Und sehen gerade noch, wie Houdini am Gatter mit dem Maul den Sperrbügel zur Seite drückt und ihn mit einem gezielten Kopfrucken anhebt. Der Riegel schnappt auf – und Houdini drängt sich ins Freie und stürmt im Hinketrab davon.

»Helvíti«, entfährt es Jón. Bevor ich reagieren kann, hat er sich ein Seil geschnappt und sprintet wie ein Football-Stürmer längs über die Weide. Mit einem Satz ist er auf der Mauer und springt draußen auf den Lavaweg. Houdini bricht zur Seite aus, als er ihr hinter dem Steintor den Weg abschneidet, aber einen Galopp bergab schafft sie nicht. Und selbst in ihrem Trab ist Jón mit seinen langen Beinen schneller als sie. Er scheucht sie mit schwingendem Seil zurück in Richtung Hof. Und als er ihr das Seil um den Hals wirft, bekomme ich eine Sondervorstellung einer Wildwestshow. Houdini bockt und quiekt, Hufe fliegen, die helle Mähne streift Jóns Wange. Das kleine Pferd schlägt mit dem Kopf und kreiselt um Jón. Doch plötzlich ist der Spuk vorbei, Houdini prustet wie ein Dampfross und schlägt mit dem Vorderbein, um den Kopf das Seilhalfter. Jón treibt sie mit einem Schnalzen an, und tatsächlich fügt sie sich.

Ich merke erst jetzt, dass ich mit verschränkten Armen dastehe und die Fäuste in meine Achselhöhlen drücke. Mit einem Mal habe ich Angst vor der explosiven Kraft dieses Pferdes. »Du hast vorhin vergessen, das Gatter wieder mit dem Karabinerhaken zu sichern«, ruft Jón mir verärgert zu. »Der Haken ist das Einzige, was dieses Biest nicht aufbekommt.« Ich werde ihm nicht sagen, dass ich den Karabiner neulich gelöst habe. Aber ich ahne nun, warum Houdini mich so aufmerksam beim Entriegeln des Gatters beobachtet hatte.

Direkt neben dem Pickup geht sie ohne Vorwarnung wieder hoch. Sie steigt auf die Hinterbeine und gibt einen rüden, gepressten Laut von sich. Jón gibt einfach nach und weicht den Hufen aus, ohne das Seil loszulassen. Dann holt er sie ganz ruhig wieder auf den Boden zurück und kämmt ihr ruppig, aber liebevoll mit den Fingern durch die Mähne. »Svona, lítil stelpa mín«, murmelt er. Was Svona bedeutet, weiß ich nicht, aber die anderen Wörter kenne ich inzwischen: *Meine Kleine*.

»Das ist nämlich das Problem mit Island-Pferden, die sich langweilen«, wendet Jón sich wieder an mich. »Sie kommen auf dumme Ideen und werden zu Ausbrechern.«

Er bugsiert Houdini auf die Koppel und nimmt ihr das Seil ab. Die kahle Scheuerstelle hinter ihren Ohren ist bereits wieder mit Fell bedeckt, bald wird silberhelles Windhaar auch die hässliche Lücke in der Mähne schließen. Jón sichert das Gatter und holt das Halfter und den kleinen Tiegel mit der Medizinsalbe. »Dein Part«, sagt er und drückt mir beides in die Hand. Houdini legt sofort die Ohren an und bockt davon. Bisher war das Pferd zu mir wohl wirklich nur nett gewesen. Sie lässt mich kaum herankommen, und als ich es doch einmal schaffe, schnappt sie aggressiv nach mir. Nach einigen Katz- und Mausrunden fängt Jón sie schließlich selbst ein und bindet sie kurz am Zaun an. Dann winkt er mich ungeduldig zu sich. Schulter an Schulter mit ihm stehe ich dann über das Pferdebein gebeugt. Jón riecht nach übel verschwitztem Shirt, Bier und Zigaretten, aber an seiner Seite fühle ich mich sicher. Kampferdunst steigt mir in die Nase, als ich die Salbe auftrage, während Houdini auf drei Beinen herumzuckt.

»Das ist keine Leinwand, auf der du herumpinselst«, bemerkt Jón. »Hör auf, den Gaul zu kitzeln, und reibe das Zeug richtig ein.«

»Ich will ihr nicht wehtun.«

»Wenn du so weitermachst, tut sie dir weh. Sie ist nicht aus Zucker.« Jón schiebt mich zur Seite und übernimmt.

»Woher kennst du dich eigentlich so gut mit Pferden aus?«, frage ich.

»Liegt in der Familie. Mein Großonkel hat sogar eine Art Franchising-System mit Sommer-Reithöfen für Touristen hochgezogen. Einem seiner Lakaien hat Einar das Hinkebein übrigens abgekauft.«

»Aber du … magst das Hinkebein, nicht wahr?«

Jón lässt Houdini los und schraubt den Deckel des Salbentiegels zu. »Ich mag unsere Inselpferde. Sie sind klug und zäh. Die Wikinger haben sie damals mitgebracht, und nur die stärksten Tiere haben in diesen harten Bedingungen hier überlebt. Die Islandpferde, die wir heute haben, sind ihre Nachfahren. Die Stärksten der Starken. Hier!« Er überreicht mir den Tiegel. »Das nächste Mal machst du es alleine. Und lass dir von ihr nicht auf der Nase herumtanzen.«

»Allt í lagi«, sage ich ohne viel Überzeugung. *Geht in Ordnung.*

Jón stutzt kurz, dann fragt er: »Stimmt es wirklich, dass du Lieferwagen gefahren hast?«

»Ja, als ich Studentin war. An der Universität haben wir oft

Bühnen und Installationen aufgebaut, und jemand musste den Transport übernehmen.«

Jón schaut mich zweifelnd an. Es scheint ihn Überwindung zu kosten, aber schließlich holt er auch noch den Pickup-Schlüssel aus seiner Hosentasche und wirft ihn mir zu. Diesmal fange ich. »Wenn du ihn nicht brauchst, leg ihn in die Schale in der Küche, erklärt er. »Das Navi ist im Handschuhfach.«

»Heißt das, ich ... hole ab jetzt das Heu?«

So genervt aussehen kann wirklich nur Jón. »Nein. Aber wenn Einar dir sein Auto überlassen will, muss ich wohl damit leben.«

Ich habe immer noch keine Ahnung, ob ich für Jón Pest oder Cholera bin. Aber in diesem Moment weiß ich, dass ich ihn mag. Nicht nur dafür, dass er Houdini lítil stelpa mín nennt.

Er stößt sich mit einer energischen Geste vom Gatter ab. »Das Pferd sollte in eine Herde«, sagt er im Gehen über die Schulter. »Rede du Einar ins Gewissen. Dir scheint er ja zuzuhören.«

• • •

In der Wanne habe ich den Schweiß abgewaschen und mich aufgewärmt. Und als ich nach unten komme, liegt auf dem Küchentisch eine Notiz von Einar. Er entschuldigt sich, mir heute keine Gesellschaft zu leisten, weil er »Telefonate tätigen« muss. Hinter der Wohnzimmertür höre ich ihn tatsächlich dumpf sprechen, vermutlich mit Kim. Denn als ich das Ohr an die Tür lege, erahne ich deutsche Satzfetzen: *Schlüssel hinterlegen ... Termin ... Telefonnummer des Büros steht auf dem ...* Dann zieht Einar drinnen die Schiebetür zu, und ich schäme mich dafür, schon wieder zu spionieren. Ich hätte jetzt endlich Zeit, an meinen Skizzen zu arbeiten, aber stattdessen hole ich mein Smartphone und setze mich aufs Bett. Ich weiß nicht, was ich erwartet hatte – verzweifelte Nachrichten von Henrik, dass ohne mich gerade alles zusammenbricht? Fehlanzeige. Die einzige SMS ist von Bekka. »Hallo Tante Hätti! Tut mir so leid, dass es dir nicht gut geht. Habe gerade von Oma erfahren, dass du vom ganzen Stress einen Burn-out hast und erst mal Pause machen musst. Erhol dich gut – und keine Sorge, hier läuft alles prima. Ich maile dir nachher noch Fotos. Kuss und Gruß, pass auf dich auf! Bekki.«

Burn-out. Das ist also die offizielle Version. Fassade ist alles im Eisner-Clan. Bekkas Nachricht ist schon drei Stunden alt, und noch hat sie keine Fotos geschickt. Vermutlich ist sie mit ihren Freunden längst schon im Frankfurter Nachtleben unterwegs. Dafür finde ich auf meinem neuen Mail-Account Nachrichten von Ólafur und Alma, einen neuen Gruß von Finnur und Nachrichten von Líf. Sie hat Fotos angehängt, abfotografierte Zettel mit handschriftlichen Berechnungen.

»Das ist die Finanzplanung für Projekt Vulkanbrot«, schreibt sie. »Wir wollen uns mit ein paar anderen Leuten einen Ladenraum teilen. Und meine Freundin Jördis meinte, es kann ja nicht schaden, wenn eine Finanzfachfrau drüberschaut. Ich melde mich, sobald ich morgen die Wohnungsübergabe gemacht habe. Ich freue mich auf dich!«

Meine Mundwinkel zucken nach oben. Plötzlich bin ich wieder hellwach. Das Display ist zu klein für die Dokumente, also hole ich mir den Laptop aus der Küche und lege Papier und Stifte bereit. Aber bevor ich endlich wieder meine Bankerknöchel knacken lasse, schaue ich doch noch etwas im Internet nach.

Es gibt unzählige Isländer, die Jón Árnason heißen. Erfolglos klicke ich mich durch Fotos von Familienfesten, Xing-Profile und ganze Friedhöfe von Social-Media-Feeds. Ich will schon aufgeben, als mir ein bartloser Abenteurer in einem Schnee-Overall auffällt. Er posiert an einem verschneiten Berghang vor einem klirrend blauen Himmel. Lässig lehnt er an einem dieser Superjeeps, die mit ihren Riesenreifen so aufgebockt sind, dass man mit ihnen auch durch reißende Flüsse fahren und im Schneesturm einen Gletscher hochjagen kann. Es ist klar, dass dieses Höllenauto dem jungen Kerl gehört, er präsentiert sich damit so, wie jemand in Saint Tropez mit seiner Jacht angeben würde – lässig, aber stolz, mit dem arroganten Halblächeln des Siegers. Erst zweifle ich noch, ob es nicht nur jemand ist, dessen Lächeln dem von Jón ähnelt. Aber als ich die ganze Fotoserie durchgehe, erkenne ich ihn. Er ist schmaler als heute, schlaksiger und jünger. Mitte zwanzig, schätze ich, aber so selbstsicher, als würde die Welt ihm allein gehören. Er könnte einer dieser noch grünen Unternehmensberater mit Harvard-Abschluss aus steinreichem Elternhaus sein. Zu jung und mit viel zu viel Spielgeld für das, was er tut.

Auf einem Foto steht er mit ein paar Buddys an einem vereisten Wasserfall. Atem weht im schrägen Winterlicht. Jóns Freunde haben ihre Wollmützen tief in die Stirn gezogen, er dagegen hat sich nur die Sonnenbrille ins Haar geschoben. Es ist kurz und stylish geschnitten und von seiner Atemluft an den Spitzen weiß gefroren – ebenso wie seine Wimpern. *Bergkönig*, denke ich. Sein Lachen passt dazu. Und mir wird klar, dass ich ihn noch nie habe lachen sehen. *Er kann ja glücklich sein*, denke ich fasziniert. Vielleicht liegt es daran, dass ich seit Finnurs Kuss gerade zwischen den Zeiten wandere, aber ich male mir aus, wie es gewesen wäre, wenn ich diesen Jón als Studentin kennengelernt hätte. Hätte er mir auf den ersten Blick gefallen? Zweifellos. Ohne den Bart wirkt er weit weniger grob, er hat klare, symmetrische Züge und einen schmalen, geschwungenen Mund.

Im Herzschlag meines jüngeren Ichs betrachte ich seine hohen Wangenknochen und die leicht schräg geschnittenen Augen, die etwas Grönländisches an sich haben. Das Datum des Postings zeigt, dass die Fotos zwei Jahre vor dem Finanzcrash gepostet wurden. Mir sind meine Jahre fast unbemerkt durch die Finger geflossen, in Jóns Leben dagegen gibt es ein klares Vorher und Nachher, und es schmerzt zu sehen, wie hart dieser Schnitt war. Und mit einem Mal bekomme ich wieder Angst, dass Jón recht hat und es gar nicht möglich ist, neu zu beginnen, weil wir dazu verdammt sind, die zu bleiben, zu denen das Leben uns geformt hat. Dann werde ich für immer die Frau in Henrik Schwarzenbergs Schatten sein. Die Fußnote in seiner Biografie, die Art von Anekdote, die von der Presse gerne mit mitleidigem Voyeurismus ausgeschlachtet wird: die gestrandete Ex, die mit ihrer Malerei nach Henriks Sternen greifen wollte und mit dem Putzlappen in der Hand Böden wischend in Island endete.

Hastig klicke ich die Seite weg und lösche sogar den Browserverlauf. Schicksalsvoodoo, das es keinen Deut besser macht.

Die Kleider fremder Leben

Ich hatte erwartet, in dieser Nacht von der Kunstfabrik zu träumen. Noch im Einschlafen kämpfte ich gegen die Versuchung, im Internet nach ersten Berichten von der Eröffnung zu suchen. Henrik begleitete mich in den Schlaf. Aber nun finde ich mich in einem lähmenden Albtraum ganz anderer Art wieder. Mir ist kalt vor Panik, so deutlich spüre ich, dass ich in diesem Zimmer nicht länger allein bin. Obwohl ich noch träume, weiß ich, dass es nicht real ist.

Nachtalb-Syndrom, raunt der Teil in mir, der bereits wach ist. *Die Schlafstarre löst Albträume aus, du träumst mit halb offenen Augen.* Aber noch gelingt es mir nicht, mich ganz aus dem Schlaf zu lösen. Gelähmt liege ich da und bilde mir ein, aus dem Augenwinkel eine Gestalt wahrzunehmen, die aufrecht im Stuhl an der Wand sitzt. *Blaubarts Braut*, denke ich. Von Rot überströmt leuchtet sie im fahlen Licht zwischen Nacht und Morgen. Doch als ich mich endlich wachkämpfen kann und mit einem Keuchen im Bett hochfahre, ist es natürlich nur Lífs rotes Kleid, das ich gestern über den Stuhl gelegt hatte. Trotzdem rast mein Herz, und mir ist so kalt vor Schreck, dass ich zittere.

• • •

Als ich wie ein Zombie in die Küche wanke, hat Jón bereits Kaffee gemacht. Nach einem Blick in mein Gesicht füllt er meine Tasse kommentarlos fast bis zum Rand.

»Danke«, murmle ich. »Ist Einar schon wach?«

Jón deutet nur auf einen Tassenring aus verschüttetem Kaffee. Einar sitzt also schon wieder an seinem Schreibtisch. Nach der Blaubart-Bemerkung gestern kann er wohl auf meine Gegenwart gut verzichten. Schweigend trinke ich meinen Kaffee und brauche eine ganze Weile, bis mein müdes Hirn begreift, was heute an Jón anders ist. Sein Bart. Er ist deutlich gekürzt, und sein nasses Haar ist glatt nach hinten gekämmt.

»Hast du heute etwas Besonderes vor?« Ich streiche mir vielsagend über das Kinn, was ihm tatsächlich ein flüchtiges Lächeln entlockt.

»Verabredung«, antwortet er.

»Mit der Elfe?«

Jón sieht mich an, als hätte Houdini mich zu fest getreten.

»Ich meine die Frau, die neulich bei dir übernachtet hat«, setze ich hinzu. »Die morgens nackt auf der Weide herumspaziert ist.«

»Du denkst, das war eine Elfe?«, erwidert Jón spöttisch. »Nein, die ist es diesmal nicht.«

Ich hatte schon fast vergessen, dass er auch diesen Tonfall und das Freibeuter-Halblächeln draufhat. »Und du? Übernachtest du bei dem Blonden?«

»Nein, er ist es diesmal nicht«, gebe ich im selben Tonfall zurück. »Obwohl ich bei blond bleibe.« Es ist nicht gelogen, wenn man Lífs Originalhaarfarbe gelten lässt. Jón sieht mich sehr scharf an. Und ich erwidere seinen Blick und versuche den jungen Mann wiederzufinden, den ich gestern betrachtet habe.

Das Schweigen zwischen uns dehnt sich. Dann zückt er unwillig sein Smartphone. »Weißt du zufällig deine Nummer auswendig?«

Anna hätte bei dieser Frage jetzt schallend gelacht. Ich nenne ihm die Zahlen, die er eintippt. Er ruft bei mir an und legt wieder auf. »Meine Nummer. Falls du mal mit dem Pferd nicht klarkommst oder … irgendetwas schiefgeht.«

»Wird es nicht«, gebe ich zurück. »Aber danke fürs Angebot.«

• • •

So frühmorgens sind wir so gut wie allein auf der Ringstraße. Ich lehne mich zurück und betrachte das Meer. Ein scharfer Wind peitscht das Weiß in die Wellen, und die Wolken sind dunkle zerrissene Bleifetzen. *Mein neues, graues Land*, denke ich. Ich frage mich, wie es auf Lífs Urgroßmutter gewirkt haben muss – und auf Einars Mutter. Der Gedanke, dass sie mit demselben Schiff hierherkamen und einander vielleicht sogar kannten, berührt mich immer noch.

Meine Tasche verkantet sich, als ich sie vom Rücksitz hangle. Der Skizzenblock rutscht heraus und fächert sich auf. Jón wirft einen Blick auf das Blatt, das ich mit Kalkulationen und Rechnungsbeispielen für Lífs Brotprojekt gefüllt habe.

»Warum bist du eigentlich Bankerin geworden?«, will er wissen.

»Abgesehen von meiner Besessenheit für den Geruch des Geldes?«

»Genau. Abgesehen davon.«

»Es … war einfach das Vernünftigste. Ich kann gut mit Zahlen umgehen, da lag es nahe. Mathe war schon in der Schule mein Lieblingsfach.«

»Jesus«, murmelt Jón kopfschüttelnd.

Ich muss lächeln. »Außerdem legte mein Vater Wert darauf, dass seine Töchter als Grundstock etwas Solides lernen. Mein Vater hat als Versicherungsmakler angefangen und sich aus eigener Kraft ins Management hochgearbeitet. Meine Ausbildung zur Bankkauffrau sollte ebenfalls eine solide Startbasis sein, später sollte ich noch auf eine Wirtschaftsfachschule gehen. Eigentlich hatte mein Vater geplant, dass ich danach bei ihm als seine Assistentin einsteige. Stattdessen habe ich mich gegen die Fachschule entschieden und zum Entsetzen meiner Familie Kunst studiert – nun, zumindest ein paar Semester.«

»Dein Vater ist Manager? In welcher Branche?«

»Große Versicherungen und dann Vermögensberatung. Inzwischen ist er selbstständiger Unternehmensberater.« *Und managt den Künstler-Schwiegersohn.* »Was ist mit dir? Wie bist du zum Busfahren gekommen?«

Jón zögert. Aber der klassische Eisbrecher für Kundengespräche funktioniert: Erzähl von dir, dann erzählt der andere auch von sich.

»Crash-Insolvenz wegen der Kreppa. Bauunternehmen. War eine Familienfirma. Und nachdem alles den Bach runtergegangen war, brauchte ich so schnell wie möglich irgendeinen Job.«

Langsam fügt es sich zu einem Bild. Der junge Unternehmersnachfolger mit dem teuren Jeep, dem *Was kostet die Welt*-Lachen und zu vielen gewagten Investitionen. Und danach horrende Schulden und damit Probleme, die ihn auch die Ehe gekostet haben.

»Tut mir leid, dass es schiefgegangen ist.«

»Mitleid zahlt keine Miete«, erwidert er trocken.

»Ich bemitleide dich nicht. Aber ich weiß, wie schwer es ist, sich aus einer Insolvenz herauszukämpfen und wieder einen adäquaten Job zu finden. Manchmal muss man dann Kompromisse machen.«

»Willst du damit sagen, Busfahren ist nicht gut genug?«

»Das wollte ich damit nicht sagen. Aber ... du warst schließlich Geschäftsführer. Und die Kreppa ist schon einige Jahre her. Wenn du also immer noch in diesem Übergangsjob arbeitest, ist es auf dem Arbeitsmarkt offenbar nicht einfach ...«

»Wer sagt, dass ich etwas anderes suche?«, erwidert Jón gereizt. »Ob du es glaubst oder nicht, ich mag meine Arbeit als Fahrer.«

Mir schießt das Blut in die Wangen. Aber bevor ich einlenken kann, ergreift Jón wieder das Wort. »Warum hast du das Studium aufgegeben, wenn du so sehr Künstlerin sein wolltest, dass du sogar Daddys Pläne über den Haufen geworfen hast?«

»Das ... ist eine komplizierte Geschichte.«

Jón wirft mir einen Seitenblick zu. Aber er bohrt nicht weiter, sein Schweigen ist wie ein Zimmer, dessen Tür offen steht. Er hat mehr Ähnlichkeit mit Einar, als mir bewusst war. Er fährt keine Strategien, um mich zum Reden zu bringen, er lässt mir einfach nur die Wahl, einzutreten oder nicht. Und obwohl ich den Pfeil der Familien-Schweige-Omertà schon im Rücken spüre, nehme ich sein Angebot an. »Als ich im dritten Semester war, ist meine kleine Schwester von zu Hause weggelaufen. Sie ... hatte einige Probleme und wollte die Schule abbrechen. Und als die Polizei sie nach Monaten in Italien fand, war sie im fünften Monat schwanger. Mit fünfzehn.«

»Oh«, bemerkt Jón.

Ich nicke. »Mein Vater wollte, dass alles in der Familie geregelt wird, aber so einfach ist das nicht bei Teenagern. Das Jugendamt hatte vor Gericht mitzureden, und meine Eltern bekamen die Pflegschaft nicht zugesprochen. Meine Mutter ist ohnehin nicht sehr belastbar, sie bekam einen Nervenzusammenbruch. Schon wieder. Also ... bin ich nach Hause gekommen.«

»Wie lange ist das her?«

»Damals war ich fünfundzwanzig.« *So alt wie du in deinen Bergkönig-Zeiten.* »Henrik war gerade mit seinem Studium fertig. Er zog mit mir in meine Heimatstadt, wir haben dann geheiratet – recht schnell. So war es einfacher, dass wir die amtliche Vormundschaft für Bekka beantragen konnten. Deshalb bin ich auch in den sicheren Job in der Bank zurückgekehrt. Eigentlich sollte es nur eine Übergangslösung für ein oder zwei Jahre sein.«

»Die es dann doch nicht war?«

Bingo. Jedes Mal. »Nein, es zog sich, bis Insa ihren Schulabschluss nachgeholt und endlich eine Ausbildung hatte. Es war ein ewiges Hin und Her. Aber als Bekka sechs war, hat Insa sie dann endgültig zu sich geholt.«

Was im Klartext hieß, dass meine Schwester mit Bekka noch am selben Tag ans andere Ende der Republik flüchtete. Danach war der Kontakt nur noch weißes Rauschen, unterbrochen von kurzen Geburtstagstelefonaten. Und als Insa von Kiel nach Mannheim zog, war Bekka vierzehn, und ich war für sie die vertraute Fremde, die sie nur noch Tante Hätti nannte.

»Natürlich war es das einzig Richtige«, füge ich hinzu. »Kinder gehören zu ihren Eltern. Und für Bekka musste das ständige Gezerre zwischen ihrer Mutter und ihren Großeltern ein Ende haben.«

»Hört sich trotzdem kompliziert an«, stellt Jón in seiner lakonischen Art fest.

Ich könnte ihm erzählen, dass es sich oft immer noch so anfühlt, als wäre Bekka mein Mädchen. Und ja, es war mehr als nur kompliziert in den Jahren, in denen ich versuchte, Henrik den Rücken für seine Kunst freizuhalten und als Angestellte, Pflegetante, Organisatorin, Schwester, Tochter und Stütze meiner Mutter alles unter Kontrolle und am Laufen zu halten.

»War beschissen schwer, ehrlich gesagt«, entfährt es mir. »Richtig *fokking!*« Ich weiß nicht, woher der jähe Zorn kommt. Es ist nicht die Sprache, die ich sonst benutze, aber im Augenblick fühlt es sich einfach nur richtig an.

• • •

Jón hat mich an der Tankstelle am Rand der Altstadt abgesetzt. Ich bin mit Líf erst am Nachmittag verabredet, bis dahin gehört der Tag meinem Skizzenblock. Ich werde das Sigurjón-Ólafsson-Museum besuchen und vielleicht am Meer zeichnen. Das schneeweiße kleine Museum liegt nämlich zwischen lila wogenden Lupinenfeldern und schwarzem Lavastrand direkt am Wasser. Doch nun gehe ich erst einmal ins Tankstellenbistro und leiste mir einen Kaffee, der nicht in meinem Tagesbudget eingeplant ist. Die Albtraumnacht sitzt mir noch in den Knochen, und auch die Erinnerung, die das Gespräch mit Jón aufgewühlt hat. Ich will gerade Jón als neuen Kontakt anlegen, als ich Bekkas Nachricht entdecke. Ich hatte gestern alles auf lautlos gestellt, aber meine Nichte hatte mir um drei Uhr morgens tatsächlich noch geschrieben. »Habe dir die Videos per Mail geschickt«, steht in der SMS.

Es sind mehrere kurze Filme, zum Teil verwackelt aufgenommen. Der Eingang der Kunstfabrik, durch den sich Journalisten und Gäste drängen. Henriks aufgeregte Assistenten, die fiebrige Stimmung, die mich sofort ansteckt. Zwischen den Skulpturen der Retrospektive-Ausstellung steht das Podium mit dem Mikrofon. Als jemand Bekka anrempelt, wackelt das Bild. Und sobald es die Bühne wieder fängt, hätte ich mich fast an meinem Kaffee verschluckt. Nein, es ist nicht Anna, wie ich insgeheim befürchtet hatte. So weit geht wohl selbst Henrik nicht. Aber im ersten Moment habe ich den bizarren Eindruck, mich selbst ans Mikrofon treten zu sehen. Meine Mutter hat frisch getöntes Haar, trägt einen neuen, moderneren Haarschnitt und auffälliges Make-up. Auch das Kleid habe ich an ihr noch nie gesehen. Es erinnert vom Stil her jedoch an das Outfit, das ich für mich ausgewählt hatte: indigoblau und raffiniert geschnitten, mit schulterfreiem Ausschnitt. Extravagant, aber seriös genug für ein Zeitungsfoto. Und als meine Mutter die Gäste begrüßt und zu einer Laudatio auf Henriks Kunst ansetzt, klappt mir endgültig die Kinnlade nach unten. Es ist nicht der Text, den ich vorbereitet hatte. Meine Mutter hat sich nur Teile davon geliehen und ihr eigenes Ding gemacht. Sicher hat sie die alten Ordner aus ihrem Kunstgeschichte-Studium von vor hundert Jahren wieder aus dem Keller geholt. Und keine Spur mehr von Schwäche und nervlicher Überlastung. Sie ist sprühend und voller Energie, wie ich sie sonst nicht kenne. *Als wäre sie wie ein Puzzleteil endlich an ihren ersehnten Platz geklickt.*

Bekka dreht ihr Smartphone zu sich und grinst mir zu. »Oma gibt alles«, sagt sie leise. Und mein Vater, der mit verschränkten Armen neben Bekka in der ersten Reihe sitzt, schaut direkt in die Handykamera und nickt grimmig. Die Geste gilt mir. Natürlich war ihm klar, dass Bekka mir das Video schicken würde. Ich halte den Film an und betrachte seinen Ausdruck von Kränkung und mühsam gebändigtem Zorn. Und gleichzeitig ist es die triumphierende, kühle Miene des Patriarchen, der dem abtrünnigen schwarzen Schaf demonstriert, wo hier der Hammer hängt. Langsam ahne ich, wie Insa sich so oft unter diesem strafenden Blick fühlen musste. Papa Löwes Botschaft ist klar: *Spielst du nicht nach unseren Regeln, dann bist du raus aus dem Spiel.* Ich lasse die Videos weiterlaufen und betrachte meine Familie zum ersten Mal mit den

Augen einer Außenstehenden. Das Räderwerk des Eisner-Clans greift perfekt ineinander. Alles funktioniert, jeder füllt seine Rolle aus. Und noch nie habe ich so deutlich gesehen, dass meine Mutter tatsächlich mein Leben lebt – Haut an Haut mit mir und meiner Ehe – und nun sogar an meiner Stelle. Zum ersten Mal ist sie mir fremd, diese Frau, die die Kleider fremder Leben trägt. *Weil sie sonst nackt wäre? Oder gar nicht vorhanden?*

Im letzten Video hat Bekka ein Stück von einem Interview aufgenommen, das Henrik mit einem seiner Assistenten vor der Kamera eines Regionalsenders gibt. Es ist Mika Fennen – der Student, der laut Anna erotische SMS für Henriks neues Projekt archiviert. Henrik klopft ihm auf die Schulter, und Mika sieht seinen Meister an wie eine Lichtgestalt.

»Ja, die Professoren der Kunst-Universität fürchten mich«, sagt Henrik in das Mikro. »Ich locke ihre besten Studenten zu mir auf die dunkle Seite.«

Als die Umstehenden lachen, schweift Henriks Blick kurz über das Publikum, als würde er jemanden suchen. Für eine Sekunde scheint er mir direkt in die Augen zu sehen, und mir bleibt der Atem weg. Anna hatte mir mal gesagt, dass niemand so leuchtet wie derjenige, der gerade zur Tür hinausgeht. Ich sehe den Henrik, den ich verliere. Er ist nervös und völlig fertig mit den Nerven, er hat Schatten von schlaflosen Nächten unter den Augen und wirkt abgemagert. Aber als würde das nur die Kontraste schärfen, macht ihn das Dunkle noch heller. Erst als Bekka die Umstehenden filmt, komme ich wieder auf dem Boden an. Und zwar ziemlich hart. Direkt neben Bekka steht eine junge Frau in einer engen, metallicblauen Jacke. Mit einer unwilligen Handbewegung flippt sie sich das lange rotbraune Haar über die Schulter. Und als sie ihre Profi-Nikon auf Henrik richtet und sich nach vorne drängt, sehe ich ganz deutlich ihre Hand mit einem auffälligen Daumenring in Form einer silbernen Schlange. *Das ist also die mysteriöse »MI«*, denke ich. *Mein angebliches Hirngespinst.* Die Frau, mit der Henrik mich betrügt, wenn er nicht gerade mit Anna schläft.

Blauwassersegeln

Die Wellen peitschen gegen die Ufersteine, und der orkanartige Gegenwind ist so stark, dass ich mich mit aller Kraft zum Lavastrand kämpfen müsste, also mache ich kehrt und gehe stattdessen mit Rückenwind am Meer entlang in Richtung Harpa und schließlich zum Hafnarhús-Museum. Es ist nicht länger Henriks Revier, die Schritte, die ich hier mache, gehören mir nun ganz allein. Wie in Trance wandere ich an den grellbunten Collagen des Meisters Erró vorbei – ein komplexer Popkultur-Stilmix, inspiriert von Comicart, Disneywelten und Expressionismus. Irgendwann lande ich beim Café. Eine Reisegruppe schiebt dort gerade lärmend Tische zusammen. Als Untermalung dröhnt aus einem der Räume nebenan ein Indie-Song mit dem Titel »Sorrow«. Über diese Dauerperformance habe ich bereits gelesen. Ursprünglich fand sie 2013 in New York statt. Der Künstler Ragnar Kjartansson lud die Band The National dazu ein, sechs Stunden hintereinander diesen Song zu spielen, immer wieder und ohne Unterbrechung. Hier läuft das Video der Aktion täglich in voller Länge.

Der Raum ist zur Blackbox verdunkelt. Die einzige Lichtquelle ist die Video-Wand. Nach ein paar tastenden Schritten lasse ich mich auf dem Sofa in der Mitte des Raumes nieder und betrachte die Band. Bis auf den Drummer tragen alle Musiker schwarze Anzüge und weiße Hemden. Während das Lied wieder einmal ausklingt und der Drummer mit einem Solo zur nächsten Wiederholung überleitet, denke ich an Henriks Geliebte und die Formel für sexuelle Leidenschaft:

Erregung = (Anziehung x Fremdheit) + Hindernis.

Für Henrik und seine Affären war unsere Ehe das leidenschaftsfördernde Hindernis, denke ich. E-Gitarren setzen ein. Der Sänger zieht das Mikro mit beiden Händen dicht an seinen Mund. Im Scheinwerferlicht glänzt sein Ehering auf. Und als der Song von Neuem beginnt, findet er mich doch noch, mein Heartbreak-Beat.

• • •

Líf ruft mich genau in der Sekunde an, als ich das Museum verlasse – nach zweiundvierzig Runden »Sorrow« und vier durchgeheulten Taschentüchern. Mitleidig dreinschauende Besucher hatten sie mir im Halbdunkel gereicht.

»Bist du schon losgefahren?«, ruft Líf mir atemlos ins Ohr.

Ich muss mich räuspern, so belegt ist meine Stimme. »Ich bin schon seit heute Morgen in Reykjavík. Warum?«

»Oh, Mist«, entfährt es Líf. »Sag mal, bist du erkältet? Du klingst so verschnupft.«

»Nein, mir geht's gut.« *Einen Brennivín für jede Lüge, Swea.*

»Tut mir wirklich leid, aber das wird heute nichts mit unserem Nachmittagskaffee«, sprudelt Líf weiter. »Und mit dem Übernachten wird es auch schwierig.«

»Was? Wieso?«

»Weil meine Gäste eine Orgie in der Wohnung gefeiert haben. Ich werde Stunden brauchen, um alles wieder in Ordnung zu bringen. Und heute Nacht könntest du höchstens in meinem Schlafsack übernachten, die Bettwäsche ist auch hinüber.«

»Ach du Schande! Ich helfe dir beim Saubermachen.«

»Nicht nötig, mein Bruder bringt mir nachher noch Putzzeug vorbei und ...«

»Ich bin in zehn Minuten da.«

Schon im Treppenhaus wabert der Gestank von verbranntem Plastik und kaltem Zigarettenrauch. Líf reißt die Tür auf und stutzt beim Blick in mein vom Weinen verquollenes Gesicht.

»Wusste ich es doch!«, ruft sie aus. »Welches Lied?«

»Sorrow von The National.«

»Autsch«, sagt Líf. »Aber guter Heartbreak-Beat. Komm rein und lass die Schuhe an. Im Flur liegen Scherben.«

Líf hat sogar die Vorhänge abgenommen, die Waschmaschine läuft bereits, und in der Küche weichen Berge von verdrecktem Geschirr in der Spüle ein. Auf dem Herd ist eine Plastik-Tupperschüssel zu einer verhornten, stinkenden Masse geschmolzen, und auf dem Boden liegen leere Flaschen und ein Riesenverhau von zerknüllten Dosen. »Was ist denn hier passiert?«, rufe ich entsetzt aus.

»Alkoholblackout, Cannabisflash, Partydrogen – wahrscheinlich alles zusammen.« Líf seufzt. »Und nach dem zu urteilen, was meine Nachbarn mitbekommen haben, haben die Typen den halben Laugavegur mit in meine Wohnung geschleppt. Meine guten Gläser und einige Teller sind zu Bruch gegangen, und jemand hat gekotzt – na ja, wenigstens im Bad und nicht in einem der Zimmer.«

»Zahlen diese Vandalen wenigstens Schadenersatz?«

Líf zuckt nur mit den Schultern. »Sie haben den Schlüssel in der Wohnung gelassen und sind abgehauen. Seitdem stellen sie sich tot. Ich habe es schon dem Vermittlungsportal gemeldet und

Fotos vom Chaos gemailt. Na ja, Þetta reddast. Wenigstens wurde nichts gestohlen. Und so habe ich endlich einen Grund, hier richtig zu putzen.«

Sie lächelt mir zu, aber ich sehe, dass ihr zum Heulen zumute ist.

»Wir kriegen das wieder hin«, sage ich und schiebe meine Ärmel hoch.

Líf legt Rockmusik auf, und wir tauchen in die Arbeit ein, beide froh, nicht viel denken zu müssen. Und als Küche und Schlafzimmer wieder begehbar sind und ich gerade die zweite Ladung Wäsche auf dem Balkon aufhänge, klingelt Lífs Bruder.

Er hat einen Ziegenbart und struppige braune Locken, die er mit Gel zu einem Seitenscheitel gebändigt hat, und trägt ein braves, rot kariertes Holzfällerhemd. Aber man sieht auf den ersten Blick, dass Líf und er Geschwister sind.

»Flóki«, stellt er sich vor. »Du bist die Zahlenkünstlerin, ja?«

»Und du der Mann, der so gut stricken kann?«

»Ja, Líf hat erzählt, du willst es auch lernen?«

Er lacht über meine entgeisterte Miene. Dann kommt Líf aus dem Bad, schnippt die Gummihandschuhe in die Ecke und umarmt ihn. Von dem Speed-Isländisch, das sie reden, verstehe ich kein Wort. Aber noch nie habe ich Líf so wütend wettern gehört. Flóki ist ganz klar der Ruhigere von den beiden, er hört geduldig zu, während er seinen Rucksack ablädt und die Wohnung begutachtet. Er kann zwar nicht bleiben und helfen, aber er verspricht Líf, morgen vorbeizukommen. Bevor er geht, trägt er noch Müllsäcke in den Hinterhof und lädt das Altglas in den Kofferraum seines kleinen Autos.

»Dein Bruder ist wirklich nett«, sage ich, als er gegangen ist.

»Findest du?« Líf lässt sich auf einen Küchenstuhl fallen. »Als wir Kinder waren, haben wir uns fast nur geprügelt. Er hat übrigens gesagt, du kannst gerne auch bei ihm und seiner Freundin übernachten.«

»Nein, schon gut, ich bleibe hier. Mir genügen Schlafsack und Sofa.«

Líf nickt und räumt Flókis Rucksack aus. Er ist vollgestopft mit Reinigungsmitteln. Líf türmt Stapel frischer Küchenhandtücher auf den Tisch und findet dann ganz unten im Rucksack Milch und eine große Metalldose. Mit einem Mal strahlt sie.

»Kleinur!«, ruft sie. »Elfengebäck. Das hat meine Mutter gemacht. Das musst du probieren.«

Kardamomduft steigt aus der Dose auf. Sie ist randvoll mit goldgelbem Siedegebäck in Form kleiner verzwirbelter Schiffchen gefüllt.

Líf kippt den ganzen Liter Milch in den Mixer und kramt aus einer Schublade ein zerknülltes Päckchen – türkisblaue Lebensmittelfarbe. »Das mache ich immer für mein Patenkind. Ist eine Art Familientradition. An meinem sechsten Geburtstag hatte meine Mutter fürs Backen Farbpulver besorgt. Flóki hat sich das Blau geschnappt und damit Milch gefärbt. Dann hat er mir eingeredet, dass er skyggn ist – elfsichtig. Ich habe ihm wirklich geglaubt, dass in unserem Garten das Huldufólk wohnt und ihm echte Elfenmilch geschenkt hat. Aber angeblich musste er den Unsichtbaren schwören, mir nichts abzugeben. Ich war so eifersüchtig, dass ich meinen ganzen Geburtstag verheulte. So viel zum Thema netter Bruder.«

»Elfen trinken farbige Milch?«

»Ja. Das Huldufólk besitzt Weiden und unsichtbare Kühe. Und die geben natürlich blaue Milch.«

»Natürlich«, sage ich und verkneife mir ein Lächeln.

Líf zieht mit dem Fuß einen Stuhl heran und legt die Beine

hoch. »Kleinur ist übrigens auch Glücksgebäck«, sagt sie schon mit vollem Mund. »Also greif zu!«

Die Schiffchen sind knusprig und schmecken nach dem Skyr, der darin verwendet wird. Und es ist sicher Elfenzauber im Spiel, denn langsam verklingt die Melodie von »Sorrow«. »Du hast dir heute die Berichte von eurer Kunstfabrik angeschaut, stimmt's?«, fragt Líf. »Sie stehen seit heute Morgen auf der Homepage. Es war offenbar ein erfolgreicher Abend.«

»Willst du Salz in die Wunde streuen?«

»Nein«, sagt Líf völlig aufrichtig. »Ich dachte, du bist stolz darauf, weil du so viel dafür gearbeitet hast.«

»Das bin ich auch. Aber ich habe auch Henriks Geliebte in einem Video gesehen – also nicht Anna, sondern die andere. Blutjung, bildschön – und auch sonst das genaue Gegenteil von mir.«

Líf verzieht den Mund zu einem schrägen Lächeln. »Glaubst du wirklich, die Affäre hat etwas mit dir zu tun?«

»Womit sollte sie sonst zu tun haben?«

Líf schweigt eine Weile, als würde sie ihre Worte sorgfältig wählen. »Meistens ist Fremdgehen gar nicht so persönlich gemeint, wie man es sich einredet. Meine Erfahrung.«

Fast hätte ich bitter aufgelacht. »Oh, natürlich, es sagt nichts über die Ehefrau aus, wenn der Mann sich eine Geliebte sucht.«

Líf geht auf meinen Sarkasmus nicht ein. »Bei einer Affäre aus Leidenschaft geht es im Grunde weder um den Partner noch um den oder die Geliebte selbst«, erklärt sie. »Man verliebt sich in das, was man an sich selbst vermisst. Das, was man schon lange nicht mehr fühlte: das Zittern im Herzen, die Lebendigkeit.«

»Das heißt übersetzt auch nichts anderes, als dass Henrik sich bei der langweiligen alten Frau so unlebendig fühlte, dass er aus Notwehr in ein anderes Bett kriechen musste. So in etwa hat er es nämlich begründet.«

»Hast du dich denn mit Henrik lebendig gefühlt?«

»Darum geht es doch nicht bei einer so langen Ehe!«, brause ich auf. »Es geht um Verantwortung und Zusammenhalt, um Loyalität. Die Leidenschaft verschwindet mit der Zeit und manchmal ist das Leben dann verdammt unlebendig, aber so ist es eben.«

»Ist dir klar, wie traurig das klingt?«, sagt Líf. »Als wäre man in einer Beziehung auf Gedeih und Verderb aneinandergekettet. Glaubst du das wirklich?«

Ich muss schwer schlucken. »Ehrlich gesagt, ich weiß es nicht. Ich dachte, ich könnte Henrik einfach so gehen lassen. Aber wenn ich zurückdenke, gibt es kaum eine Zeit ohne ihn. Wenn ich mich an mich selbst erinnere, denke ich ihn immer mit. Es ist wie eine Art Verwachsung.«

Líf lacht auf. »Solche Verwachsungen existieren nicht. Nur siamesische Zwillinge können nicht ohne den anderen sein.«

»Ach ja? Wie viele lange Ehen hast du schon hinter dich gebracht, Líf?«

»Keine einzige. Aber Pettur und ich waren auch lange ein Paar.«

»Das ist etwas anderes, Líf. Henrik und ich hängen in jedem Lebensbereich so fest zusammen, dass ich keine Ahnung habe, wie wir uns trennen können, ohne dass alles implodiert. Abgesehen von unserer Beziehung ... seit wir die Kunstfabrik haben, sind unsere Finanzen ein fragiles Konstrukt. Ohne meine Stelle in der Bank würde alles zusammenbrechen, was wir aufgebaut haben. Und dazu kommen noch andere Verpflichtungen, meine Familie, unsere Wohnung ...«

»Du suchst dir eine neue Wohnung, Swea. Und selbst wenn wirklich alles zusammenbricht, ist das doch nicht das Ende der Welt.«

»Das sagt ausgerechnet die Frau, die sich kaputtarbeitet, nur um ihre Wohnung zu halten?«

»Weil sie mir etwas bedeutet«, antwortet Líf mit Nachdruck. »Nicht, weil ich ohne sie nicht leben könnte. Das kann ich. Weil jeder Mensch immer – immer! – anders leben, etwas anderes machen und neu anfangen kann.«

»Ist das nicht etwas viel romantische Island-Krisenphilosophie?«, rutscht es mir heraus.

Líf lacht. »Sag mal, suchst du etwa gerade nach Gründen, warum du die Trennung nicht durchziehen kannst, nur weil du Angst hast, alleine zu sein? Und ja, vielleicht hat man als Isländerin eine andere Sicht auf Krisen, weil wir ohnehin auf Lava leben und immer mit Katastrophen rechnen müssen. Mein Onkel und meine Tante mussten innerhalb von einer halben Stunde ihr Haus aufgeben, als es in der Nähe des Myrdalsjökull einen Vulkanausbruch mit einem Erdbeben gab. Aber denk bloß nicht, dass es anderswo keine Vulkane gibt. Wir tanzen nämlich alle nur auf einer sehr brüchigen Kruste auf flüssigem Magma, in jedem Land. Es kann immer alles einbrechen, nichts hat eine Garantie, keine Liebe, kein Wirtschaftssystem, keine Währung, keine Familie, kein Anspruch auf Glück im Unglück – also ist es doch besser, gleich damit zu rechnen – ohne es allzu ernst zu nehmen. Das ist der eigentliche Trick dabei, weißt du?« Sie lehnt sich zurück und streckt sich, dehnt die Finger, als wären sie von der Arbeit steif geworden. »Und eines habe ich aus meiner Trennung von Pettur gelernt: Ja, es tut weh, wenn alles wegbricht, aber man kann immer alleine zurechtkommen, immer. Und du bist nicht deine Arbeit, du bist nicht deine Ehe, dein Haus oder das Geld, das du verdienst, verlierst oder jemandem schuldest. Und nichts, was du im Leben getan hast, war Henrik. Das warst immer du, und er war dabei. Jetzt gehst du deinen Weg eben ohne ihn weiter.«

Ich starre sie über den Tisch hinweg an, und es kommt mir vor, als stünden wir auf verschiedenen Kontinenten. »Ich wünschte, es wäre so einfach, Líf.«

»Es ist so einfach, Swea. Hör auf, dir einzureden, dass ihr verwachsen seid. Jede Beziehung existiert nur, solange beide Partner der Meinung sind, dass sie miteinander eine Beziehung haben. Wenn einer seine Meinung ändert, ist es keine Beziehung mehr. Und zwar gleichgültig, wie lange man zusammen war und wie viele Verträge man unterschrieben hat. Du hast dich dafür entschieden, dass es für dich keine Beziehung mehr ist, ja oder nein?«

Da ist er, der Pfeil, der so lange in der Schwebe auf der Sehne lag, der Schnitt zwischen meinem Vorher und dem Nachher. Die Gewissheit, dass es vorbei ist, wirklich vorbei. Líf schiebt mir ein paar Servietten über den Tisch. Aber diesmal weine ich nicht. Das Blut dröhnt in meinem Kopf, aber in meiner Brust ist nur Leere, als wäre etwas zum Stillstand gekommen. »Aber du sagst doch, du liebst Pettur immer noch?«, wende ich nach einer Weile ein.

»Das ist wahr«, sagt Líf sanft. »Ich glaube nicht, dass man jemals wirklich aufhört zu lieben. Ich liebe auch Torger noch, und gerade im Moment liebe ich ganz besonders Sam. Denn genau darum geht es doch im Leben: zu lieben, so viel und so oft man nur kann. Sex ist nur ein Teil davon. Und oft spielt er überhaupt keine Rolle.«

»Und warum verletzt du dann Torger, indem du ihn mit Sam betrügst?«

Lífs Lächeln erlischt schlagartig. »Ich betrüge niemanden«, sagt sie mit Nachdruck. »Ich spiele immer mit offenen Karten. Wenn ich mich neu verliebe, dann sage ich es, statt heimliche Affären anzufangen. Dann ist der andere mit mir auf Augenhöhe und weiß, woran er ist. Er hat die Wahl, wie er darauf reagiert. Er kann akzeptieren, dass er nicht der Einzige ist, zu dem ich mich hingezogen fühle, oder sich von mir trennen – so wie Torger es getan hat. Und das ... muss ich dann akzeptieren.«

»Und diese Unverbindlichkeit hat nicht zufällig etwas mit Bindungsangst zu tun?«

Jetzt wirft sie mich raus, denke ich. Aber Líf ist kein bisschen gekränkt. »Und selbst wenn«, antwortet sie trocken. »Zumindest bin ich ehrlich. Und ich sage auch nicht, dass es der Weg ist, der für andere funktioniert. Aber für mich ist es die richtige Art zu lieben. Zumindest im Augenblick.« Sie lächelt und hält mir die Dose wieder hin. »Was war der schrägste Teil von deinem Beziehungsende?«

»Du meinst außer Anna?«

»Nein, das ist der banale Teil. Ich meine den Moment, in dem du gedacht hast: What the fuck?, und irgendein Teil von dir trotzdem am liebsten gelacht hätte, weil es trotz allem einfach nur schräg war. Los, denk nach!«

Ich starre in mein Glas, als wäre die Milch ein Spiegelorakel. *Oder mein Wahrheitsserum.* »Das war vor über einem Jahr«, antworte ich zögernd. »Ich hatte zufällig herausgefunden, dass Henrik eine Affäre mit einer Kuratorin aus Hamburg hatte.«

»Wie, noch eine dritte Geliebte?«

»Es war Geliebte Nummer eins. Der große Knall, der Moment, als ich meinen ersten Ehering wegwarf. Es war kaum zu vermeiden, dass meine Eltern von der Affäre erfuhren, die ganze Familie war monatelang völlig durch den Wind. Und schließlich saßen Henrik und ich bei dieser wahnsinnig angesagten jungen Paartherapeutin, die schon drei Bestseller geschrieben hat und in jeder Talkshow zum Thema Sex und Leidenschaft saß, und sollten das Ganze wieder kitten. Aber ich konnte die ganze Zeit nur daran denken, dass mich die Frau mit ihrem engen Bleistiftrock, ihren Highheels und der strengen Bluse an diese Lehrerin-Dominatypen aus irgendwelchen Erotikstreifen erinnert.«

Líf grinst.

»Aus heutiger Sicht ist es wirklich zum Lachen«, fahre ich fort. »Dass Henrik vor ihr unser Sexleben ausbreitete. Und ich mir die ganze Zeit nur manisch darüber Gedanken machte, ob er sie attraktiv findet. Und dann erklärte Henrik ihr, wie sehr er leidet, was ihm mit mir alles fehlt und dass ich in ihm einfach keine Leidenschaft entfache.«

Líf lacht los. »Es ist also die Aufgabe der Ehefrau, die Leidenschaft ihres Gatten wie einen Motor anzuwerfen? Hört sich ja an, als hättet ihr beiden eine Menge Spaß miteinander gehabt.«

Mir schießt das Blut in die Wangen. »Mach dich nicht darüber lustig, Líf.«

»Aber es ist lustig! Meine Güte, Sex ist doch keine Performance!« Erst als ich nicht mitlache, wird sie schlagartig wieder ernst. »Im Ernst? Ist das etwa der Grund, warum du Finnur noch nicht wiedergesehen hast? Weil du dich davor fürchtest, für ihn langweilig zu sein, nur weil Henrik so einen Blödsinn von sich gegeben hat?«

»Ist das so abwegig? Fürchtest du dich etwa nie vor ... so etwas?«

Líf denkt kurz nach, dann schüttelt sie den Kopf. »Eigentlich nicht. Und was den Sex angeht – er ist doch nichts, was man tut, sondern eher ein Ort, ein Raum, den man miteinander betritt und erkundet. Und selbst wenn jemand sich dort mit mir langweilt, na und? Es sagt nichts über mich aus, nur über uns beide in Kombination in genau diesem einen Raum.« Sie zieht die Beine auf den Stuhl und schaut an mir vorbei aus dem Küchenfenster. »Nein«, fügt sie nach einer Weile hinzu. »Die einzige Angst, die ich habe, ist, eines Tages zu sterben und nicht genug geliebt, gelacht, gelitten, geweint und – ja – gevögelt zu haben.« Sie hebt ihr Glas. »In diesem Sinne: Auf neue Zeiten!«

Bei Líf klingt einfach alles anarchisch und auch beängstigend. Nach Chaos, freiem Fall und dem völligen Verlust von Struktur und Sicherheiten. Aber sie wartet darauf, dass ich mit ihr anstoße, also tue ich ihr den Gefallen und besiegle das Ende meiner Ehe mit Elfenblau.

»Oh je, ich muss ja schon los.« Líf springt auf, zieht direkt in der Küche ihre Putzkleidung aus und wirft sie in die Waschmaschine. Ihre blasse Haut leuchtet vor den pastellfarbenen Fliesen. »Schlafsack ist im Bettkasten«, ruft sie schon auf dem Weg zur Dusche. »Und der Schlüssel hängt neben der Tür.«

• • •

Nach ein paar weiteren Stunden, in denen ich Wohn- und Schlafzimmer auf Hochglanz gebracht habe, bin ich erschöpft vom Putzen. Mit dem letzten Glas Milch in der Hand schiebe ich mich auf dem Balkon durch das Labyrinth nasser Laken. Der Himmel hat aufgeklart. Im Hinterhof wiegen sich zwei Ebereschen im Ostwind. Und ich friere, wie ich in den letzten Wochen niemals gefroren habe. Bisher war das Gefühl von Freiheit einfach nur eine Auszeit gewesen. Etwas, das einen aufatmen lässt wie das Gefühl abgestreifter Fesseln. Aber vogelfrei zu sein ist etwas völlig anderes. Es wäre der richtige Moment für eine Panikattacke, aber die Angst hat sich aufgelöst. Stattdessen erinnere ich mich nur an ein Schwarz-Weiß-Foto, das Einar mir gezeigt hat. Sein Vater Pál steht darauf an einem stürmischen Tag auf der Kuppe eines Hügels, allein und so winzig, dass der Himmel diesen bulligen Mann zu erdrücken scheint. Aus der Ferne winkt er mit beiden Armen in die Kamera. Es sieht aus, als würde der Wind ihn bewegen, wie ein Sturm junge Bäume biegt. »Man darf sich nicht gegen die Natur stemmen«, hatte Einar dazu erklärt. »Das hatte mein Vater mir oft eingebläut: ›Geh immer mit dem Wind, Einar. Höre auf seine Stimme und lerne von ihm, statt zu kämpfen. Denn es kostet dich mehr Kraft als ihn.‹«

Ich hebe mein Glas und betrachte die Farbe. *Blauwassersegeln*, erinnere ich mich. So hatte Anna es genannt, wenn sie abends ohne ein Ziel durch die Clubs zog. Vielleicht habe ich Anna deshalb meist in Blau porträtiert. *Indigoblau*, denke ich nun. *Bergblau, Graublau, Azurblau ...*

Und das helle Wasserblau von Finnurs Augen.

• • •

Es ist sicher nicht leicht, Finnur mit Spontaneität aus der Fassung zu bringen, aber mir ist es gelungen. Vorhin am Telefon klang er regelrecht erschrocken. »Was, jetzt sofort? Ich bin gerade bei Freunden in Hafnarfjörður.«

»Ich dachte, du magst das Chaos«, erwiderte ich ruhig. »Ich gebe dir eine Stunde.«

Ich hörte ihn durchatmen. Aber Finn wäre wohl nicht Finnur, wenn er die Herausforderung nicht angenommen und mit: »Ich schaffe es in einer halben« geantwortet hätte.

»Feel free to DJ.« Das hatte Líf mir per SMS geantwortet, als ich sie nach ihrer roten Jacke fragte. Sie ist aus glattem Lackleder, tailliert geschnitten und passt nur, solange ich nicht atme. Der Wind trocknet mein frisch gewaschenes Haar. Heute lasse ich es wehen und trage auch meine eigenen Schuhe. Zwar fährt auch ein Bus in Richtung Laugarnes, aber ich gehe die ganze Strecke zu Fuß – an der Uferpromenade entlang, bis brausende Teppiche von lila Lupinen in Sicht kommen. Dahinter strahlt lichtweiß das kleine Museum, das ich heute Morgen besuchen wollte. Ein Pfad führt durch das Lupinenfeld daran vorbei bis zu einer Strandbucht, deren schwarzer Felssaum von gelben Butterblumen gekrönt ist. In der Bucht zischelt das Meer über Lavageröll, Treibholz und angespülte Algen und zieht sich wie Atem wieder zurück. Und rechts hinter mir erheben sich am Horizont einer Ebene ein paar helle Wohnblöcke. Wieder bin ich feige, ich zögere. Ja, ich habe Angst davor, nicht genug zu sein. Ich kann die Männer meines Lebens an einer Hand abzählen. Die erste echte Liebe während meiner Ausbildungszeit, die längere Beziehung während meiner ersten zwei Bankerjahre, ein paar Verliebtheiten. Alles keine Meilensteine der Leidenschaft. Und dann kam schon Henrik. *Noch kann ich zurückgehen*, denke ich. Andererseits: Zu verlieren habe ich nichts mehr. Aber ich bin nicht Líf, das merke ich nun. Und im Grunde weiß ich überhaupt nicht, wer ich außerhalb meines Ehebettes überhaupt bin.

Eine Bö fegt vom Meer heran und trifft meinen Rücken so fest, dass ich einen Schritt nach vorne mache. Einars Vater Pál war ein weiser Mann. Man streitet nicht mit dem Wind. Und so lasse ich mich landwärts schieben, querfeldein über die freie Ebene – bis zu Finnurs Mietkaserne.

Er erwartet mich in der Tür stehend im fünften Stock, atemlos, zerzaust und wieder so nervös, wie er es bei unserem Kennenlernen war. Offenbar ist er gerade erst nach Hause gekommen, er hat noch nicht einmal seine Jacke ausgezogen. »Ich hatte keine Zeit aufzuräumen«, sagt er statt einer Begrüßung. »Kannst du mich das nächste Mal etwas eher vorwarnen?«

»Das wäre nicht halb so spannend«, erwidere ich. Ich hoffe, er merkt nicht, dass ich nur bluffe. In Wirklichkeit bin ich so nervös, dass mir kaum ein Lächeln gelingt. Aber Finnur mustert mich nur mit diesem faszinierten Blick, der mich wieder zum Leuchten bringt.

»Dann musst du leider nehmen, was kommt«, sagt er und macht die Tür ganz auf. »Wenn du zum Essen hier bist, kann ich dir nur die Reste von Toms Lasagne anbieten. Oder … geht es heute nicht ums Kochen?«

»Ich bin mir noch nicht sicher. Wie wäre es mit ein paar Argumenten?«

Finnur schluckt und lässt den Blick zu meinem Mund wandern. »I'll do my best«, sagt er und zieht mich über die Schwelle. Im nächsten Moment stehe ich im Flur, den Rücken an der Wand, Finnurs Hände legen sich um mein Gesicht, und sein Mund sucht meinen. Mein Körper hat nichts vergessen, nicht seine weichen Lippen und auch nicht den zarten Biss an meiner Unterlippe, der mich fast – aber nur fast – die Augen schließen lässt. »Bereit für das Wikingerlevel?«, fragt Finnur, als wir beide Atem holen. Und als ich nicke, packt er mich um die Taille und bringt mich zum Lachen, als er mich hochhebt und wie ein Beutestück in sein Zimmer schleppt.

Ich lerne etwas in dieser Nacht: wie sehr ich bisher nur in Körperschablonen und Posen dachte. An Vorgaben und Rezepte für Leidenschaft und wiedererwachte Lust. Aber jetzt wage ich es einfach und folge nur meinen Händen, die Finnurs Kleidung vom Körper streifen, und meinem Mund, der seine Haut sucht. Ich staune, wie weich und glatt sich eine glatt rasierte Männerbrust anfühlen kann, und genieße es, Finnurs Hände auf meiner Haut zu spüren. Ich dränge mich an ihn, aber er hält meine Handgelenke fest und lässt sich Zeit, küsst sich von meinem Mundwinkel zu meinem Hals und von dort zu dem Muttermal seitlich an der rechten Brust, und ich gleite ins Wildwasser, lasse mich von der Strömung ziehen. Ich küsse und liebe stets mit offenen Augen. Aber jetzt schließe ich sie ganz bewusst. Es ist unbekanntes Terrain, eine gefährliche Form von Unsicherheit. In Henriks Armen fühlte ich mich dabei, als würde ich über einen Abgrund getragen. Und nach dieser gewohnten Choreografie klammere ich mich jetzt auch an Finnur und schließe die Hand um seinen Nacken. Es kostet mich Mut, die Augen geschlossen zu lassen; noch mehr Mut, an die Lektion des Windes zu denken und meine Hände zu öffnen. Und plötzlich bin ich losgelöst von allem. Ich fühle wie eine Blinde, die mit Finnur einen neuen Raum erkundet, ihn nur schmeckt und riecht und hört und tastet. Und ich falle nicht, ich steige. In diesem Moment verstehe ich, wie Líf jeden ihrer Männer lieben kann. Denn für die Zeit, die wir ineinander versinken, bin ich tatsächlich in Finnur verliebt – und gleichzeitig in die andere, die ich in seinen Armen sein kann: die Rote, die Glühende, die Fremde.

Als ich die Augen wieder öffne, nehme ich einen ganz anderen Raum wahr: ein Zimmer mit einem zerwühlten Bett, dessen Bettwäsche nach zu vielen Nächten riecht. Neben Finnurs Fuß die aufgerissene Kondomverpackung. Über dem Schreibtischstuhl Schichten von Pullovern und Shirts, neben dem Computer leere Kaffeetassen. Der halbe Boden ist mit Büchern bedeckt. Und mitten in diesem Chaos: ich, meine Brüste an Finnurs Körper und meine Hand in seinem Haar. Meine Haut flirrt, und ich spüre immer noch den Sog der Strömung. Und trotz allem bin ich durcheinander, denn ein Teil von mir fühlt sich, als hätte ich Henrik betrogen.

»Und?«, murmelt Finnur mir ins Ohr. »Jetzt Lust auf Lasagne?«

»Nicht heute. Ich … muss gehen.«

»Schon wieder?«

Er setzt sich auf und fährt sich mit den Händen durch das verschwitzte Haar. Etwas verstimmt sieht er zu, wie ich mich wieder anziehe. »Soll ich dich fahren? Das Auto steht unten, und noch bin ich nicht betrunken. Und Sex am Fjord gehört doch auf jede Island-Bucket-List.«

Er lächelt sein herausforderndes Lächeln, und für einen Moment bin ich versucht, ihm nachzugeben. Aber ich schüttle den Kopf. »Ich … hole meine Freundin von der Nachtschicht im Apoték ab.«

»Wann?«

»Um eins.«

Finnur steht auf und tritt zu mir. Und während er den Reißverschluss meiner Jacke wieder öffnet und mir das enge Rot vom Körper streift, raunt er mir zu: »Dann haben wir doch noch zwanzig Minuten Zeit.«

Tanzen lernen

Auf dem Laugavegur dreht der übliche Auto-Konvoi im Schneckentempo seine Runden. Sehen und gesehen werden ist hier Teil des nächtlichen Balzrituals, bevor man parkt und zu Fuß in die Clubs zieht. Ein paar Betrunkene sind uns vors Auto gelaufen, einer von ihnen schlug mit der flachen Hand auf die Kühlerhaube und brüllte Finnur etwas zu. Eine Seitenstraße vor dem Apoték fährt Finnur rechts ran. Er zieht mich zu einem dramatischen Abschiedskuss zu sich, der mich zum Lachen bringt. *Alles anders*, denke ich. Erst als ich aussteige, entdecke ich Líf, die schon an der Straße steht. Ihr Koboldlächeln, als sie Finnurs Auto nachblickt, sagt alles. »Dich kann man ja wirklich keine Stunde allein lassen«, ruft sie mir entgegen.

Auf dem Heimweg machen wir einen Abstecher zu einem Club, dessen Türsteher Líf kennt. Scherben von Bierflaschen knirschen unter unseren Schuhen, als wir in den Tanzkeller tauchen. Aber ich brauche keinen Alkohol, um mich berauscht zu fühlen. Als hätte ich mich von einer Schutzschicht gehäutet, bringt die Musik meinen Körper zum Schwingen wie die Saite einer Gitarre. Líf und ich driften auseinander und finden einander erneut. Irgendwann verliere ich sie aus den Augen und tanze alleine im Gewitter einer Lichtorgel. Im Gedränge merke ich erst gar nicht, wie ich in eine Gruppe Betrunkener gerate. Einer der Schnaps atmenden Trolle tanzt mich an, begleitet vom Gelächter und den Kommentaren seiner Freunde. Es sind Engländer, das höre ich nun.

»Hey, pass auf!«, rufe ich noch warnend. Aber der Kerl stolpert im Gedränge und rempelt mich an. Gerade noch kann ich mich an der Wand abfangen, doch der Engländer hat endgültig das Gleichgewicht verloren und reißt mich mit sich. Bevor ich reagieren kann, packt ihn schon jemand an der Schulter und zieht ihn von mir weg. Rufe übertönen die Bässe, ein paar Leute geraten in Streit. Im Lichtorgelbeat sehe ich empörte Mienen aufblitzen. Und dann einen Mann im Gegenlicht, der sich zu mir herunterbeugt und mit leicht schleppender Stimme fragt: »Alles in Ordnung, Swea?«

Es ist Jón. Beziehungsweise Jón und seine Freundin, die Bierfahne.

»Ja. Danke«, bringe ich heraus. Er fasst mich am Arm und zieht mich mit so viel Schwung auf die Beine, dass ich fast gegen ihn falle.

Dann ist plötzlich Líf da. Ich verstehe nicht, was sie Jón an den Kopf wirft, aber der Tonfall sagt genug. Dann tauchen schon die Türsteher auf, und Líf bugsiert mich zur Treppe. »So ein übergriffiger Arsch«, schimpft sie draußen vor dem Club los. »Ich hoffe, er bekommt Hausverbot.«

»Er hat mich nicht belästigt, Líf. Das war Jón, mein Nachbar. Irgendein Betrunkener hat mich angerempelt, Jón hat mir nur auf die Beine geholfen ...«

Hinter uns werden Stimmen laut, die Störenfriede werden aus dem Club geworfen. Und mit ihnen Jón. Die Engländer zeigen den Türstehern die Mittelfinger und ziehen dann murrend weiter. Aber Jón diskutiert mit einem Security-Mann, der ihm gerade mal bis zur Nase geht. Dann kommt eine rotblonde Frau aus dem Club gestürzt und hakt sich bei Jón unter. Sie ist hochgewachsen und trägt einen taillierten Jeansmantel mit Pelzkragen. Ihr Gesicht ist schmal und aussdrucksstark, mit ausgeprägten Wangenbögen und einem breiten, schönen Mund. Und auch sie hat schon einiges intus, das merkt man an ihren übertriebenen, fahrigen Gesten, als sie nun ebenfalls auf den Türsteher einredet. Ich will schon zu ihnen hinübergehen und die Sache aufklären, als Jón seiner Rotblonden den Arm um die Schultern legt und sie mit sich zieht.

»Das ist dein Nachbar?« Líf schaut den beiden nach, bis sie in der Menge verschwunden sind. »Irgendwoher kenne ich ihn.«

»Vielleicht hast du ihn mal geküsst?«, rutscht es mir heraus.

Líf schüttelt den Kopf. »Nein, den hätte ich sicher nicht vergessen«, murmelt sie nachdenklich. »Ich komme gerade nicht drauf, aber ich bin ihm schon mal begegnet. Vielleicht sogar mehr als einmal?«

Kunststück, denke ich. Reykjavík ist wirklich ein Dorf. Und auf der überschaubaren Partymeile ist es offenbar kaum möglich, einander nicht zu treffen.

• • •

Alma ist Dänin und vor zwanzig Jahren der Liebe wegen nach Island ausgewandert. Sie hat drei Kinder, von denen das älteste schon studiert, und sie und ihr Mann träumen davon, einen Einsiedlerhof in den Westfjorden zu kaufen. Das alles erfahre ich auf dem kurzen Weg vom Seiteneingang des Museums bis zum Café. »Zeit genug für einen Kaffee«, schlägt sie gut gelaunt vor. »Du siehst aus, als könntest du einen vertragen.«

Sie hat recht. Ich bin verkatert, wenn auch nicht vom Alkohol. Bis drei Uhr morgens haben Líf und ich noch ihre Horrorfiguren zurück in die Regale geräumt und über Sex, Kunst und Rock 'n'

Roll philosophiert. Und als ich auf dem Sofa endlich einschlafen konnte, war es fast schon sechs, so aufgedreht war ich von der Nacht.

Alma ist herzlich und so offen, als würden wir einander schon lange kennen. Nach dem ersten Kaffee hat sie mir schon die Koordinaten meiner Landung auf dieser Insel entlockt. »Du wirst sehen, Island ist ein guter Ort«, sagt sie. »Man muss allerdings einen Zugang zu der Gesellschaft hier finden. Das ist nicht leicht. Doch sobald du die Sprache gelernt hast, wird es einfacher.«

Ich muss mir ein Lächeln verkneifen. »Ich habe den Eindruck, Kontakte zu knüpfen ist einfacher als in Deutschland.«

»Für Alltagsbekanntschaften ja. Die Leute sind hier sehr offen. Aber wenn man länger hier ist, muss man schon einiges dafür tun, um wirklich dazuzugehören. Abgesehen davon, dass die meisten hier in geschlossenen Kreisen und in der Familie eingebunden sind, funktioniert das soziale Leben wie ein Strickmuster: Alle verstehen sich als große Gemeinschaft, alles ist miteinander verwoben. Im Grunde musst du dich ›einstricken‹. Ohne Netzwerke funktioniert hier nichts.«

Almas Metapher erinnert mich daran, was Líf gesagt hatte, als wir über ihren Strick-Stammtisch sprachen: dass es darum geht, nicht nur sich selbst zu sehen, sondern Teil der Gemeinschaft zu sein und die anderen mitzudenken – ob man sie kennt oder nicht.

»Das Netzwerk durfte ich bereits kennenlernen«, sage ich zu Alma. »Den Job hätte ich nicht, wenn Hildur ihrem Cousin nicht einen Gefallen schulden würde. Und es war wohl ein großer Gefallen, so wenig begeistert, wie sie von mir ist.«

Alma winkt ab. »Mach dir darüber keine Gedanken. Hier geht vieles über Verwandschaftsbeziehungen, das war sicher auch ein Grund für die Kreppa. Damals herrschte in den politischen Ämtern und an den hohen Stellen noch richtiger Filz, das hat sich zum Glück nach dem Bankrott etwas bereinigt. Aber man hält hier sehr eng zusammen. Am besten suchst du dir gleich einen Verein, um Anschluss zu finden – oder einen Chor.«

»Bist du in einem Chor?«

»Singen ist nichts für mich. Aber ich engagiere mich in einer Naturschutzinitiative. Wir wollen verhindern, dass die Großindustrie hier noch mehr Wasserkraftwerke baut. Besonders für Firmen aus den USA ist unsere Energie für die Aluminiumherstellung interessant.«

»Du bist aber keine von den Natur-Aussteigern, die als Selbstversorger in die Fjorde ziehen?«

Alma lacht herzlich. »Aber nein! Wir wollen dort ein Gästehaus aufmachen, das wir im Sommer bewirtschaften. Noch fehlt uns Geld. Die Krise hat auch uns ganz schön getroffen.«

»Das tut mir leid.«

Alma seufzt tief. »Na ja – eine Mitschuld tragen wir leider auch daran. Natürlich hat man uns betrogen und bewusst falsch informiert. Aber wir haben auch nur zu gerne geglaubt, dass wir reich sind. Es herrschte Goldgräberstimmung, jeder baute sich Villen – auch mein Mann und ich haben einen Riesenkredit für unser Haus in Kópavogur aufgenommen. Unsere Nachbarn hatten zwei Jeeps und ein eigenes Motorboot – alles auf Pump über Devisenfinanzierung. Bis die Blase dann platzte.« Sie verzieht den Mund zu einem nüchternen Lächeln. »Tja, wenn etwas zu schön ist, um wahr zu sein, dann ist es nicht wahr. Und irgendwie geht es ja immer weiter. Ah, da ist Lena! Komm mit, sie zeigt dir alles.«

• • •

Mit Henrik war ich schon oft in Museen, wenn sie noch geschlossen waren. Sie haben immer etwas von Tempeln. Die wandgroßen Videowände, auf denen während der Öffnungszeiten Film-Installationen laufen, sind jetzt am Sonntag tote, schwarze Flächen. In diesen erloschenen Räumen hat das Arbeiten etwas Gespenstisches. Überlaut hallen meine Schritte, Lenas Gummisohlen quietschen, und manchmal bekommen die Geräusche unserer nassen Lappen, die auf den Boden klatschen, und das wischende Schleifen einen eigentümlichen Gleichtakt. Lena ist für das Durchwischen der kleineren Räume angestellt. Es gibt noch eine Putzkolonne, die jeden Monat mit den großen Geräten und Fensterputzern anrückt, aber für die Räume mit den sensiblen Exponaten braucht es Fingerspitzengefühl. Vorsichtig putze ich um einen Schutthaufen aus Holztrümmern herum – die Originalüberreste einer Theaterloge, die sich Adolf Hitler 1941 im Berliner Admiralspalast bauen ließ und die vom Künstler Ragnar Kjartansson nun als Schrott der Geschichte inszeniert wird. Ich lerne, wie man professionell mit Verlängerungsstangen und Abziehern umgeht, und entstaube Skulpturen mit knisternden Wedeln. Zuletzt arbeite ich mich durch den kahlen Raum, in dem ein kreisrundes Podest steht. An Wochentagen läuft hier eine Live-Performance. Um zum Podest zu kommen, muss ich – wie später die Besucher – einen goldenen Flitter-Fadenvorhang teilen, der kreisförmig von der Decke bis zum Boden fällt.

Als Lena das Putzzeug wieder auf den Wagen packt, sind sechs Stunden vergangen, aber die Zeit, die ich im meditativen Gleichtakt der immer selben Bewegungen gearbeitet habe, hat überraschend gutgetan. Als ich müde und mit schmerzenden Füßen das Museum verlasse, habe ich die Kopie eines Arbeitsvertrags in der Tasche, den ich mir in Ruhe durchlesen soll. Der Stundenlohn beträgt zwei Drittel von dem, was meine Mutter zu Hause ihrer Putzfrau zahlt. Aber trotzdem bin ich einfach nur glücklich.

Den Bus habe ich gerade verpasst, also spaziere ich noch zum Tjörnin-See und setze mich auf eine der Parkbänke beim Rathaus. Familien machen hier ihren Sonntagsspaziergang, auf dem flachen Steinufer füttern Kinder Enten und Schwäne. Und rechts von mir, auf dem langen Brückensteg, der über den See direkt ins Rathaus führt, flappen träge isländische Flaggen im Wind.

»Swea! Wie lief es?« Líf klingt müde, aber gut gelaunt. Im Hintergrund höre ich die Stimmen ihres Bruders und noch einiger anderer Leute, mit denen sie sich sonntags zum Kochen trifft.

»Es lief gut. Ich habe die Stelle.«

Ich muss den Hörer vom Ohr weghalten, so laut johlt Líf ins Telefon. »Gratuliere! Da wird sich Ólafur freuen – damit hat er nämlich einen Grund, dich als Model für seine nächste Serie zu verpflichten.«

»Ich ziehe mich ganz sicher nicht in einem Gletschersee aus.«

»Nein, mit dir hat er etwas viel Besseres vor.« Lífs Tonfall verrät, dass sie bereits mehr weiß. »Das Essen ist gerade fertig«, setzt sie gut gelaunt hinzu. »Bis dann. Und lass es dir gut gehen.«

Ich lehne mich zurück und schaue auf den See, ein Stück Natur mitten in der Stadt. Am linken Ufer befindet sich die weiße Freikirche mit dem grünen Dach und rechts von meiner Parkbank die Bronzeskulptur eines Mannes in Anzug mit einer Aktentasche. Sein Oberkörper und sein Kopf sind von einem riesigen, unbehauenen Felsen umschlossen. *Bürokratischer Betonkopf*. So hat Henrik diese Figur umschrieben. *Sieht er auch mich so?*, denke ich. *Als versteinerte Bürokratin?*

Der Wind wird stärker, ergreift die Flaggen und lässt sie knattern. Eine Frau läuft direkt vor mir vorbei und eilt mit großen Schritten auf den Steg. Der Wind bauscht den Stoff ihres Sommermantels auf und lässt auch ihr offenes kastanienbraunes Haar wehen. Fasziniert schaue ich zu, wie sie noch im Gehen den Mantel auszieht und ein elegantes Kleid enthüllt. Es ist smaragdgrün und an der Seite geschlitzt, bei jedem Schritt blitzt ein sehniges, trainiertes Bein hervor. Kurz bleibt die Frau stehen und wendet sich dem Wasser zu. Fast warte ich darauf, dass sie wie eine Undine in ihr Element zurückkehren wird, aber sie hat sich nur in den Wind gedreht, um ihren Lippenstift nachzuziehen. Jetzt eilt sie mit energischen Schritten weiter und verschwindet im Rathaus.

In meiner Hand surrt das Smartphone. Ich hoffe auf Finnur, aber zu meiner Überraschung ist die SMS von Insa. »Bekka hat mir gerade die Videos gezeigt«, schreibt sie. »Wie geht es dir, Ausgestoßene?«

Die Swea, die ich bisher war, hätte jetzt die Starke gespielt und sich als Loserin gefühlt. Aber diesen Steinpanzer trage ich nicht mehr.

»Ganz ehrlich?«, schreibe ich meiner Schwester zurück. »Als ich gestern die Videos gesehen habe, war ich fassunglos, verletzt und völlig am Boden, aber heute ist es besser.« Mein Zeigefinger schwebt schon über dem Senden-Feld, als ich noch einmal innehalte. »Wie geht es dir, Insa?«, füge ich hinzu. »Ich meine: Wie geht es dir wirklich?«

Sie braucht so lange für ihre Antwort, dass ich schon denke, sie ist wieder in ihre demonstrative Funkstille abgetaucht. *Andere Geschwister würden jetzt einfach anrufen*, denke ich. Aber so gut kenne ich Insa, um zu wissen, was zu viel wäre. Ich denke an Flóki und Líf, und in mir hallt all das, was Insa und ich niemals miteinander hatten. Hautlos zu sein heißt, alles zu fühlen – auch das Echo der Leere zwischen Geschwistern, die einander niemals wirklich nahe waren. Doch dann antwortet Insa doch noch.

»Ganz ehrlich?«, schreibt sie zurück. »Ich habe einen Scheißstress und weiß nicht, wo mir der Kopf steht. Meine Stelle steht auf der Kippe, ein Teil der Fördergelder für das Jugendhaus wurde nämlich für nächstes Jahr gestrichen. Bekka ist völlig durch den Wind, seit unser Vater ihr den Floh ins Ohr gesetzt hat, dass ein Freiwilliges Soziales Jahr Zeitverschwendung und ein Sozialpädagogikstudium sinnloser Kram sind. Jetzt muss sie unbedingt BWL oder Jura studieren und macht sich deswegen verrückt wegen ihrem Abi. Und nun mache ich mir auch noch Sorgen um dich. Ansonsten ruft Mama jeden Tag an und versucht mir aus dem Kreuz zu leiern, ob wir telefonieren.«

»Tun wir nicht«, simse ich zurück.

Ein Meer liegt zwischen uns, aber für eine Sekunde habe ich das Gefühl, Insas immer etwas zu ernstes, flüchtiges Lächeln zu sehen. »Stimmt, so gesehen ist es keine Lüge, wenn ich ihr sage, dass ich nicht mit dir gesprochen habe«, antwortet sie. »Ich halte mich nämlich schön aus eurer Schusslinie. Und Bekka muss in dein Drama mit Henrik auch nicht reingezogen werden, klar?«

»Natürlich«, schreibe ich zurück. Zumindest, wenn es um Bekka geht, sind wir uns immer einig. »Ich bleibe bei Mamas offizieller Burn-out-Version«, tippe ich weiter. »Tut mir leid, dass du gerade eine schwere Zeit hast. Mach dir zumindest um mich keine Sorgen. Ich komme zurecht. Und ich weiß, du würdest niemals Hilfe annehmen, schon gar nicht von mir, aber wenn ich doch etwas tun kann, melde dich.«

Natürlich antwortet sie nicht mehr, aber dennoch fühle ich zum ersten Mal so etwas wie einen spinnenfeinen Faden zwischen uns.

• • •

Ich könnte am Ufer entlang bis zum Vogelschutzgebiet im hinteren Teil des Sees wandern, dorthin, wo Eiderenten brüten und eine Undinenskulptur aus dem Wasser ragt. Ich könnte zum Bus laufen oder mich bei Finnur melden, in eines der Cafés gehen, mich treiben lassen. Jeder Weg liegt vor mir. Aber der Wind führt mich auf den Spuren der smaragdfarbenen Frau ins Rathaus. Auch hier war ich schon mit Henrik. Zusammen haben wir das Reliefmodell von Island besichtigt, das den halben Boden bedeckt. Einige Besucher drängen sich dahinter an den großen Panoramafenstern und schauen direkt auf Wasserhöhe auf den See hinaus. Eine Ente paddelt auf Brusthöhe am Glas entlang. Im hinteren Teil der Räumlichkeiten schleifen hinter Stellwänden Sohlen im Takt von Gitarrenmusik. Jemand zählt durch ein Mikro die Schrittfolge an. Es ist ein verjazzter Tango, der mich an den Elfenmann erinnert. Flyer einer Tanzschule sind an die Stellwände gepinnt, offenbar läuft hier eine Schnupperstunde für Tango Argentino. Die Undinenfrau trägt inzwischen silberne Schuhe mit dünnen Ledersohlen und zeigt gerade einer älteren Dame den Grundschritt. Es ist nicht die weiche, sinnliche Schrittfolge, die der Fremde auf dem Fest tanzte. Der zweite Lehrer hat ein Funkmikro vor dem Mund und läuft durch die Reihen, während er auf Isländisch die Takte anzählt. Als er mich zwischen den Stellwänden sieht, winkt er mich heran. Und ich stelle meine Tasche auf den Boden, trete zum Rand der Gruppe und mache einfach mit.

Ich habe noch nie diese Art von Tango getanzt. Wie hypnotisiert starre ich nur auf die Füße der anderen, als plötzlich die grüne Frau vor mir steht. Sie fordert mich auf und übernimmt den Männerpart. Es ist seltsam, mich führen zu lassen, so eng, dass ich ihre Oberschenkel an meinen spüre. Aus der Nähe betrachtet ist die Tänzerin älter, als sie auf der Brücke wirkte, sie hat tiefe Charakterlinien um den Mund, faltenumkränzte, stark geschminkte Augen, und sie duftet nach einem lilienschweren Parfüm. Knapp nickt sie mir zu und erklärt etwas auf Isländisch, ihre energische Körpersprache ist die Aufforderung, mutiger in die Schritte zu gehen und mich noch mehr in ihren Arm zu legen. Und ich tue es: Ich tanze mit nordischen Undinen. Ich habe einen Liebhaber. Ich gehe nur noch den Weg des Windes.

Töchter und Väter

Chrissi weint immer noch viel, das steht in Kims Brief, den das Postauto heute zusammen mit einem Brief an Jón hier ablieferte. *Sie vermisst dich so sehr – und nicht nur sie, das weißt du ja. Ich versuche wirklich, dir zu verzeihen. Einfach so zu gehen, als hättest du kein Herz! Nein, Pabbi, das passt nicht zu dir und das wirst du niemals wiedergutmachen können. Auch wenn ich es zu einem winzigen Teil sogar nachvollziehen kann, richtig ist es nicht, und das weißt du auch. Ansonsten geht hier alles seinen üblichen Gang, zumindest das. Keine Neuigkeiten sind gute Neuigkeiten, wie du früher immer sagtest. Der Kaufvertrag soll in zwei Wochen unterzeichnet werden, also unterschreibe die beiliegenden Vollmachten und schicke sie mir zu. Den Schlüssel habe ich wie verabredet schon beim Makler gelassen. Die Wohnung ist leer, die Möbel und eure alten Sachen habe ich verkauft und gespendet, der Rest ist auf den Sperrmüll gewandert. Ich habe dennoch einige Dinge als Erinnerung behalten. Mamas antike Gitarre mit den Perlmutt-Intarsien und das große Ölgemälde mit der dunklen, windfarbenen Stute, das du einmal aus Island mitgebracht hattest. Außerdem eure Vinyl-Schallplatten. Auch wenn du dir einredest, dass du alles wegwerfen kannst wie einen alten Mantel, den du nicht mehr haben willst, wirst du vielleicht eines Tages dennoch froh sein. Manchmal merkt man erst, was man verloren hat, wenn es zu spät ist. Und dann bereut man es für den Rest seines Lebens. Ich hoffe, du bist nicht zu einsam auf deiner Insel. Und auf der anderen Seite wünsche ich mir, dass du leidest. Du weißt, ich kann dich nicht besuchen – und selbst wenn ich es könnte, würde ich es nicht tun. Aber Chrissa hat das Bild für dich gemalt. Sie schickt dir Grüße. Und ich dir einen wütenden, enttäuschten Kuss.*

Das mit Wachsmalstiften gemalte Bild zeigt eine Sonne und einen staksigen Greis mit spinnenlangen Beinen und einer übergroßen Brille auf der Nase. Vermutlich sehe ich in den Augen meiner Enkelin wirklich wie ein mürrischer Totengräber aus. Aber es wärmt mich, sie in dieser Zeichnung so nah zu spüren – ebenso wie meine wütende Tochter in ihren Worten. *Pabbi* – es ist das erste Mal, dass sie mich wieder so anspricht. Das isländische Wort für Papa. Vielleicht hat sie es nur ganz unbewusst aufgeschrieben, aus alter Gewohnheit. Denn in den Telefonaten, die wir über den Atlantik hinweg führen, spricht sie mich nur noch kühl und zornig als Einar an. Es fehlt nur noch, dass sie mich siezt. Ich verstehe ihre Enttäuschung so gut, und dennoch bricht es mir auch jetzt wieder das Herz.

Beinahe hätte ich die Vollmachten mit meiner roten Tinte unterschrieben. Ich gehe in die Küche, wo die Kugelschreiber in der Schale liegen. Kaum bin ich dort, höre ich, wie Swea die Haustür öffnet und beim Schuheausziehen vor sich hinsummt. *Apropos Fremde*, denke ich. Seit sie in Reykjavík Arbeit gefunden hat, scheint sie sich völlig in Musik aufzulösen. Über ihr mobiles Telefon spielt sie pausenlos Lieder ab, wenn sie nicht gerade mit neuen Freunden telefoniert. Ja, Swea hat Bekanntschaften geschlossen, mit denen sie lacht, Verabredungen trifft und deren Art zu sprechen sie aufschnappt. Das Isländisch, das sie mit nach Hause bringt, klingt für mich wie eine Fremdsprache – modern, von Amerikanismen durchsetzt. Manchmal stiehlt sie sich zum Telefonieren aus der Küche wie ein Teenager. Wüsste ich es nicht besser, ich würde vermuten, sie ist verliebt.

Vier Tage und drei Nächte der Woche verbringt sie inzwischen in der Stadt. Sie arbeitet im Museum, räumt in einem der großen Supermärkte Regale ein und hilft samstags auch noch in der Küche eines Touristenrestaurants aus. Ich vermisse es, sie am Vormittag auf der Weidemauer zeichnen zu sehen. Der Geruch von Farben und Terpentin hat sich verflüchtigt, das Ölbild der unsichtbaren Frau in der isländischen Tracht ist aus dem Flur verschwunden, und unsere Abende gehören nicht mehr den Gesprächen über Geschichte und Kunst. Stattdessen lernt Swea Vokabeln und Grammatik. Und auch wenn ich nur zu gerne wieder in die Rolle des Lehrers schlüpfe, beunruhigt mich diese neue Swea mehr, als ich zugeben will.

Sie hat sich angewöhnt, ihr Haar locker zu flechten und aufzustecken. Manchmal bindet sie sich Bänder oder Stoffblumen in die Frisur. Ihr existenzialistisches Schwarz blitzt nur noch als Kontrast zu neuen, bunten Kleidungsstücken hervor, die sie auf dem Flohmarkt am Reykjavíker Hafen findet. Ja, sie ist in jeder Hinsicht farbiger geworden, hat tiefe Augenringe, aber strahlende Augen. Und wenn sie durch die Räume poltert, Gewohntes umräumt und zu laut mitsingt, dann fühle ich mich wie ein Gespenst in meinem eigenen Haus.

»Schon fertig für heute, Einar?« Sie kommt gut gelaunt in die Küche, beladen mit Taschen. Aus ihrer Frisur haben sich ein paar Flechten gelöst, die windfarbenen Strähnen sind zerzaust und fallen ihr ins Gesicht, während sie die Taschen abstellt. *Sie hat einen weichen Mund bekommen*, denke ich bei mir. Sogar wenn sie ernst ist, scheint dieser Mund nun zu lächeln. Wieder einmal frage ich mich, wo sie ihre Tränen über ihre gescheiterte Ehe lässt. »Ich habe uns Fischeintopf gemacht«, sage ich.

»Danke, Einar, ich verhungere.«

»Ja, du bist sehr spät dran heute. Es wird schon dunkel.« Das ist übertrieben. Auch wenn es längst August ist, ist das lange blaue Zwielicht des Abends noch weit von echter Dunkelheit entfernt.

»Ich hatte heute wieder ein Bewerbungsgespräch«, erklärt Swea. »Und stell dir vor: Bis zum Ende der Saison verkaufe ich am Hafen jetzt auch noch Kaffee und Snacks an die Whale-Watching-Touristen.« Sie lacht und reckt die Faust in die Luft, eine Geste, die eher zu meinen Schülerinnen gepasst hätte, aber niemals zu der kontrollierten Frau Schwarzenberg. »Und im Café im Hafnarhús darf ich mich demnächst mit meinem Rudimentär-Isländisch zwei Vormittage als Bedienung versuchen.«

»Heißt das etwa, du bleibst noch einen weiteren Tag in der Stadt?«

»Nein, mein Aushilfsjob im Supermarkt läuft aus. Und montags und dienstags kann ich nachmittags direkt vom Café zum Hafen gehen.«

»Dann passt das Abendessen heute gut dazu«, sage ich und fülle ihren Teller mit dem Eintopf. »Das ist Plokkfiskur – *Pflückfisch*. Kabeljau mit Kartoffeln und Zwiebeln.«

Sie schnuppert genießerisch und bringt mich damit zum Lächeln. Dann macht sie sich über das Essen her, als würde sie wirklich verhungern.

»Warum hast du nicht einfach angerufen, Swea? Ich hätte dich mit dem Pickup in der Stadt abgeholt.«

»Ich wollte dir keine Umstände machen. Ein Freund hat mich unten an der Bushaltestelle abgesetzt.«

»Ein Freund?«

»Ólafur Hilmarsson. Er ist recht bekannt für seine experimentelle Fotografie, ich muss dir unbedingt seine Bilder zeigen. Er will demnächst auch von mir ein Porträt machen.«

»So«, murmle ich nur.

»Einar? Hättest du etwas dagegen, wenn ich demnächst ein

paar Gäste zum Abendessen einlade? Nur Líf und ein paar Leute von unserem Finanzstammtisch.«

»Was für ein Finanzstammtisch?«

»Ich habe dir doch erzählt, dass sich Líf zusammen mit ihrem Bruder und einigen Freunden selbstständig machen will. Sie treffen sich jede Woche reihum zum Kochen. Neuerdings bin ich dabei, und einmal kamen wir auf das Thema Geld. Es gab jede Menge Fragen, und da hatte ich die Idee, dafür einen Stammtisch ins Leben zu rufen. Einen Finanzclub für alle, die etwas über den Umgang mit Geld lernen wollen.«

»Und das bringst du ihnen bei?«

»Nein, ich bin keine Lehrerin. Was ich beisteuere, sind nur ein paar Antworten und etwas Handwerk: Ich erkläre, wie man einen Finanzplan erstellt, wie man Kreditanträge verhandelt und auch privat langfristig plant: Konsumkonto, Sparraten, passives Einkommen ... eben all das, was ich ohnehin auch für mich selbst gerade umsetzen muss, um mich neu aufzustellen.«

»Ich dachte, du wolltest dich als Künstlerin ›neu aufstellen‹? Und jetzt verbringst du so viel Zeit damit, deinen Freunden bei ihren Planungen unter die Arme zu greifen?«

Swea wirkt ein wenig ertappt. »Ja, meine Kunst liegt gerade sehr auf Eis. Aber der Finanzclub ist meine Art, etwas beizutragen. Es ist schön, Líf und den anderen etwas zurückgeben zu können. Und ... deshalb würde ich demnächst gerne ein kleines Fest geben.«

Ich kann nicht gut Begeisterung heucheln, die ich nicht verspüre. Und natürlich sieht Swea es mir deutlich an. »Das Sumarhús könnte etwas Leben vertragen, findest du nicht?«, setzt sie vorsichtig hinzu.

»Du wohnst hier«, murmle ich nur. »Also steht es dir frei, einzuladen, wen du willst.«

»Danke, Einar. Wir werden dich nicht stören.«

Das glaube, wer will, denke ich.

»War Jón noch gar nicht da?« Swea deutet auf den ungeöffneten Brief an Jóns Platz. Der Umschlag ist sonnengelb und die Kinderschrift darauf bunt und ungelenk wie die eines Erstklässlers.

»Er … hat zurzeit wenig Hunger.« Ich könnte ihr erzählen, dass Jón noch bis vor einer Stunde Besuch hatte. Ja, nicht nur ich wurde von Swea aus dem sicheren Trott meiner Selbstspiegelungen gerissen. Auch mein Mieter scheint aufgewacht zu sein. Fast immer, wenn Swea in der Stadt ist und ich nachts über meinen Büchern sitze, höre ich draußen das Klappen von Autotüren und das klingende Lachen der Frau mit den rotblonden Haaren. In letzter Zeit ist sie oft hier. Aber Jón respektiert meine Grenzen. Niemals bringt er seine Freundin mit ins Haupthaus, nur manchmal finde ich eine zweite leere Kaffeetasse mit kupferfarbenem Lippenstift in der Spüle. Offenbar hat Jón sich dazu entschlossen, endlich den Finger von der Pausentaste seines Lebens zu nehmen. Ich wünsche es ihm. Im Gegensatz zu mir ist er zu jung, um verbittert zurückzubleiben.

»Du wirkst bedrückt«, reißt Swea mich aus meinen Gedanken. »Kommst du mit deiner Chronik nicht voran?«

»Ich kann in meinen Aufzeichnungen einige Lücken nicht schließen.« Was eine beschönigende Umschreibung dafür ist, dass ich jeden Tag mehr daran verzweifle, in diesem Meer aus Momenten keine Punkte zu finden, die sich zu Linien verbinden lassen.

»Kann ich dir vielleicht helfen, Einar? Ich kenne einen Lektor von der Uni, der sicher Zugang zu isländischen Archiven hat. Oh, apropos Archiv: Ich habe dir etwas mitgebracht.« Sie schiebt den Teller beiseite und holt ihr Notizbuch. Lose Papiere und Notizen stecken zwischen den Seiten – und ein kleines Schwarz-Weiß-

Foto. »Líf hat es mir mitgegeben. Das Mädchen in der Mitte war ihre Urgroßmutter, Erna Behrendt. Vielleicht kannten deine Mutter und sie ja einander.«

Die Aufnahme zeigt eine Gruppe von Auswanderinnen auf dem Deck der Esja im Mai 1949. Ich betrachte die jungen, hoffnungsvollen Gesichter und muss lächeln. »Meine Mutter schrieb ihrer Schwester Briefe«, erkläre ich. »Sie sind ein recht lückenloses Tagebuch ihrer ersten Jahre in Island. Nach dem Tod meiner Tante habe ich die Briefe geerbt – doch eine Frau namens Erna Behrendt taucht darin nicht auf. Aber ich danke dir für deine Mühe.«

Ich schiebe ihr das Foto über den Tisch zurück. Swea wirkt enttäuscht, aber sie zuckt leichthin die Schultern. »Schade. Besitzt du eigentlich ein Foto von deiner Mutter?«

Ich stutze. »Habe ich dir noch keines gezeigt?«

Sie schüttelt den Kopf. Das verwundert mich wirklich. Also hole ich eine Porträtfotografie aus dem Skriptorium. Swea betrachtet sie lange und liest dann die Schrift auf der Rückseite. »Sie hieß also Marie. Man sieht eure Ähnlichkeit. Aber von deinem Vater hast du wohl nicht viel mitbekommen.«

»Oh doch, sehr viel sogar. Seine Liebe zu Büchern und sein Ohr für Musik, außerdem habe ich seine Statur und Größe …«

»Páls Statur? Er war ein Riese mit der Figur eines Ringers!«

»Pál Magnússon war aber nicht mein leiblicher Vater.«

Swea hebt überrascht den Kopf. Und ich lehne mich zurück und lächle. Es ist lange her, dass wir einander unsere Geschichten erzählten. Und wieder einmal merke ich, wie sehr es mir fehlt, mit Swea zusammen die Vergangenheiten meiner Insel und meiner Familie zu bereisen.

»Mein Vater hieß Leif Einarsson«, beginne ich. »Ich wurde nach seinem Vater benannt. Leif war der Großbauer, auf dessen

Hof meine Mutter im ersten Jahr arbeitete, in der Nähe von Hegranes. Es war hart für ein Stadtmädchen wie sie. Und isländische Einöd-Höfe waren zu der Zeit etwas völlig anderes als ein moderner Gutshof im deutschen Norden. Hier lebten viele Bauern noch wie ihre Vorfahren in Häusern, die aus Torfziegeln gebaut waren und Grasdächer hatten, es gab kaum Strom und noch keine richtigen Straßen, nur Schotterpfade. Niemand hatte ein Auto. Das Hauptverkehrsmittel an Land waren Pferde und der nächste Nachbar mindestens einen Halbtagesritt entfernt. Marie musste also schnell das Reiten lernen, außerdem Melken und Schafetreiben, aber sie hat sich eingefunden. Und irgendwann ließ sie sich auf eine Liebschaft mit ihrem zwanzig Jahre älteren Arbeitgeber ein. Er war ein geselliger Mann, der wusste, wie man ein Mädchen beeindruckt. Er tanzte gern, er spielte Geige und sang gut. Sie war fasziniert davon, dass ein Landwirt so belesen war und aus den Sagas rezitieren konnte. Er und seine Frau waren kinderlos. Er erzählte Marie, dass seine Ehe schon seit Jahren vorbei war und er sich scheiden lassen wollte. Doch als Marie schwanger wurde, stellte sich heraus, dass weder er noch seine Frau an Scheidung dachten.«

Swea betrachtet das Gesicht meiner Mutter. Würde man ein Jugendfoto von mir danebenlegen, man würde vermuten, Marie und ich seien Geschwister. Ich habe das dünne, helle Haar von ihr geerbt, das schmale Gesicht und die hohe Stirn.

»Immer dieselbe alte Geschichte«, bemerkt Swea. »Und bestimmt war es für Marie die erste richtige Liebe.«

»Ja, sie hat Leif wirklich geliebt. Im ersten Schock wollte sie sofort nach Deutschland abreisen. Aber dann dachte sie nach. Zu Hause wäre sie eine ledige Mutter mit dem unehelichen Kind gewesen, eine Schande für ihre Eltern. In Island war das anders. Hier ging man schon damals sehr viel freier mit der Liebe um.

und jedes Kind – ob ehelich oder nicht – wurde von Herzen willkommen geheißen. Schließlich entschloss sich Marie dazu hierzubleiben und suchte sich eine Arbeitsstelle auf einem anderen Hof. Dort kam ich auf die Welt.«

»Und Leif? Hat er sich um euch gekümmert?«

»Er hat seine finanziellen Pflichten erfüllt und uns auch einige Male besucht. Ich sah ihn nicht oft, aber ich mochte ihn. Er war freundlich zu mir und erzählte mir Heldengeschichten aus der Edda. Einmal brachte er mir ein paar Zeilen aus der Egil-Saga bei. Die Saga handelt von Egil Skallagrímsson, dem Rebellen, der schon mit sieben Jahren einen Mann mit der Axt erschlug. Trotzdem kannte ich meinen leiblichen Vater kaum, er blieb für mich eine ferne Lichtgestalt. Als ich selbst sieben war wie Egil, starb Leif an einer Lungenentzündung. Ich erbte einen Teil seiner Bücher und ein Stück Weideland.«

»Du bist Großgrundbesitzer?«

Bei der Vorstellung muss ich lächeln. »Nein, es ist nur ein winziges Landstück im Norden. Ich überlege schon seit Jahren, es dem Pächter zu verkaufen, der es als Weideland für seine Schafe nutzt. Vielleicht wäre jetzt ein guter Zeitpunkt dafür. Das Sumarhús kommt in die Jahre. Es bräuchte zumindest neue Fenster.«

Swea mustert mich sehr aufmerksam, und ich frage mich, was sie in ihrer Art, alles in logische Fragmente zu zerdenken, jetzt wieder vermutet. »Das heißt also, du planst, endgültig im Sumarhús zu bleiben und hier zu leben?«

Ich denke an Kims Brief, und das Herz wird mir wieder schwer. Aber vielleicht ist das der Preis, den ich zahle. Man lässt entweder alles los oder nichts. »Ja, ich bleibe.«

»Dann könntest du doch ein zweites Pferd kaufen. In eine Herde geben willst du Houdini ja nicht. Oder … hast du es dir inzwischen überlegt?«

Darauf antworte ich auch heute nicht. Zu oft habe ich mit Swea schon darüber diskutiert. Auch wenn Jón und sie recht haben und Jón mich jedes Mal, wenn ich die Koppel betrete, vorwurfsvoll ansieht, werde ich den Teufel tun und die Stute mir und Swea wegnehmen. Schließlich ist das Pferd der einzige wirklich gemeinsame Ort, den wir noch haben.

»Schon gut, ich höre ja schon auf damit«, lenkt Swea ein. Doch es ist ihr anzusehen, was sie denkt. »Und später hat Marie dann Pál geheiratet?«, fragt sie dann. »Er wurde für dich dein richtiger Vater, nicht wahr?«

»Das war er. Dabei mochte ich ihn anfangs nicht, ich hatte sogar Angst vor ihm. Ich war schon vier Jahre alt, als Marie ihn auf einer Hochzeit kennenlernte. Pál warb sehr lange um sie, jeden Sonntag ritt er die lange Strecke bei fast jedem Wetter, nur um uns zu besuchen. Und schließlich folgte sie ihm auf seinen Hof. Er züchtete Schafe und hatte sehr gute Pferde – aus Sauðárkrókur, ein ganz besonderer Schlag von Isländern, zäh und willensstark.«

Sweas Blick schweift sofort zu den Gemälden. Ich betrachte Fannar und fahre dann fort: »Marie und Pál heirateten, als ich fünf war. Ich war sehr unglücklich darüber. Pál war mir so fremd in seiner groben, temperamentvollen Art, mit seiner Größe und seiner zu lauten Stimme. Ich war ein vaterloser Junge, der schmächtiger war als die anderen Kinder von den Höfen und sich auch sonst fehl am Platz fühlte. Als Leif starb, war ich noch haltloser. Pál adoptierte mich noch im selben Jahr und schenkte meiner Mutter ein Pferd. Es hieß Aska und war eine dunkle Windfarbene – genau wie unsere Stute draußen. Nur war Aska nicht verrückt und sprunghaft. Sie war ein ruhiges, kluges Arbeitspferd, sie wusste genau, wie sie die Schafe treiben musste, ihr Reiter hatte nicht viel zu tun. Pál sorgte gut für uns. Er versprach meiner Mutter sogar, für uns alle im Süden ein neues Haus zu bauen – in der Nähe der Hauptstadt, wo Marie sich wohler fühlen würde und ich in die Schule gehen sollte.«

Swea reißt überrascht die Augen auf. Wieder fällt mir auf, dass sie jünger wirkt – trotz der feinen Faltenlinien, die sich in letzter Zeit plötzlich auf ihrer sonst so glatten Stirn abzeichnen. »Das Sumarhús wurde also für Marie gebaut?«

»Ja. Leider starb sie, noch bevor der Grundstein gelegt wurde.«

»Marie starb? Sie war doch kaum älter als Mitte zwanzig.« Und so zaghaft, als fürchte sie, etwas Falsches zu mir zu sagen, setzt sie hinzu: »Woran starb sie?«

»Im Grunde an einem Irrtum. An einem Herbsttag war mein Vater auf einem der Nachbarhöfe, um den neuen Hütehund zu holen. Als plötzlich das Wetter umschlug, trieb meine Mutter mit Aska gerade die Schafherde von den Weiden in den Stall – und bemerkte, dass einige Tiere fehlten. Der Knecht sagte später, er hätte auf der unteren Weide ein Gatter repariert und nicht gesehen, dass sie noch einmal alleine losgeritten ist. Schlagartig kam dichter Nebel auf, gefolgt von einem Schneesturm Anfang September. Nach dem Blizzard fand man Aska allein weitab von den Weiden, fast schon beim nächsten Hof. Marie wurde erst einen Tag später gefunden. Sie war vom Weg abgekommen und hatte völlig die Orientierung verloren. Zwar hatte sie noch versucht, sich hinter Felsen an einem Hang vor dem Eiswind zu schützen. Aber sie starb dennoch an Unterkühlung.«

Swea schweigt eine ganze Weile, dann legt sie vorsichtig ihre Hand auf meine, eine Geste voller Wärme, die mir guttut. Lange hat mich niemand mehr so berührt. »Was für ein schreckliches Unglück«, sagt Swea mitfühlend.

»Ja. Aber leider geschah so etwas nicht selten. Es passiert sogar heute noch viel erfahreneren Leuten. Trotz moderner Technik kommen immer noch Menschen um, weil sie unterschätzen, wie schnell das Wetter hier umschlagen kann.«

Für jemanden wie Swea klingen meine Worte sicher zu sachlich. Aber ich fühle schon lange keine Traurigkeit mehr, wenn ich Maries Foto ansehe, ich erinnere mich nur an die lichten Tage mit ihr und spüre die Sehnsucht nach den Sommern meiner frühen Kindheit.

»Pál baute das Haus«, fahre ich fort. »Wenn er etwas versprach, dann hielt er es auch. Wir zogen hierher, mit den Pferden, an denen ich am meisten hing. Auch Aska kam mit. Ich schätze, sie war für uns beide wie ein Teil von Marie. Tja, und hier lebte ich dann mit Pál, der mit den Jahren zu meinem wahren Vater wurde, bis ich zum Studium nach Deutschland ging.«

Ich ertappe mich dabei, wie ich bei diesen Worten auf Sweas Hand schaue, als müsste ich mich vergewissern, dass sie immer noch auf meiner liegt. Ich widerstehe dem Impuls sie festzuhalten, als Swea sie nun langsam wegzieht. Sie reibt sich die Arme, als würde sie frösteln. »Es ist kühl hier.«

»Wirklich? Ich finde es zu warm.«

»Dann ist es wohl nur meine Müdigkeit.« Sie zieht sich die Ärmel über die Hände und lehnt sich zurück. »War Marie der Grund, dass du in ihre alte Heimat ausgewandert bist?«

»Im Zuge des großen Wirtschaftsaufschwungs zog es viele junge Leute ins Ausland zum Studieren – auch sehr viele isländische Mädchen. Aber ja, für mich mag die Familiengeschichte sicher auch ein Grund gewesen sein. In gewisser Weise leben wir ja immer auch das ungelebte Leben unserer Eltern.«

Ein Schatten huscht über Sweas Miene. »Ich hoffe nicht«, murmelt sie. »Und … in Deutschland hast du dann tanzen gelernt. Auch Tango?«

Unwillkürlich spanne ich mich an. *Aber sie kann es ja gar nicht wissen*, beruhige ich mich. »Wie kommst du ausgerechnet auf Tango, Swea?«

»Nur so. Vielleicht, weil demnächst ein Festival in der Stadt stattfindet. Wusstest du, dass Reykjavík eine eigene Tangoszene hat?«

»Ich wusste nicht einmal, dass man diese Tänze aus meiner Zeit überhaupt noch tanzt.«

»Aus *deiner Zeit*?« Swea lacht auf. »Du klingst immer, als würdest du aus einem anderen Jahrhundert stammen. Zeigst du mir ein paar Schritte?«

»Wie bitte?«

»Wenn wir den Couchtisch wegrücken, haben wir im Wohnzimmer genug Platz. Ich suche uns Musik im Internet und ...«

»Wie ... jetzt sofort? Aber wir können hier doch nicht einfach so tanzen.«

»Warum nicht?« Swea springt auf, nimmt den Laptop und geht leichtfüßig voraus ins Wohnzimmer. Und mit einem Mal weiß ich, dass sie mich an die Wesen erinnert, von denen ich hörte, als ich noch ein Kind war. Die verborgenen Frauen der Berge, die mit Füchsen und wilden Pferden laufen und Regen und Wind rufen.

Ich wähle ein klassisches Orchesterstück mit einem metronomgenauen Takt aus. Musik, die keine Erinnerungen aufstört und mich nicht an den Abgrund führen kann. Dennoch bin ich nervös, als ich Swea die Schritte erkläre und ihr die Tanzhaltung des Ballroom-Tango zeige. Ihre kalte Hand legt sich in meine, ich spüre die Kraft in ihrem Rücken, als ich die Rechte auf die Stelle unter ihren Schulterblättern lege. Das letzte Mal, als wir einander so nahe waren, hatte sie mich umarmt, weil sie mich für einen guten Menschen hielt.

Sie lässt sich in die genau abgezählten Schritte und Promenaden führen. Anfangs tanzt sie mit viel zu viel Temperament, zu viel Nähe, wir stoßen zusammen und kommen uns mit den Füßen ins Gehege. Aber dann passt sie sich mir an und findet sich in die kontrollierten Bewegungen ein. Über ihre Schulter hinweg sehe ich uns beide im Wiegeschritt in der Fensterscheibe gespiegelt. Ich sollte erschrecken, so sehr, wie Sweas Haltung und das helle Haar einer anderen Tänzerin gleichen. Aber heute birgt dieses Bild keine Gefahr.

Doppelleben

Natürlich habe ich Einar nicht gesagt, was ich in dem Tango wirklich suchte – die Schritte des Elfenmannes. Aber Einars steifer Gesellschaftstanz-Tango erinnert mich nur an meine alten Tanzschulzeiten und ist auch vom leidenschaftlichen Rhythmus der Undine weit entfernt. Dennoch war ich froh, dass Einar sich darauf eingelassen hat. Mehr denn je habe ich das Gefühl, dass das Haus ein Grab ist, das Einars Pulsschlag verlangsamt und ihn an seinem Schreibtisch erstarren lässt, als würde er einem Winterschlaf entgegensinken. Ich mache mir Sorgen, so blass und gequält wirkt er in letzter Zeit. *Als würde das Haus ihm Kraft rauben*, denke ich. Ich ertappe mich dabei, wie ich mit Absicht Lärm mache und das Sumarhús mit Musik fülle, als könnte ich damit auch meine Albträume vertreiben.

Auch deshalb will ich Líf und die anderen einladen – um diese seltsame Lähmung zu brechen, die Einar umfängt und die sogar an mir zerrt, sobald ich die Schwelle übertrete. Ich weiß, dass ich Einar Kopfzerbrechen bereite und ihn durcheinanderbringe. Dabei zeige ich ihm nur einen winzigen Teil von dem, was ich inzwischen bin. In den drei Tagen vor dem Wochenende bin ich die Swea, die sich um Houdini kümmert, organisiert, mit Einar zusammen zum Einkauf für die Woche zum großen Supermarkt in einem Vorort von Reykjavík fährt. Ich versuche mich an isländischen Rezepten und tanze. Ja, seit unserem ersten Tango tanzen wir abends, meist die Reigen aus Einars Jugend – Quickstep, Slow Fox und sogar ein paar Schritte Swing. Er ist ein alter Mann, aber man erahnt, wie elegant er sich früher bewegt haben muss. Ich mag es, wie sein Gesicht in der Erinnerung jünger wird. Während wir uns wiegen, sieht er aus dem Fenster und weiß nicht, dass er mir dabei viel mehr von Karin erzählt, als er ahnt. Die Art, wie er mich hält, macht sie lebendig, als würde sie an meiner Stelle tanzen. Und die Art, wie er für mich und Jón sorgt und sich selbstverständlich um das Haus, das Kochen, den Abwasch kümmert, zeigt, dass er seine kranke Frau pflegte. Ich bin erleichtert, dass Einar zumindest manchmal wieder lacht. Und ich schiebe das Unbehagen zur Seite, das ich immer noch habe, wenn ich an Blaubarts Zimmer vorbeigehe. Ja, ich nenne es immer noch so.

Líf hat mir erzählt, dass die Toten in Island Teil des Lebens bleiben und durch ihre alten Häuser wandern. Vielleicht bin ich wegen dieser Schauergeschichten so schreckhaft geworden, dass ich nachts mitten im Zeichnen hochschrecke. »Marie?«, flüsterte ich einmal. Dann lachte ich nervös über mich selbst.

Samstags steige ich zu Jón ins Auto und fahre der Stadt entgegen. Ich atme auf, sobald der Hafen in Sicht kommt, und springe mit allen Sinnen in dieses zweite Leben, von dem Einar nicht einmal ansatzweise etwas ahnt.

• • •

Was ich von Finnur lerne: mich treiben zu lassen, nicht in die Zukunft zu denken, das zu nehmen, was gerade ist. Aber ich ertappe mich immer noch dabei, wie ich den Bauch einziehe, wenn Finnurs Hand darüberstreicht, wie ich mir Gedanken um zwölf Jahre Altersunterschied mache, um vorteilhafte Posen und die

Frage, was genau wir füreinander sind. Verliebte auf Zeit? Freunde mit Benefit? Jedenfalls lachen wir viel. Am ehesten sind wir wohl Komplizen in der Erotik und im Spiel.

Finnur schert sich nicht um Definitionen, er bewertet nicht, sondern genießt einfach das, was jetzt ist, und sonnt sich in der Aura der Frau in Rot. Auf dem Bett ausgestreckt lässt er sich von mir skizzieren, stellt diese Aktzeichnung online und schreibt stolz »the full monty!« darunter. Er ist Wildwasser – er liebt den Leichtsinn und die Stromschnellen des Flusses, und ich lasse mich mitziehen. Wir haben Blauwassersex: im Freien in einem Feld von Lupinen, in der Wildnis zwischen Basaltfelsen bei dem kleinen Barnafoss-Wasserfall, auf der kleinen Dachterrasse seines Mietblocks mit Blick auf das Meer, und heimlich und frierend auf einem Balkon stehend, während auf der anderen Seite der Glastür eine Party läuft. Zu Techno-Beat tanzen wir in den Clubs und küssen uns auf der Partymeile im Schein tiefblauer Zwielicht-Nächte. Ich mag die Frau, die ich in Finnurs Armen bin, die Studentin, die ich nie war, die Mutwillige, die immer nur ihrer Neugier folgt und nie ihrer Angst. Es ist, als könnte ich dabei in einen neuen Körper schlüpfen, einen, für den Henrik nur noch eine monochrome, von Scham und Verletzung geschwärzte Erinnerung ist.

»Ab und zu ist ein bisschen Schlaf durchaus nützlich«, mahnt Líf, wenn ich nach einer durchtanzten Samstagnacht und meiner Sonntagsschicht im Museum todmüde bei ihr einlaufe.

»Schlafen kann ich, wenn Finnur wieder nach Deutschland zurückgeht«, erwidere ich.

Alma und die zweite Bedienung sind am Montag schon ab acht Uhr im Museumscafé. Zu dritt bereiten wir die Gerichte für die Theke vor. Kurz vor zehn, wenn in den Räumen die ersten Video-Installationen starten, kommt endlich Brynja ins Café geschlurft und lässt sich von mir einen Kaffee in die Hand drücken.

Sobald sie sich in der Toilette umgezogen hat, ist sie nicht länger die Kunststudentin mit dem Performance-Sommerjob, die stets einen zerrauften Haargummi-Dutt und sackartigen Filz-Strick in Matschgrün trägt. Sie ist ein Rockstar in einem bodenlangen glitzernden Goldkleid. Das blonde Haar fällt ihr offen über den Rücken. Gähnend schleppt sie sich in den Raum, in dem der goldene Glittervorhang hängt. Dort stöpselt sie die ebenfalls goldene E-Gitarre ein und nimmt ihren Platz auf dem Podest innerhalb des Vorhangkreises ein. Sie nimmt Haltung an, atmet durch, legt die verschlafene Studentin völlig ab und findet in ihre Rolle. Ich mag es zu sehen, wie sie zu leuchten beginnt und ganz und gar zur Persona von Kjartanssons Performance »*Kona í e-moll – Woman in E*« wird. Sobald das Museum öffnet, beginnt das Podest unter ihr sich langsam zu drehen, und sie schlägt zum ersten Mal den dröhnenden E-Moll-Akkord auf der Gitarre. Und auch ich beginne meinen Tag, bringe Gästen Lachsschnitten, Kuchen und Getränke, suche immer noch nach Vokabeln und verschütte Kaffee. Aber – Þetta reddast – ich lerne. Und von Tag zu Tag bewege ich mich sicherer durch die Unsicherheiten.

Vormittags lache ich mit Alma und verbreite bei der Arbeit gute Laune. Aber nach der Schicht nehme ich die Schürze ab und gehe in den schwarzen Performanceraum. Hier umfängt sie mich, Sorrow – die Trauer. Ich beherzige Lífs Rat, den sie mir bei unserer ersten Begegnung gab, ich lasse mich in der Musik völlig in mein gebrochenes Herz fallen, stürze mich in den Schmerz und schiebe nichts weg. Ich trauere um meine Ehe, ich vermisse Henrik und das, was Anna und ich hatten. Ich weine mich am Montag und auch am Dienstag durch fünfzehn bis zwanzig Wiederholungen des Liedes. Dann reiße ich mich zusammen und gehe zum Hafen, wo ich inzwischen an Bord des Schiffes Andrea hinter dem Service-Tresen unter Deck Getränke und Souvenirs verkaufe und wasserfeste rote Whalewatching-Overalls an Touristen ausgebe. An manchen Tagen gehe ich für ein paar Minuten selbst an Deck, sehe die Stadt hinter der schäumenden Furche aus Wasser, die der Schiffsmotor ins Meer fräst, kleiner und kleiner werden und atme die Weite und die Freiheit des Meeres ein. Zusammen mit den Touristen dränge ich mich an der Reling und beobachte die Schwärme von Seevögeln, die sich immer dort sammeln, wo ein Wal sich der Oberfläche nähert und Fische vor sich her treibt. Ich rieche den fischigen, stinkenden Atem der Minkwale, bevor ihre grauen Rücken mit den schmalen, kleinen Finnen sich wie schimmernde Bögen aus dem Wasser heben.

Mittwochs kehre ich nach der Vormittagsschicht im Museumscafé ins Sumarhús zurück. An diesen Tagen ziehe ich Lífs rotes Windkleid einfach über meine Jeans und wandere mit Houdini besonders weit, bis zum Fjordufer und am Meer entlang – weit genug entfernt von den tief fliegenden Krías. Aber so nah am Wasser, dass ich den Nordatlantik auf den Lippen schmecke.

Einar brachte mir bei, wie man Houdini fängt und führt. Auf der Koppel zeigte er mir, was er einst von Pál Magnússon gelernt hatte. Doch sobald wir außer Sichtweite des Hauses sind, löse ich Houdinis Halfter und lasse nur eine lose Seilschlinge als symbolische Verbindung um ihren Hals liegen. Sobald sie Kopffreiheit hat, wird sie auf der Stelle ruhig. Niemals führe ich sie. Als hätten wir eine Abmachung, gleichen sich unsere Schritte an, und wir wandern Seite an Seite, folgen mal mir, mal ihr, bis wir in der Dämmerung zu Maries Haus zurückkehren. Längst ist dieses Ritual meine Performance, die kein Publikum braucht. Sie ist meine eigene Kunstform, die nach Gischt, Salz und Bergen schmeckt. Im Takt unserer Bewegungen summe ich meine Lieder und friere im Wind, als würde Freiheit eine ganz eigene Art von Kälte bergen.

• • •

Ólafur ist kein Mann, der lockerlässt, und so steige ich an einem Mittwoch Ende August mit Ólafurs Frau Valka und Lori in einen vollgepackten Jeep und fahre in Richtung Norden. Valka hat mein Haar bereits mit Kreppeisen und Haarschaum in eine erstaunliche Mähne verwandelt. »Siehst cool aus«, simst Finnur, als ich ihm nun ein Selfie aus dem Auto sende. »Schick mir Making-of-Fotos.«

Der Weg führt auf der Ringstraße nach Norden. Als ich schon befürchte, dass Ólafur sich genau den Fjord in Sichtweite des Sumarhús als Kulisse ausgesucht hat, biegt Valka zum Glück auf einen anderen Steilweg ab. Er führt an Plastikweidezäunen vorbei steil bergauf zu einem Container-Reiterhof, der von graslosen Koppeln umgeben ist. Gescheckte und braune Pferde äugen uns neugierig entgegen, und eine Reitergruppe in grünen Regenmänteln verschwindet gerade um die nächste Biegung. »Ich hoffe, ich muss mich hier nicht vor den Touristen ausziehen«, bemerke ich.

Valka lacht nur und schüttelt den Kopf. Im Rückspiegel sehe ich ihr gebräuntes Gesicht, das von schneeweißem Hexenhaar umrahmt ist. Sie trägt dieselbe Outdoor-Marke wie ihr Mann und arbeitet als Tourguide für Extrem-Wanderer. Aber heute ist sie als Assistentin dabei. »Wir fotografieren hinter den Gebäuden auf dem Plateau«, erklärt sie. »Ólafur ist schon vorausgefahren und organisiert unsere vierbeinigen Statisten.«

Das »Plateau« ist ein Feld voll windzerfressener Felsen, ein bizarrer Elfengarten, hinter dem sich das Meer und der Horizont öffnen. Menschenleere Weiten, wenn man meerwärts schaut. Aber in der anderen Richtung sieht man die Koppeln, den Misthaufen und die Rückseite eines Containergebäudes, wo Ólafur gerade mit einem untersetzten Mann in meinem Alter und einer jungen Frau in Reitkleidung spricht. Die beiden schauen zu uns herüber, Ólafur winkt gut gelaunt.

»Du wirst auf einem flachen Felsen stehen«, erklärt Valka. »Er ist nicht scharfkantig, das müsste barfuß gehen. Aber wir gruppieren die Pferde sehr dicht um dich herum. Kommst du damit klar, die Pferde so nahe zu haben?«

»Natürlich«, antworte ich. Lori hat bereits die Ausrüstung aus dem Auto geholt, Valka packt Schirme und eine Trittleiter aus und schraubt ein Stativ zusammen. Und ich freunde mich mit dem Rudiment eines Kostüms an, das Lori aus dem Kofferraum zieht. Es ist eine Art Umhang aus hellem Schweifhaar, ein lückenhafter Poncho, der zu einem Wikinger-Schamanen passen würde. Er hat genau die Farbe meines Haars. Auch die Pferde hat Ólafur passend dazu ausgewählt, fünf Stuten mit windfarbenen Mähnen und Schweifen, allerdings haben sie kein anthrazitfarbenes Fell wie Houdini, sondern sind fuchsfarben bis milchkaffeebraun. Mit nickenden Köpfen trotten sie ruhig heran. Der Mann führt zwei von ihnen, das Reiterhof-Mädchen folgt ihm mit dem Rest der vierhufigen Truppe.

»Hallo Swea, lange nicht gesehen!«, ruft sie mir schon von Weitem entgegen. Ich brauche ein paar Sekunden, um sie wiederzuerkennen: Martina, die Work & Travel-Jobberin, die Lori mir auf dem Mittsommerfest vorgestellt hatte.

Der Mann tritt mit seinen Pferden an mich heran und streckt mir die Hand hin. Ich mag ihn auf Anhieb. Er hat rotfleckige Wangen und ein breites, einnehmendes Lächeln. »Kári«, stellt er sich vor. »Ich betreibe den Laden hier. Und du bist Ólafurs Königin der Berge?« Sein Händedruck ist fest und seine ganze Art die eines geradlinigen Geschäftsmanns. »Ich habe mir im Internet deine Kunstwerke angeschaut«, fährt er ohne Umschweife fort. »Gefallen mir gut.«

»Takk fyrir«, erwidere ich. Ich weiß, dass er nicht meine Breaking-the-Frame-Skizzen meint, sondern meine neuen Aquarelle, die ich über das Internet zum Verkauf anbiete. Es sind farbige Studien von Island-Pferden in verschiedenen Gangarten, Gebrauchsbilder, die ich als Fingerübung male und auch, um etwas Zusatzverdienst zu haben.

»Soll sie sich etwa hier draußen umziehen?«, ruft Kári Ólafur zu.

»Warum nicht?«, gibt mein Fotograf zurück. »Das Auto ist doch groß genug.«

»Das ist nicht dein Ernst«, raunzt Kári. Er übergibt Valka die Führstricke der beiden Braunen und winkt mir, ihm zu folgen. Ohne sich umzudrehen, geht er mit federnden Schritten voraus zum Gebäude.

»Das ist also dein Ausbeuter-Chef?«, frage ich Martina, sobald er außer Hörweite ist.

»Habe ich ihn so genannt?« Sie lächelt verlegen. »Na ja, er ist geizig, aber eigentlich ganz in Ordnung. Er sorgt dafür, dass die Pferde nur zwei Monate in der Mühle laufen. Dann werden sie ausgetauscht, damit sie sich nicht langweilen. Diese Mädchen hier dürfen nächste Woche sogar noch eine Weile auf die Hochland-Weiden. Dort leben sie bis zum Herbst halb wild in der Herde und haben ihre Ruhe. Da kann man es schon ertragen, ein paar Wochen Touristen durch die Gegend zu schaukeln, nicht wahr, meine Dicke?« Sie klopft der größten Stute den Hals und führt sie mit den anderen vier zum Felsen. Ólafur hat sich auf die Trittleiter gestellt, macht die ersten Testfotos und scheucht Valka mit dem Aufhellschirm herum.

Kári wartet an der Tür des Nebengebäudes, dann führt er mich in einen Aufenthaltsraum, in dem Reihen von Regenmonturen an langen Stangen hängen. Er nimmt einen olivgrünen Regenmantel und ein paar Gummi-Reitstiefel mit und führt mich zu seinem Büro. Aus dem Fenster sieht man hangaufwärts direkt zum Plateau, wo meine Truppe mit der Ausleuchtung des Felsens und der Pferde beschäftigt ist. »Hier kommt niemand herein, solange die Tür zu ist«, erklärt Kári. »Und die Jacke und die Stiefel sind für dich, wenn du nach draußen gehst. Ist kühl heute.« Er legt die Sachen neben der Tür ab und wendet sich mir mit verschränkten Armen wieder zu. »Wie sieht es aus? Gibst du mir Rabatt, wenn ich gleich drei deiner Bilder für den Aufenthaltsraum kaufe?«

»Ab fünf Bildern könnte man darüber reden«, erwidere ich. »Aber wenn du deine Lieferanten besser kontrollierst, bleibt mehr von deinem Rabatt übrig.« Ich deute auf einen abgezeichneten Rechnungsbogen auf seinem Schreibtisch. »Das hier wären dreizehn Prozent des Bruttobetrags, nicht fünfzehn. Und abgesehen davon würde ich an deiner Stelle bei Posten vier noch einmal verhandeln oder auf einen anderen Zulieferer umsteigen. Wir bestellen im Museumscafé dieselben Reinigungsmittel bei ihm – eineinhalb Prozent günstiger.«

Kári nimmt sich das Papier und studiert die Rechnung. »Scharfes Auge«, bemerkt er.

»Ist eine Gabe – und ein Fluch«, erwidere ich.

Er grinst. »Brauchst du einen Ferienjob als Rechnungsprüferin? Als Bezahlung würde ich dir zwei freie Reitstunden bieten.«

»Wäre ein gutes Geschäft für dich.« Ich lache und schüttle den Kopf.

»Drei Reitstunden?«

»Feilsche nie mit Bergfrauen. Du weißt, bei uns bezahlen Menschen mit Lebensjahren.«

Kári lacht, und zwischen uns schwingt der Gleichklang von Händlern. Es ist eine andere Art von Spiel als das von Finnur und mir. Und mir wird bewusst, wie sehr mir diese Art Mensch gefehlt hat.

»War einen Versuch wert«, sagt er mit einem Schulterzucken. »Bevor Ólafur dich draußen erfrieren lässt, komm runter, ich mache uns Kaffee – kostenlos natürlich.«

»Und mit Logenplatz.« Ich deute auf das Fenster.

Káris Augen blitzen amüsiert auf. »Klar, wenn ich die Zeit hätte, aus dem Fenster zu starren. Aber wenn es dich beruhigt ...« Er zieht die weiße Jalousie herunter und lässt mich mit einem Augenzwinkern im Büro zurück.

Lori klopft an, als ich mich gerade ausgezogen habe und meine Sachen in meine Tasche stopfe. Sie hängt mir den Pferdeschweif-Poncho um, lange, raue Strähnen fallen mir über den Rücken, die Brüste und meinen Bauch. Dennoch ist meine Haut nur symbolisch bedeckt. Es erinnert mich an das Gefühl von Blöße, das ich als Studentin hatte, als ich mit bauchfreiem Top unterwegs war. Nur dass ich mich damals nie und nimmer ganz ausgezogen hätte, nicht einmal für die Kunst.

Lori legt mir den grünen Reitmantel um die Schultern. Mit bloßen Füßen schlüpfe ich in die zu großen Gummistiefel und stakste so verhüllt hinauf zum Plateau. Ólafur und Valka haben inzwischen die Szene arrangiert. Martina wartet mit den Pferden auf Lori. Ich klettere auf das Felspodest. Valka springt zu mir auf den Stein und zupft meine Mähnenfrisur zurecht. Dann nimmt sie mir den Regenmantel und die Stiefel ab.

Ich dachte, ich würde mich ohne Kleidung nackt fühlen, aber seltsamerweise kommt dieses Gefühl erst mit dem Ausziehen der Stiefel. Der Fels unter meinen Sohlen ist eiskalt und rau und die Luft heute so frostig, dass ich eine Gänsehaut bekomme. Das steile Mittagslicht ist gnadenlos, ich bin völlig ungeschminkt, jedes Fältchen wird zu einem Relief, Äderchen und Pigmentflecken scheinen zu leuchten. Aber heute bin ich nicht Swea, sondern ein Bergwesen, eins mit dem Fels und der Natur. »Und im Verhältnis zu Ólafurs Großonkel immer noch die blühende Jugend«, höre ich Líf im Geiste sagen.

»Dreh dich in die Windrichtung«, befiehlt Ólafur von der Leiter herunter. »Zieh den Kopf der großen Stute ganz nah zu dir heran.« Wie auf einem Podest stehe ich zwischen den Pferden, meine bloßen Füße sicher vor ihren Hufen. Martina und Lori haben den Stuten die Halfter angenommen und drängen die ruhigen Braunen mithilfe von Seilen von allen Seiten in Richtung Fels. Houdini würde spätestens jetzt eine Sondervorstellung geben, aber die geduldigen Windpferde schnauben nur und lassen sich wie Einkaufswagen herumschieben, bis ich mich wie in einem Ozean aus Fell fühle. Ich umschlinge zwei Pferdenacken und ziehe die Köpfe zu mir. Es gibt Getrappel und Geschiebe, aber schließlich stehen wir so dicht, dass ich reglos eingekesselt bin zwischen atmenden Leibern. Warme Hälse reiben an meinen Rippen und Armen. Der Meerwind trägt Polarkälte mit sich und lässt das Pferdehaar flattern. Ich klappere bereits mit den Zähnen und fühle mich dennoch geborgen und lebendig. »Schau gefälligst ernst!«, befiehlt Ólafur. »Du bist die Königin der Berge. Du bist so mächtig, dass dein Zorn Vulkane ausbrechen lässt. Und gerade betrachtest du *sehr* zornig dein von Menschen und Klimawandel bedrohtes Land.«

Mein Land. Jetzt kann ich mir ein flüchtiges Lächeln nicht verkneifen. Im selben Moment reißt mir eine scharfe Bö den Schweifmantel über die Schulter nach hinten. Mähnenhaar fängt sich in meinem Mund, und die Kälte an meinen Brüsten lässt mich nach Luft schnappen. Dann driften die Pferde von mir weg. »Das war ja wohl nichts«, ruft Ólafur verärgert. »Alles noch mal auf Anfang.«

Ich weiß nicht, wie lange ich dastehe und mich nach Ólafurs Anweisungen bewege. Lori reicht mir zwischendurch Tee aus der Thermoskanne, und irgendwo röhrt ein Motor. Die Pferde werden langsam ungeduldig, es gibt bereits Quieken und drohend angelegte Ohren. Zwei Stuten rangeln und zwicken sich in die Hälse. Und endlich, als ich von einem schwenkenden Pferdehintern fast vom Felsen gestoßen werde, sammelt Martina die Stuten ein, und Lori bringt mir Mantel und Stiefel. Ólafur und Valka sitzen schon im Jeep und klicken am Display die Serie durch. Lori gesellt sich zu ihnen und zeigt mir strahlend den erhobenen Daumen. Und ich atme auf und gehe mit schlackernden Stiefeln zum Gebäude zurück.

Erst jetzt entdecke ich unseren grünen Pickup. *Holt Einar heute das Heu?*, denke ich im ersten Irritationsmoment. Aber es ist Jón, der wohl schon eine ganze Weile neben dem Auto steht und das Fotoshooting aus der Ferne beobachtet. *Was macht er hier?*, schießt es mir durch den Kopf. *Er sollte doch bei der Arbeit sein.* Doch bevor ich ihn fragen kann, dreht er sich um und verschwindet hinter dem Gebäude.

Kári wartet mit frischem Kaffee in dem Vorraum, der Küche und Umkleideraum für die Besucher ist. Hastig ziehe ich mich im Büro wieder an. Obwohl ich Kims Pullover trage, friere ich immer noch. Und als ich in den Umkleideraum zurückkomme, steht Jón mit Kári in der Küche. Er sieht gar nicht gut aus. Ich habe ihn seit Samstag nicht mehr gesehen. Er ist grau im Gesicht und wirkt übermüdet und niedergeschlagen. *Schwer verkatert*, denke ich. *An einem Wochentag?* Er trinkt seinen Kaffee aus und blättert ein Bündel Geld hin, das Kári mit einem Nicken einsteckt.

»Hi Jón«, sage ich.

»Hæ«, murrt er nur vage in meine Richtung,

Kári schaut überrascht auf. »Ihr kennt euch?«

»Wir sind Nachbarn«, erwidere ich. Jón sieht mich an, als würde er sich wirklich wünschen, dass ich den Mund halte.

»Ach?«, fragt Kári. »Dann wohnst du also auch beim Deutschenhaus – wie Einar Pálsson?«

Ja, mein Königreich ist klein. Jeder kennt jeden.

»Dann ist das Pferd auf deinem Profilbild also das Hinkebein, das Einar mir abgekauft hat«, fügt Kári hinzu. »Hat sich wohl gut gemacht mit ihrem Bein.«

»Bis dann, Kári«, murmelt Jón. »Danke für den Kaffee.«

Damit geht er hinaus. Kári sieht mich an, als würde er auf eine Erklärung warten. Ich lächle ihm nur zu. »War schön, dich kennenzulernen. Danke für alles. Und melde dich, wenn du Interesse an den Aquarellen hast.«

Draußen wuchtet Jón zwei Säcke mit Futterheu auf die Ladefläche des Pickups und verzurrt sie für den Transport. Im Tageslicht sieht er noch fertiger aus und die Ringe unter seinen Augen noch dunkler.

»Solltest du heute nicht bei der Arbeit sein, Jón?«

»Ich habe mit einem Kollegen getauscht. Und du? Fertig mit deinem neuen Job als Nacktmodell?«

»Ich war nicht nackt«, erwidere ich würdevoll. »Die Bergkönigin bedeckt sich mit Pferdehaar.«

Jón lacht nur trocken auf und klopft sich das Heu von den Ärmeln.

»Nimmst du mich mit nach Hause?«, frage ich. »Ich bin hier fertig.«

»Klar«, antwortet er und geht zur Beifahrerseite. »Aber du fährst.«

Es ist das erste Mal, dass ich am Steuer des Pickups sitze. Bei unseren Einkaufstouren fährt stets Einar. Aber genau wie er krampfe ich nun beide Hände ums Lenkrad und klebe mit der

Nase fast an der Scheibe. Jón konzentriert sich stur auf sein Phone und hebt kein einziges Mal den Blick. Vielleicht will er aber auch nur das Elend nicht sehen. Als ich den Pickup endlich über Lavaschotter steil bergab bugsiert habe, bin ich schweißgebadet und zittrig, aber erleichtert. *On the road again*, denke ich und gebe auf der Ringstraße vorsichtig Gas.

»Kári ist also einer der Lakaien deines Onkels, der das Reiterhof-Franchise-System hat?«, frage ich nach einer Weile. »Das Heu bekommst du hoffentlich zum Verwandtschafts-Sonderpreis.«

»Für irgendetwas muss Familie ja gut sein«, antwortet Jón. Er hält mir sein Smartphone hin, auf dem mein Facebookprofil aufgerufen ist. »Du nennst dich neuerdings Fjallkonan?«

Mir schießt das Blut in die Wangen. *Danke, Kári*, denke ich.

Jón will noch etwas hinzufügen, aber mit einem Mal muss er husten. Es klingt wie Lungenschaden mit Echo. Ich werfe ihm einen besorgten Seitenblick zu. »Das hört sich nicht gut an. Vielleicht solltest du doch weniger rauchen?«

»Wenn ich Ratschläge brauche, frage ich danach«, gibt er mit belegter Stimme zurück.

Viking alert, denke ich. »Ist bei dir alles in Ordnung, Jón?«

»Natürlich.« Er tastet nach seiner Zigarettenpackung, bis ihm wohl einfällt, dass in Einars Pickup Rauchverbot ist. Wenn er alleine wäre, würde er vermutlich rechts ranfahren, um sich eine anzustecken. So legt er nur das Handy in die Mittelkonsole und verschränkt die Arme. Das Handy beginnt zu surren. Sara mit Baby-Bjarni erscheint im Display. Normalerweise geht Jón sofort ran. Aber heute ignoriert er den Anruf und starrt mürrisch aus dem Fenster.

• • •

Einar ist sehr früh schlafen gegangen. Neuerdings habe ich das Gefühl, dass er tagelang ruhelos darauf wartet, dass ich nach Hause komme, um dann erschöpft den Schlaf von drei Nächten nachzuholen. Ich bewege mich in der Küche auf Zehenspitzen und lasse auch keine Musik laufen, während ich den Rhabarber in winzige Stücke schneide. Wie immer, wenn ich die Stille im Haus nicht mit Lärm und Leben vertreibe, bekommt sie Augen und Ohren; das alte Holz arbeitet und knackt. Ich habe die Heizung bis zum Anschlag aufgedreht und friere dennoch. Immer wieder schweift mein Blick durch das Fenster zu dem blau flackernden Fernsehlicht im Nebenhaus. Es ist schon dunkel, als ich schließlich an Jóns Tür klopfe. Die Luft, die mir entgegenschlägt, ist eine Faust aus Nikotin und verbrauchtem Atem. Aber zumindest ist Jón nicht betrunken, wie ich befürchtet hatte. »Ist bei euch drüben etwas passiert?«, fragt er.

»Ich hoffe nicht«, erwidere ich und hebe den Teller mit bestrichenem Roggenbrot. »Ich will demnächst Gäste einladen und habe deshalb ein Rezept für Rhabarberbutter ausprobiert. Der Rhabarber ist ganz frisch. Ich habe ihn aus dem Garten des kleinen Hauses hinter der Kuppe.«

»Du bist bei den Youtubern in Ingibjörgs Haus eingebrochen?«

»Ich wusste gar nicht, dass dort Youtuber wohnten. Zurzeit ist das Haus jedenfalls unbewohnt, und Fenster und Türen sind verrammelt. Und neben dem Gartentor wächst ein ganzes Büschel Rhabarberstangen bis draußen auf den Weg. Ich habe mir ein paar Stangen abgeschnitten. Würdest du probieren und mir sagen, ob die Butter so schmeckt, wie es sein soll?«

»Keine Ahnung, wie sie schmecken soll. Ich mag keinen Trollampfer.« Er wendet sich ab, aber er lässt die Tür offen, als er zu seinem Sessel zurückgeht. Ich blicke durch den Schleier aus Schwaden, in denen sich das Licht des Fernsehers bricht. Es läuft ein isländischer Film, schlammfarbene karge Regenlandschaft und ein Friedhof auf einem räudigen Hügel. Eine Frau kniet vor einem verwitterten Grabkreuz und versucht den Namen zu entziffern. Trostlosigkeit im Quadrat. *Passt ja zu deiner Stimmung, Wikinger.*

»Was ist das für ein Film?«

»Mischung aus Horror und Krimi«, erwidert Jón, ohne den Blick vom Bildschirm zu wenden. »Es geht um rachsüchtige Tote. Aber das weiß die Frau noch nicht. Und es wird gar nicht gut ausgehen.«

»Dann kennst du den Film schon?«

»Nein, ich habe nur das Buch gelesen.«

Alles hätte ich vermutet, aber nicht, dass Jón ein Leser ist. Zumindest habe ich in seinem Umkreis außer Rechnungen noch nie etwas Gedrucktes gesehen. »Lass mich raten, was du jetzt denkst«, sagt Jón in mein Schweigen. »*Was? Der tumbe Busfahrer kann lesen?* Du bist wirklich ein Snob, weißt du das?«

Wieder einmal fühle ich mich ertappt.

»Rein oder raus?«, setzt Jón mürrisch hinzu.

Rein. Ich stelle den Teller auf den Gartentisch und lasse mich auf dem freien Stuhl nieder. Jón nimmt einen Zigarettenzug – und bekommt wieder einen üblen Hustenanfall.

»Du solltest wirklich zum Arzt gehen«, sage ich. »Und leg wenigstens heute die Kippen weg.«

»Du hörst dich ja an wie meine Mutter.«

»Ich höre mich an wie der Freund, den du offenbar nicht hast. Das kann zu einer Lungenentzündung werden. Wenn es nicht schon etwas Schlimmeres ist. Aber so viel, wie du rauchst, legst du es wohl darauf an, an Lungenkrebs zu sterben.«

»Glaubst du, ich weiß nicht selbst, dass ich aufhören sollte?«, fährt Jón mich plötzlich an. »Kannst du dein Helfersyndrom an jemand anderem auslassen?«

»Jetzt klingst du genau wie meine Schwester«, kontere ich. »Und zu deiner Frage: Nein, kann ich nicht. Weil ich mir wirklich Sorgen um dich mache.«

Für einige Sekunden starren wir einander über den Tisch hinweg an. Dann atmet Jón genervt den Rauch durch die Nase und drückt die angerauchte Zigarette so fest aus, dass sie in drei Teile zerbricht. Ich entspanne mich und lasse mich in den Stuhl zurücksinken.

»Welches Buch ist hier verfilmt worden?«

»Einer der Bestseller von Yrsa Sigurðardóttir. Und jetzt frag mich bitte nicht, ob ich nur ein einziges Buch von ihr gelesen habe. Die Antwort ist ebenfalls nein.«

Ich muss lächeln. »Und der Rhabarber war eine Ausrede. Ich wollte nur sehen, wie es dir geht.«

»Blendend, wie du siehst.« Jón greift nach der Flasche, die neben dem Aschenbecher steht. Immerhin Cola und kein Alkohol. Ich hole mir auch eine Flasche aus dem Kasten, der neben den mit Papieren bedeckten Ablage-Kartons steht.

»Ist es nur der Husten, oder gibt es noch einen anderen Grund, warum du so fertig bist? Du siehst nämlich aus, als hättest du drei Nächte nicht geschlafen.«

»Kommt hin.«

»Ist es wegen der Rotblonden, mit der du unterwegs warst, als du wegen mir aus dem Club geworfen wurdest?«, frage ich auf gut Glück. Von Einar weiß ich, dass die Frau im Jeansmantel in letzter Zeit öfter bei Jón übernachtet hat.

»Sie heißt Greta«, erwidert Jón. »Und sie hat Schluss gemacht.«

»Oh, das tut mir leid.«

»Ja, dir tut immer alles leid«, erwidert er genervt. »Läuft es wenigstens bei dir und dem Blonden besser?«

»Anders«, erwidere ich vorsichtig. »Zwischen Finnur und mir war von Anfang an klar, dass es nichts Festes wird. Und ich versuche mein Herz rauszulassen.«

Jón schnaubt. »Was ist das denn für eine abgefuckte Philosophie?«

Ich zucke zusammen. Und als Jón mir in die Augen schaut, wird mir klar, dass ich wirklich ein Snob bin. In Bezug auf Frauen stecke ich ihn nur in die Schublade des Jägers und Sammlers. Aber Jón hat ein heißes Herz. Eines, das ihm so sehr zu schaffen macht, dass er sich durch die Nächte leidet. Und irgendetwas an seinem Blick findet in mir ein Echo. »Du hast recht, Jón. Ich bin ein Snob. Mit Helfersyndrom.«

Diesmal entlocke ich ihm ein flüchtiges Lächeln. Er hält mir seine Flasche hin, und wir stoßen feierlich an. Dann tauchen wir in den Film ein. Ausgerechnet an einem einsamen Fjord, wo es nur schwarze Füchse, verlassene Häuser und kein Handynetz gibt, wollen ein paar junge Leute ein Gästehaus herrichten. Ich muss an Alma denken – und dann an Anna. Denn auch hier spielen eine Affäre und der Verrat einer Liebe eine Rolle. Jón wirft mir einen Seitenblick zu, als ich tiefer in den Stuhl sinke, die Colaflasche an meine Brust gedrückt. Doch es ist nicht die Dreiecksgeschichte, die mich verstört. Es ist das Gespenst, das an einem verschatteten Fenster auftaucht. Mein ganzer Rücken kribbelt, als die Gestalt mit den hohlen Wangen und den Totenaugen mich direkt anzustarren scheint.

»So schwache Nerven?«, höre ich Jón fragen.

»Die hättest du auch, wenn du drüben im Spukhaus schlafen würdest.« Ich stehe auf, hole mir eine neue Cola und suche auf dem Ablagekarton nervös nach dem Flaschenöffner.

»Immer noch Einars tote Frau?«, fragt Jón hinter mir.

»Ich bin mir gar nicht mehr sicher, ob es wirklich sie ist. Und auf die Gefahr hin, dass du mich auslachst: Manchmal, wenn ich aufwache, bilde ich mir ein, dass jemand bei mir im Zimmer ist. Jemand, der ... sehr wütend ist.«

Jón lacht mich nicht aus. Er fragt nur ganz ernsthaft: »Hast du Einar davon erzählt?«

»Er glaubt nicht an Übernatürliches. Jedes Mal, wenn ich das Thema darauf bringe, holt er mit wissenschaftlichen Erklärungen aus.«

»Vielleicht ist der Geist ja genau deshalb wütend?«

Mein Herz macht einen Satz. Der Flaschenöffner rutscht mir unter den Fingern weg. Beim Versuch, ihn noch aufzufangen, reiße ich einen losen Stapel Post von einem Karton herunter. Briefe, Rechnungen und Mahnungen verteilen sich auf dem ölfleckigen Garagenboden, klirrend tanzt der Flaschenöffner über den Beton.

»Lass es liegen. Das mache ich schon«, sagt Jón. Doch ganz automatisch beginne ich die Papiere zusammenzuschieben und in zwei Stapel zu ordnen – geschäftlich und privat. Und stutze, als ich eine Einladung zu einem Geburtstagsfest entdecke – so viel Isländisch kann ich inzwischen. Der Text ist mit krakeliger Kinderschrift geschrieben. Sara hat ein paar Zeilen hinzugefügt und unterschrieben. Das Datum war das Wochenende, an dem Jón mich zum ersten Mal nach Reykjavík gefahren hat. Und dann entdecke ich einen zweiten, leuchtend gelben Umschlag mit der gleichen Kinderschrift. Der gelbe Brief kam vor zwei Wochen an, ich erinnere mich, dass er in der Küche lag. Die Fotos vom Kindergeburtstag, die darin lagen, sind herausgerutscht und liegen auf dem Boden verstreut. Auf einem Bild sitzt Bjarni zwischen Freunden am geschmückten Tisch. Vor ihm steht ein Kuchen mit neun

Kerzen. Bjarni ist hellblond wie Sara und zeigt mir ein umwerfendes, strahlendes Lächeln. Die Augen mit der ausgeprägten asiatisch anmutenden Lidfalte, die mir bei seinem Babyfoto nicht aufgefallen ist, erkenne ich nun schon bei diesem flüchtigen Blick. *Deshalb ist seine Schrift noch so kindlich*, denke ich.

»Ich habe doch gesagt, ich mach das.« Jón ist aufgestanden und hebt die restlichen Papiere und den Flaschenöffner auf. Im Fernsehen rennt die Hauptfigur auf der Suche nach einem Handynetz panisch auf einem verschneiten Hügel herum, und ich bin völlig verwirrt.

»Bjarni hat dich zu seinem Geburtstag eingeladen, und du bist nicht hingefahren? Stattdessen warst du an dem Wochenende in Reykjavík.«

Jón richtet sich langsam auf. »Ja, war ich«, erwidert er ruhig.

»Aber ... ich habe immer gedacht, Sara und du, ihr streitet euch vielleicht auch deswegen, weil sie nicht will, dass du Bjarni siehst«, setze ich hinzu. »Dabei wollte sie ausdrücklich, dass du zum Fest kommst.« Ich warte auf eine Erklärung, aber Jón weicht meinem Blick aus und geht zurück zum Fernseher.

»Hey!«, rufe ich. »Heißt das etwa, *du* willst deinen Sohn nicht sehen?«

Jón dreht sich um, hustet wieder, sieht mich dann direkt an. »Was willst du jetzt von mir hören, Swea?«

»Ich ... will es einfach nur verstehen.« Ich halte ihm die Einladungskarte hin. »Du hast einen wunderbaren kleinen Sohn und besuchst ihn nicht?«

»So sieht es wohl aus«, erwidert Jón mit rauer Stimme.

Es passt nicht zusammen, denke ich. *Wo ist sein Herz?*

»Aber warum nicht? Ein Vater will doch sein Kind sehen!«

Es ist nur ein flüchtiger Schatten in seiner Miene, aber dennoch ahne ich, dass ich diesmal empfindlich getroffen habe.

»Damit ich das richtig verstehe«, sagt er mit harter Stimme. »Du erklärst mir als moralische Instanz, was richtig und falsch ist – und schaffst es selbst nicht einmal, nach Deutschland zu fliegen und die Sache mit deinem Mann Auge in Auge zu klären?«

»Ja, vielleicht bin ich ein Feigling«, bricht es aus mir heraus. »Aber der Vergleich hinkt, und das weißt du ebenso gut wie ich. Mein Mann und ich sind Erwachsene. Bjarni ist ein kleiner Junge, der sich nach dir sehnt. Und ich kann mir einfach nicht vorstellen, dass du ... diese Art von Vater bist.«

»Tja«, sagt Jón. »Ich bin diese Art von Vater. Und jetzt?«

Er steht völlig aufrecht vor mir und sieht mir direkt in die Augen. Und ich lerne etwas über Jón. Er gibt nicht vor, jemand anderes zu sein. Er ist, wer er ist, im Guten – aber auch im Schlechten. Doch diese Seite von ihm verschlägt mir die Sprache. Jón knallt den Flaschenöffner auf den Tisch. »Lass alles stehen, wenn du gehst«, sagt er knapp. Dann geht er die schmale Stiege nach oben und schließt die Tür hinter sich, lässt mich zurück mit meinen Fragen und dem laufenden Fernseher.

Yrsas Geister

Mit seinem Mitbewohner Tom und ein paar Freunden fährt Finnur für drei Tage auf eine letzte Ringstraßen-Tour. Es ist seine Art, Abschied zu nehmen. Schon seit Wochen steht er auf der Schwelle zwischen seinem neuen und seinem alten Land, und ich kann nachfühlen, wie schwer ihm das Herz dabei wird. »Und du willst wirklich nicht mitkommen?«, fragt er, während er seinen Schlafsack einpackt.

»Ich habe viel Arbeit, Finnur.« Es ist nicht die ganze Wahrheit. An diesem Mittwoch habe ich mir freigenommen, und bis Samstag könnte ich mit auf Tour gehen. Aber was weder Finnur noch ich laut aussprechen, ist, dass auch unsere blaue Zeit verblasst. Es gibt keine Experimente mehr und keine Stromschnellen, nur noch Vertrautes, das nie dafür gedacht war, sich zu Liebe zu wandeln. In der Stadt sind wir inzwischen eher als Freunde unterwegs. Und so bin ich froh, noch ein paar Stunden alleine in Finnurs Zimmer zu verbringen.

Sobald er und Tom losgefahren sind, mache ich mir einen Tee und packe meine Zeichenutensilien aus. Es ist erst Anfang September, aber draußen geht ein Hagelschauer nieder. Die feinen Körner prasseln gegen das Fenster. Und ich schaue hinaus bis zum Meer und spüre dem stillen Glück in meinem Bauch und meiner Brust nach. Ja, ich bin zu einer Frau geworden, die wie ein

Zugvogel an fremden Schwellen rasten und dabei einfach glücklich sein kann.

Langsam blättere ich meinen Skizzenblock durch. Die ersten Zeichnungen zeigten noch Houdini. Und vor zweieinhalb Monaten hatte ich mit flüchtigen Linien Jón gezeichnet. Er steht bei Houdini und beugt sich über ihr verletztes Bein. Wieder spüre ich diesen Widerspruch: sein großes Herz, seine Fürsorge, die raue Zärtlichkeit, mit der er Houdini lítil stelpa mín nannte. Und auf der anderen Seite der Waagschale ein kleiner Junge, der sich nach seinem Vater sehnt und vergeblich auf ihn wartet. Seit der Kriminacht beobachte ich Jón verstohlen und versuche mir ein Bild von ihm zu machen. Und es macht mich halb wahnsinnig, dass es mir einfach nicht gelingt.

Marie hatte ihrer Schwester nach Deutschland Briefe geschrieben, bei mir ist es ein Tagebuch von SMS-Fragmenten, Gedanken und Foto-Schnappschüssen, die ich Insa schicke.

»Kalter Tag, den ich in der Wohnung eines Freundes verbringe«, schreibe ich ihr heute mit einem Foto von Teetasse und Fenster. »Es ist so lange her, dass ich wirklich mit mir alleine war – ohne Henrik, ohne unsere Eltern, ohne Anna, sogar ohne meine Isländer. Und sobald ich alleine bin, kommen die Gedanken an früher. Wir hätten Geschwister sein sollen, die zusammenhalten, aber ich war wohl eher so etwas wie eine überforderte und ständig genervte Erzieherin für dich. Irgendwie ging es stets nur darum, unsere Mutter zu schonen, sie zu trösten und sie nicht zu belasten, weil Papa nie da war und sich nur um seine Firma kümmerte. Alles musste funktionieren, zumindest nach außen hin. Und wenn ich zurückdenke, erinnere ich mich an keinen Moment meiner eigenen Kindheit, in dem ich nicht damit beschäftigt war, unsere Eltern mitzudenken und mich zu fragen, wie weit ich mich ohne Schuldgefühle aus dem vorgegebenen Rahmen entfernen darf. Nur heimlich habe ich hier und da ein kleines Schattenleben geführt – auch in Annas Atelier, das hast du klarer gesehen als ich. Erst jetzt, aus der Distanz, erkenne ich, wie eng der Rahmen unserer Familie ist. Langsam ahne ich, warum du so radikal gegen uns alle rebelliert hast. Anders als ich hast du dich nie in einen Rahmen zwängen lassen. Du warst immer Licht, wo ich nur heimlich im Schatten existiert habe. Du weißt schon lange, wer du bist, wenn du alleine bist, nicht wahr? Ich habe das Gefühl, dass ich es jetzt langsam herausfinden muss.«

Auch heute kommt keine Antwort. Insa antwortet mir selten und wenn, dann nur so sachlich und knapp, als würde sie eine Pflicht erfüllen. Dennoch bedeutet es mir viel, den Faden nicht abreißen zu lassen. Nach einer Weile gehe ich meine Nachrichtenliste durch. Kári bestellt sechs Pferde-Aquarelle und will einen Rabatt verhandeln. Valka schickt mir ein Foto von einer Wandergruppe, die mit Steigeisen auf dem Wassergletscher Vatnajökull steil bergauf klettert. Ólafur ist noch mit ihr zusammen auf Tour, und auch Lori ist als Geologin mit dabei, um wissenschaftliche Fotos zu machen. Ganz unten finde ich eine SMS von Líf, die ich gestern übersehen habe.

»Kommst du morgen vorbei? Jördis und Maya holen mich gegen drei ab und wir schauen uns den Ladenraum an, den wir mieten wollen.« Das hatte sie mir nachts noch geschrieben.

»Das nächste Mal bin ich gern wieder dabei«, schreibe ich jetzt zurück. »Aber heute sollte ich endlich mal wieder an meinem Frame-Projekt arbeiten.«

Die Skizzen für die nächsten Porträts in Öl habe ich vor Wochen gemacht, und beim Durchgehen dieser Entwürfe kann ich mir meine Gedanken zu den Motiven nicht mehr ganz erschließen. Und auch wenn ich es nicht gerne zugebe, lag Jón mit seiner Vermutung ganz richtig: Ich quäle mich mit der Arbeit an den Ölgemälden. Das Einzige, was mir momentan entspricht, sind die flüchtigen, fließenden Aquarellfarben, die ich gerade erst richtig für mich entdecke.

Eine Weile radiere und ändere ich an den Frame-Skizzen herum, dann lege ich den Block zur Seite und nehme mein Notizbuch zur Hand. Es ist fast bis zur letzten Seite mit Berechnungen für meinen kleinen Finanzclub gefüllt. Wie aus Codes kann ich hier aus den Zahlen ganze Denkmuster und Charaktere herauslesen.

Lífs beste Freundin Jördis, die Erzieherin ist und in jeder Hinsicht die Ruhe weg hat. Sie liebt die Sicherheit kleiner Schritte. Stoisch und völlig kompromisslos zieht sie ihren Plan durch, jeden Monat eine Sparrate von fünfzehn Prozent ihres Nettoeinkommens einzuhalten. Flókis Freundin Maya ist ganz anders. Sie geht es flexibel an und investiert jede Krone, die sie übrig hat, in ihren Online-Shop und in Aktien von Öko-Unternehmen.

Nein, weder Líf noch die anderen müssen gerettet werden. Sie wissen, wohin sie wollen. Aber mir liegt es am Herzen, ihnen die Wege zu ihren Zielen strukturierter und leichter zu machen. Als ich wieder aufblicke, sind zwei Stunden vergangen und ich habe drei Seiten meines Skizzenblocks mit Beispielrechnungen und Vertriebsmöglichkeiten für die isländischen Craft-Produkte meines Clubs gefüllt. *Das bin ich also, wenn ich alleine bin*, denke ich halb belustigt, halb bestürzt. *Eine Frau, die ihre Kunst mit den Zahlen betrügt.*

• • •

Der Hagelschauer ist zu einem Sturm mit diagonalem Regen geworden. Ich habe Finnurs Rechner hochgefahren und eine Liste von Hotels und Restaurants erstellt, die als Abnehmer für Lífs

Vulkanbrot infrage kommen könnten. Zwischendurch suche ich im Internet nach den Krimis, die Jón offenbar gerne liest. Ich bin überrascht, dass Yrsa Sigurðardóttirs Romane fast alle ins Deutsche übersetzt wurden. Fasziniert lese ich mich durch Inhaltsangaben und Leseproben. In Yrsas Büchern ist Island ein verschatteter Ort voller Einsamkeiten und menschlicher Abgründe. In ihren Worten spüre ich den Wind durch verlassene Waisenhausflure streichen, ich höre die Gespenster scharren und wandere durch ein Reykjavík voller Geheimnisse.

Vorschlags-Algorithmen lassen unter Yrsas Büchern blutige Skandinavien-Thriller dänischer, schwedischer und finnischer Autoren aufpoppen. Und als ich gerade zur nächsten Leseprobe klicken will, fällt mir ein kleines Porträtfoto ins Auge. Für einen Moment bin ich überzeugt, dass ich halluziniere, aber als ich auf das Profil klicke, ist er tatsächlich da. Meine Fata Morgana der Mittsommernacht.

Der Elfenmann.

Seit Wochen halte ich Ausschau nach ihm – im Nachtleben, auf den Straßen, und sogar an dem Wochenende, an dem in Reykjavík das Tangofestival stattfand und ich mit Lori zusammen zu den kostenlosen Workshops ging, habe ich ihn unter den Tänzern gesucht. Nun sehe ich ihm in die Augen. Auf dem Foto ist er deutlich jünger. Sein rotes Haar glüht noch ohne jede Spur von Grau. Und ich bin fast geschockt, wie sehr mich der Stil dieses Porträts an Henriks PR-Fotos erinnert. Derselbe Aufnahmewinkel, der gleiche intensive Blick, wenn auch hier aus dunkelbraunen Augen. Und dieselbe Pose des Visionärs, nur dass dieser Mann hier in ganz andere Abgründe als Henrik blickt.

•••

Líf geht auch beim fünften Mal nicht ans Telefon, und sie antwortet weder auf Mail noch auf SMS. *Vielleicht hat sie das Handy abgestellt*, überlege ich. Was allerdings ganz und gar nicht zu ihr passt. Der Regen ist vorbei, aber das Grau hängt immer noch wie eine Glocke über der Stadt. Der Bus trägt mich an der Meerespromenade entlang, dann hetze ich bergauf zu Lífs Viertel. Flókis Auto steht vor dem Haus. Entweder ist Maya mit dem Auto gekommen, oder Líf hat sich den Wagen ihres Bruders wieder einmal für ein paar Tage ausgeliehen.

Auch wenn ich den Ersatzschlüssel zur Wohnung habe, klingle ich. Der Türöffner surrt erst nach dem vierten Anlauf. Und als ich im dritten Stock ankomme, erwartet mich eine blasse Líf in T-Shirt und Pyjamahose. »Solltest du nicht schon auf dem Sprung zum Laden sein?«, frage ich.

»Maya und Jördis sind alleine hingegangen.«

»Und warum gehst du nicht ans Handy?«

»Oh, hast du angerufen? Tut mir leid, ich habe wohl vergessen, die Töne wieder anzustellen.«

Sie war noch nie gut im Lügen. Jetzt bin ich wirklich alarmiert. *Kummer mit Sam?*, denke ich. Im Wohnzimmer sind die Vorhänge zugezogen, der Fernseher läuft. Und Líf hat sich mit Decken und den schreiend bunten Kissen aus dem Schlafzimmer auf dem Sofa eingerichtet.

»Willst du Tee?«, fragt sie.

»Ja«, antworte ich. »Aber bleib sitzen. Ich mache uns welchen.« Als ich mit dem beladenen Tablett zurückkomme, hat sie sich wieder zwischen die bunten Kissen geschmiegt und zappt durch die Programme, ein blasser Schwarz-Weiß-Mensch, der in Farbe versinkt.

»Líf, sag schon, was ist los mit dir?«

»Nichts.« Sie zwingt sich ein Lächeln ab. Aber inzwischen

kenne ich ihre Arten zu lächeln. Oder zumindest die fünf, auf die es ankommt. Ihr Smartphone liegt im Strickkorb, als hätte sie es dort einfach hineingeworfen. Nun hangelt sie es heraus und sucht meine Nachrichten. Sogar auf die Entfernung erkenne ich die Zahl verpasster Anrufe.

»Du hast deinen Unbekannten gefunden?« Überrascht hebt sie den Kopf. »Ein Krimiautor, wie cool.« Ihre Augen leuchten, und ihr Lächeln ist fast wieder das alte. »Dann lass mich raten, wer demnächst nach Finnland fliegt und für Autogramme ansteht.«

An jedem anderen Tag wäre ich auf den Themenwechsel eingestiegen. Aber heute mache ich es wie Einar. Ich schweige, trinke Tee und warte. Und ganz langsam verebbt Lífs jähe Euphorie, bis sie schließlich seufzt und das Smartphone wieder in die Wolle wirft. Als müsste sie sich wappnen, zieht sie die Ärmel über die Hände, verschränkt die Arme und drückt die Fäuste in die Achselhöhlen. »Pettur wird zum dritten Mal Vater«, sagt sie dann. »Er hat vorhin angerufen, um es mir zu sagen, bevor ich es von anderen erfahre. Aber meine Mutter war bereits schneller. Mein Patenkind Anouk hat sich nämlich auf einem Kindergeburtstag verplappert, und der Sohn meiner Cousine hat es dann gleich weitergetragen. Inzwischen weiß es schon die ganze Verwandtschaft, obwohl Pettur und Guðrún erst noch die zwölfte Woche abwarten wollten.«

So viel zum Thema *Ich bin völlig über meine Langzeitbeziehung hinweg*, denke ich.

»Ich freue mich ja für die beiden!«, stößt Líf hervor. »Aber ich kann es nicht ertragen, dass meine Mutter und meine Freunde wieder ihr Mitleid über mir auskippen.«

»Tun sie das?«

Líf rollt mit den Augen. »Hallo? Pettur hat mich verlassen, weil er Kinder wollte. Und jedes Mal, wenn Guðrún wieder schwanger ist, wärmen alle das Thema wieder auf.« Sie schnaubt und starrt zu den Vorhängen.

»Heißt das ... Pettur wollte Kinder haben und du nicht?«, frage ich vorsichtig.

»Natürlich wollte ich welche!«, ruft Líf. »Es war der Plan, irgendwann mal eine Familie zu gründen. Nur nicht schon mit zwanzig. Ich wollte erst etwas von der Welt sehen. Und dann war es zu spät.«

»Zu spät? Du bist fünfunddreißig. Und als Pettur und du euch getrennt habt, warst du gerade mal neunundzwanzig.«

»Ja, im Rechnen bist du Einstein«, schnappt Líf. Sie beißt sich auf die Unterlippe und schaut auf ihre Hände, ballt sie und öffnet sie wieder, als müsste sie sich vergewissern, dass sie noch funktionieren. Längst habe ich eine ungute Ahnung.

»Weißt du, warum ich mit deinem ganzen Performance-Kram so wenig anfangen kann?«, bricht es aus Líf heraus. »Die Gitarrenfrau, die stundenlang denselben Akkord schlägt, deine Wanderungen mit Houdini – und Marina Abramović, die monatelang im MoMa sitzt und Leuten in die Augen schaut? Ich kann nicht verstehen, warum das etwas Besonderes sein soll. Jedes Leben ist nichts anderes als eine Dauerperformance. Und gegen meine Aktion kann deine Marina einpacken. In meiner Performance ging es nämlich darum, Tag für Tag den Tod niederzustarren.«

Das Seltsame ist, dass ich nicht einmal erschrocken bin. Es ergibt nur so vieles plötzlich einen Sinn in Lífs ganzem Sein. »Du warst also krank?«, frage ich leise.

Líf atmet in einem genervten Stoß aus und zupft grob an ihrem Haar. »Spätestens jetzt hätten Jördis und die anderen es dir ja sowieso brühwarm erzählt. Ja, ich hatte Leukämie. An dem Tag, an dem ich erfahren habe, warum eine Wunde an meinem Knie nicht verheilen wollte, bin ich sofort zum Frisör gegangen und habe das Haar abschneiden lassen und ... Oh Mann, Swea, jetzt sieh mich nicht auch noch auf diese betroffene Art an!«

»Tut mir leid.« Aber ich kann nicht verbergen, wie erschrocken ich bin.

»Ja, mir war damals auch zum Heulen zumute«, sagt Líf. »Im einen Moment buche ich noch unsere Reise nach Spanien, im nächsten Moment unterschreibe ich beim Arzt Aufklärungsbögen. Und dann ging es weiter, Behandlung für Behandlung. Danach sah es erst ganz gut aus, Pettur und ich haben wieder Zukunftspläne gemacht, ich wollte bei Björg als Teilhaberin in der Silberschmiede mit einsteigen. Aber ein Jahr später waren die Werte wieder grottenschlecht. Alles ging wieder von vorne los und wurde noch schlimmer. Am Ende lag ich wochenlang in der keimfreien Isolationshaft im Krankenhaus. Jeden Tag dasitzen, an die Wand starren, atmen, weiteratmen, warten. Minute für Minute für Minute. Immer dasselbe im Endlosloop. Draußen liefen gerade die ganzen Demos wegen der Kreppa. Es gab regelrechte Aufstände mit Prügeleien und Polizeieinsätze mit Tränengas, es fehlte nicht viel, und die Demonstranten hätten die Verantwortlichen aus ihren Häusern gezerrt. Und ich konnte nur daran denken, dass mein Immunsystem parallel zur Wirtschaft meiner Insel zusammengeklappt ist. Als wären wir zusammen krank. Verrückt, oder?«

»Nicht für Elfen«, erwidere ich leise. »Ihr seid Teil der Insel.«

Lífs Miene hellt sich in einem Lächeln auf, als würde ihr dieser Gedanke gefallen.

»Das heißt aber, du ... hast alles überstanden?«, frage ich vorsichtig.

»Haarscharf.« Líf verstrubbelt ihre kurzen Strähnen zu einer Sturmkrone. »Ich hatte Glück, dass gerade noch rechtzeitig ein genetischer Zwilling gefunden wurde. Aus dem Finanzparadies Schweiz. Ausgerechnet, was?«

Sie grinst schief, und ich muss trotz allem lächeln. Der ironische Scherz passt zu Líf.

Sie wird wieder ernst und lehnt sich zurück. »Ich bin gut aus der Sache rausgekommen – nur mit dem Gefühl in den Fingern habe ich seit der letzten Chemo immer noch Probleme. Stricken geht, aber ganz feinmotorische Sachen kann ich seitdem kaum noch machen. Deshalb kann ich meine Arbeit als Silberschmiedin nicht mehr ausüben – der Filigranschmuck, den ich trage, stammt noch aus meiner gesunden Zeit. In Björks Werkstatt mache ich nur die gröberen Arbeiten. Aber ich hatte wirklich Glück im Unglück. Nur das Thema Kinderkriegen hat sich medizinisch für mich erledigt.«

»Das tut mir leid, Líf.«

»Ja, mir auch. Aber so ist es nun mal: Es gibt keine Sicherheiten im Leben. Nichts gehört dir für immer. Und alles, was du hast, kannst du von einem Tag auf den anderen verlieren.«

Es klingt nicht bitter, das würde auch nicht zu Líf passen. »Eine Adoption kam für euch nicht infrage?«, frage ich.

»Doch, natürlich. Das war nach Ablauf der ersten zwei kritischen Jahre nach der Transplantation unser nächster Plan und auch der Grund, warum ich wollte, dass wir die Wohnung kaufen. Für ein Adoptivkind muss man ein besonders stabiles Umfeld und gesicherte Verhältnisse schaffen. Ich suchte mir auch neue Möglichkeiten, um Geld zu verdienen. Meine Familie tat wirklich alles, damit ich wieder auf die Beine kam. Es war nicht leicht, aber nach und nach sah ich wieder Land. Aber ... Pettur haderte längst mit uns. Beziehungsweise mit seinem Wunsch nach leiblichen Kindern.« Líf seufzt. »Ich kann das auch verstehen. Nur hätte ich mir gewünscht, dass er es mir damals auf andere Art gesagt hätte als mit der Neuigkeit, dass er eine Affäre mit Guðrún hat und sie aus Versehen schwanger geworden ist.«

Manchmal bin ich sprachlos, wie Líf ihr Leben lebt. Aber jetzt verstehe ich so vieles an ihr, auch ihren Stolz, ihren fiebrigen Lebenshunger, die Tatsache, dass sie niemals einen Tropfen Alkohol trinkt, und sogar ihre Sturheit, eine Wohnung, die sie sich eigentlich nicht leisten kann, um jeden Preis als sicheren, verlässlichen Ort zu behalten. Ich rücke an sie heran und lege ihr den Arm um die Schultern. Und Líf sträubt sich nicht, sondern gibt der Berührung nach.

»Du bist eine echte Pionierin«, sage ich aus vollem Herzen. »Genau wie deine Amma Erna. Und außerdem eine Heilige, weil du Pettur trotzdem noch lieben kannst.«

Líf schnaubt nur. »Ja, das versteht kaum jemand, Jördis hackt immer noch auf Pettur herum, deshalb hatte ich heute keine Lust, sie zu sehen. Jeder wärmt diese Geschichte auf: der Schuft, der die arme, kranke Líf betrügt und dann auch noch mit der Wohnung sitzen lässt – nach all dem, was die Arme durchgemacht hat. Aber das Schlimmste ist, dass ich mir an solchen Tagen wie heute auch noch selbst leidtue und mir Vorwürfe mache. Weil ich gewartet habe, statt wie meine Schulfreundinnen gleich mit Anfang zwanzig Kinder zu bekommen. Damals wäre ich noch gesund gewesen. Schön blöd, sich in diesen Hätte-ich-doch-Schleifen zu drehen, was?«

»Nein, Líf. Man darf hadern und traurig sein – auch nach so langer Zeit.«

Sie starrt wieder zum Vorhang, als wäre er eine Leinwand, auf der sie ihren ganz eigenen Film sieht. »Tut es dir nie leid, kinderlos zu sein?«, fragt sie dann.

»Manchmal ja. Aber im Rückblick betrachtet, ist es wohl gut, wie es ist.«

Ich bin selbst verwundert, wie leicht es mir über die Lippen kommt. Zu gut erinnere ich mich an die Diskussionen mit Henrik, an meine eigenen Zweifel und meine Zerrissenheit und Traurigkeit, nachdem Bekka zu Insa zurückgekehrt war. Und auch an den Druck meiner Familie, die Vorträge meines Vaters, dass Frauen nur glücklich und vollständig sein können, wenn sie, wie es in ihrer Natur angelegt ist, auch Kinder bekommen. Dazu die ständigen Nachfragen und die verzweifelten Hoffnungen meiner Mutter, die nach Bekkas Weggang ihres Lebenssinns beraubt war und so haltlos und unglücklich war, dass sie Henrik und mich mit dem Thema neues Enkelkind regelrecht verfolgte.

»Die Zeit mit Bekka hat mir gezeigt, dass Henrik nicht der Typ ist, um als Vater glücklich zu werden«, setze ich hinzu. »Er tat sein Bestes, aber er sagte selbst, dass er sich nicht als Vater sieht. Und vielleicht bin ich ja auch nicht der Typ dafür, eine Familie zu gründen, sonst hätte ich viel mehr darauf gepocht und vielleicht sogar darum gekämpft, Henrik zu überzeugen. Aber nach unseren ersten Jahren war ich auch einfach müde und ehrlich gesagt froh, dass wir erst einmal wieder zu uns zurückfinden konnten. Wir stürzten uns in unsere Zukunft und Henriks Karriere, er wollte endlich richtig loslegen, und auch ich hatte Pläne für mich. Wir sind aus dem Viertel meiner Eltern weggezogen und haben schließlich eine Wohnung in Frankfurt gefunden, die auch Henriks Atelier sein konnte. Und als sein großer Durchbruch nicht kam, haben wir ein paar Jahre später finanziell alles auf eine Karte gesetzt und die Kunstfabrik in Angriff genommen. Es erforderte viel Planung, dann kamen die jahrelangen Umbauten – und so hat es sich dann einfach ergeben, dass das Thema Familiengründung … irgendwann kein Thema mehr war.«

Es ist seltsam, wie einfach es ist, vor Líf solche Wahrheiten auszusprechen. Bei ihr fühle ich mich nie wie jemand, der in einer bestimmten Rolle versagt hat. Ich habe nie das Gefühl, mich rechtfertigen zu müssen oder einem Bild zu entsprechen, wie man als Frau zu sein und zu leben hat.

»Du schreibst ständig diese Listen und Manifeste, als wären es Einkaufszettel für ein perfektes Leben«, sagt Líf mit einem Anflug ihres alten Augenfunkelns, »Und ausgerechnet bei dir *ergibt sich* irgendetwas einfach so?«

Sie wird wieder ernst und sieht mir nachdenklich direkt in die Augen, so nah, dass ich mich in dem hellen Grau gespiegelt sehe. »Weißt du, was ich aus meinem persönlichen Crash gelernt habe?«, sagt sie nach einer Weile.

»Immer das Gute im Schlechten zu suchen?«, erwidere ich.

»Du denkst immer noch, es gibt eine Einteilung in gut oder schlecht?« Líf runzelt die Stirn, dann schüttelt sie den Kopf. »Nein, ich habe gelernt, dass es keinen Sinn hat, den Heringen nachzuschwimmen.«

»Den Heringen?«

»Ich dachte, du hast so viel über isländische Geschichte gelesen? Die Heringsschwärme begründeten unseren ersten ganz großen Wirtschaftsboom.«

Jetzt dämmert mir, wovon sie spricht. Einar hatte mir davon erzählt, dass in den Dreißigerjahren Heringsschwärme an der Küste auftauchten und den großen Aufschwung brachten. Fischfabriken wurden aus dem Boden gestampft. Jahrelang erlebte die Wirtschaft eine Blütezeit – bis die Heringe ganz plötzlich ihre Wanderrouten wieder änderten und von der Küste verschwanden.

»Die Heringe sind nur ein Bild«, fährt Líf fort. »Für alles, was dir den Boden unter den Füßen wegzieht: ob es meine Krankheit ist oder eine Trennung wie gerade bei dir …«

»Du vergleichst jetzt deine Leukämie aber nicht ernsthaft mit einer gescheiterten Ehe, oder?«

»*Gescheitert?*«, ruft Líf. »Stell dir vor, ich wäre am Blutkrebs gestorben. Wäre mein Leben dann gescheitert, nur weil es vorbei ist?«

»Líf, das kann man nun wirklich nicht …«

»Ob Krankheit oder Trennung ist völlig egal«, beharrt Líf. »Es ist ein Endpunkt im bisherigen Leben. Und die einzig gute Art, damit umzugehen, ist, sich selbst zu ändern. Man muss jemand Neues werden. Genau das habe ich damals begriffen: Wir sind nicht so festgefügt, wie wir immer glauben. So etwas wie ein einziges wahres Ich gibt es nicht, wir ändern uns ständig und sind weit weniger begrenzt, als wir selbst oder andere uns einreden. In Wirklichkeit sind wir wie Wasser. Wir können jederzeit in neue Formen fließen.« Sie hält mir ihre Hände hin. »Früher war ich Líf, die vorsichtige, ruhige Silberschmiedin. Dann war ich Líf, die Kranke und die verbissene Kämpferin. Jetzt bin ich die laute, mutige Líf, die Tanzende, die Brotbäckerin und demnächst Unternehmerin. Sind die Heringe weg, schließ die Fischfabrik, mach etwas anderes. Wenn die Bedingungen sich ändern, lass das Vergangene zurück und werde eine andere. Wenn man so lebt, gibt es im Grunde keine Katastrophen mehr, nur verschiedene Ichs, die man nacheinander lebt. Und jedes Ich bist trotzdem immer du. Klingt paradox, aber das ist das ganze Geheimnis.«

Darauf weiß ich nichts zu erwidern.

»Und weißt du, was ich seit meiner Krankenhauszeit ebenfalls weiß?«, fährt Líf leichthin fort. »Dass es auch zwischen Leben und Tod keine wirkliche Grenze gibt. Bestenfalls eine fließende Grauzone, alles ist durchlässig, die beiden Seiten überlagern sich. Manchmal weiß man nicht, auf welcher Seite man steht.« Sie lächelt mir zu. »Seitdem schere ich mich nicht mehr um Gut oder Schlecht, Schön oder Schlimm. Sondern nur darum, alles zu leben – und so oft wie möglich das Gegenteil von Grenzen zu sein. Und sei es … so.«

Ich bin viel zu überrascht, um zurückzuzucken, als sie mich einfach küsst. Ihre Lippen sind so weich, dass ich es einfach geschehen lasse. Ich wusste nicht, dass sich ein Frauenmund so zart anfühlt. Und sogar jetzt spüre ich Lífs Lächeln, und ich rieche ihre Haut, die ein bisschen etwas von frischem Moos hat. Vorsichtig umschließe ich ihr Gesicht mit meinen Händen, spüre ihr nach wie einer Form, die ich in Ton fassen will.

Als wir uns voneinander lösen und ich die Augen wieder öffne, lächelt sie immer noch. Und vielleicht ist etwas dran an der Theorie, dass Menschen einander entzünden können wie Funken, die etwas Neues entfachen. Ich sehe ihr müdes, blasses Gesicht und fand es noch nie so schön, ich fühle ihre Leichtigkeit und gleichzeitig das Chaos, den Abgrund, in den sie blickt.

»Ich bin so froh, dass du überlebt hast«, sage ich aus vollem Herzen.

»Frag mich mal«, erwidert sie. Sie rückt von mir ab und wirft sich in die Kissen zurück. »Weißt du, in Island sagt man, dass man sich langsam auf den Tod zubewegt. Schon Wochen, bevor er kommt, streckt deine Seele ihre Zehen in das dunkle Wasser. Mit einem Bein stehst du schon in der anderen Welt, während du noch atmest und nichts ahnst. Aber es gibt Zeichen. Du merkst es daran, dass du anfängst, das Jenseits wahrzunehmen. Schritte, Stimmen, Spuk …«

»Aber viele Isländer sagen doch, dass sie Geister und Übernatürliches wahrnehmen.«

»Ich meine doch nicht die Toten, die uns besuchen«, sagt Líf völlig ernsthaft. »Nein, man selbst lauscht den Echos aus der anderen Welt, weil man zum Teil bereits der anderen Seite gehört.

Mit jedem Tag, den du dich mehr über diese Schwelle oder diesen Fluss bewegst, nimmst du die Totenwelt deutlicher wahr.«

Ich habe den Atem angehalten. Denn sofort musste ich an Einar denken. Daran, dass er von Tag zu Tag hagerer und durchsichtiger zu werden scheint, als würde ihm etwas alle Kräfte rauben.

»Ich war schon in der Grauzone«, setzt Líf sehr leise hinzu. Sie zögert. Aber dann fasst sie sich ein Herz und fährt fort: »Meine Amma Erna war bei mir, als ich noch keine Ahnung hatte, dass ich krank war. Ich habe sie zwar nicht gesehen, aber ich habe ihre Hand auf meiner Stirn gespürt. Das war ein Vorzeichen, dass ich auf die andere Welt zudrifte. Ich glaube, Erna hat mich beschützt. Denn nicht alle von drüben sind freundlich, weißt du? Manche sind auch zornig, rachsüchtig – oder einsam.«

Ich schlucke und sehe wieder Einar vor mir. Und ich erinnere mich auch an Yrsas Geister: düstere Seelen, die Menschen gewaltsam zu sich holen.

»Habe ich dir Angst gemacht?«, fragt Líf. »Du bist ganz blass geworden.«

»Nein«, lüge ich. »Es ist nur … nimmst du sie immer noch wahr? Diese andere Welt?«

»Manchmal ja«, erwidert Líf. »Glaube ich. Jedenfalls könnte ich schwören, dass ich ab und zu noch Ernas Schritte höre.«

Ich sollte ihr jetzt vom Súmarhus erzählen, aber die Analytikerin, die ich immer noch bin, wählt den anderen Weg. »Ein Vorschlag«, sage ich. »Ich weiß nicht, ob es hilft, dich vor deiner Verwandtschaft zu Hause zu verstecken. Aber was vielleicht helfen könnte, ist ein Ausflug zum Fjord. Hast du Lust, dir mein Atelier anzusehen?«

Lava und Eis

Ich bin nervös, als sich Flókis Wagen den Steilweg am Hang hocharbeitet. Einar ist informiert, dass wir zu Besuch kommen, und auf aufgeräumte Zimmer legt Líf sicher am allerwenigsten Wert. Aber dennoch ist es das erste Mal, dass ich den Bannkreis meiner schützenden Elfenburg breche.

Die stumpfen Hügelkuppen tragen heute eine Federboa aus Nebelschwaden, und als wir aussteigen, wandert Houdini wie ein Geisterpferd aus dem grauen Dunst heran und begrüßt uns mit einem Wiehern, das in der feuchten Luft leise und dumpf klingt. Líf tritt zum Zaun und streicht Houdini über Stirn und Nase. »Das ist also dein Performance-Pferd. Und dein Nachbar, dieser ... Jón, lebt in dem gelben Haus dort drüben?«

»Ja. Aber er ist noch unterwegs. Sonst stünde der Pickup im Hof.«

Líf wendet sich dem Sumarhús zu und kneift die Augen zusammen. Es wirkt, als würde sie die Nase in den Wind halten, um zu wittern, ob etwas nicht stimmt. »Idyllisch hast du es hier«, bemerkt sie. »Macht sicher Spaß, in dieser Gegend zu malen.«

An der Tür bin ich so fahrig, dass mir fast der Schlüssel aus der Hand fällt. Und mir wird bewusst, dass ich Lampenfieber habe. Nicht wegen der Gespenster. Sondern deshalb, weil die zwei Isländer, die mir am meisten am Herzen liegen, sich gleich kennenlernen werden.

»Einar?«, rufe ich schon im Flur. »Líf und ich sind schon da ...« An der Küchentür zucke ich verdutzt zurück. Einar steht neben dem Küchentisch. Er hat sein Hemd gebügelt, trägt seinen besten Pullunder und erwartet uns mit frischem Kaffee und dem klassischen isländischen Schnellgericht für spontane Gäste: Pönnukökur. Mit aller Herzlichkeit begrüßt Einar Líf auf Englisch. »Du bist also Sweas Freundin aus Reykjavík. Ich habe schon gehört, dass sich in unseren Familiengeschichten manche Wege kreuzen.«

»Ja, Swea hat mir auch schon viel von dir erzählt«, erwidert Líf auf Isländisch. Sie stutzt kurz, als sie beim Händeschütteln das Tintenrot an seiner Rechten bemerkt, aber dann plaudern die beiden auf Isländisch weiter, während ich die Pfannkuchen verteile. Es ist seltsam, die beiden zusammen zu sehen – meine zwei Welten an einem Ort. Mir wird warm ums Herz, als ich Einar beobachte. Noch nie habe ich ihn so viel in seiner Vatersprache reden hören. Selbst mit Jón unterhält er sich in meiner Gegenwart fast nur auf Englisch. Líf lacht mit ihm und lobt seine Kochkünste. Aber nach einer Weile fällt mir auf, dass sie nervös mit ihrer Gabel spielt. Über den Rand ihrer Tasse hinweg mustert sie immer wieder Einars tintenfleckige Hand. Während er mit mir redet, studiert sie nachdenklich sein Gesicht. Und sogar ohne genug Isländisch zu verstehen, fällt mir auf, dass die beiden zunehmend bemüht nach Gemeinsamkeiten suchen.

»Ihr habt sicher zu tun«, sagt Einar nach einer Weile und räumt das Geschirr ab. Líf schenkt ihm ein Lächeln, das verlischt, sobald er die Küche verlassen hat. Und als sich nebenan die Wohnzimmertür schließt, atmet sie sichtlich auf.

»Stimmt etwas nicht?«, frage ich.

Líf reibt sich die Arme, als würde sie frieren. »Ganz ehrlich?«, sagt sie zögernd. »Einar ist wirklich nett. Aber irgendetwas ist komisch an ihm. Als hätte er etwas zu verbergen.«

Erzähl mir etwas Neues, denke ich. Und sage: »Anfangs wirkt er etwas reserviert, aber er ist ein wunderbarer, warmherziger Mensch …«

»… mit gruseligen Flecken an seinen Fingern.«

»Das ist nur rote Tinte, Líf. Er war Lehrer und schreibt heute noch mit Füller.«

»Trotzdem«, beharrt Líf. »Ich finde, er ist ein seltsamer Mann. So … wütend.«

Da kennst du Jón noch nicht, denke ich. »Glaub mir, niemand ist netter und friedlicher als Einar.«

»Ja, das sind die Schlimmsten«, murmelt Líf. »Die, von denen die Nachbarn später sagen: Aber er hat doch immer so nett gegrüßt.«

»Líf, jetzt hör aber auf!«

»Entschuldige bitte«, lenkt sie hastig ein. »Es war nicht so gemeint. Ihr beide mögt euch sehr, das merkt man sofort. Vielleicht sind Einar und ich einfach nicht auf einer Wellenlänge.«

Sieht ganz so aus, denke ich. Und dennoch bin ich verstimmt und enttäuscht. *Aber vielleicht nimmt Líf auch nur einen anderen Zorn wahr? Einen, der gar nicht zu Einar gehört?*

Ich beobachte Líf verstohlen, während wir die Hausführung machen. Einar kommt aus seinem Skriptorium. Er schließt die Schiebetür hinter sich und gibt Líf eine Kurzführung durch seine Gemäldegalerie und Páls Familiengeschichte, dann gehen wir zu zweit in das obere Stockwerk. Es ist so ruhig, als würde das Haus den Atem anhalten. Keine Diele knarrt, nicht einmal ein Luftzug dringt durch die Ritzen der maroden Fenster. *Als würde hier jemand Verstecken spielen*, denke ich bei mir. Doch Líf ist so unbefangen, dass ich mich wieder einmal frage, ob ich mir nicht doch alles nur einbilde.

»Nimmst du hier irgendetwas wahr?«, frage ich schließlich ganz direkt. »Ich meine ... etwas Ungewöhnliches?«

»Sollte ich?« Líf runzelt die Brauen. Dann hellt sich ihr Gesicht auf. »Hast du mich etwa deshalb eingeladen? Damit ich hier Geister suche?« Sie lacht beim Blick in meine ertappte Miene. »Rück schon damit raus! Was ist das große Geheimnis, von dem du mir nichts erzählt hast?«

Zornige Bräute, denke ich. »Ich habe manchmal das Gefühl, dass Einar und ich hier nicht alleine sind. Aber ich wollte dir nicht sofort alles erzählen ...«

»... damit die Blindstudie nicht verfälscht wird, weil ich mir dann erst recht etwas einbilden würde?«, ergänzt Líf. »Du bist wirklich ein Kopfmensch. Und ganz so einfach funktioniert das mit dem Übernatürlichen nicht.«

»Ich weiß. Und Einar nimmt hier überhaupt nichts Fremdes wahr.«

Líf lächelt verschmitzt. »Wenn es dich beruhigt: Ich auch nicht. Aber wenn du willst, frage ich Valka. Sie kennt eine Frau, die wirklich hellsichtig ist. Sie hat auch schon für die Baubehörde gearbeitet. Die würde sicher sehen, ob jemand im Haus ist, der nicht hierhergehört.«

Ich stelle mir Einars Gesicht vor, während ich ihm erkläre, dass ich eine staatlich geprüfte Geisterjägerin einladen möchte. »Nein, nicht nötig, Líf. Aber danke.«

Líf zuckt mit den Schultern und deutet zur angelehnten Tür meines Zimmers. »Ist das dein Atelier?«

Auf mein Nicken hin geht sie voraus. Ich schaue mich im Flur um, horche. Dann beuge ich mich zum Schlüsselloch und spähe ins verschlossene Zimmer. Alles wie immer.

»Sind das etwa alle Bilder?«, ruft Líf aus meinem Zimmer. Sie steht vor meinen neuesten Aquarellen, die ich in einer Linie auf dem Boden aufgereiht habe.

»Nein, ein Gemälde trocknet noch draußen in der Räucherkammer«, antworte ich.

»Aber wo ist deine große Serie in Öl?«

Tja, bisher war ich froh, dass Líf mich nicht nach Breaking the frame fragte. »Bis jetzt habe ich nur ein einziges Bild angefangen«, gebe ich zu. Ich gehe zur Staffelei, die hinter der Tür in der Ecke steht, und drehe meine Fjallkonan in ihrem Trachtenkleid zum Licht. Sie sieht bemitleidenswert unfertig aus. Ihr Gesicht ist immer noch eine blanke Fläche und das Trollwesen in ihren Armen kantig und roh, aber Líf starrt das Motiv mit offenem Mund an.

»Swea«, haucht sie. »Das ist ja unglaublich schön!«

Sie tritt über die Aquarelle hinweg und beugt sich zur Leinwand. »Das bin ich«, sagt sie andächtig. »Genauso habe ich mich damals gefühlt. Als müsste ich mit bloßen Händen ein Monster bändigen. Und auch wenn die Krankheit heute nur noch ein hässliches Schoßtier ist, auf das alle deuten, gehört es für immer zu mir.«

Ich bin sprachlos, wie berührt Líf von dem Motiv ist. Sie versenkt sich völlig hinein, fährt mit den Fingerspitzen zart über den Rand der Leinwand, dann schluckt sie und wendet sich mir zu. »Kannst du mir eine Kopie davon anfertigen? Sie muss nicht groß sein, es reicht auch eine Bleistiftskizze, Hauptsache, die Frau auf dem Bild hat mein Gesicht. Das will ich mir ins Schlafzimmer hängen.«

Neben Petturs Foto?, denke ich bei mir. Aber ich mache den Mund wieder zu und nicke.

• • •

Es wird schon dunkel, als Líf sich verabschiedet. Wir haben noch mit Einar zusammen zu Abend gegessen. Danach hatte Einar seine Familienfotos aus Ernas und Maries Zeiten auf dem Sofatisch ausgelegt, Schulter an Schulter beugten er und Líf sich über die Zeugnisse des alten Islands. Líf fotografierte sie mit ihrem Phone ab, und vor lauter Diskussionen vergaßen die beiden, dass ich ihrem schnellen Isländisch längst nicht mehr folgen konnte. Und dennoch war nur zu deutlich zu spüren, dass meine liebsten Isländer mehr trennt als verbindet. Nun winke ich Líf am Tor nach, bis das Auto unten am Steilweg auf die Straße abbiegt. Hinter mir höre ich Einars Schritte auf dem Schotter knirschen. Er tritt neben mich, und wir schauen schweigend zum Fjord. In der Dämmerung wirkt das Meer mehr dunkelgrün als blau. *Undinengrün*, denke ich. *Die Farbe der Geheimnisse und tiefsten Wasser.*

»Deine Freundin ist eine hochintelligente junge Frau«, bemerkt Einar nach einer Weile. »Und du magst sie sehr.«

Im Gegensatz zu dir, denke ich und nicke. Seine Worte machen mich trauriger, als ich zugeben will. Ja, Einar spricht nicht nur perfekt Deutsch, Isländisch und Englisch, er beherrscht auch die höfliche Sprache zwischen den Zeilen. Offenbar sind meine zwei Welten so gegensätzlich wie Lava und Eis. Doch auch etwas anderes wühlt mich auf. »Bemerkst du im Haus wirklich überhaupt nichts, Einar? Nie?«

Er sieht mich an, wie er mich immer ansieht, wenn ich mit dem Thema anfange. Geduldig, aber schon leicht müde davon. »Nein, Swea. Gar nichts.« Es klingt völlig aufrichtig. Einar sagt die Wahrheit, das sehe ich in seinen Augen. Wenn er lügt, weicht er meinem Blick aus, heute blinzelt er nicht einmal, und als er fortfährt, klingt seine Stimme völlig klar und fest. »Das Holz im Haus wird weniger arbeiten, sobald neue Fenster eingebaut sind. Ich habe heute mit meinem Pächter in Hegranes telefoniert. Er will das Weideland erwerben.«

»Du verkaufst also wirklich Leifs Land?«

Einars Miene hellt sich in einem schmalen Lächeln auf, das ich nicht deuten kann. »Manchmal muss man sich endgültig von Altem trennen«, sagt er. »Auch wenn es schmerzt.« Er nimmt seine Brille ab und reibt sich die Augen, als wäre es nur die Müdigkeit, die er vertreiben will. »Für den Verkauf brauche ich noch amtlich beglaubigte Kopien«, fährt er dann sehr sachlich fort. »Deshalb werde ich in der nächsten Zeit wohl öfter nach Reykjavík fahren müssen.«

Ich gehe nicht mit ihm ins Haus, sondern bleibe vor der Treppe stehen. Drinnen macht Einar Licht in der Küche, ich sehe ihn hinter den Vorhängen herumgehen und aufräumen. Ich lege den Kopf in den Nacken und betrachte das Sumarhús. Das dunkle Badfenster im ersten Stock fängt Spiegelungen von Wolken. Wie immer bilde ich mir ein, in den Formen etwas anderes wahrzunehmen, etwas Flüchtiges, das real sein kann oder auch nicht. Und ich weiß nicht, was mich dazu bewegt, aber ich hebe ganz langsam einen großen Stein auf und wiege ihn in der Hand, während ich zum Fenster hochstarre. Nur am Rande nehme ich wahr, wie hinter mir der Pickup auf den Hof fährt. Houdini wiehert, als Jón aus dem Auto steigt. Die Autotür klappt zu, aber ich starre weiter zum Fenster, als würde derjenige, der zuerst den Blick abwendet, verlieren.

»Muss ich mir nur Sorgen um die Fensterscheibe oder auch um Einar machen?«, höre ich Jón sagen. Er tritt neben mich und deutet auf den Stein, den ich so fest umklammere, dass meine Finger pochen.

»Um Einar sicher nicht«, murmle ich. »Aber irgendjemand in diesem Haus spielt Spielchen mit mir.«

Drinnen verlässt Einar die Küche und macht im Hinausgehen das Licht aus.

»The stage is yours«, sagt Jón. »Viel Glück beim Zielen.«

Seine trockene Ironie bricht den Bann. Jón schafft es wirklich jedes Mal, dass ich mich wie ein Idiot fühle. Aber andererseits bringt er mich auch jedes Mal wieder auf den Boden zurück. Ich entspanne meine Hand, bis der Stein ganz von selbst aus meinen Fingern rutscht. Dann wische ich mir den Staub von den Händen und wende mich um. Jón ist schon bei seiner Tür und kramt in der Jackentasche nach dem Schlüssel, während er eine riesige vollgepackte Tasche balanciert. Er stößt die Tür mit dem Fuß auf und drängt sich ins Haus. Die Tasche schleift am Türstock entlang. Und als Jón im Haus verschwindet, bleibt auf der Schwelle etwas zurück, das aus der Tasche gefallen ist.

Es ist eine Tüte Nammi – Süßigkeiten, in diesem Fall Lakritz in kreischbuntem Zuckermantel. Die Tür ist nur angelehnt, ich drücke sie auf und strecke den Kopf in den Raum. Jón ist nicht zu sehen, und ich staune, wie aufgeräumt es ist. Es stehen keine leeren Bierflaschen mehr herum, und der sonst überquellende Aschenbecher ist leer. Der Papierkram, der auf den Kartons lag, ist verschwunden.

»Jón?«, rufe ich in den Raum. »Du hast was verloren!«

»Was sagst du?«, ruft Jón irgendwo von oben.

»Nammi-Express!«, schreie ich lauter. Er kommt die schmale Holzstiege heruntergepoltert, die unter seinem Gewicht zu ächzen scheint.

»Danke«, sagt er und nimmt mir die Süßigkeiten aus der Hand. Ohne Umschweife reißt er die Lakritztüte auf und wirft sich eine Handvoll ein.

»Auch eines?« Er hält mir die Tüte hin.

»Danke, aber ich mag kein Lakritz. Ist das dein Nikotinersatz, bis der letzte Rest von Husten vorbei ist?«

»Nein, Lakritz ist nur meine andere Sucht«, erwidert Jón mit vollem Mund. Er geht zum Fernseher und wirft die Tüte auf den Tisch. Dann lässt er sich in den Sessel fallen, zieht mit dem Fuß eine der Getränkekisten heran und holt sich ein Feierabendbier heraus. Es ist eine eingespielte Choreografie – der Griff zur Fernbedienung und die Schnelligkeit, mit der er sich in seinem Streaming-Portal zu einer Serie klickt, während er die Füße auf der Getränkekiste hochlegt und zu seinem Sturmfeuerzeug greift. »Willst du mitschauen?«, fragt er, während er eine Zigarette aus der Packung schlägt. »Heute starte ich mit der zweiten Staffel von Ófær. Gute Thrillerserie, spielt oben im Norden.«

Dort, wo Leif, Marie und Pál lebten? Natürlich sollte ich ablehnen und zu Einar gehen. Ich sollte mit ihm tanzen und die Geister von uns fernhalten, die ich mir wahrscheinlich nur einbilde. Jón deutet mein Zögern wohl falsch. Er schaut sich zu mir um, die Zigarette schon zwischen den Lippen und das Feuerzeug im Anschlag. Dann atmet er so genervt aus, wie nur er es kann, und legt Feuerzeug und Zigarette demonstrativ wieder weg. Und ich schließe die Tür hinter mir und hole mir ebenfalls ein Bier.

Tiefe Wasser

Es sagt wohl einiges über mich und Finnur aus, dass wir bei unseren letzten Treffen nicht miteinander geschlafen haben. Stattdessen wanderten wir südwärts durch die Stadt, am Kjarval-Museum vorbei hinauf zum bewaldeten Stadthügel Öskjuhlíð, auf dem sich das Perlan erhebt. Das Gebäude mit sechs riesigen Aluminiumtanks ist der Warmwasserspeicher der Stadt – und unter seiner gläsernen Kuppel befindet sich ein Restaurant, das sich um seine eigene Achse dreht.

Finnur und ich nahmen Kuchen aus dem Café mit nach draußen und aßen ihn mit Blick in die Ferne. Von der Aussichtsplattform aus, die die Kuppel umfasst, überblickt man den Stadtflughafen und das ganze Stadtpanorama bis hin zum Meer, zu den Fjorden und fernen Bergen, die Kronen aus Wolken tragen.

Danach gingen wir in den Untergrund, in das Perlan-Gletschermuseum, das Lori als Geologin nicht hoch genug loben kann. Wir streiften die wärmenden schwarzen Westen über, die am Eingang an die Besucher ausgegeben werden, und tauchten in die schmalen Gänge schummriger Eishöhlen, die türkis, grau und auch gelb leuchten. Meine letzte Erinnerung an Finnur ist der eisige Atem vor unseren Mündern und ein Kuss in einem künstlichen Winter. *Passt zu dem Gletschersee, an dem wir uns zum ersten Mal trafen*, dachte ich, während ich die Augen schloss. Jón hatte recht – es funktioniert nicht, das Herz ganz außen vor zu lassen. Auch jetzt, als ich den Pickup in einem Villenviertel von Reykjavík parke und auf meinem Smartphone Finnurs neueste Nachricht finde, gibt es mir einen kleinen schmerzhaften Stich.

»Grüß mir Professor Gunnell«, schreibt Finnur mir aus Kiel. »Viel Spaß, Elskan. Und tu nichts, was ich nicht auch tun würde.«

Die zweite Nachricht ist von Insa. Ich bin immer noch überrascht, wenn sie mir doch einmal antwortet. Und heute macht mein Herz einen Satz, als ich ihre Zeilen lese. »Ja, ich wusste immer schon, wer ich alleine bin. Schließlich war ich in der Familie ganz auf mich gestellt. Du warst ja immer im Täterschutzprogramm auf Vaters Seite und auch noch Mamas Exekutive. Ich hätte eine echte Schwester gebraucht. Aber gut, dass du wenigstens jetzt mal aufwachst. Henrik löchert mich nach dir. Er macht sich Sorgen. Ich habe ihm gesagt, dass du noch lebst. Ich hoffe, das war okay. Er kommt ganz gut klar, aber unsere Eltern gehen mir inzwischen so richtig auf den Zeiger. Der Pate schäumt, das kannst du dir ja denken. Langsam sollte ich mich wohl um meine Aufnahme ins Zeugenschutzprogramm kümmern.«

Meine Mundwinkel zucken hoch. Mir ist noch nie aufgefallen, dass Jón und Insa sich in ihrem sarkastischen Humor ähnlich sind. Und ich werde den Verdacht nicht los, dass Insa insgeheim Spaß daran hat, unseren Vater wüten zu sehen und dabei mehr zu wissen als er.

»Tut mir leid, dass ich dich alleine mit La Famiglia zurücklasse«, schreibe ich zurück. »Ich mache es wieder gut.«

Meine Schwester schreibt ausnahmsweise sofort zurück. »Haha, ja klar. Aber wenn jemand versteht, dass man manchmal weglaufen muss, dann bin das ja wohl ich. Grüß mir die Insel. Bekki und ich verdrücken uns heute ins Kino.«

Mir wird warm ums Herz, als Sekunden später noch ein Selfie

eintrifft. Mit regennassen Haaren stehen Insa und Bekka in einem grell erleuchteten Kinofoyer, stecken die Köpfe zusammen und ziehen die gleiche schiefe Schnute.

Eine Weile betrachte ich sie lächelnd, dann suche ich die Handynummer heraus, die Finnur mir als Abschiedsgeschenk hinterlassen hat. Ja, sogar heute bringt er mich auf eine Party, zu der ich nicht eingeladen bin.

• • •

Schon von Weitem strahlt das weiße Gunnarshús vor dem luziden Abendblau des Septemberhimmels. Früher gehörte das Haus dem Schrifsteller Gunnar Gunnarsson, heute ist das schlichte weiße Gebäude Sitz des isländischen Schriftstellerverbands. Sorgsam zupfe ich mein Kleid zurecht. Kári hat meinen Preis für die sechs Aquarelle bezahlt, wenn auch nur zähneknirschend und nach zähem Ringen. So gesehen ist das neue Kleid, das ich trage, ein Beweis, dass ich das harte Handeln nicht verlernt habe.

In den USA assoziiert man Grün mit Reichtum – vermutlich, weil es die Farbe der Dollarnote ist. In der Renaissancemalerei steht es für das Junge und Neue, für Frühlingserwachen und auch für Harmonie. Ein zartes Lindgrün war die Farbe für die Kleider unschuldiger junger Mädchen. Ich dagegen halte es eher mit dem dunklen Jadegrün der Undinen. Und auch sonst ist das schlichte Kleid, das ich an einem Second-Hand-Stand auf dem Kolaportið-Flohmarkt fand, das genaue Gegenteil von Lífs verspieltem rotem Windkleid. Dieses hier hat nichts Leichtes und Schwingendes, es ist schmal geschnitten und zeichnet die Linien meines Körpers nach. Lediglich an der Seite blitzt bei jedem größeren Schritt mein rechtes Bein hervor.

Hinter den Panoramafenstern im ersten Stock stehen bereits

Leute mit Sektgläsern in den Händen. Sofort suche ich nach einem bekannten Schattenriss. *Was wäre, wenn …?*, denke ich. Heute bin ich wie Finnur, eine Spielerin, die ausprobiert, wie weit sie kommt. Und trotzdem bin ich so aufgeregt, als würde ich zu einer echten Verabredung gehen.

Neue Gäste treffen sich vor dem Eingang, jeder kennt jeden. Doch als ich die Handynummer anrufe, greift ein sonnenblondes Mädchen in ihre Handtasche und löst sich aus der Gruppe. »Du bist Swea?«, begrüßt sie mich, als wir einander finden. »Freut mich, ich bin Annika. Wir können schon reingehen.«

Annika ist im Organisationsteam des Literaturfestivals. In Finnurs Dunstkreis habe ich sie allerdings noch nie gesehen, und er hatte sie auch niemals erwähnt. Doch die beiden scheinen sich sehr gut zu kennen, so selbstverständlich, wie sie ihm den Gefallen tut, mich zu einer geschlossenen Veranstaltung mitzunehmen. Nun, vielleicht war ich nicht die Einzige, die ihrem Manifest von Freiheit folgte.

»*Draugar – Gespenster*, das ist in diesem Jahr das Motto des Internationalen Literaturfestivals«, erklärt Annika, während wir die Mäntel an der Garderobe aufhängen. »Es geht erst morgen offiziell los. Auf dem Empfang hier werden heute die ausländischen Gastautoren begrüßt. Sie werden in der Stadt und im Umland Lesungen machen – auf Englisch oder in ihren Heimatsprachen. Die isländische Übersetzung wird per Beamer parallel dazu gezeigt.«

»Aber Yrsa Sigurðardóttir kommt doch auch?«, frage ich.

»Ja, sie hat in diesem Jahr auch einige Veranstaltungen auf dem Festival. Wegen ihr bist du hier, nicht wahr?«

Ich nicke, obwohl es nicht die ganze Wahrheit ist. In meiner Tasche habe ich zwar Yrsas neuesten Krimi und ein älteres Buch. Doch ein Autogramm ist nicht der einzige Grund, warum ich Finnur gebeten habe, seine Kontakte spielen zu lassen.

Das Gunnarshús ist Bibliothek und Schriftstellerresidenz in einem, eine designte Studiowohnung auf zwei Ebenen. Warmgoldene Holztöne dominieren, eine filigrane freie Treppe führt zur Galerie, auf der sich Buchregale reihen und ein Arbeitstisch steht. Stimmengewirr vermischt sich mit dem Klingen von Gläsern. Annika stellt mich als einen privaten Gast von ihr vor. Wir stoßen mit Kristín und Idunn Steinsdóttir an, zwei Schwestern, die beide renommierte Literatinnen sind. Und während eine von ihnen den Abend mit einer Rede eröffnet, nippe ich am Sekt und schaue mich verstohlen um. Nirgendwo entdecke ich das Gesicht, das ich suche.

Dafür tritt ein elegant gekleideter bärtiger Mann vor die Gäste. Und als er seinen Vortrag beginnt, verstehe ich, was Finnur an diesem Professor für isländische Folklore so begeistert. Er holt zu einem cineastischen Rundumschlag zum Thema *Afturganga* aus – Wiedergänger, die in Sagen und Legenden die Lebenden durch offene Gräber in die Hölle ziehen. Nach den ersten Sätzen hänge ich völlig an seinen Lippen, lausche der Geschichte des Knechtes Sigurd und der Magd Guðrún, die Sigurds Gefühle nicht erwidert. Nach seinem plötzlichen Tod kehrt er am Weihnachtstag als Wiedergänger aus dem Grab zurück und klopft an Guðrúns Tür. Als Guðrún hinter ihm auf das Pferd ihres Bauern steigt, erkennt sie an der seltsamen Art, wie Sigurd ihren Namen ausspricht, voller Schrecken, dass sie gerade mit einem Toten zum Kirchhof reitet.

Professor Gunnell lässt Sigurds Worte in geisterhaften Echos hallen, er flüstert, als Guðrún auf dem Friedhof vom Pferd steigt – und lässt Dramatik in seiner Stimme grollen, als die Magd so schnell sie kann zur Kirche flüchtet.

Sigurd verfolgt sie und erwischt sie am Mantel. Doch sie schlüpft aus den Ärmeln und fällt ohne Mantel und halb tot vor

Entsetzen über die Kirchenschwelle. Als der Pfarrer und die Gemeinde auf den Friedhof gehen, finden sie nur noch Guðrúns zerfetzten Mantel. Und das verendete Pferd, dem Sigurd vor Wut das Fell vom Rücken gerissen hat.

Frenetischer Applaus bricht los, der Redner verbeugt sich. Die Bühnensituation löst sich auf, alles schiebt und drängt zu den Häppchen. Neue Gäste kommen herein und bringen kühle Nachtluft mit. Und Annika winkt mir über die Menge hektisch zu und deutet auf eine dunkelhaarige, schlanke Frau, die gerade ihren Mantel auszieht.

Reykjavík ist nicht der Ort für Starkult und rote Teppiche. Hier hebt kaum jemand eine Augenbraue, wenn amerikanische Hollywoodstars durch die Stadt schlendern. Und die isländische Prominenz ist ebenfalls mehr als geerdet. Bei den Häppchen kommen Yrsa und ich mühelos ins Gespräch, und als ich mein Buch und einen Stift aus der Tasche hole, winkt sie mir, ihr zu dem Ledersessel zu folgen, der am großen Fenster steht. Sie nimmt sich das Buch, das ich für mich gekauft habe, und schaut mich fragend an.

»Für Swea«, sage ich, und sie vertieft sich in eine persönliche Widmung. Draußen flackert der Himmel in einem Gewitterleuchten. Während die Schriftstellerin das Buch signiert, sehe ich mich um. Und als mein Blick nach oben zur Galerie schweift, setzt mein Herz einen Schlag aus. Auf die Ellenbogen gestützt steht er am Geländer der Galerie und schaut zu mir herunter. *Mein Elfenmann.* Heute trägt er nicht Grau, sondern ein Cordjackett in der Farbe von *Sinopia* – roter Ocker. Aber alles ist wieder da, als wäre seit dem Mittsommerfest keine Minute vergangen. Nur, dass ich jetzt weiß, wer er ist. *Aki Korhonen.* Er ist Finne und schreibt blutrote Bücher, die von Mord und Mafia handeln. Keines davon wurde bisher ins Deutsche übersetzt. Aber für vier Monate wohnt er auf Einladung des isländischen Schriftstellerverbands in Gunnars Haus und schreibt seinen neuen Thriller, der in Reykjavík spielt.

»Das zweite Buch ist auch für dich?«

Yrsas Frage reißt mich aus dem Moment. Ich wende mich ihr zu und schüttle den Kopf. »Nein. Für Jón, bitte.«

»Ein Freund von dir?«

»Ja, das ist er.« Ich bin selbst überrascht, wie selbstverständlich diese Antwort über meine Lippen kommt. »Wir ... sind beide Krimifans«, setze ich hinzu.

»Also Partner in Crime«, bemerkt Yrsa. Das entlockt mir ebenfalls ein Lächeln. Ja, mein Doppelleben hat eine dritte Facette bekommen. Wenn Jón keine Spätschicht hat und Einar sich abends zurückzieht, packe ich einen Teller mit Broten und Nammi und gehe ins gelbe Haus hinüber. Jón und ich streiten nicht, wir diskutieren nicht, wer wir sein sollten und nicht sind, wir reden nicht über Bjarni oder meine Ehe. Wir sitzen einfach gemeinsam Jóns Liebeskummer wegen Greta aus und lassen die TV-Ermittler für uns analysieren und kämpfen. Die zweite Staffel von »Trapped – Gefangen in Island« hatten wir in zwei Nächten durch. Inzwischen sind wir schon beim schwedischen *Nordic Noir* gelandet. Und für morgen Nacht habe ich mir zwei isländische Thriller mit den Titeln »Grimmd« und »Eidurinn« ausgesucht.

Yrsa gibt mir die Bücher zurück und steht auf.

Mein Herz schlägt bis zum Hals, als ich mich bedanke und die Bücher wieder einpacke. Denn immer noch spüre ich Akis Blick in meinem Rücken. Doch als ich mich umwende und zu den anderen zurückgehe, hebe ich ganz bewusst den Blick nicht zur Galerie.

Irgendwo hatte ich mal gelesen, dass finnische Männer Weltmeister im Schweigen sind, dass sie nicht flirten, nicht reden, nicht lachen und sich bis zum Verlust der Muttersprache betrinken. Dieser Finne hier straft auch heute diese Klischees Lügen.

Er trinkt keinen Tropfen, unterhält mit seinem Temperament und seinem lauten Lachen die halbe Gesellschaft und ist von einer Traube weiblicher Groupies umgeben. Weder er noch ich suchen den Kontakt, wir umkreisen einander auf Abstand wie Magneten vom selben Pol. Ich weiß schon, warum ich im Internet nur die wichtigsten Eckdaten über ihn abgefragt habe. Ich will gar nicht wissen, was er genau tut und wer er im Detail ist. Viel zu sehr genieße ich das Knistern der Fremdheit zwischen uns.

Die ersten Gastautoren haben schon gegen zehn gegähnt und sich mit der langen Anreise entschuldigt. Als schließlich auch der harte Kern aufbricht, ist es weit nach Mitternacht. Annika holt unsere Sachen aus der Garderobe und drückt mir meine Jacke in die Hand. »Du bist doch mit dem Auto da«, sagt sie. »Könntest du mich noch nach Höfuðborgarsvæðið fahren? Ich weiß, es liegt nicht auf deinem Weg, aber du bist von dort ganz schnell auf dem Highway.«

Sie weiß also, wohin mein Heimweg führt. Offenbar hat Finnur ihr mehr von mir erzählt als umgekehrt. »Natürlich, sehr gerne«, antworte ich und suche den Pickup-Schlüssel. Verstohlen sehe ich mich noch einmal nach Aki um, aber er ist fort.

Das Septembergewitter hat sich verzogen, aber draußen weht immer noch ein scharfer Wind, die Straße liegt voller roter Vogelbeeren, die der Sturm von den Zweigen der Ebereschen in den Vorgärten gerissen hat. Der Regen hat den Lavastaub von meinem Pickup gewaschen. Annika runzelt verdutzt die Stirn, als sie das Gefährt sieht. Dieser Landarbeiter-Wagen passt gar nicht zu meiner heutigen Aufmachung. Als wir gerade einsteigen wollen, kommt jemand über die Straße geschlendert. Es ist Aki, sein Jackett offen und die Hände lässig in die Hosentaschen geschoben.

»Habt ihr noch Platz für einen?«, ruft er uns auf Englisch entgegen.

»Wohnst du denn nicht hier in der Stipendiatenwohnung im Gunnarshús?«, antworte ich.

»Da arbeite ich nur.«

Er sieht mich sehr direkt an, ohne einen Lidschlag. Und es ist, als würde etwas Neues entstehen, ein Kraftfeld, das uns anzieht und zugleich auf Abstand hält.

»Wenn du mitfahren willst, musst du die Getränkekisten zur Seite räumen«, sage ich und steige ein.

Annika lotst mich aus dem Villenviertel in die Innenstadt und von dort aus Richtung Perlan. Wir plaudern über das Festival und den Empfang, aber im Rückspiegel kreuzt sich mein Blick immer wieder mit dem von Aki. Schweigend beobachtet er mich. Und ich kann nur ahnen, wie ich auf ihn wirke: vielleicht wie eine Figur aus einem Noir-Krimi, die Frau mit der mondänen Hochsteckfrisur in einem geschlitzten Kleid, die skurrilerweise eine alte Karre fährt, die nach Arbeit, Heu und Motoröl riecht.

Annika dirigiert mich zu einem schmucklosen Wohnblock. Als sie aussteigt, nimmt Aki ihren Platz auf dem Beifahrersitz ein. Annika winkt noch einmal, während ich schon mit Schwung wende. Aus dem Augenwinkel nehme ich wahr, wie Aki mich dabei mustert – von meinem Profil bis zu meinem Bein, das blass zwischen Grün hervorleuchtet, bis zum Stöckelschuh auf dem Gaspedal. »Wohin?«, frage ich.

»Geradeaus«, antwortet er. Dann schweigen wir beide.

Schon seine Seitenblicke fühlen sich wie Berührungen an, und meine Lippen erinnern sich daran, wie rau sein Mund auf meinem war. Ich nehme sein zu herbes Aftershave wahr, das mir schon bei meinem gestohlenen Kuss aufgefallen ist. Und darunter die Ahnung seiner Haut, die ich tief in mich einsauge.

Das Einzige, was er sagt, sind knappe Anweisungen zu den Richtungen. Und auf eine Art ist es, als würden wir tanzen – er führt, ich folge. Ich bin nicht einmal erstaunt, als er mich wieder zurück zum Gunnarshús lotst. »Ich steige da vorne hinter dem weißen Wagen aus«, höre ich Aki sagen.

Er verabschiedet sich nicht. Und er geht nicht zum Gunnarshús, sondern überquert vor mir die Straße und hält auf eine der hübschen schlichten Stadtvillen zu, die von Bäumen umgeben sind. Aki schaut nicht zurück, als er die Treppe zum Hochparterre hochgeht. Erst als er die Haustür aufgeschlossen hat, dreht er sich langsam zu mir um und öffnet dann ebenso langsam die Tür bis zum Anschlag. Vor der offenen Tür bleibt er stehen, wartend, ohne Eile, im Licht der Treppenbeleuchtung, die sein Haar und sein Jackett zum Glühen bringt. *Sinopia*, denke ich. Das Rot der Höhlenmalereien und archaischer Motive. Die Farbe, mit der die Maler des Mittelalters die Vorzeichnung für ihre Fresken an die Wände bannten. Und das Gegenteil von Grün.

Ich steige aus und streiche meinen Rock glatt. So stehen wir an zwei Enden des Weges, zwischen uns kein Vielleicht. Denn das hier ist kein Spiel wie mit Finnur. Ich habe Gänsehaut, und mein Atem geht tief in den Bauch, dort, wo das Glühen ist, das mich warnt und lockt. Die Kronen der Ebereschen rauschen im Wind. Würde ich heute seinem Weg folgen, ich müsste umkehren. Aber in dieser Nacht gehe ich gegen den Wind, der in meinen Augen brennt und das Kleid an meinen Körper presst, als wäre der Stoff grüne Nixenhaut.

...

Wir sprechen kein Wort, als ich an Aki vorbei in seine Wohnung gehe. Er hält mehrere Schritte Abstand, während ich durch die

Räume wandere, Türen öffne, mich umschaue, mir ein Bild mache, bis ich schließlich das Schlafzimmer finde. Es ist ebenso klar und kompromisslos wie der Rest seiner Wohnung. Es liegen keine Sachen herum, nicht einmal Bücher, und sogar das Bett ist gemacht. Wie die Sofas und die Teppiche im Wohnzimmer hat auch die Bettwäsche die gedeckten Farben von Fels: Graubraun und Anthrazit.

Hinter mir höre ich Aki tief atmen, spüre die Spannung zwischen uns als Gänsehaut an meinem Rücken. Aber ich habe die Wahl. Ich kann bleiben oder gehen. Eine Weile genieße ich das Verharren an der Schwelle. Dann mache ich das Licht wieder aus und trete im Halbdunkel zum Bett. In der Tür sehe ich Aki im Licht der Flurbeleuchtung nur als Schattenriss. Er folgt mir nicht, er wartet. Und ich löse ohne Eile meine Hochsteckfrisur und ziehe mich dann langsam aus. Ja, Finnur hat mich gefunden. Aber diesmal bin ich es, die wählt. »Worauf wartest du noch?«, frage ich.

»Offenbar auf deine Einladung in mein Bett«, antwortet Aki. »Aber ich sage es dir lieber gleich: Ich suche keine Frau für eine Beziehung.«

Fast hätte ich gelacht. Aber sogar seine Arroganz, zu denken, dass er für mich ein Fang ist, hinter dem ich herjage, ist nur Sauerstoff für die Flammen. »Ich suche auch keinen Ehemann«, erwidere ich. »Sondern einen Liebhaber für heute Nacht.«

Akis Kuss ist auch diesmal rau und direkt, aber heute ist darin eine aggressive Leidenschaft, die mir den Atem nimmt. Seine Hände fragen nicht wie die von Finnur, sie packen zu und machen es mir leicht, mich fallen zu lassen. Ich brauche die Augen nicht zu schließen, die Tür ist hinter Aki zugefallen, jetzt gibt es nur noch unsere Körper in der Dunkelheit, meine Hände auf seiner Brust, als ich ihn rücklings auf das Bett drücke. Es ist wie ein

Kampf darum, wer die Führung übernimmt. Bei Henrik habe ich meist nachgegeben, habe versucht, einen gemeinsamen Weg mit ihm zu finden, eine Frau zu sein, die er begehren kann.

Aber diesmal gehe ich meinen Weg, ich trinke das Rot mit meinem ganzen Körper. Erst als ich genug habe, lasse ich es zu, dass Aki mich an den Handgelenken packt und mich auf den Rücken dreht. Sein Mund an meinem Hals ist heiß wie sein Atemstoß. Er sagt etwas auf Finnisch, dann drückt er meine Schenkel mit seinem Körper auf, fasst mit der Hand unter meine Kniekehle, fixiert mich mit seinem Gewicht, seinen Händen, seinen Lippen. Und dann nimmt er mich mit an einen Ort, an dem ich noch nie war.

• • •

Aki macht kein Licht, aber meine Augen haben sich an das fahle Nachtleuchten gewöhnt, ich erkenne seinen Körper, den angewinkelten Arm unter seinem Kopf und die Linie seiner Schulter. Sein anderer Arm liegt schwer über meiner Taille, der Arm eines Fauns, behaart und kompakt wie seine Brust und seine Beine, bei jeder Bewegung spüre ich das Muskelspiel. Ich bin immer noch benommen, wie im Fieber, meine Beine zittern, und der Schweiß läuft mir zwischen den Brüsten in den Bauchnabel, als ich mich aufrichte. *So kann es also auch sein*, denke ich. Als ich mich aus dem Bett schiebe, dreht Aki sich auf den Rücken und stößt ein kehliges stimmhaftes Atmen aus, in dem alles schwingt, was ich auch fühle.

Im Badezimmerspiegel schaue ich in ein erhitztes, erstauntes Gesicht. Ich brauche eine Weile, bis ich darauf komme, was so fremd an mir ist. Es ist der Ausdruck in meinen Augen, der Zug um meinen Mund, der wolllüstig und weich ist, mit Lippen, die verschlingen möchten. Swea Schwarzenberg ist dabei, sich in eine Venusfliegenfalle zu verwandeln.

Als ich zurückkomme, ist das Schlafzimmer erleuchet, und mein Elfenmann erwartet mich im Bett liegend, die Hände hinter dem Kopf verschränkt, ein Bein angewinkelt, wie ein Aktmodell nackt auf den Farben von Basaltfelsen ausgestreckt, ein hellhäutiger, muskulöser Mann von einer kantigen Schönheit. Ich ziehe die Linien seines Körpers mit den Blicken nach, als würde ich ihn malen, und unter meinem Blick richtet sich sein Geschlecht wieder auf. Und alles in mir reagiert, als wären unsere Körper Saiten, die sich durch reine Schwingung gegenseitig zum Klingen bringen. *Nykur*, denke ich. Finnur hat mich wachgeküsst, aber Aki entführt mich in Tiefen, von denen ich nicht ahnte, dass sie existieren. Nur zu gerne würde ich mich wieder zu ihm ins Meer stürzen, aber auf dem Nachttisch springen die neongrünen Ziffern des Funkweckers um. Und auch wenn sich alles in mir dagegen sträubt, gehe ich nicht ins Bett zurück, sondern hebe mein Kleid vom Boden auf.

Aki macht keinen Hehl aus seiner Enttäuschung. »Ich bin also wirklich nur der Liebhaber für ein einziges Mal?«, fragt er. »Oder hast du etwas anderes erwartet?«

Allerdings, denke ich. »Ich würde bleiben, aber ich muss das Auto zurückbringen.«

»Jetzt? Um drei Uhr nachts?«

»Ja, jetzt.«

Er setzt sich auf und sieht mir missmutig dabei zu, wie ich mich anziehe. »Sehe ich dich wieder?«

»Kommt darauf an. Kommst du damit zurecht, dass ich keine Versprechen gebe und keine Verpflichtungen will?«

Er überrascht mich mit dem jähen, temperamentvollen Lachen, das die Leute dazu bringt, sich nach ihm umzudrehen. »Damit eines klar ist«, sagt er dann. »Das ist immer noch mein Text.«

• • •

Meine Knie sind immer noch weich, als ich die leere Ringstraße entlangrase – viel zu schnell, was ich erst bemerke, als die Bushaltestelle in Sicht kommt und ich scharf abbremsen muss. Ich schaffe es ohne Verspätung, noch ist es nicht vier Uhr. Für einen Moment mache ich mir Sorgen, dass Einar draußen auf der Treppe sitzen und wie ein besorgter Vater auf mich warten könnte – so, wie er es anfangs manchmal machte, wenn ich zu lange fort war. Aber seit ich oft bis spätnachts bei Jón bin, hat er sich wohl daran gewöhnt, auch dann einzuschlafen, wenn ich noch nicht im Haus bin.

Ich fahre den Pickup nicht auf den Hof, sondern parke ein Stück vor dem Tor. Dabei ist es unwahrscheinlich, dass Einar vom Motorengeräusch aufwacht. Nachts ist es inzwischen so kühl, dass er das Fenster des Skriptoriums schließt.

Ich fühle mich wie ein Dieb, als ich lautlos den Schlüssel im Schloss drehe und mit den Schuhen in meiner Hand ins Haus schleiche. Der letzte Mensch, dem ich jetzt erklären will, warum ich erst im Morgengrauen nach Hause komme und nach Aftershave und fremdem Mann rieche, ist Einar.

Vorsichtig platziere ich die Schuhe neben den anderen und hänge meine Windjacke gut sichtbar über die anderen Mäntel. Doch kaum bin ich fertig, klappt oben im Bad die Tür, dann kommt Einar im Dunkel die Treppe herunter. Reflexartig drücke ich mich im Sichtschutz der Mäntel an die Wand neben der Garderobe. Mein Herz rast so sehr, dass ich denke, Einar müsste es hören, aber er geht an mir vorbei, macht Licht im Flur und atmet hörbar auf, als er wohl sieht, dass meine Schuhe an ihrem Platz stehen. Dann verschwindet er in der Küche und beginnt Kaffee zu machen. Ich halte den Atem an und warte, bis ich das Schleifen der Schranktüren höre. Doch als ich zur Treppe huschen will, geht die Haustür auf, und ich wäre fast gegen Jón geprallt. Wir schrecken beide zurück. Hastig lege ich den Zeigefinger über die Lippen. Doch in der Sekunde, in der Einar in der Küche sagt: »Du bist heute spät dran«, erfasst Jón schon mit einem einzigen Blick, was los ist. Kunststück. Das Rot strömt mir aus allen Poren, und mein glühendes Gesicht spricht sicher Bände.

»Ja, ich hätte fast verschlafen«, antwortet Jón laut, während er ohne Eile mein Kleid mustert und mein aufgelöstes Haar, das ich nur mit den Fingern zurechtgekämmt hatte.

Einars Schritte nähern sich der Tür, und ich springe in den Schutz der Mäntel zurück. »Plís«, forme ich mit den Lippen. *Bitte.*

Jón runzelt die Stirn, aber er geht zur Küchentür, lehnt sich an den Türstock und versperrt Einar damit ganz beiläufig den Weg. »Sag mal, hängt die Schublade da hinten etwa schon wieder schief?«, fragt er und gibt mir hinter seinem Rücken einen Wink. Als ich die Treppe schon halb hochgehuscht bin, fällt mir ein, dass ich den Autoschlüssel nicht in die Küche legen konnte. Leise hole ich ihn zusammen mit Yrsas Buch aus meiner Tasche. Auf mein »Psst!« schaut Jón über die Schulter. Ich lege das Buch aufgeschlagen auf die Treppe und platziere den Schlüssel auf der Widmung. Als ich schon fast im ersten Stock bin, schaue ich mich um. Während Einar in der Küche an Schubladen herumrüttelt, hat Jón sich das Buch geholt und stutzt beim Blick auf die Widmung.

Für Jón, Sweas Freund und Partner in Crime, hat Yrsa hineingeschrieben. Jón hebt den Kopf und schaut mich durch die Streben des Treppengeländers überrascht an. Ich werfe ihm eine ironische Kusshand als Dankeschön zu. Jetzt kann er sich ein Lächeln nicht mehr verkneifen, dann schüttelt er den Kopf, als wäre ich ein hoffnungsloser Fall, und geht in die Küche.

Nykur

Aki ist: temperamentvoll, schillernd, jähzornig. Außerdem großzügig bis zur Unvernunft, schnell gekränkt und ebenso schnell wieder versöhnt. Er trinkt keinen Tropfen Alkohol, und wie sein Ermittler, der wohl sein literarisches Alter Ego ist, gefällt er sich darin, einen Trenchcoat zu tragen. Nie sehe ich Aki an seinem Buch schreiben, aber mehr als einmal fällt mir auf, dass er ein fotografisches Gedächtnis hat und sich jedes Detail auch ohne Notizen merken kann. Im Gegensatz zu mir hat er nachgeforscht und schnell herausgefunden, dass ich unter dem Künstlernamen Fjallkonan Aquarelle male und außerdem im Museumscafé bediene. Seitdem wartet er am Ende meiner Schichten vor dem Hafnarhús auf mich.

Normalerweise sprechen wir weder über seine noch über meine Arbeit. Dennoch glänzt er gerne mit seinem Recherchewissen und langen Zitaten, von denen ich annehme, dass sie aus seinen eigenen Büchern stammen. Aki ist faszinierend in seiner Energie und Körperlichkeit. Wenn er einen Raum betritt, beherrscht er mit seinem Charisma die Szene. Sein explosives Lachen lenkt die Blicke auf uns, aber er schert sich nicht darum, wie er auf andere wirkt, sondern stürzt sich mit Haut und Haaren auf alles, was sein Interesse weckt. Und ich folge ihm – an manchen Abenden auch durch Gassen und Hinterhöfe in ein unscheinbares

Gebäude in der Nähe von Lífs Wohnung, wo sich die isländische Tanzszene zu Tango Argentino und Milonga trifft und Brennivín schon mal aus Kristallgläsern getrunken wird.

So lange hatte ich nach den Schritten des Elfenmannes gesucht. Dabei hätte ich darauf kommen können, dass es neben dem europäischen und dem argentinischen noch einen nordischen Tango gibt, den sinnlichsten und schwermütigsten von allen. Aki tanzt diesen Finntango auf jede Art von Musik. Ohne diese Schritte je gelernt zu haben, genieße ich den Gleichklang, den unsere Körper haben können, wenn Aki führt und ich einfach nur folge.

Mit Finnur habe ich mein Studentendasein ausgekostet, das ich so nie hatte, mit Aki kehre ich nun zurück in mein wirkliches Alter.

In den Restaurants, in denen Aki gerne Geld ausgibt, lausche ich seinen Anekdoten über seine Recherchen. Zurzeit redet er am liebsten über Giftmorde. In der lavaroten Konzerthalle im Harpa, in der wir uns an einem Abend ein Pianokonzert anhören, interessiert er sich vor allem für die Seiteneingänge und die Akustik. Es ist klar, dass Aki jeden dieser Orte studiert, um sie als Schauplatz für seinen Roman zu nutzen. Aber wenn es um uns selbst geht, genügen uns Blicke, der Raum der Erwartung. Die Fremdheit zwischen uns schlägt Funken und legt Brände. Ich weiß nicht, wie und wo Aki in Finnland lebt, was er fürchtet und was er liebt. Ich habe keine Ahnung, wer er ist, wenn er mir in seiner basaltfarbenen Wohnung nicht gerade die Kleidung vom Körper streift und die Grenzen zwischen uns verschwimmen wie Farben, die sich zu etwas Grellem und Intensivem verbinden. Wir wissen privat fast nichts voneinander und auf anderer Ebene fast alles. Selbst unsere Kämpfe sind eine Art Choreografie. Auf dem Weg zu seinem Bett streiten wir oft über Nichtigkeiten und kosten diese aggressive Energie aus. Sie ist Nahrung für unser Feuer. Es ist eine ganz andere Art von Intimität, die ich nun kennenlerne. Die der reinen Körperlichkeit. Wir stürzen uns in das Sinnliche, wir riechen und schmecken jede Spanne unserer Haut. In Akis Bett essen wir asiatisches Fastfood mit den Fingern, und in seinem Wohnzimmer tanzen wir barfuß, bis Aki die Anlage so laut aufdreht, dass die Nachbarn von oben unsere Stimmen nicht hören und der Rhythmus der Musik uns durchpulst, während wir uns auf der Couch lieben, auf dem Teppich – oder einfach dort, wo wir gestrandet sind. Ich hole mir blaue Flecken an Tischkanten und Schürfstellen an Knien und Hüfte.

»Pass nur auf, dass du da wieder heil rauskommst«, bemerkt Líf dazu. Ich lache darüber, und direkt nach dem Treffen mit meinem Finanz-Stammtisch fahre ich mit dem Pickup zu Aki.

Es ist gut, dass wir im Sumarhús drei Leute sind, die sich um Houdini kümmern, denn in der nächsten Zeit sieht mein erstes Leben nicht viel von mir.

Ich rede mir ein, dass ich einen vernünftigen Grund dafür habe, bei Aki neuerdings auch zu übernachten: Líf hat für sieben Tage Feriengäste in ihrer Wohnung. Ich erzähle Einar, dass ich in dieser Woche mehr arbeiten muss. Gelogen ist es nicht, ich übernehme Vertretungsschichten. Denn die Treffen mit Aki belasten mein Budget mehr, als gut für mich ist.

»Schau dich nur an«, schimpft Líf, als ich in der Mittagspause im Apoték immer wieder nach meinem Smartphone greife in der Hoffnung, dass eine Nachricht von Aki da ist. »Du bist ja schon völlig auf ihn fixiert. Du weißt, ich bin für Extreme zu haben, aber das, was du da treibst, ist langsam kein Hormonrausch mehr, das grenzt schon an Besessenheit.«

»Unsinn«, widerspreche ich. »Es ist nur eine Bettgeschichte mit ganz klaren Regeln.«

»Hauptsache, du kannst dich an Regeln festhalten, was?«, spottet Líf. »Weiß Aki auch davon?«

»Natürlich. Wir haben besprochen, dass jeder von uns jederzeit gehen kann.«

Aber Líf verzieht nur den Mund. »Ich habe eher den Eindruck, er will dich mit Haut und Haar für sich haben. Du warst mit uns auf keiner einzigen Festival-Lesung und hast sogar dein Flohmarkttreffen mit Lori abgesagt.«

»Weil ich an dem Tag länger arbeiten musste.«

»Ja, aber du hast nur noch Zeit für die Arbeit und deinen Finnlover. Nie bringst du ihn wie deinen Collegeboy ins Café mit. Es ist, als wolltest du ihn vor uns verstecken. Und von deinem Fest ist auch keine Rede mehr, dabei haben wir schon fast Oktober. Wir wollten feiern, erinnerst du dich?«

»Wir werden feiern. Ich wollte nur warten, bis Ólafur und Valka wieder von ihrer Gletschertour zurück sind. An dem Termin sollen ja alle Zeit haben.«

»Hoffentlich auch du selbst«, bemerkt Líf spitz.

Ich sollte Líf erklären, dass es mit Aki etwas ganz anderes als mit Finnur ist. Ich wusste nicht, dass ich eine Frau sein kann, die diese Art von Affäre genießt, und im Augenblick bin ich tatsächlich davon besessen. In den vergangenen zwei Wochen habe ich kein einziges Mal an das Fest gedacht, kein Rezept ausprobiert, nicht mit Einar getanzt oder mit Jón den Abend verbracht. Und wenn ich zeichne, sind es experimentelle Studien im Rot meines Liebhabers, die den sexuell aufgeladenen Frauenbildnissen der Künstlerin Kristín Gunnlaugsdóttir ähneln. Als wäre ich auf eine neue Art dünnhäutig, spüre ich jeden stirnrunzelnden Blick von Einar und auch die kraftvollere, vibrierende Energie von Jón, der mich in der Küche über den Rand seiner Kaffeetasse hinweg prüfend mustert. Ja, meine verschiedenen Leben beginnen einander zu überlagern und zu stören wie Interferenzen, ich werde keinem mehr richtig gerecht.

Als ich an diesem Abend zu Aki gehe, versuche ich mich selbst mit Lífs Augen zu betrachten. Mir fällt auf, dass ich sofort reagiere, wenn Aki etwas will. Dass ich nervös werde, wenn er mit seinem fotografischen Blick die Stellen meines Körpers scannt, die ich als nicht perfekt empfinde. Es fühlt sich vertraut an – als würde ich nicht genügen. Das Gefühl kommt nur aus mir selbst, aber ich ertappe mich auch dabei, wie ich versuche, seine schlechte Laune zu vertreiben, weil er gerade eine Kreativkrise hat. Ja, immer öfter sickert Akis Leben in unsere Nächte. Im Bett liegend spricht er dann über sich und seine Arbeit, während ich über mich schweige und versuche, die Fremdheit zu schützen, die unser Feuer ist.

• • •

Am Donnerstag lädt Aki mich ins legendäre Rok ein, ein Design-Restaurant mit schwarzer Fassade und einem Dach aus echtem Gras. Den Inhaber begrüßt er so vertraut und überschwänglich, als hätte er ihn schon ausführlich für seine Recherchen interviewt. Wir bekommen einen Platz direkt am Fenster mit Blick auf den Kirchplatz und die weiße Hallgrimmskirche. Auf Akis Rat hin bestelle ich Egg islandaise – Ei mit Zitronenlachs und Orange.

»Alles in Ordnung?«, fragt Aki. »Du bist blass heute.«

»Auf der Arbeit war viel los«, erwidere ich.

Normalerweise würde Aki jetzt ein Zitat aus seinen Büchern bringen oder damit anfangen, mit seinem Insiderwissen über das Restaurant zu brillieren. Aber heute fragt er: »Wie lange willst du diese Handlangerjobs eigentlich noch machen?«

Mir friert die Hand mit der Gabel mitten in der Luft ein. Aber

Aki lehnt sich zurück und holt weiter aus. »Du solltest dich unbedingt für ein Kunststipendium bewerben. Ich habe recherchiert, es gibt einige sehr gut dotierte, für die man sich auch als Künstler über vierzig noch bewerben …«

»Hör auf, Aki.« Es klingt viel schärfer, als ich beabsichtigt hatte. Und ich weiß nicht, warum ich plötzlich so zornig bin. Aki mustert mich, abwägend, ob ich es ernst meine oder ob es der Auftakt zu unseren Streitgesprächen ist. »Ich meine es ernst«, setze ich mit Nachdruck hinzu. Er lächelt zwar, aber ich merke, dass er nun ebenfalls wütend wird. Schweigend beginnen wir zu essen. Aber ich werde das Gefühl nicht los, dass wir eben eine Grenze überschritten haben.

Draußen scharen sich die Touristen um das Wikingerdenkmal vor der Kirche. Aus dem Augenwinkel glaube ich einen blauen Shuttlebus vorbeifahren zu sehen, aber als ich mich umschaue, sehe ich nur eine Gruppe von Leuten, die den Kirchplatz überqueren.

»Isländischer *Flóki Young Malt* für euch – geht aufs Haus.« Eine Bedienung steht mit zwei Whiskeygläsern an unserem Tisch. Von der Theke nickt der Chef uns mit einem auffordernden Lächeln zu.

Aki bedankt sich, doch sobald die Bedienung uns den Rücken kehrt, schiebt er mir sein Glas zu. »Skál«, raunt er mir zu.

»Trinkst du wirklich nie etwas?«, frage ich.

»Du denkst bestimmt, ich bin trockener Alkoholiker, oder?« Er schüttelt den Kopf. »So weit war es bei mir nie. Ich habe einfach von einem Tag auf den anderen aufgehört, gar kein Problem. Ist sechs Monate her.«

»Hm«, sage ich nur. Aber der Damm ist schon gebrochen.

»Aber um ehrlich zu sein, war es manchmal leichter, als ich

noch getrunken habe«, fährt Aki fort. »Im Moment stecke ich richtig fest. Hast du manchmal auch eine Kreativblockade?«

»Manchmal«, murmle ich.

Aki seufzt und reibt sich die Nasenwurzel. »Ella hat das nie wirklich verstanden. Sie hat es immer persönlich genommen, wenn ich den Kopf mal nicht für sie frei hatte. Vielleicht hat sie mich ja deshalb sitzen lassen. Tja, das ist wohl das Los der Kreativen.«

Zu viel private Information, denke ich. Es gab also eine Ehefrau, was naheliegt. Doch Aki trägt keinen Ehering mehr, und in seinen Autorenporträts präsentiert er sich als Abenteurer ohne jeden Hinweis auf eine Ella.

»Ich hab dich noch nie gefragt«, fährt Aki mit vollem Mund kauend fort. »Warst du nie verheiratet?«

»Nimm es mir nicht übel, Aki. Aber ich möchte hier nicht mein Privatleben ausbreiten.«

»Natürlich«, sagt er sofort. »Ich wollte auch nicht neugierig sein.« Aber er scannt mich mit seinem intensiven Blick, als hätte er eine Fährte aufgenommen wie die Ermittler, über die er schreibt.

Zum ersten Mal überlege ich, ob ich mich nach dem Essen mit einer Ausrede verabschieden soll, aber meine Sachen liegen in seiner Wohnung. »Merkst du was?«, höre ich Líf im Geiste sagen.

Eine Gruppe von Touristen drängt ins Restaurant, Stimmen, die dieses unbehagliche Vakuum zwischen mir und Aki füllen. Und plötzlich lässt mich eine Stimme aufhorchen. Ich schaue über die Schulter und entdecke Jón am Tresen. Er muss eben mit den Touristen ins Restaurant gekommen sein, vielleicht hat er sie sogar hergebracht. Er trägt jedenfalls noch seine Busfahrerkluft und unter dem Arm einen Karton, den er dem Restaurantchef nun über die Theke schiebt. Die beiden kennen sich offenbar gut. Sie lachen über irgendeinen Spruch, und Jón klopft zum Abschied auf das Holz des Tresens. Bisher hatte ich ihn nur von schräg hinten gesehen, aber als er nach draußen geht, ohne mich zu bemerken, kann ich nicht aufhören, ihn anzustarren. Jón hat Geld beim Friseur ausgegeben. Und zwar bei einem guten Friseur. Immer noch sieht er wild aus, aber auf eine deutlich bessere Art. Sein Haar hat plötzlich einen Schnitt und der Bart ist getrimmt, sauber auf Kante ausrasiert und bedeckt nicht mehr die ganzen Wangen. Jón hat Kontur bekommen.

»Entschuldige mich kurz, Aki«, sage ich schon im Aufstehen.

Jón macht wie immer riesige Schritte. Er ist schon auf der anderen Straßenseite, als ich ihn endlich einhole. Seine Miene hellt sich auf, als er mich sieht. »Hæ, Fremde«, begrüßt er mich. »Lange nicht gesehen.«

»Jetzt klingst du schon wie Einar. Ich habe einfach viel zu tun.«

»Als Bartänzerin?« Er mustert mein grünes Kleid, das ich heute mit Lífs auffälligem Silberschmuck und einem Netzschal aus feinen Türkis- und Silberfäden aufgepeppt habe.

»Ten cents a dance«, kontere ich. Sogar Jóns Lächeln wirkt fremd, aber vielleicht liegt es nur daran, dass sein Mund bisher vor lauter Barthaar kaum erkennbar war. Ja, mit dem neuen Schnitt erinnert er nicht mehr an einen Wikinger, eher an eine Gestalt, die dem Muster seines Lieblingspullovers den Namen gibt: Riddari – Ritter. »Steht dir wirklich gut«, sage ich.

»Ja?«, murmelt er und reibt sich über das Kinn.

»Eine Freundin von mir sagte mal, wenn Frauen sich die Haare abschneiden, hat sich im Leben etwas verändert«, bemerke ich.

»So, sagt sie das.«

»Hast du dich für jemand Bestimmten so herausgeputzt?«

»Du meinst, so wie du?«

»Genau, aber ich habe dich gefragt. Hast du eine Verabredung?«

Jón schnalzt tadelnd mit der Zunge. »Wie immer: neugieriger als eine Katze. Nein, ich habe keine Verabredung. Aber wer weiß, was der Abend so bringt.«

Ich lasse es mir nicht nehmen, die ersten Takte von *Back in the saddle again* zu pfeifen. Jón sieht aus, als wüsste er nicht, ob er amüsiert oder genervt sein soll. »Du kommst dir wahnsinnig witzig vor, nicht wahr?«

»Ja, das tue ich, Jón.«

Zum ersten Mal sehe ich Jón tatsächlich lachen.

»Bless, Swea«, sagt er. Und als er mir zum Abschied einen nicht existenten Fussel von der Schulter streift und mir dabei demonstrativ und für Aki gut sichtbar zuzwinkert, wird mir klar, dass er meinen Finnen hinter der Scheibe die ganze Zeit über im Blick hatte.

»Wer war das?«, will Aki wissen, sobald ich wieder am Tisch sitze.

»Nur mein Nachbar.«

Aki belässt es dabei, aber ich spüre, dass er verstimmt ist.

Als wir nach dem Essen zu seinem Auto gehen, bestätigt sich wieder einmal, wie klein Reykjavík ist. An der Straßenecke stoßen Aki und ich um ein Haar mit jemandem zusammen, der im Gehen auf seinem Smartphone herumtippt.

»Ólafur!«, rufe ich. »Ihr seid wieder da?«

»Fjallkonan!«, dröhnt Ólafur. Eine Sekunde später versinke ich in seinen Bärenarmen und bekomme kaum Luft.

»Noch ein Nachbar?«, fragt Aki lakonisch.

Nein, Aki, denke ich. *Das ist nur der Mann, der mich nackt fotografiert.*

• • •

Es hat eine Ewigkeit gedauert, bis Ólafur uns gehen ließ. Und obwohl ich hoffte, er würde das Fotoshooting nicht erwähnen, kam er natürlich auch auf dieses Thema. »Du wirst begeistert sein, wenn du das Porträt siehst«, sagte er zum Abschied. »Ich schicke dir noch diese Woche endlich den Link, versprochen.«

Ich war froh, dass Aki auf dem Weg zu seiner Wohnung nicht nach Details fragte. Und als ich die Schwelle zu seiner Wohnung übertrete, bin ich erleichtert, dass wir wieder schweigen und uns einfach küssen. Doch heute ist Akis Kuss so aggressiv, dass ich zurückzucke. »Ist etwas?«

Aki schüttelt nur den Kopf und sucht meinen Mund, aber beim nächsten Kuss winde ich mich aus seiner Umklammerung und bringe einen Abstand zwischen uns. »Du bist wütend, was ist denn los?«

»Das fragst du mich im Ernst?«, fährt er mich an. »An jeder Ecke begegnen wir einem anderen Kerl von dir, und du findest das ganz normal?«

Ich bin viel zu perplex, um zu antworten.

»Wie lange hast du schon was mit ihm?«, setzt Aki mit harter Stimme nach.

»Mit Ólafur? Ist das dein Ernst?«

»Du weißt genau, wen ich meine: den Schönling, dem du nicht schnell genug nachlaufen konntest.«

»Aki, jetzt bleibe aber auf dem Boden ...«

»Du hast mich im Rok wie einen verdammten Idioten sitzen lassen!«

»Tut mir leid, ich wusste nicht, dass du es so auffasst. Ich wollte nur Hallo sagen ...«

»Glaubst du, ich bin blind?«, herrscht Aki mich an. »Warst

du heute etwa gar nicht bei der Arbeit, sondern bei ihm? Bist du deshalb so fertig?« Unter anderen Umständen hätte ich jetzt gelacht. Aber Aki ist bleich vor Wut und sein Blick so brennend, dass mir klar wird, dass er tatsächlich glaubt, was er sagt. »Wenn du gleichzeitig einen anderen hast, dann will ich das wissen«, setzt er hinzu. »Denn damit eins klar ist: Solange du mit mir zusammen bist, will ich nicht, dass irgendein anderer dich anfasst und ...«

»He!«, fahre ich dazwischen. »Punkt 1: Jón ist nur mein Nachbar. Punkt 2: Ich bin nicht *mit dir zusammen*. Das war von Anfang an klar. Wir haben darüber gesprochen, erinnerst du dich?«

Ein paar Sekunden funkeln wir uns an. Dann senkt Aki den Blick und fährt sich mit den Fingern durch das Haar. »Ja, es war klar«, sagt er mühsam beherrscht. »Aber ich muss es trotzdem wissen: Schläfst du gerade auch mit ihm?«

»Hast du mir eben nicht zugehört?«

Aki starrt mich zornig an, und mir wird bewusst, dass das hier keiner der Kämpfe wird, die das Rot nur noch mehr leuchten lassen.

Aki glüht in Eifersucht und einem Anspruch auf mich, den er nicht hat und trotzdem fühlt. Und noch etwas begreife ich in diesem Moment: Er ist wirklich mein Nykur. Er lockt mich in die dunkelsten Wasser, und ich folge ihm nur zu willig bis auf den Grund. Weil ich süchtig nach dieser Tiefe bin – und auch nach der Frau, zu der ich in seinem Bett werde. Aber es ist das genaue Gegenteil von Freiheit. Und ich bin niemandes Eigentum.

Vor drei Minuten begehrte ich Aki noch mit jeder Faser meines Körpers. Jetzt sage ich: »Es ist vorbei, Aki. Beenden wir das Ganze.«

Er schaut mich an, als würde er überlegen, welche Art von Scherz das sein soll. Dann beißt er die Zähne zusammen. Röte steigt ihm ins Gesicht, die Adern an seiner Stirn schwellen an. »Nur weil ich ein paar deutliche Worte gesagt habe?«

»Nein, nicht deswegen. Es tut mir leid, wenn ich dich damit verletzen sollte, aber ich will nicht mehr. Und das hat viel weniger mit dir zu tun als mit mir selbst.«

»Du meinst wohl, es hat mit dem Kerl zu tun, in dessen Bett du liegst, wenn du nicht bei mir bist«, schleudert er mir entgegen.

Früher hätte ich jetzt ebenso wütend reagiert, aber die Swea, die ich inzwischen bin, dreht sich um, hebt ihre Windjacke vom Boden auf und holt dann ihre Sachen aus dem Schlafzimmer. Als ich zurückkomme, steht Aki vor der Tür zum Flur, die nach draußen führt. »Du verlässt mich also?«

»Aki, jetzt beruhige dich. Wir sind kein Liebespaar und wir waren es nie. Du hast selbst immer wieder klargestellt, dass du nichts Festes willst, und wir waren uns einig, dass die Sache von beiden Seiten jederzeit beendet ...«

»Darum geht es doch gar nicht«, fährt er mir dazwischen. »Aber du glaubst doch nicht, du kannst hier einfach so bestimmen, dass es zu Ende ist – und zum Nächsten gehen?«

Doch, das kann ich, denke ich. Und in diesem Augenblick begreife ich, was mich vorhin im Café an seiner Stipendiums-Offensive so gestört hat. Es erinnerte mich an so viele Gespräche mit Henrik und auch mit meinem Vater. Und ich habe endgültig genug davon, dass von sich selbst überzeugte Männer mein Leben und meine Entscheidungen bewerten und mir sagen, was ich tun und lassen soll.

Aki verstellt mir immer noch den Weg zur Tür, ein wutentbrannter Zerberus, bereit zum Kampf. Und wie in einem Film läuft vor mir ab, worauf es zusteuert. Auf eine Diskussion, auf Vorwürfe und den großen Streit, bis er endlich die Tür freigibt, diese ganze hitzige Energie, die mir so vertraut ist, dass ich schon beim Gedanken daran einfach nur müde werde. Denn endlich wird mir auch klar, was mein Teil der Geschichte ist: Ich bin wirklich in vertrauten Gewässern. Es ist wie mit Henrik: sein Charisma, seine Krisen und künstlerischen Blockaden, die Diskussionen, die wir führten, die melodramatischen Schlachten, dir wir schlugen, um uns als Paar überhaupt noch zu fühlen. Es war wohl kein Zufall, dass ich genau bei Aki landete. Er und Henrik haben das gleiche Schillern. Der Unterschied ist, dass in der Ehe mit Henrik immer nur ich auf der Seite der Eifersüchtigen stand. Und als ich nun in Aki meinem Spiegelbild gegenüberstehe, wird mir klar, dass ich auf diese Art von Dramen einfach keine Lust mehr habe.

Aki ist viel zu überrascht, um zu reagieren, als ich auf dem Absatz umdrehe und zur Balkontür gehe. Mit einem schnellen Griff habe ich sie aufgehebelt, bin auf den Hochparterre-Balkon geschlüpft und werfe meine Tasche in den Garten. Dann klettere ich barfuß über die Balustrade und springe. Der Aufprall ist hart, das spröde Gras sticht unter meinen Füßen, aber es tut gut, wieder Land unter meinen Sohlen zu spüren. Ein Passant bleibt stehen und beobachtet verwundert, wie ich den Rock raffe und auf direktem Weg auch noch über den Gartenzaun steige. Ich hatte erwartet, dass Aki mir folgen würde, aber als ich den Pickup anlasse, steht er reglos auf dem Balkon und schaut mir verblüfft nach.

Obwohl es kalt ist, kurble ich auf dem Rückweg das Fenster ganz nach unten und lasse den Wind in den Wagen. In den Rillen des Gaspedals klemmen Steinchen und drücken sich in meine bloße Sohle. Aber der Verlust von einem Paar Second-Hand-Tanzschuhen ist der kleinste Preis für meine Freiheit.

Es wird schon dämmrig, als das Sumarhús in Sicht kommt. Alle Fenster sind dunkel. Jón ist natürlich nicht da, aber auch Houdini ist fort, nur das Gatter steht weit offen und der Karabiner ist so am Gatter eingehängt, wie Einar ihn immer zurücklässt, wenn er mit dem Pferd eine Abendrunde geht. Während ich noch aufschließe, höre ich Hufgetrappel, dann kommen die beiden zurück, und Einar entdeckt den Pickup und stutzt. Und als er mich an der Tür sieht, erstrahlt sein Gesicht in einem Lächeln, das mein Herz jäh zusammenzieht. Ich wusste schon lange, dass ich Einar einen Teil davon geschenkt habe, aber noch nie habe ich es so deutlich gespürt wie jetzt. Gewissenhaft bringt Einar erst Houdini auf die Koppel und fixiert sorgfältig den Riegel. Dann kommt er ohne Eile zu mir.

»Swea«, sagt er in seiner ruhigen Art. »Ich dachte, du kommst erst morgen zurück?«

»Dachte ich auch«, erwidere ich und überrumple ihn mit einer Umarmung. »Aber ich bin wieder da.«

• • •

In den isländischen Volksmärchen ist oft die Rede davon, dass Elfen ambivalente Wesen sind, die den Menschen auch gefährlich werden können. Manchmal laden sie Wanderer zu rauschenden, betörenden Festen ein. Doch wenn die Sterblichen nach dieser durchtanzten Nacht ans Tageslicht zurückkommen, sind in der Menschenwelt fünfzig Jahre oder mehr vergangen. Auch mir kommt es vor, als wäre ich viel länger als zwei Wochen fort gewesen. Staub bleibt auf meiner Hand zurück, als ich über die Leinwand von Lífs Bild streiche. Ich habe die sinnlichen roten Skizzen weggepackt und meine Ölfarben wieder hervorgeholt. Als Fond für die Haut trage ich nun eine Lasur aus zartem, mattem Grün auf. *Verdaccio*, rufe ich mir die Lektion ins Gedächtnis, *grüne Erde aus Verona*. Das Geheimnis des Inkarnats, der lebendigen, europäisch hellen Hautfarbe auf den Gemälden der italienischen Meister. Mit Kalkweiß und Zinnober übermalt brachte der grüne Fond die Haut zum Leuchten. Und ist nun eine gute Art, um die Gegensätze von Rot und Grün zur Ruhe zu bringen und zu etwas Lebendigerem, Ungefährlicherem zu vereinen.

Party time

Ich dachte, ich wäre die Großmeisterin der To-do-Listen, aber Einar ist bei der Planung des Sumarhús-Festes noch penibler als ich. Es rührt mich, wie ernst er den Abend nimmt, der mir viel mehr bedeutet als ihm. Mit dem Pickup haben wir Getränkekisten und Vorräte herbeigeschafft. Ich wasche Tischdecken und altmodische bestickte Stoffservietten, während Einar Kohlrüben für eine traditionelle Suppe schneidet. Es werden mehr Gäste als ursprünglich geplant. Líf bringt Sam mit und Jördis ihre beiden Söhne, die zehn und zwölf Jahre alt sind. Außerdem habe ich noch Alma eingeladen. Ja, mein Finanzclub hat sich erweitert, sogar Brynja ist dazugestoßen. Wenn sie ihre Performance beendet hat und ich meine Schicht, sitzen wir in der Bibliothek des Museums, und ich forsche mit Stift und Taschenrechner nach Möglichkeiten, wie sie ihr Leben finanzieren und dennoch auf ihre Weltreise sparen kann, die sie nach dem Studium machen will.

Der Einzige, der neuerdings aus meinem Umfeld verschwunden ist, ist Jón.

Seit drei Tagen ist er nicht nach Hause gekommen, die Einladung zum Fest habe ich ihm schließlich per Mail geschickt, aber er hat nur vage geantwortet. Ich hätte mir gerne eingeredet, dass er zu seinem Sohn gefahren ist oder Doppelschichten fahren muss, aber ich weiß es natürlich besser. Líf hat ihn gestern noch in der Stadt gesehen – in Begleitung einer Frau.

»Zweitschlüssel: Einar«, antwortete er mir per SMS sehr knapp auf meine Frage. »Tisch okay, nimm, was du brauchst, Grill steht links hinter den Kisten.«

Houdini sieht zu, wie Einar und ich Stühle und den Gartentisch aus Jóns Haus tragen. Es ist seltsam, in Jóns Abwesenheit das gelbe Haus zu betreten. Er fehlt, und ich gestehe mir nur widerwillig ein, dass ich beim Malen etwas zu oft darüber nachdenke, in wessen Bett er wohl gerade schläft. Und sobald auf dem Smartphone eine neue Nachricht eintrifft, ertappe ich mich dabei, wie ich darauf hoffe, dass sich Jón meldet. Aber auch heute ist es Aki.

»Ich habe deine Schuhe eben im Museumscafé abgegeben«, schreibt er.

»Vielen Dank«, schreibe ich knapp zurück.

»Kein Problem, ich musste ohnehin ins Hafnarhús«, antwortet Aki. »Schauplatzstudie. Und bei dir? Immer noch keine Lust auf einen kleinen Versöhnungsritt heute Nacht? Du kriegst die Zügel.«

Sexting Beat, denke ich. Ja, Aki gibt nicht so schnell auf. Vor ein paar Tagen hatte er sich für die Szene wegen Jón entschuldigt und seinen Ausbruch mit seiner Kreativkrise begründet. Seitdem versucht er mich wieder zu sich ins Meer zu locken. Und ich würde lügen, wenn ich behauptete, unsere Nächte nicht zu vermissen.

»Swea?«

»Ich bin im Wohnzimmer, Einar.« Ich stecke das Smartphone weg, greife wieder nach dem Geschirrhandtuch und poliere weiter die Gläser. Einar hat sie in einer Kiste in der Garage ausgegraben – ebenso wie uraltes Goldrandgeschirr und eine bunte Lampiongirlande. Im Wohnzimmer sieht es inzwischen aus wie auf einem Jahrmarkt.

Einar kommt herein, die Autoschlüssel in der Hand. »Ich fahre jetzt los. Brauchst du noch etwas aus der Stadt?«

»Nein, wir haben alles. Und Brot bringt Líf morgen mit.«

»Gut, gut«, murmelt Einar. Für den Beratungstermin beim Notar wegen des Landverkaufs hat er sein bestes Hemd gebügelt und trägt eine Weste. Zusammen mit dem altmodischen Tweedmantel erinnert er mehr denn je an einen zerstreuten Professor. Er verschwindet im Skriptorium und raschelt mit Papieren, dann schließt er sorgfältig die Schiebetür hinter sich. »Vielleicht wäre mehr Platz für die Gäste, wenn wir morgen den sperrigen Sekretär einfach vor die Schiebetür stellen«, schlägt er beiläufig vor.

Ich bemühe mich, so zu tun, als ginge es hier wirklich um Platzfragen und nicht darum, eine Barriere vor sein privates Reich zu setzen. »Ausgezeichnete Idee«, erwidere ich. »Dann können wir noch einen Stuhl neben den Bücherschrank stellen.« Die Erleichterung in seiner Miene verrät ihn. Er drückt die Mappe mit den Dokumenten an sich und nickt mir zum Abschied zu.

Sobald der Motorenlärm verklungen ist, wird mir bewusst, dass ich zum ersten Mal wirklich allein in Maries Haus bin. *Wenigstens ist es Tag*, denke ich bei mir. Ich stelle Musik an und poliere die Gläser zu Ende. Dann mache ich mich daran, die Lampions zu entstauben. Als mein Smartphone surrt, rechne ich schon wieder voller Unbehagen mit Aki. Und erschrecke bis tief in meine Brust, als ich sehe, dass es Bekka ist.

»Hallo Tante Hätti«, schreibt sie. »Klick mal auf den Link, ab Sekunde 43. Das bist aber nicht du – kann ja gar nicht sein? Oder???«

Der Link führt zum Youtube-Film einer jungen Influencerin. Sie kommt mir bekannt vor und muss wirklich ein Profi sein, so perfekt ausgeleuchtet inszeniert sie sich mit gestylten roten Korkenzieherlocken. »Hey guuuuys«, flötet sie in die Kamera. »Hier ist wieder eure Lara Dee – diesmal aus Island ...«

Und siedend heiß wird mir klar, woher ich die Frau kenne. *Mittsommerfest.* Sie war das Mädchen, das mit Aki getanzt hatte und dabei von ihren Freunden gefilmt wurde. Prompt blendet das Bild zu dem Fest unter dem rosa Himmel über. Und da ist Lara schon, lachend in Akis Armen, während sie eigentlich nur mit der Kamera flirtet und tanzt. Und als ich fieberhaft zu Sekunde 43 weiterscrolle, bleibt mir fast das Herz stehen. Da bin ich. Bei den Elfensteinen im roten Windkleid und mit dem Blumenkranz im Haar, tanzend mit zum Himmel gestreckten Armen, während der Wind mir den Rock verweht. Ich höre nicht mehr, was Lara kommentiert, zu laut dröhnt das Blut in meinen Ohren. Im ersten Moment will ich einfach das Smartphone wegschleudern und Panik bekommen. Aber Atemzug für Atemzug zwinge ich mich dazu, logisch zu denken. Natürlich könnte ich argumentieren, dass die Frau mir nur erstaunlich ähnlich sieht. Aber dann muss ich plötzlich über mich selbst lachen. *Wem mache ich eigentlich etwas vor?*, denke ich. *Und warum?*

»Ja, ich war auf einem Mittsommerfest«, schreibe ich an Bekka. »Das ist meine Art der Burn-out-Prävention.«

Insa wird mich vermutlich töten, aber ich schicke die SMS ab. Und erschrecke ein zweites Mal bis ins Mark, als meine Nichte einfach zurückruft.

»Hallo Bekka«, sage ich atemlos. »Wie geht's?«

»Wusste ich es doch!«, sprudelt sie hervor. »Aber wieso bist du noch auf Island? Oma erzählt ständig, du bist in einer Kurklinik in Süddeutschland. Deshalb sollen wir dich auch nicht anrufen.«

Ich muss tief durchatmen. »Das ist nicht korrekt«, sage ich sehr ruhig. »Ich mache mein eigenes Kunstprojekt in Island.«

Ich hatte mit einem Sturm von Fragen gerechnet, aber sicher spürt auch Bekka die Fassaden und Unstimmigkeiten in der Familie. Denn sie sagt nach kurzem Schweigen nur zaghaft: »Und warum schickst du dann keine Fotos? Ich habe dir schließlich auch Videos aus der Kunstfabrik gemailt.«

Ich muss schwer schlucken. Manchmal vergesse ich, wie sehr ich Bekka vermisse. Wie ich es Insa versprochen habe, halte ich das Thema Henrik aus dem Gespräch raus. Dafür berichte ich von Reykjavík, von isländischen Indie-Bands, vom Reiterhof und davon, dass ich jetzt Aquarelle male. Und plötzlich sind wir einander so nah wie lange nicht mehr. »Du musst alles erzählen, wenn du wieder da bist, Tante Hätti«, sagt Bekka zum Abschied. »Wann kommst du eigentlich genau zurück?«

»Bald«, sage ich vage. »In ... einigen Wochen.«

»Stimmt, Anfang November musst du ja wieder in der Bank anfangen.«

Ich räuspere den Knoten in meinem Hals weg und lenke das Thema auf etwas anderes: »Bekki? Warum nennst du mich eigentlich immer Tante Hätti?«

Bekka stutzt und lacht dann auf. »Keine Ahnung, ehrlich gesagt. Ich denke mal drüber nach. Bis dann, ich freue mich auf dich!«

Das ist mein Mädchen, denke ich. Immer unkompliziert und ausgleichend. Verbindend in dieser Familie, in der sich niemand von Herzen verbunden fühlt.

...

Houdini ist irritiert, dass ich sie heute zu einer zweiten Runde aus dem Pferch hole. Aber im Haus fühle ich mich plötzlich so verloren und herzwund, dass ich einfach an die Luft muss. »Das Laufen tut dir gut«, sage ich, während ich ihr die buschige Mähne mit den Fingern zurechtkämme. »Du hast nämlich einen ganz schönen Grasbauch bekommen, meine Dicke.«

Líf sagt gerne, dass es in Island nur zwei Jahreszeiten gibt: drei Monate Sommer, der Rest ist Winter. Heute wandern Houdini und ich genau am Übergang dieser Jahreszeiten. Die Sonne strahlt wie im Hochsommer und lässt das Land der Bergkönigin in warmen Farben strahlen, aber die Luft und der Wind sind klirrender Winter. Die Lupinen sind verblüht, vertrocknete Stiele und Blätter kratzen an meinen Hosenbeinen. Auch heute lege ich Houdini das Seil nur so lose um den Hals, als wäre es gar nicht da. Meine Wangen sind taub vor Kälte, als wir auf dem flachen Hügelgrat zwischen West und Ost in Richtung Süden wandern.

Noch nie hat Houdini mich so weit geführt. Als sie zum ersten Mal innehält, ist fast eine Stunde vergangen. Und in der Ferne sehe ich Koppeln und Containergebäude. Mir war nicht klar, dass Káris Reiterhof so mühelos per Fußweg-Luftlinie zu erreichen ist. Houdini spitzt die Ohren und wiehert so laut, dass ich es bis ins Zwerchfell spüre. Und auf der Koppel, die uns am nächsten liegt, antworten Pferde und traben neugierig zum Zaun. Houdini läuft nicht ohne mich los, aber ich spüre ihr Zittern neben mir. Erst als ich ihr das Seil abnehme, stürmt sie davon. Mir bleibt fast das Herz stehen, als sie im Lauf seltsam buckelt. Aber dann begreife ich, dass sie gar nicht stolpert. Nein, sie wird nicht stürzen. Mein einsames, kleines Pferd versucht sich nur an einem holprigen Galopp.

• • •

Es ist schon später Nachmittag, als wir zurückkehren. Kári war nicht auf dem Hof, aber Martina hatte mit mir einen Kaffee getrunken, bevor sie mit der nächsten Touristengruppe zu einer Tour aufbrach. Ich blieb einfach sitzen, Stunde für Stunde, und beobachtete, wie Houdini am Koppelzaun stand und die Gegenwart anderer Pferde sichtlich genoss.

Nun schnauft sie neben mir, und wenn sie innehält, bebt ihr Bein. Fast sechs Stunden waren wir insgesamt fort, und ich spüre in der Kälte kaum noch meine Finger. Die späte Sonne blendet und zeichnet Silhouetten, aber trotzdem erahne ich schon aus der Ferne Einar, der in seinem Mantel auf der Treppe sitzt und sich sicher Sorgen macht, wo ich abgeblieben bin. *Warum ist er schon wieder da?*, schießt es mir durch den Kopf. *Und ich bin ohne Handy unterwegs!* Bestimmt hat er versucht, mich zu erreichen. Ich schnalze und treibe Houdini zu einem Endpurt an.

Wir sind schon fast an der Mauer, als ich stutze. Hangaufwärts parkt ein weißes Auto mitten in der Prärie, als hätte der Fahrer ohne Rücksicht auf Verluste auf dem Weg das Steuer herumgerissen und das Gefährt auf gut Glück zwischen die Felsen gesteuert. Auf die Entfernung kann ich das Nummernschild nicht lesen, aber ich habe eine ungute Ahnung. Sie bestätigt sich, sobald ich in den Hof komme. Es ist nicht Einar, der auf der Treppe wartet. Es ist Aki, der seinen Trenchcoat trägt.

So schnell habe ich Houdini noch nie auf die Koppel bugsiert. »Was machst du hier?«, rufe ich ihm entgegen. »Und woher weißt du überhaupt, wo ich wohne?«

»Olgeir«, antwortet er seltsam dumpf.

Ich brauche ein paar Sekunden, um die Verbindung zu rekonstruieren. Olgeir ist der Name des Restaurantchefs, der auch Jón kennt. Und wenn einer weiß, wie man Fakten kombiniert, dann ist es Aki. Aus verquollenen Augen starrt er zu mir hoch. Und als er sich aufrappelt und eine leere Flasche auf der Treppe umstößt, begreife ich endlich, was los ist. »Bist du etwa betrunken hierhergefahren?«

Aki schnaubt, was als betäubender Whiskeyhauch bei mir ankommt.

»Nein«, raunzt er zurück. »Aber ich habe den ganzen ... Scheißtag hier auf dich gewartet. Du gehst nichma ans ... an dein ... an das Telefon.« Er kämpft mit jedem Wort, aber ich staune, dass er noch genug Englisch zusammenkratzen kann. Denn ich habe den Verdacht, dass die leere Flasche randvoll war, als er hier ankam. Ich schiele zum Etikett. *Flóki Double Wood Whiskey*. Typisch Aki. Wenn schon hackedicht, dann mit Dekadenz und Stil.

»Ella ist da«, sagt er mit schleppender Stimme. »Stand einfach vor der Tür. Kaum kann ich wieder in Ruhe arbeiten, ist sie da und macht mir die Hölle heiß.«

»Wenn Ella auf dich wartet, weiß ich nicht, was du hier bei mir verloren hast«, erwidere ich frostig. *Als hätte es einen Sinn, mit Betrunkenen zu diskutieren.* Aber an ihm vorbei zur Tür komme ich im Moment nicht. Er lacht zornig auf und hustet, verliert auf der Treppenstufe fast das Gleichgewicht. Aber er schafft es, die Flasche aufzuheben. Ein paar Sekunden starrt er sie finster an, dann hat ihm sein trunkenes Hirn wohl gemorst, dass sie leer ist. Eine Ader schwillt an seiner Stirn an.

»Paska!«, brüllt er aus vollem Hals. Und schmettert die Flasche gegen die Hauswand. Scherben klirren.

Ich mache einen erschrockenen Satz zurück. Aber jetzt kommt er auch noch auf mich zu.

»Hey!«, schreie ich und hebe warnend die Hände. »Bleib, wo du bist!«

Aki gehorcht und blinzelt, als hätte ich ihn mit einer Ohrfeige geweckt. Mein Herz rast, während wir uns anstarren. *Und was jetzt?*, denke ich.

»Wir müssen nämmich reden, Swea«, sagt er mit schleppender Stimme. »Ich habe dich angerufen, aber du gehst nicht an dein ...«

»... Telefon, ich weiß. Und ich rede mit dir. Aber erst, wenn du dich hinsetzt und dich beruhigst, hast du mich verstanden, Aki? Setz! Dich! Hin!«

Keine Ahnung, ob das etwas nützt. Ich weiß, wie man panische Mütter und cholerische Kunden beruhigt, aber mit Mr Hyde hatte ich es noch nie zu tun. Doch zu meiner Überraschung lässt er sich tatsächlich auf der Treppe nieder. Kurz überlege ich, ob ich an ihm vorbeisprinten kann, aber bis ich die Tür aufgeschlossen habe, ist er dreimal bei mir.

Doch als ich hinter mir das Auto höre, werden meine Knie weich vor Erleichterung. Mit Schwung fährt Jón seinen Shuttle-Bus in den Hof und steigt aus. Seine Uniformjacke hat er ausgezogen und trägt nur seinen Pullover. Normalerweise begrüßt Houdini ihn wie ein Groupie die Beatles, aber heute hat sie sich hinter das Haus verzogen. Jón sieht Aki zwar auf der Treppe sitzen, aber auf den ersten Blick wirkt das wohl nicht verdächtig. »Herrenbesuch?«, fragt er nur spöttisch in meine Richtung.

Er will seine Tasche aus dem Bus holen, als Aki aufspringt. »Kusipää!«, stößt er vermutlich auf Finnisch hervor.

»Aki, nein!«, rufe ich noch, aber Aki stößt mich zur Seite und hält erstaunlich gerade auf Jón zu. »Du vögelst sie nicht mehr!«, schleudert er ihm entgegen.

»Was hast du denn für ein Problem?«, gibt Jón zurück.

Aber Aki ist völlig im falschen Film. Ohne Vorwarnung stürzt er sich auf Jón. Es sieht aus, als würde eine Bulldogge auf einen Bären losgehen, aber Jón ist viel zu überrumpelt, um zu reagieren.

Und schneller, als ich schauen kann, trifft ein Fausthieb Jón mit voller Wucht an Jochbein und Nase.

»Hör auf, Aki!« Jetzt brülle ich auch. Ich erwische ihn am Mantel und reiße ihn zurück, bevor er ein zweites Mal auf Jón losgehen kann. Er taumelt zur Seite und stützt sich schwer atmend am Bus ab. Jón richtet sich sehr langsam auf, mit geballten Fäusten und flammendem Blick, ein menschlicher Vulkan, dem Nasenblut-Lava über das Kinn läuft und auf seinen Riddari-Pullover tropft. Jetzt habe ich Angst um den Finnen.

Doch Aki stößt sich vom Bus ab und rennt mit kehligem Kampfgebrüll auf Jón zu. Beide stürzen, als er Jón rammt. Für einige Sekunden verliere ich den Überblick, dann sehe ich, dass Jón sich nicht prügelt, er versucht Aki nur abzuwehren. Die beiden kommen wieder hoch, Jón weicht zur Seite aus. Und Aki rennt in seinem eigenen Schwung stolpernd gegen den Metallzaun der Koppel. Es dröhnt und scheppert, dann hängt Aki zwischen den Stangen und ringt nach Luft. Langsam rutscht er zu Boden. Und als würde die ganze Aggression verpuffen, bleibt er dort einfach liegen.

Jón betastet seine lädierte Nase und schaut dann auf seine blutbefleckte Hand. Und als sein Blick auch noch auf seinen vollgebluteten Pullover fällt, gehe sogar ich einen Schritt zurück. »Fokking!«, stößt er hervor. Dann dreht er sich um und geht mit wütenden Schritten davon.

Houdini streckt den Kopf über den Zaun und schnobert interessiert in Akis Richtung. »Ja klar«, fahre ich sie an. »Sobald die Gefahr vorbei ist, bist du wieder ganz vorne dabei.«

Aki zieht sich am Zaun hoch, reibt sich die geprellte Schulter, hustet und flucht. Schwankend kommt er ganz auf die Beine und sieht mich so gekränkt an, als wäre das alles meine Schuld. Dann stößt er sich vom Zaun ab und torkelt im Schwung seiner Bewegung Richtung Tor. Dort angekommen, lehnt er sich gegen die Steinmauer und kramt allen Ernstes seine Autoschlüssel aus der Manteltasche.

»Wo willst du hin?«, rufe ich.

»Helsinki«, sagt er mit schwerer Zunge. Blinzelnd orientiert er sich, dann wankt er bergauf zu seinem Wagen.

Ich sehe schon die Schlagzeile. *Finnischer Bestsellerautor fährt nach Eifersuchtsdrama betrunken in den Tod.* »Aki, warte! In diesem Zustand fährst du nirgendwo hin.«

»Du sagst mir gar nichts mehr!«, raunzt er mich an. »Du nicht! Du … du …« Er holt Luft und ergießt eine Tirade in wüstestem Finnisch über mich. Vermutlich kann ich froh sein, dass ich die Sprache nicht verstehe. Ich weiß, es ist keine gute Idee, mich ihm zu nähern, aber als ihm der Autoschlüssel herunterfällt, versuche ich schneller zu sein als Aki – und springe sofort wieder zurück, als er drohend die Faust ballt.

Das ist eine Nummer zu groß für mich. Ich renne in den Hof zurück und klopfe an Jóns Tür. »Jón, mach auf. Bitte!«

Nach einer gefühlten Ewigkeit reißt er die Tür auf und funkelt mich an, mit wassertriefenden Händen und bloßem Oberkörper. Offenbar war er bereits dabei, das Blut aus seinen Sachen zu waschen.

»Verdammt noch mal, bist du eine von diesen Gewalt-Junkies, die auf solche Typen stehen?«, fährt er mich an.

»Es tut mir leid! Er ist einfach hier aufgetaucht. So habe ich ihn noch nie erlebt. Ich hatte keine Ahnung, dass Aki sich unter Promille in Hulk verwandelt.«

»Bist du sicher, dass es bei deinem finnischen Irren nur der Alkohol ist?«, kontert Jon. »Oder veranstaltest du jetzt irgendeinen Voodoo mit deinen Kerlen, dass sie dir bis nach Hause nachlaufen?«

»Es tut mir wirklich leid, Jón. Und ich würde mich gerne ausführlich für meinen finnischen Irren entschuldigen. Aber er ist gerade dabei, mit schätzungsweise eins Komma acht Promille in seinem Auto wegzufahren, und ich traue mich nicht, ihm den Autoschlüssel wegzunehmen. Bitte hilf mir zu verhindern, dass er sich umbringt.«

Jón starrt mich schnaubend an. Er könnte einen guten Saga-Helden abgeben. Egil Skallagrímsson, den Berserker. Fehlt nur noch die Axt in einer Hand und in der anderen der gespaltene Schädel eines Feindes. *Oder meiner.*

Aber dann atmet er sehr tief aus und sagt: »Geh voraus, ich hole nur meine Jacke.«

Ich hatte mir umsonst Sorgen gemacht. Aki ist gar nicht bis zum Auto gekommen. Adrenalin plus Alkohol hat bei ihm wohl zu einem Knockout geführt. Er lehnt zusammengesackt am Rand des Weges an einem Felsen und scheint im Promillekoma weggedämmert zu sein. Sein Autoschlüssel liegt ein ganzes Stück weiter auf dem Lavaweg, als hätte er ihn unterwegs verloren und wäre auf der Suche nach ihm auf allen vieren einfach liegen geblieben. Hastig hebe ich den Schlüsselbund auf, während Jón sich in aller Ruhe seine Jacke fertig anzieht.

»Der sieht nach mehr als eins Komma acht Promille aus«, bemerkt Jón. »Vermutlich ist es ein Wunder, dass er noch stehen konnte.« Das Ratschen seines Reißverschlusses hallt überlaut in der Stille. »Wo wohnt er?«

»Reykjavík, bei Laugadarlur.«

»Dann mal los.« Jón legt sich Akis Arm um den Nacken und hievt ihn hoch. Aki stöhnt auf und murmelt etwas, aber zumindest im Moment ist seine Wut vollständig versickert. »Du fährst mit seinem Auto«, bestimmt Jón. »Ich nehme den Bus und fahre dir hinterher.«

• • •

Mein Fuß zittert auf dem Gaspedal. Immer wenn ich in den Rückspiegel schaue, mache ich mich darauf gefasst, den Bus schlingern zu sehen, aber Aki wacht nicht auf, und wir kommen wohlbehalten bei der Villa an. Jón bugsiert Aki aus dem Bus. Er ist inzwischen im Whiskey-Nirwana, also nehmen wir ihn in die Mitte und schleppen ihn gemeinsam die Treppe hoch. Hektisch fummle ich mit einer Hand Akis Hausschlüssel hervor und suche das Schlüsselloch. Und zucke zurück, als die Tür aufgerissen wird.

Vor uns steht eine dunkelhaarige Frau in meinem Alter und starrt mich fragend an. »Ella?«, entfährt es mir. Akis Frau nickt nur. Eben noch wirkte sie totenblass und besorgt, aber nun fällt ihr Blick erst auf Jóns lädiertes Gesicht und dann auf Aki, und ihre Miene verwandelt sich völlig. Gefühlt hundert Ehejahre verdichten sich zu einem einzigen eisigen Blick.

»Das war Aki, nicht wahr?«, fragt sie Jón auf Englisch. »Was ist passiert?« Es hört sich eher an wie: »Was ist *diesmal* passiert?« Und ich bekomme eine Idee davon, warum Ella Aki verlassen hatte. Das Los der Kreativen war es jedenfalls nicht.

»Nur ein Missverständnis«, erwidert Jón.

Ella verschränkt ihre Arme so fest, als müsste sie sich selbst festhalten, um Aki nichts anzutun. »Ja, das ist es immer«, sagt sie mit schmalen Lippen. »Sind Sie beide Freunde meines Mannes?«

»Nein«, antwortet Jón mit Nachdruck.

Ella nickt und sieht plötzlich nur noch müde und traurig aus. Und als sie sich das Haar aus der Stirn streicht und ich ihren Ehering sehe, dämmert mir, dass die beiden niemals wirklich getrennt waren. »Könnten Sie ihn trotzdem noch kurz reinbringen?«, fragt sie. »Das wäre sehr nett.«

Sie zeigt uns den Weg zum Schlafzimmer, den ich auch blind finden würde. Auf dem Bett liegen ihre Koffer, halb ausgepackt, Ella wuchtet sie herunter, rafft auch ein paar Kleider zusammen und wirft sie mit einem zornigen Schwung einfach auf den Boden. Jón lässt Aki aufs Bett sacken, wo er halb zu sich kommt, Ella ins Gesicht blinzelt und »Swea«, murmelt. Mir weicht das Blut aus den Wangen. Ein Schatten huscht über Ellas Miene, ihre ganze Haltung verhärtet sich.

Als sie sich uns zuwendet, rücke ich unwillkürlich näher an Jón heran. »Danke fürs Nachhausebringen«, sagt Ella sehr beherrscht.

»Keine Ursache«, antwortet Jón. Und ich schwöre mir, ihm für immer dankbar dafür zu sein, dass er mir den Arm um die Schultern legt, als würden wir zusammengehören, und »Wir müssen los, Greta« sagt.

• • •

»Ich bin dir was schuldig«, sage ich, sobald wir im Auto sitzen. Immer noch zittere ich. Und ich komme mir so schäbig vor, dass mir übel ist.

»Wusstest du, dass er eine Frau hat?«, fragt Jón prompt.

Ich schlucke. »Ihren Namen hat er zum ersten Mal an dem Tag erwähnt, an dem ich das Ganze beendet habe. Aber das ist keine Entschuldigung. Ich hätte es vorher klären müssen. Ich weiß schließlich, wie es ist, die Betrogene zu sein.« *Und dass ein leerer Ringfinger manchmal rein gar nichts zu bedeuten hat, müsste ich ebenfalls wissen*, setze ich in Gedanken hinzu. Doch ich habe Aki weder gefragt noch nachgeforscht. *Weil ich es gar nicht wissen wollte*. Und auch wenn es Akis Entscheidung war, Ella zu betrügen, weiß ich sehr wohl, dass ich die Verantwortung nicht auf ihn allein abwälzen kann. Denn zu einem Ehebruch gehören immer zwei, denen es gleichgültig ist, ob sie Nummer drei verletzen. *Ich habe mich in jemanden verwandelt, der ich nie sein wollte*, denke ich fassungslos. *In Anna 2.0.*

»Jón, es tut mir so leid, dass du mit reingezogen wurdest!«, sage ich leise. »Wenn ich es irgendwie wiedergutmachen kann …«

Jón dreht nur den Rückspiegel zu sich und betrachtet die Schwellung unter seinem Auge, die bereits bläulich schimmert. »Verachtest du Aki jetzt?«, fragt er mich.

»Vermutlich nicht so sehr, wie Ella ihn verachtet. Und im Grunde bin ich eher auf mich selbst wütend.«

»Jeder kann sich mal verrennen«, sagt Jón ernst. »Das heißt nicht gleich, dass man ein schlechter Mensch ist.« Für einen Moment weiß ich nicht, ob er sich dabei auf mich oder auf Aki bezieht. »Aber da du von Wiedergutmachen sprichst«, fügt er hinzu. »Wie wär's heute zur Abwechslung mit Filmblut?«

Die Gespenster glücklicher Zeiten

Ich hatte Einar damit aufgezogen, dass er für mehr Gäste kocht, als Island Einwohner hat. Aber als meine Gäste nach und nach eintreffen, verstehe ich, dass Einar besser kalkuliert als ich. Ganz spontan ist noch Martina dazugekommen, Líf hatte vergessen, Bescheid zu sagen, dass Sam nun doch dabei ist, obwohl er erst keine Zeit hatte. Brynja habe ich selbst noch eingeladen, sie hat einen Studienkollegen mit Rastalocken mitgebracht und Alma noch ihre jüngste Tochter, ein quirliges, dunkles Elfenmädchen, das sofort mit Jördis' beiden Jungs zur Koppel läuft. Einar holt Heu, damit die Kinder Houdini füttern können, und passt auf, dass sie sich benimmt.

»Swea, das wird ja ein richtig romantisches Sommerfest!«, ruft Lori begeistert aus. Ja, Einar und ich wagen es, obwohl es abends schon kühl ist: Die Lampiongirlande ist über dem Hof aufgespannt, dank Verlängerungskabel brennen bereits die Lichter. Der Wind hält sich heute zurück. Und vor dem Sumarhús stehen der gedeckte Gartentisch und eine lange Tafel, die eigentlich aus Kartons besteht, die wir mit gut fixierten Tischtüchern kaschiert haben. In der Abendsonne glänzen die Goldränder der Teller mit dem polierten Besteck um die Wette. Und vor Jóns Haus ist der angerostete Grill aus der Garage aufgebaut.

Líf trägt einen filigranen Silberreif im Haar und ist heute von

Kopf bis Fuß eine Flagge in Schneeweiß. »Hallo Elfenbraut«, begrüße ich sie.

Sie lächelt und tritt zurück, um mein kurzes Strickkleid zu mustern, das ich über der Jeans trage. »Sieht witzig aus. Bist du jetzt auf dem Matthíasdottir-Trip?«

Diesmal hat sie es genau erkannt. Als ich das Kleid in einem Second-Hand-Laden sah, hat es mich in seiner Buntheit tatsächlich an ein Selbstporträt von Louisa Matthíasdottir erinnert. Darauf trägt die silberhaarige Malerin eine Strickjacke in überbordenden Farben.

»Wo soll ich das hinbringen?«, will Sam wissen. Aus der schweren Kiste, die er trägt, duftet es süßlich und aromatisch.

»Unser erstes Brot«, verkündet Líf voller Stolz. »Heute frisch im Lavaofen gebacken.«

Flóki und Maya haben isländischen Whiskey mitgebracht, Alma hat bunt glasierte »Möffins« gebacken. Es gibt ein überschwängliches Hallo, als auch noch Valka und Ólafur mit ihrem Jeep vorfahren. Und dann ist der Hof voll wie ein Zirkus. Alle schauen sich um und plaudern durcheinander. Einar eilt ins Haus, um die Aperitifs vorzubereiten. Und als ich hektisch die dritte *Wo-bleibst-du?*-Nachricht an Jón simse, schanzt der Shuttle-Bus schon den Lavaweg hoch. Jón lässt den Wagen draußen vor dem Tor stehen und kommt mit großen Schritten über den Hof. Das Veilchen um sein linkes Auge leuchtet in einem beeindruckenden Indigoblau. »Ging nicht schneller«, sagt er statt einer Begrüßung.

»Was ist denn mit deinem Auge passiert?«, will Líf wissen.

»Betriebsunfall«, erwidert Jón, ohne mit der Wimper zu zucken, und verschwindet in seinem Haus. Líf wirft mir einen sehr fragenden Blick zu, aber ich lächle nur und winke allen, mir ins Sumarhús zu folgen.

Schon im Flur gibt es großes Ah und Oh. Damit es nicht so kahl aussieht, habe ich Bilder aufgehängt: meine neuen Aquarelle, ältere Studien, vor allem aber das große Bild der blauen Bergfrau. »Das sieht ja aus wie ein Gemälde von Kjarval«, sagt Maya sofort.

Einar erwartet uns zum Umtrunk im Wohnzimmer. Ólafur und Martina sind sofort Feuer und Flamme für die Pferdeporträts. Und als Einar eine eloquente Führung durch seine Gemäldegalerie startet, kann ich nur noch staunen. Noch nie habe ich ihn so gesprächig und charmant erlebt. Er ist der geborene Gastgeber – und er und Ólafur haben sich offenbar gesucht und gefunden. Valka schmunzelt nur, als sich die beiden Männer begeistert über Einars alte Saga-Ausgaben austauschen. Für Ólafur holt Einar seine Schätze sogar aus dem Bücherschrank.

Doch wie immer auf Festen, drängen sich alle schon nach kurzer Zeit in der Küche. Lif schneidet ihr Brot, während ich die Platte mit Rhabarberbutter und Räucherhering aus dem Kühlschrank hole und die Sektgläser nachfülle, für Lori und die Fahrerfraktion alkoholfrei. Und endlich kommt auch Jón zu uns herüber – in seinem alten Pullover, aber einer neuen Jeans und hastig gestylten Haaren, die ihm in schrägem Bogen über die Stirn fallen. Lífs Brauen zucken hoch, und auch Lori mustert ihn sichtlich angetan. Valka holt Einar und Ólafur zu uns in die Küche, dann stoßen wir in der großen Runde auf den Abend an und probieren das Vulkanbrot. Es ist noch warm und klebt an den Zähnen. Und es schmeckt süß und schwer und wunderbar. »Es wird so lange gebacken, bis es karamellisiert«, erklärt Jördis. »Deine saure Rhababerbutter passt gut dazu, Swea.«

»Morgen kommen übrigens die Regale für den Laden«, setzt Maya hinzu. »Willst du Fotos sehen?«

Sie holt ihren Laptop aus dem Auto, und wir scharen uns alle um den Küchentisch. Es ist wie eine Zeitreise, in der ich mich überrascht wiederfinde. Auf einem Foto, das einige Wochen alt ist, stehen Líf und ich im noch leeren Ladenraum. Wir tragen fleckige Shirts, Pinsel und Malerrollen und haben Farbspritzer im Gesicht. Auf den neuesten Fotos richten Lóki, Sam und Jördis den Raum bereits ein. Zwischen den beiden schlanken Männern wirkt die kräftige Jördis wie eine Walküre.

»Die Verkaufstheke wird hier vorne rechts stehen«, erklärt Flóki. »Und hinten haben wir noch einen großen Raum, der Lager und Packstation für den Online-Versand sein wird. Außerdem gibt es einen Hinterhof mit Zufahrt. Wir verladen die Waren, die wir an die Hotels liefern, direkt aus dem Laden.«

»Cool«, sagt Brynja. »Und wem gehört der Laden?«

»Keinem«, antwortet Jördis. »Beziehungsweise allen. Wir teilen uns die Miete und unterstützen uns beim Vertrieb, aber jeder hat sein eigenes Produkt. Líf und ich machen Brot, Aufstriche mit isländischem Moos und andere Besonderheiten. Lóki und Maya bieten Strickwaren und Kunsthandwerk an. Es gibt einen zentralen Vertrieb über Touristenshops, Hotels und Gastronomie – das alles stellt Swea gerade auf die Beine. Und jeder wird noch seinen eigenen Online-Shop für Privatkunden haben, hoffentlich auch welche im Ausland. Aber wir werden im Laden auch direkt über den Ladentisch verkaufen, hauptsächlich an Touristen-Laufkundschaft.«

»Das ist allerdings nur sehr vereinfacht erklärt«, füge ich hinzu. »Das Unternehmensmodell und die Vertriebsstruktur sind sehr viel komplexer. Und im Augenblick ist vieles noch ein Test, was laufen könnte und was nicht – und über welche Kanäle und Kooperativen. Ich arbeite mich selbst noch in diese Themen ein. Aber auf jeden Fall wollen wir im Ladenraum auch Flächen für weitere Anbieter freihalten. Langfristig kann man dann ...«

»… Miete einsparen und zusätzliches Einkommen generieren«, sagen Jördis, Líf und Lóki wie aus einem Mund und in meinem Tonfall. Ich werde rot bis über die Ohren, als mein Gründerclub lacht.

Líf hebt ihr Glas. »Auf Swea. Unsere Völva der Zahlen.«

Jetzt muss ich ebenfalls lachen. Völva, das weiß ich von Einar, ist ein altnordischer Begriff aus den Sagas und bedeutet so viel wie Wahrsagerin, Schamanin – oder Hexe.

Die Gläser klingen, Schwarzbrotschnitten werden verteilt, und auch Einars Rübensuppe. Jördis' Jungs stehlen lieber die Schüssel mit den Möffins und rennen mit Almas Tochter johlend nach draußen. Und dann ist Jón plötzlich direkt neben mir und hebt sein Glas. »Auf die Bankerin«, raunt er mir zu.

»Lass mich raten«, erwidere ich ebenso leise. »Du hast wirklich gedacht, ich ziehe nur durch die Clubs, oder?«

»Swea?«, ruft Flókis Freundin mir durch den Raum zu. »Können wir deine blaue Bergfrau als Leihgabe für das Schaufenster im Laden haben?«

Noch während ich nicke, schlägt Valka sich gegen die Stirn. »Ólafur! Das Wichtigste haben wir ja im Auto vergessen.«

Drei Minuten später wandern wir dann doch wieder alle ins Wohnzimmer zurück, denn die beiden tragen einen sperrigen, in eine Decke eingeschlagenen Gegenstand in das Haus. Und dann bleibt mir vor Lampenfieber fast der Atem weg. *Vierzig mal sechzig Zentimeter*, denke ich. *Standardmaß für Poster und Großdrucke.*

»Die eine Bergkönigin geht«, sagt Ólafur feierlich. »Die andere kommt.«

Valka nimmt die Decke herunter, und ich bin sprachlos.

Es ist ein Foto in einem wuchtigen, organischen Rahmen aus Treibholz, das Ólafur sicher persönlich am Meeresufer aufgesammelt hat. Mein Herz setzt einen Schlag aus, als ich mich selbst auf dem Bild sehe. Ólafur hat das Seil, mit dem Martina und Lori die Stuten nah bei mir gehalten hatten, wegretouchiert. Nun sieht es aus, als würden die Pferde einen Felsen in Form einer hellen Frauenskulptur umbranden. Die flatternden Mähnen umfließen mich, bis kein Unterschied mehr zu erkennen ist, was mein eigenes Haar, was Pferdeschweifmantel und was Mähne ist. Gestochen scharf sind dagegen das Profil und meine Schultern, von gleißendem Licht zu einer Büste modelliert. Meine Brüste werden von wehendem, leicht unscharfem Mähnenhaar wie von einem Schleier verdeckt, dafür sieht man die Linie meines Rückens und den Bogen meiner Hüfte unter einem Pferdehals umso deutlicher.

Ich höre kaum, wie der Begeisterungssturm losbricht, ich kann nur die Fjallkonan anstarren, zu der ich auf dem Bild werde. Ólafur hat den Bruchteil der Sekunde zwischen einem eisigen Windstoß und meinem überraschten Atemholen eingefangen. Ich blicke mit schmalen, klaren Augen in die Ferne, die Lippen halb geöffnet und leicht gespannt, als würde ich singen und die Wellen des Meeres mit meinem Atem bewegen.

Einar tritt an mich heran und legt mir den Arm um die Schultern. »Das ist ein wunderbares Bild von dir«, sagt er aus vollem Herzen.

Ich nicke und lege kurz den Kopf an seine Schulter. »Ja, wunderbar«, flüstere ich.

Ólafur strahlt und betrachtet voller Stolz sein Kunstwerk. »Hier seht ihr die Bergkönigin, deren Zorn Vulkane ausbrechen lässt und auch die Französische Revolution ausgelöst hat«, sagt er in die Runde.

Ich verstehe den Bezug nicht, und auch Sam und Brynja schauen ratlos. Aber Líf und alle anderen grinsen. Sogar Einar beginnt zu schmunzeln. »Laki«, sagt er dann in die Stille. »1783.«

»8. Juni«, ergänzt Ólafur. Dann nicken sie einander anerkennend zu, als hätten sie gerade den Enigma-Code geknackt.

»Das ist Ólafurs Lieblingsthema«, raunt Líf mir und dem Rest der Ausländer-Fraktion zu. »Im achtzehnten Jahrhundert brach der Vulkan Laki aus. Die Aschewolke verdunkelte auch in Europa den Himmel, sorgte für Kälteeinbrüche, schlechte Ernten und Hungersnöte. Und da Ólafur glaubt, dass alles, was auf der Welt passiert, mit Island zu tun hat, hat der Vulkanausbruch laut seiner Theorie direkt zu den Hungeraufständen in Frankreich und damit zur Revolution geführt.«

»Das ist nicht nur eine *Theorie*«, sagt Ólafur mit Nachdruck.

»Und streng genommen bestand die Wolke nicht aus Asche«, ergänzt Einar in seiner ruhigen Art. »Es war eine Aerosolwolke, die im Gegensatz zu einfacher Flugasche giftig ist und sich jahrelang in der Stratosphäre halten kann.«

»Sulfat«, setzt Ólafur hinzu. »Und Schwefelsäure.«

Und dann beginnen Einar und er einen Schlagabtausch in schnellem Isländisch, von dem ich nur noch Fetzen verstehe. »Acht Monate ...« – »Fünfundzwanzigtausend Tote allein in England ...« – »Minus sechsundzwanzig Grad Celsius ...« – »Vulkanischer Winter in Europa ...«

Und wir anderen gehen zurück nach draußen und sorgen für besseres Wetter in Europa, indem wir gewissenhaft Teller um Teller leeren.

Jón hat ganz selbstverständlich den Platz am Grill eingenommen. Die Kinder treiben sich rund um die Koppel herum, ihr fröhliches Geschrei hallt in der Abendluft wie Schwalbenrufe. Doch nach und nach gesellt sich die Meute zu Jón. Ich muss mich zusammenreißen, um nicht ständig zu ihnen hinüberzustarren. Noch nie habe ich meinen Partner in Crime so locker und unbeschwert erlebt. Er hat ein Auge darauf, dass die Kinder nicht zu

Houdini auf die Koppel schlüpfen, und beschäftigt sie mit kleinen Aufgaben. Er scherzt und rangelt mit den halbwüchsigen Jungs und lacht über etwas, was die kleine Elfe ihm kichernd erzählt. Und wieder einmal denke ich an Bjarni und versuche, aus Jón schlau zu werden. Aber dann beschließe ich, die Widersprüche für den Moment auszuhalten. Und als ich Jón einfach nur sein lasse, wie er heute ist, stelle ich fest, wie sehr ich sein Lachen mag. *Vielleicht schon zu sehr.*

Die anderen stoßen zum dritten Mal an. Ich wende mich wieder der Gruppe am Tisch zu und hebe ebenfalls mein Glas. Das Klingen der Weingläser und das Lachen meiner Gäste schwingen tief in mir. Während ich am Wein nippe, betrachte ich die Gesichter. Das Licht der Lampions lässt impressionistische Farbschatten auf Wangen und Haar spielen. Ich merke erst gar nicht, wie lange ich einfach nur dasitze, mein Glas halb erhoben, im Mund den klaren, mineralischen Geschmack des Weins, und mit ganzer Seele einfach nur all das in mich einatme, was um mich ist: das Lachen, die Nähe, das Gefühl, ganz für mich und dennoch Teil des Ganzen und genau am richtigen Platz zu sein. *Mehr brauche ich nicht*, denke ich. *Keine Einzelkämpfer-Karriere, für die ich meine Lebenszeit verkaufe, keine Villa, kein Prestige und keine Erfolgsbiografie, auf die mein Vater stolz wäre. Nicht einmal die große Künstlerinnenkarriere, von der ich immer träumte. Sondern einfach nur … das hier.* Und als es mir jäh die Kehle zuschnürt, meine Augen brennen und mein Herz so heiß und schnell schlägt, als würde es gleich überlaufen, begreife ich, dass ich glücklich bin.

»Hast du was im Auge?«, raunt Líf mir mit gutmütiger Ironie von der Seite zu. Und ich lache verlegen und wische mir rasch über die Wange, während sie mir unter dem Tisch kurz das Knie drückt.

Ólafur und Einar kommen wieder zu uns nach draußen. Einar

ist noch mehr aufgeblüht, er lacht völlig unbeschwert. Valka gesellt sich mit einem voll beladenen Teller zu ihm. Sie stehen an der Treppe, und hinter ihnen verschmilzt das schwarze Sumarhús mit der Nacht, als würde es höflich zurücktreten. Nur die Fenster im Erdgeschoss glimmen im Flurlicht, das in die Räume fällt. Hinter einem Vorhang erahne ich die reglose Silhouette einer zierlichen Frauengestalt, die zu uns hinausschaut. *Das ist sicher Brynja*, denke ich. Vor einigen Minuten ist sie aufgestanden und hat ihre Tasche mit dem Schminkzeug mitgenommen – und bestimmt war sie damit wie immer eine Ewigkeit im Bad.

»Swea?« Líf reißt mich aus meinen Gedanken. »Hast du was dagegen, wenn ich Jördis und Sam das Gemälde in deinem Zimmer zeige?«

Ich zögere. Líf denkt immer noch, ich würde nur eine Kopie des Bildes für sie anfertigen. Dabei male ich direkt auf der Leinwand, ergänze und füge hinzu, weil genau dieses Bild Líf gehören soll. Sie sieht mich immer noch fragend an. Ich denke an den Codex jedes Porträtmalers, der besagt, ein Werk niemals zu zeigen, bevor es vollendet ist. *Aber bis dahin kann uns der vulkanische Winter dahinraffen.* »Ja, natürlich«, erwidere ich und trinke noch mein Glas aus.

Brynja und ihr Rastafari-Freund haben Gitarren aus dem Auto geholt und setzen sich auf die Treppe vor dem Sumarhús. Wir balancieren an ihnen vorbei, und ich zeige Jördis und Sam den Weg zu meinem Atelierzimmer. Es ist kühl darin, das Fenster steht einen Spalt offen, damit die Ausdünstungen der Ölfarbe nicht alles durchtränken. Ich mache das Licht an, und Líf, die Sam eben noch erklärt hat, was das Bildmotiv für sie bedeutet, verstummt abrupt und schlägt die Hände vor den Mund.

»Das ist dein Bild«, sage ich in die Stille. »Aber es ist noch nicht ganz fertig.« Zumindest Lífs gemaltes Gesicht ist fast vollendet. Als Vorlage habe ich einen Schnappschuss von ihr verwendet, auf dem sie ernst, aber strahlend und erwartungsvoll in die Kamera schaut. Ihr rosa blondiertes Haar schaut unter der isländischen Trachtenhaube hervor. Das Ungeheuer in ihren Händen hat mehr Wildheit bekommen, mehr Urwüchsiges, Raues wie die surrealen Kreaturen der isländischen Künstlerin Gabríela Friðriksdóttir. Aber die größte Neuerung ist die zweite Frauengestalt, die bisher nur als Vorzeichnung aus Rötellinien und feinen Lasuren existiert. Auch dafür habe ich ein Foto verwendet, das ich heimlich in Lífs Schlafzimmer aufgenommen habe: Amma Erna als fünfzehnjähriges Mitglied der Frauenfeuerwehr. Sie steht halb hinter Líf, ihre Hand auf der Schulter ihrer Urenkelin. Mit ihrem entschlossenen Pionierblick und den kurzen Locken wirkt sie wie Lífs Schwester.

Líf sagt immer noch nichts, nur ihre Augen glänzen verräterisch. Sam mustert sie besorgt, aber Jördis lächelt und legt ihr den Arm um die Schultern. Es ist spürbar, wie eng sie miteinander verbunden sind. Egal, was Líf über Beziehungen glaubt: Es gibt doch Verwachsungen zwischen Menschen und Seelen. Jördis und sie sind durch dick und dünn gegangen und über Jahre hinweg zusammengewachsen. *In guten und schlechten Zeiten*, denke ich und muss plötzlich schwer schlucken.

»Das ist so … so …«, haucht Líf und verstummt wieder.

»It's really good«, beeilt sich Sam zu sagen und nickt mir anerkennend zu.

»Es ist perfekt«, ergänzt Líf.

Nein, das ist es nicht, denke ich. Perfekt wäre es, wenn Anna mit mir zusammen gemalt hätte. Ihr sachter, korrigierender Pinselstrich fehlt hier. Und obwohl ich mir verboten habe, heute an sie zu denken, verspüre ich wieder diesen Schmerz des Verlusts.

»Wann kann ich es mitnehmen?«, will Líf wissen. »Heute?«

»Nein, es ist noch lange nicht fertig …«

»Natürlich ist es fertig! Genau so will ich es haben.«

Ich stutze, aber dann betrachte ich das Gemälde mit Lífs Augen. Die Bewegung darin, das Unfertige, das auch Teil ihres Lebens ist, die Möglichkeit der Veränderung in jeder flüchtigen Linie. Und Erna, die gerade dadurch, dass sie noch so angedeutet und transparent ist, nicht von dieser Welt wirkt, sondern so, als würde sie nur für Líf in der Grauzone zwischen Leben und Tod verharren.

»Stimmt, es ist fertig«, sage ich. »Trotzdem dauert es noch drei Wochen, bis die Ölfarbe durchgetrocknet ist.« *Und vier Wochen, drei Tage und elf Stunden, bis ich wieder an meinem Schreibtisch in der Bank sitzen muss.* Egal, wie sehr ich versuche, den Gedanken zu verdrängen, seit dem Telefonat mit Bekka verfolgt er mich wie ein Nachtmahr.

Unten steht die Haustür wohl offen, der Wind streift durch die Flure bis in mein Zimmer und bringt Gitarrenklänge mit sich. Ich wusste nicht, dass Brynja nicht nur einen einzigen Performance-Akkord anschlagen, sondern tatsächlich spielen und außerdem noch fantastisch singen kann. Ihre Stimme ist hell und schneidend klar. Ólafur fällt mit seinem dröhnenden Bass mit ein.

Líf tritt so nah zu mir, als wollte sie mich umarmen. Aber sie umschließt nur mein Gesicht mit ihren Händen und gibt mir einen Kuss auf den Mund. »Danke«, sagt sie leise. »Ich liebe dich wirklich, Swea, weißt du das?«

»Ich dich auch, Líf«, erwidere ich aus vollem Herzen. Jördis scheint sich nicht zu wundern, nur Sam schaut befremdet, als Líf mich gleich noch einmal küsst.

•••

Wie lange hatte ich dieses Volkslied vergessen? Aber jetzt ist mein singender, spielender Vater mir wieder ganz nah. Es fehlt nur noch Leifs Geige, dann könnte ich die Augen schließen und mir vorstellen, dass ich wieder sechs Jahre alt bin und Leif für mich singt. Er liebte nur die fröhlichen Lieder, und das selbstbewusste Mädchen, das *Brynja* heißt, was man mit *Frau in der Rüstung* übersetzen kann, scheint sie alle zu kennen. Swea hatte recht, dieses Haus brauchte wirklich Gäste und Leben – genau wie mein verschlossenes Herz. Heute kommt es mir vor, als würde ich ein neues, junges Island kennenlernen, das aufgeblüht ist, während ich in der Fremde war. Ich staune über Sweas Freunde, höre zu, wie sie über ihren Aufbruch reden, über Online-Shops, über große Pläne und Träume. Ich bemerke, wie die Gitarrenspielerin verstohlene Blicke mit ihrem Studienfreund tauscht, während sie im Gleichtakt spielen. Ich weiß nicht, warum sie vor den anderen verbergen, dass sie einander lieben, aber ich sehe es so deutlich, als wären ihre Herzen aus Glas. Sogar Jón ist wie verwandelt. Sweas Freunde mögen ihn, die dunkelhaarige Schönheit – Lori heißt sie – hat sogar ein Auge auf ihn geworfen und leistet ihm am Grill Gesellschaft. Sie lachen zusammen, als würden sie einander schon länger kennen. Und Swea? Sie strahlt so hell, dass es mir das Herz zusammenzieht.

»Wohin, wohin, mein ehrwürdiger Bonði?«, will Ólafur wissen.

»Aufräumen, mein treuer Vinur«, gebe ich zurück und gehe an den Musikanten vorbei die Treppe hinauf.

»Du willst dich doch nur vor dem Tanzen drücken«, ruft Ólafur mir hinterher. Ich lache mit ihm, und die Musik folgt mir in die Küche. Ja, mein neuer Freund hat scharfe Augen. Ich drücke mich vor zu viel Leben und Leichtigkeit, denn draußen sind die Weingläser inzwischen leer, Whiskey wird eingeschenkt, und

Valka und Swea stellen den Gartentisch beiseite. Ich mache das Licht in der Küche aus und beobachte, wie sie draußen im Schein der Lampions zu tanzen beginnen – in ihren wärmenden Jacken, mit den Gläsern in den Händen.

Swea scherzt mit Jón, sie nimmt sogar seine Hand und versucht ihn mit sich zu ziehen und zum Tanzen zu überreden, aber er schüttelt den Kopf und deutet auf den Grill, als wäre das tatsächlich ein Grund, einer solchen Frau etwas abzuschlagen. *Dummkopf*, denke ich. Swea lässt ihn los, dafür nimmt sie einfach Loris Hand, und die beiden Frauen tanzen – ausgelassen und völlig sorglos, den Arm locker um den Nacken und die Taille der anderen geschlungen, während mein Mieter mit verschränkten Armen zusieht und gar nicht merkt, wie verräterisch er lächelt.

Ja, Swea hat uns beide verändert. Wie ein Wind, der alles in Unordnung bringt, hat sie uns mitgerissen. Nichts erinnert mehr an die kühle, strenge Stewardess, die auf meiner Treppe saß und weinte, gefangen in einem Panzer aus Kummer und Angst. Da draußen ist sie nun eine völlig andere, überschäumend und temperamentvoll, mit einem klingenden Lachen. Sie sprüht Funken und wirkt so glücklich, als wäre sie nie woanders gewesen als hier. *Ólafur hat sie besser erkannt als ich*, denke ich. *Was sie berührt, das verwandelt sie.*

Bei einer Drehung rempelt Swea aus Versehen das Mädchen an. Es ist höchstens zehn, aber vielleicht täuscht das auch, weil es so zierlich und dünn ist. Swea entschuldigt sich und streicht dem Mädchen mit der Hand über die Wange. Es ist eine unbewusste, aber so zärtliche, mütterliche Geste, dass ich den Atem anhalte. Ich wusste nicht, wie sehr Swea Kinder liebt. *Vielleicht weiß sie es nicht einmal selbst*, denke ich. Und als Swea die Hände des Mädchens ergreift und mit dem Kind zu tanzen beginnt, flutet es mein Herz.

Kim liebte die Märchen, die ich ihr abends zum Einschlafen vorlas, wenn wir alleine waren. Aber nicht die Prinzessinen waren es, die sie bezauberten und berührten – es waren die stillen Figuren, deren Leid und Ringen nur in Nebensätzen erwähnt wurden. Der Jäger in Schneewittchen, der ein Gewissen hatte und lieber seine Herrin belog, als einen Mord an einer Unschuld zu begehen. Und der treue Kutscher Heinrich aus dem Froschkönig, der sein Herz vor dem Zerbrechen bewahren musste, indem er eiserne Bande um seine Brust schmiedete. Ich wusste bis eben nicht, wie fest die Bande waren, die ich um mein Herz gelegt habe. Jetzt öffnet es sich so weit, dass das Eisen in meiner Brust bricht. Es ist ein guter Schmerz. Und endlich gestehe ich mir ein, was mich an Swea so anzieht und gleichzeitig so verstört. Die Ähnlichkeit ist so deutlich, dass ich mich nicht länger blind stellen kann. Und als ich auch noch die Brille abnehme und die Schärfen verschwimmen, gibt es nur noch uns drei. Draußen tanzt meine Kim mit ihrer Mutter, die ihr spielerisch die Tanzschritte der Erwachsenen zeigt. Ja, es sind genau ihre Bewegungen, ihr Übermut, ihr Temperament. Sogar die Art, wie Swea den Kopf in den Nacken wirft, während sie lacht und das Kind herumwirbelt, bis es kichert, ist ein Abbild meiner Vergangenheit. *Genau so war es*, denke ich voller Wehmut. *Das waren wir*. Heute macht es mir keine Angst, meine Frau dort draußen zu sehen. Zum ersten Mal spreche ich es wieder in Gedanken aus: *Meine Frau. Meine Ehefrau*. Und zum ersten Mal, seit ich meinen Ring vom Finger gezogen habe, ist dieser Gedanke kein Schnitt durch mein Herz. Als würde alles in mir zur Ruhe kommen wie Wasser, in dem Schlamm und Sand auf den Boden sinken, bis man wieder auf den Grund sehen kann, weiß ich, was ich zu tun habe. *Es muss endlich aufhören*, denke ich. »Und ich werde es zu Ende bringen«, flüstere ich.

Im Wohnzimmer ziehe ich den Rollschrank-Sekretär von der

Schiebetür weg. Meine Reisetasche für die morgige Fahrt ist bereits gepackt, genau wie alle Akten und Kopien. Nun nehme ich noch die Briefe und meine Tagebücher aus der Schublade und schließe sie im Sekretär ein. Nicht, weil ich Swea nicht traue. Sondern weil ich aus Erfahrung weiß, dass Schlüssel verlässlichere Freunde sind als Versprechen.

Bevor ich das Skriptorium wieder verlasse, rücke ich das Foto an der hinteren Wand gerade und wische mit dem Ärmel das Glas ab. Als ich den Kleeblattschlüssel direkt nach Sweas Putzaktion im Wohnzimmer aus seinem Versteck im Buchregal holte und ihn stattdessen hinter den Bilderrahmen steckte, sind verräterische Fingerspuren im Staub zurückgeblieben.

Ich schiebe den Sekretär wieder vor die Tür und gehe zurück in die Küche, leichter, mit beschwingtem Schritt. Sweas Freundin Líf und ihr Australier holen Eiswürfel aus dem Kühlschrank. Ich wechsle ein paar Worte mit den beiden und trete wieder zum Fenster. Und dort stehe ich dann und sehe zu, wie draußen meine Gespenster glücklicher Zeiten tanzen.

•••

Zu dritt haben wir bis nach Mitternacht aufgeräumt, sogar Jón und Einar lachten miteinander, und noch nie habe ich mich meinem Partner in Crime so nahe gefühlt wie heute. Aber um ein Uhr morgens hat Einar darauf bestanden, den Rest alleine wegzuräumen, und so sitze ich nun in meinem Bett, den Laptop auf den Knien und den Kopf berauscht von Wein und Musik. Immer noch klingen Melodien in mir nach, und sobald ich die Augen schließe, wird mir schwindelig, als würde ich noch tanzen. Und jedes Mal erscheint hinter meinen geschlossenen Lidern Jón. Den ganzen Abend hat er mich beobachtet. Ich weiß nicht, was er wirklich über die Zahlen-Völva denkt. Im Wohnzimmer stand er zusammen mit Lori sehr lange vor Ólafurs Foto und studierte es schweigend, während die anderen sich darüber unterhielten. »Du hast einen sehr attraktiven Nachbarn«, hatte Lori mir zum Abschied ins Ohr geraunt. Natürlich ist mir nicht entgangen, dass er ihr gefällt. *Nicht nur ihr*, denke ich nun.

»Ich hatte ganz vergessen, dich etwas zu fragen«, schreibe ich ihm in meiner SMS. »Kannst du mich morgen Nachmittag in der Stadt aufpicken? Nenn mir eine Zeit, ich habe frei und richte mich nach dir.«

Mein Herz macht einen Satz, als Jón sofort antwortet.

»Siebzehn Uhr okay? Es war wirklich ein schönes Fest, danke noch mal für die Einladung. Bis morgen, Fjallkonan.«

Lori dürfte mein Lächeln jetzt nicht sehen. Aber umso lauter tickt in meinem Hinterkopf wie ein manischer Wecker wieder der Countdown. Vier Wochen, drei Tage und sieben Stunden.

»Vielen Dank!«, hatte Insa mir gestern Abend als Antwort auf meine Nachricht geschrieben. »Du weißt wirklich, wie man alles noch komplizierter macht. Jetzt darf ich Bekki also erklären, warum ich ihr nichts von deinem Island-Trip erzählt habe. Aber ja, du hast recht. Ich war es immer, die sagte, dieses ewige Vertuschen in unserer Familie sollte endlich aufhören. Und jetzt mache ich selbst schon mit. Also gut, ab heute fahren wir den Karambolage-Kurs. Zieh dich warm an! Und PS: Bekkas Spitzname für dich ist die Abkürzung von ›Hättichdoch‹. Das hat sie früher wohl dauernd bei euch zu Hause gehört.«

Mir klappt der Mund auf. Aber dann höre ich mich selbst, an so vielen Abenden, wenn ich mit Henrik in der Küche saß oder mit Anna telefonierte und über mein Leben sprach. *Hätte ich doch … mein Studium nicht aufgegeben / die Banklehre nie gemacht / keine*

Zeit verschwendet / nachgegeben / gekämpft / standgehalten / meine Meinung gesagt / ein anderes Leben.

Manchmal ist Insas Direktheit wie ein Weckruf. Ich lege das Handy beiseite, betrachte Lífs Porträt und dann das lose Blatt aus meinem Skizzenblock, das mit meinen eigenen Berechnungen gefüllt ist. Kreditzinsen reihen sich darauf, Miet- und Stundenlohnrechnungen, Tilgungsraten und vieles mehr. Die Zahlen sprechen eine deutliche Sprache. *Es wäre Wahnsinn* denke ich auch jetzt. Und gleichzeitig versuche ich mir vorzustellen, wirklich vorzustellen, wie ich in vier Wochen morgens in meine Bank komme. Die korrekte Frau Schwarzenberg im blauen Blazer, die bei der Montagsbesprechung von Abteilungsleiter Schäufele wieder am Arbeitsplatz begrüßt wird.

Skallagrímsson

Das Handyklingeln reißt mich aus einem Traum, in dem ich einen steilen Berg hinaufhinke und kaum von der Stelle komme, den Blick auf meine Füße gerichtet, die sich gerade in Hufe verwandeln, so silbern wie Lífs Schmuck. Benommen taste ich nach dem Smartphone und hätte fast den Laptop vom Bett gestoßen. Kaltes weißes Licht schlägt mir ins Gesicht, als der Bildschirmschoner wegschnippt und das Worddokument erscheint, über dem ich eingeschlafen bin. Und immer noch klingelt das Smartphone. Sieben Uhr vierzehn. Lífs Nummer.

»Was ist denn los?«, nuschele ich im Tran auf Deutsch. Mein Mund ist pelzig und ekelhaft trocken, und ich bin schweißgebadet.

»Skallagrímsson!«, ruft Líf mir ins Ohr.

»Hm?«, bringe ich nur heraus.

»Mir ist gerade eingefallen, woher ich Jón kenne. Mach deinen Laptop an und such bei Youtube nach Jón Skallagrímsson.«

»Skalla … was?«

»Mach schon! Du kannst auch einfach *Kreppa Hero* oder *Iceland Maniac* eingeben, inzwischen hat das Video viele verschiedene Namen.«

Iceland Maniac? Nur langsam tröpfeln die Worte in mein Hirn.

Und jetzt dämmert mir auch, dass ich den Namen Skallagrímsson kenne. *Egil Skallagrímsson, der Saga-Rebell mit der Axt.*

»Damals sah Jón noch anders aus«, sprudelt Líf weiter. »Er hatte keinen Bart und eine andere Frisur, deshalb habe ich eine Weile gebraucht. Vielleicht tarnt er sich auch mit Absicht mit diesem Bart, um heute nicht mehr gleich erkannt zu werden.«

Ich vertippe mich zweimal, bevor es mir gelingt, das Video zu finden.

»Mein Bruder hatte mir den Link geschickt, als ich damals in der Reha war«, höre ich Líf weiterreden. »Er sagte, ich sollte mir vorstellen, der Kreppa Hero sei ein Bild für meine Abwehrkräfte, die meine Krankheit fertigmachen. Das Video ging während des Crashs viral, jeder Isländer hat es sich angesehen.«

Jetzt bin ich hellwach. Denn im Gegensatz zu Líf erkenne ich Jón sofort. Beziehungsweise sein jüngeres Ich, den dynamischen Unternehmer. Allerdings sieht er hier ziemlich fertig aus, mit tiefen Schatten unter den Augen, unrasiert und völlig außer sich. Das Video ist verwackelt, offenbar hat es jemand aufgenommen, der an einer Straße stand und mit dem Smartphone gefilmt hat, was sich auf einem Grundstück abspielte. Darauf steht eine nagelneue Villa mit Panorama-Terrassenfenstern. Sie sind gerade erst eingesetzt worden, an den Scheiben kleben noch Schutzfolien mit dem Logo des Herstellers. Und das Grundstück selbst ist noch Bauland. Aber man sieht bereits, dass es ein protziges Luxusanwesen ist.

Jóns jüngeres Ich geht aus dem Bild, ein Mann in seinem Alter folgt ihm aggressiv schreiend. Das Bild schwankt, als würde der Filmende ein Stück rennen. Und als das nächste Bild erscheint, rutsche ich tiefer in die Kissen. Jón sitzt in einer Planierraupe. Das Ding springt mit einem Rattern und Röhren an und übertönt das Gebrüll des Mannes, der mit den Armen fuchtelnd vor das

Stahlschild des Gefährts springt. Jón gibt einfach Gas, und der Mann hechtet erschrocken zur Seite, während das Gefährt sich wie ein Panzer durch das Gelände fräst – genau auf die Terrasse des Hauses zu. Der Lärm kreischt blechern aus den Laptop-Lautsprechern, ebenso das Geschrei der Schaulustigen, auch fassungsloses Gelächter höre ich. Dann rammt die Planierraupe mit voller Schubkraft die Hausmauer. Unter dem Druck des Stahlschilds bricht sie wie eine Eierschale, Steine hageln und Glas splittert, während die Raupe sich immer weiterschiebt.

Jón macht seine Villa platt, denke ich fassungslos. In diesem Moment bricht ein Teil des Daches herunter, und Jón duckt sich, als die Trümmer auf dem Dach der Raupe aufschlagen. Eine Heißwasserleitung birst, und aus dem Loch im Dach schießt in der kalten Luft ein vier Meter hoher dampfender Geysir in den Himmel. Das Publikum tobt, manche feuern Jón an. Doch die Planierraupe ist zum Stehen gekommen, und der schreiende Mann nutzt seine Chance und klettert mit Todesverachtung auf die Ketten des Gefährts. Das Bild wackelt wieder, der Filmer rennt näher zum Schauplatz. Die nächste Aufnahme zeigt, wie der Mann Jón am Kragen aus dem Fahrerhaus zerrt, wie sie beide auf dem Boden landen und auf dem Bauplatz aufeinander losgehen. Jón ist größer, aber der andere Mann bulliger. Die beiden geben sich nichts. Aber als Jóns Gegner sich nach einem Fausthieb wieder aufrappelt und auf ihn zustürzen will, hebt Jón allen Ernstes ein Stück Furniereisen vom Boden auf und reißt es drohend hoch. Der zweite Mann weiß wohl, was gut für ihn ist. Er flüchtet zu den Passanten auf die Straße.

Líf sagt irgendetwas, aber ich höre sie wie aus weiter Ferne. Ich kann nur Jón anstarren, sein wutverzerrtes Gesicht und seine lodernden Augen. Polizeisirenen heulen in der Ferne, und ganz am Rand des Bildes bemerke ich erst jetzt einen Jeep mit geöffneten Türen. Sara steigt aus dem Auto, in den Armen Baby-Bjarni. Sie bleibt neben dem Jeep stehen und starrt zu ihrem Mann hinüber. Jón entdeckt sie und lässt das Eisen sinken. Die Sirenen heulen nun ohrenbetäubend laut, aber für Sara existiert nur Jón, der ihr über den Bauplatz hinweg direkt in die Augen sieht. *Hör endlich auf,* bete ich. *Leg das Eisen weg.* Geysirdampf umwallt Jón, Nässe tropft von seinem Haar, seiner Nase. Schwer atmend steht er noch ein, zwei Sekunden da, dann holt er mit der Stange aus – und zertrümmert mit voller Wucht das letzte noch heile Terrassenfenster.

Nur am Rande nehme ich wahr, wie Polizisten Jón überwältigen. Ich betrachte Sara, den Ausdruck in ihrer Miene, während sie ihr Kind an sich drückt und die Hand schützend über Bjarnis Kopf legt, als wollte sie ihm den Anblick seines Vaters ersparen. Ich wusste nicht, dass Liebe in einer einzigen Sekunde verlöschen kann. Doch als Sara sich umdreht und zum Auto zurückgeht, weiß ich, dass exakt das der Moment war, als ihre Ehe für sie vorbei war.

»Swea? Bist du noch da?«

Ich mache den Mund wieder zu und muss mich räuspern. »Ja, ich bin noch da«, sage ich heiser.

»Damals wurde er von vielen als Held gefeiert«, erklärt Líf. »So viele hätten ihre eigenen Häuser ebenfalls lieber in Grund und Boden gestampft, als sie der Bank zu überlassen. Das Video kam sogar im Fernsehen und hat sich auch im Ausland verbreitet.«

Ich schlucke und schaue zu den Likes unter dem Video. Fast eine Million. *Dreimal so viel wie Island Einwohner hat.*

»Er hat dir wirklich nichts erzählt?«, höre ich Líf sagen. »Gar nichts? Und Einar hat es auch nicht erwähnt?«

»Nein«, murmle ich. »Er sagte nur einmal, Jón habe im Crash

seine Firma verloren.« Aber mir fällt ein, was Jón zu mir sagte, als wir uns noch kaum kannten: »Ich sage nur, wie es ist. Man hat keine Ahnung, mit wem man verheiratet ist. Bis es hart auf hart kommt.« Nur meinte er damit gar nicht Sara, die im Scheidungskrieg zur Furie mutierte, wie ich damals annahm. Er meinte damit sich selbst.

• • •

Ich hatte angenommen, dass Einar erst am späten Vormittag losfahren würde, aber die Küche ist leer, und neben der vollen Kaffeekanne liegt eine Nachricht, in der Einar mir mitteilt, dass er mich nicht wecken wollte und sich heute Nachmittag meldet. Ich schaue aus dem Fenster zum gelben Haus hinüber. Die Lampiongirlande schaukelt im Morgenwind, aber die Party ist in jeder Hinsicht vorbei. Noch nie habe ich mich so ernüchtert gefühlt.

Nur wenig später kommt Jón in die Küche, müde, aber mit einem Lächeln. »Guten Morgen. Hast du dir noch gar keinen Kaffee eingeschenkt?« Er füllt meine Tasse und versenkt darin exakt die Zuckermenge, die ich mag. Unsere Hände berühren sich kurz, als ich die Tasse annehme. Und ohne dass ich es will, zucke ich leicht zurück. Jón runzelt die Stirn und sieht mich lange fragend an. Und noch bevor ich meinen Mut zusammennehmen und ihm sagen kann, was ich nun von ihm weiß, wandelt sich der Ausdruck in seiner Miene, wird müde und resigniert. Und so bitter und hart, wie ich Jón von früher kenne.

»Das Video?«, fragt er.

»Kreppa Hero«, sage ich leise. »Du warst ein Held.«

Jón lässt sich auf den Stuhl mir gegenüber sinken, stützt sich mit den Ellenbogen am Tisch auf und reibt sich mit beiden Händen über das Gesicht. »Oh Mann«, murmelt er. »Aber es war ja nur eine Frage der Zeit, bis jemand dich drauf stößt. Das passiert immer.«

Ausnahmsweise wünsche ich mir, dass das Haus nicht so leer und sogar von den Geistern verlassen wäre. Denn die nackte Realität ist um einiges verstörender als knarrende Treppen.

»Wer war der Mann, mit dem du dich geprügelt hast?«, frage ich in die Stille.

»Saras Bruder.«

Und ich dachte, in meiner Familie schlagen wir uns die Köpfe ein.

»Und ... was heißt das: *Es passiert immer?*«

Jón seufzt abgrundtief. »Es heißt, dass ich für ein paar Idioten tatsächlich ein Held war. Aber in Wirklichkeit bin ich für immer Jón Skallagrímsson, der Iceland Maniac. Und sobald ich jemanden kennenlerne, gräbt früher oder später irgendeine Freundin oder ein Bekannter den Link aus und warnt die Frau, mit der ich gerade etwas anfange, vor mir. Und für gewöhnlich war's das dann.«

»Du meinst, Greta hat nur deswegen Schluss gemacht?«

Jón zuckt mit den Schultern. »Sie sagte, sie will irgendwann Kinder und ein ruhiges Familienleben. Und sie kann sich nicht vorstellen, mit jemandem zusammen zu sein, der dazu fähig ist, so auszurasten.« Er lächelt bitter. »Und andere wollen mich genau deswegen, sie schreiben mich sogar an. Es ist schon verrückt: Diejenigen, die mich als Jón Skallagrímsson wollen, die will ich nicht. Und die anderen ... wollen mich nicht.«

Ich hätte genauer zuhören sollen. Was hat Jón zu mir gesagt, nachdem Aki ihm das blaue Auge verpasst hatte? »Bist du eine von diesen Gewalt-Junkies, die auf solche Typen stehen?« Und mir wird auch klar, warum er wissen wollte, ob ich Aki nach seinem Ausbruch verachte. Jón fragt sich offenbar, welche Art von Frau ich bin – ein Gewalt-Groupie oder eine Greta. Eine Weile verharren wir in dem angespannten Schweigen. »Jetzt weiß ich jedenfalls, warum du der Meinung bist, dass man nicht neu anfangen kann«, bringe ich nach einer Weile hervor.

Aber Jón lässt sich nicht ablenken. »Swea«, sagt er mit fester Stimme. »Das auf dem Video, ja, das war ich. Aber heute ...«

»Ich weiß«, unterbreche ich ihn leise. Und ich weiß es wirklich. Ich muss nur daran denken, wie er mit Houdini und Einar umgeht, mit den Kindern, mit mir – und sogar mit Aki. Jón ist temperamentvoll und aufbrausend, er hat viel Zorn in sich, aber er ist kein Schläger. Doch als er sich über den Tisch beugt und seine Hand auf meine legt, ziehe ich sie dennoch zurück.

»Es ist nicht die Tatsache, dass du im Affekt dein Haus zerstören wolltest, damit es die Bank nicht bekommt«, bricht es aus mir heraus. »Es ist die Art, wie du Bjarni angesehen hast. Als wäre dein kleiner Junge ein Fehler im System, als ... wärst du wütend, dass es ihn gibt.« Und weil Jón nichts sagt, kann ich nicht anders, als auch den Rest auf den Tisch zu legen. »Willst du ihn deshalb nicht sehen? Weil er ... nicht so perfekt ist, wie du ihn haben willst?«

Jón sieht mich an, als hätte ich ihm einen Hieb versetzt. Schweigend steht er auf und zieht den Reißverschluss seiner Uniformjacke hoch, ohne mich anzusehen. »Ich hole dich um fünf am Leif-Eriksson-Denkmal ab«, sagt er schon im Gehen. »Sei pünktlich.«

• • •

Einar geht nicht an sein Handy, vermutlich sitzt er noch im Auto. Bei seiner Art zu fahren braucht er mit dem Pickup für die zweihundertvierundsechzig Kilometer sicher eine Ewigkeit.

Flóki ist mit Maya allein im Laden. Ich helfe beim Aufbau der

Regale. Es tut gut, mich in Strukturen und Gebrauchsanleitungen zu flüchten, Schrauben und Muttern zu zählen und an den richtigen Platz zu setzen. Aber dennoch fühle ich mich, als würde ich jeden Handgriff durch Glaswände betrachten, während ich die ganze Zeit an Jón denke. Einar meldet sich, als ich um kurz nach vier schon auf dem Weg zum Museum bin. »Na endlich!«, rutscht es mir statt einer Begrüßung heraus. »Ich hatte mir schon Sorgen gemacht.«

»Das tut mir sehr leid«, erwidert Einars Stimme aus dem Norden der Insel. »Es war viel Verkehr, und jetzt bin ich noch auf dem Hof des Pächters. Wir machen uns gerade auf den Weg zu den Weiden. Sie sind sehr abgelegen, also wundere dich nicht, wenn ich in den nächsten Stunden schlechten Empfang habe ...«

»Einar, hast du gewusst, dass Jón vor Jahren sein Haus zerstören wollte?«

Ich kenne Einar so gut, dass ich seine Art des Schweigens schon durch das Telefon lesen kann. Im Geiste sehe ich, wie er voller Unbehagen die Brille zurechtrückt, um Zeit zu gewinnen. »Ach das«, höre ich ihn dann sagen. »Ja, das ... war schon eine ungute Sache.«

Gestatten: Einar Pálsson, Meister der Beschönigung.

»Warum hast du nie davon erzählt?«, bohre ich unbarmherzig weiter.

Brillenrücken. Pause.

»Es gab keinen Grund dafür, Swea. Ich war der Meinung, wenn Jón es für richtig hält, dich über seine Vergangenheit aufzuklären, wird er es dir schon selbst erzählen. Und das hat er ja nun offenbar getan.« Er atmet sehr langsam aus, dann fügt er vorsichtig hinzu: »Außerdem ... halte ich nichts davon, immer wieder Dinge ans Tageslicht zu zerren, für die jemand längst gebüßt hat.«

»Was heißt das?«

Einar zögert, als würde ihm klar, dass ich wohl doch nicht alles weiß. Aber er kennt mich auch gut genug, um zu wissen, dass es zu spät ist, um mich abzuwimmeln. Er räuspert sich unbehaglich.

»Sein Haus gehörte der Bank. Das heißt, er hat fremdes Eigentum zerstört. Für den Schaden, den er angerichtet hatte, wurde er vor Gericht verklagt und saß sogar zwei Monate im Gefängnis.«

Wow. Aber andererseits keine wirkliche Überraschung. Und es ist kein Wunder, dass Jón diesen Teil seines Lebens liebend gern löschen würde.

»Verurteile du ihn nicht auch noch, Swea«, höre ich Einar sagen. »Jón ist ein wirklich guter Kerl, der einmal im Leben einen Fehler gemacht hat. Leider einen großen und folgenschweren. Aber das ist lange her. Und irgendwann muss man die Vergangenheit ruhen lassen und nach vorne schauen.«

Ich glaube, ich habe mich verhört. Ausgerechnet Einar ermahnt mich, nicht an Vergangenem festzuhalten?

»Swea, mein Käufer wartet auf mich. Aber ich rufe dich heute Abend an und wir telefonieren ausführlich, einverstanden?«

»Einverstanden«, sage ich leise.

• • •

Alma freut sich, dass ich ihr ihre Möffin-Schüssel im Café vorbeibringe. Wir trinken einen schnellen Kaffee. Und als ich schon zum Denkmal aufbrechen will, fällt Alma noch etwas ein. »Fast hätte ich es vergessen: Grytta von der Theke sagte, heute Vormittag war eine Frau da, die nach dir gefragt hat.«

»Lori?«

»Ja, bestimmt, aber Grytta hat sich den Namen nicht gemerkt.«

Bei Lori geht im Moment nur die Mailbox ran, dafür ruft Maya an und fragt mich, ob ich aus Versehen den Schlüssel zur hinteren Lagertür eingesteckt habe. »Oh ja«, murmle ich. »Entschuldige. Soll ich den Schlüssel bei Líf in den Briefkasten werfen?«

»Du kannst ihn auch einfach im Apoték bei Torger abgeben. Líf fängt nachher mit ihrer Schicht an.« Stimmt, seit Lífs Ex, der Barkeeper, wieder mit ihr redet, arbeiten sie an denselben Tagen. Also nehme ich die Beine in die Hand und hetze zum Apoték. Torger ist schon dort und bindet sich gerade die Kellnerschürze um.

»Gruß an Líf«, sage ich atemlos und schiebe den Schlüssel über die Theke. »Der gehört zum Laden, Líf weiß Bescheid.« Ich klopfe zum Abschied auf die Theke, renne wieder zur Tür.

Und wäre um ein Haar in Anna hineingelaufen.

Maskenlos

Mit einem Stadtplan in der Hand hatte Anna gerade das Café betreten. Wir prallen beide erschrocken zurück und starren einander nur an. Und dann fällt Anna der Plan fast aus der Hand. Ihr Mund klappt auf, sie sieht mich völlig fassungslos an. Und mir wird klar, dass sie mich im ersten Moment gar nicht erkannt hat. Sie schluckt und macht den Mund wieder zu. Und ich dränge mich an ihr vorbei und ergreife die Flucht. Großes Kino. Ausgerechnet ich, die ich Einar und Jón predige, den Dingen ins Gesicht zu sehen. »Swea!« Annas Ruf gellt durch das Café, dann hat sie mich schon an der Tür eingeholt und am Arm gepackt.

»Fass mich nicht an!«, fauche ich. Sie zuckt zurück, als hätte ich sie geohrfeigt. Nicht nur ich habe mich verändert, seit wir uns das letzte Mal gesehen haben. Auch Anna kenne ich so nicht. Sie ist totenblass geworden, und zum ersten Mal sehe ich in ihrer Miene so etwas wie Unsicherheit.

»Was hast du hier verloren?«, fahre ich sie an.

Sie schluckt und senkt den Blick. »Swea, hör zu«, sagt sie leise. »Du hättest jedes Recht, mich stehen zu lassen. Aber bitte, gib mir die Chance, mit dir zu reden.«

Damit du mir erzählen kannst, dass nichts so ist, wie ich denke?

Aber mein erster Fluchtreflex ist vorbei, langsam spüre ich wieder die Wut auf sie, die Hitze hinter dem Schlüsselbein, die

Zähne, die ich schmerzhaft fest zusammenbeißen muss, um ihr nicht alles ins Gesicht zu schleudern.

»Zehn Minuten«, sage ich. »Und die Uhr läuft ab jetzt.«

Ja, ich bin die Tochter meines Vaters. Wer das Ultimatum stellt, kontrolliert die Situation. Auch wenn es sich nicht so anfühlt. Aber Anna sagt erstaunlich zaghaft: »Danke.«

Im Raum mit den moosfarbenen Sesseln setzt sie sich mir so behutsam gegenüber, als würde sie damit rechnen, dass ich sie über den Tisch hinweg anfalle.

»Du hast mich vorhin im Museum gesucht, nicht wahr?«, frage ich. »Woher wusstest du, dass du mich dort findest?«

Anna zuckt unbehaglich mit den Schultern. »Das war nur eine Idee. Ich weiß ja, wie gerne du in Museen zeichnest, besonders, wenn es dir nicht gut geht. Ich hatte vermutet, dass du dich dort ganze Tage verkriechen wirst, also habe ich ein Foto von dir mitgenommen und habe nach dir herumgefragt. Die einzige Überraschung war, zu erfahren, dass du dort im Café jobbst.« Sie hebt fragend die Brauen.

»Noch acht Minuten«, sage ich nur.

Anna verschränkt die nervösen Hände vor sich auf dem Tisch und holt Luft. »Swea, ich weiß, was du von mir denkst, und du hast jedes Recht dazu, mich zu hassen. Aber ich bin nicht wegen uns beiden hier. Sondern wegen Henrik. Er steckt wirklich, wirklich in Schwierigkeiten.«

Beinahe hätte ich gelacht. Und es wäre kein nettes Lachen gewesen. »Und deshalb schickt er seine Affäre zu mir?«

»Ich bin keine Affäre, Swea«, sagt Anna ruhig. »Ich war es nie.«

Es tut immer noch scheußlich weh.

»Wie lange geht das schon?«

»Das spielt doch keine Rolle mehr, Swea. Es ist vorbei.«

»Zum wievielten Mal ist es vorbei?«

Offenbar höre ich mich anders an als die Swea, die Anna kannte. Sie sieht mich wieder irritiert an. Dann senkt sie den Blick. Ihre Knöchel sind weiß, so verkrampft sind ihre Hände. Ihre schönen, von Terpentin rauen Künstlerhände, die auf Leinwand zaubern können. Ich wünschte, ich wäre nicht so kleinlich, selbst jetzt noch darüber Neid zu empfinden.

»Na schön«, sagt sie nach einer ganzen Weile. »Wir ... waren zusammen, als er dich kennenlernte. Damals, auf der Fete, als du und ich uns zum ersten Mal getroffen haben, waren Henrik und ich ein Paar, auch wenn niemand davon wusste. Nicht einmal Filiz und Valentina.«

»Verdammt, Anna! Hast du dich damals etwa nur mit mir angefreundet, um die Konkurrentin unter Kontrolle zu haben?«

»Wir waren nie Konkurrentinnen. Swea. Henrik und ich, wir ... hatten damals eine offene Beziehung. Es war ein Experiment, oder eher ein Drama, On und Off. Und dann kamst du, und als Henrik anfing, sich in dich zu verlieben, war es vorbei.«

»Du meinst, er hat Schluss gemacht?«

»Nein«, bricht es heftig aus Anna heraus. Ein Funke ihres Temperaments und ihrer Direktheit ist wieder da. Und ich merke schmerzhaft, wie sehr mir auch diese Seite unserer Freundschaft fehlt. »*Ich* habe es beendet, Swea. Weil du da schon meine Freundin warst. Weil ich wusste, dass du ihn mehr liebst als ich. Weil ich damals dachte, es hat für mich nicht so viel Bedeutung wie für dich.«

»Wie großzügig.« Den Sarkasmus kann ich mir nicht verkneifen. »Wärst du wirklich meine Freundin gewesen, dann hättest du es mir sagen müssen.«

»Hätte ich? Es war vorbei, bevor er dich das erste Mal geküsst hat ...«

»Wenn es vorbei gewesen wäre, säßen wir beide jetzt nicht hier. Wann fing es wieder an, Anna? Noch während der Studienzeit? Oder erst, als du von Berlin nach Frankfurt gezogen bist? Hast du nur wegen Henrik die Stadt gewechselt?«

»Du weißt genau, weshalb ich umgezogen bin!«, fährt Anna mich an. »Weil ich keine junge Künstlerin mehr war, weil ich es nicht geschafft hatte, eine große Karriere zu starten. Und es wird schwieriger, je älter man wird, das weißt du ebenso gut wie ich. Jeder liebt die jungen Wilden, aber auf der Mittelstrecke ist es nicht ganz so leicht. Noch dazu als Frau. Du weißt genau, wie der Kunstmarkt da tickt.«

Das weiß ich nur zu gut. Wenn es um Verkäufe geht, klingeln die Kassen vor allem bei männlichen Künstlern. Seit 1920 gibt es Statistiken, wie viele Einzelausstellungen es von Männern gab. Und wie wenige im Verhältnis dazu von Frauen – bis heute.

»Wir hatten nächtelang darüber geredet, dass ich in Berlin keine Perspektive mehr habe«, fährt Anna fort. »Es war deine Idee, die Stadt zu wechseln, weil du gute Kontakte zur dortigen Szene hattest, weißt du noch? Du hast alles darangesetzt, dass ich zu dir komme, weil du nach Bekkas Weggang immer noch so verdammt traurig warst und dich in deiner Familie und auch in deinem Bank-Job so einsam fühltest, dass du es kaum ausgehalten hast. Ich bin umgezogen, weil wir beide an einem Endpunkt waren und uns neu orientieren wollten. Du wolltest endlich durchstarten und das Bank-Business hinter dir lassen. Dich neu aufstellen als eigene Künstlerin. Nachholen, was du versäumt hast in den Jahren, in denen du nur für deine Familie und Henriks Karriere da warst. Erinnerst du dich?«

»Du hast meine Frage nicht beantwortet. Wie lange geht das schon mit euch?«

Aber Anna wiegelt mit einem trotzigen Schulterzucken ab. Ich spüre, wie sie sich verschließt, wie Türen zufallen, wie sie sich verhärtet zu einer Front, an der ich zerschellen werde.

Aber ich bin nicht mehr die Frau, die sich in die Schranken weisen lässt. Ich schlage so heftig auf den Tisch, dass der Salzstreuer umkippt. »Verdammt noch mal, Anna, jetzt sag mir einmal – einmal! – die Wahrheit!« Anna ist zurückgezuckt und starrt mich erschrocken an. »Wart ihr wirklich jemals getrennt?«, herrsche ich sie an. »Oder war es immer eine Dreiecksgeschichte, von der nur ihr zwei wusstet?«

»Geht es auch leiser, Swea?«, ruft Torger von der Theke herüber. »Es sind noch andere Gäste hier.«

Ich lasse mich widerwillig auf den Stuhl zurücksinken. Anna ist blass geworden. Erst jetzt holt sie wieder Atem. »Es war … keine Dauergeschichte, ich schwöre es dir. Es ist zum ersten Mal passiert, als ihr sechs Jahre verheiratet wart und er die Sonderausstellung in Potsdam hatte. Er war allein dort, du musstest ja bei Bekka zu Hause bleiben. Damals lief ja noch das ganze Drama mit Insa und deinen Eltern. Für Henrik war es damals auch keine leichte Zeit. Wir haben nach seiner Vernissage zusammengesessen und Wein getrunken. Einfach über alte Zeiten gesprochen und uns daran erinnert, welche Pläne wir früher hatten. Und dann … ist es passiert. Und zwei Jahre später wieder. Es flammte immer mal wieder auf, in Abständen. Es war sicher auch eine Flucht für Henrik, eine Rückkehr in die Freiheit …«

»Eine Flucht. Vor mir?« Mein Lachen klingt bitter. Es fühlt sich so sehr nach meinem alten Ich an, dass ich Angst bekomme. Davor, dass die vergangenen Monate mir einfach entgleiten können, als wäre die neue Swea nie wirklich real gewesen.

»Glaubst du wirklich, du bist die Einzige, die für eure Ehe etwas aufgegeben hat?«, sagt Anna. »Auch Henrik hat zurückstecken müssen, das weißt du genau.«

»Fünf Minuten, Anna.«

Sie schluckt. »Ich wollte dich niemals betrügen«, sagt sie leise. »Wenn du mir sonst nichts glaubst, dann glaube mir bitte wenigstens das, Swea: Du bist ... du warst meine Freundin. Ich war Nina Hagen und du warst Bambi, weißt du noch? Sobald du ins Atelier gekommen bist, war Henrik völlig gleichgültig, dann gab es nur noch uns. Wir waren Verbündete, Schwestern. Und ob du es glaubst oder nicht, ich habe dich immer geliebt. Ich liebe euch beide, Henrik und dich. Und daran hat sich auch nichts geändert.«

Ja, das ist eine Lektion, die Líf mir schon erteilt hat. *Hören wir jemals auf zu lieben?* Denn als wir einander anschauen, ist alles wieder da, die Vertrautheit, unsere gemeinsamen Stunden, all das, was uns immer noch verbindet. Für einen Moment wünsche ich mir nichts so sehr, als Anna einfach zu umarmen. Aber ich kann es nicht. Ich bin nicht Líf, die alles verzeihen kann.

»Und obwohl du mich so sehr liebst, gehst du mit Henrik ins Bett?«, bringe ich mühsam hervor. »Wie passt das zusammen?«

Anna beißt sich auf die Unterlippe und starrt in ihren Kaffee.

»Und du warst ja auch nicht die Einzige, zu der Henrik *flüchten* musste«, setze ich bitter hinzu. »Wer ist diese MI, die du mir als Mika Fennen verkaufen wolltest?«

Es ist eine fade Genugtuung, dass ein Schatten von Schmerz über Annas Miene huscht.

»Sie heißt Marlene Inbek«, sagt sie. »Sie ist eine Mediengestalterin aus Köln und betreut den Social-Media-Feed eines kleinen Indie-Magazins.«

»Stimmt, ich weiß!« Jetzt erinnere ich mich an den Namen und die Anfrage per Mail, ob Henrik ein Interview für das Magazin geben würde. Ich selbst hatte Frau Inbeks Nachricht damals direkt an Henrik weitergeleitet. Angeblich hatte er abgelehnt.

Anna verzieht den Mund zu einem ironischen Lächeln, das ihre Kränkung nur schlecht verbirgt. »Ja, im Grunde hat er uns beide betrogen.«

»Bitte verschon mich, Anna!«

Sie holt scharf Luft. Und mit einem Mal funkeln ihre Augen vor Zorn. »Herrgott, Swea, macht es dir immer noch so viel Spaß, dich in deiner Selbstgerechtigkeit zu suhlen? Du bist immer das Opfer, nicht wahr? Weißt du eigentlich, dass du zum Kotzen oft wie deine Mutter klingst?« Das hat gesessen. Und natürlich kennt Anna mich so gut, dass sie die Pause sofort nutzt. »Marlene Inbek ist der Grund, warum ich hier bin«, fährt sie hastig fort. »Sie war auf der Eröffnung, obwohl die Sache mit Henrik längst beendet war. Zum Glück hat sie sich vor der Presse und deinen Eltern zurückgehalten. Aber dafür bloggt sie jetzt, ein künstlerisches Tagebuch-Projekt über ihre *Amour fou* mit einem verheirateten Künstler. Sie ist gerade mal vierundzwanzig, aber bereits ein Shooting Star der Bloggerszene. Sie hat bis jetzt zweihunderttausend Follower, und jeder Idiot kann sich zusammenreimen, dass der Künstler, den sie auf ihren Collagen so hübsch verfremdet, Henrik ist. Und wenn du jetzt nicht zurückkommst und das Ganze in Ordnung bringst, dann reißt Papa Löwe Henrik richtig den Arsch auf.«

Ich hatte lange nicht mehr das Gefühl, dass ich nicht atmen kann. Alles, was ich überwunden glaubte, überrollt mich wie eine Ladung Lavaschotter. »Das heißt also, meine Eltern wissen von Marlene.«

»Noch nicht, aber es ist nur eine Frage der Zeit, bis dein Vater Henrik nicht mehr glaubt, dass dein Ausraster nur ein Missverständnis zwischen Eheleuten war.«

»Und ich soll *in Ordnung bringen*, was Henrik verbockt hat?«

Annas Lippen sind ein bebender Strich. Ein, zwei Sekunden

versucht sie sich noch zusammenzureißen, aber dann bricht die wirkliche Anna hervor. Die Frau, die nicht zu Kreuze kriecht und sich niemals entschuldigt.

»Hast du überhaupt eine Ahnung, was für Henrik auf dem Spiel steht, wenn dein Vater ihn finanziell in den Boden radiert? Und das kann er, Swea. Er hat schon Himmel und Hölle in Bewegung gesetzt, damit ihr den Zuschlag für die Kunstfabrik bekommt. Er hat seine Beziehungen für die Baugenehmigung spielen lassen und über Jahre das Netzwerk für Henriks Verkäufe aufgebaut, auch in seinen Kundenkreisen, das weißt du genau. Du hast ja immer schön mitgemischt. Aber als sich die letzte Edition von Henrik nicht verkauft hat, hat dein Vater ihm Geld geliehen.«

»Was?«

»Was glaubst du wohl, warum dein Vater eure Konten eingefroren hat? Er wollte sichergehen, dass er seinen Privatkredit von Henrik zurückbekommt. Euer Kunstfabrik-Konto ist nämlich so gut wie leergeräumt.«

»Wovon redest du? Ja, wir hatten in den vergangenen Jahren kaum Gewinn mit Henriks Kunst gemacht, aber wir sind doch nicht pleite. Henrik hat im letzten Jahr vier große Skulpturen verkauft.«

»Ja, aber nur auf dem Kontoauszug. Es war Papa Löwes Geld, das auf das Kunstfabrik-Konto geflossen ist. Das Ganze war ein Kartenhaus mit Scheinkäufen über Dritte. Dein Vater hat Henrik unter die Arme gegriffen, aber nicht, weil er so ein guter Mensch ist. Er glaubt zu wissen, wie man Preise generiert und einen Markt befeuert. Er hat Henrik in eine Scheiß-Aktie auf dem Kunstmarkt verwandelt und seine eigenen Kunden mit ins Boot geholt, die Henriks Werke als Anlage kaufen. Aber langsam will er endlich Gewinne sehen für das, was er jahrelang in seinen Schwiegersohn investiert hat.« Anna beugt sich so weit über den Tisch, dass ich ihr Parfüm riechen kann, schwer und vertraut, durchsetzt mit Zigarettenatem. »Für Henrik geht es um alles. Er braucht jetzt den großen Durchbruch oder er geht finanziell endgültig unter. Die Kunstfabrik und *Sexting Beat* sind seine allerletzte Chance, es noch einmal zu reißen. Und bei deinem Vater steht die Glaubwürdigkeit als Kunstdealer und Tippgeber für seine eigenen Kunden auf dem Spiel.«

Diesmal weiß ich sehr genau, wovon Anna spricht: Es ist ein Unterschied, ob man nur Teil der ideellen Kunstwelt ist oder auch Teil des finanziell sehr konkreten Kunstmarktes. Van Gogh war zu Lebzeiten Teil der Kunstwelt, aber verkauft hat er fast nichts, und gelebt hat er vom Geld seines Bruders. Millionenschwerer Teil des Kunstmarktes wurde er erst lange nach seinem Tod.

Und Henrik ist zwar ein heller Stern am Himmel der Kunstwelt, aber unsere Miete bezahle immer noch ich mit meinem Bankergehalt. Denn Porträts im Feuilleton, Prominenz in der Szene und ein paar Ausstellungen begleichen keine Rechnungen, wenn man es nicht schafft, auch eine internationale Größe zu werden, eine Investition für Sammler, eine – ja – Aktie von Wert. Und langsam dämmert mir, wie sehr es Papa Löwe nur darum ging. Wie oft hat er mit seinen Kunden und Geschäftspartnern über Kunst geredet. »Kunst ist der letzte wirklich freie Markt«, höre ich ihn mit dieser Begeisterung des Investors und Pokerspielers sagen. So gesehen bekommt auch der liebevolle Spitzname, den mein Vater seinem Schwiegersohn gab, nun eine ganz neue Bedeutung. *Der Joker.*

Anna verzieht grimmig den Mund und schlägt eine Zigarette aus der Packung, die sie hier im Café nicht anstecken darf. »Ich weiß nicht, wie oft Henrik und ich uns die Köpfe eingeschlagen haben wegen dem Thema Eisner-Geld. Ich habe versucht, ihn zu überzeugen, dass er Nein sagen muss und aufhören soll, ein Investitionsobjekt deines Vaters zu sein, selbst wenn das heißt, den harten, unbequemen Weg zu gehen. Aber Henrik hat schon immer nach den Sternen gegriffen. Und du warst das Eisner-Clan-Mädchen, die pflichtbewusste Tochter, die so erleichtert und glücklich war, als deine Familie deinen armen Künstlerfreund in die Arme schloss ...«

»Henrik war froh, Teil meiner Familie zu sein! Er und mein Vater sind ein Herz und eine Seele.«

»Ja, natürlich, weil Henrik selbst keinen Vater hatte und ein armer Schlucker war«, ruft Anna. »Und Papa Löwe hätte lieber Jungs statt euch Töchter gehabt, das hast du immer wieder selbst beklagt. Henrik und dein Vater haben sich in jeder Hinsicht gesucht und gefunden. Und im Grunde ticken sie ja ganz ähnlich, sie wollen beide immer mehr, als sie kriegen. Ein richtiges Dreamteam. Mit allen Konsequenzen – leider werden sie für Henrik gravierender als für deinen Vater sein.«

Ich muss kurz die Augen schließen, so übel ist mir plötzlich. Aber jetzt ergeben auch die epischen Schlachten zwischen Anna und Henrik einen Sinn. Ihre Auseinandersetzung um Kunst und Kommerz. Metasprache mit einem sehr konkreten Hintergrund. Nur hatte ich nicht gewusst, was wirklich dahintersteckt.

»Warum hast du mir von dem Kredit nichts erzählt, Anna?«

»Weil ... Henrik mich darum gebeten hat, dir nichts zu sagen.«

»Aber die Einzige, mit der Henrik über all das hätte sprechen sollen, bin ich, und nicht du!«

»Hättest du ihm denn zugehört?«, braust Anna auf. »Wie lange hättest du ihn noch geliebt, wenn er mit seiner Kunst untergegangen wäre? Du bist nämlich auch eine Puppenspielerin, genau wie dein Vater. Henrik musste auch für dich der große Star sein. Weil es bei dir nicht zu einer Kunstkarriere gereicht hat. Aber es ist scheißanstrengend, der Mann zu sein, den du in ihm sehen willst. Wunderst du dich wirklich, dass er zu feige war, ehrlich zu dir zu sein?« Sie schnaubt und fährt zornig fort: »Verdammt, Henrik hatte richtig Talent! Er hätte so gut werden können! Authentisch, radikal, wegweisend – wenn er frei gewesen wäre, seinen Weg weiterzugehen.«

»An deiner Seite? Ein Künstlerpaar wie Marina und Ulay, die sogar ihre Liebe als Kunst und Performance lebten?«

»Ja, vielleicht!«, ruft Anna ebenso hitzig aus. »Und wahrscheinlich wären wir daran gescheitert, aber es wäre jedenfalls ehrlicher gewesen, als Skulpturen über Vitamin B zu verkaufen, sich künstlerisch zu verbiegen und sich an eine Mittelstandsehe zu verkaufen, die weder ihn noch dich glücklich gemacht hat.«

Líf ist Wasser, das sich auf sanfte Art seine Wege sucht. Anna ist eine Steinlawine, die auf ihrem Weg jede Mauer zerstören und dir jede Maske vom Gesicht reißen kann.

»Gibt es ein Problem, Swea?« Torger ist neben dem Tisch aufgetaucht.

»Nein, kein Problem«, antworte ich atemlos. »Entschuldige.«

Zumindest tut es gut zu sehen, wie sehr es Anna verunsichert, mich in der Wikingersprache reden zu hören. Torger zögert, aber dann geht er zur Theke zurück.

Auch Anna fällt auf, dass das halbe Café zu uns herüberschaut. Nervös steckt sie die ungerauchte Zigarette in die Packung zurück. »Tut mir leid«, sagt sie deutlich leiser. »Jedenfalls ... weißt du jetzt endlich, wie es wirklich um eure Kunstfabrik steht. Wenn du mit deinem Vater wegen des Geldes redest, kannst du ihn sicher überzeugen, Henrik wenigstens nicht völlig zu ruinieren, falls du dich wirklich scheiden lassen ...«

»*Unsere* Kunstfabrik?«, unterbreche ich sie. »Tja, bedaure, wenn mein Mann mit meinem Vater hinter meinen Rücken Geld verschiebt, wird er die Sache jetzt auch allein mit meinem Vater regeln können. Und wenn es ihm nicht gelingt, wird mein Gehalt die Kunstfabrik auch nicht mehr retten. Ich werde nämlich meine Stelle bei der Bank kündigen und hier in Island bleiben.«

»Du wirst *was?*« Zum ersten Mal, seit wir uns kennen, sehe ich nackte Panik in Annas Augen. »Und was willst du hier in Zukunft machen?«, stößt sie hervor. »Kaffee servieren in der Touristenkaschemme des Kunstmuseums? Im Ernst, Swea?«

»Ist keine schlechte Arbeit. Und bringt vermutlich mehr ein als deine laufende Ausstellung.«

Diese Gemeinheit kann ich mir einfach nicht verkneifen. Doch das, was mich tief treffen würde, lässt Anna mit einem Schulterzucken an sich abperlen. Sie lehnt sich zurück und verschränkt die Arme auf diese asymmetrische Art, die ihr eigen ist. Als würde sie sich selbst umarmen.

»Ja, eine Einwanderin wie dich braucht Island ganz bestimmt«, sagt sie spöttisch. »Eine kinderlose, verkrachte Geschiedene kurz vor den Wechseljahren auf dem Selbstfindungstrip.«

Anna war schon immer besser im Austeilen als ich. In diesem Moment fallen die Masken endgültig. Ich bemühe mich gar nicht zu verbergen, wie verletzt ich bin. *Warum auch?*, denke ich. Ich bin so müde davon, etwas vorzugeben – Gefühle, Nichtgefühle oder eine Stärke, die ich einfach nicht habe.

»Tut mir leid, dass du mich so siehst«, sage ich mit erstickter Stimme.

Annas Mund wird hart auf die Art, die ich nur zu gut kenne: wenn sie sich nicht anmerken lassen will, dass ihr etwas ins Herz schneidet. »Swea, hör zu ...«

»Guten Flug, Anna.« Ich stehe auf und lasse sie mit der Rechnung sitzen. Nicht die feine Art, aber so gewinne ich wenigstens einen Vorsprung.

»Swea! Jetzt hau nicht schon wieder ab!« Annas Ruf gellt hinter mir über die Straße, und ich beginne zu rennen. Ich werde erst langsamer, als ich mit Seitenstechen den Stadthügel hinaufgejagt bin, vorbei an den Touristenläden, immer auf die Kirche und das Denkmal zu, als wäre es die rettende Boje in dem Meer aus Chaos, in dem ich nach Luft ringe. Die Panik ist mir wieder auf den Fersen, aber bevor sie mich fängt, sehe ich den Bus. Jón lehnt an der Motorhaube. Er ist der einzige Mensch, der vorwurfsvoll rauchen kann. Es ist seine Art, auszuatmen, oder die Tatsache, dass sich über ihm eine Wolke aus Missfallen zusammenzuballen scheint. Aber noch nie war ich so erleichtert, ihn zu sehen.

Er entdeckt mich erst, als ich schon über die Straße gerannt bin. Und bevor er mich auf meine Verspätung ansprechen kann, bin ich schon am Wagen und reiße die Tür auf. »Lass uns bitte losfahren, schnell!«

»Was ist passiert? Hast du eine Bank ausgeraubt?«

»Frag nicht, fahr einfach.«

Meine Stimme ist heiser vom Schreien im Café, und sicher klinge ich völlig außer mir. Jón scheint sich in Zeitlupe zu bewegen. Endlich schlägt auch seine Tür zu und schneidet die Geräusche der Stadt ab. Mein Herz rast, während ich aus dem Fenster starre, immer darauf gefasst, doch noch Anna zu sehen, die bergauf rennt, mir auf der Spur wie ein Nachtmahr. Ja, ich bin ein Feigling, der eines am besten kann: davonlaufen. Als tatsächlich eine Frau mit schwarzem Haar um eine Ecke biegt, ducke ich mich tief in den Sitz, was Jón mit einem stirnrunzelnden Seitenblick quittiert. Es dauert gefühlte Ewigkeiten, bis wir endlich den Highway erreichen. Erst jetzt merke ich, dass ich zittere. Ich spüre Jóns stumme Frage, aber im Augenblick kann ich nicht mehr tun als atmen.

»Ist der Finne wieder hinter dir her?«, höre ich Jón schließlich sagen.

»Nein.« Ich muss nach Luft ringen, so sehr schnüren mir Annas Wahrheiten immer noch den Atem ab.

»Dann hattest du wohl Angst vor Ella«, sagt Jón ruhig. »Oder warum hast du dich eben vor der Schwarzhaarigen am Straßenrand versteckt?«

»Ich dachte, es wäre die Geliebte meines Mannes.«

»Sie ist in Reykjavík?«

»... und hat im Museum nach mir herumgefragt und mich dann im Apoték überrascht.«

Jóns Smartphone leuchtet auf. Ich erwarte das übliche Bild einer blutjungen Sara mit Bjarni, aber Jón hat das Kontaktbild getauscht. Jetzt schaue ich in das Gesicht einer älteren Sara mit einer erwachsenen Kurzhaarfrisur und feinen Linien um die Mundwinkel. Jón drückt den Anruf bedächtig auf lautlos. »Und? Was will die Neue deines Mannes von dir?«

»Es ist nicht seine *Neue*«, bricht es aus mir heraus. »Er liebt sie länger als mich.« Ich zucke zusammen, denn eigentlich wollte ich »kennen« sagen. Und damit habe ich den eigentlichen Grund, warum ich weglaufen musste. Aber es ist einfacher, wütend zu werden, als den Schmerz dieser Wahrheit zu fühlen, also hole ich tief Luft und beginne zu reden.

Nicht einmal Líf habe ich jemals viel von Anna erzählt. Sie war diejenige, deren Namen man nicht nennt, die taube Stelle in meiner Seele, die Narbe, unter der es immer noch pochte, auch wenn ich mir etwas anderes eingeredet habe. Jetzt bricht alles auf. »Dass mein Vater hinter meinen Rücken mit Henrik Abmachungen trifft, ist nicht die eigentliche Überraschung. Die beiden waren schon immer das Männergespann der Familie und haben ihr Ding gemacht. Aber Henrik lügt mich an und verschweigt mir, dass er sich bei meinem Vater bis zum Bankrott verschuldet hat. Und Anna weiß es und deckt Henrik auch noch vor mir. Und sie ist so dreist, mir zu sagen, dass *ich* hier die Puppenspielerin bin!«

»Und das bist du nicht?«, fragt Jón trocken.

Die Luft geht mir aus, das Blut rauscht in meinen Ohren. Ich wünschte, ich hätte die Kraft weiterzutoben, aber von einem Moment auf den anderen fällt meine ganze Empörung in sich zusammen. Ich muss die Augen schließen, denn vor mir scheint die Straße zu bocken wie ein verrücktes Pferd. Und obwohl ich es nicht will, fange ich hier in Jóns Gegenwart an, Rotz und Wasser zu heulen. Emotionaler Ketchup-Burst. Und je mehr ich versuche, mich zu beherrschen, desto mehr klinge ich wie jemand, der an einem hysterischen Anfall erstickt.

»Oh Mann«, höre ich Jón murmeln. Er fährt so scharf rechts ran, dass es mich in die Gurte drückt, dann öffnet sich die Tür an meiner Seite und Jón fasst mich am Arm und zieht mich an die frische Luft. »Tut mir leid«, sagt er. »Ich wollte dich nicht fertigmachen.«

»Schon gut«, würge ich hervor. Aber nichts ist gut, und Jón weiß das wohl ebenso gut wie ich.

Er bleibt stehen, die Hand an meinem Arm, und wartet, bis ich wieder durchgeatmet habe. »Geht es wieder?«

Ich nicke, und er lässt mich los. Dann nestelt er seine Zigarettenpackung aus der Jackentasche und steckt sich eine an.

»Weißt du, was das Schlimmste an dem Ganzen ist?«, sage ich. »Dass Anna recht hat. Ich bin keinen Deut besser als mein Vater. Ich habe in Henrik wirklich nur das gelten lassen, was ich in ihm sehen wollte. Und ich bin keine Vollblut-Künstlerin, die Malen als ihren einzigen Lebenssinn betrachtet. Ich bin nicht wie Henrik, der nur für seine Kunst lebt. Dafür liebe ich das Malen nämlich nicht genug.«

»Was für eine Überraschung«, murmelt Jón.

»Ja klar, Jón! Du hast es ja von Anfang an gewusst!«

»Nein, *du* weißt alles von Anfang an«, erwidert Jón verärgert. »Du siehst einen Ausschnitt des Ganzen und bildest dir sofort ein Urteil. Und wenn die Welt nicht so ist, wie du sie brauchst, dann würdest du auch noch das Leinwandmesser nehmen, um sie auf dein Format zurechtzuschneiden. Zumindest in dieser Hinsicht scheint deine Freundin dich ja verdammt gut zu kennen.« Verärgert nimmt er einen letzten Zug und drückt die Zigarette wieder aus. »Es stimmt, dass ich Bjarni nicht besuche«, bricht es aus ihm heraus. »Und ja, damals, an diesem einen, einzigen Tag, da habe ich ihn für eine Sekunde angeschaut, als wäre er ein Fehler. Aber ich meinte nicht ihn damit. Ich meinte mich! Ich hatte gerade erst das Familienunternehmen übernommen und Kredite aufgenommen, um neue Maschinen zu kaufen. Ich war ein junger Größenwahnsinniger, der dachte, er hätte alles im Griff mit den Investitionen für die Firma und dem neuen Haus. Alle erwarteten von mir, dass ich Erfolg habe, dass ich meiner Familie etwas biete. Und als das Kartenhaus zusammenkrachte, war ich nur noch scheißwütend und habe mich aufgeführt, als hätte mir das Schicksal unrecht getan. Es ist kein schönes Gefühl, alles in den Sand zu setzen, Swea. Ich musste dreizehn Leute entlassen, die schon für meinen Vater gearbeitet hatten, und Konkurs anmelden. Sara und ich stritten nur noch, ihre Familie nannte mich einen Versager, und meine Leute machten mir genauso die Hölle heiß. Als ich das Haus niederreißen wollte, bin ich im Grunde nur auf mich und mein eigenes Leben losgegangen. Ja, an dem Tag, an dem unser Haus an die Bank fiel, bin ich einmal in meinem Leben richtig durchgedreht. Und jeder kann es sich für alle Zeiten im Internet ansehen. Ich habe in einer Minute alles kaputt gemacht, was mir je etwas bedeutet hat. Ich habe damals Sara verloren, für immer. Und nichts wird sie jemals zu mir zurückbringen. Ich bin der Maniac, ja, doch das ist nicht alles, was ich bin!«

»Das weiß ich, Jón ...«

»Ach wirklich? Du hast mich heute Morgen genauso angesehen, wie mich meine Freunde und Verwandten seitdem ansehen – und Sara sowieso. Als wäre ich für alle Ewigkeit der Loser, der rasende Irre, der seiner Familie das Haus und die Existenz weggesprengt hat.« Jón holt Luft. »Ich mag ein sturer Idiot sein«, fährt er fort. »In mancher Hinsicht bin ich genauso schnell mit Vorurteilen wie du. Ich habe dich als Bankerin beschimpft, aber zumindest habe ich zweimal hingeschaut und meine Meinung geändert. Und Einar hat mir eine Chance gegeben. Du gibst mir keine. Aber glaubst du im Ernst, ich bin so ein verdammtes Arschloch, dass ich mein Kind nicht sehen will, weil es Trisomie hat? Keine einzige Sekunde habe ich bereut, dass Bjarni auf der Welt ist! Und ja, es stimmt, ich will ihn nicht besuchen, obwohl ich ihn liebe. Aber was glaubst du, sollte ich meinem Sohn wohl sagen? Dass sein Vater ohne Rücksicht auf ihn alles in Stücke gehauen hat und wegen seiner Dummheit auch noch Schulden für die nächsten zehn Jahre hat?«

»Das ist also der einzige Grund?«, sage ich leise. »Dass du dich schämst?«

»Was für einen Grund sollte ich wohl sonst haben?«, herrscht Jón mich an. Er schluckt und kämmt sich mit den Fingern durchs Haar. »Er hat eine neue Familie, eine Halbschwester und auch einen neuen Vater – Ian. Ist ein Ingenieur aus England und ein wirklich netter Kerl, Bjarni liebt ihn. Ian hat einen kleinen Hof in Hella gekauft, mit Schafen und Ziegen, alles wie im Bilderbuch. Bjarni kommt also gut ohne mich klar.«

»Aber Ian ist nicht der einzige Vater, den Bjarni an seinem Geburtstag sehen wollte ...«

»Ach, fuck off, Swea!«, herrscht Jón mich ungeduldig an. »Und lass deine Dramen in Zukunft an jemand anderem aus.« Er wendet sich brüsk ab und steigt wieder ins Auto. Als ich die Beifahrertür öffnen will, schnappt die Sicherung ein, und Jón fährt ohne mich los.

Die Farbe des Windes

Der Shuttle-Bus parkt nicht im Hof, als ich von der Bushaltestelle zum Haus hochlaufe. Houdini döst neben der Tränke und macht sich heute nicht die Mühe, zum Zaun zu trotten. Im Sumarhús dröhnt die Leere in meinen Ohren, als ich mich am Küchentisch an den Laptop setze. Draußen wehen die ersten Vorboten eines Sturms, das Knistern der trockenen Lupinen höre ich sogar durch die geschlossenen Fenster.

Ich öffne die Word-Datei mit der Kündigung, die ich heute Nacht verfasst habe, aber ich schicke sie noch nicht ab. Stattdessen suche ich im Internet nach Marlene Inbek. Auf Anhieb habe ich über tausend Treffer. Ganz oben ihr experimenteller Video-Blog. Die Titelzeile des neuesten Beitrags lautet *Amour fou – H und MI – Lust 17/4*.

Mein Zeigefinger schwebt über dem Touchpad, aber ich klicke den Link nicht an. *Die Party ist wirklich vorbei*, denke ich. Ich verstehe nur zu gut, was Jón meinte, ich fühle mich verkatert von meinen alten Dramen. Und neue brauche ich nicht. Also lösche ich sogar den Suchverlauf und öffne auch nicht meinen alten Mailaccount, der sicher von Nachrichten überquillt. Ich werde sie alle lesen, ich werde meinen Vater anrufen, ich höre endlich auf, mir etwas vorzumachen und davonzulaufen. Es gibt viel zu klären.

Aber heute hole ich mir erst einmal ein Glas Wein und suche nach Songs von Árstíðir. Der erste, den ich finde, hat den Titel »You Again«. Das Lied habe ich schon oft gehört, doch das Video habe ich mir noch nie angesehen. Ich lehne mich zurück und lasse mich von getragenen Klavierklängen auf ein Eisfeld kühler Blautöne führen. Eine Gestalt in einem Festkleid aus blauen Stoffstreifen schreitet ins Bild. Als sie sich in Zeitlupe der Kamera nähert, erkenne ich, dass es ein schöner, androgyner Mann ist. Ich betrachte das maskenhafte Make-up, die geschminkten Augen und den glühend roten Lippenstift. Er trägt eine strenge Frisur, einen exakt geschnittenen dunklen Bob, und auf dem Kopf eine Kappe, die mit Perlen und Kronenmünzen bestickt ist. Ja, diese Königin schmückt sich mit Zahlen und Geld, wie auf einer Paraderüstung reihen sich die isländischen Kronen auch auf ihrer Brust und an den Ärmeln. Ihr Halsschmuck sind zwei weiße Hände aus Stoff, die an ihrer Kehle liegen und sie zu einer sehr aufrechten, steifen Haltung zwingen. *Das bin ja ich*, denke ich. Die blaue Bergfrau, die Völva der Zahlen, die mein eigentlicher Schmuck sind. Aber die Aufmachung des androgynen Mannes gleicht auch meinem Hostessen-Ich – mit dem starren Gesicht, dem überschminkten roten Mund und dem Klammergriff von Verpflichtungen an der Kehle.

Die Kunstgestalt tritt zu der Eisskulptur eines stehenden Bären – und holt voller Kraft aus. Der Bär bricht in epischer Zeitlupe. Und als die Königin etwas Zartes aus den Trümmern birgt, muss ich beinahe heulen. Es ist ein stilisiertes Herz, das aussieht, als hätte Líf es aus roter, weißer und orangefarbener Wolle gestrickt. Das Herz des Bären ist unversehrt, und die Frau hält es behutsam in ihren behandschuhten Händen.

Der Wind wirft sich mit solcher Wucht gegen die Scheiben, dass ich denke, das Fensterglas müsste sich wie die Haut einer

Seifenblase nach innen wölben. Draußen steht Houdini ganz in der Ecke der Koppel, den Kopf gesenkt und das Hinterteil zum Wind gerichtet, stoisch standhaltend, bis der Sturm vorbeizieht.

Und gerade als ich den Song noch einmal abspielen will, lässt ein Krachen im Wohnzimmer mich mit einem Schrei aufspringen.

• • •

Immer noch steht Einars Sekretär vor der Schiebetür. Es ist leicht, ihn zur Seite zu schieben. Und kaum habe ich die Tür zum Skriptorium aufgemacht, fegt mir die Kälte ins Gesicht und Vorhänge flattern mir entgegen. Der alte Sperrriegel am Fenster war bereits fast durchgerostet. Nun hat der Sturmwind die letzte lose Schraube aus der Halterung gerissen. Ich renne in die Küche und hole den Werkzeugkasten. Und nachdem ich das Fenster notdürftig mit Spacks, Draht und einer Holzleiste fixiert habe, schaue ich mich im Skriptorium um.

Der Wind hat alles zu Boden befördert, was Einar penibel genau auf dem Tisch aufgereiht hatte. Bleistifte und lose Blätter liegen wild verstreut herum, und an der Wand hängen die Bilder schief, das mittlere schaukelt noch leicht. Ich sollte gehen, aber stattdessen erinnere ich mich an das, was Anna mir im ersten Semester beibrachte, als wir eine Ausstellung abstrakter Kunst besuchten. »Wenn du ein Kunstwerk nicht verstehst, dann taste dich wie ein Kommissar heran. Betrachte das Kunstwerk wie einen Tatort. Und dann beschreibe einfach, was du siehst, in jedem Detail, ganz sachlich.«

Zwölf Bleistifte auf dem Boden, denke ich. *Drei Bilder an der Wand, alles Schwarz-Weiß-Fotos. Alte Rahmen. Auf jedem Bild ist ein Pferd zu sehen. Einars Familie von Zentauren.* Eine Taschenuhr, die Einar sicher von Pál oder Leif geerbt hat, hängt zwischen Bild zwei und Bild drei an einem Nagel an der Wand und tickt. Ich trete näher heran. *18.23 Uhr. Die Uhrzeit ist korrekt. Einar zieht die Uhr also regelmäßig auf.*

Auf dem rechten Foto ist Pál zu sehen, unter dem sogar der stämmige gefleckte Island-Hengst zerbrechlich aussieht. Auf dem mittleren Bild Einar als junger Mann, noch ohne Brille, die Augen kurzsichtig schmal, das blonde Haar verweht und der Mund lachend. Seine Hand hat er auf den Hals eines windfarbenen Pferdes gelegt. *Das muss Aska sein*, denke ich. Sie ähnelt Houdini wirklich. Dieselbe schwarzgraue Farbe und die helle Mähne, aber das Pferd auf dem Foto ist alt. Das zeigen die eingesunkenen Augen und der sehnige, dürre Hals, das schon etwas fadenscheinige und zerraufte Fell. Links von diesem Foto, halb verborgen hinter der Jacke am Garderobenhaken an der Wand, hängt das dritte Pferdebild, beziehungsweise sehe ich vom Pferd nur den hellen Schweif. Erst als ich die Strickjacke zur Seite schiebe, enthüllt sich das Foto einer Reiterin, die ebenfalls auf Aska sitzt. Nur dass die Stute da noch jung ist. Marie erscheint mir kaum älter als Bekka, eine zierliche Amazone in einer säuberlich gebügelten Bluse, als wäre sie unterwegs zu einem festlichen Ereignis, vielleicht auf einem Sonntagsritt zur Kirche. »Marie?«, frage ich leise. »Bist du das hier im Haus?«

Natürlich passiert ... nichts. Kein Knarren, kein Türenknallen. Aber wenn ich Marie lange genug anschaue, kann ich mir einbilden, dass ihre Augen funkeln und ihr Lachen etwas Wissendes, Grimmiges hat.

Das mittlere Bild hat sich inzwischen ausgependelt und hängt nun schief. Vorsichtig will ich es geraderücken, aber noch bevor ich es berühren kann, fällt es einfach von der Wand. Ein scharfes, gläsernes Knacken geht mir durch und durch. Und als ich mich vom Schreck erholt habe, sehe ich, dass das Glas auf seltsame Art gesprungen ist. Es sieht aus, als hätte eine unsichtbare Faust gegen das Glas geschlagen. Einar lacht mich durch ein Spinnennetz aus Bruchlinien an, ein defragmentiertes Mosaik optischer Verschiebungen. Ich schlucke und hebe das Bild behutsam hoch. Etwas klirrt, dann fällt etwas Glänzendes auf den Boden. Erst halte ich es für eine Goldmünze, aber dann erkenne ich, dass es ein Messingschlüssel in Form eines Kleeblatts ist, der eben noch gut verborgen hinter dem Rahmen steckte.

• • •

Der Käufer von Leifs Land heißt Björn und ist ein noch junger Mann. Er und seine Frau haben sich mit Leib und Seele der Schafzucht verschrieben. Den halben Nachmittag haben wir zu dritt in seinem Stall verbracht, stolz haben sie mir ihre Tiere gezeigt und voller Faszination meinen Bauernhofgeschichten von früher gelauscht. Dann fuhren Björn und ich auf die Weide. Ein letztes Mal setzte ich den Fuß als Grundeigentümer auf mein Land. Und während wir gemeinsam die Grenzen des Landstücks abschritten, wurde ich so ruhig, als wäre ich endlich heimgekehrt.

Wir haben den Vertrag auf einen flachen Stein gelegt und dort unter freiem Himmel unterschrieben. Mein Käufer strahlte und packte eine Flasche Brennivín und zwei Gläser aus, um den Handel zu besiegeln. »Tarja kocht für uns«, sagt Björn nun. »Sie will dich unbedingt noch zum Abendessen einladen. Du kannst auch gerne bei uns übernachten.«

»Danke, aber ich habe bereits eine Unterkunft. Und außerdem noch eine Verabredung.«

»Schade.« Björn lächelt mit ehrlichem Bedauern und streckt mir die Hand zum Abschied hin. »Dann mach's gut, Einar. Und schau bei uns vorbei, wenn du wieder in der Gegend bist.«

Der Hof, der meinem zweiten, meinem wahren Vater gehörte, liegt zwanzig Kilometer von Leifs Land entfernt. Es beginnt bereits leicht zu dämmern, als ich von der Straße abbiege. Damals gab es sie noch nicht, ebenso wenig wie den Schotterpfad, der sich durch das gebirgige Land windet. Aber alles andere erkenne ich wieder: die stumpfen Berge und eine Hügelkette in der Form eines liegenden Hundes. Die Basaltbrocken, mit denen meine Eltern einst die Ecken der Schafweiden markierten, jede Scharte im Hang, jede Falte in der Haut meiner Insel ist mir vertraut. Und ganz in der Ferne, hinter hellen Zäunen, liegt der Hof meiner Kindheit, der früher Pál gehörte. Er hat eine moderne Fassade bekommen, ein anderes Dach. Wie Jahresringe sind Silos und Nebengebäude um den Kern herumgewachsen. Dort will ich nicht hin, mein Weg führt bergauf, dorthin, wo die Felsgruppe ist, die an das Gesicht eines Riesen erinnert. Aus leeren Augenhöhlen schaut er mit aufgerissenem Mund zum Himmel. Als Kind wagte ich ihn nur aus der Ferne zu betrachten, während die Schafe über seine Riesenstirn kletterten und Futter auf der Wiese dahinter suchten. Das Moos und die Flechten auf den Steinzähnen haben noch ihre Sommerfärbung. Und als ich die Hand darauf lege, ist alles wieder da. »Dieser Riese zog sich morgens nicht rechtzeitig in seine Höhle unter der Erde zurück«, höre ich meine Mutter flüstern. »Und als ihn ein Sonnenstrahl traf, versteinerte er mit dem Blick in den Himmel. Aber du darfst seinem Maul niemals zu nahe kommen, Einar, sonst erwacht er wieder zum Leben und verschluckt dich.«

Das, wovor Marie mich bewahren wollte, ist ein Sturz in einen schartigen Felsspalt, aus dem nicht einmal ein Schaf ohne Hilfe herauskommen würde. *Also genau der richtige Ort, um etwas gehen zu lassen, was mich sonst noch umbringen wird.*

Meine Schritte sind unsicher, ich bin das Klettern nicht mehr gewohnt, mehrmals stolpere ich, bis ich endlich dicht am Schlund stehe. Er ist halb gefüllt mit losem Trollbrot – Gestein, das zu glatten runden Scheiben zersplittert ist. Schwer liegt mein Ring in meiner Hand, ich spüre das Gold durch den Stoff des Taschentuchs hindurch. Und als ich das Tuch wegzupfe, nimmt der Wind es einfach mit sich. Über mir reißt der Himmel die Wolken in Fetzen, und ich muss daran denken, wie Pál meiner Mutter hier draußen zeigte, wie man Wind auf vier Beinen fängt und führt. Er lehrte Marie die Worte, die es braucht, um ein angelegtes Pferdeohr nach vorne zu locken und Hufe zum Verharren zu bringen.

Meine Hand zittert, als ich den Arm ausstrecke und meinen Ehering in den Schlund des Riesen fallen lasse. Ich will zurücktreten, als mich ein Windstoß wie ein Hieb in den Rücken trifft und mich aus dem Gleichgewicht bringt. Ich stürze über einen Felszahn des Riesen, stauche meine Rippen. Meine Hand rutscht am Fels ab. Schmerz reißt über meine Finger und den Handrücken, aber es gelingt mir, die schlimmste Wucht des Sturzes abzubremsen, bevor ich auf dem Boden aufkomme. Mein Mantel hat sich an einem scharfkantigen Stein verfangen, und als ich zurückkrieche, klappert etwas neben mir und fällt in die Tiefe. *Mein Handy!* Als es aufprallt und auf Geröll abwärts rutscht, glimmt die Beleuchtung auf. 18.25 Uhr, leuchtet die Uhrzeit, dann rutscht das Telefon in einen klaffenden Steinriss und verschwindet.

Ein eisiger Wind reißt mir den Mantel über den Kopf, halb blind krieche ich zurück und kauere mich zitternd mit dem Rücken an einen Felsen, die aufgeschürfte Hand an mein Herz gepresst, das kein Band mehr zusammenhält. Ich dachte, ich würde hier meine Heimat wiederfinden, mich in die Umarmung meiner Ahnen flüchten, aber der Stein ist so kalt und tot wie alles, was für immer fort ist. Es gibt keine Antworten für mich. Niemand ist hier. Und ich vermisse alles, was ich vertrieben habe, so sehr, dass ich es in den Wind hinausschreie.

• • •

Diesmal knarrt keine einzige Diele, als ich zu Blaubarts Zimmer gehe. Der Schlüssel, den Einar angeblich vor Jahren schon verloren hat, passt und dreht sich nahezu ohne Widerstand im Schloss. Im ersten Moment bin ich fast enttäuscht, dass Einar nicht gelogen hat. Es ist tatsächlich eine Art Gerümpelzimmer. Kisten türmen sich dort, wo ich sie durch das Schlüsselloch nicht sehen konnte. Das rote Holzpferd liegt immer noch auf dem Boden unter dem Fenster. Weiteres Kinderspielzeug reiht sich auf den Kisten. Ein hübsches französisches Bett mit verschnörkeltem Metallrahmen steht an der linken Wand, begraben unter Koffern. Der Kleiderschrank ist weiß und golden lackiert und steht auf der rechten Seite. Seine Seitenleiste hatte ich durch das Fenster gesehen. In dem geometrisch-nüchternen Design des Sumarhús wirkt das Zimmer wie ein Fremdkörper. Neben dem Bett steht ein Plattenspieler mit einer Plastikabdeckung auf dem Boden. Und am Fußende entdecke ich flache Kisten voller Schallplatten und ein altes Tonbandgerät. Jemand hat hier Musik gehortet und mit einer zierlichen, damenhaften Schrift auf Tonbänder Titel wie »Flamenco Nr. 7/1« und »Variation de la Lune« geschrieben. Einar hält Karins Sachen unter Verschluss, als könnte man Erinnerungen wegsperren und den Schlüssel einfach verstecken. Ich sollte nicht stöbern, aber als ich in einer Ecke auch noch die verstaubte Hülle einer Gitarre entdecke, hangele ich das Instrument daraus hervor.

Es war teuer, das sehe sogar ich als Laie. Als ich über die Saiten streiche, gibt die Gitarre ein verstimmtes Seufzen von sich, wie jemand, der nach langem Schlaf geweckt wird. Der Laut jagt mir eine Gänsehaut über den Rücken. Draußen heult der Meereswind, der Luftzug drückt sich durch die Ritzen des undichten Fensters. Ich sollte mich langsam daran gewöhnt haben, aber ich erschrecke, als die Schranktür mit einem Knarren aufgeht. Ich stehe auf und will die Tür wieder schließen. Aber dann spüre ich Widerstand. Diesmal ist es nicht der Wind, es ist der deutliche Gegendruck einer anderen Hand. Ich halte den Atem an und spüre dieser Gegenwart nach. Ja, wir sind zu zweit hier. Und jede von uns drückt die Tür in die andere Richtung. Die fragile Balance hält sich nur durch unsere Kräfte. Spätestens jetzt wüsste ich ganz sicher, dass das Gespenst eine Frau ist. Es ist der Parfümduft, der mir aus dem Schrank entgegenschlägt, eine Ahnung von Nelke und eine zartsüße Pflaumennote. Und als ich dem Kräftemessen nachgebe und die andere die Tür ganz aufdrückt, enthüllt das Schrankinnere eine Reihe von Kleidern. Es sind keine groben Wollsachen oder Wetterjacken, sondern leichte Sommergarderobe in kräftigen Farben. Sie wirkt wie in Jahren gewachsen, Jahresringe aus Seide, Wolle und Cordsamt. Nach links verjüngt sich die Mode, geht weiter in die Vergangenheit. Ich entdecke Schlaghosen aus den Siebzigern. Und ganz links – ich halte den Atem an – ein Hochzeitskleid? Nein, es ist nur ein helles, seidenleichtes Sommerkleid, nicht weiß, nicht beige, nicht karamellbraun, sondern je nach Lichteinfall anders, aber mit einem Silberschimmer. *Windfarben.* Der Stoff ist fein und so dünn, dass schon das Herausnehmen den Saum flattern lässt. Ich halte das Kleid an meinen Körper. Es ist schulterfrei, farbige Blumenstickereien umspielen die Ärmel und die Taille und wiederholen sich im Blumenmotiv der Spitze, die den Ausschnitt säumt. Die Frau, die das Kleid getragen hat, war kleiner als ich. Aber trotzdem ist es mein Kleid, *mein* Hochzeitskleid, in dem ich über die Düne laufen wollte, Hand in Hand mit Henrik. Ich hänge es über das metallene Rankengitter des Bettes und suche nach dem Stecker des Tonbandgeräts. Es ist lange her, dass ich ein solches Gerät bedient habe, ich glaube, für irgendeine Aktion unserer Künstlergruppe im ersten Semester. Ich muss den Staub von den Tonbandspulen blasen und hoffe, dass sie nicht verklebt sind oder sich zersetzt haben. Doch es funktioniert tatsächlich noch. Und als ich »Variation de la Lune« einlege und starte, ist es, als würde ich in eine andere Zeit stürzen, an einen ganz anderen Ort.

Ich hatte getragene klassische Musik erwartet, stattdessen höre ich schnelle Gitarren. Es müssen drei oder vier Musiker sein, und sie spielen einen Jazz-Tango, so schwungvoll und leidenschaftlich, dass es mich mitreißt, als wäre ich mitten in einem Probenraum. Ich höre die Stimmen von Musikern – Frauen und Männer. Lachen klingt im Hintergrund, das Taktschlagen von Absätzen, die das Stück begleiten. Sie haben eine Probe aufgenommen. Es klingt nach Freude und Freiheit und purer Lebensschwere, süß und dunkelrot und zum Bersten gefüllt. Und dann frage ich mich nicht mehr, was die Geister dieses Hauses von mir wollen, ich ziehe einfach dort, wo ich stehe, meine Kleider aus und schlüpfe in das einzige Kleid, das mir in diesem Moment passt. Es ist zu eng an den Ärmeln, und meine Brüste drücken sich halb aus dem Ausschnitt, aber es ist dennoch meines. *Wie mein Leben, das mir auch zu klein geworden ist. Und das trotzdem zu mir gehört.* Ich drehe die Musik bis zum Anschlag auf. Einar hatte recht: Das alte Haus ist ein akustisches Phänomen. Selbst unten im Wohnzimmer dröhnt die Musik so laut, als stünde das Tonbandgerät nicht in Karins Zimmer, sondern hier unten. Ich hole mir die Weinflasche aus der Küche und schiebe das Sofa gegen den Bücherschrank, um mehr Platz zu haben für den Saum des Kleides. Es fliegt bei jeder Drehung. Und so tanze ich unter den Blicken von Einars Pferden und zur Musik seiner toten Frau.

• • •

Ich weiß nicht, wie lange ich gegen den Wind angeschrien habe. Ich bin heiser, und meine Kehle schmerzt. Ich zittere vor Kälte, aber ich bringe es nicht über mich, zum Auto zurückzugehen und meinen Ehering im Schlund des Riesen zurückzulassen. Und wie zum Hohn leuchtet der Riss am Grund rhythmisch auf. Mein Handy klingelt dort fast ununterbrochen, unerreichbar für mich. *Swea*, denke ich. *Ich habe ihr versprochen, sie anzurufen. Sie macht sich Sorgen*. Plötzlich packt mich die irrationale Angst, dass ich sie nie wiedersehen werde, dass sie irgendwo alleine ist und stirbt und ich der Letzte bin, der sie sah und es hätte verhindern können. Mühsam komme ich auf die Beine. Der Schwindel bringt mich wieder zu Fall. Und als die ersten Nadeln von Schneeregen mein Gesicht treffen, ist alles wieder da, was ich so lange vergessen hatte.

Ich bin acht Jahre alt und sitze hinter meiner Mutter auf Askas Rücken. Früher, als wir noch nicht bei Pál lebten, nahm Marie mich vor sich auf den Sattel, aber inzwischen bin ich zu groß dafür. Doch immer noch ist es ein Ritual zwischen uns, dass wir gemeinsam reiten, wenn sie die Schafe holt. Ich umschlinge die Taille meiner Mutter mit beiden Armen. Meine Wange und meine magere Brust an ihrem Rücken und unter uns das Wogen des Pferdes. Schneeregen treibt von der Seite heran, und am Horizont ballt sich der Himmel und holt Luft, um uns von Askas Rücken zu fegen. In der Ferne, am schartigen Felshang, entdecken wir endlich die zwei verirrten Schafe. Meine Mutter bringt Aska zum Stehen und wendet sich halb zu mir um. Sie muss schreien, damit ich sie höre, so laut ist inzwischen das Tosen. »Du wartest hier, Einar«, ruft sie. »Rühr dich nicht von der Stelle, ich hole die Ausreißer und bin sofort wieder da.« Kaum bin ich vom Pferderücken gerutscht, treibt sie Aska an, und die Windfarbene stürmt im Galopp los, als hätte sie nur auf den Befehl gewartet. Ich setze mich auf einen Felsen, wickle mich fester in meine Filzjacke und schaue ihnen nach, während das Schneetreiben immer heftiger wird.

Ich weiß nicht, wie lange ich gewartet hatte, erst besorgt, dann voller Angst und schließlich nach Marie schreiend, die verschwunden blieb, als hätte die weiße, undurchdringliche Flockenwand vor meinen Augen sie einfach verschluckt. Ich schrie so lange, bis meine Tränen auf meinen Wangen froren und unser Knecht auftauchte, der mich gehört hatte, als er sich von der Weide zum Haus zurückkämpfte. Pál erzählte mir später, dass ich wie von Sinnen war und dem Knecht die Lippe blutig schlug, während er mich gewaltsam zum Haus zurückschleppen musste. Und es dauerte Jahre, bis Pál mir ausgeredet hatte, dass es meine Schuld war, weil ich meine Mutter hatte gehen lassen. Meine Schuld, weil ich meinen Platz verlassen hatte, bevor sie mich finden konnte. Und nun sitze ich wieder hier, der Schneeregen ist zu dickem fedrigem Schnee geworden, und ich spüre kaum noch mein Gesicht. Aber Marie ist nicht froh, mich hier wiederzufinden. Sie ist zornig, ich spüre es wie einen Schauer im Nacken. Und als der Wind mir um die Ohren faucht, höre ich darin ihre Stimme.

• • •

Ich habe nicht gehört, wie Jón ins Haus kam. Er steht an der Wohnzimmertür, in seiner Uniformjacke, die Busschlüssel in der Hand. »Hallo«, sage ich, während mein Kleid in der Drehung ausschwingt. Ich bin außer Atem, die Gitarren verklingen wieder einmal, die Musiker diskutieren auf Deutsch, eine der beiden Frauenstimmen ist sicher Einars Frau.

Jón starrt immer noch mein Kleid an, dann sieht er sich irritiert nach den Stimmen um. »Was ist hier los?«

»Ich lasse die Geister frei«, antworte ich. »Und wenn du willst, darfst du gerne darüber lachen.«

Aber Jón lacht nicht, er sieht nur zu, wie ich mich auf das Sofa fallen lasse. Ich lege ein Bein über die Lehne und hangle die zweite Weinflasche von einem Buchregal. Mit Schwung gieße ich den ganzen restlichen Wein ins Glas. Passt gerade so, ohne überzulaufen. *Zwei Flaschen in drei Stunden und zehn Minuten,* denke ich. *Macht rund acht Milliliter pro Minute. Respekt, Frau Schwarzenberg!*

»Was?«, frage ich herausfordernd.

Jón schluckt sichtlich und versucht, nicht auf mein Bein zu schauen. Bloßer Schenkel an Spitze. »Bist du etwa betrunken?«, fragt er mit rauer Stimme.

»Noch lange nicht genug«, gebe ich zurück. »Und nicht halb so betrunken wie du an einem durchschnittlichen Samstagabend.«

Er steckt den Hieb ohne mit der Wimper zu zucken ein. Ja, wir sind einen langen Weg zusammen gegangen. »Es tut mir leid, Jón«, sage ich. »Und ... du hattest recht, weißt du? Mit so ziemlich allem, was du über mich gesagt hast. Ich bin ein Snob, der über andere urteilt, bevor er sie wirklich kennt. Ich stelle mich blind, wenn ich etwas nicht sehen will – und wenn ich dann doch hinsehe, laufe ich nur feige weg.«

Die Gitarren setzen ein, wieder beginnt das Stück von eben, etwas verändert, in einem viel langsameren Tempo und in sinnlichem Moll, als würden die Musiker mit Klangfärbungen experimentieren.

»Swea, was machst du wirklich hier?«, fragt Jón.

»Vielleicht Hochzeitsvoodoo?«, erwidere ich. »Das hier hätte nämlich mein Hochzeitskleid sein sollen. Und das ist übrigens das letzte Mal, dass ich das Wort ›hätte‹ sage.« Ich hole tief Luft und stehe auf, spüre den leichten Stoff des Kleides an meinen Beinen und den Spitzensaum auf meinen Brüsten. Gänsehaut in der Kühle der Nacht.

Es kostet mich Mut, ihn zu fragen, aber auch das habe ich mir in den vergangenen Stunden geschworen: nicht mehr feige zu sein. »Tanzt du wenigstens heute mit mir, Jón?«

Ich breite die Arme aus und merke zu spät, dass der Wein mir über die Finger schwappt.

»Du bist ja tatsächlich betrunken«, stellt Jón fest.

»Und wenn schon, Jón. Das ist meine Art des Fuck-offs, was meine Dramen betrifft. Ich habe nämlich die Nase voll von ihnen – genauso wie du von deinen. Und ich tanze sie mit dir oder ohne dich aus dem Haus. Aber mit dir wäre mir lieber. Also?«

Ich warte darauf, dass er sich abwendet und geht. Aber heute überrascht er mich. »Okay«, sagt er knapp.

Ohne Eile schält er sich aus seiner Uniformjacke und wirft sie mit den Schlüsseln zusammen auf das Sofa. Dann kommt er zu mir und nimmt mir das Weinglas aus der Hand. Er trinkt es in einem Zug aus und stellt es auf den Sekretär, der immer noch schräg im Raum steht. Die Gitarren füllen das Zimmer mit allen meinen Farben. Und Jón legt seinen Arm um mich und zieht mich an sich. Ich schmecke Weinatem auf meinen Lippen und rieche seine Haut, spüre noch die Nachtkälte von draußen, die von ihm abstrahlt. Und als seine Hand meine findet, bin ich froh, dass sein linker Arm um meine Taille liegt und mich hält, so sehr gibt mein Körper ihm einfach nur nach. Ich lasse es zu und folge ihm, so, wie ich Finnurs Küssen gefolgt bin und Akis Lockruf. Ich wusste nicht, dass Jón ein guter Tänzer ist. Ich weiß so vieles von Jón nicht. Und anderes viel zu gut. Ich muss den Kopf in den Nacken legen, um ihm in die Augen zu sehen. Das ist das, was ich an Jón mag: seine Art, nicht wegzuschauen. Heute liegen in seinem Blick eine Frage und eine Vorsicht, die ich an ihm nicht kenne.

Und als wir einander zaghaft zulächeln, ist es mit einem Mal wirklich mein Tanz, mein Kleid und alle Liebe dieser Welt in diesen Armen. Jóns Hand streicht zwischen meinen Schulterblättern hinauf zu meinem Nacken. Ich schließe die Augen und spüre dem Schauer nach. Seine Lippen streifen über meine Schläfe, vielleicht ein Kuss, vielleicht auch nur eine Berührung. Und ich rücke an ihn heran, schiebe meine Hände unter seinen Pullover, ziehe sein T-Shirt hoch, streiche über seinen bloßen Rücken. Ich vergrabe meine Nase an seiner Brust und atme tief ein, spüre seinen Körper an meinem, als gäbe es nichts zwischen uns. Es ist anders als ein Kuss und anders als eine Liebesnacht. Es hat von allem etwas und ist so nah, dass ich fast Angst bekomme.

•••

Seit über drei Stunden fahre ich schon auf der Ringstraße südwärts und komme mir vor, als würde ich in einem Albtraum rennen, ohne von der Stelle zu kommen. In jedem Windheulen glaube ich die Worte meiner Mutter zu hören. *Geh nach Hause, Einar.* Aber die Zeit scheint stillzustehen, nur die Minuten springen auf der Uhr-Anzeige um. Doch dann wird der Sturm, der mich auf den letzten Kilometern begleitet hat, abrupt schwächer. Ich atme auf, als endlich der Fjord in Sicht kommt. Hier ist es noch nicht Winter wie im Norden. Und als ich an meinem Berg angelangt bin, hat der Wind sich ganz gelegt, und das Meer liegt wie schwarzes Öl in der Bucht.

Im ersten Augenblick bin ich unendlich erleichtert, dass im Sumarhús Licht brennt. Seltsam ist nur, dass alle Fenster erleuchtet sind. Und als ich aus dem Pickup steige, muss ich mich an der Autotür festhalten, damit ich nicht schwanke.

Das ganze Haus hallt und dröhnt. Die Musik klingt nur dumpf

nach draußen, aber ich erkenne sie sofort. Mehr stolpernd als rennend erreiche ich die Treppe, die Tür. Und als ich aufschließe, hallt mir überlaut das Lachen meiner Frau entgegen – und dann eine Männerstimme. Sie unterhalten sich über einen Akkord, und ihre Gitarren klingen im Gleichtakt. Ich will ihren Namen rufen, aber das Schreien hat mich heiser gemacht, es kommt nur ein rauer, heiserer Laut aus meiner Kehle. Ich klinge wie ein sterbender Hund, und genau so fühle ich mich auch.

Ich weiß nicht, wie ich zur Wohnzimmertür gekommen bin. Alles, was ich weiß, ist, dass ich auf meinen blutigen, aufgeschürften Handrücken starre, während ich die Klinke herunterdrücke, und als die Tür aufschwingt, öffnet sich vor mir mein schlimmster Albtraum. Nur farbiger und viel realer.

• • •

Wir haben aufgehört zu tanzen und halten einander nur noch. Ich erschauere, als Jón mir die Hand an die Wange legt, zart zum Kinn streicht und es anhebt, bis wir uns in die Augen sehen. Jóns Augen haben das warme, dichte Braun, für das ich keinen Namen habe, nur Worte. *Vertrautheit, Fremdheit, Wir.* Und als wir uns küssen, schließe ich ohne zu zögern meine Augen und falle ohne Angst.

Irgendwo scharren Sohlen über den Boden, ein Name wird geflüstert, aber Jón kann es nicht sein, sein Mund liegt auf meinem. Erst als er sich abrupt von meinem löst und Jón mich fester an sich zieht, öffne ich irritiert die Augen. Und sehe Einar.

Er steht in der Wohnzimmertür, mit wirrem Haar und schmutzigem Mantel, an dem Schlamm und Flechten hängen, als wäre er schlimm gestürzt. Tränen laufen ihm über das Gesicht, und als er sich fahrig mit der Hand über den Mund wischt, sehe ich, dass sein Handrücken verletzt ist.

»Einar!«, rufe ich aus. »Was ist passiert?« Aber Einar starrt mich nur an wie ein Wahnsinniger. *Als würde er jemand ganz anderen an meiner Stelle sehen.*

»Kristin!«, bringt er mit einem heiseren, gequälten Stöhnen hervor. Sein Blick schweift zu Jón. Dann verzerrt sich sein Mund zur Grimasse eines Zähnefletschens, das halb Weinen, halb Wut ist. Er packt den Stuhl, der neben der Tür steht, hebt ihn mit zitternden Armen über den Kopf – und stürzt auf uns los.

Fannar

Jón reagiert schneller als ich. Mir bleibt die Luft weg, als er mich an den Schultern packt und aus der Gefahrenzone reißt. Unsanft lande ich auf dem Sofa, und als ich wieder weiß, wo oben und unten ist, sehe ich gerade noch, wie Jón sich unter dem Stuhl wegduckt. Das Möbelstück segelt knapp an ihm vorbei, knallt gegen den Sekretär und rumpelt zu Boden, die Beine seitlich von sich gestreckt. Ungläubig sehe ich zu, wie Einar seine Fäuste ballt und auf Jón losgeht. »Sie ist meine Frau!«, würgt er hervor. »Meine Frau!«

Sein Schlag ist zittrig und ungelenk, die verzweifelte knochige Faust eines alten Mannes. Jón kann dem Haken mühelos ausweichen, aber als er rückwärts geht, gerät er mit dem Fuß zwischen die Beine des liegenden Stuhls und verliert das Gleichgewicht. Im Fallen versucht er sich noch reflexartig festzuhalten – und reißt den Sekretär um, der ihn halb unter sich begräbt. Der Rolldeckel kracht mit einem Riesengetöse auf die Ecke des Stuhls, dünnes Holz splittert und bricht. Endlich erwache ich aus meiner Schockstarre und springe auf. Einar hat innegehalten. Das Tonband ist durchgelaufen. Und als würde die jähe Stille ihn aus einer Trance reißen, blinzelt Einar und schaut irritiert Jón an. Dann entdeckt er mich. »Swea?«, flüstert er.

Jón stemmt den Sekretär mit der Schulter hoch und steht auf.

Und als er das Möbelstück wieder aufrichten will, schnappt der zerbrochene Rollschrank-Aufsatz auf und erbricht einen Schwall von Stiften, Zeitungsartikeln, grauen Kladden und zusammengefalteten Zetteln. Ein Zettel rutscht bis zu meinen Füßen. Blutspritzer sind darauf vor langer Zeit eingetrocknet und auch ein Fingerabdruck.

Einar stöhnt auf und sackt auf die Knie. Jón sieht mich fragend an. »Geh!«, forme ich mit den Lippen, und er nickt und steigt mit einem großen Schritt über das Chaos hinweg.

Ich warte, bis die Haustür zuklappt, dann knie ich mich neben Einar und lege ihm vorsichtig die Hand auf die Schulter. Er zuckt zusammen und sieht mich erschrocken an, schuldbewusst, mit erloschenen Augen.

»Ich dachte, du wärst sie«, flüstert er. »Ich schwöre, ich habe sie eben gesehen, sie war hier, sie verfolgt mich. Kristin verfolgt mich!«

»Wer ist Kristin?«

»Meine Frau«, erwidert er kaum hörbar.

»Aber ... deine Frau hieß doch Karin?«

Er schüttelt den Kopf. »Karin war Kristins Freundin. Sie haben jahrelang zusammen in dem kleinen Tangoorchester gespielt. Karin war die Einzige, die mir hätte sagen können ... Aber Kristin hatte sie seit über zwanzig Jahren nicht mehr gesehen. Ich habe Himmel und Hölle in Bewegung gesetzt, um Karin zu finden. Es war nicht leicht, sie hatte bei der Heirat ihren Namen geändert. Und als ich sie dann ausfindig machte, konnte sie mir nicht mehr antworten. Es war ihre Todesanzeige, die du gesehen hast. Ich kam nur zwei Wochen zu spät. Und Karins Hinterbliebene wussten nichts von der Sache.«

»Welche Sache, Einar?«

Er schluckt und schaut auf die Papiere. Ich hebe den blutbefleckten Zettel auf und falte ihn auseinander. Es ist ein Brief in Kristins feiner, nervöser Handschrift. Einige Passagen sind mit Einars roter Tinte unterstrichen. Und am Rand finden sich seine Anmerkungen und Verweise wie: *Weisheitszahn-OP, 1.12.1984*.

Es ist vier Uhr morgens, beginne ich zu lesen. *Mein Mann schläft, während draußen der erste Schnee fällt. Ich sitze auf dem Fensterbrett und höre die Flocken flüstern. Manche wehen durch das offene Fenster herein und schmelzen auf meinem bloßen Bein. Ich spüre die kleinen, eisigen Küsse an meinem Oberschenkel, aber ich rühre mich nicht, ich betrachte nur sein Gesicht. Die Kälte weckt ihn nicht. Und wie so oft, seit ich zurück bin, frage ich mich, ob er jemals im Schlaf lächelt. Seltsam, dass ich nie darauf geachtet habe. Dich habe ich so oft betrachtet, während du im zu heißen Hotelzimmer schliefst, und war eifersüchtig auf deine Träume, die dich von mir trennten. Und wenn ich selbst träume, dann nicht von Einar, sondern von dir, von unseren heimlichen Nächten und Küssen, von deinem Körper, der so anders ist als der von Einar. Weniger höflich, weniger fragend, weniger rücksichtsvoll. Man sagt, die Isländer haben Feuer im Herzen. Aber das Feuer habe ich erst mit dir kennengelernt. Einar ist mein Mann, er liebt mich, aber du verschlingst mich, lässt mir kaum Luft zum Atmen, du besitzt mich und ich sehne, sehne, sehne mich mit jedem Herzschlag zu dir zurück. Ich stelle mir vor, die Schneeflocken wären deine Lippen auf meinen Schenkeln, noch kühl von der Reise. Ja, ich fantasiere, wie du mich noch am Bahnhof ausziehst und dir einfach nimmst, was dir nicht gehören darf. Dabei müsste ich jetzt schlafen, denn ich habe ein Leben, das weitergeht, gleichgültig, wie wund mein Herz ist. In genau vier Stunden muss ich meine Tochter zum Zahnarzt fahren, ihr die Hand halten, weil sie sich vor der Spritze fürchtet, sie trösten und ihre Angst lindern. Und dann werde ich in meine Musikschule gehen, die Noten hervorholen und mit meinen Schülern immer wieder dieselben Akkorde und Griffe üben. Denn das ist mein Leben: die Wiederholung, das ewig Vertraute. Für uns ist kein Platz in dieser Welt, und in Stunden wie diesen möchte ich deshalb nur weinen. Aber gefrorene Tränen nützen niemandem. Also träume von mir heute Nacht, mein Geliebter, so, wie ich mit wachen Augen von dir träume. K.*

Ich drehe den Zettel in der Hand, versuche mir einen Reim darauf zu machen. »Ist das … Kristins Blut auf dem Papier?«

Mir wird kalt, als Einar nickt. *Also doch Blaubarts Braut*, schießt es mir durch den Kopf. Für einen bizarren Moment stelle ich mir Einar als eifersüchtigen Rächer vor, der nach seiner Tat nach Island flüchtete. Aber das ist Unsinn, und der Brief ist zudem so alt, dass das Papier schon vergilbt ist.

»Was ist passiert?«, frage ich leise. »Was ist Kristin zugestoßen, Einar?«

»Sie hatte vor ein paar Jahren einen Schlaganfall«, antwortet er kaum hörbar. »Es war furchtbar für sie. Sie konnte nicht mehr Gitarre spielen, die rechte Körperseite war gelähmt. Nur das Bein konnte sie noch etwas bewegen. Es reichte für ein paar Schritte, wenn sie sich abstützte. Ich wollte, dass wir umziehen, in eine ebenerdige Wohnung, die wir für sie umbauen können, aber sie wollte sich nicht von unserem Zuhause trennen. Also blieben wir, und ich kümmerte mich um alles.

Ihr Musikzimmer betrat ich nie, das hatte ich ihr versprochen. Es war immer ihr Reich gewesen, und wir taten beide so, als würde Kristin es irgendwann wieder mit Klängen füllen. Doch dann hatte sie wieder einen Schlaganfall. Diesmal konnte sie kaum noch sprechen, und ihre Kräfte ließen nach. Sie würde einen Rollstuhl brauchen. Kristin war immer selbstständig gewesen, immer unterwegs und unter Leuten, jetzt war sie lebendig begraben in drei Zimmern im fünften Stock. So entschieden wir, dass wir nun doch umziehen würden – in eine Wohnung im Erdgeschoss, wo sie mit dem Rollstuhl allein vor das Haus fahren konnte. Alles war schon geregelt, nur die Umzugskisten mussten noch gepackt werden. Kim war mit einem Freund auf dem Weg zu uns, um ein paar Sachen, die wir verschenken wollten, abzuholen. Kristin bestand darauf, dass ich noch Kuchen für uns alle holen ging. Aber ich hatte mein Geld vergessen, und als ich in die Wohnung zurückkam, stand die Tür zum Musikzimmer offen. Und im Zimmer ...«

Er ringt nach Luft, schluckt und fängt sich wieder.

»Hat sie sich etwas angetan?«, hauche ich.

»Nein«, erwidert Einar mit brüchiger Stimme. »Es war ein Unfall. Sie hatte sich die kleine Trittleiter geholt und versucht, ihre alte Flamencogitarre von der Wand zu holen, der Himmel weiß, woher sie die Kraft nahm. Und natürlich ist sie gestürzt. Sie hat sich im Fallen die Stirn an der Schrankecke verletzt. Dann ist sie auch noch mit dem Hinterkopf aufgeschlagen. Als ich sie fand, lag sie reglos neben der Gitarre auf dem Boden. Ich versuchte noch ihren Puls zu fühlen, aber alles war voller Blut und ...«

Er verstummt, und mir schnürt es die Kehle zu. Ich sehe meinen Nachtmahr vor mir, in der Sekunde zwischen Traum und Wachsein, als ich glaubte, dass Lífs rotes Kleid auf dem Sessel eine blutende Frau war, die neben meinem Bett saß. *Du warst also wirklich hier, Kristin.*

Einar starrt auf seinen rechten Handrücken, und ich sehe vor mir, wie er neben seiner Frau kniet und sie hält, während das Blut aus Kristins Platzwunde am Kopf über seine Hand rinnt.

»Einige Briefe waren beim Fallen aus der Gitarre herausgerutscht und hatten Blutspritzer abbekommen«, fährt Einar fort. »Kristin hatte die Zettel nämlich in ihrem Instrument versteckt, viele Jahre lang. Vermutlich wollte sie sie vernichten, bevor ich sie beim Umzug finde. Es sind Briefe, die sie ... einem anderen Mann geschrieben hatte.«

»Du glaubst, Kristin hatte eine Affäre?«

Einar stößt ein bitteres, verzweifeltes Lachen aus und deutet auf die verstreuten Zettel. »Klingt das nach einer Affäre, Swea? Nein, sie hat den anderen *geliebt*!«

»Aber … sie hat die Briefe doch gar nicht abgeschickt.«

»Weil sie immer erst Entwürfe schrieb! Genau so – auf dem blau linierten Papier, mit Bleistift.«

Ich weiß nicht, warum ich das Gefühl habe, die Frau, die ich nie kannte, verteidigen zu müssen. Vielleicht, weil mir der Unterton in dem Brief so vertraut vorkommt, diese Sehnsucht nach einem anderen Leben. *Oder zumindest nach dem Zittern von Lebendigkeit*, denke ich. Hatte Líf mir nicht gesagt, dass es im Grunde nur darum geht?

Ich hebe einen zweiten Brief auf, einen dritten, überfliege die Zeilen, lese noch einen vierten. »Sie hat niemals einen Namen aufgeschrieben. Wenn man jemanden liebt, dann spricht man ihn an – und sei es mit einem Kosenamen.«

»Ja, sie wusste schon, warum sie ihm keinen Namen gab«, murmelt Einar. »Und vielleicht war er ja ebenfalls verheiratet und die beiden waren vorsichtig.«

»Die Briefe klingen … eher wie Tagebucheinträge«, halte ich vorsichtig dagegen. »Etwas, das man für sich selbst schreibt. Vielleicht war diese Affäre gar nicht real? Vielleicht war es eine Fantasie, ein Gedankenspiel, eine Flucht …«

»Eine Flucht?«, stößt Einar verächtlich hervor. »Vor mir?«

Ich zucke zusammen. Er klingt genau wie ich bei meinem Gespräch mit Anna.

»Erzähl mir von ihr«, bitte ich leise. »Erzähl mir von Kristin und dir. Wann wusstest du zum ersten Mal, dass du sie liebst?«

Einar schüttelt den Kopf und fährt sich mit den Fingern durchs Haar. Aber dann sinken seine Schultern nach unten. »An dem Abend, als wir auf einem Studentenball zum ersten Mal miteinander tanzten«, flüstert er. »Ich habe nie so recht verstanden, warum sie sich damals auch in mich verliebte. Sie war das strahlendste Mädchen an der Universität, klug, temperamentvoll, idealistisch, sprühend. Sie wollte Musikerin werden und die Welt sehen. Und ich war ein Bauernsohn, ein linkischer, schüchterner Bücherwurm von einer kargen Wikingerinsel. Und trotzdem hat sie mich geheiratet, Gott weiß, warum.«

»Weil sie mit dir glücklich war«, sage ich mit Nachdruck.

»War sie das?«, murmelt Einar. »Ja, die ersten Jahre vielleicht. Wir sind viel gereist – und dann wurden wir beide doch Lehrer, weil es sicher war und weil man das damals so machte, wenn man eine Familie haben wollte. Kristin war verzweifelt, weil sie einfach nicht schwanger wurde. Das waren dunkle Jahre. Bis Kim zu uns kam. Ich war so froh darüber. Ich hoffte, ein Kind würde Kristin wieder glücklich machen. Und anfangs war es auch so. Sie gab ihre Arbeit auf und stürzte sich ganz in ihr Dasein als Mutter. Ein paar Jahre dachte ich, sie hat alles, was sie will, aber ihr fehlte etwas. Sie beschwerte sich nicht, das war nie ihre Art, aber es war, als würde sie verwelken. Es genügte ihr nicht, nur noch Hausfrau und Mutter eines Kindes zu sein, und ich konnte es verstehen. Ein Leben braucht mehr als das. Und Kim – war zudem ganz anders als Kristin. Sie hing immer mehr an mir als an ihrer Mutter, von unserem Wesen her sind wir uns einfach ähnlicher. Außerdem hatte Kim kein Interesse an Musik, sie quälte sich durch Kristins Musikunterricht und weigerte sich schließlich ganz. Kristin hat es nie ausgesprochen, aber ich spürte, wie enttäuscht sie war, wie einsam sie sich mit uns fühlte. Deshalb war ich froh, als sie wieder in einer kleinen Musikschule zu unterrichten begann. Wir änderten unser Leben. Ich reduzierte meine Stelle als Lehrer, hielt ihr den Rücken frei, sorgte für Kim, kochte, kümmerte mich. Und Kristin blühte auf. Dann reiste sie mit ihrer Freundin einen Sommer nach Spanien und kam wie verwandelt zurück, glühend in einem ganz neuen Licht, lebendiger als je zuvor. Sie gab die Arbeit in der Musikschule auf und trat mit Karin zusammen einer kleinen Band bei. Sie spielten nun ganz andere Musik – Tango Argentino, Flamenco, Milonga. Sie hatte eine neue Welt gefunden. In diesen Jahren war sie oft fort – zu Auftritten und auch zu kleinen Tourneen. Ich kümmerte mich um alles, und nachdem ich Kim abends ins Bett gebracht hatte, wartete ich, bis Kristin von ihren Auftritten nach Hause kam. Oft kehrte sie erst in den Morgenstunden zurück, beschwingt, glücklich, in ihrem roten Samtkleid.«

Genau so hast du auf der Treppe auf mich gewartet, denke ich. »Und wann habt ihr zusammen getanzt?«, frage ich.

»Das erste Mal nach einem schlimmen Streit. Als ich ihr verzweifelt vorwarf, dass sie mir entgleitet, dass sie ein Leben hat, von dem ich gar kein Teil mehr bin. Vielleicht spürte ich es damals schon, dass ich nicht mehr der Einzige war.« Er räuspert sich schmerzlich hart. »Jedenfalls ... zeigte sie mir in dieser Nacht die Schritte ihres Tangos. Sie hatte sie in Spanien gelernt, Tango Argentino. Es war eine fremde Welt für mich, und niemals habe ich mich ganz darin eingefunden. Aber ich bin Kristin gefolgt, wie ich ihr immer folgte. Von diesem Tag an hatten wir zumindest wieder etwas, das nur uns beiden gehörte. Und ich fragte nie, warum sie an manchen Abenden nicht anrief, wenn sie auf einer der Tourneen war. Was sie genau machte, wenn sie im Sommer lieber allein nach Spanien statt mit Kim und mir nach Island reiste, angeblich, um Seminare zu besuchen und neue Schritte zu lernen. Nun, vielleicht hätte ich fragen sollen, wessen Schritte es in Wirklichkeit waren.«

Es ist gespenstisch, wie sehr das Echo meines eigenen Lebens in Kristins Wegen anklingt. Sogar der Tango, den ich hier fand.

Als hätte Kristin mich geführt und begleitet, seit ich dieses Haus betreten habe.

»Es waren dennoch gute Jahre«, fährt Einar fort. »Bis die Band sich zerstritt und auseinanderbrach. Kristin war am Boden zerstört. Aber dann überwand sie es und gründete eine eigene kleine Musikschule für Kinder, die sie zwanzig Jahre lang leitete. Und ich dachte, sie ... wäre zur Ruhe gekommen und zufrieden damit. Zufrieden mit uns. Aber die Wahrheit ist: Für mich war sie immer meine Musik. Aber ich war nicht ihre. Sie hat sich immer nach diesem anderen Mann gesehnt.«

»Du glaubst also, es gab ihn wirklich?«

»Hast du ihre Liebeserklärungen nicht eben gelesen?«, fährt Einar mich an. »Nie hat Kristin mir so etwas geschrieben und schon gar nicht gesagt. Nie hatten wir solche Nächte, wie Kristin sie beschreibt. Es ist, als würde ich die Worte einer Fremden lesen. Verstehst du, Swea? Ich kenne die Frau aus diesen Briefen nicht! Die Ehe, die ich zu führen glaubte, existierte überhaupt nicht. Und ich weiß nicht, nach wem sie sich in Wirklichkeit verzehrte. Seit Wochen versuche ich es herauszufinden und werde fast wahnsinnig dabei. Ich habe alle Zeitungsberichte der Auftritte abgeglichen mit dem, was sie in den Briefen erwähnt. Ich habe meine Tagebücher und sogar alte Terminplaner ausgegraben und nach Übereinstimmungen gesucht. Kims Zahnarzttermin ... der Hinweis auf einen bestimmten Bahnhof, die Bemerkung, dass ihre Mutter morgen Geburtstag hat und sie noch Blumen kaufen muss. Jedes Datum, jedes Detail habe ich studiert, um herauszufinden, wann sie sich mit ihm getroffen hat, auf welcher Reise, auf welchem Bahnhof, in welchem Hotel. Ich habe Leute, die sie damals kannten, angerufen und habe versucht herauszufinden, wer ihr Geliebter gewesen sein könnte. Manche nannten mir Namen von Männern, mit denen Kristin tanzte oder probte. Manches passt zusammen und anderes wieder nicht. Und es gelingt mir nicht, herauszufinden, wie er hieß und wann es zwischen ihnen begann, wie lange es ging, was es bedeutete …«

Und wieder klingst du wie ich, denke ich betroffen.

»Alles, was ich weiß, ist, dass unser gemeinsames Leben eine Lüge war«, setzt Einar hinzu. »Dass sie schon nach den ersten Jahren mit Kim längst nicht mehr mich liebte, sondern den anderen.«

»Das ist nicht wahr, Einar!«, sage ich so energisch, dass er zusammenzuckt. »Kristin hat dich geliebt!«

»Ach wirklich?«, erwidert er mit bitterem Sarkasmus. »So sehr wie Henrik dich, während er mit anderen Frauen schlief?«

»Ja«, antworte ich. Ich erschrecke beinahe, als ich es ausspreche, so sicher und selbstverständlich kommt es über meine Lippen. »Ja«, wiederhole ich fast verwundert. Ich weiß, dass es stimmt.

»Sie hat *dich* geheiratet, Einar. Sie wollte ein Kind mit *dir*. Und selbst wenn sie irgendwann eine Affäre gehabt haben sollte … hat sie dich nicht für einen anderen verlassen. Sie hat sich für dich entschieden und war bei dir, bis zuletzt.«

Aber genügt das?, denke ich mir. *Würde es mir genügen?*

Einar schweigt ebenfalls, die Hände wieder im Haar vergraben. Und jetzt steigen auch mir die Tränen in die Augen. *Wie muss es sich für dich anfühlen, um eine Frau zu trauern, die du tot zwischen diesen Briefen liegend gefunden hast?* »Es tut mir so leid, dass du nicht mehr mit Kristin darüber sprechen konntest.«

»Ja. Mir auch.« Seine Stimme bricht wie dünnes Eis. Einar fällt in Scherben, vor meinen Augen. Ich lege ihm den Arm um die Schultern, küsse seine Schläfe, streiche ihm über die Wange. »Ich glaube, ihr Herz gehörte immer dir, Einar«, flüstere ich ihm beschwörend ins Ohr. »Und du bist ihr nicht gefolgt. Du hast sie getragen. Du warst ihr Fannar.«

Einar blickt kurz zum Gemälde des weißen Pferdes, das seinen Großvater durch den vereisten Fluss brachte, und schüttelt den Kopf. »Kristin war der Fluss«, sagt er mit erstickter Stimme. »Der reißende Fluss.« Er nimmt die Brille ab und legt die zitternde Hand über die Augen. Sein Weinen ist ein trockener Laut, den ich nie vergessen werde. Diese Hand und das Weinen, ein Nordmeer voller Schmerz. Ich kann nichts anderes tun, als ihn zu halten und zu wiegen. Sein Kummer brandet gegen mich und löst auch meine Tränen. Aber ich lerne etwas in diesem Moment. Den Unterschied zwischen meinem und einem anderen Leben. Kristins Kleid ist nicht meines, ihre Tanzschritte gehören zu ihr und meine zu mir. Mein Mann war niemals mein Leben, meine Nichte niemals meine Tochter. Meine Mutter ist nicht diejenige, bei der ich Abbitte leisten muss, weil sie unglücklich ist. Mein Leben ist keine Bringschuld für die Familie. Und auch kein Kredit meines Vaters, dem ich Zinsen dafür schulde. Es ist einfach nur bedingungslos meines.

»Geh, Swea«, sagt Einar mit erstickter Stimme. »Ich will allein sein – bitte.«

Und ich wische mir die Tränen ab, stehe auf und gehe, lasse ihn zurück mit Kristin und den Briefen, die sie vielleicht an einen anderen Mann geschrieben hat und vielleicht nur an das andere Leben, in dem sie sich selbst vermisste.

Ich lösche die Lichter und gehe im Dunkeln durch den Flur zur Haustür. An der Schwelle stehend ziehe ich das Kleid aus und lasse es einfach liegen. Ich streife alles ab, was nicht zu mir gehört, bis ich nur noch Haar auf meinen bloßen Schultern und den Wind auf meinem Bauch spüre. Nackt gehe ich die Stufen hinunter, barfuß über den Hof.

Bei Jón brennt kein Licht. Ich suche nach der Türklinke und finde stattdessen seine Hand. Er hat auf mich gewartet und zieht mich über die Schwelle – in seine Arme und zu seinem Mund. Sein Kuss ist ungestüm, und ich erwidere ihn mit allem, was ich habe, vergrabe meine Hände in seinem Haar, gebe nach, als er mich einfach hochhebt und durch die Nacht trägt – über Stiegen, die steiler und schmaler sind als im Sumarhús, in eine Dunkelheit, in die kein Funke Licht dringt.

Ich wusste nicht, dass Jón zärtlich sein kann, dass er liebt, wie er spricht und tanzt, entschlossen, fast grimmig, aber dennoch auch mit einer rauen Sanftheit. In Finnur und Aki habe ich mich selbst gesucht, und es war Leidenschaft, Fremdheit, Begehren. Der Hunger nach etwas, was es mit allen Sinnen zu verschlingen galt. Aber das hier ist anders. Jón und ich kennen einander auf eine andere Art. Es ist nicht nur das Erkunden eines neuen Ortes, sondern vor allem ein Hinzufügen zu dem, was uns längst verbindet. Und auch das lerne ich nun, dass Sex eine eigene Sprache ist, mit der wir unsere Geschichte schreiben, jedes Stöhnen, jedes Lachen, jede Berührung ein neues Wort.

Neuland

Ich wache von einem Wecker auf, der in völliger Finsternis klingelt. Unter mir regt sich Jón. Ich liege mit vollem Gewicht auf ihm, meine Wange in seiner bärtigen Halsbeuge vergraben, und spüre sein verschlafenes Knurren und sein Tasten nach dem Wecker. Als ich von ihm herunterrutschen will, hält er mich fest. »Wo willst du hin?«, murmelt er.

»Licht hereinlassen«, erwidere ich. Doch er gibt mich nicht frei, und im nächsten Augenblick höre ich ein scharfes Ratschen und Licht blendet mich. Das Bett steht direkt am Fenster, das blickdicht mit schwarzer Plastikfolie und Paketband abgeklebt war. Jetzt fällt Morgengrau durch einen Dreieckriss und enthüllt ein Dachzimmer, das nichts mit der Männergarage gemeinsam hat, in der Jón im Erdgeschoss haust. An der Wand steht eine Kommode, auf der sich Krimis und andere Bücher reihen. Weitere Bücher stapeln sich Kante auf Kante an der Wand. Ansonsten gibt es hier nur noch ein Regal mit Duschzeug und ein paar Familienfotos mit Sara und Bjarni. Und eine Tür, die in einen zweiten Raum führt. Alles ist hier klar und aufgeräumt. Unaufgeräumt sehen nur wir beide aus. Das Morgengrauen zeigt unsere Gesichter in unbarmherzigem Licht. Blasse Haut und wüstes Barthaar, Kissenfalten auf Jóns Schulter und Äderchen und Unebenheiten auf meinen Oberschenkeln. Pigmentflecken auf meinem Unterarm, die sich die alte Swea sofort hätte weglasern lassen. Heute finde ich sogar diese Zeichen des Älterwerdens schön. Meine Brüste gleichen weichen Tropfen aus Haut. Ich erinnere mich daran, wie Henriks Assistenten einmal über »Gammelfleisch« sprachen, als eine ältere Journalistin im tief ausgeschnittenen Dekolleté zu einer Vernissage kam. Ich hatte mit Henrik gestritten, weil er mit seinen Assistenten lachte. Auch dieser Schmerz, diese Verunsicherung ist nicht mehr meine. Ich ziehe den Bauch nicht ein, als Jón darüberstreicht, setze mich nicht in Pose, während er mich jetzt betrachtet, ich fließe nur bequemer in seinen Arm mit allem, was ich einfach bin. Nie wieder werde ich in eine andere Haut kriechen. Zu gut fühlt es sich an, endlich in meiner eigenen angekommen zu sein. Jón beugt sich über mich und küsst die Nacht in mir wach. Ich fasse ihn am Haar und ziehe ihn zu mir herunter, und wir lieben uns noch einmal im Licht.

»Kaffee?«, murmelt er dann. »Ich hole uns welchen.«

»Nein, lass mich gehen. Ich will ohnehin nach Einar sehen.« Er lässt nur widerwillig zu, dass ich mich aufsetze. Ich ziehe mir sein T-Shirt und seinen braunen Riddari-Pullover über. So cool wie seine Elfe, die auch tagsüber nackt aus dem Haus spaziert, bin ich dann doch nicht.

Im Sumarhús ist die Haustür nur angelehnt, auf der Schwelle liegt immer noch Kristins Kleid, wo ich es fallen gelassen habe. Als ich in den ersten Stock gehe, stutze ich, weil zum ersten Mal, seit ich hier bin, Sonnenlicht in den Flur fällt. Die Tür zu Kristins Zimmer steht noch offen, und das Tonbandgerät ist ebenfalls noch an. Als ich es ausschalte, fällt mir auf, dass die Tür des Kleiderschranks wieder offen steht. Ich weiß hundertprozentig, dass ich sie gestern Nacht geschlossen hatte. Nichts Zorniges flirrt mehr in diesem Raum, aber nur zu deutlich spüre ich dafür etwas Schweres. *Traurigkeit.*

»Ich weiß, Kristin«, sage ich leise. »Ich habe ihn daran erinnert, wie es war, mit dir zu tanzen. Und ich habe für dich gesprochen, aber mehr kann ich nicht tun.«

Ich hole mir meine Jeans und kämme mich. Jóns Pullover ziehe ich nicht aus. Es ist mir völlig egal, dass ich ungeduscht bin und in dem Lopapeysa, der mir viel zu groß ist, wie eine verwahrloste Windsbraut aussehe. Aber ich mag es, Jóns Hautgeruch um mich zu haben, ein bisschen so, als würde ich seine Umarmung mitnehmen.

Einar schläft zu meiner Erleichterung so fest, dass er sich nicht einmal rührt, als ich ins Skriptorium spähe. Der kaputte Sekretär steht noch quer im Raum, aber das Papier und die Kladden hat Einar zusammengesammelt und auf die Couch gelegt. Es gibt nichts mehr zu verheimlichen, und so blättere ich durch ein Album mit alten Zeitungsausschnitten, während in der Küche der Kaffee durchläuft. Ich erkenne Kristin, noch bevor ich die Bildunterschrift des Artikels lese. Inmitten ihrer Band sitzt sie im engen Samtkleid da, die Gitarre in den Armen, das blonde Haar aufgesteckt. Eine schmale, bildhübsche Frau mit hungrigen, wachen Augen und einem Lächeln, das ich auf Anhieb liebe. Vielleicht, weil es mich an Líf erinnert. Einar hat auch in den Zeitungsausschnitten Anmerkungen in roter Tinte gemacht – genau wie in Kristins Briefen, die vielleicht nur Sehnsuchtspoesie waren. Es könnten meine roten Zeichen sein, so manisch und akribisch, wie Einar seit Wochen einer Wahrheit hinterherjagt, die er nie finden wird.

Als ich mit den Tassen in den Hof trete, steht Jón bei Houdini am Zaun und raucht die erste Zigarette des Tages. Noch gestern hätte ich eine Bemerkung dazu gemacht, aber die Zeiten, in denen ich Menschen ändern oder kontrollieren musste, sind endgültig vorbei. Es ist seltsam, Jón gegenüberzutreten. In unserer

Nacktheit sind wir uns nun vertrauter als in unseren neuen Rollen des Tages. Er steckt die Zigarette weg und nimmt die Tasse. Ganz von selbst findet meine Hand in seine. Bei unserem Pferd stehend trinken wir schweigend und sehen zu, wie das letzte Nachtblau zu einem winterweißen Tag ausbleicht. Obwohl es erst Anfang Oktober ist, riecht die Luft nach Schnee, und die Schreie der Krías gellen besonders klar.

»Was war das heute Nacht?«, fragt Jón nach einer Weile.

»Ein Neuanfang«, erwidere ich. »Auch wenn du nicht an so etwas glaubst.«

Jón wäre nicht Jón, wenn er jetzt nicht kritisch die Stirn runzeln würde. Er nimmt mir die Tasse aus der Hand und stellt sie mit seiner zusammen auf den Boden. »Na dann«, sagt er ruhig. Und dann reißt er mich an sich und küsst mich so stürmisch, dass ich mitten im Kuss lachen muss. Ich dränge mich an ihn und lasse mich hochheben, umschlinge seine Taille mit den Beinen. Und bin irritiert, als er plötzlich innehält. Aber dann höre auch ich die schnellen Schritte, die sich nähern.

»Swea?«, ruft eine Stimme, die ich so gut kenne, dass ich mich erschrocken von Jón losmache. Aber Henrik hat natürlich alles gesehen. Er ist abrupt stehen geblieben und mustert den Männerpullover, den ich trage, und mein zerwühltes Haar, dann presst er die Lippen zusammen und wird noch blasser, als er ohnehin schon ist. *Und was soll ich jetzt sagen?*, schießt es mir durch den Kopf. *Es ist nicht das, wonach es aussieht?*

»Henrik, hör zu ...«, beginne ich.

Aber er fällt mir schon wutentbrannt ins Wort. »Nein, du hörst mir jetzt zu, Swea! Was glaubst du eigentlich, was du hier ...«

»Hey«, sagt Jón ruhig, aber mit einem deutlich warnenden Ton.

»Du hältst dich hier gefälligst raus, Romeo«, fährt Henrik ihn an. Dann wendet er sich mir zu. »Du warst also die ganze Zeit in diesem Haus!«, schreit er mich wieder auf Deutsch an. »Ich habe dich nach deinem Unfall genau hier gesucht! Weißt du eigentlich, was ich durchgemacht habe? Ich dachte, du wärst verletzt oder Schlimmeres …«

Weiter kommt er nicht. Bevor ich etwas sagen kann, ist Jón schon bei Henrik und hat ihn an der Jacke gefasst. Henrik hat gar keine andere Chance, als mit Jón zusammen Richtung Tor zu stolpern. Und Jóns beiläufiger Stoß befördert ihn vom Hof auf den Lavaweg. »Überleg dir gut, ob du wiederkommst«, sagt Jón sehr ruhig. »Denn das nächste Mal werde ich nicht mehr so höflich sein.«

Henrik starrt Jón an. Dann schluckt er und schaut an Jón vorbei zu mir. Ein paar Sekunden sehe ich darin seine ganze Enttäuschung, seine Wut, seine Fassungslosigkeit, dann wendet er sich brüsk ab und geht mit schnellen Schritten davon.

Endlich erwache ich aus meiner Schreckstarre und will ihm schon nachlaufen, als Jón sich zu mir umdreht. »Hört das irgendwann mal auf?«, braust er auf. »Ich habe es langsam wirklich satt, jeden zweiten Tag deine aufdringlichen Lover vom Hof zu jagen. Wenn Einar mich nicht gerade mit einem Stuhl erschlagen will, weil ich mit dir tanze …«

»Das war *mein Mann*, Jón«, fahre ich dazwischen. »Das war *Henrik!*«

Jón klappt der Mund auf. Er sieht so entgeistert aus, dass es fast zum Lachen ist. Ich weiß nicht, wen er sich unter meinem Ehemann vorgestellt hat, aber Henrik gehört wohl nicht ins Schema. Für einen Moment versuche ich mit Jóns Augen zu sehen: nach Finnur, dem schlaksigen Spieler, und Aki, dem Bulldozer, nun der perfekte Henrik mit den schneeweißen Zähnen und dem sensiblen Schauspielergesicht. Ein Dandy unter den Wilden der Insel.

»Aha«, sagt Jón nur. Unten am Weg brüllt ein Automotor auf, dann heizt Henrik mit hundert Sachen hinunter zur Straße. Bis hier oben hört man den Schotter spritzen.

Na wunderbar, denke ich. »Ich nehme den Pickup«, sage ich. »Kannst du nach Einar sehen, bevor du zu deiner Schicht fährst?«

»Klar«, murmelt Jón. Aber da renne ich schon zum Haus.

• • •

Eines muss man Anna lassen. Sie geht sofort ans Handy. »Ich hätte mir denken sollen, dass du nicht alleine hergekommen bist«, sage ich statt einer Begrüßung.

»Du hast mich ja im Café nicht ausreden lassen«, gibt sie ruhig zurück. *Eins zu null für sie.*

»Anna, ich erreiche Henrik nicht. Er hat sein Handy ausgeschaltet. In welchem Hotel ist er?«

»Óðinsvé«, antwortet sie, ohne zu zögern. »Papa Löwe lässt es sich etwas kosten, die verlorene Tochter zurückzuholen.«

Das edle Hotel in Reykjavík kenne ich, es liegt im ruhigen Teil der Altstadt. Ich vermute, der von Lavastaub bedeckte Mietwagen, der dort an der Straße steht, gehört Henrik. Als ich die Hand auf die Motorhaube lege, ist sie noch warm. Aber Henrik ist nicht in seinem Zimmer. Oder er lässt sich an der Rezeption verleugnen, was ich ihm nicht verübeln kann. Ich schreibe ihm gerade eine Notiz, als mir endlich das Naheliegendste einfällt.

Im Frühstücksraum tanzen die Gäste, die gerade erst ihren Tag beginnen, ihr Tellerballett um das Büfett. Ich bin erleichtert, als ich ganz hinten an einem einzelnen Tisch Henrik entdecke. Er sitzt mit dem Rücken zu mir, die Ellenbogen auf dem Tisch aufgestützt, die Hände im Haar vergraben. Ich schalte mein Smartphone aus und atme ein paarmal tief durch. Zumindest trage ich nicht mehr den Pullover eines anderen Mannes, sondern mein neutrales Schwarz. Als ich mich ihm vorsichtig gegenübersetze, hebt Henrik langsam den Kopf. Und es tut weh zu sehen, wie sich seine Miene verhärtet. »Du hast dich ja schnell getröstet«, sagt er mit belegter Stimme. »Und stell dir vor, ich kenne den Kerl sogar. Er hat Anna und mich mit dem Bus vom Flughafen zum Hotel gefahren, ist das nicht witzig? Meine Frau betrügt mich mit dem Busfahrer.«

»Er heißt Jón. Und ich betrüge dich nicht mit ihm, Henrik. Wir sind im Trennungsjahr. Aber da du von Betrug sprichst: Du hast gerade Anna erwähnt. Also finde den Fehler.«

Er presst die Lippen zu einem bleichen Strich zusammen. Ich warte auf einen Ausbruch, auf Rechtfertigungen und Vorwürfe, aber Henrik reibt sich nur über die Augen. Er sieht wirklich fertig aus, ausgemergelt und gequält. »Ja, ich weiß, Swea. Es tut mir so leid. Ich wollte das nicht. Nicht ... so. Und ich kann dir nicht einmal einen Vorwurf machen, dass du dir als Rache einen Liebhaber gesucht hast ...«

»Es ist keine Racheaktion«, gebe ich ruhig zurück. »Und den Anblick vorhin hätte ich dir lieber erspart. Wir haben uns wohl beide keine Lorbeeren verdient, Henrik.«

Überrascht hebt er den Blick. Aber ich bin noch lange nicht fertig.

»Ich hoffe, du kannst mir verzeihen, dass ich nach dem Unfall weggelaufen bin und dich in Sorge einfach zurückgelassen habe. Das war feige. Aber weglaufen und wegschauen konnte ich ja schon immer am besten, wie du weißt.«

Jetzt ist er endgültig sprachlos. Und so irritiert, dass mir klar wird, wie sehr er sich auf Verteidigung und Kampf, Vorwürfe und

Abbitte eingestellt hatte. *Das vertraute, alte Drama, das in schiefen Kompromissen oder einem Waffenstillstand endet.*

»Ich brauchte die Zeit«, setze ich leise hinzu. »Und den Abstand zu uns.«

Henrik runzelt die Stirn. Vielleicht überlegt er immer noch, ob es eine Strategie ist, mein Versuch, die Kontrolle zu behalten. Aber ich zucke leicht die Schultern und lächle ihm schief zu. »Wie hast du herausgefunden, dass ich in Einars Haus wohne?«

Henrik zögert. »Der Tipp kam von Bekka«, sagt er dann und holt sein Smartphone hervor. »Und ich habe auf dem Film das schwarze Haus wiedererkannt.«

Es ist ein weiteres Video der Influencerin Lara Dee. Darin macht sie für ihre Follower eine Führung durch Ingibjörgs Haus und den verwilderten Garten. »Und coole Nachbarn habe ich hier auch«, sagt sie in die Kamera. Es folgt ein Zusammenschnitt von Aufnahmen mit Houdini und mir, gefilmt an verschiedenen Tagen und zu verschiedenen Zeiten. Lara hat ein Händchen für dramatische Bildführung. Bevor sie mich und Houdini aus der Ferne heranzoomt, fängt sie immer erst das ganze Panorama ein. Ich schaue mir und meinem Pferd zu, wie wir im immer selben Gleichtakt laufen, als würden wir eine Zeremonie abhalten. Ich in meinem roten Kleid und Houdini mit dem symbolischen Seil, das aus der Ferne wirkt, als wäre es gar nicht da. Als würden wir einfach nur dasselbe Ziel haben, laufen meine Stute und ich am Meeresufer, über schwarze Pfade, bergauf zwischen Lupinen und hinter dem Sumarhús an der Mauer entlang. Und einmal sieht man uns kurz nach einem Sturm auf dem höchsten Punkt eines Hügelrückens. Vor den davonziehenden schwarzen Wolken glüht die Seide meines Windkleides wie rote Lava.

»Sie ist eine isländische Performance-Künstlerin«, erklärt Lara Dee. »Fjallkonan. Auf ihrer Facebook-Seite nennt sie die Aktion *Way of the Wind*. Aber sie malt auch. Klickt unten auf den Facebook-Link ...«

Henrik stoppt das Video. »Ich habe damals bei diesem schwarzen Haus geklingelt, als ich nach dir suchte. Und du warst also die ganze Zeit über dort.«

»Ja, Einar hat mich aufgenommen ... der Besitzer des Hauses, mit dem du damals gesprochen hast. Ich saß auf der Treppe und habe euch zugehört. Ich bin nicht stolz darauf, dass ich mich so lange verkrochen habe, aber ich konnte nicht anders.« *Weil ich erst Zeit brauchte, um eine andere zu werden*, setze ich in Gedanken hinzu. Ja, manchmal hat auch Feigheit etwas Gutes.

Ich betrachte meinen Mann, erinnere mich an das, was er über mich und uns sagte, und versuche vergeblich, meinen Groll und meine Kränkung wiederzufinden. Und was würde Henrik wohl sagen, wenn er mich als Rotglühende mit Finnur sähe, oder mit Aki in den Untiefen? *Andere Orte*, denke ich.

Auch Henrik mustert mich, als würde er nach Antworten suchen. Vermutlich fragt er sich, wer die Fremde ist, die vor ihm sitzt.

»Was ist nur mit uns passiert, Swea?«, fragt er nach einer Weile kaum hörbar. Und mit einem Mal sind wir uns so nah, dass ich sein Leben wieder spüren kann, als wäre es mein eigenes.

»Vielleicht haben wir irgendwann angefangen, unsere Ehe mit einer Firma zu verwechseln«, erwidere ich. »Vielleicht sind wir zwar ein gutes Geschäftsteam, aber einfach kein gutes Liebespaar. Und in gewisser Weise haben wir uns wohl beide verkauft. Du für den Traum von Ruhm und für einen Vater, den du selbst nie hattest. Ich mich für meine Sehnsucht nach einem freien Leben. Ich hielt nämlich immer Kunst für Freiheit. Für Papa Löwe ist sie ein Spekulationsobjekt, für meine Mutter ein Lebenssinn, den sie ohne uns nicht hätte. So gesehen war Anna mit ihrer Kunst schon immer die Wahrhaftigste von uns. Und sie hat recht mit dem, was sie mir gestern sagte: Meine Familie und ich, wir haben dich wie eine Aktie behandelt. Und das tut mir unendlich leid, Henrik.«

Wieder sieht er mich völlig überrascht an. Seine Augen haben immer noch dieses unglaubliche Blau, das mich nach wie vor fasziniert. Und auch Henrik betrachtet mich wie damals, als wir Studenten waren und einander suchten und fanden. Aber diesmal verliere ich mich nicht mehr in seinem Blick.

Stattdessen hole ich mein Portemonnaie hervor und suche nach meinem Ehering, den ich in einem Seitenfach verstaut hatte. Henrik schluckt schwer, als ich ihm den Ring zurückgebe.

»Dann ... ist es für dich also wirklich vorbei?«, fragt er mit belegter Stimme.

Ich nicke, obwohl es mir schwerfällt, trotz allem. Und ich versuche erst gar nicht zu verbergen, wie traurig ich bin. Während ich nach einem Taschentuch suche, entdecke ich schräg hinter Henrik Anna, die neben dem Tresen steht und uns wohl schon eine ganze Weile beobachtet.

Henrik vergräbt das Gesicht in den Händen, reibt sich schmerzhaft fest die Augen, fährt sich durch das Haar. Mehrmals setzt er zum Sprechen an und macht den Mund wieder zu. *Das ist also das Ende einer Ehe*, denke ich. *Ratloses Schweigen, weil alles gesagt ist.*

»Dann ist es offiziell«, sagt Henrik nach einer Weile. »Unsere Kunstfabrik geht unter. Und oh Mann, Helmut wird mich fertigmachen.«

Mein Vater. Früher hätte mein erster Gedanke ihm gegolten. Aber jetzt bin ich überrascht, dass ich ihn tatsächlich völlig vergessen hatte.

»Papa Löwe wird sein Geld bekommen«, sage ich. »Und den

Rest regeln wir unter uns beiden. Viel ist ja ohnehin nicht übrig, wenn es stimmt, was Anna erzählt hat.«

Henrik senkt schuldbewusst den Blick. Er setzt schon zu einer Erklärung an, aber ich hebe die Hand wie Einar, wenn er jemanden am Sprechen hindern will.

»Es ist, wie es ist«, sage ich. »Wir zahlen meinen Vater aus, dann sehen wir weiter.«

»Und wie soll das gehen?«, antwortet Henrik. »Ohne sein Geld ist nicht mehr viel auf dem Kunstfabrik-Konto. Aber die Baukredite laufen weiter, und ohne dein festes Gehalt ...«

»Verkauf die Schwarzenberg-Venus.«

»Die Venus?«, stößt Henrik hervor. »Nein, niemals!«

»Ich weiß, sie ist dein Glanzstück, das du niemals weggeben wolltest, aber ganz nüchtern betrachtet ist sie das Einzige, was du derzeit zu einem einigermaßen guten Preis verkaufen kannst. Danach kümmerst du dich darum, dass *Sexting Beat* läuft wie geplant – und ich überlege mir, wie wir im Lauf der nächsten fünf Jahre ohne zu große Verluste aus den Krediten und Verpflichtungen rauskommen.«

»Swea hat immer einen Plan«, murmelt Henrik.

»Plan A, B und C«, antworte ich. »Und im Moment geht es um finanzielle Schadensbegrenzung. Also?«

Henrik kämpft sichtlich mit sich. Aber dann nickt er gequält. Ich weiß genau, was ihn diese Zustimmung kostet. Die Venus ist die Ikone seines Talents, sein Talisman, die Skulptur, die seinen Ruhm begründet hat, von dem er heute noch zehrt.

»Du bist ein hervorragender Künstler, Henrik«, füge ich freundlicher hinzu. »Du kannst es auf dem Markt immer noch schaffen – auch ohne die Venus und deinen alten Ruhm.«

»Ja, sicher«, sagt Henrik bitter. Aber dann ringt er sich mühsam ein Lächeln ab. »Weißt du, das habe ich immer an dir bewundert. Deine Zielstrebigkeit und deine Energie, deinen Enthusiasmus für alles, was du dir vorgenommen hast. Du hast es immer durchgezogen. Und immer an mich geglaubt.«

»Das tue ich immer noch, Henrik.«

»Dann sind wir wenigstens noch ein Team?«, fragt er. »Und das heißt ... du kommst nach Hause?«

»Mein Zuhause ist das schwarze Haus am Fjord. Und da ich die Miete für die Wohnung in Frankfurt nicht mehr zahlen werde, stellst du entweder ein Feldbett in die Kunstfabrik. Oder ... du ziehst bei Anna ein.«

»Bei Anna?« Henrik schüttelt entrüstet den Kopf. »Ich weiß nicht, was sie dir erzählt hat, aber es läuft nichts mehr zwischen uns. Diesmal ist es endgültig vorbei. Und außerdem würde es mit Anna und mir niemals auf Dauer gut gehen ...«

»Ach, hör endlich auf, Henrik«, sage ich müde und winke Anna zu uns. Sie hat schon darauf gewartet und ist sichtlich erleichtert. Vorsichtig, als wäre sie auf der Hut, setzt sie sich an den Tisch – auf Henriks Seite, nicht auf meine. Und obwohl ich dachte, ich hätte »Sorrow« längst hinter mir, trifft es mich doch.

Ich hole tief Luft und füge hinzu: »Und sobald *Sexting Beat* angelaufen ist, will ich eine klare Scheidungsvereinbarung, Henrik: fünfzig Prozent der Einnahmen für diese Ausstellung. Und du übernimmst in Zukunft achtzig Prozent aller Kredite.« Die Zahlen sind natürlich reines Poker. Aber wer den höchsten Preis als Anker setzt, bestimmt die Verhandlungsgrundlage. So kann ich mich auf die dreißig und sechzig Prozent herunterhandeln lassen, die ich haben will. »Ach ja«, setze ich hinzu. »Und meine zwei Monatsgehälter, die du mir mit Papa Löwes Hilfe von unserem Konto weggezogen hast, überweist du mir natürlich bis Ende dieses Monats.«

»Bäng!« Das würde Bekka jetzt sagen. Die beiden starren mich

mit offenen Mündern an. Und ich hole in aller Ruhe mein Smartphone heraus und schalte es wieder ein. Ja, bei aller Liebe. Aber ein Eisner-Mädchen bin ich nach wie vor.

Doch die Genugtuung vergeht mir schlagartig, als auf meinem Smartphone Signaltöne lospiepsen. Drei verpasste Anrufe von Jón innerhalb von zehn Minuten. Gefolgt von einer SMS: »Bin mit Einar auf dem Weg ins Krankenhaus.«

Grauzone

Jón steht im Foyer des Landspítali und spricht mit einem Mann, der ebenfalls eine blaue Uniformjacke von *Óðin Express* trägt. Als Jón mich entdeckt, drückt er seinem Kollegen seinen Busschlüssel und eine Ledertasche in die Hände und kommt mir entgegen. *Wenn Jón seine Schicht abgibt, muss es um Einar wirklich schlimm stehen,* schießt es mir durch den Kopf.

»Wie geht es ihm?«, rufe ich Jón schon durch die halbe Eingangshalle entgegen.

Jón versucht sich an einem beruhigenden Lächeln, das ihm nur halb gelingt. »Keine Ahnung«, erwidert er, sobald wir uns treffen. »Er ist noch in der Untersuchung.«

»Was ist denn passiert?«

»Einar ist aufgestanden und dann plötzlich in der Küche zusammengeklappt. Brustschmerzen, Atemnot, Angstzustände – klassischer Herzinfarkt. Ein Krankenwagen hätte zu lange gebraucht, also habe ich ihn in meinen Bus gesetzt und bin losgerast. Ich habe ihm gesagt, er soll husten, um Blut in das Herzgewebe zu drücken. Das hat meinem Onkel Gunnar das Leben gerettet, als er seinen Infarkt hatte. Einar hat es bis hierher geschafft. Und sobald er in der Notaufnahme war, habe ich versucht, dich zu erreichen.«

Ich sollte einen kühlen Kopf bewahren, die Statistiken zu

Sterblichkeitsraten durch Herzinfarkte checken und mich mit Zahlen und Wahrscheinlichkeiten beruhigen. Aber stattdessen breche ich in Tränen aus.

•••

Es dauert zermürbende zwei Stunden, bis ein junger Arzt zu uns kommt. *Dr. med Örn Jansson* lese ich auf seinem Namensschild. »Seid ihr die Verwandten von Einar Pálsson?«, fragt er auf Isländisch.

»Freunde«, sagt Jón.

»Ihr beide?« Der Arzt stutzt ein wenig, als hätte er andere Informationen. »Er sagte, er hat eine Tochter.«

»Ja, das bin ich!«, beeile ich mich zu sagen. »Mein Name ist Kim. Wie geht es meinem Vater?«

Jón atmet sehr langsam aus, aber er bewahrt sein Pokerface. Doktor Örn schaut prüfend in mein totenblasses, besorgtes Gesicht und entscheidet wohl, mir zu glauben.

Aber für das, was er sagt, reicht mein Küchen- und Kassen-Isländisch nicht aus, also bitte ich ihn, auf Englisch umzuschwenken. »Die gute Nachricht ist, es ist kein Herzinfarkt«, erklärt er. »Die Katheteruntersuchung zeigte keine verstopften Herzkranzgefäße …«

»Also wird er wieder gesund?«, unterbreche ich ihn. Jón legt den Arm um mich, und ich zwinge mich, den Mund zu halten und einfach zuzuhören. Der Arzt lächelt mir beruhigend zu.

»In der Regel normalisiert sich die Herztätigkeit bei richtiger Behandlung innerhalb einiger Tage. Aber bis dahin werden wir ihn zur Monitorüberwachung auf die Intensivstation verlegen. Wie es für Stress-Kardiomyopathie typisch ist, hat dein Vater Kontraktionsstörungen der linken Herzkammer und Wasser in der Lunge. Die Symptome mit Brustschmerzen und Atemnot unterscheiden sich daher auf den ersten Blick nicht vom Herzinfarkt. Statistisch gesehen ist es zwar häufiger, dass Frauen am Broken-Heart-Syndrom erkranken. Aber manchmal trifft es auch Männer.«

Mir schnürt es die Kehle zu. »Broken-Heart-Syndrom – ein gebrochenes Herz?«

»Ja, so nennt man diese Funktionsstörung. Denn manchmal löst tatsächlich Liebeskummer dieses Syndrom aus. Du kannst es dir als eine Art Verkrampfung als Reaktion auf großen emotionalen Stress vorstellen. Hatte dein Vater denn in letzter Zeit schwere emotionale Belastungen?«

»Es gab einen Todesfall in der Familie«, antwortet Jón.

Doktor Örn nickt, als hätte er genau das erwartet.

»Können wir zu ihm?«, will ich wissen.

»Im Augenblick noch nicht. Aber kommt gegen eins wieder, bis dahin müsste er wieder gut ansprechbar sein. Und es wäre gut, wenn ihr ihm von zu Hause ein paar Sachen mitbringt – Bademantel, Hausschuhe, etwas zu lesen für die nächsten Tage.« Doktor Örn lächelt mir aufmunternd zu und sagt zum Abschied: »Keine Sorge, Kim, wir kriegen deinen alten Herrn schon wieder hin.«

• • •

Im Sumarhús steht noch Einars volle Kaffeetasse auf dem Tisch. Ich suche in allen Taschen nach seinem Handy, aber er hat es wohl mitgenommen. Denn als ich es anrufe und orten will, klingelt es ins Leere, und im Haus bleibt es still.

»Er wird Kim sicher selbst Bescheid sagen«, sagt Jón.

»Ja, wenn man auf der Intensivstation mit dem Handy telefonieren dürfte«, schnappe ich. »Wenn mein Vater im Krankenhaus läge, würde ich es sofort wissen wollen.«

Ich habe alle Notizen und Papiere durchforstet, aber nirgendwo finde ich Kims Nummer. Das Einzige, was ich noch nicht gesichtet habe, ist ein schmales Innenfach im demolierten Sekretär, das sich verkeilt hat. Jón fackelt nicht lange, sondern holt Werkzeug und hebelt das verkantete Holz mit Gewalt los. In dem Fach sind Dokumente einer Maklerfirma aus Deutschland. Ich erinnere mich daran, dass Einar mit Kim wegen des Verkaufs seiner Hamburger Wohnung telefoniert hatte. In den Händen halte ich nun das Zeugnis der Auflösung von Einars und Kristins Heimat. Drei Zimmer gemeinsames Leben. Ganz unten in der Schublade stoße ich auf die Kopie einer Versorgungsvollmacht im Krankheitsfall. Einar hat sie für sich verfasst und Kim als Bevollmächtigte eingesetzt. Und hier finde ich endlich ihre Anschrift und eine Handynummer.

Anhand der Fotos aus ihren Teenagerjahren hatte ich mir Kim immer als zarte und leise Frau vorgestellt. Aber die Stimme am anderen Ende der Leitung klingt resolut und erstaunlich tief. »Wer sind Sie?«, ist eine ihrer ersten knappen Fragen.

Die Mieterin, will ich schon antworten. Aber dann sage ich: »Eine Freundin Ihres Vaters.«

»Aha. Ist ihm etwas passiert? Ich versuche meinen Vater nämlich seit gestern Abend auf dem Handy zu erreichen. Und auf meine Mail hat er nicht geantwortet.« Es klingt nüchtern, viel zu sachlich. Aber vielleicht ist es einfach nur Kims Art, Sorge und Angst im Zaum zu halten. Sie unterbricht mich kein einziges Mal, während ich die Fakten zur Diagnose schildere. Inzwischen kenne ich auch die Statistiken gebrochener Herzen. Und als ich fertig bin, atmet Kim hörbar erleichtert auf.

»Es geht ihm gut«, wiederhole ich. »Und bei seinem Arzt ist er in guten Händen. Dennoch muss er für ein paar Tage zur Überwachung im Krankenhaus bleiben. Aber Doktor Örn meinte, er wird sich vollständig erholen.«

»Gott sei Dank«, höre ich Kim leise sagen. Dann wird die angespannte Pause immer länger.

»Wenn Sie herkommen wollen, buche ich gerne einen Flug für Sie«, sage ich schließlich in die Stille.

»Ich ... kann ihn nicht besuchen kommen.« Kim räuspert sich. Und als sie endlich wieder zu sprechen beginnt, klingt ihre Stimme belegt. »Ich kann hier nicht weg. Meiner Mutter geht es seit gestern Abend sehr schlecht, ich kann sie jetzt unmöglich alleine lassen.«

Ich spüre kaum, wie ich auf die Liege im Skriptorium sinke. »Ihrer ... *Mutter* geht es nicht gut?«

»Ja. Sie musste ins Krankenhaus verlegt werden. Deshalb versuche ich ja seit gestern, meinen Vater zu erreichen.«

Ich schlucke. »Sie meinen ... Kristin?«

»Wen sollte ich denn sonst meinen?«, entfährt es Kim. »Was soll denn diese Frage überhaupt?«

»Aber ich dachte ...«, hauche ich. »Kristin ... sei verstorben?«

Auf der anderen Seite wird es totenstill. Und als Kim wieder zu sprechen beginnt, bebt ihre Stimme vor mühsam unterdrücktem Zorn. »Meine Mutter soll *tot* sein?«, höre ich sie wie aus weiter Ferne sagen. »Hat Einar Ihnen das erzählt?«

• • •

»Bitte denk daran, dass sein Herz gerade nicht in Ordnung ist«, ermahnt mich Jón sicher schon zum fünften Mal.

»Ja, mit Einars Herz ist so einiges nicht in Ordnung«, erwidere ich. Ich muss mich beherrschen, nicht wie eine wutschnaubende

Wahnsinnige durch die Krankenhausflure zu rennen. Und es kostet mich viel, am Empfang der Intensivstation ein besorgtes Gesicht aufzusetzen. »Ich hatte heute Mittag schon angerufen«, sage ich zur Stationsschwester. »Ich möchte meinen Vater besuchen, Einar Pálsson. Er hatte heute Vormittag eine Herzkatheteruntersuchung.«

Ich erkenne Einars Herzschläge schon auf dem Überwachungsmonitor, bevor ich ihn hinter den Geräten in dem großen Bett entdecke. Es piepst, als seine Herzlinie nervös und zu hoch ausschlägt, während eine Krankenpflegerin seinen Druckverband kontrolliert – dort, wo der Katheter in eine Ader geführt wurde. Die Pflegerin nickt zufrieden, wechselt noch ein paar Worte mit ihm, dann winkt sie mich heran und geht. Sobald ich ans Bett trete, beruhigt sich Einars Pulslinie. Er lächelt mir erschöpft zu. »Hallo Tochter«, sagt er leise. »Du hättest nicht lügen müssen. Ich habe Bescheid gesagt, dass du und Jón jederzeit informiert werden sollt.«

»Tja, manchmal lügt man eben trotzdem«, antworte ich. »Auch wenn es keinen Grund dafür gibt.« Ich ziehe einen Stuhl heran und setze mich – vorsichtshalber mit Blick auf den Herzmonitor. »Bitte atme durch und hör mir jetzt ganz ruhig zu, Einar. Ich habe mit Kim telefoniert. Sie wünscht dir gute Besserung und lässt dich grüßen. Und sie bittet dich, sie anzurufen, sobald du kannst.«

Wieder schiele ich zum Monitor. Aber zu meiner Überraschung wird der Puls ruhiger statt schneller. Einar scheint noch mehr in sich zusammenzusinken, ein alter grauer Mann, der mit den farblosen Laken zu verschmelzen scheint. Und als er die Augen schließt, muss ich an die mittelalterlichen Skulpturen denken, die die Sarkophage Adeliger schmückten: liegende Männer und Frauen aus Sandstein oder Marmor, die nur zu schlafen schienen. Abbilder eines Lebens, das unter dem Sargdeckel schon längst zu Staub zerfallen war. *Fühlst du dich so, Einar?*, denke ich. *Und wie mag es für Kristin sein?* Als ich daran denke, wie sie irgendwo jenseits des Atlantiks ebenfalls in einem solchen Bett liegt, verschwindet meine Wut, und ich spüre nur noch Traurigkeit.

»Kim hat es dir erzählt, nicht wahr?«, murmelt Einar. »Natürlich hat sie es dir erzählt.«

»Im Gegensatz zu dir hat sie mir die Wahrheit gesagt«, erwidere ich. Vorsichtig nehme ich seine Hand, die schlaff und kalt ist. »Dabei hätte ich es längst selbst erraten müssen. Du hast mich nie bestätigt, wenn ich dich auf Kristins Tod ansprach. Du hast mir stets nur ausweichende Antworten gegeben, du hast Gegenfragen gestellt oder hast einfach nur geschwiegen. Und ich habe dieses Schweigen mit meinen Annahmen und Interpretationen gefüllt. Darin bin ich ja gut.«

Einar antwortet nicht, und er öffnet auch nicht die Augen.

»Ja, du kannst auch jetzt wieder schweigen«, sage ich. »Es ist deine Entscheidung. Aber von einer Freundschaft, wie wir beide sie haben, hätte ich mehr erwartet.«

Jetzt schließt sich seine Hand doch um meine. Einar schluckt und öffnet die Augen. »Ich habe gestern von ihr gesprochen, als wäre sie wirklich tot«, flüstert er gequält. »Als ich sagte, dass Kristin der Fluss war. Ich sagte: *war*.«

»Aber sie lebt«, erwidere ich. »Und ich weiß nicht, wie, aber sie war die ganze Zeit über bei uns – im Sumarhús.«

Es klingt immer noch bizarr. Aber ich erinnere mich daran, was Líf mir sagte: »Ich habe gelernt, dass es zwischen Leben und Tod keine wirkliche Grenze gibt. Bestenfalls eine Grauzone, alles ist durchlässig, die beiden Seiten überlagern sich. Manchmal weiß man nicht, auf welcher Seite man steht.«

»Ich habe sie jedenfalls die ganze Zeit über im Haus wahrgenommen«, füge ich hinzu. »Auch wenn du es mir nie geglaubt hast. Sie war da und wollte dich erreichen. Und als sie es nicht schaffte, hat sie es in ihrer Verzweiflung über mich versucht.«

»Ja, ich weiß«, murmelt Einar.

Ich dachte nicht, dass er mich jemals wieder überraschen könnte. Aber nun wird mir klar, dass dieser stets korrekte, zurückhaltende Mann ein sehr viel besserer Lügner ist, als ich ihm jemals zugetraut hätte. »Du wusstest es also doch die ganze Zeit?«, entfährt es mir heftiger, als ich will. »Und mir hast du ganz bewusst eingeredet, dass ich mir alles nur einbilde? Bravo, Einar! Großes Kino! Und ausgerechnet du wirfst Kristin Lügen und ein Doppelleben vor!«

»Was erwartest du jetzt von mir, Swea?«, erwidert Einar mit erstaunlicher Klarheit und Kühle. »Dass ich mich reumütig dafür entschuldige, diesen Teil meines Lebens mit mir selbst abmachen zu wollen?«

»Wenn, dann solltest du dich bei Kristin entschuldigen«, gebe ich zurück. »Aber darüber reden wir besser, wenn du wieder gesund bist. Du bist jetzt nicht in der Verfassung, um ...«

»Nein, bleib hier. Bitte.«

Ich war schon halb aufgestanden, aber jetzt lasse ich mich zögernd wieder auf den Stuhl sinken. Ich weiß nicht, ob es eine gute Idee ist. Aber Einar wirkt völlig ruhig.

»Sie ist wütend auf mich«, murmelt er.

»Was du ihr wohl kaum verübeln kannst. Du solltest bei ihr in Deutschland sein, stattdessen fährst du nach Island und vergräbst dich in der Vergangenheit.«

»Sie ist wütend, weil ... ich sie verlassen habe«, sagt Einar. »Einen Tag, bevor du ins Sumarhús kamst.«

Ich bin nicht sicher, ob ich mich verhört habe. Aber Einar fügt hinzu: »Ja, ich habe mich von Kristin getrennt.«

»Wie bitte? Du ... verlässt eine Frau, die im Koma liegt?«

»Das ist korrekt«, sagt Einar mit brüchiger Stimme. Ich will ihm meine Hand entziehen, aber er hält sie fest. »Sie hatte nach dem Sturz eine Hirnblutung. Sie überlebte, aber sie trug schwere Schäden davon und kam nicht mehr zu sich. Selbst wenn sie jemals wieder aufwachen würde, was nicht geschehen wird, wäre sie nicht mehr Kristin. Und solange sie noch atmet, wird sie das Pflegeheim nicht mehr verlassen.«

»Und das ist ein Grund, nach Island abzuhauen?« Mir liegt noch einiges mehr auf der Zunge, aber ich zwinge mich mühsam zum Schweigen. Einar fährt leise fort: »Nach dem Unfall räumte Kim das Musikzimmer auf, ohne einen Blick auf Kristins Zettel zu werfen. Ich schaffte es erst Monate später, den Raum wieder zu betreten. Als ich wieder in der Lage war, mich um den Verkauf unserer Wohnung zu kümmern. Inzwischen war klar, dass Kristin nie wieder nach Hause zurückkommen würde – weder in diese noch in eine andere Wohnung. Also war es meine Aufgabe, unsere alte Wohnung aufzulösen und mir etwas Neues für mich allein zu suchen – irgendwo in der Nähe des Pflegeheims. Und als ich damit begann, im Musikzimmer die Kisten zu packen, da ... las ich zum ersten Mal die Briefe, die Kim vor Monaten einfach nur zur Seite geräumt hatte.« Er schluckt angestrengt und blinzelt. Inzwischen krallt er sich so fest in meine Hand, dass es schmerzt. »Es hat mir das Herz gebrochen«, fügt er kaum hörbar hinzu. »Es hat alles infrage gestellt, was ich über uns und unsere Ehe zu wissen glaubte. Erst da habe ich begriffen, dass unsere Ehe schon seit Jahren nur noch eine Lüge war.«

»Einar, ich habe dir gestern schon gesagt, dass du nicht weißt, ob Kristin wirklich ...«

»Sei still und hör mir einfach zu, Swea! Ich habe die Wohnung zu einem guten Preis verkauft. Bei unserer Heirat habe ich Kristin versprochen, immer für sie zu sorgen. Und das tue ich, es soll ihr an nichts fehlen. Kim verwaltet das Geld und kümmert sich um alles. Falls das Geld nicht mehr ausreicht, werde ich auch noch das Sumarhús für Kristin verkaufen. Aber was mich selbst angeht – ich konnte nicht so weitermachen. Es bringt mich immer noch um, auch nur daran zu denken, dass Kristin ... Und ich dachte wirklich, ich könnte ... nach Hause kommen und hier ...«

Er verstummt, und der Monitor beginnt einen Alarm zu melden. Die Pulslinie zuckt und windet sich. *So sieht also emotionaler Schmerz aus*, denke ich. Und während ich schon die Schritte der Krankenschwester höre, beuge ich mich über Einar und lege meine Hand auf seine Brust, genau dorthin, wo sein geschundenes Herz zittert.

»Einar, jetzt hörst du mir zu!«, sage ich eindringlich. »Vielleicht gibt es auf manche Fragen einfach keine Antworten. Und es sind nicht die Briefe, die dich umbringen. Das, was dir wirklich das Herz bricht, ist die Tatsache, dass du Kristin liebst und jetzt nicht bei ihr bist.«

• • •

Jón ist blass, als ich nach fast einer Stunde wieder ins Foyer komme. *Lebt er noch?*, fragt sein besorgter Blick. Und als ich beide Daumen hebe, wirkt er so erleichtert, dass ich lächeln muss.

Zusammen gehen wir zum Parkplatz. Ganz von selbst findet meine Hand in seine. Aber erst als wir am Pickup stehen, legt er die Arme um mich und küsst mich vorsichtig. »Was für eine Nacht«, murmelt er.

»Und was für ein Tag«, ergänze ich. »Jón, du weißt, dass ich nach Deutschland zurück muss?«

»Ich weiß. Ich hoffe, du kommst wieder.«

»Ich hoffe, du besuchst endlich deinen Sohn.«

»Werde ich. Ende des Monats.«

Das ist eine Überraschung. Für einen Moment blitzt die alte Swea durch. Diejenige, die sofort auf Alarm wäre, weil sie weiß, dass er Sara immer noch liebt. Die sich fragt, was in seinem Herzen vorgeht. Doch ich lasse den Gedanken los und atme durch.

»Und wenn du wiederkommst …?«, fragt Jón.

»… suchen wir eine Herde für Houdini«, antworte ich. »Und dann könnten wir uns in Ruhe überlegen, wie wir hier den Winter verbringen. Gemeinsam. Wenn … du willst?«

»Und ich dachte schon, du fragst nie«, erwidert Jón mit seinem trockenen Humor.

Ich lächle und schließe die Augen, als er mich noch fester umarmt und aufs Haar küsst. *So einfach ist es?*, denke ich. *The way of the wind*: Keine geschmiedeten Ringe, keine Treueschwüre, keine Definitionen. Aber offenbar sind wir gerade ganz offiziell ein isländisches festes Paar geworden. Einfach so.

Alte Tänze

Natürlich hatte ich nicht erwartet, dass meine Tochter mich herzlich begrüßen würde. Aber als ich an Sweas Seite das Hamburger Krankenhaus betrete, bin ich doch überrascht, wie kühl Kim mich empfängt. Kritisch mustert sie Swea, auf deren Arm ich mich stütze. Ja, mein Herz ist noch schwach, Doktor Örn war besorgt, dass ich schon nach zehn Tagen fliegen wollte. Aber ich habe weiß Gott genug Zeit verloren.

»Der Aufzug ist gleich dort drüben«, sagt meine Tochter sehr förmlich. Ja, meine Flucht war die Rückkehr in die Vergangenheit. Kim flüchtet sich gerne in Sachlichkeit. Aber wie immer hält diese Fassade auch heute nicht sehr lange. Sobald wir den Fahrstuhl verlassen und auf den Flur treten, sehe ich bereits die Traurigkeit in ihren beherrschten Zügen.

»Wollen Sie mit reinkommen?«, wendet sie sich an Swea. »Oder sollen wir zusammen einen Kaffee trinken, während Einar bei ihr ist?«

»Ein andermal sehr gern«, erwidert Swea und entzieht mir sacht ihren Arm. »Aber ich muss meinen Zug nach Frankfurt erwischen.«

»Willst du Kristin denn gar nicht kennenlernen?«, frage ich.

Swea lächelt. »Wir kennen einander doch längst, Einar«, antwortet sie leise. Ich schaue ihr nach, bis der Fahrstuhl sie wieder davonträgt.

Kim steht mit verschränkten Armen da und beobachtet mich. »Du hast mir wirklich viel zu erklären, Pabbi«, sagt sie dann und geht voraus.

In meinen schlimmsten Nächten habe ich davon geträumt, auf der Suche nach Kristin eine Zimmertür zu öffnen. Und jedes Mal war es ein anderes Bild von ihr mit einem fremden Mann. In den vergangenen Tagen hatte ich nur noch Angst, dass ich das Krankenzimmer betrete und ein leeres Bett vorfinde. Doch sie ist immer noch da. Blass und erschöpft liegt sie in dem Bett mit dem halb aufgestellten Rückenteil. Ja, sie sieht abgekämpft aus. *Und wie sehr du gekämpft hast, um mich im Sumarhús zu erreichen*, denke ich. Die Schuld schnürt mir auch jetzt die Kehle zu.

Als ich zu meiner Frau trete, erwarte ich fast, dass sie nach meiner Hand greift. Natürlich wird es nicht geschehen. Sie ist anderswo, in anderen Räumen, die wir auf dieser Seite des Lebens nur manchmal spüren können – und dennoch ist sie bei mir. Manches geht im Wind verloren, und so vieles kann man nie wiedergutmachen. Und ich muss daran denken, was Swea sagte: »Es gibt Fragen, die keine Antworten haben.« Aber auch wenn in unserem Leben alles gesagt wurde, ist noch lange nicht alles gelebt. Es tut gut, mein eigenes Herz wiederzuhaben und Kristins regelmäßigen Puls auf dem Monitor zu sehen. Es sieht aus wie eine Tonspur, der Takt erinnert an die langsamen Lieder, die wir früher leise summten, wenn Kim schon schlief und wir in der Küche noch die letzten Schritte eines langen Tages tanzten, Kristins Wange an meiner Brust und mein Kinn an ihrem feinen Haar.

Vorsichtig setze ich mich auf das Krankenhausbett und lasse mich zurücksinken, bis wir Seite an Seite ruhen. Ich küsse ihre Schläfe, streiche ihr das Haar hinter das Ohr und nehme ihre

Hand in meine. »Ich bin hier, Elskan mín«, flüstere ich ihr ins Ohr. Und dann liegen wir einfach da, halten uns an der Hand und tanzen unseren Tanz.

Breaking the frame

»Bereit?«, fragt Henrik.

»Nein. Du etwa?«, erwidere ich.

Henrik verzieht nur den Mund. Dann straffen wir beide die Schultern und betreten das Restaurant, in dem meine Eltern auf uns warten. *Neutrales Gebiet*, das war mein Vorschlag gewesen. Sie haben sich beide herausgeputzt, als wäre das ein Vorstellungsgespräch. Und als sie Henrik und mich einträchtig Seite an Seite sehen, können sie ihre Erleichterung kaum verbergen. Meine Mutter springt sofort auf und eilt auf mich zu. »Swea, endlich! Du glaubst ja nicht, was für Sorgen ich mir gemacht habe! Ich habe monatelang nicht geschlafen!«

Ich erwidere ihre Umarmung aus ganzem Herzen. »Ich habe dich auch vermisst, Mama. Du siehst gut aus.«

»Ach, so ein Unsinn«, winkt sie geschmeichelt ab. Aber sie strahlt. Und ich meine es ernst. Die Arbeit in der Kunstfabrik hat sie aufblühen lassen, sie trägt frischere Farben, und ihr neuer Kurzhaarschnitt steht ihr.

Mein Vater gibt in seinem Anzug und seiner Chef-Pose dagegen ein gewohntes Bild ab. *In jeder Hinsicht*, denke ich. »Unsere verlorene Tochter«, sagt er mit sparsamer Herzlichkeit, aber mit einem Unterton, der klarstellt, dass ich viel – sehr viel – gutzumachen habe. »Schön, dass ihr beiden endlich wieder vereint seid«, setzt er an Henrik gewandt mit Nachdruck hinzu.

Wie aufs Stichwort übernimmt meine Mutter das Gespräch, bestellt Aperitifs, fragt munter nach dem Flug, nach dem Wetter in Island, plaudert über Bekka, die Kunstfabrik und ihre Menü-Pläne für das Familien-Weihnachtsfest, während mein Vater sich zurücklehnt und ihr die Bühne überlässt. *Alles wie immer*, denke ich. Das System Eisner funktioniert perfekt. Und auch wenn meine Mutter sichtlich irritiert davon ist, dass ich in isländischem Strick dasitze, meine Fältchen nicht unter Make-up verstecke und mein Haar nachlässig locker aufgesteckt und nicht mehr dunkel gefärbt ist, spricht niemand an, was wirklich im Raum steht. Während ich meine Eltern betrachte, ist es, als würde ich sie zum ersten Mal sehen. *Zwei Menschen, die einander im Grunde nicht mehr viel zu sagen haben, wenn sie alleine sind.*

»Gisela, jetzt lass die jungen Leute doch erst einmal in Ruhe ihr Essen bestellen«, sagt mein Vater irgendwann. »Und dann haben wir ja noch einiges zu besprechen. Es ist nur noch eine Woche, bis *Sexting Beat* eröffnet. Es gibt noch viel zu tun. Deine neue Ausstellung muss ja endlich der große Durchbruch werden, nicht wahr, mein Junge?«

Ich kann spüren, wie Henrik neben mir wieder nervös wird. Und auch mir schlägt das Herz nun doch bis zum Hals. »Da du gerade die Kunstfabrik ansprichst, Papa«, sage ich und hole die Papiere aus Kims Fransentasche. »Henrik und ich waren gestern beim Anwalt und auf der Bank. Die Rückzahlung deines Privatkredits müsste spätestens morgen auf deinem Geschäftskonto sein. Danke, dass du uns unter die Arme gegriffen hast. Und in Zukunft werden wir deine Hilfe nicht mehr in Anspruch nehmen müssen.«

Meine Mutter runzelt verwirrt die Stirn. »Was für ein Kredit, Helmut?«

Aber mein Vater scheint sie gar nicht zu hören. Er starrt mich nur an, die Lippen zusammengepresst. »Ihr habt also über die Leihgabe gesprochen, Henrik?«, fragt er dann ruhig. »Und woher habt ihr das Geld so plötzlich?«

»Ich habe die Venus verkauft«, erwidert Henrik. »Und von den anderen Skulpturen meiner frühen Phase werde ich mich ebenfalls trennen. Es wird keine Dauerausstellung geben. Und unabhängig davon, ob Sexting Beat ein Erfolg wird, werden Swea und ich das Kunstfabrik-Konzept canceln. Swea und ich werden die Kunstfabrik nach der Ausstellung aufgeben. Wir suchen bereits nach Zwischenmietern oder Pächtern für die großen Ausstellungsräume. Ich werde mein Atelier in den kleinen Werkraum verlagern. Und die Altstadtwohnung geben wir ganz auf. Das spart Kosten und wird mir mehr Freiheit für ... meine neuen, eigenen Arbeiten geben.«

Meine Eltern sehen nun beide aus wie vom Donner gerührt. »Ich ... verstehe das nicht«, sagt meine Mutter – natürlich zu meinem Vater, nicht zu uns.

»Ich verstehe es auch nicht, Gisela«, sagt mein Vater frostig. Unter dem Tisch verschränke ich meine Hände. Denn auf dem Gesicht meines Vaters erscheint die verräterische Röte, die zeigt, dass sein Zornpegel bereits zu steigen beginnt. »So haben wir das nicht besprochen«, wendet er sich nun an mich. »Ich dachte, wir wären uns alle mit den Plänen für die Kunstfabrik einig.«

»Wir haben neue Pläne«, sage ich. »Henrik und ich haben entschieden, dass wir uns trennen werden.«

Nun ist es raus, und mein Herz rast so sehr, dass mir schwindelig wird. Meiner Mutter geht es wohl ähnlich. Sie wirkt, als hätte ich ihr einen Tritt in den Magen versetzt. Mit offenem Mund schaut sie erst zu mir, dann hilfesuchend zu Henrik.

»Was?«, haucht sie. »Aber ...«

Bevor sie weitersprechen kann, legt mein Vater sehr resolut seine Hand auf ihre, ohne den Blick von uns zu wenden. »Niemand wird sich hier trennen, Gisela«, sagt er mit der ganzen Autorität des Familienpatriarchen.

»Helmut, lass uns vernünftig darüber …«, beginnt Henrik. Aber nun lege ich meine Hand sehr resolut auf seine und Henrik verstummt.

»Das ist keine Verhandlung, Papa«, sage ich sehr klar und deutlich. »Wir sind nur hier, um euch darüber in Kenntnis zu setzen, was wir beschlossen haben. Alles Weitere ist Sache von Henrik und mir.«

Meine Mutter entreißt meinem Vater die Hand. »Das glaube ich nicht«, stößt sie hervor und springt auf. Panik schwingt in ihrer Stimme. »Das könnt ihr nicht machen. Ihr könnt euch doch nicht scheiden lassen! Und die Kunstfabrik …«

»Mama, warte bitte …«

»Nein, das höre ich mir keine Sekunde länger an!« Sie schnappt ihre Handtasche und stürzt aus dem Restaurant.

»Gisela!«, ruft Henrik ihr nach. Nach einem Blickwechsel mit mir steht er auf und folgt ihr nach draußen.

Papa Löwe und ich bleiben zurück. »Ist das euer Ernst?«, fährt er mich so laut an, dass die anderen Gäste sich nach uns umdrehen. »Seid ihr jetzt völlig von Sinnen?«

»Manchmal ändern sich Dinge«, erwidere ich mit fester Stimme.

»Manchmal werden Menschen wohl auch einfach verrückt«, kontert mein Vater. »Wir haben immer alles für euch getan. Du wolltest Kunst studieren? Schön! Du bringst einen brotlosen Bildhauer als Schwiegersohn mit nach Hause – ich nehme ihn mit offenen Armen auf und baue ihn auf. Du hättest als Assistentin bei mir einsteigen können, aber du arbeitest lieber bei einer kleinen Bank und verschwendest deine Zeit an deine Malereien. Nicht einmal mit Enkeln durften wir rechnen. Aber haben Mama und ich uns jemals beschwert? Nein! Wir haben euch immer geholfen! Und jetzt wirfst du all das einfach weg und zerstörst, was wir über Jahre aufgebaut haben?«

Die Swea von früher hätte argumentiert, sich gerechtfertigt und versucht, die Sachliche zu sein. Aber ich bin nicht sachlich. Ich sehe Papa Löwe an und sehe einen Pokerspieler, der Angst hat, weil er gerade seinen Joker verliert. »Ist dir klar, dass Henriks Karriere ruiniert ist, wenn ihr jetzt die Kunstfabrik zerschlagt?«, herrscht er mich rüde an.

»Im Augenblick ist es keine Karriere, sondern eine Aktienblase«, gebe ich ruhig zurück. »Deine.«

Mein Vater stößt ein schnaubendes, empörtes Lachen aus. »Jetzt hör mir mal zu, Swea. Man wirft nicht einfach eine Firma weg und schon gar keine Ehe. Man hat ein Versprechen gegeben und steht zu seinem Wort, mit Anstand und Verantwortung. Man ist pünktlich, diszipliniert und tut seine Pflicht, ob es einem immer gefällt oder nicht. Wo kämen wir hin, wenn alle beim kleinsten Problem auseinanderlaufen und die Familie im Stich lassen, wie …«

Er nennt Insas Namen nicht. Und auf eine Art verstehe ich sogar, was er mir sagen will. Es stimmt, in den guten Zeiten ist es einfach, als Paar zusammenzubleiben. Die wahre Herausforderung sind die schweren Zeiten. *Wer wüsste das besser als Einar.*

Und in diesem Moment kann ich auch die gute Seite meines Clans sehen. Die Verlässlichkeit, den Zusammenhalt, die sichere Festung, die einen schützt und von außen uneinnehmbar ist. Und als ich meinen Vater mit diesen Augen betrachte, bin ich traurig, dass wir einander so fremd geworden sind: der bodenständige König in seiner eisernen Rüstung, der herrscht und lenkt und dabei stets die Hand schützend über die Seinen hält. Und auf der anderen Seite die Windfrau, zu der ich geworden bin.

»Es tut mir leid, wenn ich dich enttäusche«, sage ich. »Und ich liebe dich und Mama sehr. Aber meine Entscheidung steht fest.«

Er sieht mich immer noch an, als wäre ich völlig verrückt geworden. Doch dann nimmt er sich mühsam zusammen. »Wie stellst du dir das Ganze vor? Herrgott, Swea, du bist zweiundvierzig! Für einen Mann ist das kein Alter, aber als Frau hast du kaum noch Chancen, weder beruflich noch privat. Du wirst für den Rest deines Lebens alleine bleiben! Und selbst wenn du deine Stelle bei der Bank wieder auf hundert Prozent aufstocken könntest, ist auch der Zug für eine Karriere längst abgefahren.«

»Das stimmt allerdings. Die Stelle bei meiner Bank habe ich nämlich gekündigt.«

»Du hast *was?*«, brüllt er.

»Ja. Und bevor du es von Henrik hörst: Ich ziehe nach Island und baue mir dort eine neue Existenz auf.«

Mein Vater lacht auf. Und es ist kein nettes Lachen. »Du willst in Island leben«, sagt er mit kaum verhohlenem Spott. »Um dort *was* zu tun? Deine Vierziger-Krise ausleben? Das kann nicht dein Ernst sein, Swea! Wovon willst du in Zukunft leben?«

Du willst es also wirklich wissen?, denke ich grimmig. Denn längst kriecht bei seinem herablassenden Ton in mir der Zorn hoch. »Im Augenblick habe ich in Reykjavík eine Teilzeitstelle als Bedienung und eine als Reinigungskraft. Es bringt nicht viel ein, aber ich habe festgestellt, dass ich weit weniger brauche, als ich dachte, um zufrieden zu sein. Nebenher baue ich mit einigen Freunden ein Vertriebsnetzwerk für Craft-Produkte auf. Und da mein Vermieter derzeit in Deutschland lebt, werde ich in seinem Auftrag sein isländisches Sommerhaus ab und zu an Touristen vermieten. Es wird sicher nicht immer einfach, schließlich müssen Henrik und ich noch viel regeln. Aber ich werde es hinkriegen. Und in Zukunft ... werde ich dann sehen, was sich ergibt.«

Immerhin habe ich es geschafft, dass Papa Löwe auch einmal sprachlos ist. Natürlich nicht lange. »So habe ich dich nicht erzogen, Swea«, sagt er im Brustton seiner ganzen Enttäuschung. Ich antworte nicht. Ich erinnere mich nur an den Tag, an dem Papa Löwe Insa beibrachte, wie wichtig es ist, pünktlich zu sein. Sie war elf, und wir holten sie auf dem Weg aus der Stadt mit dem Auto beim Pferdehof ab. *Punkt vier*, hatte mein Vater gesagt. Diesmal kam sie zu spät, vielleicht hatte sie einfach die Zeit vergessen. Und nun rannte sie so schnell sie konnte den Weg entlang. Mein Vater schaute am Steuer sitzend ganz ruhig auf seine Rolex. Der Minutenzeiger sprang auf zwölf. Und mein Vater fuhr los. »Warte, sie ist doch gleich da«, rief ich. Aber er gab nur Gas und sagte: »Ich hatte vier Uhr gesagt. Manche müssen eben mit den Füßen lernen, pünktlich zu sein.«

Meine Mutter schluckte und schwieg. Und auch ich habe Insa damals nicht verteidigt. Wie Insa schon sagte: Ich war wirklich im Täterschutzprogramm, zu feige, um aufzubegehren. Aber niemals habe ich Insas Gesicht vergessen, das hinter uns immer kleiner wurde. Es gibt viele solcher Geschichten, im weiteren Familienkreis sind sie Anekdoten vom preußischen Helmut. Sie werden mit einem Lachen erzählt, aber auch mit einem erstaunten Respekt. Auch ich hatte meine Lektionen gelernt – nur schneller und gehorsamer als Insa.

Aber jetzt sehe ich Einar vor mir. Und auf dem Weg die elfjährige Kim, die völlig verschwitzt und aufgelöst mit der Sporttasche über der Schulter auf das Auto zurennt. Ich versuche mir vorzustellen, wie Einar losfährt und sie stehen lässt. Aber stattdessen sehe ich ihn nur geduldig auf seine Tochter warten. Minute für Minute, Stunde um Stunde, und notfalls auch die ganze Nacht.

»… Hörst du mir überhaupt zu, Swea?«, dringt die Stimme meines Vaters wieder zu mir durch. »Du wirst im freien Fall enden! Du wirst abstürzen und in der Gosse landen.«

»Das Risiko gehe ich ein, Papa.« Ich stehe auf und greife nach meiner Jacke. »Danke für die Warnung. Und die Rechnung hier geht auf mich.«

• • •

»Wie war es?«, fragt Insa, noch bevor ich mein Gepäck abgestellt habe. Viel ist es nicht, nur meine Unterlagen und ein paar Wintersachen, den Rest habe ich in Henriks und meiner alten Wohnung zurückgelassen. Sie ist inzwischen fast leer, ich habe unsere Gemälde verkauft, die Möbel – und alles, was sich sonst zu Geld machen ließ.

»Erzähl schon«, drängt Insa. »Wie ist es gelaufen?«

»Nicht so gut«, bringe ich nach einer Weile hervor. »Ich dachte, das Schlimmste hätten wir hinter uns. Aber seit unsere Eltern auch noch von Jóns Existenz und der Geschichte mit Marlene Inbek erfahren haben, herrscht Armageddon. Mama hat eine Panikattacke nach der anderen. Und Papa hat einen Anwalt auf Henrik und mich losgelassen und fordert ein fünfstelliges Honorar für seine geleisteten Beratungsdienste für die Kunstfabrik. Und außerdem will er das Geld zurück, mit dem er uns unsere zweite Hochzeitsreise spendiert hatte.«

»War zu erwarten«, sagt Insa nur. »Die einzige Art, sich im Eisner-Clan frei zu fühlen, ist, nicht an den Ketten zu zerren. Aber mach dir keine Sorgen, die beruhigen sich schon wieder. Irgendwann wird der Pate wieder mit dir angeben. Und Mama wird es auch überstehen. Vielleicht sucht sie sich jetzt sogar endlich mal einen Therapeuten für ihre Angstzustände, statt zu erwarten, dass ihre Familie alles abfängt. Und vielleicht kommt sie ja sogar darauf, dass ein eigenes Leben auch ganz nett ist? Ich wette, Papa wird sich noch umschauen, wenn sie erst einmal loslegt.«

Ich wünschte, ich könnte so locker und optimistisch sein wie meine rebellische kleine Schwester. Aber noch fällt es mir schwer, nicht sofort wieder die alten Schritte zu tanzen. »Gewöhn dich endlich daran, dass du nicht mehr jeden retten musst«, setzt Insa unwillig hinzu. »Und jetzt komm mit.«

Ich folge ihr durch den schmalen, düsteren Flur in ihre winzige Küche. Und wäre an der Tür fast an einem Schild hängen geblieben, das Insa am Türstock aufgehängt hat. In triefender Halloweenschrift hat sie mit Edding ENTER THE OTHER SIDE auf das Schild geschrieben. »Willkommen in der Zone der Ausgestoßenen«, sagt sie feierlich. Ihr Humor bringt mich trotz allem zum Lachen. *Insa und Jón werden sich gut verstehen*, denke ich. »Apropos«, sagt Insa. »Letzte Woche kam ein Päckchen für dich an.«

Sofort sind alle Schatten wie weggeblasen, denn das Päckchen ist von Líf. Ich reiße es auf und halte eine gestrickte Wintermütze in der Hand. Sie ist silbrigweiß, lichtgrau und beige – alle meine Farben des Windes sind darin vereint. Aber das Schönste sind die kreisrunden Stickereien aus Silbergarn, die sich wie ein Band aus Geldmünzen um den Mützenrand ziehen.

Für unsere Völva, hat Líf auf Englisch auf die Karte geschrieben. *Damit dich am Weihnachtsabend nicht die Jolakötturinn frisst. Wir brauchen dich nämlich noch. Bis Januar! Grüß mir Ingolstadt ;-) Kuss! Deine Líf.*

»Jolakötturinn?«, fragt Insa, die über meine Schulter mitliest.

»Die Weihnachtskatze«, erkläre ich. »Jedes isländische Kind, das am 24. Dezember kein neues Kleidungsstück trägt, wird von ihr gefressen.«

»Hübsches Land, in dem du leben willst«, bemerkt Insa und zündet Teelichte auf einem Teller an. Sie setzt sich mir gegenüber und verschränkt die Arme auf dem Tisch. »Schön, dass du hier bist, Große«, sagt sie dann ernst. Ich weiß, dass sie nicht nur den heutigen Tag meint.

»Danke, dass du mich reinlässt – nach all dem«, erwidere ich.

Insa winkt nur unwillig ab. Wie immer spürt man bei ihr, wie sie innerlich die Stacheln aufrichtet. Ja, Veränderungen brauchen Zeit. Aber als die Tür aufgeht und meine Nichte in die Küche stürmt, ist jedes Unbehagen vergessen.

»Du bist ja schon da!«, ruft Bekka und fällt mir um den Hals – mein großes Mädchen mit regenfeuchtem Haar und Novemberkälte auf den Wangen. Ohne ihre Jacke auszuziehen, lässt sie sich auf den Stuhl neben meinem fallen und betrachtet prüfend mein Haar und mein Gesicht, aus dem inzwischen auch die letzte Spur von Botox-Glätte verschwunden ist. »Du siehst ja wirklich ganz anders aus«, stellt sie fest. »Auf Laras Videos hat man das gar nicht so gesehen. Und stimmt es, was Oma erzählt? Du bist jetzt mit einem Typen zusammen, der Onkel Rik verprügelt hat?«

Insa rollt mit den Augen und steht auf, um Teetassen aus dem Schrank zu holen.

»So ähnlich«, antworte ich. »Er heißt übrigens Jón, ist sieben Jahre jünger als ich, geschieden und Kettenraucher. Außerdem liebt er Krimis und lebt in einer Garage mit Wellblechwänden. Und ich werde dort bei ihm einziehen.«

Ich höre Insas unterdrücktes Prusten hinter meinem Rücken und muss mich ebenfalls bemühen, ernst zu bleiben, so entsetzt starrt Bekka mich an. »Du bist ja wirklich völlig durchgeknallt, Tante Hätti!«, haucht sie halb fasziniert, halb erschüttert.

»Tante *Werde*«, sage ich würdevoll. »Ab heute kannst du mich Tante Werde nennen.«

Manifest

»Du meine Güte, Sie haben aber viel Arbeit dabei!«, sagt die freundliche, ältere Frau, die neben mir im Flugzeug sitzt. Schon die ganze Zeit über hat sie zu meinem Laptop geschielt, nun deutet sie auf meine drei Notizstapel auf dem freien Sitz zwischen uns. Die Blätter sind mit To-do-Listen, Aufstellungen und Summen gefüllt, die ich eben mit dem Taschenrechner überprüfe. »Sie müssen wohl beruflich nach Reykjavík?«, setzt sie etwas mitleidig hinzu.

»Sowohl beruflich als auch privat«, antworte ich. Ihr Blick schweift zu den Zeichnungen, die ich auf meinen handschriftlichen Notizen neben die Zahlen gekritzelt habe. Die Front unseres Ladens, ein paar Gesichter, die ich mit dem Stift eingefangen habe. Und immer wieder Houdini. »Aber Sie zeichnen auch sehr professionell«, bemerkt meine Sitznachbarin.

»Ja, ich bin nicht nur Bankkaufrau, sondern auch Malerin«, erwidere ich. »Und am Freitag und Samstag arbeite ich als Verkäuferin in einem neuen Laden in der Altstadt von Reykjavík.«

Die Dame nimmt die Visitenkarte an, die ich ihr reiche. Und ich nutze die Gelegenheit, um auszuholen und aus der Bekanntschaft eine Kundin zu machen.

»Das hört sich ja sehr interessant an!«, sagt sie dann mit leuchtenden Augen. Und mit einem Seitenblick auf meine Skizzen von Houdini fügt sie hinzu: »Dass Ihnen da noch Zeit für Ihr Hobby bleibt ... Reiten ist doch Ihr Hobby?«

»Ich kann nicht reiten, aber im Sommer werde ich es lernen.«

Wir plaudern noch eine Weile, dann versenkt sie sich in ihren Reiseführer, und ich speichere meine Excel-Tabellen und Konzeptdateien ab. Mein Patchwork-Leben fächert sich darin auf wie eine Landkarte von Möglichkeiten mit vielen Wegen. *Und dazwischen bleibt Raum für den Wind.*

Auf dem Smartphone schaue ich noch einmal die Fotos an, die in den schwierigen Wochen mein Heimweh linderten. Bilder von Líf, das Eröffnungsfest des Ladens Anfang Dezember, Einar und Kim beim Spaziergang an der Außenalster in Hamburg. Und die ganze Reihe von Baustellenfotos. Einar hat im Sumarhús neue Fenster einbauen lassen, aber auch das gelbe Haus verändert sich. Dort, wo das Garagentor war, ist jetzt eine Wand. Jón hat im Wohnzimmer außerdem Holzboden gelegt und zwei neue Sessel gekauft. Die beiden winzigen Dachzimmer werden unsere Räume sein, und Kristins Zimmer im Sumarhús mein Atelier und Ausweichraum. Und außerdem ist es das Gästezimmer, wenn Kim und Chrissi zu Besuchen kommen – oder Insa und Bekka. Einar ist in das Zimmer eingezogen, das ich so lange mit Tränen und Terpentin tränkte. Aber das ist nicht das Einzige, was sich im Sumarhús verändert hat. Die Fotos zeigen ein umgeräumtes Wohnzimmer mit pastellfarbenen Wänden. Einar hat viele Bücher aussortiert, alte Bilder abgehängt und Platz für neue geschaffen: Fotos von Kim und seiner Enkelin, vor allem aber Bilder von Kristin.

Die Videos, die Jón mir gemailt hat, hebe ich mir wie immer bis zuletzt auf. Das längste läuft fast fünf Minuten und zeigt eine Gruppe von Pferden auf einer verschneiten Weide. *Nach dem Schneesturm*, lautet Jóns Dateititel. Die Pferde sind noch dick mit isolierenden Krusten von Schnee gepanzert, in den Mähnen hängen ganze Eisbälle fest. Ich muss genau hinschauen, um Houdini in der Herde zu entdecken. Erst als die Isländer übermütig lostraben, erkennt man sie ganz eindeutig an ihrem leicht hinkenden Gang.

Das zweite Filmchen ist erst vor einer Woche von Sara aufgenommen worden und zeigt Jón auf einem Pferdehof, der seinem Großonkel Gunnar gehört. Ich weiß nicht, wie oft ich mir das Video schon angesehen habe, und jedes Mal schnürt es mir das Herz zusammen, so sehr berührt es mich und so sehr fehlt Jón mir.

Er reitet auf einem stämmigen Island-Pferd und hält seinen Sohn vor sich im Sattel. Geborgen in seinem Arm schmiegt sich Bjarni mit dem Rücken an Jóns Brust. Der Winterwind bläst ihnen beiden fast die Mützen vom Kopf, Bjarni strahlt und hat ein rotes Gesicht von der Kälte. Und Jón hat sich tatsächlich den Bart abrasiert. Ich erkenne ihn kaum wieder, aber vielleicht liegt das nur an seinem Lächeln, das ihn so verändert. Es ist die Seite an ihm, die ich noch gar nicht kenne. Sie befremdet und fasziniert mich. Ich kenne ihn nicht als Reiter und nicht als Vater. Aber vielleicht kennen wir den anderen ohnehin nie ganz. Es bleibt auch so genug für uns.

•••

Auch an diesem Januartag ist der Flughafen überfüllt, Touristen suchen sich ihren Weg zu den Shuttle-Bussen, frierend und mit den Zähnen klappernd im schneidenden Wind. Auch ich bin überrascht, wie kalt er ist. Aber sobald ich Jón sehe, vergesse ich sogar zu zittern. Und es ist mir völlig egal, was meine Sitznachbarin von der seriösen Listen-Frau denkt, als ich mit einem Aufschrei losrenne und mich in Jóns Arme stürze. Er fängt mich auf und küsst mich, und alles ist wieder da, als wäre ich nie fort gewesen. »Velkomin heim«, sagt mein Wikinger.

»Frohes Neues Jahr«, sage ich und küsse ihn gleich noch mal. »Ist Einar nicht mitgekommen?«

Jón schüttelt den Kopf, und wie immer mache ich mir sofort Sorgen. »Geht es ihm nicht gut?«

»Nur das Übliche«, antwortet Jón. »Er hört sich die alten Tangos an und will nicht, dass jemand ihn weinen sieht.«

Also nur Heartbreak Beat, denke ich erleichtert.

»Mach dir nicht immer so viele Gedanken um ihn, Swea. Einar ist zäh. Komm, fahren wir los.« Aber bevor ich in den Pickup steigen kann, fasst Jón mich noch einmal an den Schultern und mustert meine Jacke. »Was soll das denn sein?«, fragt er tadelnd.

»Meine Winterjacke.«

»Im Ernst? Damit willst du nachher zum Fjord und morgen auf die Weiden?«

Er greift an mir vorbei zum Beifahrersitz und zieht etwas Raschelndes, Weiches aus dem Auto. »*Das* ist eine Winterjacke«, erklärt er.

Es ist dieselbe Marke, die Jón trägt, 66 Grad Nord. Nur ist seine Jacke braun wie seine Augen und sein Haar. Für mich hat er ein silbriges Beige-Weiß gewählt, das exakt zum Ton meiner Mütze passt. *Jóns Braun und meine Windfarbe*, denke ich. *Jetzt kann nichts mehr passieren*. Ich hülle mich in die winddichte Wärme und betrachte Jón, während er mir den Reißverschluss schließt. Dann steige ich in den Pickup.

So oft, wenn ich in den vergangenen Wochen in der Mühle zwischen alten Familiendramen und den neuen Kämpfen mit Henrik und unseren Anwälten verzweifelte und wütend war, habe ich mich daran festgehalten, wie es sein würde, zum Sumarhús zurückzukehren. Ich hatte mir vorgestellt, dass ich glücklich sein würde. Aber als wir nun auf den Hof fahren, sehe ich nur, was sich verändert hat: Houdini, die fehlt, der Zaun, der verschwunden ist. Die neue Wand im gelben Nebengebäude und die modernen Fenster mit den blendend weißen Rahmen im Sumarhús. Und als ich eintrete, fehlt Kristins Gegenwart so sehr, dass ich mich frage, wie ich jemals an ihrer Existenz hatte zweifeln können.

Einar erwartet mich im Wohnzimmer. Er ist mager geworden, zwei neue scharfe Falten haben sich neben seinen Mundwinkeln eingegraben. Er hat rot geränderte Augen und trägt das Schwarz der Witwer. Aber sobald ich in den Raum trete, geht ein Strahlen über sein Gesicht.

»Swea, endlich!« Und als er mich in die Arme nimmt, bin ich wieder zu Hause. »Wollen wir?«, fragt Einar.

Jón sagt, er muss noch telefonieren, aber ich habe den Verdacht, dass er Einar und mich nur alleine vorausgehen lassen will. Ich trage Einars Reisesack und stütze auf dem steilen Weg bergab seinen Arm. Wenn der Wind heranfegt, folgen wir seiner Bewegung und richten uns dann wieder auf wie dünne Bäume nach dem Sturm.

Wir kommen zur Straße und passieren die Elfensteine genau an der Stelle, wo ich in einem anderen Leben gestrandet bin. Für einen Moment bilde ich mir ein, die Swea von früher dort sitzen zu sehen, die rotlippige Domina-Hostess und Ehefrau.

Der Schnee knirscht unter unseren Stiefeln, als wir das Grasland queren und dem Meeresufer entgegengehen. Die Meeresbucht liegt in klirrend klarem Licht vor uns. Wir warten, bis der Wind sich dreht, dann halte ich Einars Reisesack auf, und er holt Kristins Briefe heraus. Einen nach dem anderen übergibt er dem Wind. Die Zettel werden mitgerissen, trudeln und segeln weit aufs Meer hinaus, bevor sie wie Krías aus Papier in die Wellen stürzen. Sobald der letzte Brief davongeflogen ist, hole ich meine Windgabe hervor: mein rotes Stewardessen-Halstuch, das ich am Tag meiner Ankunft im Sumarhús trug. Der Wind zieht mir die Seide durch die Finger und nimmt das Relikt meiner Vergangenheit mit sich.

Mit großen Schritten hat Jón uns eingeholt und kramt etwas aus seiner Jackentasche. Zigaretten. *Was sonst*, denke ich. Aber ich bin überrascht, als er die letzte Zigarette, die in der Packung steckt, nicht ansteckt, sondern in seiner Faust zerdrückt und den Tabak in den Wind wirft. Er grinst mir von der Seite zu. Und ich drehe mich zum Wind und hebe eine Hand, forme sie zu einer Schale. *Das ist Freiheit*, denke ich. *Eine weiche Hand voll Wind, die man nur im Widerstand spürt.*

Und das einzige Manifest, das ich für mein Leben brauche, ist dieses:

Folge dem Weg des Windes.
Liebe, so oft und so lange du kannst.
Falle, um zu fliegen.

ENDE

Takk fyrir!

Ein Nachwort

Im Jahr 2008 durfte ich auf Einladung des Goethe-Instituts zum internationalen Literaturfestival erstmals nach Island reisen und dort auch den im Roman beschriebenen Vortrag von Professor Terry Adrian Gunnell im Gunnarshús hören. Dieses Element der Handlung habe ich also nicht erfunden. Noch heute sind mir und anderen Teilnehmerinnen und Teilnehmern Professor Gunnells spannende Ausführungen zum Thema »Afturganga« im Gedächtnis, und sie waren für mich die erste Berührung mit dem in Island verbreiteten Glauben an das Übernatürliche. Seit diesem ersten Besuch hat die »Insel der Winde« mich nicht mehr losgelassen. In den Jahren nach der »Kreppa« habe ich fasziniert verfolgt, wie kreativ viele Menschen mit den persönlichen Verlusten durch den Bankencrash umgegangen sind. Als ich den Roman im Jahr 2016 plante, konnte natürlich noch niemand ahnen, dass das Thema Wirtschaftskrise für Leserinnen und Leser im Deutschland des Jahres 2020 überraschend schnell so aktuell werden könnte.

Warum mir damals gerade dieses Thema so interessant erschien, liegt schlichtweg an Island selbst. In kaum einem anderen Land sieht man mehr Menschen, die sich nach Biografiebrüchen oder Verlusten in jedem Lebensalter auf erstaunliche Weise neu erfinden. Vielleicht ist es Teil der Mentalität, weil auf diesem sturmumtosten Vulkanfelsen im Nordatlantik Unsicherheit seit jeher einfach dazugehört – unberechenbares Wetter, raue Natur, Vulkanausbrüche, Erdbeben, Sturmfluten und menschengemachte Katastrophen zeigen, dass die Inselbewohner sich nie zu sicher sein können. Es ist wirklich eine »Insel der Winde«, ein Ort stetiger Veränderung. Und so hat es mich gereizt, meine deutsche Hauptfigur Swea genau hier mitten in das Chaos zu werfen. Sweas Spuren bin ich auch mit der Unterstützung vieler Fachleute und Freunde direkt am Schauplatz gefolgt:

Im Hafnarhús habe ich Ragnar Kjartanssons Performances und Installationen betrachtet und viele Wiederholungen von »Sorrow« angehört, den Notizblock im Gepäck. Am Walfjord habe ich mich auf der Suche nach einem schönen Platz für Einars Sumarhús gegen orkanartigen Wind gestemmt und im Sattel sitzend eine Gegend voller Elfenfelsen besucht. Auf meinem Instagram-Account findet sich unter dem Hashtag #arbeitstitel_wind eine Fotogalerie dieser Rechercheреise. Einen kühlen Sommer lang durfte ich ganz privat bei Úlfhildur wohnen und das Alltagsleben hinter den touristischen Kulissen kennenlernen. Danke für alles, Úlfhildur – auch dafür, dass ich dein Faible für klassische Schauerliteratur und die Farbe Rot Líf andichten durfte. Viele Geschichten zum Thema Geister und Elfen verdanke ich dem Einblick in Familienanekdoten. Wer tiefer eintauchen möchte, dem kann ich Professor Gunnells wissenschaftliche Artikel zum Thema und auch Yrsa Sigurðardóttirs wirklich großartige Geisterkrimis sehr ans Herz legen. Einige persönliche Antworten »meiner« Isländer sowie zwei ironisch-pointierte Aussagen aus Alda Sigmundsdóttirs »Little book of the Icelanders« bilden im Roman die Grundlage für Finnurs Beobachtungen zum Dating (oder eher: Nicht-Dating) im Nachtleben von Reykjavík.

Einars Mutter Marie und Lífs Urgroßmutter Erna sind fiktive Personen, aber ihre Auswanderergeschichten sind im Kern inspiriert von den Biografien der Frauen, die nach dem Krieg aus Deutschland als Landarbeiterinnen angeworben wurden, im Mai 1949 mit dem Schiff Esja nach Island kamen und hier ein neues Leben begannen. Ich kann jedem ans Herz legen, einige dieser sehr berührenden und spannenden Lebensgeschichten in Anne Siegels Sachbuch »Frauen, Fische, Fjorde – Deutsche Einwanderinnen in Island« nachzulesen. Einars Großvater und sein Wunderpferd Fannar haben ebenfalls reale Vorbilder: den Postreiter Jón Pétursson und sein legendäres Pferd Stígandi, das im Jahr 1919 den vereisten Fluss überquerte. Einige Originalfotos und die ganze Geschichte finden sich im Buch »Eismähne – Wie Islandpferde den arktischen Winter überleben« von Carolin Kerstin Mende, das in keinem Bücherregal von Island-Fans fehlen sollte. Die Gespräche mit der Bildhauerin Dora Várkonyi zu Kunst und Kunstmarkt waren sehr aufschlussreich für Sweas und Henriks Biografien. Marina Abramovićs bahnbrechende Arbeiten durfte ich 2018 in der Retrospektive-Ausstellung »The Cleaner« in der Bundeskunsthalle in Bonn studieren.

Mein besonderer Dank gilt Beate Detlefs, meiner belesenen und vielgereisten Island-Spezialistin, die im Lauf der Jahre zu einer Freundin geworden ist. Sie hat unter anderem die Kontakte zu isländischen »inner circles« hergestellt. Danke an Annika Große, die vor einigen Jahren mit mir im Mietwagen zu den Wasserfällen tourte und mir das Land, seine Natur und seine Kulturgeschichte nahebrachte. Und einen großen und ganz herzlichen Dank auch an den Ullstein Verlag und meine Lektorin Inga Lichtenberg, die Sweas Geschichte jeden Raum ließ, den sie zum Entstehen brauchte, und wirklich alles möglich machte. Takk fyrir!

Nina Blazon, Juni 2020